KB141961

한복 입은 남자

# 한복 입은 남자

이상훈 장편소설

BAKHA PUBLISHERS

# 한복 입은 남자

2014년 11월 21일 초판 1쇄 | 2022년 2월 17일 10쇄 발행

**지은이** 이상훈
**펴낸이** 최세현  **경영고문** 박시형

**마케팅** 양근모, 권금숙, 양봉호, 이주형, 신하은, 유미정, 정문희
**디지털콘텐츠** 김명래  **해외기획** 우정민, 배혜림
**경영지원** 홍성택, 이진영, 임지윤, 김현우
**펴낸곳** 박하  **출판신고** 2006년 9월 25일 제406-2006-000210호
**주소** 서울시 마포구 월드컵북로 396 누리꿈스퀘어 비즈니스타워 18층
**전화** 02-6712-9800  **팩스** 02-6712-9810  **이메일** info@smpk.kr

쌤앤파커스(Sam&Parkers)는 독자 여러분의 책에 관한 아이디어와 원고 투고를 설레는 마음으로 기다리
고 있습니다. 책으로 엮기를 원하는 아이디어가 있으신 분은 이메일 book@smpk.kr로 간단한 개요와 취
지, 연락처 등을 보내주세요. 머뭇거리지 말고 문을 두드리세요. 길이 열립니다.

차례

1

500년 전의 얼굴을 만나다

'별일이 다 있군…….'

진석은 30분 가까이 전시관 중앙 홀을 서성이고 있었다. 길이가 5미터쯤 될까 말까 한 비차 모형물 근처였다. 폭이 3미터쯤 되는 비차는 관람객이 잘 볼 수 있도록 천장에 매달린 형태로 전시돼 있었다. 날갯살은 전통 연을 만들 때처럼 굵은 대나무를 반으로 쪼개 만들었고 살과 살 사이에 누런 황포를 대, 전통 방식으로 촘촘히 꿰매어놓은 형태였다. 전체적으로 학의 날개를 양쪽에서 펼쳐놓은 것 같은 모양새였다.

진석은 안내판에 쓰인 글귀를 천천히 읽어 내려갔다.

세계 최초의 비행기 비거※※다. 비차※※라고도 한다. 오토 릴리엔탈의 글라이더보다 300년 이상 앞선 우리의 자랑스러운 발명품이다. 임진왜란 당시 진주성 싸움에 비차를 사용했다는 기록이 남아 전하는 것으로 보아 탈것에 대한 연구가 임진왜란 이전부터 이루어졌음을 알 수 있다.

임진왜란 때 비차가 사용됐다는 얘기는 진석도 들은 적이 있다. 정평구라는 사람이 성안에 고립된 아군을 구하기 위해 비행체를 만들어 사용했다는 내용이 그것이다. 10여 년 전 모 방송사의 역사 관련 프로그램에서 이 문제를 다룬 이래 한때 비차 모형 제작이 붐을 이루었다. 몇몇 연구기관에서는 아예 비차를 복원해보겠다고 나서기도 했다. 하지만 거개는 상상력을 동원한 모방품에 지나지 않았다. 억지 춘향 격으로 수십 미터 활강에 성공한 모형도 있었지만 사람이 탈 수 있는 '날틀'은 아니었다.

진석이 새삼 고개를 갸웃거리게 된 이유는 전시된 비차 모형물이 어디선가 본 듯했기 때문이다. 몸체로 시선을 옮겨갈 때마다 새록새록 겹쳐지는 기시감……. 그랬다. 천장에 매달린 비차 모형물은 르네상스 시대 이탈리아의 천재 레오나르도 다빈치의 비행기 설계도와 꼭 빼닮아 있었다. 그냥 닮은 정도가 아니라 날개가 꺾인 각도며 대나무 살이 덧대어진 위치까지 똑같았다. 아예 대놓고 레오나르도 다빈치의 설계도를 표절한 것 같았다.

'자라나는 아이들에게 선조의 문화와 유물을 널리 알리자고 기

획된 전시 행사가 아닌가? 그런데 하필이면 이런 말도 안 되는 실수를…….'

아이들의 창의력과 상상력을 자극하겠다는 목적으로 기획된 '어린이를 위한 우리나라 100대 발명'이라는 특별 프로그램이었다. 비록 지방에 위치한 어린이 과학관이었지만, 명색이 시에서 주관하는 행사에 버젓이 다빈치의 스케치를 모방한 작품을 걸어놓고 조상들의 기록을 들먹이는 행태는 아무리 생각해도 도가 지나쳤다.

'혹시 다른 의도가 있는 건 아닐까?'

아까부터 진석을 이 자리에 붙들어놓고 있는 의혹이었다.

진석은 스마트폰을 꺼내 비행기와 관련된 기록들을 더 찾아보았다. 15세기에 레오나르도 다빈치가 비행기 모형을 설계한 이래, 1783년 프랑스의 장 필라트르 드 로지에가 기구를 이용해 하늘을 난 게 인류의 공식적인 첫 비행 기록이다. 날개를 이용하는 글라이더는 1891년 독일사람 오토 릴리엔탈이 처음으로 비행에 성공하였고 그 뒤에 숱한 실패의 과정을 거쳐 마침내 1903년 라이트 형제의 플라이어 호로 이어지게 된다…….

서양 위주의 기록에 의문을 제기하는 의견도 만만찮았다. 진석도 익히 알고 있는 정평구에 관한 기사는 『여암전서旅庵全書』[1] 「책차제策車制」에 자세히 언급돼 있다. 임진왜란 당시 김제군 사람인 정평

---

1) 조선 후기의 실학자인 신경준(1712~1781)이 지은 개인 시문집.

구가 영남의 한 읍성이 왜적에게 포위되었을 때 성의 우두머리에 게 비차의 제작법을 가르쳐 30리 밖으로 날아가게 하였다……. 같은 기록은 일본 측 자료인『왜사기倭史記』에도 전하는데 정평구가 비차를 만들어 1592년 10월 진주성 전투에서 사용하였다는 기록이 남아 있다.

19세기 실학자 이규경은『오주연문장전산고五洲衍文長箋散稿』2)를 통해 보다 흥미로운 기록을 남기고 있다. 하루는 이규경이 강원도 원주 사람을 만나 그가 지니고 있던 비차에 관한 책을 읽게 되는데 그 책에 의하면, 비차는 네 명을 태울 수 있으며 모양은 따오기鶩와 같고 배를 두드리면 바람이 일어 공중에 떠올라 능히 백 장百丈을 날아 갔다. 이규경은 덧붙여놓았기를 하루는 전주부사인 김시겸에게 들었는데 충청도 논산 땅에 윤달규라는 사람이 있거니와 그는 이상한 물건을 잘 만드는 재주를 지녔다. 그가 만든 물건 중에 하늘을 나는 비차가 있는데 일반에게는 절대 공개하지 않는다…….

인물의 실명이 구체적으로 거론돼 있는 것으로 보아 신빙성이 높은 이야기들이었다. 더구나 신경준이나 이규경은 공히 조선 후 기를 대표하는 실학자들이 아닌가. 항간에 떠도는 잡스런 이야기들을 근거도 없이 기록으로 남길 위인들은 결코 아니었다.

---

2) 60권 60책. 권1의『십이중천변증설十二重天辨證說』에서 권60의『황정편정변증 설黃精偏精辨證說』에 이르기까지 총 1,417 항목에 달하는 방대한 내용으로 구 성된 일종의 백과사전이다.

'비차와 다빈치라……'

진석은 다시금 깊은 생각 속으로 빠져들었다. 전시관 기획자는 조선시대에 비차가 사용된 기록을 예로 들어 비행기의 원조가 우리에게 있음을 강조하고 싶었던 걸까. 그런데 하필이면 레오나르도 다빈치의 설계도면을 복제품에 사용하다니…….

생각에 잠긴 나머지 낯선 여자가 다가오는 줄도 몰랐다.

"안뇽, 하세요. 실례, 합니다. 궁금한 거 있어요."

30분 전까지 함께 있던 신 작가 목소리는 아닌데? 진석은 고개를 들었다.

붉은빛이 도는 머리카락에 파란 눈을 가진, 서른 살 언저리쯤 돼 보이는 서양 여자가 수첩을 든 채 진석의 눈앞으로 다가들고 있었다. 외모는 서양인이었지만 키가 작고 아담해서 뒷모습만 본다면 동양 여자로도 보일 법한 체형이었다.

"아, 저 말입니까? 물어보시죠."

그러고 보니 낯이 익었다. 진석이 이곳에 왔을 때부터 비차 모형 앞을 서성이던 여자였다. 비차에 정신이 팔려 그만 그녀의 존재를 잊고 있었던 것이다.

"저 비행기, 한국 사람 만들었어요?"

여자가 한국말과 영어를 섞어가며 떠듬떠듬 물었다. 진석이 들고 있는 수첩에 찍힌 국영방송의 로고를 보고 뭔가 의도를 가지고 말을 붙이는 것 같았다

"비차요? 약 400년 전 이웃나라 일본과 큰 전쟁이 벌어졌을 때 이걸 사용했다고 합니다. 그때 기록을 바탕으로 축소 복원된 모형물인 것 같은데……."

촌구석 전시관까지 외국인이 찾아온 게 조금 의아했지만 진석은 성심껏 대답해주었다.

"오우, 아닙니다. 참 이상합니다."

여자가 외국인 특유의 악센트로 물었다.

"뭐가 말이죠?"

"저거 다빈치 작품입니다. 여기 있습니다."

여자가 고개를 좌우로 크게 저으며 가방에서 아이패드를 꺼냈다. 화면에 진석도 익히 알고 있는 다빈치의 비행기 설계도가 펼쳐졌다.

"에이, 비행기 원리가 거기서 거기 아닌가……."

진석은 무안한 마음을 감추며 고개를 끄덕해 보였다.

여자의 시선이 비차로 옮겨간 틈을 이용해 진석은 그녀를 곁눈질했다.

학생인가? 단순한 관광객으로 보이지는 않았다. 가벼운 백 하나에 단출한 청바지, 티셔츠에 운동화 차림이다. 말투도 그렇고 최소 몇 년은 한국에서 거주한 여자 같았다.

"혹시 연구자세요?"

한국인도 아닌 서양인이 자신과 비슷한 관심을 갖고 비차 모형물 앞에 서 있다는 사실에 진석은 약간의 호기심을 느꼈다.

"저요? 아, 아닙니다."

여자가 갑자기 정색을 하며 안절부절 못했다.

"저는 여기 그냥 왔어요. 비행기 보려고 온 거 아닙니다."

여자는 아이패드를 백에 집어넣고 서둘러 전시실을 빠져나갔다.

"이상한 여잘세. 연구자냐 물어본 게 무슨 잘못이라고."

진석은 여자의 등에 시선을 고정하며 혼자 중얼거렸다.

진석은 스마트폰으로 비차 사진 몇 장을 찍고 전시관을 나왔다. 같이 내려왔던 신 작가는 어디로 갔는지 보이지 않았다. 일찌감치 전시관에서 발을 뺐으니 지금쯤 휴게실에 앉아 스마트폰에 코를 박고 있겠지. 지방엘 좀 다녀오자고 했을 때 신 작가는 마지못해 고개를 끄덕이는 것 같았다. 자료가 있는 곳이라면 일단 달려가고 보는 진석의 습성 때문에 허탕을 치는 날이 많았기 때문에 그랬을 것이다. 결국엔 오늘도 그런 날들 가운데 하나가 되고 말았지만.

한번 궁금증이 일면 끝까지 물고 늘어지는 버릇이 있는 진석이다. 그래서일까. 동료 피디들 사이에서 개장어라는 다소 듣기 민망한 별명을 얻어가지고 다니는 그였다. 개장어는 갯장어에서 파생된 단어다. 갯장어는 이빨이 날카로운 데다가 한번 물면 절대로 놓지 않는 습성이 있는 장어과 물고기였다. 정약전이 『자산어보慈山魚譜』에서 갯장어를 소개할 때 '개 견' 자를 넣어 견아려犬牙鱺로 소개한 게 그 유래였다.

진석이 신 작가와 이곳에 온 이유는 과학관 한쪽, 상설 전시실에 마련된 '조선의 복식'이라는 전시 프로그램 때문이었다. 진석은 약한 달 전부터 화가 루벤스가 그린 〈한복 입은 남자〉[3]라는 그림을 소재로 특집 다큐멘터리를 준비해오고 있었다. 루벤스의 그림에 등장하는 조선인이 임진왜란 때 이탈리아로 건너간 조선인 안토니오 꼬레아라는 기존의 다수설을 뒤집어보자고 계획된 역사 추적 형식의 다큐멘터리였다.

하지만 풀어야 할 문제가 한두 가지가 아니었다. 그림에 등장하는 조선인이 임진왜란 이전에 유럽으로 건너갔음을 입증할 자료가 필요했는데 호기롭게 시작한 처음 계획과 달리 자료를 찾는 일은 답보 상태였다. 조선 초기엔 유럽과의 교류가 전혀 없었을 뿐만 아니라, 조선에서 지구 반대편 유럽까지 갈 수 있는 교통수단도 없었기 때문이다. 임진왜란 도외설이 정설처럼 굳어진 이유가 여기에 있었다.

진석이 이 문제에 관심을 갖게 된 것은 루벤스의 그림에 등장하는 조선인이 입은 한복 때문이었다. 그림 속의 의복은 조선시대 사대부들에게 남녀 구별 없이 널리 애용되었던 철릭天翼이라는 옷이었다. 그러나 자세히 살펴보면 조선 중기의 철릭과는 어딘지 모르게

---

3) 〈A Man in Korean Costume〉. 종이에 검은색과 붉은색 초크로 드로잉. 38.4×23.5cm. 바로크 미술의 거장 피터 폴 루벤스Peter Paul Rubens의 작품으로 서양인이 그린 최초의 한국인 그림으로 알려져 있다. 제작년도는 1606년에서 1608년으로 추정된다.

달랐다. 소매의 길이며 깃의 풍성한 옷감이 오히려 조선 초기의 철릭과 유사했다. 여인의 드레스처럼 주름진 옷자락 또한 서민이나 노예가 입었던 옷으로 보기엔 무리가 있었다. 더구나 그가 입고 있는 한복은 어른의 것이다.

노예시장을 통해 유럽으로 팔려갔던 안토니오 꼬레아는 어린 소년이었다. 노예로 팔려가는 와중에 안토니오 꼬레아가 어른의 의복을 소지하고 다녔다는 건 말이 되지 않는다. 가설이지만, 임진왜란 때 조선 사람이 서양으로 건너간 게 아니라 조선 초기에 누군가 서양으로 건너갔고, 그 후손 중에 하나가 선조의 옷을 입고 루벤스 그림의 모델이 되었을 확률이 높았다. 루벤스의 그림 모델은 안토니오 꼬레아가 아니라 제3의 인물인 것이다.

이런 주장을 입증하기 위해서는 조선 초기 복식에 대한 자료가 절대적으로 필요하다. 그러나 현재까지 남아 전하는 유물도 드물거니와 연구도 미진했다. 어린이 과학관 한쪽에 마련된 '조선의 복식'도 마찬가지였다. 새로운 자료는 하나도 없고 마네킹에 한복을 입혀놓은 수준이었다. 자료 고증도 조선 중기 이후의 것들이어서 초기 한복을 엿볼 수 있는 자료는 찾을 수 없었다. 실망한 마음으로 전시실을 나서다가 특별 전시실에 마련된 비차 모형에 끌려 발길을 돌렸던 것인데, 엉뚱한 호기심만 하나 더 얹어가게 된 셈이었다.

"왜 이렇게 늦어요. 뭐라도 발견한 거예요?"

신 작가는 커피까지 한 잔 시켜놓고 앉아 스마트폰을 만지작거리며 여유를 부리고 있었다. 작은 키 때문인지 의자에 푹 파묻힌 듯 보였다.

"응, 비차도 때문에."

"비차도가 왜요?"

"홀에 걸려 있는 비행기 모형물 말이야. 다빈치의 비행기 설계도랑 닮지 않았어?"

"난 또. 비행체 설계도야 다 거기서 거기 아니겠어요?"

신 작가가 뜬금없다는 투로 대답했다.

"그렇지? 신 작가도 그렇게 생각하지?"

대답은 그렇게 했지만 진석은 혼자 상상의 나래를 펴 나갔다. 안내문의 글귀대로 임진왜란 당시 누군가 비차를 만들었다면 그 이전부터 비차가 존재했을 확률이 높다. 최초, 누군가 비차를 만들었다면 그것을 설계한 사람도 있지 않을까? 두 사람은 동일인일 수도 있겠지. 과연 어느 임금 시대에 그와 같은 일이 벌어졌을까?

짐작되는 임금이 딱 한 사람 있기는 했다. 그는 진석이 광화문에 나갈 때마다 얼굴을 마주치곤 하는 세종대왕이었다. 세종 연간이야말로 전 세계가 주목할 정도로 문화와 예술, 과학이 꽃을 피우던 시기였으니까. 세계 최고의 발명품들이랄 수 있는 한글과 해시계, 물시계, 간의, 혼천의, 세계 인쇄 역사에 한 획을 그은 갑인자<sup>甲寅字</sup>에 이르기까지, 한국 사람이라면 새삼 거론할 필요도 없는 자랑스러운 발명품들…….

"신 작가, 미안하지만 잠깐만 기다려."

진석이 파란 플라스틱 의자에서 벌떡 몸을 일으켰다.

"어딜 가려고요?"

"아메리카노나 한 잔 주문해줘. 금방 올 테니."

진석이 향한 곳은 전시관 입구에 마련된 안내 부스였다. 전시관은 아까보다 많이 한가해져 있었다. 저녁 시간인 데다가 여름방학 시즌도 끝물이어서 들어오는 사람보다는 나가는 사람이 더 많았다. 유리 밖으로 언뜻 비치는 하늘은 맑고 깊었다. 느리게 흘러가는 구름에 저녁 해가 반사되어 하늘에 붉은 등을 띄워놓은 것 같았다. 잔디광장에 모여앉아 김밥을 먹거나 공을 가지고 노는 가족들도 보였다.

"저어, 비차 모형에 대해 물어볼 게 있습니다."

공영방송국 로고가 찍힌 명함을 내밀며 진석이 여직원에게 물었다. 진석은 이 명함이 지닌 위력을 잘 알고 있다. 공공기관에서는 기자나 취재원 신분이 특히 위력을 발휘하여 어떤 일이든 다른 사람들보다 쉽게 일의 협조를 구할 수 있었다.

"무슨 일이죠?"

여직원이 다소 사무적으로 물었다.

"이번에 우리가 역사를 주제로 다큐멘터리를 하나 만들고 있어서 말입니다. 괜찮으시다면 전시관에 걸린 비차 모형물에 대해 알고 싶어요. 모형을 누가 만들었는지, 혹시 담당자를 만나볼 수 있을까요?"

여직원의 태도가 조금 부드러워졌다.

"아, 그거요? 우리 박물관의 자문위원으로 계신 교수님이 만드셨어요. 이번 특별전을 기획하신 분도 그분이시고. 근데 혹시 비차가 잘못되기라도 했나요?"

"아, 아닙니다. 날개의 모형이라든지, 기술적인 부분에 대한 자문을 얻고 싶은데, 연락처를 받을 수 있을까 해서요."

"그거야 어렵진 않지만……."

그녀가 명함을 눈으로 훑고 나서 대답했다.

"그럼 저희가 교수님께 피디님 연락처를 알려 드릴게요."

"그래 주시면 고맙겠습니다. 꼭 좀 여쭐 게 있다고 전해주세요."

진석은 가볍게 목례를 해 보이곤 부스를 나왔다.


진석은 승용차에 올라 과학관 주차장을 출발했다.

"시간만 낭비한 것 같지 않아요? 죄다 아이들을 위한 모형물뿐이잖아요. 이럴 줄 알았으면 미리 전시 내용을 꼼꼼하게 체크하고 내려오는 건데."

신 작가가 과학관에서 나누어준 팸플릿을 건성건성 넘겨댔다.

"그래도 뒤질 수 있는 건 다 뒤져보자고. 남아 전하는 자료가 없는 이상 어차피 실마리를 찾는 식으로 작업을 진행할 수밖에 없잖아. 시청자들에게 이거다 하고 증거는 못 내밀어도 연관성이 있겠다 싶은 자료들을 계속해서 던지는 거지."

신 작가는 이번 프로그램의 메인 작가로, 전에도 몇 차례 호흡을 맞춘 바 있다. 예술대 문창과를 졸업하고 20대 중반부터 방송국에 뼈를 묻어온 그녀는 다큐멘터리 쪽에서 능력을 발휘하고 있는 10년 차 작가였다. 3년 전 진석과 처음 작업했던 〈위화도 회군의 비밀〉은 그녀에게 연말마다 방송국에서 주는 다큐멘터리 부문 작가상을 안겨주기도 했다. 북한의 협조로 제작된 〈위화도 회군의 비밀〉 촬영 당시 신의주의 발굴 현장에서 조선군이 썼던 화살촉과 주발 등을 다수 찾아내는 성과를 거둔 바 있기도 하다.

서울에서 차로 한 시간 거리인 A시에 어린이 과학관이 건립된 건 2년 전이었다. 인구 20만이 채 될까 말까 한 아담한 중소도시여서 도서관 두 개를 제외하면 제대로 된 문화시설 자체가 전무한 지역이었다. 새로 바뀐 시장이 자신의 치적물을 만들고자 서둘러 과학관 건립에 들어갔던 것인데, 그 시장은 과학관이 완공되기도 전에 뇌물수수 혐의로 시장직에서 쫓겨났다고 한다.

"어차피 차도 밀릴 텐데 아예 저녁 먹고 올라갈까?"

진석은 과학관에서 가까운 음식점 주차장으로 방향을 틀었다.

"박 피디님이 쏘시는 거예요?"

"뭘 새삼스럽게 물어?"

야외 마당에 정자까지 갖춘 퓨전 한정식 집이었다.

"먼저 올라가, 적당한 걸로 주문해."

진석은 담배 한 개비를 천천히 태운 뒤 화장실에 가서 손을 씻고 자리로 돌아왔다. 그 사이 잣을 갈아 넣어 만든 쌀죽이 나와 있었다.

죽을 한술 떠넘기며 맛을 보던 신 작가가 말했다.

"이 집 음식 참 맛있네. 참, 아까 그 비행기 모형물 말예요. 그거 설계도 같은 건 찾을 수 없는 거예요? 그런 게 남아 있다면 좋을 텐데."

"그러게 말이야. 다빈치가 유명세를 타게 된 것도 다 그놈의 스케치 때문이잖아? 문자 기록도 중요하지만 현대인들은 눈으로 볼 수 있는 증거를 더 선호하니까."

"그런 면에선 루벤스의 조선인 그림은 참 특별한 것 같아요."

"400년 전 조선인의 모습을, 그것도 서양의 유명한 화가의 그림을 통해 볼 수 있으니 특별하긴 특별하지."

"어딜 가도 안토니오 꼬레아랑 연결시키려는 분위기들뿐예요."

"그게 함정이라니까. 일본 측 문서에 조선인 어린 포로가 서양에 노예로 팔려갔다는 기록이 있고 임진왜란이 일어난 시기와 루벤스가 활동하던 시기가 겹치니까 의심의 여지없이 그런 주장이 받아들여진 거겠지. 하지만 의복 양식 말고도 캐볼 건 많아. 이를 테면 배 같은 것도."

"배船?"

신 작가가 수저를 멈추고 물었다.

"응, 루벤스의 그림을 자세히 뜯어보면 왼쪽 하단에 조선인이 타고 온 것으로 추정되는 배가 그려져 있단 말이야. 아무도 주목하지 않았지만 여기에 어떤 비밀이 숨어 있는 게 분명해. 임진왜란 때 조선인들은 서양 선교사들이 타고 왔던 서양 배를 타고 유럽으로 팔려갔거든. 근데 〈한복 입은 남자〉에 등장하는 배는 동양의 배야. 선형이 유선형인 서양 배와 달리 당시 한국이나 중국의 배들은 바닥을 평평하게 해 짐을 많이 싣도록 설계됐어. 중국의 정크선들은 돛을 두세 개씩 달아 원양 항해에 나서기도 했고."

"설마, 고려 후기나 조선 전기에 우리나라 사람이 중국 배를 타고 유럽을 일주했단 주장을 하시는 거예요? 홋, 역사 시간에 졸았나 봐요. 마젤란이 세계 일주한 게 언젠데."

진석이 수저를 내려놓으며 대답했다.

"신 작가야말로 서양 위주의 역사에 길들여져 있어서 그래. 인정을 못 받고 있어서 그렇지 명나라 장군 정화가 62척의 함선을 이끌고 세계 일주에 나선 게 1405년이야. 콜럼버스보다 약 90년이나 앞선 기록이지."

"그래도 지나친 억측은 오히려 시청자들의 등을 돌리게 만들 거예요."

"그러니까 근거를 찾아보자는 거야."

"오늘처럼 어린이 과학관 근처를 얼씬거리다간 아무것도 못 찾아요."

그들이 한창 대화에 열중하고 있을 때 쭈뼛쭈뼛 이쪽 테이블로 다가오는 여자가 있었다. 진석은 즉각 그녀가 누구인지 알아보았다. 서양인의 외모를 지녔지만 작고 아담한 체형을 지닌 여자, 아까 전시관에서 보았던 바로 그 서양인이었다.

"실례, 합니다. 우리 우연히 또 봤어요."

여자가 예의 떠듬거리는 말투로 말을 걸어왔다.

"어머, 아는 분이에요? 이거 자리 비켜 드려야 하는 거 아냐."

신 작가가 공연히 호들갑을 떨었다.

"아까 전시관에서 만난 분이야. 그렇죠? 여긴 어쩐 일로?"

여자가 한쪽 눈을 심하게 깜박이며 대답했다.

"배고파요. 밥 먹으러 왔어요. 근데 그쪽 있는 거 봤어요."

진석은 일어나서 의자를 빼 주고 앉을 것을 권했다.

"잘 오셨습니다. 궁금한 게 많으신 것 같은데 편하게 앉아서 같
이 식사나 하지요."

"나 많이 실례해요. 그래도 괜찮습니까?"

여자가 신 작가의 눈치를 살피며 물었다.

"그럼요. 여긴 우리 방송국에서 일하는 신 작가, 저는 박진석이
라고 합니다."

진석이 명함을 꺼내 건넸다. 진석이 친절을 베푸는 이유는 따로
있었다. 여자를 봤을 때 느꼈던 특별한 촉 때문이다. 사연을 지니
고 있는 여자가 틀림없다. 다빈치의 스케치를 모방한 비차 모형물
과 그 앞을 서성이던 서양 여자, 루벤스의 그림에 이르기까지. 전
혀 관련이 없을 것 같은 각각의 개체들이 보이지 않는 어떤 끈 같
은 것으로 연결되어 진석에게 상상의 나래를 제공하기 시작했다.

"나는 엘레나입니다. 엘레나 꼬레아."

"뭐라고요? 엘레나 꼬오레아? 그게 진짜 당신 이름?"

진석은 흥분한 나머지 자리에서 벌떡 일어나기까지 했다.

"네, 나 이탈리아 사람입니다. 왜 흥분합니까?"

신 작가가 재미있다는 듯 끼어들었다.

"루벤스의 〈한복 입은 남자〉란 그림 혹시 아세요? 우리 방송국에서 루벤스의 그 그림을 소재로 특별 다큐를 기획 중이에요. 그런데 이탈리아 사람으로 한국과 관계된 성씨를 가진 분을 만났으니 피디님이 흥분할 밖에요. 우연치고는 굉장한 우연이잖아요."

"와우, 정말 입니까? 나 정말 할 말이 많습니다. 당신이 방송국 사람인 줄 알고 내가 먼저 말 걸었어요."

여자 쪽의 반응이 더 가관이었다. 그녀는 안 그래도 이야기를 들어줄 사람이 필요했다는 듯이 일방적으로 자기 얘기를 하기 시작했다.

올해 서른둘인 그녀는 이탈리아 피렌체 출신으로 어릴 때부터 막연히 한국을 동경해왔다고 한다. 자라면서 조부로부터 조상이 한국에서 왔다는 얘기를 들은 적이 있어 자신의 뿌리에 대하여 관심을 갖던 차에, 이탈리아 예술가들의 산실인 명문 볼로냐 대학교에서 한국학을 부전공하게 된 인연으로 교환학생 제도를 통해 2년 전 한국 땅을 밟았다는 것이다. 한국에 온 뒤 그녀는 틈만 나면 조상들의 흔적을 찾아다녔다.

말하자면 오늘도 그런 날이었다.

"그럼 아까 그 비차 모형 앞에서 뭐라도 발견한 건가요?"

진석이 시치미를 떼고 물었다.

"다빈치의 설계도 그분 스승 베로키오 영향 많이 받았습니다. 또 중국 문화의 영향 받았어요. 비행기 설계도 중국의 영향 받았어요. 그런 생각 하고 있었어요. 우리 할아버지의 할아버지, 먼 옛날 사람들 동양에서 왔어요. 서로 알았을지 모릅니다."

엘레나가 어려운 문장엔 영어를 섞어가며 대답했다.

'흠, 이것 봐라. 얘기가 점점 재미있어지잖아.'

진석은 미소를 감추며, 내려놓았던 수저를 다시 집었다. 비차 복제품을 앞에 두었을 때부터 머릿속에 스멀거리던 의문의 실마리가 풀려갈 조짐을 보였다. 그렇다. 다빈치의 스케치 중 많은 것들이 전대의 것을 확장하거나, 중국에서 건너간 물건들을 통해 아이디어를 얻었다는 주장이 있다. 비행기라고 해서 그러지 않았으리란 보장이 없겠지. 비행기를 직접 만들었거나 만드는 법을 알고 있던 누군가가 유럽으로 건너가 다빈치에게 그 설계도를 보여주지 않았을까? 그게 만약 조선에서 건너간 사람이라면 〈한복 입은 남자〉가 품고 있는 복식이나 배 그림에 대한 의문이 일시에 풀리게 된다. 임진왜란 이전에, 적어도 50년, 혹은 100년 전에 누군가 또 한 사람의 조선인이 서양 땅을 밟은 게 틀림없다…….

그러나 진석은 이내 쓴웃음을 지었다. 아무리 생각해도 억측이었다. 임진왜란 이전에 조선 사람이 서양으로 건너갔다면 십중팔구 정화 원정대의 일원이었을 것이다. 당시에 유럽을 여행한 대*선단은 오직 그것밖에 없었으니까. 그게 아니라면 어느 위대한 조선인 하나가 실크로드를 타고 유럽으로 떠나는 상단에 끼어 고단한 여정을 계속하다가 마침내 이탈리아에까지 닿았거나……. 하지만 누가 어떤 경로를 거쳐 그와 같이 엄청난 여정에 올랐단 말인가? 비행기 설계도를 그릴 수 있는 능력을 가진 조선 인재가 중국도 아닌 유럽으로 그토록 먼 여행을 떠났다는 자체가 말이 되지 않았다.

"참 루벤스의 그림 말인데요……."

신 작가가 길어지는 여자의 말을 자르고 나섰다.

"그 그림이 세상에 선을 보인 게 1983년이잖아요? 당시 32만 4000파운드라는 어마어마한 금액에 낙찰이 됐는데 낙찰자가 누구인지는 아직도 베일이 가려져 있잖아요."

진석이 대답했다.

"지금 돈으로 50억쯤 되려나. 아니 100억은 나가겠는 걸. 그 그림 미국 LA에 있는 폴 게티 미술관에 있다고 알려져 있던데? 아니었나?"

"야담이지만 그건 진품이 아니래요. 진품은 교황청 지하 수장고에 보존되어 있다는 설이 무성해요. 교황청의 검은돈이 그걸 사들였고요."

"아, 나도 알아요. 그 얘기."

엘레나가 다시 대화에 끼어들었다.

"엘레나는 어디서 무슨 얘길 들었나요?"

엘레나가 주변을 살피며 조심조심 대답했다.

"교황청 수장고에 특히 중국 나라 유물 많이 있어요. 오래된 지도 같은 것들, 불상들, 그 밖에 알려지면 안 되는 거 많아요."

진석은 무슨 말인지 알겠다는 듯 고개를 끄덕였다.

"이제 좀 감이 잡힌다, 잡혀. 교황청에선 선교사들에 의해 개척된 기독교 중심의 세계사가 뒤바뀌는 게 싫었던 거겠지. 그건 그렇다 치고 루머가 사실이라면 〈한복 입은 남자〉를 교황청에서 왜 사들였을까? 교황님 취미가 명화 감상은 아닐 테고."

"교황청에 정식 질의서한을 보내 볼까요?"

신 작가가 장난스럽게 물었다.

"뻔한 대답을 듣게 되겠지."

메인 요리가 나오면서 그들의 대화는 거기서 중단되었다.


진석 일행이 엘레나와 헤어진 건 서울에 올라와서였다.

내친김에 진석은 엘레나를 마포구 상수동 골목길, 그녀가 산다는 오피스텔 근처에 내려주고는 일산에 있는 집으로 돌아왔다. 저녁 11시를 막 넘긴 시간이었다.

샤워기의 뜨거운 물줄기에 오래도록 몸을 맡긴 채 진석은 어쩌면 멋진 화면으로 되살아나게 될지도 모를, 이방인에 의해 그려진 그림 한 점과 먼 서역으로 떠났을 조선 초기의 어떤 인물을 머리에 그려보았다. 다소 피곤했지만 나름대로 성과가 있었던 하루였다.

　진석이 낯선 남자로부터 전화를 받은 것은 A시에 출장을 다녀온
지 이틀째 되던 날이었다. 남자는 자신을 모 대학 한국사학과 마
동수 교수라고 소개했다. 목소리로 보아 50대 정도로 짐작되었다.
톤이 높았지만 억양은 전형적인 충청도 사투리였다.

　"마 교수님이라고요⋯⋯."

　진석은 명함을 과학관 안내 데스크에 맡기고 온 사실을 기억해
냈다.

　"어이쿠, 이렇게 전화를 주셔서 감사합니다. 다름이 아니라 비차
모형물 관련해 몇 가지 여쭤볼 게 있어서 연락을 부탁했었습니다."

　루벤스의 그림과 딱히 관련이 있는 내용은 아니었지만, 차후에

비차를 다룰 수도 있는 문제였기에 진석은 내심 반가운 어투로 말했다.

"그러셨군요. 사실 별로 건지실 게 없을 텐데요? 저는 그냥 설계도만 그려주고 작업은 공방 인부들이 한 거라서……."

"별말씀을요. 일일이 여쭙자면 통화가 길어질 것 같은데, 이럴 게 아니라 메일 주소를 알려주시면 제가 정식으로 우리 프로그램에 대해 자문을 요청하겠습니다. 이번에 제가 루벤스의 그림을 소재로 역사 다큐멘터리 하나를 만들고 있어서요."

"루벤스랑 비차가 무슨 관련이라도?"

"꼭 그런 건 아니지만 겸사겸사해서……."

마 교수가 잠깐 말을 멈췄다가 대답했다.

"그럴 거면 잠깐 시간을 내서 만납시다. 내일 학회 때문에 서울에 갈 일이 있는데 오후 4시쯤 어떠세요? 학회 장소가 국회도서관이니까 방송국하고도 가까울 테고."

"교수님께서 그렇게 해주신다면 저야 좋지요. 그럼 제가 내일 오후 4시 전후 국회도서관 앞에서 전화를 넣겠습니다."

전화를 끊으며 진석은 일이 잘 풀려간다는 느낌을 받았다. 〈한복 입은 남자〉를 접고 아예 〈비차도의 비밀〉로 제목을 바꾸어버릴까? 늦은 감이 있지만 자료 찾기 단계부터 지지부진 벽에 부딪혀 있는 〈한복 입은 남자〉를 강행하느니 차라리 그편이 나을 것도 같았다. 마 교수에게서 특별한 정보를 얻어낼 수 있다면 말이다.

다음날 진석은 약속 시간보다 10분쯤 먼저 국회도서관으로 나갔다. 한 시간 뒤 일행들과 식당으로 이동해야 하는 마 교수의 일정에 맞춰 장소는 도서관 내 카페로 잡았다. 말끔한 정창 차림으로 나타난 마 교수는 전화 속 우렁우렁한 목소리에 걸맞게 풍채가 좋고 이목구비가 또렷한 호남형의 얼굴을 하고 있었다.

"그래, 다큐를 만들고 계시다고요?"

의례적인 인사 뒤에 마 교수가 물었다.

"네, 루벤스가 그린 〈한복 입은 남자〉를 추적하는 내용입니다."

진석은 프로그램에 대해 대략적으로 설명을 해주었다.

"괜찮은 소재긴 한데 안토니오 꼬레아의 정체는 이미 밝혀지지 않았습니까?"

마 교수가 드문드문 돋은 턱수염을 손으로 문지르며 물었다.

"임진왜란 이후 조선인 포로가 그 그림의 모델이라는 학계의 다수설을 두고 하시는 말씀 같은데 하나의 가정에 불과하지 않을까요?"

진석은 복식의 차이를 비롯하여 그림 하단에 등장하는 정크선의 실체 등으로 미루어볼 때 그 다수설이 안고 있는 몇 가지 문제를 지적했다.

"흥미로운 얘기긴 합니다만 그 얘기랑 과학관에 걸린 비차 모형과는 별 관계가 없어 보이는데요. 아무래도 피디님이 번지수를 잘

못 찾으신 것 같습니다. 허허. 그건 그렇고 비차 모형에 대해 물어

보실 게 있다고요?"

"별다른 건 아닙니다. 전시된 비차 모형이 레오나르도 다빈치의

비행기 설계 모형과 같아서요. 교수님께서 그런 사정을 모르고 작

업하셨을 리도 없고……."

"하하하."

마 교수가 갑자기 큰 소리로 웃기 시작했다.

"그러니까, 내가 표절이라도 했다 이겁니까?"

"딱히 그런 뜻은 아닙니다. 그렇게 하신 데에는 그럴 만한 이유가

있지 않을까, 짐작을 하게 된 거지요. 그 부분과 관련해서 얘기를 듣

고 싶은 게 솔직한 심정이고요."

마 교수가 시계를 들여다보며 대답했다.

"이거, 찻잔을 앞에 놓고 할 얘기는 아닌 거 같은데, 시간이 없으

니 그럼 간단히 제 생각을 정리해 말씀드려보지요. 단 조건이 있습

니다."

"네."

"제 얘기는 어디까지나 가벼운 픽션에 불과합니다. 그러니 진지

하게 다큐멘터리 안에 제 목소리를 넣고 싶은 생각은 조금도 없다

는 말입니다."

"그 점이라면 걱정 마십시오. 사실을 기반으로 한다고 해도 추론

의 과정에선 픽션이 적절히 가미되어야 프로그램에 재미가 더하는

법이니까요. 시청자들도 그 정도는 알고 프로그램을 보게 되고요. 물론 교수님 의견은 참고만 하겠습니다."

"그렇게 생각해주신다면 좋습니다. 단도직입적으로 말해서 전시관에 걸린 비차 모형도는 다빈치의 설계도를 그대로 재현한 것이 맞습니다."

"역시……. 하지만 교수님으로서는 위험한 선택이었을 텐데요."

"맞습니다. 재야학자도 아니고 후학을 가르치는 입장에서 조심스러운 부분이지요. 하지만 저는 제 선택을 돌이킬 마음이 없습니다. 왜냐하면 다빈치의 설계도는 동양으로부터 건너간 비행기 설계도를 보완한 것으로 저는 보고 있습니다. 우리 조상들의 비차와 다빈치의 비행기 스케치는 너무나 닮아 있습니다."

마 교수가 확신에 찬 목소리로 대답했다. 진석은 과학관에서 비차 모형을 처음 본 순간 받았던 예감이 맞아 들어가고 있음에 작은 흥분을 느꼈다.

"혹시 주장을 뒷받침할 만한 근거라도 가지고 계신지요?"

"현재로선 조선시대 조상들이 남긴 기록이 다지만 찾아보면 더 있겠지요."

이후 마 교수는 신경준과 이규경의 기록을 한참 동안 더 언급했다. 뭔가 새로운 걸 기대했던 진석으로선 다소 맥이 빠지는 대답이었다.

"그러니까 교수님 주장은 조선의 비행기 설계도가 어찌어찌하여 이탈리아로 건너갔고 다빈치에 의해 기록으로 남게 되었을 수도 있다는 얘기로군요."

"그렇지요. 하지만 아쉽게도 우리에겐 스케치가 남아 있지 않으니."

그걸 증명할 스케치 같은 게 남아 있지 않아 주도권을 서양에 빼앗겼다고 말하고 싶은 것 같았다.

"사실 저도 비슷한 생각을 하고 있습니다만 그걸 증명하기 위해서는 해결해야 할 과제가 한둘이 아닙니다. 아직 신대륙도 발견되지 않은 시대에 동양에서, 그것도 동양의 변방인 조선에서 이탈리아로 사람이 건너갔다는 것도 그렇지만 과연 조선에서 비행기 설계도를 만들 만한 인물이 누구였느냐도 아직은 수수께끼구요."

마 교수의 얼굴에 알듯 말듯한 미소가 어렸다.

"허허, 유추해볼 인물이 아예 없는 건 아닙니다."

"짐작 가는 인물이 있다는 말씀이신가요?"

마 교수는 이미 대상을 한정해놓은 것 같았다.

"있긴 합니다만, 제가 할 소린 아닌 것 같습니다. 과학적 증거가 없으니까."

"말 그대로 추론 아닙니까?"

"그래도 그 부분에 대한 대답은 하지 않겠습니다."

마 교수가 웃음기를 머금으며 장난스레 대답했다.

"좋습니다. 그럼 이건 어떻습니까?"

진석이 휴지통에서 휴지 두 장을 뽑아 한 장을 건넸다.

"저도 짐작 가는 인물이 있긴 한데, 각자 자신의 생각을 한 글자로 적어보는 겁니다. 두 장을 맞추어보면 재미있는 답이 도출될 것도 같아서요."

"제갈량 놀이를 하자는 셈이군요."

마 교수가 먼저 휴지에 글자 하나를 휘갈겨 적었다. 진석도 펜을 꺼내 글자를 적었다.

"이건 '노비 노<sup>奴</sup>'자가 아닙니까?"

진석이 마 교수의 휴지를 펼치며 물었다.

"맞습니다. 피디 선생은 '복 도<sup>祹</sup>'자를 꺼냈군요. 그렇다면 서로의 거리가 많이 좁혀진 셈인걸요."

"거리가 좁혀졌다고요?"

진석이 당황해하며 물었다. 자신이 적어 놓은 글자가 세종대왕을 뜻함을 마 교수가 단박에 꿰뚫어보았기 때문이다. 이도<sup>李祹</sup>. 그는 세종대왕의 이름이었다.

"그냥 재미 삼아 생각해본 겁니다. 너무 믿진 마세요."

마 교수가 시계를 쳐다보며 일어날 준비를 했다.

"잠깐만요. 저는 당최 '奴'의 정체를 모르겠는데요."

진석은 마 교수의 의중이 읽히지 않았다.

"어렵지 않은 문제니 피디님께 과제로 남겨두겠습니다."

마 교수는 '奴'자에 담긴 뜻을 끝내 설명하지 않은 채 가방을 들고 일어났다. 늦었다며 급히 자리를 뜨는 탓에 진석은 허탈하게 웃으며 마시던 커피 잔만 만지작거렸다. 세종과 노비라……. 아무리 머릴 굴려도 언뜻 연상되는 게 없었다.

조선왕조실록을 뒤적이면 그 답을 찾을 수 있을까?

진석은 마시던 커피를 손에 든 채 국회도서관을 빠져나왔다.

진석은 K대 정문을 지나 도서관으로 향하는 언덕길을 올라갔다. 자료를 찾기 위해 한 달에 한두 번은 어김없이 들르게 되는 곳이다. 모교인 까닭도 있지만 서지자료가 그 어느 곳보다 방대하여 자료를 찾기엔 그만이었다. 책을 빌릴 수는 없지만 약간의 수수료만 내면 옛 학생증으로도 도서관 출입이 가능한 데다가 복사를 자유로이 할 수도 있고, 일반 컴퓨터로 쉽게 접근할 수 없는 협력도서관의 전자 자료를 열람하기에도 용이했다. 진석은 5층 자료실로 올라가 우선 자판기 커피부터 뽑았다. 교정이 한눈에 내려다보이는 자료실 앞 창가에 기대서서 한창 가을색으로 변신 중인 교정 곳곳으로 눈길을 주었다.

진석이 다큐멘터리 제작에 관심을 갖게 된 계기는 고등학교 방송 동아리 활동을 통해서였다. 전국 고등학교 방송제에 공모했던 〈소사동은 알고 있다〉라는 제목의 30분짜리 미니 다큐멘터리가 최우수상을 수상하면서 시사나 사회 고발 문제에 관심을 갖게 됐다. 〈소사동은 알고 있다〉는 터다지기 공사 과정에서 청동기 시대 유적지가 발견되었음에도 지자체와 건설회사가 무리하게 아파트 건설을 강행하는 현장을 담아낸 영상물이었다. 그 뒤 진석이 만든 영상물이 지역 언론에 소개되면서 시민단체 등에서 문제를 제기하게 되었고, 그 일로 문화재청의 '정밀재조사' 명령을 이끌어내기도 했다.

꿈에 부풀었던 방송국 생활은 그에게 기쁨과 실망을 동시에 가져다주었다. 야심차게 추진했던 몇몇 기획안이 예산 문제로 최종 심의 단계에서 물을 먹기도 했고, 입사 초기에는 정부나 지자체를 간접적으로 홍보하는 영상물을 찍느라 밤을 새기도 했다. 그래도 자신이 만든 프로그램이 사회에 반향을 일으켜 약자들과 소외된 사람들, 혹은 법의 테두리 밖에서 고통받는 사람들에게 희망이 전해질 때는 나름대로 보람을 느끼기도 했다. 전국의 농촌을 돌며 엉터리 태양광 에너지 시설을 고가에 팔아먹고 다니는 신종 에너지 사기꾼들의 실태를 고발한 〈당신의 에너지는 안전한가?〉 같은 프로그램이 대표적이다.

종이컵을 손으로 구긴 뒤 진석은 정보검색실로 가서 조선왕조실록을 뒤적였다. 노비 출신으로 태어나 이름을 남긴 인물은 예상보다 많지 않았다. 세종 대에 대호군 벼슬을 지낸 장영실과 역시 세종 연간에 풍수학을 지낸 목효지, 뛰어난 그림 재주로 중종의 특명에 의해 도화서 화공이 되어 〈송화보월도〉를 남긴 이상좌가 그들이었다. 이외에도 임진왜란 때 공을 세운 백운상, 홍언수, 홍계남 등에게 벼슬이 주어졌다는 기록이 남아 있었다. 이들 중에서 세종 연간의 인물은 장영실과 목효지가 유일했다. 그 중에서도 장영실은 노비 출신으로 파격적으로 종3품인 대호군 벼슬까지 올라갔다.

풍수에 정통하여 세종의 신임을 얻고 말단 벼슬까지 살았던 목효지는 세조에게 밉보인 나머지 목이 잘려 죽는다. 세조가 권력을 잡기 위해 자신의 동생인 안평대군에게 사약을 내렸을 때, 목효지는 세조가 아닌 안평의 편에 섰기 때문이다. 세종 연간에 승승장구했던 장영실도 말로는 그다지 좋지 않았다. 뛰어난 손재주로 세종의 사랑을 듬뿍 받았던 그도 세종대왕의 가마를 잘못 설계했다는 죄를 뒤집어쓰고 파면을 당했다고 조선왕조실록은 전하고 있다. 가마 사건 이후 장영실은 역사에서 자취를 감추게 된다. 세종24년인 1442년 3월에 일어난 일이었다.

'측우기와 혼천의를 만든 위대한 과학자를 가마를 잘못 설계했다는 일로 파면하다니. 웃기는 일이야.'

진석은 검색을 중단한 채 홀로 쓴웃음을 지었다. 마 교수가 휴지에 써놓은 인물이 어쩌면 장영실일지도 모른다는 생각이 들었다. 풍수학 목효지와 비차는 좀처럼 그림이 그려지지 않았지만 장영실은 달랐다. 장영실이라면 얼마든지 비차를 만들었을 수도 있었다. 하지만 장영실이 유럽으로 건너갔다는 상상은 아무래도 억측이었다.

'어쩌면 역사가 감추어놓은 제3의 인물이 있을지도 몰라.'

진석은 책 냄새가 물씬 풍기는 7층, 고서자료실로 올라가 장례 절차를 기술해놓은 조선시대 사대가들의 개인 문집을 몇 권을 더 훑었다. 조선시대 복식을 이해하기 위해서는 장례 기록을 살펴보는 방법이 가장 쉬운 접근법일 것이었다. 시신을 안장할 때 고인이 평소 즐겨 입던 옷을 함께 묻는 경우가 많았고 아예 염습의로 쓰기도 했기 때문이다. 인목왕후의 어머니인 광산부부인 노씨[4]나 숙부인 초계정씨의 장례 기록이 특히 후대 복식 연구자들에게 좋은 연구 자료가 되고 있는 것도 같은 이유 때문이다.[5] 그림에 등장하는 한복도 중요한 연구 자료지만, 아쉽게도 조선 중기 이후의 그림은 매우 드물었다.

진석은 고서자료실 서가를 한 시간쯤 서성거리다가 밖으로 나왔다. 아직 초저녁인데 벌써부터 배가 출출했다. 화장실에 들러 소변을 본 뒤 지하 매점으로 내려갔다. 김밥으로 저녁을 때우고 나서 도서관이 문을 닫는 9시까지 자료실에 틀어박혀 작정하고 조선시대 복식에 관한 논문과 서지 자료들을 더 훑어볼 생각이었다. 낯선 여자에게서 전화가 걸려오지 않았다면 진석은 아마도 여느 날처럼 도서관 마감 시간에 맞췄을 것이다.

계단을 따라 천천히 지하 매점으로 내려갈 무렵 전화가 왔다.

"여보세요. 혹시 곽, 진, 석 피디님?"

뚝뚝 끊어지는 목소리. 진석은 대번에 상대를 알아챘다.

"엘레나?"

---

4) 광해군조, 인목대비仁穆大妃의 어머니로 장례일지 기록이 남아 전한다.
5) 『17세기 초기 상례기록을 통해 본 조선시대 여자 복식』, 한복문화 제12권 3호, 2009.

"네, 맞습니다."

상대의 목소리에서 필요 이상의 반가움이 느껴졌다.

"엘레나, 어쩐 일로 전화를 다 했어요?"

"일 있어서 했습니다. 혹시 지금 나 만날 수 있어요?"

진석은 벽에 걸린 시계를 쳐다보았다. 저녁 먹기 좋은 시간이었다.

"좋아요. 지금 엘레나는 어디에 있지요?"

"나 지금 인사동 있습니다. 나 급해요. 빨리 만나요."

"왜요? 무슨 일인데요?"

"아뇨. 말할 시간 없습니다. 빨리 만나요."

후다닥 밖으로 달려 나간 진석은 도서관 후문에서 지나가는 택시를 세웠다.

'그렇지. 엘레나가 있었지.'

진석은 가벼운 흥분을 애써 가라앉혔다.

먼 이탈리아에서 자신의 뿌리를 찾아 한국으로 유학 왔다는 엘레나. 그렇다! 자신의 뿌리를 찾아 동양으로 날아온 그녀의 여정 자체를 카메라로 담아보는 건 어떨까? 유전자 검사 결과 그녀와 한국인 사이에 유사성이 발견되면 더욱 극적인 장면이 연출되겠지. 비슷한 형식의 다큐멘터리가 적잖이 제작되었다는 게 마음에 걸렸지만 잘만 활용하면 〈한복 입은 남자〉의 메인 줄거리로도 손색이 없을 것 같았다.

엘레나는 인사동 입구, 편의점 앞에 초초한 모습으로 서 있었다.

진석을 발견한 뒤에도 주변을 살피며 경계의 눈빛을 풀지 않았다. 화장을 거의 하지 않은 맨얼굴에 알이 둥근 선글라스까지 쓴 차림이었다. 보물이라도 들어 있는지 어깨에 멘 가방을 꽉 움켜쥔, 어색하고도 우스꽝스러운 행색으로 그녀가 달음박질하듯이 다가왔다.

"무슨 일 있어요? 표정이 왜 그래요?"

진석이 의아해하며 물었다.

"빨리 저쪽으로 가요."

엘레나가 진석의 손을 잡아끌었다. 진석은 이유를 물을 사이도 없이 그녀가 이끄는 대로 인사동 갈래 골목을 빠른 걸음으로 통과했다. 10분쯤 지나자 서서히 등에 땀이 차고 숨이 가빠왔다. 엘레나는 좀처럼 멈출 기미를 보이지 않았다.

"이봐요. 엘레나. 혹시 누가 쫓고 있어요?"

진석이 손을 놓으며 물었다. 미 대사관 쪽으로 빠지는 골목 중간이었다.

"네, 나 미행해요……."

"누가 미행을 해요? 나쁜 사람들인가요?"

당최 무슨 얘길 하는지 알아들을 수가 없었다.

"그 사람들. 몇 달 전부터 내 주변에 자주 그 사람들 있어요."

"그러니까 그 사람들이 누구냔 말입니다."

"몰라요. 그 사람들 나빠요."

골목을 돌자 한 무리의 중국 관광객들이 우르르 몰려나왔다. 관광객들 틈에 섞이자 조금 안심이 되었는지 엘레나가 걷는 속도를 줄였다.

"이럴 게 아니라 어디든 가서 저녁을 먹으며 얘기합시다."

"나는 생각 없습니다. 많이 배고파요?"

좀 난감했지만 진석은 그대로 엘레나의 뒤를 따라 걸었다.

큰길로 나서자 저만치 경복궁이 보였다. 가을맞이 경복궁 야간 개장을 알리는 신문 기사를 본 기억이 나서 진석이 물었다.

"우리 저기로 들어갈래요?"

진석은 매표소를 턱으로 가리켰다. 엘레나가 고개를 끄덕였다.

'내가 괜한 짓을 하는 건 아닐까.'

진석은 짧은 순간 회의감이 들었다. 정신이 살짝 이상한 여자일 수도 있지 않은가. 과학관에서 허둥거리며 나갈 때 알아봤어야 하는데……

"여기, 익숙해요."

진석의 마음을 아는지 모르는지 엘레나가 친근한 척을 하며 옆으로 바짝 다가들었다. 진석은 약간 거리를 두고 앞장서서 매표대를 통과했다.

"나 여기 경복궁 자주 와요. 오늘 다섯 번째 와요."

엘레나가 수다쟁이처럼 중얼거렸다. 그녀는 더 이상 초조해하지 않았다.

"여기 말고도 갈 데는 많은데."

"그래도 여기 좋아요. 여기 오면 꼭 들르는 곳 있습니다."

엘레나가 갑자기 팔짱을 껴오는 통에 진석은 당황하며 팔을 빼냈다. 회사 동료들 눈에라도 띄면 영락없이 오해를 살 장면이었다.

아직 길이 들지 않은 암망아지가 생각났다. 어디로 튈지 모르는 좌충우돌 암망아지. 대체 종잡을 수 없는 여자다. 엘레나에게서 진석이 느끼는 이미지는 그런 것이었다.

엘레나가 이끈 곳은 제법 가을 분위기가 풍기기 시작하는 경회루였다.

"뷰디풀. 여기 정말 좋아요."

석주 난간에 엉덩이를 기대며 엘레나는 탄성부터 질렀다. 방금 전까지 쫓기던 여자라고는 믿기지 않을 정도로 다른 여자처럼 행동했다.

경회루 주변으로 많은 사람들이 몰려나와 있었다. 아예 돗자리를 가지고 나와 드러누운 채 책을 읽거나 노트북을 두드리는 사람들도 보였다. 몇백 미터만 걸어가면 차와 사람들로 바글거리는 도심 한가운데 풍경치고는 분명 별천지였다.

"엘레나. 이제 무슨 일인지 얘길 좀 해봐요. 느닷없이 만나자고 해놓고 만나자마자 쫓는 사람도 없는데 인사동서 여기까지 아무런 설명도 없이 끌고 오다니!"

그녀가 가방을 가리키며 말했다.

"여긴 사람 너무 많아요. 우리 저기 저쪽으로 갑니다."

"또 가자고요? 헛헛헛."

투덜거림에도 아랑곳없이 엘레나가 먼저 몸을 일으켰다.

"저 안에 가면 조용한 곳, 많이 있습니다."

집경당을 지나자 비로소 인파가 조금 드문드문해졌다. 걸어가는 동안 엘레나는 옆구리에 낀 가방을 열었다가 닫기를 반복했다. 뭔가를 꺼내려다가 망설이는 것 같았다. 진석은 향원정에 도착할 때까지 아무것도 묻지 않았다. 적당한 간격으로 가로등이 서 있을 뿐, 향원정 주변은 사람이 거의 보이지 않았다. 연인 한 쌍만이 반대편 못가에 앉아 있었다. 목소리는 들리지 않았다. 그들은 둥지에 웅크린 작은 새들 같았다.

"나, 밤엔 여기 처음 왔어요."

"나도 그래요. 최근에야 야간에 궁궐을 개방하기 시작했죠."

진석은 맞장구를 치며 연못에 시선을 고정했다. 가로등 불빛을 비스듬히 받고 선 누각은 네 다리를 정원 깊숙이 감춘 채 침묵하고 있었다. 맞은편 수풀 속에서 이름 모를 검은 새 한 마리가 후득 날아올라 북한산 쪽으로 날아갔다.

"이걸 좀 봐줘요. 나 이거 때문에 많이 무서워요."

마침내 엘레나가 가방에서 꺼낸 것은 속이 비치는 플라스틱 파일 케이스였다. 엘레나는 케이스를 열어 안에 든 것을 조심스럽게 보여주었다. 파일 케이스를 건네는 엘레나의 표정이 영화에 나오는 스파이처럼 진지하기 짝이 없었다.

"이게 뭐죠. 엘레나?"

케이스 안에 누런 종이 묶음 같은 것이 들어 있었다.

"이거 우리 가문, 중요한 문서입니다. 우리 조상님 다이어리에요."

"엘레나 조상님 일기장이라고요? 어디 봅시다."

진석이 조심스레 파일케이스를 열었다.

"엇 정말이네. 근데 이건 한자잖아."

종이 오른쪽 중앙에는 세로로 '備忘錄'이라고 쓰여 있었다. 곧 삭아 내릴 것 같은 종이 꾸러미였다. 눈짐작으로 보건대 A4용지보다 조금 작은 정도의 크기였다. 기름을 먹인 듯 표지는 누룩 빛깔이었고 중간 넘어 몇 부분이 찢어지고 군데군데 닳긴 했으나 전체적으로 보관 상태는 양호했다. 대략 쉰 대여섯 장쯤 되는 것 같았다.

"여기 한자, 다이어리와 같은 뜻 맞습니까?"

"맞아요. 이건 비망록이라는 건데 일기 같은 겁니다."

진석은 조심스럽게 종이를 넘겨보았다. 수십 점의 스케치 그림과 글씨가 특별한 규칙 없이 제멋대로 뒤섞인 잡기장이었다. 스케치는 소형 선박으로부터 톱니가 복잡하게 맞물린 쓰임을 알 수 없는 기계장치들, 소와 말, 낙타 종류의 동물과 사람 얼굴에 이르기까지 종류가 다양했다. 활과 노 같은 무기와 도구류, 심지어 하늘의 별자리를 그려놓은 것도 있었다.

다이어리를 더욱 난해해 보이게 만드는 것은 여백마다 촘촘히 적힌 3개 국어 이상의 글씨였다. 초서체로 흘려 쓴 한자는 지독한 악필이어서 아무리 눈을 크게 떠도 뜻을 알 만한 글자가 보이지 않았다. 한자 옆, 혹은 한자 사이사이 작은 글씨로 듬성듬성 적힌 알파벳도 그 뜻이 이해되지 않기는 마찬가지였다. 엘레나가 그것이 이탈리아어임을 지적해준 뒤에야 겨우 고개를 끄덕였을 뿐이다.

스케치 밑에 주석처럼 달린 한글도 알아볼 수 없기는 마찬가지였다. 지금은 쓰이지 않는 받침자를 포함하여 뜻을 알 수 없는 단어 일색이었다. 띄어쓰기가 돼 있지 않아 문장의 호응관계나 의미도 전혀 알아낼 수 없었다.

"음, 이게 그러니까……."

엘레나가 시종일관 흥미로운 시선으로 지켜보고 있던 터라, 진석은 애써 한 글자라도 의미를 해석해보려고 끙끙거려보았다. 한자나 이탈리아어는 그렇다고 쳐도 한글조차 한 글자도 해석되지 않는 상황이라 진석은 땀깨나 흘렸다.

이럴 줄 알았으면 대학 때 한자 공부를 좀 더 열심히 해두는 건데.

진석은 공연히 헛기침만 남발했다. 비망록은 표지를 포함하여 도합 쉰두 장, 정확히 104면이었다. 그림과 글씨가 뒤섞인 스케치북 형태가 스무 장쯤 이어지다가 중간 이후부터는 짧은 메모 형태의 글들이 한자와 이탈리아어, 옛 한글 등으로 난잡하게 이어졌다. 마치 자신의 지적 능력을 과시라도 하려는 듯이.

그 와중에도 진석의 시선을 끄는 그림 한 점이 있었다. 네 번째 페이지 상단에 특이하게도 한 여자의 얼굴이 스케치돼 있었던 것이다. 한복 선과 머리카락, 목선이 고스란히 살아있는 선 고운 여인네였다. 여인도 여인이지만 그림 밑에 작은 글씨로 쓰인 '돗다'라는 글자가 유독 눈에 띄었다. 특이하게도 '돗다'의 밑에 글자 같기도 하고 낙서 같기도 한 기호가 두 개 그려져 있었는데, 너무 작아서 육안으로는 정확히 그 의미가 구별되지 않았다.

진석은 휴대폰을 꺼내 카메라 기능을 켰다. 화면을 확대하자 아주 작은 형태의 글자가 서서히 하나의 단어로 모양을 갖춰갔다. 비망록의 작자가 가는 펜 터치로, 마치 자신의 감정을 숨기기라도 하듯 조심스럽게 숨겨놓은 글자는 '난이'였다. '난이'와 '돗다'가 무엇을 뜻하는 글자인지는 알 수 없지만, 그것이 한글임은 너무도 분명했다. 아마도 중세어로 분류되는, 지금은 안 쓰는 단어일 것이었다.

진석은 손바닥에 땀이 고이는 걸 느꼈다. 억측이겠지만 스케치 속 저 고운 여인의 이름이 혹 난이가 아닐까? 만약 난이가 사람 이름이라면 돗다는 그녀를 수식하는 동사나 형용사가 될 것이었다. 자신만 알아볼 수 있게, 이름을 숨겨 놓은 것으로 보아 작자는 아마도 자신의 연인을 대놓고 드러낼 수 없는 입장에 처해 있었겠지. 그렇다면?

"뭐 좀 알았습니까? 나, 무지 답답합니다."

엘레나가 깊은 생각에 잠겼던 진석을 현실로 불러냈다.

"한자와 알파벳, 한글이 뒤섞여 있어서 당최……."

"거기 한국말도 있어요. 한국말 읽어 주세요."

"음, 이거 너무 오래된 한글이라 해석은 내 능력 밖이에요. 분명한 건 이 비망록의 주인이 조선 사람이라는 겁니다. 엘레나의 조상이 누구인지는 모르지만 한국 사람과 관련이 있는 게 틀림없어요."

"맞습니다. 우리 할아버지 옛날부터 그렇게 말 했어요."

그래. 전에도 그런 얘기를 했었지.

"공교롭지만 일이 재미있게 돌아가는군."

"뭐라고요?"

"아녜요. 그건 그렇고……, 근데 여기 이 사람은 누구죠?"

페이지를 넘기던 진석의 손이 다시 멈췄다. 기시감이 도는 어떤 남자의 상반신 스케치 앞이었다. 마흔 전후, 혹은 쉰, 좀처럼 나이를 분간할 수 없는 얼굴이었다. 동양인인지 서양인인지도 헷갈렸다. 눈썹은 둥근 형태였고 콧날이 오뚝했다. 쌍꺼풀진 두 눈에는 장난기 같은 것이 배어 있었다. 광대뼈가 약간 튀어 나왔지만 전체적으로 얼굴은 몸의 균형에 비해 크지 않았고 하관은 갸름했다. 입은 작았으며 꼭 다문 입술은 야무져 보였다. 수염이 없는 대신, 망건뒤로 뻗친 머리카락은 곱슬이었다. 마치 진석에게 자신이 누구인지 맞혀보라는 듯 말을 거는 것 같았다. 그림에는 인물에 대한 어떤 설명도 붙어 있지 않았다.

"이상하게 눈에 익은데. 혹시 모사작인가?"

엘레나가 과장된 동작으로 박수를 쳤다.

"맞아요. 많이 닮았습니다. 많이 이상해요."

진석은 귀가 번쩍했다.

"누구랑? 뭐랑 많이 닮았단 거죠?"

"아, 이건 내 생각입니다. 우리 전에 얘기 했어요. 루벤스의 한복 그림. 난, 닮았다고 생각해요."

"아, 정말 듣고 보니 그렇네요."

진석은 고개를 끄덕이며 동의했다. 닮았다는 느낌의 근원지는 엘레나의 말대로 〈한복 입은 남자〉인 것 같았다. 전문가의 고증이 필요하겠지만 확실히 두 그림은 닮아 보였다. 보기에 따라 한 사람으로 보이기도 했지만, 루벤스의 그림과 달리 비망록의 그림은 보존 상태가 좋지 않아 꼭 그렇다고 확신할 수 있는 수준은 아니었다.

'가만, 뭔가 이상하지 않은가……'

진석은 문득 이상한 생각이 들어 엘레나를 뚫어지게 쳐다보았다. 최초 루벤스의 그림 한 점으로부터 출발했던 의문이 다빈치의 비행기 설계도로 이어지고, 일부러 그러기라도 한 것처럼 낯선 여자가 우연을 가장하고 나타나 믿기 힘든 자료를 꺼내 보이고 있지 않은가. 취재 과정에서 종종 있는 일이지만 이번에는 경우가 달랐다. 모든 일이 마치 사전에 계획된 것처럼 딱딱 들어맞고 있었다.

'그렇지! 물건을 팔기 위해 의도적으로 접근한 여자인지도 모른다. 그게 아니라면 방송을 이용해 골동품의 가치를 터무니없이 높이려는 수작이거나.'

"엘레나. 그러니까 이게 조상님이 남긴 유품이란 말이죠?"

"네, 그렇습니다."

"혹시 후대의 것은 아닐까요? 선조 중에 그림에 소질이 있던 사람이 이런 저런 책들을 참고하여 따라 그렸을 수도 있잖아요. 기억을 더듬어보세요. 혹시 그림을 그리거나, 과학에 관심이 많던 조상들 얘기를 못 들었나요?"

"몰라요. 그런 사람 모릅니다."

"그럼 이걸 이제 와서 공개하는 이유가 뭡니까?"

"이거 내가 처음 발견, 했습니다."

엘레나는 답답하다는 듯 두 손바닥을 펴 보였다.

엘레나가 비망록을 처음 발견한 건 5년쯤 전이었다. 척수암을 앓던 아버지가 세상을 떠난 뒤 우연히 창고를 정리하다가 중국 글자가 적힌 비망록을 처음 보았다. 이후 그녀는 대수롭지 않게 자신의 책상에 그것을 넣어두었다. 그것이 500년도 넘은 물건이라고는 꿈에도 생각하지 않았기 때문이다. 정규 교육을 받지 못한 아버지는 평생 책에는 관심이 없었다고 한다.

그녀가 한국 유학을 결심하면서 가방에 조상의 특별한 유품을 넣어온 이유는 중간중간 삽입된 뜻을 알 수 없는 한글 때문이었다. 한국에 온 뒤 그녀는 비망록에 등장하는 한자와 한글을 모조리 옮겨 적고 그 뜻을 알아내기 위해 혼자 끙끙거려왔다. 하지만 역부족이었다.

"이것 때문에 이상한 일 또 있었습니다."

그녀 주변에 낯선 남자들이 나타나기 시작한 건 약 6개월 전이었다. 딱 한 번 그녀는 비망록을 들고 주한 이탈리아 대사관을 찾은 일이 있었다고 한다. 논문에 참고할 정부의 공식문서를 열람하기 위해서였다. 그녀는 자국 학회지에 발표할 논문을 쓰는 중이었고, 논문의 소재는 이탈리아의 희귀 성씨인 '꼬레아'에 관한 것이었다. 논문을 준비하는 가운데 그녀가 주목한 게 바로 루벤스의 그림이었다. 〈한복 입은 남자〉 하단에 나오는 배는 틀림없는 중국의 정크선이며, 그림의 모델이 그 배를 타고 왔다는 그녀의 주장은, 그러나 심사 단계에서 거부되었다. 증거가 부족하다는 이유였다.

"그때부터 나쁜 사람들, 우리 집에 왔어요."

대사관에 다녀 온 며칠 후 누군가 원룸에 몰래 들어와 집을 엉망으로 만들어놓았다고 한다. 도둑처럼 위장했지만 특별히 훔쳐간 건 없었다. 그녀는 낯선 사람들이 비망록을 찾으려고 침입했음을 직감했다. 다행히 비망록은 학교 도서관 사물함에 넣어둔 터라 화를 면했다. 그날 이후 엘레나는 지하철 사물함에 비망록을 보관해왔다.

"짐작되는 사람은 없습니까?"

"있습니다. 그 사람들, 우리 대사관 직원 같아요."

그녀가 대사관에 요청한 자료는 19세기 후반, 한국과 이탈리아 수교 당시 이탈리아 정부문서였다. 한국과 이탈리아가 정식으로 수교한 것은 1956년이다. 하지만 그보다 앞서 1884년 '우호 및 통상, 항해'에 관한 협정을 체결한 바 있다. 1905년 을사조약으로 조선의 외교권이 박탈당하면서 관계가 끊겼지만 엄밀히 따지자면 이때 맺은 조약이 이탈리아와의 첫 수교조약이었다. 자료가 남아 있지 않다는 이유로 거절되긴 했지만 엘레나는 1884년 수교 당시 수교를 주도했던 인물들에 관한 자료를 얻고 싶었다. 수교를 주도한 인물 중에 조선과 깊은 관계에 있는, 한국계 이탈리아인이 섞여 있을 거라 짐작했기 때문이다.

대사관 직원과 논문의 목적에 대해 이야기를 나누는 과정에서 엘레나는 자신이 조상들이 남긴 옛날 기록을 가지고 있다고 말했다. 별 생각 없이 주고받은 말이 정보를 취급하는 요원들에게 전달된 것 같다는 게 엘레나의 주장이었다.

"그럼, 아까도 그 사람들이 엘레나를 미행했나요?"

"몰라요. 나, 많이 무서웠습니다."

"그 사람들이 왜 비망록을 탐낸다고 생각합니까?"

"모릅니다."

과대망상일수도 있었으나 딱히 그렇게 볼 일만도 아니었다. 비망록의 진위 여부가 판가름 나면 자연스레 엘레나의 말도 증명될 것이었다.

그즈음, 이미 진석의 머릿속에선 엘레나를 주인공으로 내세운 다큐멘터리의 구상이 거의 끝나가고 있었다. 우선 급한 대로 비망록의 간단한 진위 여부를 체크한 뒤 당장 촬영에 들어가고 싶었다.

불행인지 다행인지 엘레나는 아직 자신이 가진 물건의 가치를 제대로 파악하지 못한 것 같았다. 그만큼 그녀의 여정은 순수한 데가 있었다. 만약 진품으로 판정된다면 수천만 원, 어쩌면 수억 원을 호가할 수 있는 물건이 아닌가? 돈도 돈이지만 어쩌면 서양의 근대사를 뒤집을 중요한 발견이 이루어질 수도 있었다.

"이걸 피디님이 맡아줘요."

엘레나의 갑작스런 제안에 진석은 당황했다.

"네, 뭐라고요? 이걸 그냥 준다고요? 저를 어떻게 믿고 이 소중한 것을 맡기나요?"

"지하철 사물함에 두는 것보다 당신에게 보관하는 것이 더 안전하다 판단했습니다."

"저를 어떻게 믿고요?"

"다 조사했습니다. 방송국 직원인 거 다 확인했고, 믿을 만하다 생각해서 맡기는 겁니다. 그 대신 약속해줘요. 당신이 방송을 통해서 우리 이탈리아 사람, 꼬레아의 조상을 밝혀줘요. 방송의 힘이 필요해서 방송국 로고를 보고 당신에게 먼저 말을 걸었어요. 나는 당신을 믿고 우리 조상의 물건을 맡깁니다. 이것이 내가 당신을 만난 이유입니다."

그녀가 볼이 상기된 채 말했다. 진석은 그녀의 말에 어떤 거짓도 숨어 있지 않다고 느꼈다. 지금 이 순간, 그녀는 제 뿌리를 찾는 일이 무엇보다 간절해 보였다.

'그편이 비망록을 지킬 수 있는 길이기도 하겠지.'

진석은 고개를 끄덕이며 향원정 물속으로 눈길을 던졌다.

'엘레나라, 엘레나 꼬레아……'

가까운 곳에서 철썩 하고 파도 소리가 들려오는 것 같았다. 이로써 다큐멘터리의 방향이 잡힌 건가? 파도를 헤치며 당당히 전진하는 함대 갑판에 한 동양인이 철릭을 휘날리며 서 있다. 그는 사랑하는 여인을 생각하고 있다. 사내를 아프게 한 여인의 이름은 난이였을지도 모른다. 그는 우여곡절 끝에 이탈리아에 도착하고 함대가 떠난 뒤에도 그곳에 남는다.

세월이 흘러 그는 그 땅에서 죽고 직계 후손들이, 혹은 함께 배를 타고 건너갔던 일단의 동양인 후손들이 그의 다이어리, 아니 비망록을 물려받는다. 외모가 달랐던 그들은 자신의 뿌리를 기억하기 위해 선조가 살았던 나라 꼬레아를 그들의 성씨로 받아들인다. 그리고 세월이 수백 년 흘러 한 여인이 태어난다. 그녀는 자신의 뿌리를 알고 싶어 한다. 그는 조부와 아버지로부터 조상이 먼 옛날 꼬레아에서 왔다는 얘기를 듣는다. 그녀는 창고에서 죽은 선조들의 유품을 정리하다가 옛 기록이 적힌 비망록을 발견한다. 그녀는 비망록을 품은 채 조상들의 땅을 찾는다. 그곳에서 비망록의 수수께끼를 찾아 돌아다니던 중 다큐멘터리를 제작하고 있는 젊은 피디를 만나고, 비망록을 세상에 알리기 위해 의도적으로 접근한다…….

"피디님, 무슨 생각 합니까? 나, 배 많이 고파요."

연못으로 돌을 집어 던지며 엘레나가 천진하게 물었다.

"아하, 그렇지. 우리가 아직 저녁을 안 먹었지."

진석도 돌 하나를 찾아 연못 중앙으로 던졌다.

견고하던 누각 그림자가 연못 속으로 흐물흐물 허물어졌다.

진석은 집으로 돌아와 곧장 비망록에 매달렸다.

옥편을 옆에 끼고 새벽 2시가 다 되도록 끙끙거렸지만 단어 몇 개를 해석하는 정도가 고작이었다. 이탈리아어는 물론이거니와 한 자 자체도 지금은 쓰지 않는 조합이 많아 전반적인 내용을 이해하기 란 애초부터 불가능했다. 그나마 읽어낼 수 있는 몇몇 한글도 '난 이'처럼 그 뜻이 애매한 게 대부분이었다. 연도로 추정되는 글자를 발견한 것이 그나마 성과라면 성과였는데 이를테면 아홉 번째 장 모서리에 적힌 '正統十七年'이라는 글자가 그것이다. 정통 17년을 서기로 환산하면 단종 즉위기인 1452년이 된다.

진석은 여기서 한 가지 이상한 점을 발견했다. '정통'은 세종시대에 쓰던 명나라 6대 황제 정통제[6]의 연호로 1436년부터 1449년까지 사용되었다. 중간에 잠깐 연호가 바뀌게 되는데, 그 이유는 정통제가 1449년 오이라트족이 쳐들어왔을 때 친히 군사를 이끌고 나가 싸우다가 적에게 포로가 되었기 때문이다. 황제가 포로로 잡히자 조정에서는 정통제의 동생을 황제의 자리에 앉히고 경태제[7]라 불렀다. 그러나 1449년 경태제가 병에 걸리자, 마침 포로에서 풀려난 정통제가 8대 황제로 복위하여 천순제(재위 1457~1464)라는 연호를 붙였다. 한 명의 황제가 두 번 즉위하는 보기 드문 사건이 연출된 셈인데, 비망록의 작성자는 어떤 연유에서인지 계속해서 정통이라는 연호를 사용하고 있었다.

정통제 연호가 1449년까지만 사용된 것으로 미루어, 아마도 비망록의 저자는 1449년 전에 조선이나 명나라를 떠나 있었던 게 틀림없다. 그게 아니라면 설명할 수 없는 오기이기 때문이다. 어쩌면 이것은 결정적인 실마리가 될 수도 있다. 그리고 비망록 구석구석에 이런 단서들이 더 들어 있을 것이다. 진석은 두근거리는 가슴을 억누르며 잠을 청했다.

---

6)  정통제·천순제正統帝, 天順帝(1427년 11월 29일~1464년 2월 23일)는 중국 명나라의 제6, 8대 황제(재위 1435~1449년, 복위 1457~1464년)이다. 이름은 주기진朱祁鎭이다. 명 왕조 사상 첫 복위를 한 황제로, 정통正統의 연호를 사용하였다가, 복위 후에 천순天順으로 개원하였다.

7)  경태제景泰帝(1428년 9월 21일~1457년 3월 14일)는 중국 명나라의 제7대 황제(재위 1449년~1457년)이다. 이름은 주기옥朱祁鈺이다. 묘호는 대종代宗, 연호는 경태景泰이다. 선덕제의 아들이며 정통제의 이복아우이다.

이튿날, 잠을 설친 탓에 골아 떨어졌던 진석은 8시가 다 돼 겨우 눈을 떴다. 지하철이 연착돼서 늦을 것 같다는 신 작가의 문자를 받고 나자 정신이 번쩍 들어 자리를 차고 일어났다. 진석은 우유 한 잔을 넘기고는 거울을 볼 틈도 없이 옷부터 입었다. 서울에서 2시간 거리인 P대학에서 '출토 복식으로 살펴본 조선의 의복'이란 주제로 학술회의가 열리는 날이었다. P대학 섬유학과와 문화재청이 공동 주관한 행사로, 진석은 이날 학술회의 중요 장면을 녹화로 떠 방송에 삽입할 계획을 세워놓고 있었다.

서두른다고 서둘렀는데도 10시에 시작되는 학술회의에 10분 가까이 늦고 말았다. 주차장에 차를 넣다가 방송사 로고가 프린트된 박스 차량을 발견하고 나서야 겨우 숨을 돌릴 수 있었다.

"막 시작했어요."

신 작가가 진석을 발견하고 손짓으로 어서 오라는 시늉을 했다.

진석은 회의장 로비에 전시된 몇몇 사진 작품을 지나쳐 회의장 안으로 들어갔다. 이마가 반쯤 벗겨진 총장이 개회사를 읽고 있었다. 500명쯤 수용이 가능한 중강당은 3분의 2쯤 채워져 있었고 대개는 앳된 대학생들이었다. 총장 오른편으로 보이는 전면 스크린에 학술대회의 개요를 알리는 자막이 느린 속도로 흘러갔다. 마이크가 갖춰진 발표자들의 의자와 책상은 무대 아래에 따로 마련돼 있었는데, 발표자들은 무대 앞줄에 앉아 대기 중이었다. 총장은 5분 정도 자신의 역할을 마친 뒤 무대를 내려왔다.

다섯 시간으로 예정된 학술회의는 초청 강연과 주제 발표, 합동 토론 등으로 구성돼 있었다. 초청 강연자는 '임진왜란이 일본 복식에 끼친 영향'이라는 주제로 논문을 쓴 바 있는 도쿄농공대학의 호리에 시게오 교수였다. 시게오 교수의 발표 논제는 '임란 이후 조선 의복의 영향을 받아 일본 여성 복식에 일어난 변화'에 관한 것이었다. 일본 여성의 전통 복식에 사용된 오비<sup>*이</sup>를 소재로 다루었는데 진석이 흥미를 가질 만한 내용이 못 됐다.

주제 발표자로 나선 세 명의 연구자는 각각 출토 복식과 한복 연구의 학계 권위자들로, 고려의 복식을 계승한 조선 의복이 임진왜란과 정묘호란 등 두 차례 이웃 열강의 도전을 받으며 어떻게 변화되어 왔는지 대략적인 변화상을 소개하는 것으로 발표를 이어갔다. 진석의 관심을 끈 것은 마지막 발표자로 나선 문화재청 소속 연구원 안승오 박사의 발표 논문이었다. 출토 복식 전문가인 안 박사는 임진왜란을 계기로 조선 초기 복식에 커다란 변화가 일어났으며 변화를 이끈 키워드를 실용성이라고 꼽았다. 진석이 애초 단초를 갖고 접근해왔던 철릭의 옷깃과 관련된 연구이기도 했다.

안 박사는 임진왜란 이전 자료인 김함 출토 복식[8], 장흥 임씨 출

---

8) 김함金涵은 임진왜란 때 공을 세운 조선의 무장으로 한산도 앞바다에서 난전 중에 실종되었다. 1985년 전남 영암군 학산면 학계리 산 2번지에서 후손들이 가묘를 이장하던 중 이중 목관과 함께 다수의 의류와 부장품들이 출토되었고, 중요 민속자료 제209호로 지정되었다.

토 복식[9] 등의 사료를 예로 들면서 임진왜란 이전의 포袍의 경우 목의 파임이나 깃의 넓이, 소매길이나 옆선의 형태 등에서 부분 변화가 일어났는데 가장 큰 특징으로 옷감의 풍성함이 사라졌음을 지적했다. 즉 임진왜란 이전의 경우 옷감이 풍성하게 사용됐으나 전쟁으로 인해 재료가 귀해지면서 실용적으로 소매길이 등에 변화가 생겼고 전쟁 이후 이것이 그대로 고착화됐다는 주장이었다. 이외에도 그는 겹옷의 확산과 홑단령 어깨 바대[10]의 연꽃 양식의 유무 등을 임진왜란 이후 변화의 예로 들었다. 단령[11]의 경우 임진왜란 이전의 단령은 홑단령이 대부분이나 임진왜란 이후 발견된 복식에서는 옷 안쪽에 안감을 덧댄 겹단령이 일상적으로 입혀졌다는 것이다. 홑단령 어깨 바대는 고려 말부터 조선 초기에 유행한 미적 양식이었다. 옷고름 역시 쌍고름이 주류를 이루다가 16세기 중반을 넘어서며 고름이 한 쌍으로 변화하였다.[12]

점심식사 후에 시작된 합동토론회 자리는 특별한 이슈 없이 의례적인 토론으로 마무리되었다. 행사가 끝난 뒤 진석은 무대 앞으로 내려가 안 박사에게 작업 중인 다큐 내용을 소개하고 보강 취재를

---

9) 임진왜란 때 의병장이었던 김덕령 장군의 조카 며느리인 장흥 임씨任氏의 묘에서 출토된 유물. 중요민속자료 제112호로 지정되었다.

10) 홑적삼 등의 옷감 안에 덧대는 헝겊조각을 바대라 부른다.

11) 깃을 둥글게 만든 포袍. 몽고·서역에서 유행했던 옷으로 삼국시대 우리나라에 전해졌다.

12) 박성실, 「임진왜란 전후 출토단령의 실증적 고찰」, 문경새재박물관, 2005년.

요청했다. 콧수염을 적당하게 기른 안 박사는 흔쾌히 제안에 응했다. 진석은 복식 전문가인 안 박사를 비롯하여 마 교수, 고대 선박 전문가, 서양화 전문가 등을 인터뷰하여 루벤스의 그림 〈한복 입은 남자〉를 보다 심층적으로 해부해볼 생각이었다. 가능하다면 이들을 한날한시에 스튜디오로 불러 갑론을박을 벌이는 장면을 화면에 담아볼 구상까지 해놓고 있었다. 자신의 뿌리를 찾아온 엘레나의 한국 생활을 메인 줄거리로 삼아 중간 중간 루벤스의 그림을 둘러싼 미스터리를 삽입하는 구조였다.

"참, 루벤스의 그 그림 말입니다."

인사를 마치고 돌아서는데 안 박사가 진석을 잡아 세웠다.

"네?"

안 박사가 입가에 주름을 만들며 말했다.

"피디님은 어떻게 생각하실지 모르지만 그거 루벤스의 그림이 아닙니다."

"네, 뭐라고요? 무슨 말씀이신지……."

진석은 당황해하며 빠히 안 박사를 쳐다보았다. 지금껏 그쪽으로는 전혀 생각을 해보지 않았기 때문이다. 흥미롭긴 했지만 잘못하다간 다큐 제작 자체가 벽에 부딪힐 수도 있는 사안이라 살짝 긴장이 되었다.

"다른 건 모르겠고 저는 복식 전문가니까 이쪽에 대해서만 말씀을 드리죠. 피디님도 아시겠지만 루벤스는 1577년에 태어났습니다. 그런데 루벤스의 그림에 등장하는 한복은 그보다 100년 이상 앞선 조선 전기의 것입니다. 상식적으로 생각을 해보세요. 루벤스가 100년 전에 태어나지 않은 이상 그 그림을 그렸다는 건 어불성설 아닙니까?"

진석이 기쁜 마음을 억누르며 물었다.

"박사님 말씀도 어폐가 있는 것 같은데요? 〈한복 입은 남자〉가 루벤스의 그림이라는 증거는 너무도 많이 남아 있습니다. 일례로 루벤스가 1618년에 그린 〈성 프란치스코 하비에르의 기적〉 같은 작품에도 동일한 스케치가 등장하지 않습니까? 루벤스는 수백 개의 스케치를 남겼습니다. 〈한복 입은 남자〉도 그 중의 하나이고요."

상대를 자극하기 위한 의도된 대답이었다.

"후후."

안 박사가 그럴 줄 알았다는 듯 미소를 흘렸다.

"피디님은 한 가지를 놓치고 있군요. 루벤스의 화집에 스케치가 남아 있다고 해서 반드시 루벤스의 독창적인 그림이라는 근거가 있을까요?"

뒤통수를 한 대 얻어맞은 기분이었다.

"헉, 그게 무슨 말씀입니까?"

"다른 사람의 스케치를 옮겨 그렸을 수도 있다는 얘깁니다. 아니면 다른 사람의 스케치에 약간의 손질만 가했을 수도 있고요. 당시엔 그런 일이 비일비재했죠."

"그렇다면 루벤스가 한복 입은 남자를 모사했다?"

"그게 아니라면 조선인이 남긴 옷을 입고 있는 후손의 모습을 그렸을 수도 있겠지요. 그림을 자세히 들여다보면 모델의 얼굴이 동양인도 아니고 서양인도 아닌 묘한 형태를 하고 있지 않습니까?"

충분히 가능한 상상이었다.

"임진왜란 이후 이탈리아 사람 안토니오 카를레티가 나가사키의 노예시장에서 노예로 팔기 위해 어린 조선인 포로 소년을 이탈리아까지 데리고 갔다는 일본 측 기록에 근거해서, 안토니오 카를레티의 이름을 따서, 조선인 소년에게도 안토니오 꼬레아라는 이름을 붙이고 그 소년을 그림의 주인공이라고 믿는 게 다수설로 받아들여지고 있지 않습니까?"

"그렇지요."

안 박사는 습관처럼 두 손바닥을 쫙 펼쳤다.

"한데 말입니다. 그건 말도 안 되는 주장이에요. 그러한 설이 유력하게 받아들여지는 이유는 일본의 노예상인 안토니오가 임진왜란 후 소년 포로를 이탈리아에 노예로 데려갔다는 그 일본 측의 기록, 하나 때문입니다."

"그렇지요."

진석은 고개를 끄덕였다.

"하지만 허점이 너무 많아요. 복식 전문가로서 얘기를 하자면, 가장 큰 문제는 모델이 입고 있던 옷이 성인 남자의 옷이라는 점입니다. 생각해보세요. 노예로 팔려갔던 소년이 어른 옷을 입고 갔을 리가 만무하지 않습니까? 더구나 노예가 사대부가 즐겨 입던 옷을 입고 망건까지 갖추어 썼으니 이거야말로 가능성이 희박한 설이죠."

"……."

"일부에서는 안토니오 꼬레아가 봇짐 속에 옷을 넣어갔다고 추측하기도 하는데 안토니오 꼬레아는 이탈리아로 가는 도중 해적의 습격을 받기도 하고 난파를 당해 겨우 목숨을 건지기도 했을 겁니다. 옷 따위를 챙겨 다닐 상황이 아니었죠. 최근의 연구 자료를 보니 17세기 초에 일본에 진출했던 네덜란드 동인도 회사에 소속됐던 한국인이 유럽으로 건너가 루벤스의 그림 모델이 되었을 수도 있다는 주장이 있는데, 차라리 그편의 추리가 더 신빙성이 높지요."

"박사님은 두 가지 설 모두 부정하시는 겁니까?"

로비가 시끄러워 두 사람은 회의장 건물 뒤편에 마련된 흡연구역까지 걸어 나왔다. 두 사람 모두 담배를 피워선지 초면임에도 불구하고 대화가 흥미롭게 이어졌다.

"사실 어떤 조선인이 어떤 과정을 거쳐 유럽으로 건너갔는지는 저 역시 알지 못합니다. 다만 분명한 것은 루벤스의 그림에 등장하는 조선인이 입고 있는 옷은 조선 전기, 최소한 임진왜란 이전의 것이며, 그림의 모델 역시 조선 초의 인물이거나 최소한 그 후손이라는 게 저의 미련한 생각입니다."

"임진왜란이 임계점이군요. 한데 그렇게 주장하는 근거라도 있습니까?"

"흠. 차제에 인터뷰할 내용을 지금 다 말하게 되는군요. 단서는 그림 속에 숨어 있습니다. 아까 발표를 들으셔서 알겠지만 첫째는 그림 속의 남자가 조선 전기 양식인 풍성한 옷깃의 한복을 입고 있기 때문입니다. 물론 그게 다는 아니지요. 아직 연구가 미흡하여 공식적으로 발표하지 못했던 한 가지 이유가 더 있기는 합니다만······. 휴대폰을 가지고 계시다면 지금 당장 루벤스의 그림을 검색해서 두루마기 하단을 보십시오."

진석은 안 교수가 시키는 대로 구글로 이미지를 불러들였다.

"두루마기 하단이라······. 글쎄요. 전 뭐가 뭔지 모르겠는데요."

"밑단을 자세히 보십시오."

"주름을 말씀하시는 건가요?"

"주름도 주름이지만 겉옷 안에 속치마를 입은 것 같지 않습니까? 두 개의 끝단이 보이고 그 간격이 어림짐작으로 10여 센티나 되지요."

"어, 그러네. 이게 어떤 비밀이라도 품고 있나요?"

"조선시대 남자들이 외출할 때 입었을 옷을 한번 상상해봅시다. 시기는 초겨울이 적당하겠군요. 밑에는 먼저 홑적삼을 입었겠고 그 위에 바지를 입었겠지요. 윗옷으로는 역시 속적삼을 입고 저고리와 마고자까지 입었겠지요. 그 위에 두루마기로 철릭이나 단령을 입었겠고······."

안 박사가 말을 질질 끄는 통에 진석은 답답함을 느꼈다.

"그래서요?"

"그림을 자세히 보십시오. 피디님은 혹시 이런 형태의 조선시대 그림을 본 적이 있습니까? 〈한복 입은 남자〉의 주인공은 철릭 위에 답호라는 옷을 덧입고 있습니다."

"뭐라고요? 철릭 위에 한 벌의 옷을 더 입었단 말입니까?"

조선 복식에 문외한에 가까운 진석으로서는 그 옷이 그 옷 같았다.

"그림상에는 다소 부정확하게 표현돼 있어 흔히 철릭이나 단령을 입은 것으로 볼 수도 있지만 분명히 답호를 입고 있습니다. 밑단에 잡힌 두 개의 선이 강력한 증거지요. 답호는 대개 팔꿈치 이하 밑단이 없는 덧입기 옷입니다. 자세히 보면 그림 오른쪽 팔 부분에 미약하나마 구분선이 드러나 있습니다. 이 남자는 철릭 위에 답호를 걸쳤고 그리하여 마치 치마를 입은 것처럼 아랫단이 두 겹으로 드러나게 된 겁니다. 항간에는 이 그림이 중국 옷이라는 주장이 제기되기도 하는데, 외려 이런 점에서 한복임이 거의 확실합니다."

"혹시 겹단령 형태가 아닐까요?"

"임진왜란 이후 입기 시작한 겹단령은 두 개의 옷을 의미하는 게 아니라, 옷감 안쪽에 다른 옷감을 덧대어 누빈 옷을 말합니다. 그림은 명확히 두 개의 옷이라는 걸 우리에게 보여주고 있지요. 제가 이 얘기를 오래하는 이유는 이 부분이 바로 그림 속 한복을 임진왜란 이전의 옷으로 유추할 수 있는 강력한 증거이기 때문입니다."

안 박사의 알쏭달쏭한 화법에 진석은 애간장이 녹아났다.

"도대체 그 증거라는 게 뭡니까? 속 시원히 말씀을 해주시죠."

"조선 중기로 오면서 저런 형태가 사라졌다는 얘깁니다. 무슨 말인고 하니, 답호의 길이가 철릭이나 단령보다 짧아 마치 속치마를 입은 듯한 우스꽝스러운 형태가 사라지고, 겉에 입는 답호의 길이가 안에 입은 옷보다 길어지게 되는 거지요. 물론 고증을 잘못한 몇몇 그림이나 방송사 사극프로에선 여전히 답호를 짧게 만들어 연기자들에게 입히고 있는 실정이지만 명백히 잘못된 재현이죠."

"아, 이제야 좀 알 것 같습니다. 그러니까 답호의 길이가 포인트였군요. 루벤스의 그림 모델은 답호의 길이가 짧은 한복을 입고 있으니 조선 초기의 사람이란 주장 아닙니까? 그런데 박사님의 주장을 계속 듣고 보니 한 가지 궁금증이 더 생기네요. 그렇게 주장할 근거가 부족하지 않습니까? 답호 길이에 대한 기록이 남아 있는 것도 아니고, 박사님이 무엇을 가지고 그런 주장을 펴시는지……."

진석은 속으로 옳거니 싶었다. 만약 안 박사가 그럴듯한 주장을 하기만 하면 〈한복 입은 남자〉에 대한 그간의 설을 뒤집을 수 있는 가장 유리한 증거가 될 수 있었다.

"아직 연구가 끝나지 않은 상태라 조심스럽습니다만, 그렇다고 증거가 전혀 없는 것은 아니죠. 1997년 12월 경기도 가평의, 원주 변씨 변수[13]의 묘에서 출토된 복식 유물에서 조심스럽게 답을 찾을

---

13) 조선 초기 무관 출신으로 종2품에까지 오른 변수邊修의 묘에서 출토된 유물로 중요민속자료 제264호로 지정되어 있다.

수 있습니다. 원주 변씨 대종회에서 국립민속박물관에 기증을 해서 2년간 보존 처리를 한 뒤 공개된, 형태가 최상급에 속하는 중요한 복식 유물들입니다. 바지를 비롯하여 저고리와 단령, 요선철릭과 답호가 거의 완전한 형태로 보전되었지요."

"그 유물의 답호가 짧다는 말씀을 하고 싶으신 거군요?"

"그렇습니다."

"대단하군요. 한데 변수라는 분은 어떤 분이었습니까? 활동연대를 알 수 있을까요?"

역사라면 진석도 나름 자신이 있었는데, 처음 듣는 인물이었다.

"물론이죠. 족보가 잘 보존돼 있어 생몰 연대가 분명합니다. 무신으로는 예외적으로 승정원의 동부승지를 제수받기도 한 것으로 압니다. 실록에도 여러 차례 등장하고 심지어는 영정까지 남아 있는 분이죠. 1447년에 태어나 1524년에 졸했고 세종은 물론 성종 연간과 연산군 시대, 중종 반정을 모두 거친 시대의 풍운아 양반입니다."

두 개비째의 담배가 안 박사의 손끝에서 타들어가고 있었다. 초면에 너무 무례하게 나간 것 같아 진석은 이쯤에서 이야기를 접어야겠다고 생각했다.

"말씀 정말 감사했습니다. 박사님 이야기를 듣고 나니 막혔던 체증이 싹 내려가는 느낌이네요. 일간 정식으로 인터뷰 요청을 넣겠습니다."

멀찍이 떨어져서 이쪽을 쳐다보고 있는 신 작가를 흘깃 쳐다보며 진석이 말했다. 아까부터 등 뒤로 그녀의 시선이 느껴졌지만 진석은 애써 무시해왔다.

"하하, 저야 뭐, 아무래도 좋습니다. 그런데 이야길 꺼내놓고 하지 않은 게 있군요. 마무리를 지어도 될지요?"

"아, 빠진 게 있었나요?"

"루벤스의 그림에 나오는 모델이 동양인이라는 보다 강력한 증거가 또 있습니다. 그림을 자세히 보면 오른쪽 손을 반대쪽 소매에 넣고 있는 것을 볼 수 있습니다. 후대에 옷을 빌려 입은 서양인이라면 이처럼 예를 갖추는 법을 알지 못했겠지요."

"그렇군요."

"물론 아직 해결해야 할 부분이 없는 것은 아닙니다. 이를테면 답호의 깃이 너무 과장되게 넓어 사실성이 떨어지고 소매며 상투, 망건과 다리의 묘사가 애매하게 처리돼 있지요. 이런 부분들이 루벤스가 실물을 보고 그리지 않았음을 반증하기도 합니다만."

안 교수가 미소를 짓고는 악수를 청해왔다.

"그럼 조만간 연락 넣겠습니다."

진석은 깍듯이 예를 갖춘 뒤 신 작가에게 가자는 사인을 보냈다.


집으로 돌아온 진석은 다시금 비망록에 매달렸다.

복식 전문가인 안 박사로부터 중요한 얘기들을 들은 뒤라서 금방이라도 수수께끼를 풀 수 있을 것 같아 의욕이 넘쳤다. 스케치 속 여인의 옷깃을 붙잡고 조선시대 한복 사진과 이리저리 대조하느라 땀을 뻘뻘 흘리기도 했다. 하지만 처음에 그랬듯 비망록을 만지는 일은 애초부터 진석의 능력 범위 밖이었다. 그렇다고 섣불리 다른 사람의 손을 타게 하고 싶지도 않아서 이러지도 저러지도 못하고 시간만 흘려보내는 모양새였다.

우선 비망록의 진위 여부부터 파악하는 게 급선무였다. 만약 비망록이 사실이라면 놀라운 발견이 될 것이었다. 〈한복 입은 남자〉에 대한 궁금증을 넘어서서, 레오나르도 다빈치와 교류하고, 서구 르네상스에 불을 붙였던 위대한 조선인의 족적을 발굴해낼 수 있을 것이었다. 그 생각을 하자 진석의 가슴은 걷잡을 수 없이 두근거렸다.

"아무래도 무리야."

종일 신경을 썼기 때문인지 약간의 두통이 느껴졌다. 진석은 베란다로 나가 담배를 뻐끔거리며 멍하니 단지 뒤편 등산로로 눈길을 주었다. 달빛을 따라 등산로의 윤곽이 어둑시근하게 펼쳐졌다. 한문학자였던 대학 때 은사가 떠올랐다. 2년 전인가 정년 퇴임을 했다는 소식을 건너건너 들은 기억이 났다. 그닥 가깝게 지내지는 않았지만 찾아뵙고 비망록을 건넨다면 대략의 이야기를 듣게 되지 않을까. 하지만 불쑥 연락을 취하기가 아무래도 내키지 않았다. 진즉에 살갑게 연락을 하며 지낼 걸 그랬나…….

진석의 시선이 허공으로 가 닿았다. 헬리콥터 한 대가 경광등을 번쩍이며 아파트 단지를 남북으로 가로질렀다. 헬리콥터 불빛을 좇던 진석의 뇌리에 불현듯 한 인물이 떠올랐다. 강배! 그렇다, 강배에게 가보자. 진석은 자신도 깜짝 놀란 듯 새삼 그 이름을 몇 번이나 되뇌었다. 비망록을 해석할 수 있는 적임자를 가까운 곳에 두고도 까맣게 녀석의 존재를 잊고 있었다니. 강배는 홍대 근처에서 작은 헌책방을 운영하는 대학 친구였다. 책을 좋아하고 학문에만 관심이 많아서 국어학 박사 학위까지 받았지만, 돈을 못 벌고 허름한 책방에 틀어박혀 이따금 족보 해석으로 푼돈이나 벌곤 하는 친구.

생각이 강배에 미치자 진석은 옷부터 챙겨 입었다. 요즘 몇 개월 동안 바빠서 자주 연락은 못했지만, 언제 만나도 반갑게 술잔을 나눌 수 있는 친구였다. 강배라면 충분히 비망록을 읽어낼 수 있을 것이었다. 내용은 차치하더라도 비망록의 작성자만이라도 알아낼 수 있다면 절반은 성공이었다. 진위 여부를 완전히 알게 되기까지, 즉 공식적으로 비망록을 유물로 인정받기 전에는 섣불리 프로그램에 집어넣을 수 없겠지만, 엘레나의 여정을 보강하는 소도구로는 안성맞춤의 콘셉트였다.

강배의 가게는 경남예식장 뒤쪽, 좁은 골목을 200여 미터쯤 파고 들어간 곳에 있었다. 낡은 건물인데다가 반지하여서 여름이면 퀴퀴한 냄새가 떠나지 않았지만, 임대료가 싼 맛에 강배는 10여 년째 이곳에서 가게를 열어왔다. 누가 찾아오기나 할런지 싶은 열 평쯤 되는 공간에 수북이 쌓인 책들이 강배와 함께 곰팡내를 풍기고 있었는데, 책방 안쪽 두 평쯤 되는 별도의 공간에 방을 만들어놓고 강배는 이곳에서 숙식까지 해결하고 있었다. 입구에 쌓아놓은 책들과 처마에 페인트로 아무렇게나 써 놓은 '세한도'라는 합판 쪼가리가 그나마 방문자에게 이곳의 정체를 드러내고 있었다.

자정이 다 되어 가는 시간임에도 다행히 불이 켜져 있었다. 오랜만에 강배를 보자 진석은 슬그머니 장난기가 발동하고 말았다. 한동안 연락이 소원했지만 한때는 툭하면 달려와 신문지를 바닥에 깔아놓고 앉아 막걸리를 들이켜며 세상 돌아가는 얘기에 날이 새는 줄 몰랐던 몇 안 되는 대학 동기가 아니던가.

"실례지만 오래된 책을 한 권 찾고 있습죠."

진석이 얼굴을 슬쩍 가리며 목소리를 과장되게 변형시켰다.

"무슨 책인데요?"

강배가 쳐다보지도 않고 들고 있던 책을 내려놓으며 물었다.

"『완당음설阮堂淫說』이란 책이지요. 18세기 조선 뒷골목에 떠돌았던 음란한 이야기들을 긁어모아놓은 책으로 많지는 않지만 제법 많은 필사본들이 고서점을 중심으로 돌아다닌다는 얘기를 들었습니다만……."

완당은 추사 김정희의 또 다른 호였다. 석사 논문의 소재로 삼았을 정도로 김정희에 푹 빠져 살았던 전력의 강배가 방금 던진 농담의 의미를 모를 리 없어 진석은 터지려는 웃음을 겨우 눌러 참았다.

"그거 한 권 있긴 한데 가격이 비싸서요. 한데 그 책은 뭐 하게요?"

어쭈 이놈 봐라.

"얼마나 합니까?"

"추사 선생이 엮은 글이라면 비록 필사본이라고 해도 최소 한 장 이상은 줘야 할 겁니다. 더구나 그것이 추사 선생이 엮은 음란집이라면……."

"한 장? 한 장이라면 얼마?"

"억이다, 미친놈아!"

강배가 진석의 등짝을 후려쳤다.

"야, 아파."

"너야말로 저녁 늦게 나타나 웬 신소리냐? 한동안 안 보이기에 방송국에서 너무 잘 나가는 나머지 아예 나를 잊었나 했다."

"잘 나가긴 개뿔, 조직 생활이 다 거기서 거기지."

강배가 잠시 기다리라더니 가게 바깥을 정리하고 들어왔다.

"근데 정말로 웬일이냐?"

"들어가서 얘기하지."

진석은 방바닥에 무릎을 맞대고 앉자마자 가방에서 가지고 온 비망록을 꺼냈다. 기름때 절은 비망록을 슬쩍 곁눈질하는 강배의 눈이 빛났다. 강배는 서랍에서 주섬주섬 흰 면장갑을 꺼내 끼더니 진석의 손목을 아프게 후려쳤다.

"이놈의 미개인들은 언제 정신을 차릴꼬!"

장갑을 낀 강배의 손이 조심스레 비망록 첫 장을 넘겨갔다.

"뭐야? 그럴 만큼 중요한 거야?"

진석이 시치미를 떼고 물었다.

"이놈아, 넌 중요할 때만 장갑을 끼냐? 네가 그런 판단을 내릴 때 이미 보존 처리해야 할 문화재는 세균 범벅이 되어 썩어가게 마련이란다."

"에구구, 우리 오 박사 잘 나셨소."

"그건 그렇고 옛날 장판때길 잘라내서 묶어놓은 것 같은 이 누런 종이묶음이 대체 뭐란 말이냐? 좀 무식하긴 한데 기름을 처발라도 제대로 처발랐군. 그 덕에 좀 시커멓긴 하지만 내용을 못 알아볼 정도는 아니네."

"뭐라고 설명을 해야 하나……. 아무튼 얘기하자면 길고. 그래, 네가 보기엔 이게 뭐 같냐? 설마 골치 아프단 핑계로 두 손 들고 항복하는 건 아니겠지?"

진석은 혹시라도 강배가 선입관을 가질까봐 엘레나에게서 들은 이야기를 숨긴 채 에둘러가며 녀석을 자극하는 방법을 택했다.

"그놈 성미 급한 건 여전하군. 인마, 내가 천재냐. 이따구로 요상한 글자들을, 그것도 이 나라 저 나라 글자를 마구 뒤섞어놓은 걸 척 보자마자 이것은 무엇입네, 해독을 하게."

"그래도 감은 좀 잡힐 것 아냐?"

강배가 형광등 밑으로 바투 다가앉으며 종이를 살펴나갔다.

"이거, 아무래도 연경 뒷골목 유리창琉璃廠에 내다 팔던 사팔뜨기 같은데?"

진석은 몸이 달아 미칠 지경이었다.

"그놈, 말 좀 알아듣게 하면 안 되냐? 연경은 뭐고 유리창은 또 뭐야?"

"연경은 청나라 수도고 유리창은 고서점이 몰려 있던 뒷골목을 말하지."

"그니까, 이게 가짜란 말이냐?"

"누가 가짜랬냐? 그래 보인다는 거지. 이게, 말이다. 딱 보니까 전문가인 나조차 헷갈릴 정도로 아주 요상한 책이다. 흘려 쓴 초서체도 초서체지만 훈민정음 시대로 되돌린 듯한 중세어도 보이고, 꼬부랑 알파벳 장난질까지."

"인마, 네 눈깔엔 글씨만 보이고 중간중간 삽입된 스케치는 안 보이냐? 자세히 좀 봐라. 저 그림들, 어디서 본 것 같지 않냐?"

강배가 돌연 진석의 뒤통수를 후려쳤다.

"멍청한 자식, 그러니까 가짜일 확률이 높은 거지. 이건 말인지, 두 가지 가정을 할 수 있어. 첫째, 진짜로 아주 오래된 누군가의 비망록. 그게 사실이라면 3개 국어 이상이 뒤섞인 것으로 봐서 작자는 뱃사람이거나 외교관이었을 확률이 높아. 대략 4~500년은 된 것 같군. 둘째는 가장 유력한 가정이기도 한데 누군가 만들어낸 엉터리일수도 있다는 것. 너도 배운 적이 있겠지만 18세기 전후 연경

유리창은 전 세계의 서적들이 공급되는 유명한 거리였어. 물론 지금도 옛 전통이 남아 있지만 말이야. 수백 개의 서점들이 세계 각국의 진귀한 책들을 거래하곤 했는데, 이를테면 박지원 같은 실학자들도 이곳에 들러 서학을 비롯해 서양 문물과 관련된 책들을 접한 것으로 알려져 있지. 한데 책이란 말이다."

"지금 네 강의 들을 시간이 없다. 요점만 말해봐."

"책은 읽기 위해 존재하기도하지만 과시를 위한 전시용으로도 쓰이지. 무슨 말인고 하니, 예나 지금이나 진귀한 책들을 사 모으는 돈 많은 얼간이들이 유리창을 얼쩡거렸고 그 결과 한몫 잡아보려는 인간들에 의해 온갖 귀한 책들이 유리창으로 모여 들었다, 이 얘기야. 당연하게도 그 중엔 그럴듯한 짝퉁이 제법 많았고. 그러다 보니 또 고서를 전문으로 감별하는 인간들이 등장하기 시작했고 그들의 눈을 피하기 위해 짝퉁들도 진화를 거듭했겠지. 이 책이 그런 경우일 수 있지. 전문가들이 딱 봐도 정체를 모를 만큼 장난을 해놓았잖아. 온갖 요상 야릇한 스케치들로 보아하니 누군가 원나라 『농서(農書)』[14]랑, 서양 책 몇 권을 참고해서 적당히 베껴 그린 것같긴 한데……."

잔뜩 기대를 하고 찾아왔던 진석으로선 꽤 실망스런 대답이었다.

"넌 나름대로 전문가라는 인간이 어째 내용도 확인하지 않고 그

---

14) 1313년 중국 원나라에서 간행된 농업 백과사전.

렇게 단정을 해버리냐. 최소한의 양심이 있다면 저 사방으로 휘갈겨 써놓은 글귀들이 무슨 얘긴지 두어 줄이라도 시원하게 해석을 해봐야 하는 것 아냐?"

"아휴. 짜식, 뭐야. 너는 이게 진짜라고 생각하는 거야?"

"알았다. 알았으니까 대체 뭔 소린지 읽어나보라고."

진석은 강배를 독촉하며 첫 페이지로 비망록을 되돌렸다.

"흠, 읽으라면 읽어주지. 근데 너무 실망은 하지 마라. 뻔한 얘기 아니겠냐? 그럴듯한 잡기겠지. 어제는 누굴 만나고 오늘은 어디서 똥을 쌌고."

진석이 더 참지 못하고 버럭 소리를 질렀다.

"이리 줘. 아무래도 사람을 잘못 찾아온 것 같으이. 아직은 이 녀석이 제 가치를 알아보는 주인을 만날 때가 아닌가 봐."

강배가 픽 웃으며 진석의 팔을 잡았다.

"그러지 말고 놓고 가시지. 솔직히 고백을 하자면 나도 여기 적힌 글자들이 뭘 뜻하는지 모르겠단 말이다. 최소한 옥편이라도 뒤적일 시간을 줘야 하는 것 아냐? 여기 쓰인 꼬부랑 이탈리아어까지 당장 해석을 해보라는 건 아닐 테고."

"한자는 그렇다고 쳐. 훈민정음 정도는 읽어줘야 하는 것 아냐?"

강배가 다시 자세를 고쳐 앉았다.

"뭐, 읽으라면 읽어줄 수 있지. 뭘 알고 싶은데?"

"이거, 이거라도 한번 해석해 봐."

진석은 전에 인상 깊게 보았던, 여인의 얼굴 스케치를 가리켰다.

"음, 이건 여자 얼굴이잖아. 옷깃을 보니 조선 여자로 보이네."

"아니, 그 밑을 봐. 얼굴 밑에 휘갈겨 쓴 글씨와 그 밑에 더 작은 글씨를."

강배가 화집 위로 얼굴을 바짝 가져다 댔다.

"진짜로 글이 있네. 어, 이거 뭐라는 거냐. '둣다'라고 써 있군. 둣다, 라고? 이건 말이야, 그립다, 그런 뜻이야. 아니군. 사랑해라고 해야겠군. 오늘날의 사랑해와 같은 뜻이야. 그리움이 곧 사랑일 테니. 누군지는 모르지만 사랑하는 여자를 그려놓은 게로군. 만약 이 화집이 진품이라면 화집의 주인은 조선 사람임이 분명해."

"더 작은 글씨를 보라니까?"

강배가 돋보기를 꺼내 스케치에 가져다 댔다.

"더 작은 글씨. 뭐가 있다고. 어……, 뭐라고 더 써 있네. 난이?"

"그게 뭔데? 누구냐, 누구 이름인지 알겠어?"

"말도 안 돼. 난이는 공주야, 공주. 말도 안 돼. 그렇다면 그림 속 이 여인이 공주란 말인가? 감히 겁도 없이 공주를 사랑했다고라?"

진석은 순간 소름이 돋았다. 그러나 진석의 반응과 달리 강배의 태도는 여전히 시니컬할 뿐이었다.

"어떤 인간이 넘볼 수 없는 공주님을 사랑했나보군. 잘못하면 목이 달아났을 텐데, 쯔쯔. 이런 걸 봇짐에 넣어 가지고 다닐 생각을 하다니."

"조선이 아니니까 가능했겠지. 그러지 말고 저 한자들 좀 어떻게 해봐. 오늘은 시간이 늦었고 네가 성의만 발휘한다면 내가 후회하지 않을 만큼 술을 쏘지."

진석은 달래기 작전으로 나갔다.

"술이라……. 그거 참 듣던 중 반가운 소리로고. 모름지기 학문을 하는 길에 풍월이 빠질 수야 없지. 졸려 죽겠는데 갑자기 찾아와서 눈치도 없이 칭얼대는 친구를 위해 그럼 내 바쁜 와중에도 한 실력 발휘해볼까."

"이놈. 내가 네놈이 일부러 꾸무럭거리는 줄 진작 알아봤다."

그냥 가겠다고 큰소리치긴 했어도 강배의 도움이 절실했다.

"야, 이거 근데 요즘 안 쓰는 초서체 문장이라 정말 어렵다. 글씨는 왜 또 이리 못 배운 놈처럼 악필인고. 그래도 나나 되니까 이걸 즉석에서 번역을 해내지. 흠흠, 좋아, 한 수 뽑는다. 여기, 이 부분의 문장이 제일 눈에 띄는군."

강배가 빽빽이 적힌 한자를 가리키며 더듬더듬 읽어 내려간다.

"언제부턴가 이곳은 나의 별이 아닐 거란 생각이 들었다……."

진석이 벌떡 일어났다.

"별? 별이라고?"

강배와 헤어진 뒤 진석은 잠깐이나마 비망록을 잊고 지냈다. 대학 때부터 봐온 강배의 실력을 믿은 탓도 있지만, 일주일 내내 일거리가 그를 압박한 영향도 크다.

입사 이후 줄곧 교양국에서 잔뼈가 굵어온 진석은 일 년에 한두 차례 특집 다큐를 만드는 일 외에도 〈사라져가는 것들〉이라는 10분짜리 영상물의 제작을 책임져왔다. 잊혀져가는 우리의 옛 풍습이나 문화, 물건 등을 소개하는 프로그램으로 입사 2년 차의 신입 피디 하나와 각자 한 편씩 번갈아 제작하여 토, 일요일 심야에 방영한다. 매번 방송국 자료실을 다 뒤지다시피 하여 옛 필름을 찾아내고 때론 지방으로 출장을 가 그림을 만들어오기도 한다. 보는 사람이 거의 없어 프로그램 마감시간 직전 슬그머니 끼워 넣곤 하는, 교양 프로그램을 늘리라 압박하는 시민단체를 의식한 생색내기 프로그램이었다.

통상 월요일에 대본 구성을 완료하고 촬영 일정을 결정한다. 늦어도 화요일 오후에는 제작에 들어가 목요일이면 작업이 완료되곤 했는데 화요일 오후에 느닷없는 불상사가 생기고 말았다. 지방으로 취재를 나갔던 신입 피디가 교통사고를 당해 전치 4주 진단을 받고 죄송하다며 전화를 걸어온 것이다. 그리 크지 않은 접촉 사고였지만 허리가 아프다며 지방 소재 대학병원에 드러누워버린 터라 결국 그가 만들어야 할 분량까지 2회분을 떠안게 되었다. 경기도 광주에 있는 문중 묘역에 대한 촬영 일정까지 잡혀 있어서 서두른다고 서둘렀는데도 금요일 오후가 돼서야 겨우 주말 방영분을 마감 처리할 수 있었다.

방송국 뒤편 생고기집에서 작가들과 회식을 하다가 진석은 담배도 피울 겸 밖으로 나와 엘레나에게 전화를 걸었다. 원래는 수요일쯤 엘레나를 만나 정식으로 섭외 요청을 할 생각이었다. 그러나 일정에 쫓긴 나머지 그만 연락할 타이밍을 놓치고 말았다.

엘레나는 벨이 열 번이 울리도록 전화를 받지 않았다. 또다시 누군가에게 쫓기고 있는 것은 아닐까? 재발신 버튼을 누르려다가 포기하고 헌책방 세한도를 전화번호 목록에서 불러냈다. 그러나 진석은 발신 버튼을 누르는 대신 휴대폰을 도로 주머니에 쑤셔 넣었다. 강배는 벨이 울린다고 덜컥 전화를 받을 녀석이 아니었다. 휴대폰은 아예 없고 가게 구석방에 80년대나 쓰던 구닥다리 전화기가 한 대 놓여 있을 뿐이었다.

그날, 강배는 시종일관 비망록에 대해 시니컬한 태도를 유지했다. 서너 줄 마지못해 번역을 해주는가 싶더니 바쁘다며 슬며시 비망록 케이스를 방구석으로 밀어놓기까지 했다. 일부러 그러는 건지, 정말로 바빠서 그러는 건지 도통 속을 알 수 없는 행동이었다. 그럼에도 녀석에게 비망록을 맡기고 온 건 그래도 믿을 사람이 강배밖에 없었기 때문이다. 비망록이 어떤 비밀을 품고 있는지 아직까지는 감이 잡히지 않았지만, 그것이 품고 있는 비밀을 최대한 은밀하고 조심스럽게 세상에 꺼내놓고 싶었다. 최대한 다른 사람의 손길을 덜 탄 상태에서, 특집 다큐 형식을 빌어 임팩트 있게 터뜨릴 심산이었다.

'그런데 이건 또 무슨 일인가.'

엘레나는 자정이 되도록 전화를 받지 않았다. 회식이 끝나고 택시를 탈 때 한 번, 집에 돌아와서 연거푸 세 차례나 전화를 넣었지만 여전히 벨만 울릴 뿐이었다. 문자메시지와 음성사서함에 목소리까지 남겼지만 묵묵부답이었다. 이튿날에도 그녀는 내내 전화를 받지 않았다. 이쯤 되고 보니 진석은 혹시라도 엘레나의 신상에 무슨 문제가 생기지 않았는지 슬슬 걱정이 되기 시작했다. 그녀가 불안해하던 부분들이 지나친 과대망상이 아니라 어쩌면 현실이었을지도 모른다는 생각이 차츰 들게 된 것이다.

일요일 아침, 진석은 한 달에 한 번씩 방송국 피디들과 떠나는 등산 약속까지 취소하고 엘레나를 찾아 나섰다. 그녀를 내려주었던 상수역 근처의 오피스텔로 가볼 생각이었다. 다른 가능성은 얼마든지 있었다. 이를테면 전화기를 잃어버렸다든가, 갑자기 본국으로 출국할 일이 생겨 한국에 없거나, 그도 아니라면 지독한 몸살감기에 걸려 며칠째 운신이 부자연스러운 상황이거나.

자주 지나가는 동네라 진석은 그녀를 내려준 위치를 정확히 기억했다. 상수역에서 열병합발전소 쪽으로 약간 내려가는 곳에 지어진 오피스텔 앞이었다. 유리문 밖에서 슬쩍 안을 살피니 늙은 경비 하나가 구석에 쌓아놓은 박스를 정리하고 있는 게 보였다. 진석은 경비가 자리를 비우길 기다렸다가 편지함으로 다가가 거주자인 척하며 거기 꽂힌 고지서와 편지들을 빠르게 확인해 나갔다. 엘레나의 것으로 짐작되는 우편물은 발견되지 않았다.

'호수를 미리 물어볼걸 그랬어.'

이렇게 된 이상 부딪혀보는 수밖에 없었다. 오피스텔 뒤편 쓰레기 분리수거함 주변에 앉아 담배를 피우던 경비에게 넙죽 인사를 건넨 뒤 엘레나라는 여자에 대해 물어보았다. 이틀째 전화를 받지 않을뿐더러 출근을 하고 있지 않다며 직장 동료 흉내를 냈는데, 그게 통했는지 경비가 따라오라며 경비실로 그를 안내했다. 그러나 우편물 내역을 적어놓은 일지 속에서도 엘레나의 이름을 발견되지 않았다.

"여기 말고 오피스텔이 더 있습니까?"

"글쎄, 이 골목엔 이거 하나뿐인데, 이 뒤로 원룸이 몇 개 더 있긴 해."

밖으로 나온 진석은 이러지도 저러지도 못하고 잠깐 서 있었다. 가까운 곳에 한강이 있어서인지 셔츠를 비집고 들어오는 바람이 제법 차게 느껴졌다.

"흠, 이러다가 흥신소 신세라도 질 판이군."

진석은 내친 김에 오피스텔 뒤편 원룸 몇 곳을 더 돌아보았다. 아침을 먹지 않은 탓에 채 두 시간도 지나지 않았는데 배가 고파왔다. 원룸 두어 개의 편지함을 더 기웃거린 뒤 진석은 가까운 식당으로 발길을 돌렸다.

강배에게서 전화가 온 건 설렁탕을 반쯤 넘겼을 때였다.

"웬일이냐, 네가 먼저 전화를 다 하고?"

반가운 마음을 애써 감추며 진석이 물었다.

"야, 너 지금 어디야. 지금 올 수 있어?"

강배가 그답지 않게 호들갑을 떨어댔다.

"뭔 소리야. 차근차근 얘기해봐. 보물지도라도 찾아낸 거야?"

"야, 이거 정말 대, 대박이다."

강배는 말까지 더듬었다.

"대박? 몰랐어? 내가 얘기했잖아. 그거 아주 오래된 물건이라고."

"그, 그 정도가 아냐. 비망록의 주인공을 알아냈어."

"뭐라고? 그게 누군데!"

진석은 수저를 내려놓으며 자리를 차고 일어났다.

"그러지 말고 와서 얘기하자. 목이 칼칼하니까 올 때 묵직한 놈으로 한 병 사오는 거 잊지 말고. 죠니워커 블루 정도면 내 비망록의 주인이 누군지 자세히 이야기를 해줌세. 참, 황도랑 차가운 얼음 챙겨오는 것 잊지 말고."

"미치겠군. 야 인마, 오강배, 지금 장난하냐?"

툭 전화가 끊겼다. 강배는 언제나 이런 식이었다.

"우라질 놈! 친구 벗겨먹을 생각이나 하다니."

한바탕 욕을 해댔지만 비망록의 저자를 알아냈다면 죠니워커 블루가 문제가 아니었다. 오히려 그 정도로 때우게 된 걸 고마워해야 할 판이었다.

진석은 밥을 먹는 둥 마는 둥 하고 식당을 나와 택시를 잡아탔다. 그 길로 광화문에 있는 동화면세점까지 가서 강배가 좋아하는 죠니워커 한 병을 챙기고 오는 길에 슈퍼에 들러 얼음과 복숭아넥타까지 샀다. 가게 셔터가 내려져 있어 진석은 비닐 봉다리를 덜렁거리며 마당과 연결된 샛문으로 자세를 낮춰 기다시피 들어가야 했다.

"그 녀석, 튀어오는 속도 하나는 죽이는군."

문을 열자마자 강배가 냉큼 다가와 비닐 봉다리를 낚아챘다.

"친구가 술이 고프다는데 망설일 이유가 없지."

"그래서 몇 개월간 코빼기도 보이지 않았나 보군. 필요할 땐 귀신처럼 나타나고 말이야. 나는 너 같은 인간들의 처신에 정말 신물이 나거든."

"인마. 친구란 게 다 그런 거지. 사내자식이 삐치는 건 여전하군."

"그래서, 오늘 나랑 한번 해보자는 건가."

"그럴 리가. 내가 어떻게 오강배 박사를 이기겠어. 두 손 두 발다 들고 져줄 테니 아까 그거나 말해. 누구야?"

"성은 장이요, 이름은 영실이라."

"뭐, 장영실? 말도 안 돼!"

진석은 다리에 힘이 풀려 그대로 방바닥에 주저앉았다. 예상을 못한 것은 아니었지만 강배의 입을 통해 막상 장영실이란 이름 석자를 듣고 나니 기운이 쏙 빠지도록 허탈했다.

"더 놀라운 걸 알려줄까?"

"뭐가 또 있다는 거야?"

"그가 자신의 얼굴을 비망록에 남겨놓았어."

"설마, 아무런 설명도 없는 그 남자 얼굴을 말하는 건가?"

엘레나가 루벤스의 그림에 나오는 모델과 닮았다고 말한 스케치 그림을 가리키는 것 같았다. 그 얼굴이 장영실이라면 정말로 흥분되는 일이었다.

"그래. 더 놀라운 건 그 그림이 아니야."

"오늘 나를 기절시킨 참이로군. 이번엔 또 뭐야?"

"그 얼굴 스케치를 그린 사람은 장영실이 아니야."

"악! 그럼 저자가 두 명이란 소리야?"

"그런 건 아닌 것 같고. 누군가 사내의 얼굴을 그린 뒤 사인을 남겼어. 여길 좀 보라구."

진석이 조심스레 사내의 얼굴이 그려진 곳을 가리켰다.

"이 그림을 보는 순간 직감적으로 비망록의 주인이란 걸 알았지. 그래서 돋보기를 가지고 그림을 샅샅이 조사해봤어. 근데 이 부분에서 놀라운 흔적이 발견되더라고."

진석이 스케치 하단을 가리켰다.

"육안으론 보이지 않지만 이 부분에 연필로 사인을 한 흔적이 남아 있어. 비망록의 저자, 아니 장영실은 한 번도 연필을 쓰지 않았거든. 누군가 장영실을 그려 넣었다는 강력한 증거가 될 수 있지. 네가 보기엔 그게 누구였을 것 같아?"

"그걸 안다면 너를 찾아와 푸들처럼 아양을 떨고 있진 않겠지."

"Vinci!"

"뭐, 설마 레오나르도 다빈치라고 말하고 싶은 거야?"

진석의 심장은 거의 폭발할 지경에 이르렀다.

"거의 확실해!"

"미친 놈, 사람 안 만나고 맨날 방구석에 틀어박혀만 지내더니 아예 정신이 나간 모양이군. 어디 비켜봐. 내가 확인해볼게."

진석은 강배가 방바닥에 아무렇게나 던져놓은 돋보기로 손을 가져갔다. 그러나 아무리 눈을 씻고 봐도 강배가 말한 글자 같은 것은 보이지 않았다.

"뭐야 이거, 어째서 사인이 정상인이 아닌 근시 녀석 눈에만 보이는 거지?"

"육안으론 절대 안 보인다니까. 연필의 흔적만 아주 미세하게 남아 있을 뿐이거든. 특히 너처럼 정상 시력을 가진 놈들에게 더더욱."

강배가 노트북 컴퓨터를 켜며 계속 말을 이었다.

"그림 아랫부분에 직감적으로 글씨 흔적이 남아 있을 거란 생각이 들어서 소니 DSLR 줌 기능으로 이 부분을 확대했지. 한번 봐봐. 이건 사진을 네거티브로 반전시킨 거야."

3000만 화소로 끌어당긴 누런 여백의 벌판에 검은 점 같은 것들이 발자국처럼 점점이 이어졌다. 노트북 창의 가로막대와 세로막대를 번갈아가며 이동시킨 뒤에야 비로소 그것이 글자라는 걸 알 수 있었다. 그러나 강배의 말과 달리 vinci라는 글자는 어디에도 없었다.

"i, c, n, i, v, icniv라고 쓰인 것 같은데. 이건 대체 어느 나라 말이지?"

강배의 손바닥이 진석의 뒤통수로 날아왔다.

"멍청한 놈, 레오나르도 다빈치는 왼손잡이였을 뿐만 아니라 어릴 때부터 아랍 사람들처럼 글씨를 오른쪽에서 왼쪽으로 적곤 했어. 누군가의 장난질로 만들어진 거라면 절대로 흉내 낼 수 없는 흔적이지. 어떤가, 친구? 이로써 연말에 있을 방송국 다큐멘터리 부분 공로상은 내 친구 진석이 차지가 되는 건가? 아니 아니지, 그거 가지고 되겠냐."

"도, 도무지 믿을 수가 없네. 정말로 장영실이 이 비망록의 저자라면 그럴듯한 가정이긴 해. 그는 당대 최고의 발명가였으니까. 하지만 풀어야 할 게 너무 많잖아?"

진석은 멍한 기분이 되었다. 지금껏 알고자 했던 의문들이 하나의 궤로 풀려버린 지금, 오히려 진석의 머리는 더 혼란스러울 뿐이다. 15세기 조선의 과학자 장영실이 유럽으로 건너가 레오나르도 다빈치와 교류를 했다? 더구나 자신의 초상화까지 비망록에 버젓이 남겨놓았다? 그것도 당대 유럽 최고의 화가의 손을 빌려. 증거를 눈앞에 두고 자신조차 믿을 수 없는 이 이야기를, 과연 세상 사람 누가 믿어줄 것인가.

"믿을 수 없지만 믿어야지. 위작이라는 증거보다 위작이 아닌 증거가 더 많으니까. 특히 다빈치의 사인은 결정적이지. 다큐를 제작한다고 했던가? 당장 달려가서 종이 전문가를 만나보라고. 확실히 하려면 탄소 측정 같은 것도 필요하겠군."

"인마, 공주를 사랑했다는 건 어쩔 거야? 고관대작의 자제로도 모자랄 판에 한낱 노비 출신 따위가. 문제는 그 밖에도 한두 가지가 아니지. 그가 유럽으로 건너간 걸 증명하지 못하면 우린 세상의 웃음거리가 되고 말걸."

강배가 씩 웃으며 대답했다.

"고맙게도 그런 문제는 쉽게 해결이 될 것 같군."

진석은 강배의 말을 얼른 이해하지 못했다.

"단서라도 찾아냈어?"

"내가 지난주에 가게 문 닫고 틀어박혀서 뭘 했는지 한번 볼래?"

강배가 바탕화면에 있는 한글 파일을 구동시켰다.

"우선 급한 대로 스케치 다음에 집중적으로 이어지는 일기의 앞부분을 번역해봤어. 초벌 번역이라 시간을 두고 자세한 확인 작업이 필요하지만 여기 아주 놀라운 내용들이 들어 있었지."

강배가 말을 멈추고 자리에서 일어났다. 강배가 또박또박 중얼거렸다.

"언제부턴가 이곳은 나의 별이 아닐 거란 생각이 들었다……."

"그건 지난번에 얘기한 부분이잖아."

"더, 들어봐. 그 다음이 중요해."

뿔테안경 속 강배의 두 눈이 천장으로 향했다. 이마가 닿을 듯 낮은 천장을 뚫고 강배의 시선이 높고 그윽이 하늘로 치달았다. 푸르도록 시린 하늘, 산을 건너고 강을 건너, 뜨거운 사막이 펼쳐지고 폭풍우와 파도가 지나갔다. 수많은 그리움의 세월을 중첩하며 밝게 빛나는 새 한 마리가 날갯짓을 계속하다가 한 여인의 어깨 뒤로 떨어져갔다.

강배, 아니 장영실의 눈길이 먼 허공으로 달아났다.

"저 새들처럼 날개가 있다면 저 하늘 속 나의 별을 찾고 싶다……."

2

강배의 번역 노트

동래현 관아 안마당.

뜨거운 바람이 종일 관아의 솟을대문을 달궈대던 어느 오후였다. 벌써 한 달 가까이 물맛을 보지 못한 담장 밑의 꽃들은 늘어질 대로 늘어져 그늘 쪽으로 몸이 구부러졌고, 아침저녁으로 관아의 부엌 주변으로 모여들던 비둘기들도 어디로 갔는지 한 마리도 보이지 않았다. 저녁나절임에도 뜨거운 기운은 좀처럼 수그러들지 않고 있었다. 누군가 부싯돌이라도 잘못 놀리고 나면 온 대지에 불이 붙어 활활 타버리고 말 것 같은 날씨였다.

"흠흠, 네 이놈! 노비 주제에 함부로 입을 놀리다니!"

아까부터 애써 목청을 높이고 있는 이는 이 고을 형방이었다.

"뭣들 하느냐. 어서 저놈의 엉덩이를 매우 쳐라!"

형방의 목소리가 쩌렁쩌렁 동헌 마당을 울릴 뿐, 사령들은 꿈쩍도 하지 않았다. 그도 그럴 것이 형틀에 누워 있는 죄인 아닌 죄인은 다름 아닌 그들의 동료 영실이었다. 비록 관기의 자식으로 태어나 관노를 대물림하고 있지만 영실은 어릴 때부터 그 총명함으로 동료 노비들은 물론 구실아치들의 사랑을 듬뿍 받아왔다. 사령들은 곤장 치는 흉내를 내며 영실의 엉덩이를 살짝살짝 치는 수준이었고, 형방 또한 영실이 죄가 없음을 아는지라 내삼문 쪽을 힐끔힐끔 곁눈질하며 목청만 높이고 있었던 것이다.

영실이 곤장을 맞게 된 건 사또의 하나밖에 없는 아들 때문이었다. 사또의 아들이 다니는 서당의 훈장은 엄하기로 이름난 사람이었다. 나흘 전 훈장은 학동들에게 한 가지 과제를 냈다. 봄부터 가뭄이 심하여 땅이 갈라지고 곡식이 말라죽어 가고 있으니 가뭄을 타개할 묘안을 하나씩 짜오라는 과제였다.

훈장은 고을에 어려운 일이 닥칠 때마다 매번 이런 식으로 과제를 내서 학동들의 의견을 물었다. 그 중 하나를 취하여 고을 사또에게 올리고 해당 학동에겐 후한 상을 내려주었던 것인데, 공부에는 관심이 없던 사또의 아들은 오래전부터 이날만을 손꼽아 기다려왔다. 온갖 패악질로 일찌감치 아버지 눈 밖에 났던 터라 이번 일을 계기로 제 아버지 앞에서 어깨를 으쓱해 보일 궁리만 해왔다.

아닌 게 아니라 훈장으로부터 과제를 받자마자 사또의 아들은 노방으로 은밀히 영실을 찾아왔다. 영실이 손재주가 좋아 관아 부엌의 고장 난 부뚜막을 고치는 일부터 말의 편자를 박는 일까지 그의 손을 거치지 않는 곳이 없다는 소문을 일찍부터 들어 알고 있던 터였다. 심지어는 지금 배 밑에 깔린 형틀과 치도곤을 새로 만든 인물도 영실 자신이었다. 그런 영실의 손을 빌어 훈장과 아버지를 깜짝 놀래줄 묘안을 제출하고 싶었던 것이다.

"가뭄에 도움이 될 묘안이라굽쇼? 그거라면 좋은 방법이 있지요."

"좋은 방법이라고? 이놈, 만약 흰소리를 하는 거면 치도곤을 칠 테다."

"걱정 말고 기다려보십쇼."

영실은 잠시 기다리라는 말을 뱉어 놓고는 부리나케 노방으로 뛰어 들어갔다. 잠시 후 영실이 서너 뼘쯤 되는 종이 한 장을 들고 사또의 아들 앞으로 달려왔다.

사또의 아들이 눈을 휘둥그레 뜨고 물었다.

"이게 무어냐? 이건 그림이 아니냐?"

정체를 알 수 없는 그림이었다. 수레바퀴를 닮은 원형의 나무들이 축을 중심으로 회전하도록 돼 있었는데, 둥근 원의 바깥에 움푹 파인 홈들이 일정한 간격으로 나 있었다.

"이건 무자위라고 하는 건데 이것만 있다면 가뭄으로 타들어가는 백성들의 들녘에 어느 정도는 물을 댈 수 있을 것입니다요. 속히 황산강(지금의 낙동강)과 인접한 마을마다 사람을 보내서 설계도대로 무자위를 만들도록 주청하시지요."

"이걸 만들어서 무얼 하게?"

사또의 아들이 설명을 다 듣고도 엉뚱한 질문을 뱉었다.

"백성들 시름을 덜어주기 위해섭니다요. 동래현의 기름진 들판은 대부분 황산강에 의지하여 해마다 풍년가를 울려왔습니다. 비록 수위가 예년의 반에 반만큼 낮아졌다 한들 수백 대의 무자위를 설치하여 물을 끌어 올린다면 이 가뭄은 극복될 것입니다."

영실이 들고 있는 그림은 수차의 설계도였다. 최근 2~3년 전부터 가뭄이 잦아지더니 금년에는 아예 비를 구경한 날이 손에 꼽을 정도였다. 보름 전에도 온 고을 유지들이 다 모여서 금정산에 단을 쌓고 기우제를 지낸다고 소란을 떨기도 하였다.

영실이 무자위를 설계한 것은 그 이튿날이었다. 영실은 서너 해 전 사또의 명을 받고 염전으로 소금을 얻으러 간 적이 있었다. 그때 염전 인부들이 발로 구름판을 밟도록 고안된 기계를 사용하여 염전에 바닷물을 퍼 올리는 광경을 보았던 것인데, 그날 보았던 무자위에 착안하여 강물을 더 높은 곳으로 퍼 올릴 수 있는 무자위를 개발해낸 것이다.

당장 황산강 물을 퍼 올릴 수 있는 기계장치를 만들어냈지만 영실은 조심스러웠다. 그도 그럴 것이 작금의 고을 현감은 성질이 광포했고 조금만 수가 뒤틀려도 백성들을 붙잡아다가 곤장을 함부로 쳐대는 자여서 다들 2년으로 약정된 임기가 끝나기만을 쉬쉬하며 기다리는 처지였다. 그런 자에게 무자위를 건의했다가 자칫 노비가 공을 세우려 했다는 죄명을 뒤집어쓸까 무서워 망설이던 참이었는데, 사또의 자제가 나서서 백성들을 살릴 묘안을 구하는 터라 아무런 조건 없이 설계도를 손에 쥐어준 것이다.

"흠, 그러니까 이 물건만 있으면 가뭄을 해결할 수 있단 말이지? 만에 하나 거짓말이라도 하는 날엔 목숨을 부지하지 못하게 될 것이다."

"틀림없습니다. 물은 위에서 아래로 흘러내리는 속성이 있으니, 그 힘을 잘만 이용하면 높은 곳으로 얼마든지 물을 퍼 올릴 수 있습지요."

망나니의 눈이 기묘하게 찢어졌다.

"그래? 정말 고맙구나. 참, 내 너의 정성은 잘 기억하고 있을 테니 이걸 나한테 주었다는 얘기는 누구에게도 하면 안 된다. 알겠느냐?"

"걱정 마시지요. 늦기 전에 하루빨리 무자위를 만들 수만 있다면 무엇을 더 바라겠습니까?"

"그래. 그건 걱정하지 마라. 내 내일 당장 아버님께 얘기해서 이까짓 무자위 백 개고 천 개고 만들어 보일 테다."

사또의 아들은 신이 나서 그림을 들고 사라졌다.


다음 날, 사또의 아들은 허리를 꼿꼿이 편 채 건들거리며 서당에 나타났다. 그는 훈장이 입을 열기도 전에 앞으로 나가 들고 있던 종이를 내밀었다.

"제가 이런 걸 생각해봤는데 한번 봐주시지요."

예상대로 훈장의 입이 딱 벌어졌다.

"오호, 이걸 과연 네가 그렸단 말이냐? 이게 대체 무어냐?"

평소 공부엔 관심이 없고 남들 골탕 먹일 궁리나 해대던 사또의 아들이 과제를 해왔다며 앞으로 나서자 다른 학동들도 숨을 멈추고 조용히 지켜보았다.

"이것은 강물을 퍼 올리는 기계장치입지요."

"강의 물을 퍼 올려? 어떻게?"

달랑 설계도만 있을 뿐, 어떤 설명도 붙어 있지 않아서 훈장은 이 해괴한 그림이 더욱 궁금해졌다. 그림은 전체적으로 수레의 바퀴와 같은 형태를 띠고 있었는데, 둥근 원의 바깥쪽에 열두 개의 바가지가 매달려 있었고 언뜻 보기에는 그것이 회전하는 것 같았다. 하지만 그것이 어떤 원리를 통해서 물을 낮은 곳에서 높은 곳으로 퍼 올리도록 고안된 건지는 아무리 눈을 씻고 찾아봐도 알 수 없었다.

"흠, 그건 기술자들이 알아볼 일입니다. 스승님."

"내 앞에서는 얘기를 못하겠다는 것이냐?"

"그게 아닙니다. 스승님."

"그럼 무어냐?"

사또의 아들은 아무런 대답도 하지 못했다.

"흠……."

짚이는 데가 있었으나 훈장은 꾹 눌러 참고 질문을 이어갔다.

"어쨌든 이런 걸 생각했다니 나로서는 기특하기 그지없다. 한데 너는 어떤 계기로 이런 걸 생각했느냐? 이것으로 왜 물을 퍼 올리려 하느냐?"

사또의 아들이 말을 더듬거렸다.

"그러니까 왜 강의 물을 퍼 올려야 하는지는……, 그건 아마도 우리 마을의 여러 기술자들에게 물어보면 알아서 잘 해낼 것으로 예측됩니다."

훈장이 가뭄을 타계할 묘안을 짜 올리라고 했지만 사또의 아들에게는 그것이 그저 하나의 과제 이상도 이하도 아니었다. 그는 백성들이 처한 현실을 몰랐고 자신이 방금 건넨 설계도가 어떤 의미를 지니고 있는지조차 모르는 것 같았다.

훈장은 한숨을 내쉬었다.

"알았으니 자리로 돌아가라. 저녁에 사또를 만나기로 했으니 일간 건의를 해보마."

다른 학동들로부터 스무 개 남짓 되는 과제를 더 받았지만 무자위에 버금가는 과제를 수행한 학동은 없었다.

그날 오후, 훈장은 일찌감치 저녁을 먹고 동헌으로 사또를 만나러 갔다. 그는 사또의 아들이 가져왔던 무자위 그림을 보여주고 내일이라도 당장 사람들을 불러 모아 실험을 해보자고 청했다. 평소 훈장이 방문할 때마다 못마땅한 표정을 짓곤 했던 고을 사또도 제 자식 놈 이야기가 나오자 간만에 표정이 밝아졌다.

"이걸 정말로 내 아들놈이 그려왔단 말입니까?"

"그렇습니다."

"허허, 그놈이 불한당인줄 알았는데 이번에 사람 구실을 해보려는 모양이오."

기분이 좋아진 사또는 좋은 술을 가져오라 하여 훈장을 대접했다.

다음 날, 사또는 공방의 기술자들을 불러 무자위를 만들게 했다. 그러나 원리를 제대로 이해한 사람이 없어 엿새가 되도록 무자위 만드는 일은 제자리걸음만 할 뿐이었다. 보다 못한 사또가 제 아들을 불러 은밀하게 물었다.

"내일 사람들 앞에서 직접 설명할 수 있겠느냐?"

사또의 아들은 머리를 긁적일 뿐 대답하지 못했다.

"아버님, 그러니까 그건 기술자들에게 맡기면……."

"못난 놈! 보아하니 어디서 중국 서적을 적당히 베껴온 모양인데 출처가 어찌 되느냐? 아비 망신 그만 시키고 이실직고하렷다!"

사또의 아들은 제 아비에게 자초지종을 실토했다. 무자위 제작이 실패한 것을 직감하고 그 과를 영실의 탓으로 돌릴 생각에서였다.

"흠, 그러면 그렇지!"

사또는 다음 날 형방을 불러 영실에게 곤장 스무 대를 치도록 일 렀다. 관아의 노비가 분수도 모른 채 요상한 것을 만들어 입신양명을 꾀했다는 죄목이었다. 다음 달이면 임지를 떠나는 그였기에 설령 무자위를 만들어 가뭄을 면한다 해도 그 공과는 다음 사또 몫으로 넘어갈 게 뻔했다. 무자위를 만든다고 난리를 피웠다가 실패라도 하는 날엔 백성들의 원성을 살 수 있었기에 공연히 일을 크게 벌이고 싶지 않았던 것이다.

"어이구, 이 미련한 놈. 왜 나서서 괜한 짓을 하고 매를 자초하느냐."

사령이 영실의 엉덩이에 곤장을 놓으며 구시렁거렸다.

"무자위만 있으면 백성들이 가뭄에서 벗어날 수 있어서 그랬소. 그런데 곤장이 웬 말입니까. 억울하오. 억울해."

영실이 큰 눈을 소처럼 씀벅이며 분한 목소리로 대답했다.

"이놈들, 웬 잔소리냐. 얼른 얼른 끝내지 않구!"

형방이 주의를 주었다.

"열두 대요!"

곤장이 다시 영실의 엉덩이로 떨어졌다.

"허허, 이것 좀 보소. 곤장을 치는 게 아니라 사령 놀이를 하고 있군. 이보시오, 형방. 형방은 죄인을 어찌 그리 대충대충 다루시오?"

내삼문이 와락 열리며 우려하던 일이 벌어지고 말았다. 사또의 아들이 특유의 망나니 걸음으로 몸을 건들거리며 이쪽으로 다가왔던 것이다.

형방이 난처한 얼굴로 대답했다.

"대충이라니요. 여봐라, 뭣들 하느냐. 어서 사또의 분부를 이행하렸다. 저놈의 엉덩이를 매우 쳐라!"

사또의 아들이 가지 않고 내삼문에 기대서서 구경을 하는지라 사령들은 별 수 없이 있는 힘을 다해 영실의 엉덩이를 내리쳤다. 영실은 엉덩이가 터져 피가 나올 때까지 곤장을 맞은 뒤에 겨우 형틀을 벗어났다. 사령들에 이끌려 노방으로 돌아가는 영실의 등 뒤로 사또 아들의 비웃는 소리가 날아와 꽂혔다.

"감히 그따위 요상한 그림으로 나를 곤경에 빠뜨리다니. 종놈이면 종놈답게 분수를 알거라. 이번에는 곤장으로 그치지만 다음에는 네놈 목을 취할 것이다."

동료 노비들에 이끌려 노방에 뉘어진 영실은 연신 엉덩이를 주무르며 분을 삭였다. 영실이 화가 난 것은 매를 맞아서가 아니었다. 매 따위는 아무래도 좋았다. 영실은 사또의 태도에 어느 때보다도 화가 나 있었다. 무릇 고을 수령이라 함은 한 고을의 우두머리로서 불철주야 백성들의 안위를 살피고 그들의 고단한 삶을 보듬을 의무가 있다. 그러나 이태마다 한번씩 갈리는 고을 수령들은 하나같이 백성의 안위보다 제 안위를 챙기기에 혈안이 된 인물들뿐이었다. 가뭄이 들면 고리로 백성들의 숨통을 조이고 불필요한 부역으로 가뜩이나 바쁜 일손을 거두어갔다. 몇 년 동안 가뭄이 계속됐지만 누구도 나서서 적극적으로 해결 방법을 찾는 이가 없었다. 목민관들은 하나같이 그것이 자신이 할 수 있는 최선의 방도인 것처럼 하늘만 바라보며 한탄을 해대거나 기우제를 지낼 뿐이었다.

"이놈아, 그러니까 내가 뭐랬냐? 나대지 말랬지?"

만복이가 광목수건에 뜨거운 물을 묻혀 영실의 엉덩이를 닦아 주었다. 키가 크고 비쩍 마른 만복이는 멀리서 보면 나무가 서 있는 것 같았다. 마른 몸에 비해 두 손가락이 유난히 크고 길어서 관아의 종놈들 사이에서 갈퀴라는 별명으로 불렸다.

"백성들을 구하겠다는데 뭐가 잘못된 것이냐."

영실이 볼멘소리로 대답했다.

"한심한 놈. 백성을 구하는 건 나라님 몫이지 네 몫이 아냐."

만복이가 가뜩이나 아픈 영실의 볼기를 철썩 갈겼다. 영실은 큰 눈을 잔뜩 찡그리며 바닥을 기는 시늉을 했다.

"허이구, 네놈은 이 생활이 좋은가 보구나."

"그래도 성 밖의 민간인들처럼 배는 굶지 않아서 좋다만, 난들 이 생활이 어찌 좋겠냐. 하지만 어쩔 테냐. 산 속에 들어가 화적질을 하지 않는 이상, 날 때부터 만들어진 종놈 신세, 어찌 면할 길이 있겠니."

말끝에 만복이가 휴 하고 깊은 한숨을 덧붙였다.

"세상이 드넓다 들었는데 우리도 언젠가 이 좁은 관아를 벗어날 날이 있을 거다. 그러니 평생 여기서 종살이 하겠다는 소린 내게 하지 마."

얼굴이 귀공자처럼 허여멀쑥한 영실이었다. 자라면서 근육이 붙기 시작한 어깨와 허벅지는 관내 어디에 내놓아도 눈에 띌 정도였고 우렁우렁한 목소리는 멀리서도 그의 존재를 느끼게 해주었다.

관내 종년들 치고 영실을 잠깐이라도 마음에 담아 보지 않은 계집이 없었는데, 그러거나 말거나 영실은 매일같이 요상한 물건들만 손에 붙잡고 살았다.

"쳇. 이놈이 곤장을 아직 덜 맞았나 보네. 누가 들으면 어쩌려고."

"들을 테면 들으라지."

영실이 끙 소리를 내며 돌아누웠다.

만복인 영실과 마찬가지로 동래 관아에 소속된 관노였다. 영실이가 공방에 소속돼 있던 것과 달리 만복은 이방 소속으로 사또의 말을 관리했다. 두 사람은 어릴 때부터 형제처럼 지내왔다. 어릴 때 나무에서 떨어져 무릎을 크게 다친 만복은 걸을 때마다 왼쪽 다리를 절었다. 그로 인해 동네 아이들의 놀림감이 되곤 했는데 그때마다 영실이가 나서서 만복일 보호해준 인연으로 더욱 가깝게 지내는 처지였다.

"참, 그건 그렇고 아까 미령이가 왔다 갔다. 내 차마 네가 곤장맞게 됐다는 얘기를 하지 못했다만, 지금쯤은 아마도 소문이 돌지 않았을까."

"왜 왔다 갔는데?"

미령이라는 말에 영실이 아픈 몸을 일으켰다.

"왜긴 왜이겠냐? 네가 보고 싶어서겠지."

영실의 어머니는 관기 출신으로 지금은 나이가 들어 동래현 관사의 부엌데기로 겨우겨우 밥을 빌어먹는 처지였다. 관기의 아들로 태어난 영실도 자연스럽게 노비를 대물림했다. 아버지가 누구인지 영실은 지금껏 들은 적이 없다. 어머니 마음을 아프게 하고 싶지 않았던 영실도 굳이 아버지에 대하여 묻지 않았다.

미령은 영실과 마찬가지로 관기의 딸이었다. 미령은 어렸을 때부터 노래를 잘 불러서 어디서든 고운 목소리를 뽐내곤 하였다. 영실은 미령이 노래하는 것을 별로 좋아하지 않았다. 그녀가 관기가 된다는 사실을 받아들이기 싫었기 때문이다. 미령은 열두 살 때 기방으로 숙소를 옮겨갔고 그 뒤에도 영실과 몰래 만남을 지속해왔다. 특별한 관계를 유지하고 있다기보다는 언제든 힘들 때마다 위로를 받을 수 있는 살가운 관계였다.


밤이 되기를 기다렸다가 영실은 조용히 몸을 일으켰다.

종일 일에 시달렸을 관사의 종들은 모두 골아 떨어져 있었다. 옆에 누운 만복일 발로 툭 건드려보았다. 만복 역시 코를 골며 잠에 빠져 있었다. 바닥에 앉자 엉덩이가 불을 깔고 앉은 듯 화끈거렸다. 영실은 변소에 가는 척 다리를 절며 밖으로 나왔다. 휘영청 달이 밝았다. 처마에 걸린 달의 각도를 살피니 막 자시(오후 11시~오전 1시)쯤 된 것 같았다. 영실은 짚신에 발을 꿰며 엉덩이를 주물렀다. 좀 쓰리긴 했지만 걷지 못할 정도는 아니었다.

영실은 주변을 살피며 객사 뒤쪽에 있는 야산 들머리로 접어들었다. 산이라기보다는 언덕에 가까운 곳으로 조금 올라가다가 왼쪽, 가시나무가 우거진 숲으로 접어들면 영실과 미령이 알바위라 이름 붙여놓은 둥근 모양의 바위가 나타난다. 어른 키 높이쯤 되는 바위 바로 밑에 사람이 앉을 수 있을 만한 평평한 곳이 있어 영실과 미령은 사람들 눈을 피해 이곳에서 가끔씩 눈치 만남을 가져왔다.

'미령이 나와 있을까.'

알바위가 가까워지자 영실은 조바심이 일었다. 그도 그럴 것이 열에 아홉은 허탕을 치는 날이 많았기 때문이다. 하지만 왠지 미령이 나와서 기다리고 있을 것 같은 날이 있곤 했는데, 그런 날은 영락없이 미령이 먼저 와서 기다리고 있었다. 오늘도 그런 날들 가운데 하루였다.

가시덤불을 헤치고 나가자 저쪽에서 탁, 돌이 부딪히는 소리가 났다. 발짝 소리를 들었다는 신호였다. 영실은 나뭇가지가 얼굴을 할퀴는 것도 아랑곳하지 않고 미끄러지듯 알바위로 다가갔다. 예상대로 미령이 그곳에서 기다리고 있었다.

"곤장을 맞았다며?"

미령의 안타까운 물음에 영실이 멋쩍게 대답했다. 달빛에 비친 미령의 주먹만 한 얼굴이 오늘따라 유난히 뽀얗게 보였다.

"응, 조금 화끈거리긴 하지만 괜찮아."

미령이 소매를 걷어 올리며 주먹을 쥐어 보였다. 영실은 미령을 친동생처럼 아끼고 좋아하지만, 미령을 볼 때마다 영실은 어머니의 그림자를 느꼈다

"힘들더라도 조금만 참아, 올해가 가기 전에 사또가 갈린단 소문이 있어."

"갈리면 뭐하나. 그놈이 그놈이지."

"그래도 희망을 버리면 안 돼. 희망을 버린다는 건 우리가 진다는 걸 의미하니까."

미령은 영실을 엎어져 눕게 한 뒤 허리춤에 숨겨온 약병을 꺼냈다. 미령은 노란 액체를 영실의 엉덩이에 고루 문질러서 발랐다. 옷을 내릴 때는 창피한 마음이 들었지만 영실은 미령이 하는 대로 몸을 맡겼다.

"근데 뭘 바르는 거야? 엉덩이가 더 화끈거리는 것 같아."

"송진가루를 풀과 섞어 갠 거야. 부기도 금방 빠지고 또 새살을 돋게 한다니까 아무 소리 하지 말고 가만히 있어."

"넌 나이도 어린 게 하는 소린 꼭 우리 엄마 같아."

영실이 허리춤을 묶으며 미령 옆에 나란히 앉았다.

"세상의 모든 여자들은 엄마가 돼. 나이와 관계없이 이미 엄마가 몸속에 숨어 있는 거지."

영실보다 두 살 어리지만 미령은 한 마디 한 마디가 어른스러웠다.

"이제 그만 일어서자. 볼일 보러 가는 척하고 빠져 나왔거든."

미령이 먼저 몸을 일으켰다.

"잠깐만, 나도 네게 줄 게 있어."

영실이 품에서 꺼낸 것은 종이를 두세 번 말아서 만든 한 뼘쯤 되는 둥근 원통이었다.

"이게 뭔데?"

미령이 눈을 반짝 빛내며 물었다. 전에도 영실은 가끔씩 자신이 만든 엉뚱한 물건들을 가지고 와서 선물이라고 건네곤 했던 터였다.

"자, 이쪽 끝에 눈을 대고 저기를 봐."

영실이 원통의 한쪽 끝을 미령의 눈으로 가져간 뒤 달을 가리켰다.

"어맛!"

미령이 놀라며 원통을 눈에서 떼어냈다.

"놀랍지?"

"응, 갑자기 달이 눈앞으로 확 달려드는 것 같아. 그런데 어떻게 이런 걸 만들었지? 이 안에 든 게 유리 같은데?"

"유리 맞아. 아침에 이슬을 통해 사물을 보면 사물이 퉁퉁하게 불어서 보이는 데서 착안을 한 거야. 유리 가장자리를 숫돌에 갈아서 중심으로 갈수록 볼록하게 만들었더니 이슬을 통해 보았을 때처럼 사물이 크게 보였거든."

"이걸 나 준다고? 정말 신기해!"

미령은 기뻐서 어쩔 줄을 몰랐다.

"아직은 시작일 뿐이야. 조금만 더 잘 만들면 아주 먼 곳의 별들까지 보게 될 수 있을 거야."

"뭐, 별들을 볼 수 있다고?"

"응, 저길 봐. 파랗게 빛나는 별, 노란 별, 붉은 별……. 같은 듯

보이지만 별들은 모두 색깔이 달라. 저 별에는 양반도 노비도 없을
거야. 난, 저 별들에 가 닿고 싶어. 이 세상 끝을 다 가서라도."

영실이 꿈을 꾸듯 중얼거렸다.

"나도 함께 저 별들에 가 닿고 싶다."

미령이 영실의 손을 잡았다.

메마른 겨울이 지나고 또다시 봄이 왔다. 입추가 지나면서 동래
현은 한바탕 들끓었다. 전임 사또가 수레 가득 바리바리 물건을 싣
고 떠나던 날, 새로운 사또가 수염을 휘날리며 강을 건너왔다. 관
가의 종들은 밤을 지새운 채 토끼 눈으로 사또를 맞으러 나갔다.
그들은 먼 길을 떠나는 전임 사또의 짐을 챙기느라 보름 전부터 공
무를 팽개치고 그 일에 매달려왔다.

떠들썩한 전임 사또의 행차와 달리 신임 사또는 달랑 말 한 필과
하인 하나가 전부였다. 그는 동래현 관사로 곧장 들어오지 않고 길
이 열리는 곳마다 늘어선 백성들의 집과 살림살이를 구석구석 살
피며 천천히 말을 몰아왔다. 덕분에 사또를 맞이하기 위해 줄지어

늘어섰던 관아의 구실아치들은 연신 헛걸음을 하며 관아와 포구를 오가야 했다.

사또는 저녁 무렵 관사 정문 앞에 모습을 드러냈다. 육방의 서리와 관노들, 육모 방망이를 찬 포졸과 소동, 관기들이 모두 몰려나가 사또를 향해 절을 올렸다.

"이 고을에 언제부터 가뭄이 들었더냐?"

말에서 내린 신임 사또가 이방을 향해 물었다.

"족히 3~4년은 된 것 같습니다요."

이방이 허리를 깊숙이 숙이며 대꾸했다.

"어이하면 저 하늘을 열어서 물을 얻을까."

사또는 고개를 들어 저물어가는 하늘로 눈길을 주었다. 사또의 얼굴에 수심이 깊게 드리웠다. 관원들은 서로 눈치를 살피며 사또의 입이 열리길 기다렸다.

"내일 오후, 각 마을의 유지들을 전부 대청 아래 불러 모아라."

이방이 물었다.

"어찌하여 여독이 가시기도 전에 유지들을 모으라 하십니까?"

그들은 사또의 속내를 헤아릴 수 없었다. 그들에게 사또는 흘러가는 물과 같아서 언제든 떠나면 그만인 사람이었다.

"마을마다 궁핍한 자들을 살펴 우선 구하기 위함이다. 또한 머리를 맞대고 가뭄을 이겨낼 방도를 찾아볼 생각이다. 오는 길에 마을 구석구석을 들러 보니 풀죽을 쑤어 겨우 끼니를 때우는 자들 천지였다. 백성들이 배불리 먹지 못하는데 어찌 하룬들 시간을 미룰쏘냐."

저물어가는 동헌 뜰로 신임 사또의 목소리가 낮게 파고들었다.

"분부대로 따르겠습니다."

마중 나온 관속들이 모두 고개를 숙였다.

신임 사또 이자청. 그는 본래 삼랑진 사람으로 이 지역 지리와 풍습에 밝았다. 남부지방에 가뭄이 계속되면서 주상의 시름도 깊어갔다. 모든 신하들이 벌벌 떠는 절대권력의 태종 이방원이었지만 그도 가뭄만은 어찌할 수 없었다. 지난해 풍년을 맞은 충청도의 곡식을 일찌감치 풀어 남해의 각 고을로 내려보내고 끼니를 굶는 백성이 없도록 하라고 수령들을 다그쳤다. 그러나 한양의 목소리는 멀리 떨어진 남해의 촌구석까지 일일이 가 닿지 않았다.

이자청이 임지로 떠나는 날 주상은 친히 그를 불러들여 당부했다.

"동래현의 가뭄이 어제오늘의 일이 아니라 심히 괴롭다. 기름지던 들녘이 타들어가고 있다 하니 그대는 보다 소상히 상황을 살펴 그 경중을 올리되, 아무리 천한 자라도 굶어 죽는 자가 없도록 살펴야 할 것이다."

"소인이 어찌 전하의 뜻을 어기겠습니까?"

이자청은 허리 숙여 주상의 뜻에 응답했다.

다음 날, 동래현 각지에서 온 수십 명의 마을 노인들이 동래현 안마당에 모여 들었다. 이자청은 촌로들에게 주상의 뜻을 전하고, 각 마을 별로 가난하고 병든 자들을 구휼하는데 힘쓸 것을 당부했다. 또한 관아의 비축미를 풀어 마을마다 실어 나르니 풀죽으로 연명하던 백성들이 하나같이 신임 사또를 칭송했다.

"구휼미를 푸는 것은 임시방편일 뿐, 좋은 수단이 아니다."

구휼미 200석이 모두 동나던 날, 사또는 동헌 아래 구실아치들을 불러 모았다. 지난 밤, 가볍게 가랑비가 내렸지만 가뭄을 해갈할 정도는 아니었다.

"어찌하면 저 강물을 동래의 너른 들로 퍼 올릴 수 있겠느냐?"

사또가 두 눈을 크게 뜨고 물었다. 아전들은 머리가 어지러웠다. 제 몫의 곳간을 착실히 채워 떠났던 전임 사또와 달리 이번 사또는 백성들의 곳간을 걱정하고 있었다. 황산의 물을 들로 퍼 올려야 한다. 하지만 홍수가 나 강물이 범람하지 않는 이상, 어떻게 저 말라 갈라진 들판에 물을 댈 것인가. 아무리 봄비가 많이 내린다 해도 몇 년째 가물어진 들판은 쉬이 예전 모습을 찾기 힘들 것이다. 그러니 다들 묘안을 짜 봐라. 조용조용 내뱉는 사또의 목소리는 거역할 수 없는 명령처럼 관속들의 가슴으로 파고들었다.

"지난봄에도 온 마을 사람들이 다 강으로 몰려가 가래로 물을 퍼 올렸습지요. 강과 연한 지역들은 그런 대로 여름 장마가 오기 전까지 버틸 수 있었으나, 먼 곳의 전답들은 속수무책으로 가뭄 피해를 입었습니다."

구실아치들 중에 나이가 제일 많은 공방이 대꾸했다.

"보를 쌓을 생각은 해보았는가?"

"촌장들이 모여 몇 번이나 그 방법을 생각해보았으나 폭이 넓고 깊은 곳이 많아 실현키가 힘들었습니다. 나라님이 나서서 공사를 벌이지 않은 한 작은 지방에서 행하기엔 무리였습지요."

"그래 알겠네. 최악의 가뭄에도 강이 마르지 않으니 이는 하늘이 아직 백성들을 버리지 않았음이다. 각 촌락에 명을 내려 강물을 끌어올릴 것에 대비하여 수로를 정비하고 지관을 동원하여 관정<sup>管井</sup>을 찾는 일을 게을리 하지 말라 이르라."

사또의 목소리가 낮게 안마당을 울렸다.

"장영실을 한번 불러 솜씨를 발휘하도록 해보시지요."

공방이 다시 조심스럽게 제안했다. 영실이 새로운 무자위의 설계도를 그렸다는 소문은 관아 전체에 퍼져 있었다. 관아의 솜씨 좋은 목수들, 기술자들이 나서서 설계도대로 무자위를 만들어보려 했지만 성공한 사람이 없었다.

"장영실이라고? 그는 무엇을 하는 자이더냐?"

"이곳 관아의 노비이온데 솜씨가 이만저만이 아닙니다."

이번에는 이방이 나서서 입에 침이 마르도록 영실을 칭찬했다. 비록 노비의 신분이었지만, 관아의 부엌데기들로부터 서리들에 이르기까지 두루 사랑을 받고 있었던 까닭에 관내에서 영실을 모르는 사람이 없었다.

"그렇다면 내일 아침 당장 그자를 대령시키도록 하라."

그날 저녁, 사또는 특별히 공방과 이방을 방으로 불러들여 동래현에 대한 이야기들을 듣고 또 들었다. 잠이 들기 전 사또는 장영실이 그렸다는 무자위 설계도를 촛불에 비춰가며 오래도록 살펴보았다. 전에도 전해들은 적이 있는, 얼핏 보기에는 평범해 보이는 수차였다. 다른 것이 있다면 바퀴 주변에 물주머니가 달려 있다는 것이다.

이것으로 무엇을 할 수 있을까?

그림만으로는 그것의 실물과 용도를 짐작할 수 없었다.


아침 햇살이 감영의 기와지붕을 훑으며 서쪽으로 미끄러졌다. 노방의 관노들이 제일 먼저 일어나 비를 들고 관아 곳곳에 떨어진 새똥과 깃털, 나무 부스러기들을 청소했다. 뒤이어 부엌에 딸린 여자 노비들이 물을 긷기 위해 우물로 종종걸음을 쳤다.

관사 북쪽, 군졸들이 사령의 지위에 따라 점고하는 소리가 쩌렁쩌렁 동헌 안마당을 울려댈 무렵 영실은 조용히 동쪽에 있는 사또의 관아로 향했다.

사또는 마루에 바른 자세로 앉아 차를 마시고 있었다.

"네가 장영실인가?"

영실을 바라보는 신임 사또의 얼굴에 생기가 돌았다.

"그렇사옵니다."

영실은 두 무릎을 가지런히 모은 채 꿇어 엎드렸다. 마루의 단청은 울긋불긋하였고 관사 주변에 심어진 꽃들도 붉었다. 나비 한 마리가 관아의 무너진 토담을 넘어와 아무렇지도 않게 마당을 활보하고 날아 다녔다. 가까운 곳에서 까치 우는 소리가 들렸다.

"올해 나이가 몇이더냐."

"열여섯입니다."

확실히 앳된 목소리였다.

"열여섯이라……. 아직 어리지 않은가."

사또가 찻잔을 입으로 가져가며 영실을 꼼꼼히 살폈다. 체격이 우람하고 눈매가 큼직했지만, 아직은 젖살이 가시지 않은 앳된 얼굴이었다.

"관헌들에게 듣자하니 너의 손재주가 출중하다더구나. 해충으로 썩어가는 범어사 대웅전 소나무 기둥에 마늘과 계피, 옻을 섞은 진액을 이용하여 해충을 퇴치한 게 너라지. 열쇠와 자물쇠의 원리에 통달하여 못 여는 문이 없고, 또 강물을 이용하여 연자방아를 돌리는 농업에 쓰이는 정교한 기계장치를 만들었다고도 하더구나. 심지어 네가 없으면 동래현이 돌아가지 않는다고……."

사또가 단령 밑에 감춰진 두 다리를 주무르며 말했다.

"과찬이십니다, 나으리. 소인은 그저 항간에 돌아다니는 이런저런 지식을 조금 발전시킨 것에 지나지 않습니다요."

사또가 목소리를 낮추었다.

"겸손한지고. 내 네게 긴히 할 말이 있으니 이리 가까이 오라."

"소인이 할 수 있는 일이라면 무엇이든……."

영실은 대청마루 가까이 기어가 다시 엎드렸다.

"내 너를 부른 이유는 근심이 있어서다. 요 근래 몇 년 동안 영남 지방에 가뭄이 심하여 백성들의 삶이 궁핍해지고 덩달아 세곡의 양도 반으로 줄었으니 주상 전하의 근심 또한 이만저만이 아니다. 그래서 이번에 특별히 주상께서 남쪽으로 내려가는 지방관들을 불러 일일이 당부하시기를, 내려가면 백성들의 농사를 살펴 가뭄의 근심을 덜라 하셨거늘……."

사또가 말을 멈추고 찻잔을 입으로 가져갔다.

"부임 직후 백성들 곳간을 돌아보니 바다와 연한 마을들은 그럭저럭 입에 풀칠을 하는 듯하였으나 고기잡이조차 할 수 없는 내륙의 마을들은 보릿고개를 당하여 초근목피로 연명하는 곳이 많았다. 어찌하면 하늘의 문을 열어 가뭄을 해갈하겠느냐?"

영실은 더욱 바싹 꿇어 엎드렸다.

"사또 나리, 비록 제게 얄팍한 재주가 있다 한들 어찌 인간의 몸으로 감히 하늘을 열겠습니까?"

"흠."

사또가 흰 터럭이 군데군데 묻어나는 턱수염을 손으로 문질렀다.

"하여 내가 너를 부르지 않았느냐. 하늘이 물을 내어주지 않으니 인간이 그 물을 찾아야하리. 가뭄이 심하다고는 하나 강줄기의 물은 아직 완전히 마르지 않은즉, 장마가 닥치기 전까지 강물을 퍼올려 논밭에 댄다면 급한 대로 입에 풀칠을 하지 않겠느냐."

영실이 대답했다.

"소인이 관가에 엎드려 기물이나 만지는 처지라 논밭을 일구는 농민들의 시름을 어찌 다 헤아리겠습니까만, 소인의 짧은 생각으로는 가뭄으로 강과 내의 수위가 형편없이 낮아져 논과 밭으로 흘러 들어야 할 물길이 끊어졌으니 하늘을 원망할 따름이옵니다."

"그러니 내 너를 이리 부르지 않았더냐. 동래현의 기름진 들판은 대부분 황산강에 의지하여 몇 년 전까지만 해도 해마다 풍년가를 울리던 곳이라 들었다. 비록 수위가 낮아졌다 한들 손을 놓고 있을 것이 아니라 곳곳에 수백 대의 무자위를 설치하여 물을 끌어 올린다면 이 가뭄은 극복될 것이다. 너의 손재주로 그것을 만들어보거라."

영실은 비로소 신임 사또가 자신을 부른 이유를 알 것 같았다.

"무자위는 일찍이 나라님들께서 널리 백성들에게 보급하고자 하였으나 그 쓰임이 들쭉날쭉하여 소금을 만드는 염전에서나 근근이 명맥을 유지해오는 실정입니다. 소인이 비록 재주는 없사오나 대강의 원리를 아는 바, 성심을 다하여 무자위를 만들어 바치겠나이다."

'과연 듣던 대로다……'

대청에 앉은 동래현감 이자청은 비로소 만족한 얼굴이 되었다.

"내삼문에 말을 준비시켜 놓았으니 우선 사상과 구덕, 구포 등지의 들을 돌아보고 강물의 수위와 보의 높이를 헤아려 오거라. 내 그 사이 목재를 준비시켜 너의 작업이 수월하도록 도울 생각이다. 시간이 없으니 우선 하나를 만들어 설치를 해보고 부족한 부분을 보완하여 동래의 너른 들로 사시사철 물이 흘러들게 하라."

"행하겠나이다."

영실은 다시금 허리를 깊이 숙인 뒤 동헌을 물러 나왔다.

사실 영실의 마음은 편치 않았다. 무자위를 만들어 보이겠노라 대답은 했지만 몇 년 전 분개[15]의 소금 염전에 갔을 때 잠깐 눈동냥한 게 전부였다. 설령 그때의 무자위를 만들어 보인다 한들, 그것이 사또가 요구하는 무자위는 될 수 없을 것이었다. 염전에 설치된 무자위는 바닷물과 염전의 높이가 크지 않아 어른 하나가 장대로 중심을 잡으며 부지런히 발판을 밟아대는 것만으로도 한나절이면 500평의 염전에 넉넉히 바닷물을 댈 수 있었다. 그러나 지금은 다르다. 500평이 아니라 동래 들녘 전체에 물을 대야 한다.

"어, 영실이 네가 웬일이야?"

내삼문을 지나자 만복이 말을 끌고 나타났다.

"이게 웬 말이야?"

영실이 시치미를 떼고 물었다.

"나도 모르겠다. 내삼문 밖에 좋은 말 한 마리를 끌어다놓고 기다리라는 이방 어른의 분부가 있었다. 사또 나리가 어디 급히 가실 일이 생긴 모양이지?"

"그렇담, 내가 말의 상태를 좀 봐야겠군."

영실이 말고삐를 낚아챘다.

---

15) 부산 용호동의 옛 이름으로 조선시대에 이 지역에는 집은 별로 없고, 소금을 굽는 동이盆만 여기저기 있어 동이가 있는 갯가浦라는 뜻에서 분개라고 하였다.

"어라, 이놈이 미쳤나. 종놈이 함부로 사또님 말을 만지다니."

만복이 채찍으로 영실을 후려쳤다.

"종놈은 말을 타지 말란 법이 있더냐. 이랴, 이랴."

영실은 채찍을 보기 좋게 피한 뒤 눈 깜짝할 사이 말 잔등에 훌쩍 올라탔다. 황소눈깔처럼 눈을 치뜬 만복이가 뭐라 채 말을 하기도 전에 짚신 발로 말의 옆구리를 걷어차는 것이었다.

"야, 이이이, 이놈이 제대로 미쳤구나."

뒤늦게 정신을 차린 만복이 동헌 밖까지 달려 나가보았지만 이미 영실이 탄 말은 아문을 빠져나가 뽀얗게 먼지를 일으키며 달음박질하고 있었다.


오후 늦게 관아로 돌아온 영실은 무자위 제작에 들어갔다.

황산강 곳곳을 살피고 온 뒤 영실은 애초 자신의 설계도를 수정해야 했다. 전임 사또에게 그려 바친 설계도는 길이가 기껏해야 7척밖에 되지 않았다. 그러나 상황은 더 나빠졌다. 물이 많을 때는 폭이 1000여 보에 이르던 황산강은 몇 년 동안 계속된 가뭄으로 쪼그라들어 물이 흐르는 길이는 기껏해야 50보 정도가 고작이었다. 덩달아 수위도 낮아졌다. 들과 연결된 수문과 강물의 낙차는 대부분 7~8척이 넘었다. 어떤 곳은 10여 척 가까이 높낮이가 벌어진 곳도 있었다. 낙차가 클수록 물을 끌어올리는 힘이 발생하는데 그것도 여의치가 않았다.

"영실아, 쉬어가며 해."

나흘 밤낮 무자위 제작에 매달리느라 영실은 밥을 먹을 시간조차 없었다. 그런 영실을 위해 미령은 틈만 나면 소반에 음식을 담아 날랐다. 특히 사람들이 모두 잠든 오늘 같은 새벽은 사람들의 눈을 피할 수 있어서 좋았다.

"이제 거의 다 됐어. 빨리 사또 어른께 무자위를 보여드리고 싶어."

"그런데 이걸로 정말 물을 퍼 올릴 수 있어?"

미령의 동공에 걱정이 어렸다. 행여라도 실패하는 날엔 곤장 정도로 끝날 일이 아니었기 때문이다. 사또를 농락한 죄, 자칫 잘못하면 죽음을 면키 어려울 수도 있었다.

"최선을 다한다면 반드시 하늘이 응답해주실 거야."

영실은 가뭄과 싸우는 게 아니었다. 영실은 마치 하늘에 질문을 던지고 있는 것 같았다. 과연 인간의 노력으로 저 하늘의 마음을 움직일 수 있을까. 하늘이 인간에게 던져준 기나긴 고통의 시간을 견뎌낼 방법을 찾아낼 수 있을까.

이레째 되는 날 마침내 무자위 하나가 만들어졌다. 영실은 아침 일찍 그것을 동헌 마당으로 옮겨놓았다. 금방이라도 쓰러질 것처럼 몸이 무거웠지만 영실은 확신했다. 내가 만든 무자위가 백성들의 가뭄을 해결해줄 것이다. 하늘은 결코 성심을 다해 간절히 노력하는 인간들을 외면하지 않는다. 다만 인간이 자연 속에서 고난을 극복할 방법을 찾도록 시간을 주었을 뿐이다. 영실은 그렇게 믿어 의심치 않았다.

"밤낮으로 무자위 제작에 매달렸다지? 그래, 쓰임을 설명해보거라."

아침 일찍, 동헌으로 나온 사또는 기대가 가득한 얼굴이었다.

"강물이 흘러가는 힘에 의해 물을 높은 곳으로 끌어 올리도록 고안된 무자위는 사람이 밟아서 수동으로 물을 퍼 올리는 방법과 유속을 이용한 두 가지 방법이 있습니다. 즉 유속이 센 곳에서는 사람이 필요가 없으나 유속이 나오지 않거나 고여 있는 물을 퍼 올릴 때는 사람이 무자위 위에 올라가 널판을 밟아서 물을 끌어 올렸습지요. 기존의 무자위는 둥근 바퀴살 속에 홈을 만들어 그 안에 고인 물을 끌어 올리는 이치로 기껏해야 바퀴에 반 높이에 해당하는, 3척 정도의 높이에서나 활용이 가능하여 그 유용성에도 불구하고 잘 쓰이지 않아온 게 사실입니다."

"그래서? 너는 어떤 무자위를 만들었느냐?"

"소인은 둥근 바퀴살 바깥에 별도의 물통 스물두 개를 매달아 물을 퍼 올릴 수 있는 높이를 기존의 무자위보다 두 배로 향상시켰습니다. 우선 7~8척 높이로 무자위를 평균화해서 강과 잇닿은 각 촌락에 공급하시되 유속이 약한 경우 어른 둘이 올라가 수동으로 널판을 밟아 물을 끌어 올리도록 하는, 두 가지 형태로 무자위를 제작한다면 우선 급한 가뭄을 이겨낼 수 있을 것으로 사료됩니다."

사또는 영실이 만든 무자위를 천천히 손으로 돌려 보았다. 그것은 높이가 7척 쯤 돼서 사또의 키보다 훌쩍 컸는데 영실의 말대로 둥근 바퀴살 내부 홈통 이외에, 바깥에 별도의 사각 형태의 홈통 스물 두 개가 단단히 덧대어져 있었다. 바퀴가 아래로 내려갈 때 물이 차게 되고 바퀴가 꼭대기로 올라갈 때 자연스럽게 물이 흘러 내리도록 장치한 기계였다. 바퀴 윗부분에 별도의 수로 장치를 만들어서 무자위에서 떨어진 물을 받아낼 수 있었고, 7척의 낙차를 이용하여 그것을 수로로 연결하도록 고안된 장치였다.

"기존의 무자위를 크게 만들어 어른 두 사람이 밟을 수 있도록 하여 수량을 증가시켰고 또한 별도의 홈통을 바퀴 바깥에 달아서 끌어올릴 수 있는 물의 높이를 향상시킨 것이 바로 너의 독창적인 생각이렸다. 훌륭하다, 훌륭해. 하지만 한 가지 걱정이 있다."

사또가 생각에 잠긴 얼굴로 물었다.

"강의 지형이 마을마다 천차만별일 뿐만 아니라 그 높이도 다 다르거늘, 우리가 무자위를 표준화한다 한들 무슨 수로 그 깊고 험한 지형에 일일이 다 맞출 소냐?"

"그 점 역시 방법이 있는 줄로 아룁니다. 우선 각 마을 단위별로 무자위를 설치할 수 있는 적당한 장소를 선별하도록 지시하시고, 우리가 만든 표준 기계와 맞지 않는 지형의 마을에선 장정들로 하여금 서른 보 내외의, 한쪽이 터졌으되 임시로 강물을 가둘 수 있는 상자 형태의 보를 설치하여 물을 모으도록 하시지요. 그리하면 일정량의 높이와 수량을 확보할 수 있으니, 수동으로 밟아 물을 퍼 올리는 무자위를 그곳에 설치한다면 어느 정도 해결이 가능할 것 같습니다. 소인의 부족한 생각이오나 강을 낀 내륙의 모든 마을로 이와 같은 기술이 전해져서 가뭄이 해갈된다면 소원이 없습니다."

사또가 기쁨에 겨운 얼굴로 대답했다.

"훌륭하다, 훌륭해. 이 고을 사람들이 아랫사람으로부터 윗사람까지 한입으로 너를 칭찬하더니 다 그만한 이유가 있었구나."

사또가 좌중을 향해 또한 말했다.

"여봐라, 고을의 모든 목수들과 잔여 인력들을 총동원하여 무자위를 만들도록 하라. 푸석푸석하게 시들어가는 산천의 초목에 수분을 공급하고 농경지에 물을 대어 씨앗들이 열매를 맺도록 하라. 그리하여 백성들의 얼굴에 스민 슬픔을 닦아주도록 하라."

각 마을에서 건강한 젊은이들이 무자위를 만들기 위해 동헌으로 차출되어 왔다. 한쪽에선 나무를 베고 또 한쪽에선 나무를 깎고 다듬으며 영실이 설계한 무자위를 만들었다. 마을 아낙들이 너도 나도 품을 거들며 음식을 만들어 장정들의 배고픔을 달래주었다. 그 결과 보름 만에 스무 기의 무자위가 만들어져 우선 가뭄이 심한 마을로 옮겨졌다.

영실의 말대로 무자위는 성공적으로 물을 퍼 올렸다. 두 대의 기계를 동시에 설치하여 물을 길어 올리자 효과는 더욱 극대화되었다. 무자위는 여름 장마가 시작되기 전까지 계속 만들어졌고 말라 비틀어져 가던 수로마다 찰방거리며 물이 넘쳤다. 적어도 동래현에 있어서만큼은 가뭄이 먼 지방의 얘기가 되었다.

상
투
를

튼

미
소
년

세종의 등장과 함께 조선은 태평성대의 시절로 들어섰다.

개국 이후 조선은 두 차례에 걸친 왕자의 난을 겪으며 연이어 혼란기를 맞이하기도 했으나 태종 이방원의 강력한 개혁 정치에 힘입어 왕권 강화에 성공하였다. 태종은 집권과 동시에 사병을 혁파하고 문하부를 폐지하였으며 호패법을 실시하여 통치의 기틀을 마련하였다. 또한 호포제를 폐지하여 국가의 살림살이에 내실을 가져왔고, 신문고를 설치하여 백성들의 목소리를 듣고자 노력했다. 한양 천도를 단행하여 고려의 쇠한 기운을 떨치고 새롭게 펼쳐질 조선의 500년 기틀을 다진 것도 태종 이방원의 업적이라 할 수 있다.

세종이 이룩한 태평성대도 태종의 개혁 정치가 그 밑바탕이 되었기에 가능했다. 세종은 1418년 맏형 양녕대군이 세자의 지위를 박탈당함에 따라 스물두 살의 나이로 경복궁 근정전에서 즉위하였다. 세종 역시 태종의 뒤를 이어 집권 초기에는 왕권 강화에 힘썼다. 훗날 문화 정치의 근간이 된 집현전을 설치하고 명재상으로 이름을 떨치게 될 황희와 맹사성, 허조 등을 발탁한 시기도 이즈음이다. 나아가 세종은 집현전의 기능을 확장하여 세종의 수족으로 거듭나게 될 신숙주와 정인지, 최항, 박팽년, 성삼문 같은 젊고 유능한 학자들을 대거 등용하여 학문 연구에 매진토록 한 것도 집권 초기의 일이었다.

여러 차례의 변란으로 고초를 겪던 백성들은 모처럼 찾아온 태평성대를 반기며 부지런히 생업에 종사하였다. 새로 확장된 수도 한양은 더욱 번성하였다. 한양을 기점으로 물류의 흐름도 활발해져 각지에서 진귀한 물자가 모이고 인구도 크게 증가하였다. 어린아이의 수가 늘어 골목마다 아이들 웃음소리가 그치지 않았으니 이 또한 향후 조선의 미래를 밝게 하는 긍정적인 풍경이었다. 안으로 내치를 다지는 동시에 국경으로 날랜 장수들을 보내 철통같이 땅을 지키니 고려 말까지만 해도 노략질을 일삼던 남해의 왜구는 더 이상 보이지 않았고, 여진의 잦은 침략을 받았던 철령 이북의 땅에도 사방에서 백성들이 모여들어 논밭을 개간하고 씨를 뿌리느라 소란스러웠다.

그러나 아무리 태평성대라 한들 그 속을 자세히 들여다보면 크고 작은 근심은 있게 마련이다. 재위 5년째 되던 1423년 가을, 젊은 왕 세종이 맞닥뜨린 명나라와의 외교 문제도 그러하였다. 1402년 재위에 오른 바 있는 명나라 제3대 황제 영락제가 조선에 사신을 보내와 새삼 특별한 조공을 요구하였다. 말 3만 필과 더불어 여자 1000명과 환관으로 사용될 18세 이하 남자를 선발하여 명나라로 보내라는 요구였다. 또한 공출하는 여인들은 남자의 손을 타지 않은 처녀여야 한다는 단서가 달렸다.

매년 정기적으로 사신을 보내 황금과 비단, 귀한 약재를 상납해 오던 조선 조정은 1000명의 처녀를 보내라는 터무니없는 요구에 아연실색했다. 성군으로 소문난 세종도 명의 갑작스런 요구 앞에 마땅한 대안을 찾지 못한 채 연일 골머리만 앓을 뿐이었다. 대신들도 그 누구 하나 마땅한 대안을 내놓지 못한 채 갑론을박만 계속했는데 그도 그럴 것이 아무리 머리를 맞대도 뾰족한 묘안이 나올 리 만무했다. 과부나 첩의 소실들을 그럭저럭 선발한다면 어찌어찌 맞출 수 있는 인원이었으나 문제는 처녀를 보내라는 데 있었다. 혼인 적령기의 여자들 가운데 1000명을 추린다는 건 도저히 따르기 힘든 요구사항이었다.

"백성들의 피해도 최소화하고 명나라의 요구도 만족시킬 수 있는 대안을 찾아보시오. 대안을……."

세종의 거듭된 하명에도 중신들의 입은 꿀 먹은 벙어리였다.

"전하, 시간을 지체하면 할수록 대국의 심기만 건드리게 되오니 속히 백성들을 징발하소서."

"말도 안 되는 소리입니다. 우선 사신을 보내 공출자의 수를 줄여달라고 간청해보소서."

겨우 입을 뗀 대신들은 파를 나눠 원론적인 주장만 해댈 뿐이었다.

여자를 요구하는 중국의 요구는 사실 어제오늘의 일이 아니었다. 다만 이번에는 명나라 조정의 특수한 사정과 맞물려 그 수가 많았을 뿐이다. 고려에서도 원나라에 처녀를 보내느라 이 문제로 자주 골머리를 앓았다. 이러한 공출의 악습은 조선 조정으로 고스란히 이어져 원나라가 망한 뒤에도 주기적으로 여자를 보내야 했다. 불과 15년 전인 태종 8년에는 명나라 사신이 직접 경복궁에 찾아와 자국으로 데려갈 조선 처녀들을 선별한 적도 있다. 심지어 이들은 선발된 조선의 처녀들이 박색하다고 신경질을 부리기까지 했다. 명나라에선 황제가 바뀔 때마다 거의 연례행사처럼 아리따운 여인을 요구해왔다. 비공식적으로는 해마다 수십 명의 여인들이 중국으로 끌려갔고 그 중 황제의 후궁이 된 여인도 있었다.

조정에선 백성들이 동요할까 쉬쉬했지만 소문은 발 없는 말처럼 대궐 담을 넘어 지방 관아에까지 퍼져나갔다. 처녀를 징발한다는 소문이 퍼지자 백성들은 서둘러 혼인을 하느라 난리법석을 떨었다. 채 열 살도 되지 않은 계집을 혼인시키는 백성들도 생겨났다. 전국 곳곳에서 대책 마련을 주문하는 상소가 빗발쳤다. 어찌됐던 서둘러 명나라의 의견을 따라야 한다는 의견과 사정을 설명하고 조공을 줄여달라고 청해야 한다는 의견이 팽팽하게 맞선 가운데 세종은 이 문제를 외교적으로 풀어나갈 방법을 생각해내기에 이른다. 즉 이 문제를 해결할 진헌사라는 관청을 세우고, 명나라 조정과 가까운 인물을 진헌사의 수장에 앉혀 명나라의 요구가 부당함을 읍소하려는 계획이었다.

그 결과 중책을 맡을 책임자를 누구로 정하느냐가 새로운 관심거리가 되었다. 이때 대안으로 떠오른 인물이 이상인<sup>李相人</sup>이었다. 이상인은 열두 살 어린 나이에 불알이 거세된 채 명나라에 조공으로 바쳐졌다. 명나라로 건너간 이상인은 그곳에서 명석한 두뇌로 벼슬을 얻어 두어 차례 명나라 황제의 칙사 노릇으로 조선을 방문하기도 했다. 세종이 등극할 때 사신으로 조선을 찾은 인물도 이상인이었다. 두 나라 말에 능통한 데다가 무엇보다 조선이 고향이니 조선에 해로운 짓은 하지 않을 것이라는 판단에 이상인을 진헌사의 적임자로 여기게 된 것이다. 이상인으로서는 고향에 돌아와 벼슬을 하게 되었으니 마다할 이유가 없었던 것인데, 영락제가 이를 허락하면서 전격적으로 귀국이 이루어졌다. 조선 조정이 이상인에게거는 기대와 달리 명나라 조정에선 오히려 이상인을 이용하여 조선 조정 내부를 들여다보고 싶어 했다. 말하자면 이중간첩으로 그를 활용할 심산이었다.


5월 단오가 조금 지난 어느 날, 이상인은 임금의 가마보다도 더 화려한, 황금으로 치장된 가마를 타고 압록강을 건너왔다. 조정에선 이미 목멱산(지금의 남산) 밑에 그가 거처할 집과 하인 등속을 마련해 놓고 이상인을 기다렸다. 그러나 이상인은 곧장 한양으로 들지 않고 경치 좋은 곳을 지날 때마다 며칠씩 눌러앉아 떠들썩하니 먹고 마시며 세를 과시하였다. 이상인의 떠들썩한 행차에 관한 소문이 속속 조정에 당도했지만 세종은 이를 방관할 뿐이었다. 표면적으로 조선의 신하가 되기 위해 귀국하는 그였지만, 명나라를 등에 업고 있는 이상 일정 부분 그의 눈치를 살필 수밖에 없는 것이 조선 조정의 처지였다.

문제는 조정 내부에도 있었다. 이상인이 조정에서 벼슬을 하기 위해 귀국한다는 게 알려지자 벌써부터 줄을 대기 위해 수하들을 은밀히 보내 술과 음식을 대접하는 치들이 생겨났다. 관찰사와 목사는 물론 작은 고을의 수령들까지 술과 고기를 준비하여 이상인을 반겼다. 가는 곳마다 환대를 받자 이상인의 어깨엔 더욱 힘이 들어갔다. 주상이 선전관을 보내 빠른 입궁을 독촉했지만 외려 몸이 아프다는 핑계를 대며 의원을 보내줄 것을 요구하기도 하였다. 조선으로선 혹을 떼려다가 혹을 붙이게 된 셈인데, 뒤늦게 좋지 않은 낌새를 눈치챈 조정에서 이상인의 진헌사 임명을 폐하자고 주장하는 대신들이 나왔지만, 이미 명나라와 협약을 맺은 터여서 되돌릴 수 없었다. 이렇게 된 이상 조정으로선 그가 1000명에 달하는 여자의 공출 문제만이라도 잘 해결해주기를 바랄 수밖에 없었다.

이상인으로서는 나름대로 그럴 만한 사정이 있었다. 그는 본래 대대로 수원부에 눌러 살며 농사를 짓던 부모를 둔 평범한 평민 집안의 아이였다. 그러나 어느 해 겨울, 상인의 어머니를 탐내던 지방 관리가 상인의 아버지를 죽이고 그의 어머니를 강제로 취하였다. 불시에 남편을 잃고 지방관의 첩이 될 것을 종용받던 상인의 어머니는 상인에게 복수해줄 것을 유언한 뒤 상인이 보는 앞에서 약을 먹고 눈을 뜬 채 죽었다. 당시 열두 살이었던 상인은 수원부를 찾아가 부사에게 이러한 사실을 고하며 통곡했다. 하지만 뇌물을 받은 수원 부사는 상인의 부모가 도적떼와 내통했다는 억울한 죄명을 씌워 그 사건을 무마한 뒤 후한을 없애고자 어린 상인을 화자*※16) 후보로 조정에 올렸다.

조선 조정에선 여자들과 마찬가지로 깨끗한 외모를 지닌 어린 남자들을 선발하여 명나라 조정에 환관 후보로 보내왔다. 적을 때는 십여 명에서 많을 때는 그 수가 수십 명이나 되었다. 명나라 조정으로 끌려간 화자들은 환관이 되어 가까이서 명나라 황제를 수발했고, 더러는 황제의 총애를 받아 관직에 오르기도 하였다. 특히나 영락제가 들어선 이후에는 환관들의 세력이 엄청나서 조정의 대신들이 환관의 눈치를 볼 정도였다. 이들 환관 중에는 정화라는 색목인 출신 환관이 있었는데 영락제의 절대적인 신임을 받아 대항해의 총도감으로 대장군의 지휘에 올라 군사권까지 장악을 하고 있었다.

---

16) 명나라에 보내던 12세부터 18세까지의 환관 후보자.

조선에서 건너갔던 환관의 경우, 특히 양국의 말에 모두 능하여 그들 중 똑똑한 몇몇은 조선에 칙사로 파견되었는데 윤봉<sup>尹鳳17)</sup> 같은 인물은 열두 차례나 국경을 넘나들기도 하였다. 이외에도 정동<sup>鄭同</sup>, 최언<sup>崔安</sup>, 정승<sup>鄭昇</sup> 등이 칙사가 되어 조선을 방문했는데 이들 대부분이 조선에 머물며 한 일은 공녀와 화자를 뽑아서 데려가는 일이었다. 명나라 황제를 등에 업고 귀국한 이들 칙사들은 과도한 진상을 요구하거나 조선 조정 내부의 인사 문제에 개입하는 등의 폐단을 자주 저질러왔다.

이상인의 가마가 임진강 임진나루에 닿은 것은 들판에 보리 베기가 한창이던, 망종을 이틀 지난 어느 날이었다. 나루터에 서서 강 건너 한양 쪽을 바라보며 이상인은 크게 숨을 들이켰다. 천추의 한을 품은 채 이곳 임진나루를 건너가던 날의 기억이 엊그제의 일처럼 뇌리를 스쳤기 때문이다. 명나라에 도착한 뒤 환관이 되기 위해 겪었던 혹독한 훈련과, 명나라 환관들의 따돌림, 그 가운데 황제의 신임을 얻기 위해 피눈물을 겪던 세월을 생각하자니 자신도 모르게 눈가에 이슬이 맺혔다. 조선 조정에서 곱지 않은 시선을 보내오고 있음을 알면서도 부러 요란을 떨며 국경을 넘어온 이유가 여기에 있다. 그는 가급적 많은 중신들을 자신의 아래 두고 싶어했다. 권력을 강화한 뒤에, 부모님을 해친 일당을 뿌리까지 찾아내

---

17) 황해도 서흥 출신으로 태종 3년 1403년 명나라로 진헌 進獻되었다.

어 하나도 남김없이 철저하게 보복할 생각이었다.

"저 너머에 내 원수들이 있으렷다. 저 너머에."

철썩이는 강물을 바라보며 이상인은 불끈 쥔 주먹을 떨었다.

강을 건넌 뒤 이상인은 가마꾼을 재촉하여 속도를 내기 시작했다. 한양으로 들어서자 그가 가는 곳마다 사람들이 몰려나왔다. 몇몇 사람들은 불알도 없는 환관이 성공해서 고향으로 돌아왔다며 수군댔다. 하지만 대부분은 부러운 눈으로 가마를 쳐다볼 뿐이었다. 각종 장식으로 수놓아진 가마는 화려하기 이를 데 없었고 가마꾼과 길잡이 이외에도 그를 뒤따르는 수레며 호위를 담당하는 하인들까지 행차 인원은 얼추 서른은 돼 보였다. 장원급제자의 행차도 이보다 화려하진 않았다. 그의 수레에는 중국을 출발할 때 가지고 온 짐 이외에도 행차 도중에 만난 수령들이 찔러준 진귀한 지역 특산물들과 품질 좋은 비단, 각종 자기와 가죽 공예품들, 심지어는 말과 나귀도 끼어 있었다.

이상인을 태운 가마는 다음 날 정오, 벽제관을 지나 무악재를 넘었다. 가마가 무악재를 넘어 내려오자 구경하는 사람들의 수는 더욱 늘어났다. 조정 중신들 중에서는 벌써부터 은밀히 집사를 보내 이상인의 행차에 서신을 넣는 자들도 있었다. 미리 눈도장을 찍어두자는 속셈이었는데 이는 이상인이 내심 기대하던 바였다. 30여 년 동안 중국에서 생활을 해온 터라 조선 조정에는 아는 사람이 거의 없었다. 당장 조선 조정이 돌아가는 상황을 파악하기 위해서는 자신에게 정보를 줄 수 있는 조정 내의 대신들이 필요했는데, 미처 가마가 도착하기도 전에 자발적으로 저쪽에서 손을 뻗쳐 온 것이었다.

'저 가마엔 누가 타고 있을까……'

가마가 무악재를 다 내려갈 무렵 언덕에 올라 가마의 행렬을 내려다보는 청년이 있었다. 스무 살쯤 되었을까. 보통 키에 눈이 크고 콧날이 오뚝한 청년이었다. 청년의 손에는 나무를 깎아 만든 새 모양의 장난감이 들려 있었다.

'참으로 화려한 가마구나. 나도 언젠가 저런 가마를 탈 수 있으려나.'

그 순간 커다란 새 한 마리가 빙빙 원을 그리며 날아갔다.

'아니지, 가마 따위가 무슨 소용이랴. 나는 새가 되고 싶다. 한 마리 새가 되어 저 푸른 하늘로 날아올랐으면. 이 좁고 답답한 세상을 벗어나 보이지 않는 세상의 저 끝으로 갈 수 있다면, 그리하여 이 땅의 곳곳을 모두 알 수 있다면.'

장난감에는 새의 날개 같은 것이 달려 있어서 펠펠펠 소리를 내며 하늘을 비행하다가 언덕 아래로 곤두박질쳤다.

청년은 지체하지 않고 새 장난감이 떨어진 곳으로 달려갔다.

'이런! 날개가 부러져버렸군.'

청년은 안타까운 듯 장난감을 주워 올렸다. 대나무로 새 모양의 몸통과 날개를 만들고, 날개에 한지를 발라 바람을 차고 하늘을 날도록 설계된 날틀이었다. 비록 어른 손바닥만 한 모형 장난감이었지만 곧잘 바람을 받아 하늘을 날았다. 청년은 모형의 크기를 집채처럼 키워 사람이 안에 탈 수 있는 것을 만들 생각이었다. 그리하여 언제가 될지 모르지만, 자신이 직접 그 날것을 타고 미지의 세계를 여행하는 꿈을 꾸고는 하였다.

청년은 새 모형을 들고 달리기 시작했다. 마치 날개라도 단 것처럼 빠른 걸음걸이였다. 중치막 자락이 바람에 펄럭이며 청년의 몸을 자꾸만 공중으로 끌어올리는 것 같았다. 코끝으로 향긋한 꽃 냄새가 스며들었다. 발을 감싼 짚신 자락이 풀밭을 디딜 때마다 벌과 나비가 함께 주변으로 흩어졌다. 가까운 곳에서 푸더덕 새들이 날아올랐다. 날아가는 새와 나비를 볼 때마다 청년의 가슴은 꿈으로 두방망이질 쳤다.

한 식경쯤 지나 청년이 도착한 곳은 경복궁 근정전 서쪽에 위치한 궐내각사였다. 궐 밖, 육조거리에 있는 관청을 궐외각사라고 불렀고 경복궁 안에 있는 관청을 궐내각사라고 불렀다. 궐내각사에는 왕을 가까이서 모시는 승정원과 홍문관 같은 행정기구들과 왕족의 생활을 보좌하는 상서원과 상의원, 사복시 같은 관청이, 그리고 서운관 같은 천문 부서와 궁궐 수비와 왕족의 호위를 담당하는 경비부서들이 들어서 있었다. 이 중에서 영실이 근무하는 곳은 서운관과 나란히 마주보고 지어진 상의원이었다.

상의원에서는 주상 전하를 비롯하여 왕실 가족의 의복을 만들고 관리하는 일을 했다. 또한 궁중에서 사용하는 각종 진귀한 보물을 보관, 관리하였다. 상의원의 수장은 종1품 제조가 맡았고 그 밑에 부제조와 첨정, 별좌, 직장 등의 관리를 두었으며 잡직으로 공제와 공조, 공작, 이속으로 서리와 사령 등의 다양한 인원을 두어 운영하였다. 옷감을 바느질하거나 재단하는 사람, 염색하는 사람 등 일이 다 달랐는데, 세분화된 업무만 해도 60여 가지가 넘었고 500여 명의 장인들이 소속된, 궐내에서도 비교적 규모가 큰 집단이었다. 영실은 행사직을 맡아 왕실의 의복 생산과 보물의 수량을 관리하는 한편, 궁에서 쓰는 크고 작은 기계를 만들거나 고치는 일에도 자주 불려 다녔다. 별좌직이 급료가 없는 무록관無祿官이었던 까닭에 행사 벼슬 하나를 더 얻어 있었으나 이 역시 잡직에 종사하는 관리에게 녹봉을 주기 위해 만든 것으로 큰 의미는 없었다.

영실은 4년 전 동래를 떠나 한양으로 올라왔다. 무자위를 만들어 동래현의 가뭄을 해결한 뒤로 사또 이자청은 더욱더 영실을 아꼈다. 이자청은 영실이 좁은 동래를 벗어나 나라를 위해 크게 쓰이길 바랐다. 때마침 태종이 전국 각지에 교지를 내려 널리 인재를 모집한다는 소식을 듣고 기꺼이 영실을 위해 추천장을 써주었던 것이다. 당시 영실은 실의에 빠져 괴로운 나날을 보내고 있었다. 관가 부엌데기 노릇을 하던 어머니가 갑자기 병으로 죽어버렸기 때문이다. 동래를 떠나기로 결심한 날, 영실은 사또에게 한 가지 청을 했다. 동래현 관비인 죽마고우 만복과 함께 한양으로 올라갈 수 있도록 해달라고 조른 것이다. 영실을 아끼던 사또는 기꺼이 그 청을 들어주었다.

한양으로 올라와 영실과 만복이 대궐에서 처음 일했던 곳은 활자를 만드는 주자소였다. 그러다가 몇년 뒤 상의원에 배속되었다. 상의원에 배속된 뒤 영실은 어떤 물건이든 뚝딱뚝딱 만들어 단박에 그 솜씨를 인정받았다. 어느 날엔가는 냄새가 올라오지 않도록 장치한 매화틀을 만들어 주상께 올렸는데, 그 일로 세종의 눈에 들게 되었다.

그날, 매화틀에 앉아 무심코 용변을 보던 세종은, 평소처럼 고약한 냄새가 올라오지 않는 것을 이상히 여겨 상선에게 물었다.

"참 기이하구나. 어찌하여 냄새가 나지 않느냐?"

상선이 대답하였다.

"전하. 이것은 상의원 소속의 장영실이란 자가 특별히 전하에게 만들어 올린 물건이온데, 그 이치는 저도 알지 못합니다."

"장영실이라, 그는 어떤 자이냐?"

"몇 년 전 선왕께서 각지에 교지를 내리셔서 널리 인재를 찾으실 때 동래 현감의 추천으로 올라온 자 중 하나입니다."

용변을 마친 뒤 주상은 장영실을 불러오게 하였다.

"냄새란 무릇 아래에서 위로 올라오는 것이거늘, 이번에 새로 만든 매화틀을 어떤 원리로 냄새를 없앤 것이냐?"

처음 주상을 가까이서 대면하게 된 마당이라 장영실은 목이 꺾

이도록 고개를 숙였다.

"전하, 냄새를 없앤 것이 아니라 냄새를 잠시 잡아둔 것입니다."

"냄새를 잡아둔다?"

주상은 사용하지 않은 새 매화틀을 가져오게 하였다.

영실이 만들어 바친 세 개의 매화틀 가운데 하나였다. 그것은 기존의 매화틀보다 조금 더 컸으며, 사각형이 아닌 둥그런 몸체를 지니고 있었다.

"그렇습니다. 냄새를 없앨 수는 없으니 잠시 잡아두는 것이지요."

영실은 주상이 지켜보는 앞에서 매화틀의 뚜껑을 열었다.

매화틀 입구는 기존의 것과 다를 바 없었으나, 그것이 아래로 내려갈수록 깔때기 모양으로 작아졌다. 바닥에는 물이 채워져 있었으며 상판 아래 부분은 벌집과 같은 복잡한 구조로 홈이 파여 있었다. 주상은 고개를 갸웃거렸다.

"이치를 설명하여 보거라."

"우선 용변기의 밑구멍을 작게 하여 올라오는 냄새를 최소화하였고, 변을 물에 잠기게 하여 이차적으로 냄새를 차단하였습니다. 그래도 남은 냄새는 매화틀 속의 벌집 구조에 갇히도록 하여 냄새를 대부분 차단하도록 고안하였습지요."

"훌륭하다. 훌륭해."

세종은 연신 고개를 끄덕이며 칭찬했다.

"전하, 한 말씀 더 올리겠습니다."

영실이 용기를 내어 청했다.

"말해보거라."

"물의 흐르는 성질을 이용하면 궁중 곳곳의 변소를 혁신적으로 바꿀 수 있나이다. 매화틀의 크기를 키운 뒤, 틀 뒤에 일정량의 물을 가둘 수 있는 용수통을 설치하여, 용변을 마친 뒤에 줄을 잡아당겨 낙차를 이용, 용수통의 물을 개방하는 이치옵니다. 그러면 물이 용변을 깨끗이 씻어 내리는 구조이옵니다."

"오호, 훌륭하도다. 하지만 네 말대로 만들려면 궁중 곳곳에 용변을 따로 배출하는 폐수로를 설치해야 할 텐데, 나 하나가 편하고자 백성들을 동원하여 궁궐에 폐수로를 만든다면 그 또한 불필요한 짐이 될 터인즉, 좋은 생각이되 현재로선 매화틀만으로도 좋을 듯하다."

"성은이 망극하옵니다."

세종은 영실을 돌려보낸 뒤 상선에게 명을 내렸다.

"저런 젊은이가 있다는 것은 조선의 복이로다. 이번에 장영실을 특별히 연경 유학길에 포함시키도록 하라. 가서 새로운 세계에 눈을 뜨도록 조치하라."

당시 세종은 천문대를 만들기 위해 기술자를 중국으로 유학시키려는 문제로 고민 중이었다. 장영실의 범상치 않은 솜씨를 눈여겨본 세종은 윤사웅, 최천구 등과 함께 그를 명나라로 일 년 동안 유학을 보내게 되는데 명나라의 앞선 천문 기술을 배워 오라는 은밀한 하명이 떨어졌음은 물론이다. 중국 유학을 다녀온 후에 세종은 신하들의 반대에도 불구하고 영실을 상의원 별좌에 임명하였다. 그게 이태 전의 일이었다.

"흠흠, 나으리, 어딜 갔다 이제 오십니까요?"

영실이 상의원 솟을대문을 넘어가 앞마당으로 막 들어설 무렵이었다. 상의원에 소속된 노비 만복이가 헛기침을 하며 영실의 옷소매를 끌어당겼다.

"나으리는 무슨, 이놈아, 둘이 있을 땐 말을 놓으래두!"

담장 뒤로 돌아간 곳에서 영실이 만복을 밀쳐내며 말했다.

"허허, 누가 들으면 큰일 날 소릴 허십니다. 쇤네 모가지가 댕강 달아나는 걸 보고 싶어서 안달이 나셨구만요."

만복이 눈을 찡긋하며 대꾸했다.

"아, 무슨 일인데 호들갑이야."

"제조 영감이 점심 먹을 때부터 찾았수다. 앞으로 어디 나갈 때는 꼭 이놈에게라도 귀띔을 하고 나가슈. 안 그럼 볼기짝에 불이 나도록 얻어맞을 것이요."

"평소엔 잘 나타나지도 않는 영감이 갑자기 무슨 일이래?"

"나흘 후에 평안도에 가서 석등잔石燈盞을 크고 작은 것으로 서른 개 마련해 오라는 주상의 하명이 떨어졌답디다.[18] 나리께선 그 일을 감독하러 출장을 가셔야 한다는구만요."

석등잔은 궁궐에서 쓰는 등잔으로 옥등이라고도 불렸다. 태평관[19]
에 머물다가 명나라로 돌아가는 사신들에게 선물로 주기도 하고,
뇌물로 사용되기도 하는 물건이어서 궁궐 내에서조차 그 수요가
항상 부족하였다. 이번에 석등잔을 잘 만들어 진상하기로 유명한
평안도로 특별히 그를 올려 보내는 것은, 그만큼 질 좋은 제품을
만들어 오라는 하명이기도 하였다.

"그럼, 주상 전하의 어명이 아닌가."

영실이 미간을 좁히며 걱정을 했다.

"내가 변명은 해놓았다. 갑자기 배탈이 나서 약방엘 갔다고."

만복이 이번에도 한쪽 눈을 찡긋 해 보이곤 엊그제 충청도 공주
에서 진상된, 비단 옷감이 마당 가득 쌓여 있는 창고 쪽으로 슬렁
슬렁 걸어가버렸다.

영실은 제조 영감이 머물고 있는 내방으로 걸음을 빨리했다.

"명색이 아랫사람들을 관리해야 하는 위치에 있거늘, 함부로 자
리를 비워도 되는 건가?"

내방으로 들어가기 무섭게 제조 허인규의 불호령이 떨어졌다. 노
비 신분으로 상의원 별좌에 임명될 때, 조정 중신들 중에서는 시기

---

18) 조선왕조실록 세종 28권, 7년(1425 을사/명 홍희洪熙 1년) 4월 18일 3번째 기사
   참조. (주상이) 평안도 감사에게 전지하기를, "석등잔 대·중·소 아울러 30개를
   사직司直 장영실蔣英實이 말하는 대로 들어 준비하라" 하였다.
19) 명나라 사신이 머물던 숙소로 숭례문 안 황화방皇華坊에 위치.

하거나 못마땅해 하는 사람이 많았다. 노비에게 벼슬을 준 전례가 많지 않았기 때문이다. 상의원 제조도 그런 사람 가운데 하나였다. 다른 직장, 별좌들에겐 인자하기 그지없었지만 유독 영실에게만은 엄했다.

"송구합니다, 나리. 앞으로 유념하여 받들겠습니다."

"흠, 내 자네의 태만한 근무 태도는 일간 공부에 알릴 터이니 그리 알게."

"면목이 없습니다."

"그건 그렇고 나흘 뒤 평안도로 가서 석등잔을 서른 개 제조해 오게. 가장 좋은 품질로 말이야. 재료며 인력은 그곳 감사가 알아서 준비를 해놓고 있을 걸세. 주상 전하의 직접 하명이니 한 치도 실수가 없도록 해야 해."

"여부가 있겠습니까."

제조 허인규는 더 할 말이 없다는 듯 헛기침을 하고는 나가버렸다.

상의원은 오후 내내 중국에서 귀국했다는 환관 이상인 이야기로 떠들썩했다. 서리는 서리들끼리, 사령은 사령들끼리, 노비는 노비들끼리 삼삼오오 모여앉아 잡담을 나누며 환관 신세가 영의정 부럽지 않다고 떠들어댔다.

"명나라에서 사람이 들어온다고 온 나라가 시끄러운데 자네는 혹시 소문을 들었는가?"

내방을 나서는데 막 밖에서 돌아오던 직조과장이 물었다.

"글쎄요. 저자에서 떠들썩한 가마 행렬을 본 듯도 합니다."

"흠, 자네도 그걸 본 모양이군. 모르긴 해도 엄청난 권력을 가졌다는 거야. 그 명나라 환관 말이야. 명나라 궁중과 손을 대기 위해 벌써 큰 상단들이 손을 쓰기 시작했다는 소문이 파다해."

"그런데 무슨 일로 명나라 환관을 불러들인답니까?"

"이런이런, 자넨 아직도 깜깜하구먼. 뭐긴 뭐야. 공녀를 뽑기 위해서지. 자그마치 1000명이라네. 이러다간 한양의 처녀들이 전부 씨가 마르고 말 거야."

명나라에서 사람을 보내 직접 여자를 골라간다는 소문이 돌 때마다 영실은 미령이 걱정되었다. 아무리 저들의 요구가 까다롭다고 해도 양반가의 규수들을 보낼 수는 없는 노릇이었다. 거개는 거리의 천한 여자를 먼저 공발한 뒤 신분을 위조하여 보내기 마련인데, 그들 대상자들이란 관비나 저자에서 무허가로 술을 파는 여자들을 잡아들여 머리 숫자를 맞추기 마련이었다.

영실이 한양으로 올라가자 동래에 혼자 남아 있던 미령은 영실을 따라서 한양으로 갈 기회만을 찾았다. 하늘이 도왔던 모양인지. 그 와중에 한양의 유명한 기생집에서 미령을 데려가기 위해 연락이 왔다. 한양의 유명한 기생집 향원에서 쌀 스무 석을 관에 바쳐 미령을 면천시키고 한양으로 불러올리게 된 것이다. 동래에 업무차 내려갔던 선전관 하나가 미령의 미색을 눈여겨보았다가 자신이 뒤를 봐주고 있던 향원의 주인과 연결시켰던 것인데, 물론 미령은 그런 사실을 알지 못했다.

평민이 된 후 미령은 운종가 뒷골목 기방에 적을 둔 채 영실의 든든한 배경이 되어주었다. 미령이 한양으로 올라온 이유는 오직 하나였다. 조금이라도 가까운 곳에서 영실을 보살피는 것. 비록 두 사람 사이엔 사랑도 혼인도 허락되지 않았지만, 미령에게 그런 것은 중요하지 않았다. 아침에 눈을 떴을 때 자신이 좋아하는 사람과 같은 하늘 아래에서 같은 공기를 들이마시는 것만으로도 미령은 만족하였다.

어머니를 여읜 뒤부터 영실은 미령을 부쩍 의지하였다. 명색이 궁중 잡직이나마 사직 벼슬을 하고 있어 매년 국가가 주는 봉록을 받았지만 살림살이는 궁핍하기 그지없었다. 3개월에 한번 사맹삭<sup>四</sup><sup>孟朔</sup>에 지급되는 녹봉은 쌀 반 가마, 조 열 되, 콩 석 되 정도가 고작이었다. 삼시 세끼 끼니는 어찌어찌 때울 수 있었지만 의복이며, 가끔씩 아랫사람들과 어울려 탁주라도 한잔 마시고 나면 주머니는 늘 비어 있게 마련이었다.

궁중에서 쓰는 물건을 관장하고 있다 보니 창고엔 언제나 최상급 생필품이 넘쳤는데, 마음만 먹는다면 창고를 지키는 사령들과 짜고 물건을 빼내 부족한 봉록을 보충할 수도 있었다. 그러나 영실은 애초부터 그런 일에는 눈도 돌리지 않아서 동료들로부터 일견 융통성이 없다는 손가락질을 받기도 하였다. 그러거나 말거나 영실은 아침 일찍 출근하여 밤늦게까지 자기 일만 찾아다녔다. 사정이 이러함에도 영실이 궁색한 티를 내지 않고 갈아입을 등속을 마련하고 엽전 한두 냥이라도 호주머니에 넣어 다닐 수 있었던 건 다미령의 살뜰한 보살핌 덕이었다.


영실은 어제 입고된 한지의 재고를 확인하기 위해 장부를 들고 창고로 내려갔다. 내방 뒤편, 약간 비스듬한 언덕에 세워진 창고는 관리자가 10여 명이나 될 정도로 궁궐 안에서도 크기가 큰 창고였다. 전해지는 말로는 정도전이 한양을 설계하고 궁을 지을 때 제일 먼저 현판을 올렸다고 한다. 원래는 궁궐의 식자재를 보관하는 곳이었으나 사용원이 경회루 동쪽으로 옮겨가면서 상의원 차지가 된 건물이었다.

"장 사직 아니십니까?"

창고 앞에 이르자 처음 보는 사내가 허리를 굽히며 영실을 찾았다. 차림새를 보아하니 궁궐 밖 공방이나 조지서의 말단 서리 같았다.

"그렇다네. 무슨 일로 나를 찾는가?"

사내가 가까이 다가와 반가운 척을 했다.

"저는 공조의 이천 대감이 직접 보내서 왔습니다."

"대감이 무슨 일로?"

영실은 난처한 표정이 되었다. 이천은 공조에서 해결하기 힘든 일이 생길 때마다 그를 불러 해결하려 하였다. 궐 안에 영실이 못 고치는 게 없다는 소문이 나면서 심지어는 궐외각사까지 불려 다니는 일이 잦았다. 허구한 날 자리에 붙어 있지 않다 보니 상의원 제조의 눈 밖에 나게 된 것도 어쩌면 당연한 일이었다.

"수라간 앞마당에 가면 주상께서 직접 드시는 어수御水를 퍼 올리는 우물이 하나 있사온데 우물이 깊어 수라상궁들이 두레박을 자주 빠뜨리는지라 사직 나리를 청하여 해결을 보려 하십니다."

"전하가 드실 우물에 관련된 일이니 당장 달려감이 마땅하나 자리를 함부로 비웠다가 우리 제조 영감의 불호령이 떨어질까 걱정이네만."

"그 점이라면 염려하지 않으셔도 좋습니다만, 제가 오는 길에 제조 어른을 만나 공조 나으리의 뜻을 전하고 허락을 맡아두었습지요."

더는 거절할 수 없어 영실은 사내를 따라 나섰다.

약 한 시진 쯤 뒤에 영실이 도착한 곳은 여간해서 사내들의 출입을 허용하지 않는다는 궁궐 수라간 뒷마당이었다. 사옹원 뒷길을 한참을 올라가 대숲 하나를 돌아간 뒤, 또 얼마간 오밀조밀하게 배치된 각종 건물을 뚫고 지나간 곳에 주상의 끼니를 준비하는 수라간이 자리하고 있었다. 골목이 미로처럼 얽혀 있는데다 중간중간 칼을 찬 무장들이 지키고 있어 다른 어느 곳보다 경비가 삼엄하였다.

처음 보는 수라상궁과 궁중 나인들 몇이 우물가에 둘러서서 영실을 기다리고 있었다. 원형 우물은 붉은색이 도는 벽돌로 쌓아져 있었고 둘레가 열 척쯤 되었다. 우물 지붕에는 용이 양각된 나무 뚜껑이 덮여 있었고 이와 별도로 우물을 둘러싼 외부에 기와를 얹은 지붕이 있었는데 그것의 생김새는 종루와 비슷하였다.

"보시다시피 안이 깊어 물을 끌어 올리는데 여간 어려움이 있는 게 아닙니다."

상궁 하나가 뚜껑을 열어 속을 보여주었다.

"깊이가 대략 얼마나 됩니까?"

영실이 손으로 우물 내벽을 문질러보며 물었다.

"몇 년 전만 해도 아홉 척 다섯 치에 불과했으나 이제 스물두 치나 됩니다. 다행인 것은 아무리 가물어도 우물이 마르지 않을뿐더러 우물 맛에는 아무런 변함이 없다는 것이지요."

영실이 공조에서 온 사내를 향해 말했다.

"이 문제를 해결할 좋은 방도를 갖고 있소이다. 한데 아무래도 오늘 끝내기엔 무리니 하루 이틀쯤 시간을 내주십사, 공조 어른께 부탁을 드리는 바요. 상의원에도 그리 연락을 주시면 고맙겠습니다. 주상 전하께 드릴 물인데 어찌 소홀히 하겠소?"

사내는 그렇게 전하겠다 말한 뒤 물러갔다.

다음 날, 영실은 공조의 협조를 얻어 기계식 두레박을 제작하였다. 이는 무자위에서 슬기를 얻은 것으로, 넓이가 한 척쯤 되는 둥근 원판 두 개 사이에 톱니를 갖춘 그보다 작은 원판을 집어넣어 세 개의 판을 접착한 뒤, 그것을 우물 중앙의 부속사 나무기둥에 설치하여 굵은 쇠줄을 톱니에 걸어 물을 퍼 올리는 방식이었다. 두레박을 매단 줄이 톱니에 단단히 맞물리게 되므로 두레박을 놓칠 염려가 없었고, 톱니와 이어진 쇠줄을 당겨 두레박을 올리고 내리니 쇠줄이 지렛대로 작용하게 되어 연약한 아녀자라 할지라도 보다 쉽게 많은 양의 물을 한꺼번에 퍼 올릴 수 있도록 고안된 장치였다.

두레박을 만드는 과정은 이틀날 오후 늦게까지 계속됐다. 사흘째 되던 날 마침내 모든 작업이 끝났다. 영실을 비롯하여 공조의 기술자들은 며칠 동안 힘들게 만든 두레박 장치를 가지고 수라간 우물로 갔다. 수라간 안마당에는 미리 연락을 받고 기계장치를 구경하러 나온 공조의 수장 이천을 비롯하여 처음 보는 몇몇 중신들도 끼어 있었다. 영실은 그들을 향하여 공손히 고개를 숙였다.

"특별한 것도 아닌데 이리들 나와 계시니 송구합니다."

이천이 대답했다.

"하하, 자네의 겸손은 여전하군. 여기 이순지, 정인 두 대감이 특별히 자네의 솜씨를 보겠다고 해서 함께 왔네. 앞으로 힘닿는 데까지 자넬 도울 사람들이네."

영실이 다시금 고개를 숙여 보이자 이순지가 손으로 우물을 가리켰다.

"어서 설치를 해보게. 지렛대의 원리를 두레박에 적용했다 하니 한 수 배우고 싶네."

영실은 기술자들과 함께 우물 위쪽의, 용무늬 창방보에 먼저 톱니바퀴장치를 단단히 설치하였다. 보와 두 치 정도의 간격을 두고 쇠로 된 이음새를 이용하여 톱니를 보 아래에 고정하고 보가 고정되자 그 위에 쇠줄을 걸었다. 쇠줄은 끝과 끝이 연결돼 있었으며 양쪽에 두 개의 두레박을 고정시켰다. 한쪽 두레박이 우물 속에 잠기면, 물을 가득 담은 다른 쪽 두레박이 우물 밖으로 나오게 되어, 무게 중심이 균형을 이루도록 돼 있었다.

"자넨 이러한 원리를 어떻게 생각하게 되었는가?"

서운관 판사로 있는 이순지가 물었다.

"동래현에 있을 때 무자위로 가뭄을 해결한 바 있습지요. 무자위는 발로 밟아 물레를 돌리는 구조인데, 두레박은 발로 밟던 것을 손으로 대신하는 점이 다르옵니다."

"과연 훌륭하도다."

모인 사람들이 이구동성으로 영실을 칭찬하였다.

이윽고 우물 속으로 던져졌던 두레박이 물을 한가득 채운 채 올라왔다. 콸콸 쏟아지는 물줄기를 보자 사람들은 다시 한 번 탄성을 질렀다. 여린 수라상궁이 한 손으로 줄을 잡아 당겨도 될 정도로 가볍게 두레박이 쉽게 움직였다.

"이런 인재를 상의원에 두어 썩게 하다니. 내 당장 주상 전하께 청하여 자네를 공조로 천거하겠네. 나랑 같이 힘을 합쳐 이 나라의 과학 발전을 위하여 큰일을 해보는 게 어떻겠나?"

"송구합니다."

영실은 허리를 깊이 숙이는 것으로 자신의 마음을 표현하였다.

사람들이 돌아간 뒤에도 영실은 우물곁에 남아 두레박의 작동 상태를 관찰하였다. 톱니가 쇠줄과 맞닿는 부분에서 삐걱삐걱, 소리가 나서 그것을 해결해보고 싶었기 때문이다.

"아자비, 아자비……."

영실이 한참 톱니에 칠할 기름을 고민하고 있을 때였다.

"두레박의 줄을 톱니에 고정하면 왜 물이 담긴 두레박의 무게가 가벼워지는지 그 이유가 알고 싶습니다. 설명해주실 수 있겠소?"

상투를 튼 앳된 소년 하나가 등 뒤로 살포시 다가와 영실의 어깨를 톡톡 건드리며 물었다. 많아야 열서너 살, 혹은 열대여섯 살쯤 될 것 같은 나이의 소년이었다.

영실은 전에도 몇 번 그를 본 적이 있었다. 소년은 영실이 작업에 열중할 때면 소리 없이 나타나 무엇을 하는지 눈을 빛내며 묻곤 했다. 맨 얼굴이 분을 바른 듯 희고 고왔으며 이목구비가 뚜렷하고 긴 속눈썹을 지닌 미소년이었다. 변성기가 지나지 않은 목소리는 여자 아이의 것처럼 청아했다. 나이가 어려 보였지만 상투를 튼 것으로 보아 결혼을 한 것이 분명했는데, 그 정체는 철저히 장막에 가려져 있었다.

그는 궁궐에 둥지를 튼 한 마리 새 같았다. 소년은 그 누구의 제지도 받지 않고 시간에도 구애 없이 궁궐 이곳저곳을 제멋대로 활보하고 다녔다.

"오늘도 어김없이 나타나셨군요. 두레박의 무게가 가벼워진 것은 그 무게가 두레박을 지탱하고 있는 줄에 분산되었기 때문입니다."

"흠, 짐작은 했지만 막상 눈으로 보고 나니 신기하네. 근데 작업이 끝난 걸로 아는데 안 가고 뭘 하고 있소? 문제라도 생겼소?"

소년이 영실 곁에 바싹 다가앉으며 물었다. 멀리서 지켜보는 나인들의 눈초리가 느껴져 영실은 부러 두어 발짝 떨어졌다.

"쇠와 쇠가 만나는 곳엔 반드시 기름칠을 해줘야 하는데, 그러면 쇠줄이 물속에 잠길 때 기름이 우물에 번지게 돼 주상께서 드실 어수에 기름 냄새가 날까 두렵습니다. 한 식경을 고민해봐도 마땅한 방법을 찾지 못해 마냥 앉아만 있었지요."

소년의 곁에는 두 명의 나인들이 늘 그림자처럼 따라다니고 있었는데, 그들의 정체 또한 모호하기는 마찬가지였다. 마치 물어서는 안 되는 비밀이라도 품고 있는 것처럼, 누구도 소년의 정체에 대하여 묻는 것조차 허용되지 않는 분위기였다.

"에이, 이런 훌륭한 기계를 만든 분이 그런 걸 가지고 무얼 고민하시오?"

소년이 영실의 어깨를 툭 치며 천진스럽게 웃었다.

"뭐 좋은 방도라고 있습니까?"

영실이 고개를 머리를 긁적이며 물었다.

"저길 보시오!"

소년이 냉큼 일어나 우물 속을 가리켰다.

"무얼 보자 하십니까? 우물 속에 좋은 기름이라도 들었단 말입니까?"

"들었소. 들었으니까 보라 하는 거 아뇨."

영실은 머리를 긁적긁적했다.

"아무리 봐도 안 보이는데……."

소년이 씩, 웃고 나서 우물 속을 가리켰다.

"저기 우물 석벽을 보시오. 뭐가 보이쇼?"

"음, 설마 석벽에 자라는 바위취를 말씀하시는……."

바위취는 습기가 많은 곳을 좋아해서 주로 우물 속 석벽에 붙어 자라는 넝쿨식물이었다. 푸른색을 띠는 잎은 토란잎을 닮았고 봄이 되면 흰색 꽃이 핀다. 열매는 타원형의 달걀 모양이고 크기는 잣의 씨앗만하다. 씨앗은 달걀을 닮았으며 열을 흡수하는 작용을 해, 줄기를 빻아 즙액을 말렸다가 화상이나 동상에 이용했다. 또한 알려지지 않은 성분으로, 해충 등 벌레의 침입을 막아 우물 식물로는 제격이었다.

"그렇소. 우물 속에는 어딜 가든 저렇게 바위취가 널려 있지 않소. 여름에 바위취의 씨앗과 열매를 채취하여 기름을 짠 뒤 그것을 톱니바퀴에 바른다면, 본래 우물에 자라는 풀이니 거부감도 없을 뿐더러 특별한 기름 냄새 또한 없으니 설령 두레박에 기름이 섞인다 해도 물맛에 크게 영향을 끼치지 않을 것이오."

영실이 듣고 보니 과연 그 말이 맞았다.

"바위취 기름이라……, 과연 좋은 생각이십니다. 한데 어떻게 그런 생각을 하셨습니까?"

"평소 우물 속에 바위취가 많이 자라는 걸 유심히 봐둔 덕이오. 근데 장 별좌는 혹시 기름이 아닌 다른 방법을 생각하고 있었던 게 아니쇼?"

"처음에는 기름을 생각했으나 우물에 기름이 뜰 것 같아 망설였지요. 한데 지금 생각해보니 기름이 뜬다 해도 소량이라 크게 문제되지 않을 것 같습니다."

소년이 다시 물었다.

"역시나 장 별좌는 다른 생각을 고안하고 계셨군요?"

"맞습니다. 저는 두레박과 쇠줄을 분리하여, 두레박만 물에 잠기는 방법을 고민하고 있었지요. 기술적으로 어렵지는 않는 일이나, 그렇게 한다 해도 두레박과 쇠줄 사이에 또다시 기름칠을 해야 하니 좋은 대안이 아니라 생각됩니다."

"훗, 그랬군요. 우선 바위취 기름을 칠해보고, 성과가 좋지 않으면 다음 대안을 적용해보는 게 좋을 것 같소. 자, 그럼 나는 이만 가보겠소."

소년이 씩 웃으며 손을 내밀었다.

"……."

영실은 어찌해야 할 바를 몰라 나인의 눈치만 살폈다.

"괜찮소. 장 별좌 같은 사람이 우리 조선에 많이 생겨서, 조선의 기술이 발전하고 백성들이 풍요로운 삶을 살기를 바라는 마음일 뿐이오. 앞으로도 계속해서 장 별좌를 응원하겠다는 믿음의 표시

이기도 하고……."

그렇게 말을 할 때 소년의 볼이 살짝 붉어졌다.

"훗!"

영실이 끝내 손을 내밀지 않자 소년은 영실의 손을 툭 치고는 돌아섰다. 소년이 짓궂은 웃음을 남기고 등을 보임과 동시에, 조금 떨어진 곳에서 지켜보던 궁중나인 둘이 그림자처럼 소년을 뒤따르며 멀어져갔다. 영실은 무엇에 얻어맞은 듯 멍하니 소년이 사라진 방향으로 눈길을 주었다. 저 멀리 경회루 방향으로 해가 떨어지고 있었다.

해가 누각 처마에 걸려 있는 아침, 궁궐 안마당은 일찍부터 비명 소리로 들썩였다. 일식<sup>日蝕</sup> 예보를 담당하는 서운관 주부와 봉사가 곤장을 맞는 날이었다. 곤장은 서른 대를 친 후 끝이 났다. 엉덩이에 핏기가 가득한 주부와 봉사가 부축을 받으며 겨우겨우 형틀에서 내려왔다. 형벌을 집행하던 전옥서 관리들은 서운관 관리들을 함부로 대하지 않았다. 비록 곤장을 쳤지만, 그들은 방금 곤장 친 주부와 봉사를 예를 다해 대우했다.

서운관 관리들이 곤장을 맞는 일은 계절 행사와 같은 것이었다. 특히 일식이나 월식 때는 곤장을 피해갈 수 없었다. 일식과 월식은 국가의 장래에 재앙을 예고하는 어두운 그림자였다. 일식과 월식이 있기 전에, 임금은 백관과 더불어 미리 소복을 갖춰 입고 근정전 앞에서 구식례*救食禮*를 올려야 한다. 구식례란 월식, 일식으로 인한 재앙을 물리치려는 국가적 의식이었다.

서운관 관리들이 곤장을 맞는 이유는 좀처럼 구식례 시간을 맞추지 못했기 때문이다. 적어도 일식이나 월식이 있기 한 식경 전에는 임금이 차비를 맞추고 근정전에 나가 대기해야 했는데, 두어 식경을 기다려도 일식이나 월식이 일어나지 않는 예가 흔했다. 어떤 날은 예고된 시간보다 먼저 일식이 닥쳐 임금이 버선발로 급히 가마에 오른 일도 있었다.

"저희는 명나라에서 하사받은 역서를 바탕으로 분명히 정확히 해석하였습니다. 억울합니다."

관리들은 형식적이긴 하나 추문을 받을 때마다 이렇게 항변했다.

"그렇다면 역서가 틀렸다는 말이냐?"

"역서는 틀리지 않았습니다."

"그럼 무슨 망발이냐. 역서도 틀리지 않고 너희도 틀리지 않았다면 어찌하여 시간이 매번 빗나간단 말이냐?"

추문 때마다 나오는 이런 대화를 세종 역시 모르는 바가 아니었다.

문제는 명나라에 있었다. 해가 바뀌면 매번 명나라로 동지사*冬至使*를 보내 그해에 쓸 달력을 받아왔다. 하지만 북경과 한양은 서로 시차가 달라 기준을 북경에 둘 경우 매번 오차가 발생할 수밖에 없었다. 하여 조선에는 조선만의 달력이 필요했던 것인데, 이 역시 말처럼 쉬운 일이 아니었다. 시간을 다스리는 일은 오로지 황제만의 고유 권한이었다. 하늘을 열 수 있는 것도, 하늘을 볼 수 있는 것도 황제만이 할 수 있는 일이었고, 이를 어길 시에는 목숨을 구제할 수 없다는 것이 공공연한 사실이었다.

농사의 기본이 되는 역법이 엉망이니 농민들은 적절한 농사 시기를 놓치기 일쑤였다. 이에 백성을 아끼는 세종의 고뇌는 날로 깊어갔다. 세종은 뜻이 맞는 중신들을 모아놓고 여러 차례에 걸쳐 조선만의 역법을 만들 방법을 고민하라고 다그쳤다.

그러나 신하들의 대답은 한결같았다.

"우리만의 역법 체계를 만드는 건 분명 필요한 일이로되 혹여 명나라를 자극해 해를 입게 될까 두렵습니다."

세종은 깊은 한숨을 내쉬었다.

"그렇다고 해서 언제까지 맞지도 않는 역법을 사용할 순 없지 않소?"

병조판서 이암이 강한 어조로 세종의 말을 지적하고 나섰다.

"전하, 조선은 대대로 명을 어버이의 나라로 여겨 왔습니다. 어버이가 내려주는 역법을 어기고 우리의 역법을 새로 만든다 하심은, 어버이를 어기고 그 뜻을 받들지 않겠다는 것과 같습니다. 그 의견을 거두어주소서."

세종은 빈 하늘을 쳐다보며 한탄했다.

"한심하구나. 신하들이 어찌하여 죄다 대국의 눈치만 살피는가."

공조판서 이천이 세종의 편을 들고 나섰다.

"정 뜻이 그러하시다면 명나라 사관들의 눈에 들지 않게 조용히 일을 진행시켜봄이 어떠할지요?"

"내 뜻이 바로 그러하오. 설령 대놓고 사용하진 못할지라도 조선엔 조선만의 역법이 필요하오. 일전에 도천법을 시행하여 널리 인재를 뽑아 들인 이유도 여기에 있소. 앞으로 천문 과학 기술 분야를 더욱 발전시켜, 백성들의 삶을 윤택하게 만들고 싶은 것이 나의 꿈이자 조선의 꿈이오. 그 첫 단계로서 서운관을 관상감으로 개칭하고, 궁궐 가까운 곳에 이를 두어 집현전과 마찬가지로 전문적인 천문 기관으로 키워 나갈 생각이오. 유능한 인재들이 있으면 적극 추천하여 이를 시행하도록 하시오."

세종의 마음은 확고하였다. 조선 사람들을 위한 조선의 역법을 만드는 것. 세종은 굳센 의지를 품은 눈길로 굳세게 중신들을 굽어보았다.

병조판서 이암을 비롯하여 명나라와 친한 몇몇 중신들은 별도의 모임을 갖고 이 문제를 논의하였다. 밤을 샌 논의 끝에 당분간 지켜보자는 쪽으로 가닥을 잡았다.

며칠 후 세종은 다시 중신회의를 소집해 후속 조치를 내렸다.

"조정 안에는 200여 개의 크고 작은 관청이 있고 수천 명의 높고 낮은 직급의 관리들이 위로는 나를 받들고 아래로는 백성들의 뜻을 받들고자 불철주야 노력을 기울이고 있소. 이들 가운데 뛰어난 능력을 가진 인재를 특별히 선발하여 내 긴히 쓰고자 특별히 기술 경연대회를 열까 하니 경들은 그리 아시오."

세종은 물 한 잔으로 목을 축이고 계속해서 말을 이어나갔다.

"이번 일은 승정원에서 주관하고 관리하며 예제사[20]에서 이를 도우시오. 각 관청에서 한 무리씩, 단체, 혹은 개인이 참가할 수 있으며 참가자들은 한 달의 말미 동안 백성들에게 널리 이득이 될 만한 물건을 발명해 보이거나, 기존의 기술을 보완하여 그 설계도를 제시해 보여야 하오. 최종 다섯 개의 작품을, 혹은 개인을 선정하여 상을 내리되 그 중 특별히 하나를 선정하여 그 기술자의 벼슬을 두 단계 높이고 널리 백성들에게 이름을 알리도록 할 것이오."

주상의 목소리가 근정전 너른 안마당을 쩌렁쩌렁 울렸다. 누구의 명이라 거역을 할 것인가. 문무백관들은 우르르 고개를 숙였다.

"전하……."

섬돌 높은 자리에 올라와 있던 이암만이 홀로 고개를 들었다.

"새로운 물건을 만들어 보이라 하심은 손재주가 좋은 궁중 잡부들에게 매우 유리한 경연이 되겠사온데, 설령 그들 중에 하나가 장원을 한다고 해도 벼슬을 두 계단이나 높이는 것은 전례가 없던 일이라 여겨집니다……."

이암과 친한 몇몇 대신들이 고개를 끄덕이는 시늉을 하였다.

---

20) 예조에 속해 의식, 제도, 조회, 학교, 과거 등의 일을 맡아본 관청.

"그것은 경연 결과가 나온 후에 논의해도 될 문제로다."

주상은 단호한 어조로 이암의 말을 물리쳤다.


나흘 뒤, 승정원을 거쳐 주상의 명이 정식으로 조정 내 각 부서에 하달되었다. 각각의 관청엔 아침부터 경연대회 이야기로 들끓었다. 품계를 받은 정식 관원들뿐만 아니라 녹사나 서리 같은 하위 관리들, 심지어 노비에 이르기까지, 누구나 좋은 기술만 있으면 자유롭게 경연에 참가할 수 있다는 구체적인 규칙이 함께 내려지면서 각각의 관청은 때 아닌 활기를 띠었다. 상의원도 마찬가지였다.

"소식 들었지? 이번에 꼭 나가야 한다."

점심을 먹고 나오는 길에 만난 만복이 영실의 옆구리를 찔렀다. 부탁이 아니라 명령을 내리는 것 같았다.

"물론 나가야지. 하지만 너도 도와줘야 해."

"내가 너를 돕는다고? 아아, 아니지. 제가 무슨 재주가 있다고 사직 나리를 돕겠습니까요?"

영실이 친구의 비쩍 마른 등짝을 어루만졌다.

"아니, 나는 네가 꼭 필요해. 이번 기회에 장원을 해서 네가 노비 신분이라도 벗으면 더할 나위 없지."

만복의 표정이 복잡해졌다.

"나, 나야, 뭐. 그렇게만 된다면. 히히, 생각만 해도 좋긴 하다. 평민이 되면 네가 어디로 옮기더라도 네 곁에 있을 수 있을 테니까. 하다못해 네 가노라도 돼서 말이야. 한데 제조 어른이 허락하실까? 안 그래도 너랑 나랑 친구란 걸 알고 있는 눈치던데."

"걱정 마. 어제 저녁, 제조 어른을 만나 허락을 받았거든. 공조에 계신 이천 대감이 손을 좀 쓰신 모양이야. 얼마 전부터 나를 대하는 게 달라졌어."

"그렇담 뭐, 다행이고. 근데 너도나도 다 달려드는 거 아냐? 우리가 나가도 장원을 한단 보장이 없잖아? 영실이 네 실력을 못 믿어서 그러는 게 아니라, 워낙 날고 기는 인재들이 모인 곳이니까 다들 이번 기회에 한 밑천 잡으려고 달려들지 않을까 해서 하는 말이야."

"생각해놓은 게 있으니까 최선을 다해 만들어보자. 설령 장원은 못 되더라도 오과五果 안에는 반드시 들 수 있을 거야."

만복이의 표정이 비로소 환해졌다. 만복인 어떡하든 친구와 함께 있고 싶은 생각뿐이었다. 두 사람의 신분이 갈리면서 낮에는 이따금 업무상 마주치는 기회가 잦았지만, 밤이 되면 혼자서 노비 숙소로 돌아가야 했다. 잠자리가 불편한 것은 둘째치고 어릴 때부터 죽마고우로 붙어 지내던 영실과 떨어져 있는 게 가장 고통스러운 일이었다.


낙산 쪽에서 뻐꾸기가 울어댔다. 궁궐의 높은 처마 지붕 사이로 언뜻언뜻 내비치는 삼각산 바위 사이사이엔 분홍색 진달래꽃들이 무리 지어 피어 있었다. 벌과 나비가 부지런히 향기를 물어 날랐다. 숨을 들이켤 때마다 한 움큼씩 꽃향기가 묻어 나왔다.

"시간이 부족하지 않을까?"

"열흘이면 시간은 충분해. 시험 가동을 못 해볼 수도 있지만 말이야."

상의원 창고 옆 마당에 도면을 펼쳐놓고 영실과 만복인 아침부터 끙끙거리는 참이었다. 영실과 만복이 경연대회에 출품하기 위해 만들고 있는 것은 양수차揚水車였다. 양수차란 낮은 곳의 물을 높은 곳으로 자동으로 퍼 올리는 기계로, 지형과 높이에 관계없이 원하는 높이로 물을 끌어 올릴 수 있는 장치였다. 동래현에서 만든 무자위를 발전시킨 것으로, 지형과 높이에 제약을 받는 무자위의 단점을 극복하고자 고안되었다.

"그런데 난 아무리 봐도 이해가 안 된다. 이걸로 어떻게 물을 높은 곳으로 자유자재로 끌어 올릴 수 있다는 건지 말이야."

영실이가 그려놓은 설계도대로 널판을 다듬으며 물었다.

"수압의 원리를 이용한 거야. 물의 힘으로 물레방아처럼 바퀴를 돌린 뒤 그 동력을 이용해 별도의 홈통과 연결된 톱니를 돌아가게 하는 거지. 홈통 바닥에 밀폐된 판자를 설치하여 물이 홈통에 가득 차면 수력에 의해 톱니가 돌아가면서 판자를 위로 밀어 올리는 거지. 그러면 판자 위에 얹혔던 물이 홈통 끝까지 상승하여 밖으로 흘러넘치는 거고. 수평 운동을 하던 톱니가 수직으로 상하 운동을 하도록 바뀌는 건데, 관건은 내구성과 수압의 압력 차이야. 특히 기계가 가진 수평력과 물을 끌어올리는 수직력 사이의 힘을 적절히 조절하는 게 성공의 관건인데, 현재로선 이것의 정확한 공식을 구할 수학적 방법을 찾지 못하겠어."

"그럼 실패할 수도 있다는 건가?"

"물론이지. 하지만 그런 일은 없을 거야. 비록 과학적인 계산에 의해 미리 공식을 구하고 거기에 맞춰 기계를 설계할 순 없지만, 톱니의 크기와 홈통의 크기를 수백 번이라도 계속 고쳐서 적용하여 최적화된 상태를 찾아낼 생각이야. 분명 그 균형점이 존재할 테니까."

"그럼 우선 장치를 만들어 가능성을 보여드린 뒤 최적화는 조금 늦추어도 되겠군. 네 말대로 이게 성공만 한다면 저 높은 산꼭대기에도 물을 끌어 올릴 수 있다는 얘기잖아?"

"이론적으로는 그래. 하지만 산의 높이에 따라 그만큼 홈통의 높이도 높아져야 할 거야. 마음만 먹는다면 못 만들 것도 없다는 얘기지."

"이야호. 이건 진짜 기발한 생각인 것 같다."

만복인 신이 나서 쉬지도 않고 양수차 제작에 매달렸다.

이레가 되자 양수차가 어느 정도 윤곽을 갖춰 조립만 남겨두게 되었다. 실제 사용될 양수차의 절반 크기로 만들어졌는데, 기계부품은 크게 물의 회전력에 의해 수평 동력을 만들어내는 물레의 틀과 홈통으로 나뉘고, 홈통과 물레를 잇는 톱니바퀴는 특별히 쇠로 제작되었다. 무자위를 닮은 물레는 길이가 6척이었고 홈통은 지름 1척에 높이는 9척에 달했다.

"이제 물을 부어볼까?"

조립이 얼추 끝나자 만복이 흥분해서 소리쳤다.

"너무 기대는 하지 마라. 톱니가 맞물려 회전운동을 하는 데는 성공했지만, 실제로 물이 들어가면 어떤 변수가 생길지 몰라."

영실이 신중하게 대답했다.

만복이 끙끙거리며 물을 퍼 나르는 사이, 영실은 물이 새지 않도록 홈통 내부를 밀랍으로 촘촘히 발랐다. 어느덧 하루해가 떨어지고 있었다. 창고 그림자가 영실의 몸을 냉큼 덮쳤다가 흙바닥에 긴 그림자를 떨구었다. 그리고 그 그림자 끝에 사람의 그림자 하나가 소리도 없이 다가와 영실의 등 뒤로 돌아갔다.

"깜짝이야."

영실은 갑작스레 다가온 그림자에 자신도 모르게 몸을 움츠렸다.

"헤헤, 사내대장부가 뭘 그리 놀라시오."

궁궐 이곳저곳을 제 맘대로 활보하고 다니는 정체불명의 소년이었다.

"어이쿠, 간이 떨어지는 줄 알았습니다. 근데 이곳은 어찌 알고 들르셨습니까?"

소년은 여느 날과 달리 손에 책 한 권을 들고 있었다.

"험, 경연대회에 낼 물건을 만든다고 온 궁궐이 들썩이는데 내 어찌 가만히 앉아 있을 수 있겠소. 새벽부터 일어나 궁궐 내외의 기관이란 기관을 싹 돌아다닌 뒤 마지막으로 상의원에 들른 거요."

소년이 험험, 헛기침을 하며 뒷짐을 졌다.

"그래서 무얼 보셨습니까? 안 그래도 다른 곳 소식이 궁금하던 참입니다."

"흠, 이보쇼. 그런 고급 정보를 내 어찌 공짜로 알려줄 것 같소?"

영실은 움찔하는 시늉을 했다.

"저는 특별히 드릴 게 없는뎁쇼."

영실이 하인처럼 몸을 낮추었다.

"없으면 만들면 되는 거 아뇨. 그러니까……."

소년이 가까이 다가와 영실의 귀에 대고 소곤거렸다.

"그럼 장 별좌는 내게 장원을 선물해주시오."

"장원을 달라 하심은……."

영실이 어안이 벙벙해져서 소년을 쳐다보았다.

"그러니까 어떻게 해서든 장원을 하란 말이오. 나는 오직 그 선물만 받겠소."

"최선을 다해보겠지만 결과는 하늘만이 아는 것 아닙니까?"

"내가 오늘 대략 궁궐 내부를 돌아보니 쓸 만한 걸 만들고 있는 데가 대략 열 곳 정도 되더이다. 그 중에 장 별좌의 물건이 단연 으뜸이요! 아무리 길고 나는 물건이 만들어진다 한들 백성들 살림살이에 보탬이 되는 물건만 하겠소? 그러니 마무리만 잘 하시오."

영실이 깜짝 놀라며 물었다.

"그렇다면 제가 무얼 만들고 있는지 알고 있단 겁니까?"

"에이, 지금 날 놀리는 거요? 지금 장 별좌가 만드는 물건이 논밭에 물을 대는 물건이라는 건 갓 태어난 어린아이가 봐도 알겠소."

"그걸 어찌 아십니까?"

"밀랍을 가지고 홈통을 꼼꼼히 막고 있으니 필시 물이 새지 않도록 하기 위함이고, 앞쪽에 물레방아가 달렸으니 물속에 넣어 가동을 하는 물건일 테고. 홈통의 높이가 예사롭지 않으니 원리를 알수 없으나 저 안으로 물이 넘치도록 하는 물건이 아니겠소?"

"맞습니다. 이건 물을 높은 곳으로 끌어 올리는 양수차지요."

"대체 어떤 원리요?"

"지렛대의 원리가 적용되었지요. 횡으로 운동하는 힘을 수직으로 바꾸어준 겁니다. 톱니와 톱니들이 가로 세로로 정교하게 맞물려 홈통의 물을 밀어 올리도록 돼 있지요."

그들이 이야기를 나누는 사이 만복이 물통을 끙끙거리며 나타났다. 소년이 한 발 뒤로 물러선 사이 만복이 물통을 들고 받침대 위로 올라갔다. 영실이 두 발로 물레를 힘껏 돌리자 톱니들이 맞물리며 홈통 바닥의 받침대가 움직이기 시작했다. 영실의 신호에 따라만복이 홈통에 물을 부었다. 그러나 결과는 좋지 않았다.

"역시 방수를 어떻게 하느냐가 최대 관건이군."

영실이 머리를 긁으며 중얼거렸다. 만복이 홈통에 물을 들이 붓자마자 고스란히 홈통의 틈새로 물이 흘러내렸던 것이다. 물이 새는 데가 한두 곳이 아니었다.

"양수차는 밀봉이 생명인데 이렇게 물이 새서야⋯⋯."

가만히 지켜보던 소년이 끼어들었다.

"품이 많이 들어서 그렇지 방법이 아주 없는 것은 아니오."

"허허, 방법이 있다굽쇼?"

만복이 과장된 동작으로 추임새를 넣으며 물었다.

"곧고 굵은 나무를 골라서 속을 파내는 거요. 길이가 길어질 경우 두세 토막으로 나눠 속을 파내고 연결부위에 단단히 방수 처리를 하면 지금처럼 널판을 이어 붙이느라 고생하지 않아도 되고 틈이 적으니 물이 샐 염려도 없지 않겠소?"

영실이 듣고 보니 과연 그랬다.

"기막힌 생각이십니다. 하지만 지금 마땅한 나무를 찾아 베어낸 뒤 궁중으로 운반하여 속을 파내려면 많은 시간이 걸리니 차후에 그렇게 만들도록 하지요."

"맞습니다. 우선은 방수 처리를 잘 해서 실수 없도록 하세요."

소년이 싱긋 웃으며 앞섶에서 무언가를 꺼냈다.

"참 그건 그렇고⋯⋯. 내가 선물을 하나 할까 하는데 이거 받으슈."

소년이 들고 있던 책을 내밀었다.

"이게 뭐랍니까?"

영실이 주변의 눈치를 살피느라 선뜻 손을 내밀지 못했다.

"주변 신경 쓸 것 없소. 이쪽으로 오기 전 궐외각사에서 나인들을 따돌리고 오는 길이거든. 아마 지금쯤 나를 찾느라 혼쭐이 나 있을 테지."

소년은 어서 받으란 듯 손에 든 책을 위아래로 흔들었다.

"귀한 책 같은데……."

영실이 책을 받아들고 몇 페이지 넘기며 중얼거렸다.

"맞소. 이건 명나라 정화 대장이 세상의 각종 풍물에 대해 적어놓은 책인데 아주 귀한 것이요. 300권을 찍었는데 조정에서 압수 조치를 내려 겨우 몇십 부만 은밀히 시중에 유통된 책이라오."

"설마……, 정화 대장이라 하심은?"

영실의 머리에 얼핏 스치는 기억이 있었다.

"정화 대장을 아시우?"

영실은 고개를 끄덕이며 잠시 옛 기억을 더듬어보았다. 영실이 처음 정화 대장을 만난 것은 2년 전, 그가 매화틀을 만든 뒤 주상의 은혜를 입어 명나라를 방문했을 때였다.

세종은 영실의 총명함을 알고, 그에게 새로운 기술과 문화를 배워오라며 명나라에 유학을 보냈다. 하지만 명나라 견문길은 순탄하지 않았다. 신기한 것을 보면 참지 못하는 영실의 호기심이 크고 작은 말썽을 불러일으키곤 했는데 특히 황제의 천문대 근처를 어슬렁거리다가 금위대에 붙잡히는 소동을 벌인 일은 잊을 수 없는 사건이었다. 천문대를 출입하여 하늘과 소통하는 것은 천자와 소수의 천문학자만 할 수 있는 일이었고, 일반인들이 천문대 근처에 얼씬거렸다가는 사형에 처해지기도 하였다. 그런데 조선에서 건너간 젊은 청년이 겁도 없이 천문대 근처를 얼씬거리다가 병사들에게 발각된 것이다.

이때 곤경에 처한 영실을 도와준 인물이 당시 조선인 출신으로 명나라 환관이었던 장천일이었다. 다소 왜소한 체구의 장천일은 조공으로 조선에서 명나라 황실에 바쳐진 어린 소년들 중 하나로, 열 살에 거세당한 채 바다를 건너 명나라 황실에 들어왔다. 그는 영락제의 등극과 함께 명나라 조정에서 인정을 받으며 명나라 최고의 정보기관인 동창을 무대로 활약했다.

당시 명나라에는 조선 출신 환관으로 황실 내 중요한 자리에 있는 인물들이 많이 있었는데, 그 발단은 원나라 때로 거슬러 올라간다.

원나라는 형제의 나라이자 사위의 나라이기도 한 고려로부터 매년 많은 숫자의 어린 소년, 소녀를 조공으로 받았다. 그러다 보니 말기에는 고려에서 건너간 어린 환관과 공녀들의 숫자가 어마어마 해졌고 그중 두각을 나타낸 인물도 꽤 되었다. 결정적으로 고려 출신 궁녀인 기황후가 권력을 잡게 되면서, 원나라 황실 내 고려 출신 환관들 역시 강력한 세력집단으로 자리 잡게 되었다. 그들은 정기적인 모임을 갖고 고국인 고려에 대한 향수를 달래며 유대관계를 단단히 유지하고 있었다. 주원장에 의해 원나라가 패하고 명나라가 들어선 후에도, 이 결속력을 바탕으로 한 세력은 계속 이어져 내려왔다.

한때 주원장이 너무 커져버린 원나라 환관의 세력을 견제하려는 목적으로 황실 내 환관의 숫자를 줄이기도 했으나, 3대 영락제가 들어선 뒤 정화를 비롯한 몇몇 환관들이 다시 중요한 요직에 등용되면서 황실 내 환관의 세력은 다시 팽창했다. 장천일도 그런 인물 가운데 하나였다. 당시 황실에서 막강한 세력을 가지고 있던 장천일이 장영실을 위기에서 도와주게 된 것은, 양반 출신으로 거들먹거리기만 하는 다른 조선 사신들과 달리 언제나 겸손한 태도를 보이는 영실에게 호감을 갖게 되었기 때문이다. 특히 그가 자신과 같은 노비 출신이라는 것을 알게 된 점이 컸다.

그 후 영실의 진실됨과 영민함에 매료된 장천일은 영실과 좋은 친구가 되어, 자신이 큰 형님이자 아버지처럼 따르며 존경하는 정화 대장에 관한 이야기를 자주 들려주었다. 그 당시 정화 대장이라면 명나라 일반 백성들에게는 엄청난 영웅으로, 배를 타고 전 세계의 바다를 개척하여 그때마다 진기한 물건과 동물들을 가져오며 새로운 세상이 있다는 것을 알려주곤 하는 인물이었다. 영실 역시 꼭 한번 만나보고 싶은 그런 사람이었다.

정화 대장 역시 한족이 아닌 아라비아계 색목인 출신으로, 어릴 적에 명나라에 포로로 잡혀와 강제로 거세당한 후 환관이 되어야만 했던 인물이다. 칭기즈칸이 대륙을 정복할 당시 그의 부하로 들어가게 된 정화의 조상들은, 원나라의 제후가 되어 운남성 일부를 다스리고 있었다. 훗날 명나라의 주원장이 원나라를 물리치고 대륙을 점령할 때, 이들은 끝없는 항복 권유에도 불구하고 끝까지 원나라에 대한 충성과 의리를 지키며 저항했다. 그 과정에서 정화의 아버지 마하지가 전사하고 끝내 운남성은 주원장에게 넘어갔다. 집이

불타던 날 마하지의 일가친척들은 자살을 하거나 뿔뿔이 흩어졌다.

명나라에 포로로 끌려 온 뒤에도 어린 정화는 몇 번이고 도망을 쳤으나 그때마다 잡혀서 맞았다. 맞으면서도 소리 한번 내지 않고 이를 악물었다. 정화는 적국에서 환관이 되기를 거부하며 목숨을 걸고 저항했다. 그런 정화를 눈여겨본 이가 있었으니, 그가 바로 주원장의 아들 주체였다. 주체는 아버지 주원장이 남경에 수도를 정하고 명나라 황제에 오르게 될 때, 북경의 연나라 왕으로 봉해졌던 인물이다. 그는 주원장이 죽고 난 뒤, 정난의 변을 일으켜 2대 황제인 조카를 죽이고 명나라 황제의 자리에 오르게 되는데, 그가 바로 명나라의 3대 황제인 영락제였다.[21]

그는 당시 보았던 독기 어린 눈의 소년을 자신의 왕실로 데려가서 환관으로 키우며, 영락제로 등극하고 난 후에는 정씨 성을 하사하고 '정화'라는 이름까지 지어주며 전폭적인 지원과 애정을 아끼지 않았다. 정화의 실제 이름은 마삼보였다. 마씨 성은 마호멧트에서 따온 것으로 그의 가족들은 이슬람교를 신봉하고 있었는데, 어린 마삼보 역시 어릴 때부터 아버지로부터 들어온 이야기의 영향으로 이슬람의 성지인 메카를 꼭 한번 방문해보고 싶다는 꿈을 갖고 있었다. 그

---

21) 영락제 永樂帝(1360년 5월 2일~1424년 8월 12일)는 명나라의 제3대 황제(재위 1402년~1424년)이다. 대외 정벌과 해외 무역로 확장 등의 정책을 펼쳤고, 주변 국을 정벌, 정복하거나 굴복시켜 종주권을 확립하였다. 또한 베트남을 점령하여 한때 중국의 영토로 편입시키기도 했다. 이름은 주체朱棣, 명 태조 홍무제의 4남이며 어머니는 효자고황후 마씨이다.

러다가 영락제의 두터운 신임을 받게 되면서 어린 마삼보의 꿈은 성인이 된 정화 대장의 역사적인 대항해로 실현될 수 있었던 것이다.

정화는 어릴 때 강제로 끌려와 거세당한 채 환관이 되어야만 했던 아픈 기억 탓인지, 조선에서 끌려온 예비 환관 후보들인 어린 환자<sup>*</sup>들을 각별하게 대해주었다. 똑똑한 조선 출신 환관들과도 친하게 지냈는데 장천일 역시 그 가운데 한 명이었다.

장천일은 전라도 나주 출신으로 어머니가 나주 관아의 기생으로 아버지 없이 노비로 살다가 열 살에 명나라에 조공으로 바쳐져 명나라까지 건너가게 되었다. 나주는 영산강을 지나 황해로 연결되기 때문에 열 살의 장천일은 어릴 때부터 영산강을 통해서 들어오는 뱃사람들과 친해서 황해의 건너편에 명나라가 있다는 사실을 풍문으로 알고 있었다. 장천일은 황해 바다만 건너면 자신의 고향 땅 나주에 갈수 있다는 것을 알고, 몇 번이고 탈출하다가 잡혀 와서 매를 맞았다.

정화는 그 당시 환관의 우두머리인 태감을 맡고 있었다. 탈출하다가 잡혀온 어린 천일을 보자 정화는 그가 자신의 처지와 너무 비슷하고 또한 측은하기도 해서 옆에다 두고 보살피며 매에 맞은 상처를 어루만져주었다. 그날 이후 정화는 천일을 자신의 수하에 두고는 극진히 보살피기 시작했다. 훗날 장천일이 부관 신분으로 정화 함대에 참여하게 된 건 그런 각별한 인연 때문이었다.

동래에서 한양으로 올라온 이후, 장영실이 세종의 명을 받아 명나라를 방문한 그해는, 정화가 5차 항해를 끝내고 영락제 곁으로 돌아온 이듬해였다. 5차 항해는 1417년 겨울에 시작되었으며 아프리카 대륙 동쪽 해안에까지 도달했던 그의 함대는 사자와 표범, 얼룩말, 코끼리, 원숭이, 코뿔소 등 진귀한 동물을 잔뜩 싣고 1419년 8월 황제의 곁으로 다시 돌아왔다. 영락제에게 며칠에 걸쳐 항해 과정을 보고한 뒤 정화는 곧바로 6차 항해를 준비했다. 정화의 소문을 듣고 있던 장영실은 장천일을 통해 정화 대장을 꼭 한번 만나게 해달라고 졸랐고, 장천일이 마침 북경에 와있던 정화 대장과의 만남 자리를 주선해주었다. 정화를 만나기 전날 저녁, 영실은 제 볼을 꼬집으며 잠을 설쳤다.

'그런 위대한 영웅을 만나다니? 꿈인가, 생시인가.'

설레는 마음에 잠 한숨 이루지 못한 채, 이튿날 정화가 머물고 있는 집으로 찾아간 영실은 정화 대장을 보는 순간 깜짝 놀랐다. 정화는 키가 6척이 넘는 데다 한족과는 완전히 다르게 생긴 색목인으로, 영실로서는 처음 보는 이국인의 모습이었던 것이다. 정화 역시 영실을 보자마자 그가 보통 인물이 아니란 것을 한눈에 알아봤다.

정화의 집에는 세계 각국에서 가져온 진기한 물건들로 가득했다. 영실은 난생처음 보는 물건을 보면서 호기심이 한가득 발동했다. 정화는 포도주를 한 병 꺼내서 영실에게 따라주었다. 영실은 처음 맛보는 포도주가 신기하기만 하였다.

"세상이 얼마나 넓던가요?"

영실이 묻자 정화가 미소로 화답했다.

"세상은 자네가 아는 것만큼만 보이지. 허나 자네가 아는 것보다 훨씬 넓고 크다네!"

영실은 원나라 곽수경이 지은 천체에 관한 책에 대해 이야기했다.

"대장은 배를 타고 땅을 한 바퀴 돌아보았을 것 아닙니까? 하늘의 별을 연구하면 할수록 이상한 점이 참 많습니다. 제가 오랫동안 별자리가 바뀌는 것을 보았는데 큰 별들이 어떤 것을 중심으로 원형으로 돌고 있는 것 같습니다."

"그래서, 자네는 세상이 어찌 생겼다고 보느냐?"

"세상은 둥글게 생겼고 밤하늘의 저 세상도 둥근 것 같습니다."

"허허, 어찌해서 그리 보느냐?"

"태양과 달, 화성, 수성, 금성, 토성, 목성 등 일곱 개의 별을 칠정으로 해서 연구하고 있는데 제가 보기엔 우리가 살고 있는 땅이 둥근 게 아닌가 하고 생각하고 있습니다."

"오호, 그래? 날 좀 따라오거라."

영실의 천재성에 깜짝 놀란 정화는 보여줄 것이 있다며 영실을 데리고 나갔다. 영실과 정화가 한 식경이나 걸어 도착한 곳은 정화가 항해에서 돌아온 후에 그 경험을 바탕으로 항해도와 세계지도를 제작하고 있는 공방이었다.

"자넨 아까 자네가 말한 둥근 그 땅 모양이 어떻게 생겼는지 알고 싶지 않은가?"

"그것을 알 수 있단 말입니까?"

영실은 귀를 의심할 수밖에 없었다.

"물론이지. 여길 좀 봐. 이것은 천하제번식공도[22]라고 하는 세계지도야. 자네가 살고 있는 조선은 여기쯤이 되겠군. 내가 땅의 끝까지 다녀오고 나서 그린 지도니까 믿어도 된다."

"땅의 끝을 가보셨다고요?"

"세상의 끝이란 어디라고 생각하느냐?"

영실이 질문을 하자 정화는 질문으로 대답하였다

"세상은 네가 생각하는 것보다 훨씬 넓고 크다. 사람들은 눈에 보이는 것만 믿으려고 하지. 그러나 세상의 밖에는 눈에 보이지 않는 진실들이 많이 있어. 이론으로 설명되지 않는 것들이 많다는 얘기지. 그래서 내가 목숨을 걸고 세상 끝까지 항해를 하는 거야. 보이지 않는 것들을 찾아 이 눈으로 확인하기 위해서."

정화는 이때까지 세계 각국을 여행하며 수많은 사람들을 만나봤지만 작은 나라 조선에서 온 장영실처럼 지혜롭게 세상을 바라보는 청년은 일찍이 만나지 못했다. 정화는 청년이 사는 땅 조선을 언젠가 꼭 방문해보리라 다짐하며 즉석에서 영실에게 세계를 축소

---

22) 1763년에 제작된 천하전여총도에는 천하제번식공도天下諸番識貢圖를 모사했다는 기록이 다음과 같이 등장한다. "건륭 계미년 중추월에 명나라 영락 16년(1418년)에 간행된 '천하제번식공도'를 모사했습니다.", "신臣, 막역동이 그렸습니다."

한 작은 지도 한 장을 선물로 주었다.

영실은 정화의 세계지도를 보자, 심장 뛰는 소리가 온 몸으로 전해지는 걸 느꼈다. 그동안 하늘의 별을 연구하면서 이 세상이 둥글다는 자신의 생각을 수없이 펴보고 싶었지만, 그때마다 믿어주지 않는 사람들에 번번이 막히곤 해왔다. 그런데 지금 정화 대장이 펴 보이는 지도 속의 세상은 하나의 둥근 원 속에 갇혀 있었다. 정화 대장과 함께라면 이곳에서 저곳까지, 마음만 먹으면 땅의 끝에까지도 가볼 수 있을 것 같았다. 그곳에 살고 있는 사람들, 그곳의 문화, 그곳의 기후는 과연 조선과 어떻게 다를까?

영실은 조선으로 돌아오는 그날까지도 혼자만의 고독 속에서 지구 반대편에 있다는 수많은 인종과 신비의 땅들을 머릿속에 떠올렸다. 언젠가 기회가 되면, 반드시 그곳 구석구석을 두 발로 누벼보겠다고 다짐을 하면서.

마침내 경연대회의 날이 밝았다. 대회가 열리는 경복궁 근정전 안마당은 아침부터 사람들로 북적였다. 난생처음 보는 기이한 모양의 기계장치들로부터 녹차를 자동으로 걸러주는 주전자 같은 작은 물건들까지, 크고 작은 물건들이 속속 열과 오를 맞춰 배열됐다. 물건을 운반하는 각 부서의 사령들과 감독관들의 고함소리, 일찍부터 나와서 이 혼잡한 풍경을 구경하려는 조정 대신들로 근정전은 시장통처럼 시끌벅적하였다.

처음 경연대회에 참가 의사를 밝혔던 궐내외의 부서는 도합 일흔두 곳이었다. 그러나 대회 당일 이런 저런 이유로 서른 곳이 불참하고 최종적으로 마흔두 곳만이 경연에 참가하였다. 이번 경연에 나온 물건들은 주상이 앉을 어좌를 기준으로 왼쪽엔 궐내부서의 출품작이, 오른쪽은 궐외부서의 출품작들이 배치되었다.

주상이 어좌에 모습을 나타낸 건 사시(오전 9시~11시)가 조금 지난 시각이었다. 징이 울리자 주상이 어좌에서 일어났다.

"경연을 시작할 테니 심사를 맡으신 백관들은 앞으로 나와주시오."

심사를 맡은 삼정승과 육조의 판서가 섬돌 아래로 나와 대기했다. 주상은 천천히 계단을 걸어 내려와 앞줄부터 출품된 물건들을 관람하기 시작했다. 주상의 발걸음이 처음 가 닿은 곳은 맨 앞줄, 선공감繕工監[23) 소속의 기술자들이 가지고 나온 일방향 출입문 보안장치였다. 선공감 기술자들은 한쪽 방향으로만 열고 닫을 수 있도록 고안된 이 출입문을 궁궐 내부에 설치하면 침입자들에게 혼란을 줄 수 있다고 주장하였다.

이외에도 많은 물건들이 보는 사람을 즐겁게 하였다. 서운관에서 만든 바람의 방향을 확인할 수 있는 풍기대風旗臺는 특히 주상의 관심을 끈 물건이었다. 풍기대는 단순히 바람의 방향만 측정하는 기계가 아니라, 바람의 강도에 따라 대나무 눈금자가 뒤로 밀려나도록 돼 있어 바람의 강도까지 측정할 수 있는 도구였다. 서빙고에서 고안한 얼음 보관용 항아리도 관심을 끌었다. 궁궐 청소를 담당하는 전설사典設司에서는 겨울철 지붕에 쌓인 눈을 한꺼번에 제거할 수 있

---

23) 토목土木과 영선營繕을 관장하던 관청.

는 가죽 끈이 달린 긴 노<sup>櫓</sup>를 출품하였다. 집현전 학자들은 편안히 앉아 책을 읽을 수 있는 독서대를 개발하여 임금을 웃게 만들었다.

주상은 어느 것 하나 소홀히 건너뛰지 않았다. 그것이 비록 별로 쓸모가 없어 보이는 물건일지라도 물건을 만든 동기와 사용 방법을 꼼꼼히 캐묻곤 했다.

심사는 오후까지 계속되었다. 신시(오후 3시~5시)가 되어서야 비로소 장원을 가름할 두 작품이 가려졌다. 하나는 상의원의 장영실이 개발한 양수차였고, 또 다른 하나는 군기감<sup>軍器監24)</sup>에서 가지고 나온 질려포<sup>疾藜砲</sup>였다. 질려포는 대나무통 속에 화약과 쇠붙이를 넣어 만든 화약무기의 일종으로, 심지에 불을 붙여 일정시간이 지나면 터지도록 고안되었다. 공교롭게도 질려포를 개발한 사람은 병조판서 이암의 아들인 이규였다. 아버지를 등에 업고 젊은 나이에 승승장구한 이규는 두 달 전, 약관 스물다섯의 나이에 군기감 제조가 되었다.

주상은 질려포 앞에 서서 손으로 그것을 어루만지며 칭찬을 아끼지 않았다.

"기특하다, 참으로 기특해. 화약이 터지는 시간을 조절할 수 있다니. 어떻게 이런 생각을 할 수 있었단 말인가?"

주상을 비롯하여 옆에 둘러선 좌우 대신들은 놀라움을 감추지

---

24) 병기<sup>兵器</sup>, 기치<sup>旗幟</sup>, 융장<sup>戎仗</sup> 등의 제조를 맡아 보던 관청.

못하며 그 원리를 물었다. 허리를 깊이 숙이고 있던 이규가 이때다 싶어 재빨리 설명을 시작했다.

"우리는 일찍이 최무선 장군이 화약을 만들어 왜구를 격퇴한 바 있습니다. 이렇듯 훌륭한 기술을 가지고 있음에도 최근에는 그 명맥이 거의 끊어져 전장에서 실제로 사용되지 못하는 현실에 늘 안타깝던 차에 어느 날 집 안에 있던 독이 깨지는 걸 보고 독안에 화약과 쇠붙이를 넣어 심지에 불을 붙여 터뜨리면 적들을 대량으로 살상할 수 있겠다는 생각을 하게 되었지요."

"과연 병판 이암 대감의 아들답구나."

어깨를 으쓱하는 이암을 쳐다보며 세종이 구체적으로 물었다.

"그런데 화약과 쇠붙이의 비율은 어찌 되느냐? 또 심지는 무엇으로 만들었느냐?"

순간 이규가 당황하기 시작했다.

"음, 화약과 쇠의 비율이라면……. 그건 거의 반반으로……."

주상이 눈을 동그랗게 뜨고 물었다.

"어찌 본인이 만들고도 세부적인 내용을 모른단 말이냐?"

"모르는 게 아니라 아랫것들이 만들고 소인은……."

이규가 쩔쩔 매고 있을 때 소리 없이 다가오는 소년이 있었다. 소년은 비단으로 된 흰 포를 걸친 채 가벼운 걸음걸이로 다가왔다. 왕을 호위하던 무사들이 순간 움찔했으나 누구도 소년을 제지하지는 않았다. 소년은 대신들 사이를 유유히 뚫고 주상 가까이 다가가 주상의 뒤에 대고 뭐라고 속삭였다. 주상의 표정이 잠시 일그러졌다가 제 얼굴로 돌아왔다.

"어찌됐던 군기감에서 이런 무기를 만들었다니 칭찬할 만하다. 적당한 날을 골라 궐 밖에서 성능을 시험해볼 터이니 군기감은 그리 알고 일을 진행하라."

"분부대로 거행하겠나이다."

이규는 머리가 바닥에 닿을 듯 허리를 숙였다.

사실 질려포를 만든 사람은 군기감 제조 이규가 아니라 휘하 이속 吏屬들이었다. 군기감에 부임한 뒤 질려포의 개발을 눈여겨본 이규는 휘하 이속들 입단속을 시킨 뒤 그것을 자신이 만든 것처럼 위장하여 경연에 들고 나왔던 것이다. 하지만 오래전부터 이속들이 질려포를 만들기 위해 끙끙거리며 장영실에게 도움을 청하던 모습을 소년은 지켜보고 있었던 것이었다.

다음은 영실과 만복의 차례였다. 영실이 양수차의 원리를 설명하는 사이, 만복이 홈통 꼭대기로 물을 부었다. 물레를 돌리자 홈통이 수직 상승하면서 홈통의 물이 흘러 넘쳤다. 누가 봐도 그 원리를 쉽게 알 수 있도록 영실은 최선을 다해 자신이 만든 물건을 설명했다. 한참 동안 양수차의 원리를 꼼꼼히 살피던 주상이 물었다.

"그대는 상의원에 종사하는 사직이 아니던가. 어찌하여 본인의 일과 관계도 없는 양수차를 설계하였느냐?"

영실이 땅에 엎드려 대답하였다.

"일전에 가뭄으로 고생하는 백성들을 본 적이 있습니다. 저의 작은 발명품이 백성들의 고통을 어루만지는 데 작게나마 기여를 할 수 있다면 더 바랄 게 없습니다."

"허허."

주상은 수염을 쓰다듬으며 좌중을 돌아보았다.

"내 생각이 바로 이러하오. 예부터 가뭄과 홍수를 막는 일이 가장 큰 고민거리였는데 만약 여기 장 별좌의 말대로 양수차가 실전에 유용하게 쓰일 수 있다면 가뭄을 해결하는 데 이보다 더 귀중한 물건이 어디 있겠소? 질려포가 그 성능이 뛰어나긴 하나, 백성을 생각하는 장 별좌의 마음이 더 와 닿는 것 같소. 경들은 어찌 생각하시오?"

누구도 주상의 생각에 이의를 제기하지 않았다.

이렇게 하여 영실이 만든 양수차가 이날 경연대회의 장원으로 선정되었다.

"믿어지지 않아. 정말 믿어지지가 않아."

누구보다도 기뻐한 사람은 친구 만복이였다. 오랜 노비의 신분을 벗을 수 있게 되었을 뿐만 아니라 영실과 보다 가까운 곳에서 생활할 수 있게 되었기 때문이다.

다음 날 주상은 상의원 별좌직에 있는 장영실에게 호군 벼슬을 제수하는 일로 대신들과 의논하였다.[25]

"내 저들과 약속한 대로 이번 경연에서 장원을 한 장영실의 관직을 올려줄까 한다. 행사직<sup>行司直</sup> 장영실은 본래 그 어미는 기생이었는데, 공교<sup>工巧</sup>한 솜씨가 보통 사람보다 월등히 뛰어나므로 일찍이 그를 한양으로 불러올려 명나라 유학을 보낸 바 있고, 그날 이후 가까운 궁중에 두고 늘 솜씨를 살펴왔다. 이번에 가뭄에 농민들을 구할 양수차를 개발하여 나의 시름을 덜어주었으니 호군 벼슬을 내려 치하하리라."

하지만 병조판서 이암과 이조판서 허조가 강하게 반대하였다.

"전하, 기생의 자식에게 그렇게 큰 벼슬을 내릴 수는 없습니다."

부하들의 공을 가로챈 이암의 아들이 지방으로 좌천 명령을 받은 마당이라 병조판서 이암은 화가 치밀 대로 치밀어 있었다. 부하들의 공을 가로챈 죄로 제 아들이 강원도 오지로 발령을 받은 것도 억울한데 자기 아들을 밀어낸 장영실에게 호군 벼슬을 제수한다는 말에 그는 이조판서 등을 끌어들여 필사적으로 세종의 말을 가로막고 나섰다.

결국 세종이 한 발 물러설 수밖에 없었다.

"경들의 뜻이 그러하니 조금 더 지켜봄이 적당하겠다."

하지만 영실에게 살 집을 내려주었을 뿐만 아니라 약속대로 만

---

25) 세종 61권, 15년(1433 계축/명 선덕<sup>宣德</sup> 8년) 9월 16일(을미) 3번째 기사 참조. (주상이) 안숭선에게 명하여 영의정 황희와 좌의정 맹사성에게 의논하기를, "행사직<sup>行司直</sup> 장영실<sup>蔣英實</sup>은 그 아비가 본래 원<sub>元</sub>나라의 소주<sup>蘇州</sup>·항주<sup>杭州</sup> 사람이고, 어미는 기생이었는데, (……) 그 공이 작지 아니하므로 호군<sup>護軍</sup>의 관직을 더해주고자 한다."

복이도 면천시켜주었다. 뿐만 아니라 만복을 궁궐 북문 밖 영실의 집에 머물게 하면서 영실과 같은 직장에서 일할 수 있게 해주었다. 상의원 잡직에 불과했지만 적은 양의 녹봉까지 받을 수 있는 자리였다. 어명으로 면천이 확정된 이날, 만복은 영실의 두 손을 잡고 굵은 눈물을 흘리며 밤새 잠을 이루지 못하였다.


운종가 뒷골목에 자리한 기방 향원은 근방에서 가장 미인이 많기로 소문난 곳이다. 몇 해 전 새로 생긴 향원은 동래에서 올라온 미령이 몸을 의지하고 있는 곳이기도 했다. 저녁이면 세도가들과 돈깨나 만진다는 상단 무리들이 둘 서넛씩 모여들어 다섯 개의 방이 꽉 차버리곤 하는 것이었다. 문간을 지키는 하인들은 서둘러 대문을 닫아걸었고, 주방 찬모들은 술과 음식을 장만하느라 자정이 되도록 부산하였다.

술시(오후 7시~9시)가 막 지나가는 초저녁, 전작이 있어 보이는 양반댁 자제들 서너 명이 거나하게 취한 걸음걸이로 향원의 높은 대문을 두드렸다. 이윽고 하인 두엇이 달려 나와 허리 숙여 그들을 맞았다. 그들은 병조판서 이암의 아들과 그의 건달뱅이 친구들이었다.

영실과 만복이 주상의 총애를 받아 승승장구하는 사이, 병조판서 이암의 집안은 초상집이나 다름없었다. 군기감 제조로 승승장구하던 이규에게 어느 날 느닷없이 강원도 각지의 축성시설을 조사하여 면밀히 보고하라는 주상의 지엄한 하명이 떨어졌기 때문이다. 적어도 일 년 이상 걸리는 고된 작업이었다.

아들을 강원도 오지로 보내야 하는 이암은 입술을 깨물며 주상과 영실에 대한 분노를 드러냈다.

"멀쩡한 내 아들을 내치는 것은 그렇다 치고 듣도 보도 못한 종놈을 한양으로 불러들여 면천을 시킨 것도 모자라 정4품 벼슬을 주자니 이게 말이 되는가."

제 아비의 한탄을 듣다 못한 이규는 일찌감치 집을 나서서 동무들을 찾아갔다.

이규는 자신을 전송하기 위해 모여든 친구들과 더불어 초저녁부터 먹고 마셨다. 주사가 심한 이규는 이날도 옆에 앉은 여자들을 함부로 대하여 행패를 부리기 시작했다.

"이 집에는 어찌하여 여자가 이리도 박색한가. 술값을 제대로 받고 싶으면 속히 다른 여자를 들이란 말이다."

이규는 옆에 앉은 여인의 머리 위로 술을 부었다. 옆에 앉았던 기녀는 안절부절 못하면서도 그대로 앉아 이규의 행패를 견뎠다.

"많이 취하셨습니다. 오늘은 제가 모시지요."

기생집의 주인인 향원이 이규를 만류하고 나섰다

"더 이쁜 계집 데려와, 한양에 이 기생집밖에 없는 줄 아나?"

향원이 애써 웃으며 이규를 달랬다.

"어머 서방님 왜 이러세요? 조선 팔도 천지에 우리 집보다 이쁜 기생 많은 곳은 없어요."

향원이 온갖 아양을 떨어가며 이규의 술시중을 들고 있을 때 기생집 별채 구석방에서는 영실과 미령이 만복과 더불어 조용히 축하주를 마시고 있었다. 미령은 영실을 위해 영실의 어머니에게서 배운 음식을 하루 종일 준비했다. 영실의 어머니에게서 기생 수업을 받은 미령은 영실이 어머니가 해주는 동래파전을 제일 좋아했다는 것을 기억해내고는 영실을 위해 동래파전을 정성껏 부치고 갖가지 음식을 차렸다.

"이제 면천되었으니까, 기생집에서 나가서 평범하게 사는 것은 어때?"

영실이 조심스럽게 물었다

"안 돼. 아직 갚아야 할 빚도 많이 있고……."

미령의 얼굴에 잠시 그늘이 스쳐갔으나 이내 표정을 바꾸었다.

"밖으로 나가봐야 기생이라고 손가락질하는데 어디를 가겠어. 내 걱정 하지 말고 자기 걱정이나 해라."

"빚, 빚이라. 그놈의 빚."

미령의 처지를 모르는 바 아니었기에 영실은 안타까울 뿐이었다.

어릴 때부터 자기를 잘 따라 친동생처럼 아낀 미령이지만, 자신의 어머니처럼 기생 신분인 미령이 영실은 너무 싫었다. 친동생 같은 미령을 바라볼수록 자신이 해줄 수 있는 게 아무것도 없다는 것이 한스러울 뿐이었다.

"참 장가는 안 갈 생각이야?"

미령이 짓궂게 물었다.

"장가는 무슨."

영실이 퉁명스럽게 대꾸했다. 영실은 미령이 왜 그런 질문을 하는지도 알았다. 또 미령이 왜 기생 신분을 못 버리는 지도. 그녀는 영실이 번듯한 여자를 만나 혼인하길 바라고 있을 것이었다. 그것이 영실을 향한 그녀의 진짜 사랑이었다.

"바다로 나가면 우리가 한 번도 가보지 못한 세상이 있다는데, 이럴 게 아니라 우리 배를 빌려 멀리 도망쳐버릴까? 거기 가서 다 함께 살면 되잖아."

농담처럼 말했지만 반은 진심이었다.

"누가 들으면 큰일 날 소리!"

미령이 만복의 눈치를 살피며 입을 비죽 내밀었다.

"그나저나 안채가 왜 이렇게 소란스럽지?"

만복이 문틈으로 바깥을 살피며 말했다.

"어느 존귀한 분들이 와서 한바탕 분탕질을 치는 모양이지. 가진 건 돈과 권력밖에 없으니 분탕을 쳐도 육모 방망이 세례를 당할 일도 없고."

미령이 입을 실룩이며 대답했다.

"가봐야 하는 거 아냐?"

"가보긴, 오늘은 이 방에서 끝내기로 일찌감치 얘기해놨어."

미령이 눈을 찡긋 해보이며 자리에서 일어났다.

"안 간다더니 왜 일어서고 그래?"

만복이 걱정된다는 눈빛으로 물었다.

"너희들 오면 주려고 감추어둔 특별한 술이 한 통 더 있거든."

"특별한 술이라. 그거 조오치!"

밖으로 나온 미령은 장독대 한쪽에 숨겨둔 작은 항아리로 향했다. 봄에 뒷마당 살구나무 밑에 소복이 떨어진 살구를 주워 깨끗이 씻은 뒤 술을 담가놓은 과실주 항아리였다. 미령은 누가 볼 새라 항아리를 들고 조심조심 걸었다.

"어이쿠, 깜짝이야!"

미령은 소리를 지르며 하마터면 자빠질 뻔하였다.

뒤채로 돌아갈 무렵 모퉁이를 막아서는 그림자가 있었다. 그는 이암의 아들 이규였다. 이규는 기생과 진탕하게 놀다가 소피가 마려워 화장실을 찾고 있었는데, 마침 장독대에서 뒤채로 돌아가던 미령이와 마주치게 된 것이다.

"어라, 여기 좀 보소."

이규가 두 팔을 잔뜩 벌린 채 중얼거렸다.

"야 여기에 이쁜 계집애가 있는데, 왜 이렇게 숨겨놓은 거야? 엉?"

마침 이규를 찾아 섬돌을 내려온 향원이 바삐 이쪽으로 다가왔다.

"에이, 난 또 누구라구. 걔는 온지 얼마 안 돼서 아직 나으리를 모시기엔 부족해요."

향원이 술이 취한 이규를 거의 떠밀다시피 안으로 데리고 들어
갔다.

"흥, 모르는 게 있음 가르쳐줘야지. 암."

이규는 뒤를 힐끗 쳐다보며 음흉한 미소를 지었다.

열흘이 지나자 강배의 번역 작업에도 속도가 붙었다.

강배가 가게 문까지 닫아걸고 일에만 매달린 덕에 비망록 가운데 얼추 3분의 1 가까운 분량이 초벌 번역되었다. 3개 국어를, 그것도 500여 년 전의 고어를 번역해야 하는 강배로서는 거의 초인적인 능력을 발휘하고 있는 셈이었다.

강배가 실시간으로 보내주는 번역물을 휴대폰으로 읽으며 진석은 문득문득 걸음을 멈추고 생각에 잠겼다. 지난 보름 사이 끙끙거리며 번역에 매달리고 있는 강배가 있어 장영실이라는 생각지도 못한 역사적 인물을 만나고, 500여 년 전의 시간과 현대의 시간을 바삐 오가야 했다. 마치 두 개의 시간이 시공간을 초월하여 하나로 만나고 있는 느낌이었다. 그만큼 강배의 문장을 통해 되살아난 500여 년 전, 조선의 시간은 매 시간 강배의 혈관 속에 살아서 꿈틀거렸다.

번역 작업에 속도가 붙고 있는 것과 달리 진석의 다큐 작업은 답보 상태였다. 엘레나와 계속해서 연락이 닿지 않았기 때문이다. 엘레나를 중심으로 작업하려던 애초의 시나리오를 수정해야 할지를 진석은 아직 결정하지 못하고 시간만 흘려보냈다. 루벤스의 그림으로부터 출발하여 장영실의 일대기를 추적하는 쪽으로 시나리오에 수정을 가할 예정이지만, 아직 완전히 결정을 내린 건 아니었다. 그만큼 강배의 번역 작업이 흥미로웠기 때문이다. 아무튼 좀 지켜보자는 생각이었다.

수요일 오후, 진석은 S대학 인근을 지나게 되었다. 이번 주 〈사라져가는 것들〉의 소재는 우물에서 물을 길어 올릴 때 사용하던 '두레박'이었다. 장영실과 궁중의 미소년이 만나는 장면으로 인해 두레박에 관심을 갖게 되었던 것인데, 두레박의 원형을 취재하기 위해 촬영팀과 함께 경주에 내려갔다가 올라오는 길이었다. 새벽부터 서두른 덕에 오후 3시 못 미쳐서 두 번째 촬영지인 용산의 국립중앙박물관에 도착할 수 있었다.

국립경주박물관엔 삼국시대 신라의 목조 두레박이 여럿, 원형 그대로 보존돼 있었다. 1999년 전후, 경주시 인왕동 국립경주박물관 미술관 부지에서 통일신라시대의 우물 2기가 발굴된 적이 있다. 이중 두 번째 우물에서 수십 종에 이르는 동물과 생선뼈를 비롯하여 다양한 문양의 토기와 기와, 금속제 식기류, 나무빗, 나무두레박 등 500여 점에 가까운 유물들이 출토되었다. 진석은 이곳에서 발견된 신라의 두레박을 메인 콘셉트로 삼아 두레박에 얽힌 갖가지 애환들을 담아낼 생각이었다.

국립경주박물관에 전시된 두레박은 옛 두레박의 원형이라 해도 손색이 없을 정도로 투박한 물건이었다. 통나무를 어른 두세 뼘 길이로 잘라 한쪽 면을 파내고 줄을 꿸 수 있도록 양쪽에 구멍을 뚫어 만들었는데, 나무의 질감과 칼로 다듬은 흔적이 고스란히 남아 있을 정도로 보존 상태가 양호했다. 단원 김홍도의 그림에 등장하는 조선시대의 두레박과는 그 제작방법이 전혀 달랐다. 조선시대의 두레박은 여러 개의 널판을 원형으로 잇대어 물이 새지 않도록 방수 처리를 한 것으로, 이는 나무의 속을 힘들게 파내는 수고를 하지 않도록 기존의 두레박에서 한 단계 발전을 이룬 것으로 판단되었다. 내친김에 국립중앙박물관에 들러 김홍도의 우물 그림을 카메라에 담은 뒤, 진석은 촬영팀에서 떨어져 나왔다.

진석은 S대학에 가기 위해 택시를 세웠다. 택시가 출발하자 방금 박물관에서 얻은 카탈로그를 꺼냈다. 다양한 유형의 두레박을 소개하는 카탈로그였는데 경주에서 박물관을 나설 때 로비에서 무심코 넣어 온 특별전시회 팸플릿이었다. 팸플릿 이미지 중에서 진석의 눈길을 끈 것은 '쌍장애雙障㝵'라는 두레박이었다. 그림 밑에는 '우물집 기둥 가운데에 도르래를 설치하여 줄을 걸어놓고, 줄의 양쪽 끝에 두레박을 각각 달아 번갈아서 물을 푸게 만든 장치'라는 설명이 쓰여 있었다. 영실이 궁중에서 만든, 톱니가 맞물린 두레박과 가장 흡사한 형태의 두레박이 바로 쌍장애였다. 도르래는 훨씬 후대에 만들어진 장치지만, 그 원형을 장영실의 비망록에서 찾을 수 있게 된 것이었다.

진석이 택시를 잡아타고 10분쯤 걸려 S여대에 도착했을 때 시계는 5시를 가리켰다. 거리엔 스모그가 잔뜩 끼어 있어 100미터 앞을 분간하기도 힘들었다. 주차장에서 택시를 내렸지만 한국어학과가 있는 미래융합관 건물까지는 5분 가까이 언덕길을 올라야 하는 구조였다. 직원들이 퇴근하기 전에 과 사무실에 닿기 위해 서두른 탓에, 미래융합관 건물 로비에 도착했을 때는 등과 겨드랑이에 땀이 묻어나올 지경이었다.

"여기가 한국어학과 맞지요? 이 학과의 엘레나라는 학생을 찾고 있는데……."

다행히 조교가 자리를 지키고 있었다. 굵은 뿔테 안경을 쓴, 좀 나이 있어 보이는 얼굴의 여자였다.

"엘레나요? 글쎄요, 무슨 일로 그러시죠?"

진석은 주머니에 든 명함에 손을 가져가다가 그만두었다.

"아, 그러니까 어떻게 설명을 해야 하나. 함께 진행하는 중요한 프로젝트가 있어요. 그런데 열흘도 더 됐는데 통 연락이 닿질 않아서요."

조교가 난처한 표정을 지었다.

"우리 학교에 적을 둔 분이 아니라면, 그러니까 외부인에게 학생에 대한 정보를 알려 드릴 수는 없는데요. 직접 휴대폰으로 연락을 해보시던가, 아니면 집으로 가보셔야 할 것 같습니다."

"이미 그렇게 했습니다만……."

"어쨌든 사적인 일이라면 알려드리기 곤란한 부분이 있습니다."

융통성이라고는 찾아볼 수 없게 생긴, 고집스런 얼굴 앞에서 진석은 별 수 없이 문을 닫고 돌아 나올 수밖에 없었다. 그런데 뜻밖의 곳에서 엘레나에 대한 단서를 찾게 되었다. 학과 복도를 무심코 되돌아 나오다가 복도에 붙은 사진 속에서 엘레나를 발견했던 것이다. 정확하게는 과 소식란에 붙은 여러 장의 사진 속에서였다. 몇 달 전 교수와 재학생들이 함께 떠난 정기 답사 행사 속에 엘레나의 작은 체구가 웅크리고 있었다.

"혹시 이 과 학생이십니까?"

진석은 마침 옆에 서서 게시판의 공지문을 읽고 있는 남학생이 있어 명함 한 장을 꺼내 건네며 눈인사를 건넸다.

"네, 무슨 일이시죠?"

학생이 명함과 진석을 번갈아 쳐다보며 물었다.

"여기 있는 엘레나 양과 인터뷰를 하기로 했었는데, 갑자기 연락이 끊겨서요. 혹시 근황을 알고 있나 해서……. 과 사무실에 갔더니 담당자가 바뀌었는지 잘 모르는 것 같던데."

진석이 사진 속 엘레나를 가리키며 물었다.

"아, 엘레나요."

반갑게도 남학생이 아는 척을 해왔다.

"이번 학기엔 통 안 보이는데, 지난 학기까지만 해도 학교에 나왔었거든요. 정확한 건 아니지만 휴학했다는 소식을 얼핏 들은 것 같아요."

"하 이거 참, 그럼, 혹시 소식이 닿으면 아까 그 명함으로 연락 좀 해달라고 꼭 좀 부탁합니다."

진석은 고맙다는 인사를 건넨 후 건물을 빠져 나왔다. 결국 건진 것은 없었지만 그렇다고 완전히 빈손은 아니었다. 적어도 엘레나가 이 학교에 적을 두고 있다는 사실은 확인된 셈이었다. 그녀가 들려주었던 가족사도 그만큼 사실일 확률이 높았다.

'출입국 기록을 한번 떼볼까?'

진석은 잠깐 든 그 생각을 이내 지워버렸다. 아직은 흥신소의 도움을 받을 정도로 절박하진 않았기 때문이다. 엘레나에게서 다시 연락이 올 때까지, 우선은 강배의 번역 작업을 중심으로, 장영실에 관련된 자료를 취재하는 것으로 시나리오를 수정해보자. 마냥 손을 놓고 있을 수만은 없어서 나흘 뒤에는 안 박사와의 인터뷰도 예약해놓았다. 엘레나와 연락만 닿는다면 모든 게 술술 풀릴 것 같았다.

모처럼 만나 저녁도 먹을 겸 진석은 강배의 헌책방으로 방향을 잡았다. 강배와 근처 식당에서 삼겹살에 소주를 들이켜며 진석은 번역된 내용 중에서 몇 가지 궁금했던 것들을 물어보았다. 술이 몇 순배 돌자 강배가 흥미로운 이야기를 꺼냈다.

"이 비망록은 장영실이 조선을 떠난 이후 쓰인 거야."

진석도 예상은 하고 있던 바였다. 비망록은 메모 형태로 된 곳도 있었으나, 대부분은 긴 호흡으로 쓰여진 곳들이 많았다. 이순신 장군이 남긴 『난중일기』처럼 날짜가 제대로 쓰여 있지 않아, 메모에 등장하는 특별한 사건을 기준으로 조선왕조실록 등 역사적 기록과의 대조를 통해 당시의 날짜를 유추할 수밖에 없었다.

"그럼, 결국 장영실이 정화 대장의 배를 타게 되는 건가?"

"아직 구체적인 내용은 알 수 없지만 그런 셈이지. 비망록의 맨 뒷장, 찢어진 부분에서 비망록을 처음 쓰기 시작한 날에 대한 언급을 찾아냈거든."

"그게 언제지?"

"1443년!"

"그렇다면 가마 사건으로 영실이 궁에서 쫓겨난 이듬해 아냐?"

"그렇지! 필경 배를 탔거나 중국에 머물고 있었을 거야. 타지에서 자신의 지난날을 회고하기 위해, 혹은 조국에 두고 온 그리운 사람들을 생각하며 이 비망록을 작성했겠지."

가마 사건이 벌어진 건 1442년이었다.

그날의 사건은 조선왕조실록에 세 번에 걸쳐 자세히 기록되어 있다.[26] 먼저 세종 24년 3월 16일의 기록을 보자. 이날 '대호군 장영실이 안여<sup>安與</sup>를 감조<sup>監造</sup>하였는데, 견실하지 못하여 부러지고 허물어졌으므로 의금부에 내려 국문하게 하였다'는 기록이 보인다. 또한 5월 3일자 기록에 의하면 '임금이 장영실 등의 죄를 가지고 황희<sup>黃喜</sup>에게 의논하게 하니, 여러 사람이 말하기를, 이자들의 죄는 불경<sup>不敬</sup>에 관계되니, 마땅히 직첩<sup>職牒</sup>을 회수하고 곤장을 집행하여 그 나머지 자들을 징계해야 될 것입니다. 하니 그대로 따랐다'는 기록이 보인다. 장영실의 사건을 가지고 두 달 가까이 조정이 고심한 흔적이 엿보이는 대목이다.

강배가 안경을 추켜올리며 말했다.

"아무튼 그날 이후 모든 기록에서 장영실이 사라지지. 이 문제는 지금껏 조선사 최대의 의문 가운데 하나였어. 생각을 해봐, 이게 말이 되는 얘긴가? 선왕이 일찍이 널리 인재를 찾다가 동래에서 불러올린 위인이야. 총명함이 세종 눈에 밝히자 수차례 중국으로 유학까지 보냈고, 둘이 합심해서 세계사에 한 획을 긋는 수많은 발명품들을 만들어냈지. 그런데 오른팔과도 같은 장영실을 하루아침에 내친다? 더구나 하늘의 별자리를 설계한 대 과학자에게 궁중 잡인이나 만들 법한 가마를 만들게 하고, 벌을 내렸다? 지나가던 개도 웃을 소리지."

---

26) 세종 95권, 24년(1442 임술/명 정통<sup>正統</sup> 7년) 3월 16일(정축) 2번째 "대호군 장영실이 만든 안여가 견실하지 못하여 의금부에 내려 국문하다." 『태백산사고본』 30책 95권 31장.

"후손들이 남아 있을 것 아냐."

"장영실이 종친들이 모여 사는 충남 아산에 은거하며 말년을 보냈다는 이야기도 있는데 그것도 사실이 아니야. 거기에서 말년을 보내고 죽었다면 묘가 남아 있어야 정상이지. 아산 장씨들 선산에 말이야. 종3품까지 지냈잖아."

"가만, 묘가 있지 않나?"

"그게 미스터리의 열쇠야. 장영실의 묘가 있긴 있지. 근데 가묘假墓야.[27] 언제 어디서 죽었는지에 관한 기록이 전혀 없어. 보통 종3품의 벼슬이 귀양을 간다든지 낙향을 하면 언제 죽었는지에 대한 기록이 항상 나오거든. 그런데 세종이 그렇게 총애했던 장영실이 가마 사건 이후로 역사에서 완전히 사라졌어. 정말 미스터리한 일이지."

"그렇다면 이번에 전혀 알려지지 않은 새 기록이 발견된 셈이군?"

"그렇지! 자세한 이유는 번역을 더 해봐야 알겠지만, 어떤 이유로 조선 조정에서 장영실을 나라 밖으로 빼돌린 게 분명해!"

좀 엉뚱하긴 해도 한번 물고 늘어지면 끝장을 보는 강배였다.

"빼돌려? 왜 그렇게 생각을 하지?"

"장영실은 세종이 가장 아끼던 신하였어. 그런 신하를 기껏 가마를 잘못 설계했다는 이유로 내쳤단 말인가? 우리가 아는 세종대왕이

---

27) 충청남도 아산시 인주면 문방리에 아산 장씨 시조인 장서의 묘 바로 아래에 장영실의 가묘가 있다.

라면 절대로 그럴 분이 아니지. 분명 사서에 기록할 수 없었던 어떤 말 못할 사연이 있었을 거야. 어쩌면 사초들에게도 숨겨야 했던……, 장영실의 목숨을 걸어야 하는 그런 일이 벌어졌을 수도 있고."

진석은 팔짱을 꼈다가 풀며 고개를 갸웃거렸다.

"그게 사실이라면 굉장히 흥미로운 사건임이 분명해. 자신이 아끼던 수하를 자신의 손으로 내쳐야 하는 세종의 처지도 처지거니와 모든 걸 내려놓고 조국을 떠날 수밖에 없었던 장영실의 심정은 어떠했을지, 도무지 상상이 안 가는군."

"모르긴 해도 그럴 만한 이유가 있었겠지."

진석이 잠깐 사이를 두었다가 물었다.

"근데 영실의 주변을 맴도는 소년은 대체 누구지? 원문엔 뭐라고 돼 있는 건데?"

강배가 조심스레 비망록을 펼쳤다.

"여기를 좀 봐. 소년이 처음 등장하는 부분인데……."

"한자잖아. 수계청남래 이문관지리竪髻清男來 而問罐之理? 어라, 이게 무슨 뜻이지? 수계가 왔다? 우선 수계의 뜻부터 찾아봐야겠군."

"'수계竪髻'란 혼례를 올린 남자가 하던 머리카락 모양을 가리키지. 즉 남자란 얘기야. 상투를 튼 미소년이 다가와 두레박의 원리에 대하여 이것저것 캐물었다, 정도로 해석이 가능하겠지."

진석이 강배의 등짝을 후려쳤다.

"이보게 친구, 상투와 소년은 서로 공존할 수 없는 단어 아닌가?"

"글쎄. 그만큼, 상투를 튼 게 어울리지 않았다는 뜻이기도 하겠지."

"음, 뭐가 뭔지 감이 올 듯 말 듯 하군."

"결혼을 하지 않았지만 인위적으로 상투를 튼 사람들을 가리키는 거상투란 말이 그 아래쪽에 한 차례 나오는 것으로 봐서 영실이 상대인 미소년에 대하여 어느 정도 그 신분을 짐작하고 있다는 느낌을 받았어."

"조정 대신들의 반응도 좀 이상하지 않나. 감히 주상이 경연을 참관하고 있는데 중간에 끼어들어 주상에게 속삭이질 않나……. 그걸 모두 묵과하는 것도 자연스러운 광경은 절대 아니지. 아마도, 뭔가 숨기고 있는 캐릭터라는 생각이 들어. 혹시 뭐 짐작되는 거 없어?"

강배의 목소리가 자신 없다는 투로 바뀌었다.

"아주 없는 건 아니지. 궁중을 제멋대로 활보하고 다닐 수 있는 인물은 흔치 않으니까."

"흔치 않은 게 아니라 딱 한 부류밖에 더 있겠냐?"

"왕족?"

"빙고! 근데 너는 별로 그렇다고 여기지 않은 것 같은데?"

"그게 말이지……."

강배가 조금 머뭇거리다가 말을 이었다.

"만약 소년이 왕족이라고 한다면, 그러니까 그가 일부러 거상투를 튼 소년이거나, 그게 아니라 남장을 한 여자라면……."

"남장을 한 여자?"

진석은 눈이 휘둥그레졌다. 설마 했지만 강배가 그렇게 단정적으로 나오자 자연적으로 떠오르는 인물이 있었다. '난이'였다.

"그래, 남장 여자가 분명해. 그 인물은 여자야."

"그, 그러니까, 그 여인이 '난이'라는 말을 하고 있는 거야?"

진석은 흥분해서 아예 말까지 더듬었다.

"그런 생각을 하며 번역을 한 건 사실이야. 뒤로 더 가봐야 알겠지만……. 물론 말도 안 되는 연결일 수도 있고. 하지만 아직 반도 내용을 모르잖아? 만약 그 수계가 여자라면 왜 남장을 하고 돌아다니는지부터 밝혀내야 하겠고!"

진석의 머리를 탁 치고 지나가는 게 있었다.

"그 문제는 의외로 간단히 풀릴 것 같은데?"

강배가 눈을 꺼벙하게 뜨며 진석을 째려보았다.

"난 그 부분이 제일 이해가 안 가던데?"

"바보. 책만 줄창 파대는 학자 나부랭이들은 이래서 문제라니깐. 원문만 뚫어져라 쳐다보지 말고 상상을 해봐. 상상을."

"힌트를 좀 줘봐."

"명나라, 이상인……."

"아아아. 알겠다!"

강배가 이제야 알겠다는 듯 진석의 머리를 툭 쳤다.

"공녀라는 게 원래 왕실 가족이라고 해서 안심할 수 있는 게 아니었지. 일종의 불모로 왕실 가족을 데려가려고 했을 테고, 실제로 그런 경우도 많았으니까. 세종의 입장에선 총명한 공주를 잃기 싫었을 테고, 그래서 상투를 틀게 한 거로군."

"맞아. 이제 큰 수수께끼 하나가 풀린 셈이야. 자료를 찾아보면 세종의 여러 공주들 가운데 그 나이에 맞는 인물이 있을 테니 정확하게 실명을 알아낼 수도 있겠고."

"자료를 찾고 자시고 할 것도 없을 것 같은데? 장영실과 연정이 생길 만한 인물이라면 정의공주 한 사람밖에 없을 테니까. 너도 알겠지만 세종은 여섯 명의 부인으로부터 총 스물두 명의 자녀를 낳았어. 그중 소헌왕후 심씨로부터 8남 2녀를 두었는데 공주는 딱 두 명이지. 정소공주와 정의공주. 정소공주는 1412년에 태어났고 정의공주는 1415년에 태어났는데 정소공주는 1424년 마마에 걸려서 13살의 나이로 죽게 돼. 이 일로 세종이 엄청 상심했다는 내용이 사서에도 나와 있지. 따라서 영실의 '난이'는 정의공주일 확률이 높아. 역사적으로도 정의공주는 과학분야에 관심이 많아서 한글 창제에도 기여를 했다고 하잖아."

강배가 사전을 읽듯 읊어댔다.

"설마……, 궁궐을 헤집고 다니는 그 선머슴 같은 미소년이 난이? 만약 장영실과 연분이 있었던 게 사실이라면 굉장히 드라마틱한 이야기잖아, 이거."

진석은 박수라도 치고 싶은 심정이었다.

"번역을 더 진행해보면 알 수 있겠지. 혹시 장영실이 공주와 가깝게 지내자 세종이 핑계를 대서 영실을 쫓아낸 게 아닐까 하는 생각도 들어. 공을 세운 과학자를 죽일 수는 없었을 테고. 그렇다고 용서를 하자니 그럴 수도 없고……."

"장영실이 공주랑 사귀다가 쫓겨났다? 오호 그럴듯하긴 한데, 엄격한 신분제 사회에서 과연 그게 가능했을까? 외려 영실의 고향 친구 미령이라는 인물일 수도 있는 거잖아. 그 '난이'라는 표현 말이야. 꼭 진짜 공주에게만 붙이지는 않았을 테니까. 공주처럼 자신의 모든 것을 바칠 수 있는 그런 고귀한 여인이었다는 의미도 있지 않을까?"

"네 말도 일리는 있군. 뭐, 미리 설왕설래할 필요는 없겠지. 모든 가능성은 열려 있으니까. 분명한 사실은 조선이 낳은 가장 위대한 과학자 장영실이 20여 년 동안 궁중 최고의 기술자로 세종의 총애를 받으며 승승장구하다가 그 뒤 모종의 사건에 연루되어 감쪽같이 사라졌다는 점이야."

"너의 다음 번역이 그 궁금증을 확실하게 풀어주겠군."

"완벽하게는 아니지만 대강의 흐름은 파악할 수 있겠지."

"내친김에 영실의 나이도 짚고 가는 게 좋겠어. 학계에선 장영실의 나이를 가지고 설왕설래하는 눈치인 것 같던데……."

"기록이 안 남았으니 별 수 없지."

"아까 정의공주가 1415년에 태어났다고 했던가? 장영실이 공주와 사랑을 했다고 가정한다면, 적어도 장영실은 1400년대 이후에 태어났어야 하겠지? 조혼의 풍속이 남아 있어 남녀의 나이 차가 제법 나는 시대였겠지만, 그래도 연정이 들 정도라면……."

강배가 뜸을 들이자 진석이 재차 물었다.

"그러니까 내 말은, 너의 글에 등장하는 영실의 나이가 어느 정도이냐는 거지."

진석이 나이를 중요시하게 여기는 건, 머릿속으로 돌아다니는 더 큰 퍼즐조각 때문이었다. 조선 최고의 과학자가 하루아침에 무대에서 사라졌다. 이토록 미스터리한 일은 일찍이 역사에 없었다. 그런 장영실과 정화를 연결시키려면, 나아가 다빈치와의 연관성을 찾으려면, 상대적인 나이가 맞아야 한다. 연령대가 맞지 않으면 아무리 흥미로운 구성으로 들이밀어도, 시청자들의 공감을 얻지 못할 것이었다.

"장영실은 1400년 전후에 태어났어!"

강배가 확신에 차서 대답했다

"왜 하필? 그럼 공주랑 열다섯 살 차이가 나는데, 너무 벌어지잖아?"

"장영실은 우리의 생각보다 훨씬 젊었을 것이거든. 측우기를 만들고 천문시절을 제작했다고 해서 우리는 그가 은연중에 아주 노련한 장인이었을 것으로 추측하지만, 그는 젊은 천재였어. 물론 장영실이 언제 태어났는지에 관한 기록은 없어, 왜냐하면 장영실은 노비의 신분이었기 때문에 출생연도를 기록한 문서가 전혀 없어, 대충 그의 나이를 짐작만 할뿐이야. 실록의 기록으로 유추해보면, 1442년 가마 사건으로 조선을 떠날 때, 그는 막 마흔을 넘긴 나이였을 거야. 공주랑 연정이 싹틀 나이는 아니지만, 그건 세속적인 편견일 수도 있어. 두 사람의 사랑이 남녀의 정분을 넘어서서, 존경과 우의를 담은 것이라면 충분히 가능하다는 게 내 생각이야."

"그럴듯하긴 하군. 그럼, 정화랑 다빈치는 어떻게 되는 거지?"

"장영실이 1400년 전후에 태어났으니까 그럭저럭 세 사람의 운명 띠가 비슷한 시간과 공간으로 흘러감을 관찰할 수가 있어. 정확하진 않지만 정화는 1371년 이후에 태어난 것으로 명사明史에 기록돼 있거든. 장영실과 정화는 약 25살에서 30살 정도 나이 차이가 나는 거야."

"너무 늙은 것 아닌가?"

"역사서에 의하면 정화는 예순이 넘어서도 젊은이에게 체력적으로 뒤지지 않았다는 기록이 있어. 평생을 바다를 누빈 양반일 테니. 더구나 그는 죽기 전 마지막 항해를 계획했을 테니까, 인생 말년에 장영실과 대항해에 나섰다는 가정이 충분히 성립할 수 있지 않겠어? 가만 있어보자 다빈치가 1452년생이니까 장영실과 다빈치는 나이 차이가 50세 정도 되겠군. 다빈치가 일곱 혹은 여덟 살이면, 그때 영실의 나이는 50대 후반쯤 되었을 테니, 두 사람이 인연을 만들어갈 나이로는 충분하지."

진석은 고개를 끄덕이며 수긍했다. 강배의 논리대로 그들이 역사의 어느 시점을 함께 공유한 것만은 부인할 수 없는 사실이었다.

"근데 말이야, 난 여전히 풀리지 않는 의문이 많아. 특히 그 이암인가 하는 인물 말이다. 혹시나 해서 세종실록을 뒤적여보았지만 찾지를 못했거든."

"역사서가 왕을 중심으로 기록되었다는 걸 잊은 건가. 이암이 특별히 공을 세우거나 특별히 모난 일을 하지 않은 이상 실록에 기록이 안 남았을 수도 있지. 아니면 다른 이름으로 기록이 돼 있거나. 넌 너무 의심이 많아서 탈이야."

"조작되었을 가능성도 열어두고 가잔 얘기야."

"내용을 조작할 순 있어도 500년 전의 언어를 조작할 순 없어."

"하긴!"

"그건 그렇고 네가 하는 일은 좀 어때? 지난번에 말을 했던 것 같은데 엘레나라고 했나? 그 여잔 어찌 됐어?"

진석이 머리를 긁었다.

"음, 벽에 가로막혔어."

진석은 그간 엘레나를 둘러싸고 벌어진 일들을 대강 간추려 일러주었다.

"좀 이상한 느낌이 들긴 하네. 실종 신고 내야 하는 것 아냐?"

"아직은 그럴 필요까지 있을까 싶어. 어디 여행을 갔을 수도 있는 거잖아. 전화를 안 받는 건 순전히 본인의 선택일 수도 있고……."

진석이 밖을 한번 살핀 뒤 낮은 목소리로 중얼거렸다.

"너도 조심하는 게 좋을 거야. 이미 우리의 일거수일투족이 추적당하고 있을 수도 있으니까."

강배가 피식 웃으며 대꾸했다.

"미친놈, 소설을 너무 많이 읽은 게로군."

진석이 갈 준비를 하며 기지개를 켰다.

"아무튼 번역도 좋지만 원본을 좀 소중히 다뤄달라는 얘기야. 네놈이 가게 문 활짝 열어놓고 슬리퍼 직직 끌고 술 사러 나가는 꼴을 한두 번 본 게 아니잖아. 이럴 게 아니라 차라리 전부 스캔을 떠놓는 게 어때? 혹시 잊어버리더라도……."

"스캔이라……. 그거 확실히 좋은 생각이군. 내일 일어나서 기분이 좋으면 내 특별히 그런 수고를 해봄세."

강배가 남은 술을 입에 털어 넣고는 그만 가자며 문을 가리켰다.

3

잃어버린 고리를 찾다

한성부 중부 관인방. 북한산 자락에 얽힌 청석골은 초저녁부터 개 짖는 소리로 요란하였다. 저녁이 되자 가마꾼들이 소리 소문 없이 모여들어 제 주인을 내려놓고는 부리나케 모습을 감추곤 하였다. 한 식경쯤 지나자 개 짖는 소리도 잦아들고 사위가 어둠에 잠겼다. 북한산에서 불어내린 바람이 지난가을에 짠 엾은 토담 위 지푸라기들을 우수수 흔들며 지나갔다. 어느 집에선가 어린아이 우는 소리가 자지러졌고, 계곡 깊은 곳에선 올빼미 우는 소리가 들렸다. 그렇게 또 하루가 저물고 있었다.

관인방 골짜기에 틀어박힌 병조판서 이암의 사저엔 일찌감치 대문이 굳게 잠겼다. 평소 같으면 부엌데기와 하인들이 종종 대문을 넘나들곤 하였지만 오늘은 그런 모습조차 전혀 찾아볼 수 없었다. 청석골에서 제일 크다는 아흔아홉 칸 저택은 쥐 죽은 듯 고요하기만 할 뿐이었다. 여인들이 머무는 안채와 종들이 기거하는 바깥채는 불빛 하나 흘러나오지 않았는데, 오로지 한 곳만이 바깥에서 보일 듯 말 듯 희미한 불빛을 뿌려대고 있었다. 바로 이 집의 주인인 병조판서 이암이 머무는 사랑채였다.

작은 호롱불 하나만이 홀로 깜박거리고 있었다. 그 불빛 속에서 이암을 비롯한 대여섯 명의 사내가 마주앉아 연신 주상을 성토하는 중이었다. 이암을 비롯하여 좌참찬 이정학, 한양부윤 유칠선, 도총관 하종오, 이조판서 허조가 그들이었다. 조정 안에서 친명파로 불리는 이들 몇몇 대신들은 틈날 때마다 모여 세종의 정책을 비판하며 조목조목 반기를 들었다. 그렇다고 세종이 이들의 존재를 모르는 바는 아니었다. 세종은 명나라와의 관계를 고려하여 이들의 존재를 암묵적으로 묵인하고 있을 뿐이었다.

"도천법이란 해괴한 법부터 바로 잡아야 하지 않겠습니까?"

술이 한 순배 돌고 난 뒤 이암이 먼저 운을 뗐다.

"맞습니다. 종놈에게 벼슬을 주다니요. 이 나라엔 대체 법도란게 있는 겁니까, 없는 겁니까. 전국의 유생들에게 호소하여 상소를 올리는 방법을 동원해서라도 금명간에 이 기막힌 법을 철폐하고 도천법에 의해 등용된 자들을 조정 밖으로 죄다 내쳐야 합니다."

도총관 하종오의 목소리는 더욱 분기탱천했다.

"그래도 신중할 필요가 있어요. 개혁이라는 말만큼이나 달콤한 게 없을 테니까. 만약 우리가 대놓고 목소리를 드러내다가 명나라의 힘이 약해지기라도 하면 어떻게 되겠어요?"

나이가 제일 많은 이조판서 허조는 조금 신중한 태도를 취했다.

"이번에 그 일만 해도 그렇습니다."

도총관 하종오가 다시 말을 꺼냈다.

"장영실 그 작자만 아니었다면 대감님의 아드님께선……."

이암이 손을 들어 제지했다.

"허허, 그 얘긴 더 이상 하고 싶지 않구려. 내 그 생각만 하면 아직도 부아가 가시질 않아서 말일세. 애지중지 키운 아들놈이 한번 가면 언제 돌아올지 모르는 오지로 내쳐졌으니……."

가만히 듣고 있던 유칠선이 끼어들었다.

"확실히 도천법은 철폐되어야 마땅합니다. 이 법은 원래 선대왕께서 권력을 잡으실 제 공을 세운 무뢰배들에게 벼슬을 내리기 위해 임시방편으로 만든 제도가 아닙니까? 한데 그걸 주상께서 다시 꺼내 드셨으니 해괴하기 이를 데 없습니다. 장영실이란 자로 말할 것 같으면 무뢰배보다 못한 관기의 아들일진대, 비록 손재주가 뛰어나다 한들 행사직이 다 무엇입니까? 그것도 모자라 이제는 궁궐 내외를 휘젓고 다니며 온갖 요사한 솜씨를 발휘하여 주상의 용안을 흐리고 있으니, 이 나라의 앞날이 어찌 될지 걱정이 태산입니다."

장영실과 세종을 성토하는 이들 친명파의 목소리는 밤이 깊어도 그칠 줄을 몰랐다.

"자자, 그렇다고 언제까지 신세 한탄들만 하시렵니까?"

이날 모임을 주선한 이암이 은밀하고도 작은 소리로 속삭였다.

"좋은 방법이라도 있는 겝니까?"

허조가 받았다.

"글쎄요. 좋은 방법은 아니지만 차선의 방법은 되겠지요."

"허허, 애간장 태우지 말고 어서 말씀을 해보시오."

"자, 다들 귀를 이쪽으로 기울여보시오."

모두의 이목이 이암에게로 집중됐다.

"이상인!"

허조의 눈이 커다래졌다.

"허허, 그 불알도 없는 놈을 말하는 겝니까? 아무리 그래도 어찌."

"쉿, 목소리를 낮추시오 대감, 지금 이 상황에서 우리에게 힘을 실어줄 사람이 이상인 말고 누가 있습니까? 친명파가 존재한다 한들, 명나라 조정에서 공식적으로 우리에게 어떤 힘을 실어준 것도 아니고 그렇다고 명나라 사신이 노상 한양에 상주하는 것도 아니고."

"그래서요?"

이암이 입꼬리를 한쪽으로 올리며 보일 듯 말 듯 웃었다.

"만나야지요. 이상인으로서는 우리의 방문이 반갑기 그지없을 것입니다. 떠들썩하게 제 나라로 돌아왔지만 이득을 볼까 하는 파리떼만 구름같이 모여들었지, 아직 이 조정 안에서 꿔다놓은 보릿자루 아니겠습니까? 제가 야심이 있다 한들, 도와주는 오른팔이 없다면 다 허사겠지요. 그자도 분명 이쪽의 상황을 지켜보고 있을 겁니다."

허조가 고개를 끄덕이며 물었다.

"만나서 뭐라고 하실 생각입니까?"

"글쎄요. 지금 당장 무얼 한다기보단, 우선 그자의 속내를 알아내야겠지요. 표면적으로는 진헌사의 수장 역할을 하는 듯 보이나 다른 꿍꿍이가 있을 겁니다. 그게 아니라면, 명나라에서 덜컥 조정의 요청을 받아주었을 리가 없겠지요."

"그럼 첩자라도 된다는 말씀입니까?"

"허허, 말조심들 하시지요."

이암이 손가락을 입으로 가져갔다.

이암은 잠시 말을 멈추고 벽에 어른거리는 제 그림자를 들여다보았다. 들창을 뒤집고 들어온 바람에 그림자가 일렁일렁 춤을 추었다. 강원도 오지로 발령 받아 내려가던 아들이 떠올라 이암은 자신도 모르게 이를 빠드득 갈았다. 어차피 한번은 치러야 할 전쟁이었다. 권력의 중심으로 나아가느냐, 이대로 도태되느냐 하는.


이틀 후, 이암은 건장한 하인 하나만 대동한 채 은밀히 이상인을 찾아갔다. 유시(오후 5시~7시)가 조금 지난 시각이었다. 목멱산 입구에 자리한 이상인의 집은 최근 그 위세를 반영하듯 곳곳에 기름기가 흘렀다. 부엌과 마당으로 하인들이 분주히 돌아다녔고 우뚝 솟

은 솟을대문은 이곳이 새집이라는 걸 말해주는 듯 멀리서도 소나
무 향이 진동하였다. 짐을 한가득 싣고 안채 깊숙한 곳으로 들고
나는 짐꾼들의 모습도 보였다.

"사람을 부를깝쇼?"

대문 앞에서 걸음을 멈춘 하인이 물었다.

"아니다. 그냥 들어가보자."

그들이 안으로 들어서기가 무섭게, 청색 단령을 말끔하게 차려
입은 늙은 집사가 앞을 가로막았다. 마치 대문 안쪽에서 외부인의
동태를 미리 파악하고 있었다는 태도였다.

"흠, 뉘시온데……."

누군데 함부로 남의 집에 들어오냐는 태도로 집사가 물었다.

"험, 물러서시오. 이분은 병조……."

이암이 하인의 입을 틀어막았다.

"이놈, 어디서 망발이냐."

하인이 집사의 귀에 대고 소곤거리자 집사의 태도가 달라졌다.

"우선 안으로 드시지요. 소인이 먼저 가서 나리께 말씀 올리겠습
니다."

집사가 가죽신을 끌며 마당 왼쪽으로 돌아간 뒤, 이암과 하인은
중문 앞에 서서 잠시 기다렸다. 저 멀리서 사랑채 문이 열리고 이
상인이 느린 동작으로 방을 나서는 게 보였다. 이암은 헛기침을 몇
번 한 뒤 사랑채 안마당으로 다가갔다.

"아니, 병판 어른이 여긴 어인 일로……?"

이상인이 마당으로 내려와 이암을 맞았다.

"상의할 일이 있어 내 친히 이렇게 들르게 됐소이다."

"어서 드시지요."

방으로 들어가자 이상인은 호랑이 가죽으로 만든 등받이 앞에 가부좌를 틀고 앉았다. 호랑이는 금방이라도 살아서 포효를 하듯 양 발을 날카롭게 치켜든 채 이암을 노려보았다. 태백산에서나 가끔 잡힌다는 근래에 보지 못했던 젊은 암호랑이였다. 이암은 순간적으로 몸이 위축됐으나 이내 자세를 바로 하고 앉았다. 벽에 걸어놓은 활과 화살을 제외하면 여느 사대부의 사랑채와 크게 다르지 않았다.

"차를 하시렵니까, 아니면…….""

방금까지 손님이 있었는지, 출입문 근처에 다완이 여러 개 놓여 있었다. 이상인이 아랫것들을 부르려는 걸 이암이 손을 들어 제지했다.

"괜찮소. 방금 잔뜩 저녁을 먹고 오는 길이라서."

대화가 멈춘 자리에 팽팽한 긴장이 방안에 똬리를 틀고 앉았다. 이상인은 깊이를 알 수 없는 온화한 표정으로 어느 날 저녁 불시에 찾아온 방문객을 맞이하는 중이었고, 이암은 이암대로 이상인의 속내를 가늠하느라 공연히 헛기침을 내뱉었다.

그러나 이 긴장은 애초부터 이암에게 불리한 것이었다. 조정 내 품계상 진헌사 책임자는 종2품이니 병조판서보다 서열이 낮았다.

더구나 상대는 천대받는 내관 출신이 아니던가. 그런데 이런 품계를 무시하고 은밀히 본인을 찾아왔으니, 이상인으로서는 아쉬울 것이 없는 상황이었다. 비록 조정 안에서 목소리를 내는 병조판서라 할지라도, 그 역시 다들 그렇고 그런 관리들처럼 스스로의 필요에 의해 문턱을 넘어왔을 테니까.

"그래, 무슨 하실 말씀이라도."

이상인이 피곤한 기색을 내비치며 침묵을 끊어냈다.

"나라의 안위를 위해 긴히 의견을 구할 일이 있어서 찾아왔소."

"나라의 안위라……. 저는 병판의 말씀을 당최 이해할 수가 없군요. 듣자 하니 우리 주상은 보기 드문 성군이요, 백성들은 해마다 풍년가를 부르며 풍요로운 시대를 열고 있다는데, 나라의 안위라니요? 어디서 외적이라도 쳐들어왔답니까?"

속내를 알 수 없는 이상인의 화법에 이암은 목청이 타는 걸 느꼈다.

"기왕이 이리 마주했으니 내 이 대감을 믿고 속내를 말씀드리리다. 이 대감도 아시다시피 지금 이 나라는 새로운 도약의 시대를 맞이하고 있소. 하지만 그와 같은 도약의 뒤에는 어두운 그림자도 숨어 있는 게 사실이오. 이를테면……."

"……이를테면?"

이암이 머리에 썼던 갓을 벗어 내려놓고 말을 이었다.

"이 대감도 아시겠지만 일찍이 제나라 선왕이 맹자에게 이웃 나라와의 교린에 대해 물은 적이 있지요. 이때 맹자가 대답하기를 작

은 나라 임금이 큰 나라를 섬기는 것은 지혜로운 일이라고 대답한
바 있지요. 사대교린事大交隣 정책을 지지하자는 게 아니라, 어버이에
대한 당연한 도리를 말씀드리는 겁니다. 개국 초에 태조께서 경제
육전을 만들어 이를 명문화하고 해마다 하정사賀正使와 성절사聖節使,
동지사冬至使 등을 보내 황제를 배알토록 한 것도 다 이런 연유가 아
니겠소?"

"그렇겠지요……."

"한데 지금의 주상이 들어선 이래로, 겉으로는 명을 받드는 척
선심을 다하고 있으나 뒤로는 이반을 일삼는 이중적 태도를 거듭
취해왔소. 그 대표적인 예가 바로 천문과학에 대한 주상의 지나친
관심이지요. 조선만의 역법을 만들겠다고, 기회가 있을 때마다 대
신들을 은근히 선동함은 물론이요, 몇 해 전 느닷없이 도천법이란
것을 시행하여 종놈들까지 관복을 입혀 궁궐 안을 어깨를 건들거
리며 돌아다니도록 만들었으니, 그 모양새가 해괴하기가 그지없지
않소. 신하가 어찌 어버이의 법을 따르지 않고 이반을 도모한단 말
이오? 조선의 역법이란 게 가당키나 한 소리오?"

조용히 듣고 있던 이상인이 입을 열었다.

"대감의 의중을 모르는 바 아닙니다만……, 비록 어버이의 나라
라고 해도 같을 수 없는 게 있지요. 이를테면 언어가 다르니 글자
가 같을 수 없고, 땅이 붙어먹은 위치가 다르니 시간이 같을 수 없
고, 계절이 다르니 의복이 같을 수 없고……."

"그렇다면 대감은 작금 조정에서 벌어지는 일들이 이해가 가신다는 말씀이오?"

"그런 건 아닙니다. 다만, 나 역시도 오랫동안 명나라 황실에 종사해왔지만 태생적으로 조선 사람이란 얘길 하고 싶은 거지요."

듣기에 따라서는 알쏭달쏭한 말이었다. 방에 들어올 때부터 이상인은 예사로운 눈빛과 말투로 일관했다. 자신의 주장에 힘을 얻고자 찾아온 이암으로선 힘이 빠질 수밖에 없었다.

"그렇다면 조선이 이대로 망가지는 걸 지켜보잔 말씀이오?"

"그런 뜻이 아닙니다. 조금 더 지켜보자는 게지요."

"흠, 아무리 두드려보아도 대감의 의중을 알 수가 없구려."

이암이 표정을 굳히며 짐짓 벽 쪽으로 돌아앉았다.

"기왕에 예까지 오셨으니 제가 작은 선물을 하나 드리긴 해야 할 테지요."

잠시 침묵을 지키던 이상인이 입을 열었다.

"선물이라?"

이암은 귀가 번쩍 뜨였다.

"그렇습니다. 이건 대감의 안위와도 관련이 있는 일이지요. 지금 조정 안에서 주상에 대항하여 대감을 위시한 몇몇 대신들이 사사로이 모임을 갖고 있다는 소문이 파다합니다. 이게 무얼 뜻할까요? 지금은 아니지만 언제고 주상에 의해 밑동이 싹둑 잘릴 수 있음을 의미하기도 합니다."

이암은 몸서리를 쳤다. 생각만 해도 두려운 얘기였다.

"신하의 나라가 어버이를 따르자는데 어찌 주상이 우리를 사사로이 내칠 수 있겠소."

"후후, 그러긴 해도 몸조심 하는 게 좋을 겝니다. 그런 의미에서 기왕이면 안전장치를 하나 마련해놓는 것도 나쁘지 않을 테지요."

"안전장치라니 무얼……."

"이리 가까이 다가오시지요. 내 분명히 말씀드리지 않았습니까? 대감이 이리 오셨으니 작은 선물을 드리겠다고. 듣자하니 대감의 아들이 지난번 경연대회의 불경으로 인해 강원도 오지로 좌천되었다 들었소. 그 아들을 이용하시는 건 어떠신지. 무슨 얘기인고 하니, 주상 전하께 둘째 따님인 정의공주를 며느리로 달라고 주청을 하란 말이외다. 주상의 입장에선 껄끄러운 병판 대감을 자신의 편으로 끌어들이는 일이니 마다할 이유가 없을 게요. 병판의 입장에선 조정 안의 입지가 한결 넓어질 것이고……. 어떻습니까?"

이암으로선 머리를 한 대 얻어맞은 듯한 충격을 받았다. 주상에게 혼기가 찬 딸이 있다는 건 익히 알고 있었지만 감히 혼사를 생각해본 적이 없었기 때문이다. 도대체 이자는 무엇을 믿고 그와 같은 일이 실현되리라고 입에 올리는 걸까.

"그렇게만 된다면야 무얼 더 바라겠소만, 과연 주상께서 그 일을……."

"하하하."

이상인이 매끄러운 턱을 문지르며 너털웃음을 지었다.

"상대의 약점을 찾아야지요. 약점을."

"약점을 찾는다?"

"그렇소. 내 한 가지 제안을 하리다. 만약 내가 손을 써서 그 일을 성사시키면 대감은 나에게 무엇을 줄 수 있소?"

이상인의 말투가 짐짓 거만하게 변해갔다.

"글쎄올시다……. 그렇게만 된다면 무얼 못 하겠습니까. 혹시 좋은 계획이라도 가지고 계신 겁니까?"

"아, 있지요. 있고말고. 단박에 주상을 무너뜨릴 세 치 혀를 가지고 있지요. 그건 그렇고 일이 성공하면 무얼 주실 수 있겠습니까?"

"혹시 특별히 원하는 거라도?"

이암이 심각한 표정을 짓자 이상인이 손을 저었다.

"하하, 농담이요. 농담. 그 얘긴 차차 하기로 하지요."

무엇이 그리 우스운지 이상인은 벽을 향해 큰 소리로 웃어 젖혔다. 과연 세간의 소문대로 그 속을 알 수 없는 무서운 자라는 생각이 들었다.

'흥, 네놈이 나를 가지고 노시겠다?'

이암은 중치막 소매 속에 넣어둔 두 주먹을 불끈 쥐었다.


병조판서 이암이 세종을 찾아간 것은 그로부터 닷새가 지난 어느 날이었다. 사사건건 따라붙는 사관들을 겨우 물리치고, 왕을 가까이서 호종하는 장번내시까지 물린 뒤에 세종과 잠깐 독대를 할 수 있었다. 술시로 접어든 밤이었다. 세종은 병조판서의 독대를 쾌히 받아들였고 수라상까지 차려 올리게 하였다. 그러나 독대는 오래가지 않았다.

"자네의 장남과 내 여식을 맺어주고 싶다?"

세종은 시름에 잠긴 얼굴로 이암을 건너다보았다.

"그러하옵니다……."

무겁고 긴 침묵이 흘러갔다.

세종의 머릿속은 복잡했다. 혼기가 찼으니 정의공주의 짝을 찾는 건 당연한 일이었다. 거기에 정치적인 균형을 생각한다면 병조판서의 집안에 딸을 시집을 보내는 것도 나쁜 선택이 아니었다. 병판과 사돈의 관계를 맺게 된다면 사사건건 자신의 말을 트집 잡고 나서는 조정 내 반대 세력을 견제할 수 있는 최상의 수였다.

그러나 세종은 병조판서가 탐탁지 않았다. 물욕이 강하고 이재에 밝은 자라는 평판 때문만은 아니었다. 세종은 첫째 딸 정소공주가 죽은 뒤 둘째인 정의공주에 모든 사랑을 쏟아왔다. 어릴 때부터 호기심이 많고 학식이 뛰어났던 정의공주는 자라면서 세종의 말벗이자 학문적 동지가 돼주었다. 세종은 그런 둘째 딸을 조금 더 가까이 두고 싶었던 것이다.

"그 얘기라면 아직은 때가 아닌 것 같네. 조금 더 시간을 두고 생각해봄세."

세종은 앞에 놓인 잔을 입으로 가져가며 한숨을 내쉬었다.

긍정도 부정도 아닌 답변이었다.

"그럼, 일간 다시 찾아뵙겠사옵니다."

이암은 허리를 깊게 숙인 뒤 자리에서 물러났다.


영실은 해질녘의 한양 거리를 바라보며 기지개를 켰다. 해는 이미 서쪽으로 기울어 무악산엔 벌써부터 붉은 기운이 감돌았다. 언제나 그렇듯 궐외각사 주변은 분주히 오가거나 거리에 서서 물건을 파는 사람들로 시끌시끌하였다. 사람들을 채찍으로 가르며 지방에서 올라오는 전령들이 궁성을 향해 먼지를 일으키며 달려가는 모습을 볼 수 있었다. 불이라도 났는지 멀리 보이는 왕십리 방향에서는 연기가 자욱하였다.

영실은 손에 든 비차 모형을 유심히 내려다보았다. 몇 달 전부터 영실은 하늘을 나는 탈것의 연구에 매달리고 있었다. 새를 관찰한 뒤, 그 날개 모양을 본떠 바람을 이겨낼 수 있는 비차의 골격을 완성한 다음 그것을 축소한 모형을 제작하여 손에 들고 실험을 해볼 만한 장소를 찾아다니고 있었던 것이다.

영실은 보다 큰 비차에 매달려 하늘로 날아가는 자신을 상상했다. 주상이 계시는 궁궐을 위에서 내려다보다가 한 바퀴 원을 그린 다음, 궁궐의 높은 담을 가뿐히 넘어가 운종가를 가로지른 뒤, 멀리 마포나루 모래사장에 사뿐히 내려앉는 것이다. 한 마리 새가 되는 것이다. 새가 되어 한양을 벗어나도 보고, 산맥과 강을 지나 저 멀리 유년의 추억이 서린 동래에 닿을 수 있다면. 동래현, 관아 뒷산 언덕배기에 어머니의 무덤이 있다. 영실은 오늘따라 어머니가 몹시도 그리웠다.

어린 시절, 마당처럼 뛰어놀던 동래현 뒤뜰이 아슴아슴하게 떠올라 영실은 저도 모르게 한숨을 쉬었다. 어릴 적, 영실은 여느 아이들과 마찬가지로 어머니의 속을 썩이는 사고뭉치였다. 어머니가 몇 번이나 글을 가르치려고 했지만 밖으로만 떠돌 뿐이었다. 영실은 아이들과 어울려 술래잡기를 하다가 장독 뚜껑을 깨뜨리기도 했고, 고기를 잡으러 갔다가 길을 잃어버려 밤늦게 돌아오기도 하였다. 그럴수록 어머니는 속이 달았다.

"어머니, 천민이 글을 배워 뭐에 씁니까? 저는 불행해지고 싶지 않습니다. 그러니 제게 글을 가르치려고 하지 마세요."

영실이 반항할 때마다 어머닌 눈물을 흘리며 회초리를 들었다.

"너는 어찌하여 출세를 위해 배움을 생각하느냐."

영실이 볼멘소리로 물었다.

"벼슬을 할 것도 아닌데 왜 글을 배우나요?"

회초리가 종아리로 날아들었다.

"이놈아, 인간이기 때문에 글을 배우는 거다. 학문에는 귀함도 천함도 없으니 그럴수록 부지런히 글을 익혀야 한다."

어머니의 간곡한 타이름에 영실은 차츰 마음을 열고 글을 배웠다. 어머니가 일찍 돌아가시지만 않았어도 벼슬을 해서 호강하는 모습을 보여드릴 수 있었을 텐데…….

어머니는 영실이 열일곱 살 되던 해 병으로 죽었다. 눈이 녹으며 사방에 봄이 오던 어느 날이었다. 어머니는 정식 장례 절차를 거치지도 못한 채, 지게에 실려가 관아 뒷산 언덕배기에 묻혔다. 어머니와 고락을 함께 했던 늙은 관기들 대여섯 명이 눈물을 흘리며 그 뒤를 따랐을 뿐이다. 영실은 그 슬픈 봄날 풍경을 지금도 또렷이 기억하고 있다.

"아하, 여기 있었네. 무엇을 그리 생각하시우?"

영실은 긴 꿈에서 빠져나온 얼굴로 문득 뒤를 돌아보았다. 상투 소년이 천진난만한 얼굴로 다가와 등 뒤에 바싹 붙어 서서 웃고 있었다.

"아, 뭘 좀 생각하느라……."

영실은 자신도 모르게 얼굴을 붉혔다. 소년 앞에 서면 왜 얼굴이 붉어지는지 알 수 없었다. 영실은 공연히 헛기침을 하며 몇 발짝 물러났다.

"오늘 고가<sup>告暇28)</sup>를 청해 쉰다고 하던데, 왜 여기 있소?"

"그걸 어찌 알았습니까?"

"에이, 어찌 알긴. 아까 상의원에 갔다가 만복이한테 들었지."

영실이 얼굴을 붉히자 소년이 수다스럽게 떠들었다.

---

28) 필요할 때 청하던 휴가.

"쉬는 날인데 이런 한적한 곳에서 혼자 뭘 하슈?"

"고향 생각도 나고 해서……."

"에이, 향수병에 걸린 거요? 향수병엔 먹는 게 최고지. 이거 드슈."

소년이 허리춤에서 고구마 하나를 꺼내 반으로 분질렀다.

"고, 고맙습니다."

멀리서 지켜보는 나인들의 눈길을 느끼며 영실은 고구마를 받았다.

"고맙긴, 근데 뭘 하고 있었냐고 물었소."

"비차를 만들고 있었습니다. 저기 저 파란 하늘을 마음껏 날아가는 새들처럼, 저도 하늘을 날고 싶습니다."

영실의 시선이 해가 기울고 있는 한강 너머로 향했다.

"흠, 그러니까 여기 연처럼 생긴 이 커다란 물건으로 하늘을 날 수 있다, 이 말이오?"

소년이 영실의 발치에 놓인 비차를 가리켰다.

"그렇습니다. 보시다시피 연과 같은 원리지요. 바람의 변화를 잘 감지한다면……. 아직 완성단계는 아니고 조만간 대나무와 천을 이용해 시험을 해볼 생각입니다. 이건 그 전에 미리 만들어본 거지요."

소년이 자리에서 벌떡 일어나 하늘을 가리켰다.

"그게 정말이쇼? 이햐, 대단한데. 사실 나도 날아가는 새를 볼 때마다 날개를 가진 게 그렇게 부러울 수 없었소. 만약 장 사직의 발명품이 성공한다면 그건 정말 대단한 업적이 될 것이오."

"업적이라뇨. 이건 그냥 장난감 같은 겁니다."

"아무렴 어떻소. 하늘을 날 수 있다는 게 중요하지. 이럴 게 아니라 내일 당장 시험을 해 봅시다. 하늘을 나는 일보다 더 급한 게 어디 있겠소?"

소년은 신이 나서 재잘거렸다.

"아직은 연구가 더 필요합니다. 날개에 수평을 맞춰야 하는데 아직 그 방법을 찾지 못했지요."

"그렇다면 기다리리다. 하지만 시험을 하는 날, 반드시 날 불러야 할 거요."

소년이 해맑게 웃으며 손가락을 내밀었다.

영실은 반드시 그렇게 하겠다며 손가락을 마주 걸었다.


어제 저녁까지 부슬부슬 내리던 비가 말끔히 개 있었다.

영실은 아침 일찍 일어나 실험 장비를 챙겼고 만복이 그런 영실을 도왔다. 경연대회에서 장원을 한 뒤 영실의 몸은 훨씬 자유로워졌다. 제조의 간단한 허락만 맡으면 자신이 만들고 싶은 것, 실험하고 싶은 것들을 마음껏 해볼 수 있었다. 주상 전하의 특별한 하명이 떨어진 터라 은근히 영실을 무시하던 제조도 못 이기는 척 눈감아주었다.

영실 일행이 향한 곳은 무악산이었다. 영실은 일찍부터 비차의 실험 장소로 무악산을 점찍어놓고 있었다. 궐 서쪽에 자리한 무악산은 민가가 적고 강바람이 일정하게 불어서 실험 장소로 그만이었다. 야트막한 산비탈에 올라서면 멀리 한강이 조망되었고, 비스듬한 구릉을 형성하고 있어서 비차가 실패한다 해도 어느 정도 몸을 보전할 수 있을 것 같았다. 영실은 자신이 직접 날틀에 올라 실험해볼 생각이었다. 비차에 매달려 바람을 받으며 종로 거리와 한강까지 날아가는 상상을 수백, 수천 번도 더 해본 터였다.

영실이 대나무로 이어 붙인 새 날개 같은 것을 가지고 거리로 나서자 벌써부터 아이들이 따라붙기 시작했다. 전체 길이는 10척쯤 되었으며 양쪽으로 펼친 날개 길이도 그와 비슷했다. 대나무를 정교하게 휘어 날갯살을 만들고 그 위에 무명과 종이를 덧댄 형태였다. 앞부분에는 새 머리 모양을 만들어 붙였으며 꼬리 쪽에도 새 꼬리날개를 모방하여 수직으로 뻗은 날개를 만들어 붙였다.

"이놈들아, 저리 가거라. 저리 가란 말이다."

만복이가 아이들을 연신 쫓아댔지만 아이들은 굴하지 않았다.

"구경꾼이 있어야 더 신나지 않겠니. 그냥 가자."

영실은 자신의 어릴 적이 생각나 아이들을 그냥 놓아두라고 만복에게 일렀다. 산등성이에 도착했을 때 구경차 따라 나온 어른들까지 합해 그 수가 쉰이 넘었다. 영실은 비차를 든 손에 더욱 힘을 주었다. 아이들 앞에서 멋지게 성공을 해 보이고 싶었다.

정상에 오르자 저편에 미리 와서 기다리고 있는 일행이 있었다. 소년과 그의 곁을 그림자처럼 따라 붙곤 하는 나인들이었다. 산등성이에 아무렇게나 핀 흰 백합 꽃대를 이리저리 헤집어가며 소년 일행이 가까이 다가왔다. 영실의 손에 든 것을 보자 소년의 눈이 천진하게 빛났다. 영실은 소년이 잘 볼 수 있게 비차를 펴서 보여주었다.

"와, 정말 크다. 이게 정말 날았으면 좋겠다."

소년은 자신도 모르게 박수를 치며 좋아했다.

"흠흠, 근데 이게 말요. 대체 어떻게 뜬다는 거요?"

"새가 나는 원리를 적용했습니다. 비록 새처럼 날개를 움직이지는 못하지만, 바람의 흐름에 날개가 얹히기만 하면 틀림없이 날 수 있을 겁니다."

"바람의 흐름에 몸을 얹는다?"

"그렇습니다. 바람에도 저마다 길이 있지요. 땅 위의 길들은 막혀 때론 돌아가거나 배를 타야 하지만 바람의 길에는 어떤 장애물도 없습니다. 이 녀석이 바람의 길만 찾는다면 저 강과 바다도 단숨에 뛰어넘을 수 있을 겁니다."

"좋아, 좋아. 구경꾼도 제법 많으니 어서 시작을 해보슈."

영실은 새 날개 모양의 거대한 날틀을 머리에 이고 언덕 제일 높은 곳으로 올라갔다. 만복이가 낑낑거리며 뒤에서 비차를 받쳤다. 사람들이 숨을 죽인 채 영실과 만복을 지켜봤다. 영실은 바람을 느끼듯 한동안 눈을 감고 그 자리에 서 있었다. 영실은 바람이 뺨에 와 부딪힐 때마다 미묘하게 방향을 바꾸었다. 가장 최적의 바람이 불어올 때, 그 바람 위에 비차를 올려놓고 말겠다는 태도였다.

"지금이다!"

어느 순간 영실이 만복에게 소리를 질렀다. 동시에 영실이 비차에 의지한 채 훌쩍 날아올랐다. 비차와 영실은 비스듬한 언덕을 따라 빠른 속도로 미끄러져 내려갔다. 영실의 발끝이 땅 위에 솟은 나뭇가지들을 스치고 지나갔다. 구경하던 어른과 아이들이 어어, 소리를 지르며 비차에 탄 영실을 눈으로 좇기 시작했다. 눈 깜짝할 사이에, 영실의 모습은 낮은 구릉을 날아올라 소나무가 우거진 언덕 밑으로 사라져버렸다.

"앗! 어떻게 된 거지. 빨리 아래로!"

소년이 놀라 만복에게 소리를 질렀다. 뒤늦게 정신을 차린 만복은 비차가 사라진 언덕으로 줄달음쳐 내려갔다. 그 뒤를 소년과 나인들이 따랐다.

"저기에 있다!"

아이들이 먼저 영실을 발견하고 소리를 질렀다. 영실이 타고 내려갔던 비차는 20년쯤 자란 소나무 가지 위에 얹혀 있었다. 날개가 부러지고 몸통도 여러 개로 토막이 난 상태였다. 영실은 나뭇가지 사이에 몸이 거꾸로 끼어, 우스꽝스러운 모습으로 몸을 비비적거렸다. 아이들이 그 장면을 발견하고 까르르 웃음을 터뜨렸다.

"이놈들, 썩 꺼지지 못해!"

만복이 아이들을 쫓아낸 뒤 나무 위로 올라가 영실을 끄집어 내렸다. 영실은 멍한 얼굴로 허공을 바라보고 있었다.

"영실아, 살아 있니?"

만복이 영실의 몸을 일으키며 귀에 대고 속삭였다.

"해냈어. 날 수 있다고!"

영실이 기쁨에 겨워서 연신 소리를 질렀다.

"새 흉내도 좋지만 잘못하면 죽을 뻔했어."

만복이 눈을 흘겼다.

"어, 이 피 좀 봐."

땅으로 내려왔을 때 영실의 이마에 피가 흐르고 있었다. 걱정스런 얼굴로 지켜보던 소년이 영실 앞으로 바투 다가와 앉았다. 영실이 미처 말릴 틈도 없이 소년이 입고 있던 적삼 자락을 쭉 찢어냈다. 그런 다음 주변을 두리번거리다가 근처의 쑥대 하나를 발로 누른 뒤, 잎을 뜯어내 입으로 잘근잘근 씹었다. 소년은 입에 물었던 쑥을 영실의 상처에 붙인 뒤, 방금 찢어낸 천을 영실의 이마에 둘렀다.

"제가 하겠습니다. 근데 쑥이 지혈에 좋습니까?"

영실은 어쩔 줄 몰라 하면서도 그런 소년이 싫지가 않았다.

"몰랐수? 쑥에는 온경지혈溫經止血 효능이 있으니 조금만 참으슈."

무안해진 소년은 나무에 걸린 비차로 눈길을 주었다.

"그런데 말이요. 다음엔 혼자만 타지 말고 나도 좀 태워주쇼. 새처럼 하늘을 나는 게 어떤 기분인지 나도 꼭 좀 느껴보고 싶으니까. 한데 기분이 어땠소? 발이 허공으로 떠올랐을 때……, 나는 새처럼 자유를 느꼈소?"

"네, 한 마리 새가 되어 더 멀리 날아가고 싶었습니다."

"나도 같이 날아가고 싶소. 다음에는 나도 꼭 끼워주시오."

영실의 두 볼이 붉어졌다.

"그러지요. 다음엔 더 큰 놈을 만들어서……."

소년의 따스한 손길에 영실은 더 말을 잇지 못했다.

자신도 모르게 눈물이 흘러나왔기 때문이다.

온종일 뜨겁게 대지를 달구던 해는 저 멀리 마포나루 너머에 힘
겹게 걸려 있었다. 두 달 가까이 가뭄이 계속된 탓에 초목엔 먼지
가 가득 쌓였고 대궐의 우물도 그 깊이가 한 자나 더 밑으로 내려
갔다. 오후 나절이면 무악재를 넘어 내려와 나무를 팔고 가곤 하는
시상柴商들의 우마차에도 뽀얗게 먼지가 달라붙곤 하였다. 저녁나
절, 퇴근하는 육조의 관리들과 찬거리를 사러 나온 여염집 아낙네
들을 대상으로 잡화를 팔곤 하는 잡상인들의 나귀 소리도 오늘은
어딘지 모르게 힘이 없어 보였다.

주상은 벌써 반 시진 가까이 경회루 2층 난간에 앉아 있었다. 시
선은 누각 아래 잉어들이 헤엄치는 물속을 향하고 있었지만, 머릿

속은 일찌감치 궁궐의 높은 담을 뛰어넘어 백성들이 모여 사는 골목길을 헤아리고 있었다. 주상은 최근 들어 부쩍 경회루에 자주 행차하였다. 대신들과 한바탕 실랑이를 한 직후이거나, 경연을 마치고, 혹은 종각에 들러 제를 올리고 돌아오다가 가마를 경회루로 돌리게 하여 누각 아래 물속에 시선을 던져 놓고 짧을 땐 반 시진을, 어떤 땐 두 시진 가까이 사색에 잠기곤 하였다.

경회루를 만든 이는 주상의 아버지 이방원이었다. 한양으로 도읍이 정해질 때만 해도 작은 누각이 하나 있었을 뿐인데 약 20여 년 전 정면 일곱 칸, 측면 다섯 칸의 건물을 새로 짓고 팔작지붕을 얹어 경회루라 하였다. '경회慶會'의 뜻은 당시 하륜이 태종의 명을 받아 올린 기記에 자세히 나와 있는 말로 '임금과 신하가 덕으로 만나야 함'을 의미하는 말이다. 원래는 사신 접대 등을 목적으로 지어졌는데, 최근 들어서 세종은 이곳에서 두 차례의 기우제를 지내며 기상관측을 위한 천문대를 지을 궁리를 하고 있었다.

"아바마마, 무엇을 그리 오래 생각하십니까?"

정적을 깨뜨린 것은 주상의 등 뒤에 미동 없이 섰던 둘째 딸이었다.

"하늘의 마음을 움직일까 생각하고 있었다."

주상은 사랑이 가득한 얼굴로 둘째 딸인 정의공주를 바라보았다. 주상이 경회루 2층으로 행차할 때는 승전내시까지 뿌리치고 혼자 오르곤 했는데, 딱 한 사람 정의공주만이 예외였다. 주상이 2층 누각에 올라 연못 아래 시선을 놓아두고 있을 때면, 그림자처럼 살며시 나타나 주상의 곁으로 다가들고는 했다. 정의공주는 주상이 정실에게서 얻은 두 번째 딸이자 세 번째로 얻은 아이였다. 언니 정소공주가 죽은 후에도 유일하게 남은 적녀였기에 공주를 향한 주상의 사랑은 그 누구보다 남달랐다.

"사람이 감히 하늘의 마음을 어찌 움직이겠습니까?"

"그게 무슨 소리냐?"

주상은 자세를 고쳐 앉으며 헛기침을 한번 하였다.

"하늘은 있는 그대로 하늘이오니 하늘의 뜻을 읽어낼 수는 있으되 하늘을 움직이는 것은 감히 인간의 영역이 아닌가 하옵니다."

"흠, 그게 무슨 말이야?"

그 뜻을 모르는 바 아니었으나 주상이 시치미를 떼고 물었다.

"하늘의 해와 달, 무수한 별들은 계절의 변화가 그렇듯 주기를 지니고 있습니다. 인간으로 하여금 자신들의 주기를 읽게 하여 길흉화복을 예비할 수 있도록 할 뿐이지요."

"주기를 잘 읽어야 한다?"

"그렇습니다."

주상과 정의공주의 시선이 한곳에서 만났다.

"너와 나는 같은 생각을 하고 있구나."

정의공주는 대답 대신 살포시 웃어 보였다.

"우수한 과학자들을 선발하여 또다시 명으로 보낼 생각이다. 몇 해 전부터 고민 중인 역법 문제를 이번 기회에 마무리 짓고 싶구

나. 한양의 일출과 일몰 시간을 기준으로 우리 풍토에 맞는 역법을 개발하여 최초의 본국력 本國曆 을 만들어 명나라 대통력과 함께 사용할 생각이다. 천자의 역법에서 우리 것을 이끌어낸 것이니, 명나라에서도 크게 문제 삼지 못할 것이다. 또한 백성들이 쉽고 편안하게 사용할 수 있는 우리 글자를 만들어 널리 백성들의 삶을 이롭게 할 생각이니, 너 역시 나를 거들어야 한다. 농사를 잘 지으려면 농사 짓는 법을 알아야 하는데 아무리 책을 내려 보내도 백성들이 까막눈이니 안타깝기 그지없구나."

"여부가 있겠습니까, 아버님."

"요즘 북경에 가면 서양에서 온갖 문물이 들어와 요상한 것들이 많이 유행한다는구나. 세상은 하루가 다르게 변해 가는데, 우물 안 개구리처럼 가만히 앉아 있을 수는 없는 일이니 말이다. 오랑캐의 것이라고 해서 무조건 배척할 게 아니라 우리 실정에 맞게 취할 것은 취하고 버릴 것은 버리면 되는 거다."

정의공주는 얼마 전 비차를 만들어 시험했던 영실을 이야기했다.

"허허, 하늘을 나는 것을 만들고 있다고, 그게 사실이냐?"

"예, 제가 두 눈으로 확인을 했습니다."

"허허허, 대견한지고. 그래서 내가 장영실을 북경에 자주 보내는 거란다. 장영실은 눈으로 본 것들은 하나도 놓치지 않고 죄다 머릿속에 가지고 오니 말이다."

세종의 얼굴에 따스한 미소가 흘렀다.

"이번 북경 행차에도 장 사직이 포함되는 것이옵니까?"

"암, 그럼."

정의공주는 환하게 웃으며 고개를 숙였다.

가뭄이 지속되면서 세종의 근심은 더욱 커져갔다. 가뭄의 원인을 이제는 하늘만 탓할 수도 없었다. 비가 자주 오는 시기와 절기를 제대로 알지 못하여 생긴 문제이기도 했기 때문이다. 여름철 장마의 경우, 명나라 절기법은 늘 어긋나기 일쑤였다. 아직 철이 아닌데도 느닷없이 비가 쏟아져 애써 가꾼 농작물들을 모두 쓸어가는 날이 잦았다. 북경과 한양의 높낮이가 달라 절기도 다를 것이었는데, 막상 그것을 계산해내자니 자연스레 명나라 조정의 눈치가 보였던 것이다. 여기에 사대주의에 찌든 대신들도 문제였다.

새로운 글자를 만들겠다는 세종의 생각도 마찬가지였다. 명나라를 향한 일부 대신들의 뿌리 깊은 사대주의 앞에서 세종은 대놓고 한글 창제를 추진할 수 없었다. 뜻을 가지고 통하는 한자는, 발음과 그 뜻이 전혀 무관하여 읽는다고 해도 그 의미를 헤아리기 어려웠다. 경회루에 앉아 세종이 요즘 매달리고 있는 문제 가운데 하나는 조선인의 말을 표현할 수 있는 조선의 글자였다. 그러나 섣부르게 이러한 자신의 속내를 드러낼 수 없었다. 그 사실을 알고 있는 이는 정의공주와 집현전의 몇몇 학자들뿐이었다.

늦여름 장마가 물러갈 무렵, 300여 명에 이르는 북경 방문단이 꾸려졌다. 의식이나 예법에 관하여 질문하러 가는 주청사<sup>奏請使</sup>의 형식을 취했지만 세종의 뜻은 다른 곳에 있었다. 세종은 이번 사행길에 이순지와 김담 같은 천문학자들을 대거 포함시켰다. 이는 원나라와 명나라의 역법을 정리한 책들을 비밀리에 입수하여 조선의 역학 체계를 바로 세우려는 데 목적이 있었다. 또한 기계 설비에 능한 공부와 문선사의 젊은 관리들도 주청사에 포함되었다. 그림 솜씨가 좋은 화공 몇도 짐꾼을 가장하여 포함되었다.

이암의 아들 이규가 이번 주청사에 포함된 것은 이암의 은밀한 계략 때문이었다. 행사직 장영실이 이번 사행길에 포함되었다는 소식을 듣자마자 이암은 세종을 찾아가 독대를 청했다. 강원도로 좌천된 아들을 불러들일 계획에 골몰해있던 이암은 제 아들을 사행사에 포함시켜 중국의 화포 기술을 배워오도록 하자고 건의했다. 세종은 그 제의를 못 이기는 척 들어주었다. 이암이 사행사의 목적을 모를 리 없었고, 그 자식이 사행사에 포함된다면 조정 내의 친명 세력들을 부추기지 않게 되어 순조롭게 사행사가 임무를 마치고 돌아올 수 있겠다고 생각한 것이다.

반면 이암은 이암대로 다른 목적을 가지고 있었다. 이암은 사행사의 일거수일투족을 제 아들로 하여금 꼼꼼히 기록하게 하여, 후일 명나라 조정에 보고할 계획을 짜놓고 있었다. 설령 세종에 의해 조정에서 내쳐진다 해도 언제든 복귀가 가능하도록 명나라 조정에 줄을 대놓을 생각이었다. 또한 사행사에 포함되었다는 것은 조선의 장래를 짊어질 인재로서 조정의 신임을 받았음을 증명하는 것이기도 해서, 일 년으로 예정된 사행길이 끝난 뒤에 주상에게 제 아들과 둘째 공주와의 결혼식을 주청할 생각이었다.

예조 앞마당에 사신들이 명나라 황제에게 선물로 가지고 갈 온갖 물품들이 산더미처럼 쌓였다. 물건을 관리하는 전객사의 관리들과 사행에 나설 각 부의 관리들이 바삐 예조로 모여들었다. 통상 명나라 황제에게는 다양한 색깔의 명주와 화석花席29) 및 백면지白綿紙, 수달피 등을 올렸고 황후에게는 나전소함螺鈿梳函과 모시, 명주, 약재 등을 선물하였다. 이외에도 일부 대신들이 뒷전으로 명나라 궁중과 줄을 대기 위해 은밀하게 보내는 물건들이 수레꾼들의 개인 봇짐 속에 다수 숨겨져 있었다.

영실은 늦은 저녁, 한 사내의 호출을 받았다. 북경으로 떠나기 전날이었다. 영실은 상의원 창고 앞에 서서 북경에 가서 해야 할 자신의 일을 헤아리고 있었다. 자신이 사행사에 포함된 것은 주상의 뜻일 것이었다. 영실은 숨을 크게 들이쉬며 주상의 마음을 헤아려보려 애썼다. 이순지와 김담 같은 천문학자들이 이번 사행에 대거 포함되었다고 들었다. 공부의 기술자들 가운데에도 상당수가 사행에 나선다고 들었다. 주상은 무슨 생각을 하고 있을까. 서녘으로 노을이 붉게 물들고 있었다. 영실은 해가 질 때까지 시선을 하

---

29) 꽃무늬가 수놓아진 방석.

늘에 고정했다. 물들어가는 노을은 주상의 타들어가는 마음을 보는 것 같았다.

"장 사직은 나를 좀 보시오."

등 뒤로 다가오는 발소리가 느껴졌다. 고개를 돌려 바라보니 흰 학창의를 말끔하게 차려입은 사내 하나가 부채를 든 채 다가오고 있었다.

"나를 불렀소?"

낯이 익은 사내였다. 영실의 기억이 맞다면 그는 종학사宗學司30)에 소속된 유학자였다. 종학사가 설치된 건 이태 전이었다. 정4품 도선導善이 책임자로 어린 왕족의 교육을 담당하는 곳인데, 당대의 내놓으라 하는 학자들이 다수 종학사에 적을 두고 있는 마당이었다.

"그렇습니다. 긴히 모시고 오라는 분부가 있어서."

"종학사에서 누가 저를? 사람을 잘못 알고 찾아온 게 아니요?"

"장 사직이 틀림없습니다. 모시고 오기 전까진 비밀로 하라는 전언이 있었기에……. 사람들 눈도 있고 하니 대화는 이쯤에서 물리고 저를 따라오시지요."

사내의 말하는 태도가 진지하기 그지없었다. 혹시 내일 사행과 관련된 청탁이 있지 않을까? 하지만 딱히 짐작되는 곳도 없어 영실은 잠시 어떻게 할까 망설였다. 사내는 영실이 의당 따라오리라

---

30) 조선시대 왕족의 교육을 맡아 보던 관청.

는 듯 먼저 성큼 댓돌을 내려갔다.

영실은 묵묵히 사내의 뒤를 따라갔다. 사내는 궁궐의 지리에 통달한 모양인지 영실이 그동안 가보지 않은 좁은 골목으로만 앞장서서 걸어갔다. 행여 앞에서 인기척이 들리면 걸음을 멈추고 딴 짓을 하는 것으로 보아 사람들의 눈을 의식하고 있음이 분명했다.

반 시진 뒤, 영실이 도착한 곳은 깊숙한 곳에 숨어 있는 아담한 가옥이었다. 사내는 턱짓으로 가옥 뒤뜰을 조용히 가리킨 뒤 자신은 대문 앞에 멈추었다. 사위가 어둑어둑해져 있었는데, 뒤뜰 쪽엔 밝은 홍등이 여러 개 걸려 있는 것으로 보아, 누군가 그곳에서 영실을 기다리고 있음이 분명했다.

"누구라고 귀띔도 안 해주고 이런 법이 어디 있소?"

영실이 머뭇거리자 사내가 씩 웃으며 중얼거렸다.

"잘 아는 분일 테니 걱정 말고 안으로 가보시오."

영실은 안개를 밟아가듯 뒤뜰로 들어섰다. 그리 크지 않은 공간이었으나 온갖 기화요초들로 아름답게 꾸며진 공간이었다. 꽃무더기 가운데는 작은 연못이 있었는데, 그곳에 초를 밝혀 놓아 연못에 비친 초의 불빛이 별빛처럼 흔들리고 있었다.

인기척이 느껴지기에 고개를 들어 바라보니 뒤채 마루에 두 여인이 앉아 있었다. 한 여인은 초록 당의를 곱게 차려입었는데, 영실을 보자마자 입꼬리를 살짝 치켜 올리며 웃음을 지었다. 그보다 옆에 떨어져 앉은 여인은 흰 저고리에 푸른빛이 도는 치마를 입은 나인복 차림이었고 바로 앞에 놓인 다반에서 막 차를 우려내는 중이었다.

상대가 범상치 않은 신분임을 직감한 영실은 고개를 깊이 숙였다.

"사직 장영실이라 하옵니다. 부르심을 받고 이렇게……."

영실이 의아한 마음을 풀지 않은 채 말끝을 흐렸다.

"장 사직은 고개를 드시오. 나요, 나. 모르겠소?"

익숙한 목소리가 영실의 귀를 울렸다. 나라고? 그렇다면!

고개를 들어 마루 위를 바라보니 머리를 곱게 땋아 내린 아리따운 여인이 그곳에 앉아 있었다. 분명 낯이 익은 여인이었다.

"혹시?"

영실은 눈길을 피한 채 제 손등만 하염없이 내려다보았다.

"그래요. 어찌 이리 사람을 못 알아봅니까?"

앞에 앉은 여인이 빙긋 웃으며 말했다.

상투를 튼 채 선머슴 같은 복장으로 궁궐 이곳저곳을 헤집고 다니던 그 미소년이 틀림없었다. 막연히 왕족이리라 짐작은 하고 있었지만, 막상 그녀가 아름다운 자태로 변신하여 자신 앞에 나타나자 영실은 머릿속이 혼란스러웠다.

"내 사정이 있어서 상투를 틀고 지냈소만, 본디 남자는 아니니 너무 놀라지 마시오. 고개를 더 들어 나를 바라보시오, 나를. 나의 이름은 은이오. 이은."

이은이라고? 그렇다면 주상의 둘째 따님일 것이었다.

"제가 미처 알아보지 못하고 결례를 저질렀습니다."

영실은 무릎을 꿇고 엎드렸다. 손발이 떨렸다.

"후훗, 어서 허리를 펴고 일어서시오. 이 몸은 당분간 계속 선머슴으로 살아야 하니, 앞으로도 계속 전과 같이 대해주셔야 해요."

시중나인이 달그락거리며 차를 우려내자 정의공주 이은이 정성껏 우린 차를 푸른빛이 도는 다완에 따른 뒤 마루를 내려와 손수 영실에게 건넸다.

"송, 송구하옵니다."

"훗, 편하게 차를 드세요. 대화를 나눌 시간이 많지 않아서 용건만 간단히 말씀드리겠어요. 내일이면 사행길에 오른다고 들었습니다. 사행을 가시게 되면."

영실이 떨리는 손으로 차를 한 모금 마셨다.

영실은 찻물을 넘기며 생각했다. 내가 사행사에 포함이 된 건 역시나 이유가 있어서인 게로군. 성심을 다해 전하와 공주마마의 뜻을 받들리라.

"이번 사행은 어느 때보다 중요합니다. 북경에 당도하게 되면 틈날 때마다 서양 상인이 모이는 곳에 들러 세계 각국의 언어를 사 모으세요."

"세계의 언어를 사 모으라 하심은?"

영실이 고개를 들어 공주를 쳐다보았다.

"한자가 아닌 다른 언어로 인쇄된 책을 찾아서 가져오란 얘깁니다. 정화의 책에 의하면, 서쪽으로 가면 수백 개의 나라가 다양한 언어와 문자를 쓴다고 하지 않습니까. 그들의 언어를 알고 싶어요. 한자가 아닌 다른 언어들. 그 언어로 된 기록을. 그들도 동방의 여러 나라들처럼 그들만의 기호를 사용하지 않겠어요?"

아아. 영실은 비로소 공주가 자신을 부른 이유를 알 것 같았다. 백성들을 위하여 조선인의 발음을 기록할 수 있는 조선의 글자를 고민하고 계신 게 분명하구나.

"알겠습니다."

영실은 허리를 숙였다.

이번 사행에는 어느 때보다도 많은 과학자들이 동행하고 있다. 그들을 통해 주상은 조선의 하늘을 열고 서구 아라비아의 발전된 과학 기술을 배워올 기회를 엿보고 있음이 분명했다. 거기에서 한 걸음 더 나아가 주상 전하는 조선의 말을 기록할 조선의 문자를 꿈꾸고 있다. 내게 그런 중요한 임무가 주어지다니. 영실은 가슴이 벅찼다.

"검열이 심할 테니 올 때는 특히 몸조심을 해야 할 겁니다. 금서 목록일 경우에는 반드시 필요한 것만 취하도록 하세요. 그리고……."

공주가 잠시 뜸을 들였다가 말을 이었다.

"이 일은 절대로 비밀에 부쳐야 합니다. 주상 전하를 비롯하여 일부 집현전 학자들을 제외하고는 누구도 알지 못하니까요."

영실은 고개를 끄덕였다.

"명심하겠습니다, 공주마마."

영실은 차를 다 마신 뒤 마루 모서리에 공손히 다완을 내려놓았다.

"그럼 무탈하게 다녀오세요."

공주가 잠시 주변을 살피는가 싶더니 소매에서 무언가를 꺼내 영실에게 건넸다. 수가 놓아진 빨간 비단주머니였다. 영실은 떨리는 손으로 비단주머니를 받았다. 안에 무엇이 들었느냐고 묻고 싶었지만 영실은 그러지 못했다. 잠시 침묵이 흘렀다. 가까운 곳에서 바람에 꽃잎이 떨어지는 소리가 났다. 연못 주변에 피어 있던 이름 모를 흰 꽃들이 영실의 발치로 떨어져 내렸다. 영실은 가만히 발밑을 내려다보았다.

"가다가 어려운 일이 생기면 열어보세요."

가까운 곳에서 인기척이 느껴졌다. 영실은 얼른 허리를 숙여 보이고는 그 자리를 벗어났다. 중문까지 어떻게 빠져나왔는지 기억이 안 났다. 중문 밖에 이르자 아까 자신을 데리러 왔던 사내가 여적 거기서 기다리고 있었다. 영실은 손에 들고 있던 것을 황급히 허리춤에 감췄다. 멀리서 개 짖는 소리가 깡깡 들려왔다. 영실은 마치 꿈을 꾸듯, 아까 왔던 길을 되짚어 궁궐을 빠져 나왔다. 저녁이 깊이, 기울고 있었다.

북경은 몇 년 전과 분위기가 확연히 달라져 있었다.

자금성 남서쪽에 위치한 해왕촌海王村 거리는 사신들이 머무는 객관에서 도보로 한 시간쯤 걸리는 거리에 있었다. 궁궐 정문을 등지고 서서 오른쪽으로 바라보면 2대 황제인 건문제 시절에 조성된 커다란 연못이 나오는데, 연못을 오른쪽에 끼고 계속해서 걷다가 대책란大柵欄이라 불리는 재래시장을 관통한 뒤 작은 언덕 하나를 넘어가면 곧 환관들의 집성촌이 나오고, 거기를 지난 곳에 신흥 전문 서점 거리가 나타났다.

그 자리는 원래 아라비아 상인들이 모여 살던 곳으로 200여 년 전, 원대에 채색유리를 굽는 가마가 들어서면서 해왕촌은 특히 외국상인들에게 인기가 있었다. 해왕촌에서 생산된 채색유리 기와는 왕궁뿐만 아니라 전국의 유명한 사찰과 고관대작의 침실 장식용으로 사용되었고 덩달아 해왕촌도 번성기를 누렸다. 하지만 영실이 이곳을 찾았을 당시에는 화려했던 영화도 끝물로 들어서고 있을 때였다. 채색유리를 굽는 가마들이 도시 외곽으로 하나둘 옮겨가면서 그 자리에 책을 파는 서점들이 들어서기 시작했던 것이다.

뒷골목엔 여전히 유리공예를 하는 가게들이 남아 있어서 책을 구경하다가 심심하면 유리에 바람을 불어넣어 만든 아름다운 모양의 용이나 짐승들을 구경하곤 했다. 하루는 꼬리 날개가 아름답게 표현된 작은 공작 한 마리를 사서 품에 넣은 적도 있었다. 그날 영실은 유리로 만든 공작을 숙소로 가지고 와 정의공주가 선물로 주었던 비단주머니에 넣었다.

영실이 비단주머니를 열어본 건 의주나루를 지난 뒤였다. 배가 완전히 압록강에 오른 뒤, 멀어지는 조선 땅을 바라보며 주머니를 풀어보았다. 붉은 구슬이 하나 들어 있었다. 구슬은 은으로 만든 것이었다. 영실은 틈날 때마다 은으로 된 구슬을 손바닥에 올려놓고 들여다보았다. 구슬 하나로 공주의 의중을 전부 헤아릴 수는 없었지만, 그 구슬이 뜻하는 바를 아주 짐작하지 못하는 것은 아니었다. 둥근 구슬은 공주가 가보지 못한 세계를 품고 있는 것 같았다. 영실은 공주가 계신 방향으로 한참 쳐다보면서 공주의 마음이 자신에게 전해지는 것을 느꼈다. 영실은 붉은 구슬을 꼭 쥐었다.

명나라에 도착한 뒤 이곳 관리들은 친절하게 조선 사신들을 맞아주었다. 하지만 친절로 가장한 이면에는 날카롭게 조선 사신들을 감시하는 눈길도 항상 따라붙기 마련이어서 조선 사신들은 행동이 자유롭지 않았다. 명나라 관리들은 특히 천문지리와 관련해서는 어떤 질문도 할 수 없고 어떤 책도 구입하거나 선물 받아서는 안 된다고 몇 번이나 강조했다. 천문대가 있는 자금성 북쪽은 출입 자체가 금지되었다. 천문의 일을 맡아보는 관리들이 조선 사신들과 말을 하거나 인사를 주고받을 경우, 국법에 의해 엄한 처벌을 받는다는 조항까지 붙여져 있었다. 이런 연유로 천문과 관련되어 밀명을 받고 떠나온 관리들은 전전긍긍할 수밖에 없었는데, 이들에 비해 궁중기술자의 신분으로 따라온 영실은 상대적으로 행동이 자유로웠다. 사신 일행의 의관이 고장 나거나 가마에 문제가 생겼을 때, 영실이 나서서 수리를 했기 때문에 궁중 잡직 기술자쯤으로 여긴 까닭이었다.

황제를 배알하거나 고관의 연회에 참석하는 공식 행사가 없는 날, 조선의 사신들은 여관에 모여 교육을 받기도 했다. 조정의 각 관에서 파견된 명나라 관리들은 약간은 깔보는 듯한 시선으로 자신들보다 한 수 아래인 조선 사신들에게 미약하게나마 신기술을 전수해주기도 하였다. 하지만 이런 자리에서도 천문과 관련된 내용만은 절대로 다루어지지 않았다. 그들은 자신들이 미리 만들어 놓은 규율표에 따라 조선 사신들을 관리했고, 자신들이 허락하는 물품만 조선으로 가지고 들어갈 수 있다고 엄포를 놓기도 하였다. 명나라는 황제가 다스리는 나라이며 아우의 나라인 조선은 한 치의 빈틈도 없이 황제가 내린 법도를 받아서 그대로 시행해야 한다는 소리에 영실은 시간이 지날수록 갑갑함을 느꼈다.

이번에도 영실은 산책을 가장하여 몇 번이나 천문대 근처를 기웃거려보았으나 번번이 감시자들에 의해 행동이 차단되었다. 영실은 방향을 바꾸어 해왕촌에 집중했다. 해왕촌 어딘가에 천문과 관련된 책들이 있을 터였다. 또한 공주가 부탁한 서역 여러 나라의 글이 적힌 책들도 가지고 갈 수 있는 만큼 수집해야 했다. 함께 사행에 나선 이암의 아들 이규가 사사건건 참견을 하고 나서는 통에 영실은 안팎으로 주변의 신경을 쓰며 행동해야 했다. 북경에 머무는 기간이 보름을 넘기게 되면서 이규는 아예 노골적으로 영실을 감시하는 모양새였다. 외출에서 돌아오면 여지없이 짐 보따리를 뒤진 흔적이 남아 있었다.

"계집년들이나 가지고 노는 유리공예품을 사둔 걸 보니 짝사랑하는 종년이라도 하나 숨겨두고 있었던 모양이지?"

하루는 이규가 작정하고 시비를 걸어온 적도 있었는데, 그날 이후 영실은 비단주머니를 늘 품고 다녔다. 이즈음 영실은 이규가 눈치채지 못하게 공주가 부탁한 책들을 사 모으고 있었다. 그렇게 사 모은 책들은 짐꾼으로 함께 사행을 떠나온 만복의 보따리 속에 몰래 넣어두었다. 명나라 정부에서 눈에 불을 켜고 막고 있는 천문과 관련된 책도 몇 권 손에 넣었다. 그런 책들은 특히 조심해서 감추어두는 걸 잊지 않았다.

공식적인 행사들이 마무리되자 영실은 정화 대장을 찾았다.

그러나 영실이 처음 방문했을 때와 달리 명나라 조정의 상황은 완전히 바뀌어 있었다. 영락 22년(1424년) 영락제가 죽자 그의 큰아들 주고치[31]가 황제 자리를 물려받았다. 그러나 주고치는 선왕과 달리 유약해서 신하들에게 이리저리 끌려 다니기만 했다. 이런 변화는 역으로 정화에게도 독이 되었다. 사실 정화는 조정 안에 적이 많았다. 영락제의 전폭적인 신임을 받았을 뿐만 아니라 엄청난 선단을 거느리며 해상무역을 독점했기 때문이다. 영락제가 죽자 정화를 눈엣가시처럼 여기던 반대파들이 들고 일어나 상소를 올렸다. 쓸데없이 국고를 소모한다는 이유였다. 정화 함대가 지닌 큰 뜻을 이해하지 못한 주고치는 그 상소를 받아들여 정화의 대항해를 중단시킨 것은 물론이고, 정화를 삭탈관직시켰다.

자신이 그토록 아꼈던 함대가 모두 해체되자, 정화는 눈물을 흘리며 새 황제에게 영락제의 과업을 완수하게 해달라고 읍소했다. 하지만 오히려 황제의 반감을 사서 불경죄로 보은사에 유배되는 신

---

31) 홍희제洪熙帝(1378년 8월 16일~1425년 5월 29일)는 중국 명나라의 제4대 황제(재위 1424년~1425년)이다. 이름은 주고치朱高熾이다. 묘호는 인종仁宗, 연호는 홍희洪熙이다. 홍무제의 손자이며, 영락제와 인효문황후 서씨仁孝文皇后 徐氏의 장남이다.

세가 되었다. 연이은 조치로 한때 국민적 영웅이었던 정화 대장이 숙청될지도 모른다는 소문이 돌자 민심이 들끓기 시작했고, 민심을 수습하기 위한 해결책으로 조정은 더욱 강경한 해금海禁 정책을 내세우며 백성들이 바다로 배를 타고 항해에 나서는 것을 모두 금지하기에 이르렀던 것이다.

정화와 연락이 닿지 않자 영실은 일전에 도움을 받은 장천일을 찾아갔다. 영실이 수소문 끝에 겨우 장천일을 찾아냈을 때, 그는 숙청되지 않고 황실에서 내감으로 강등되어 지내면서 남들 눈을 피해 정화 대장을 몰래 보살피고 있었다. 영실은 기뻐하며 당장 정화를 만나기를 소망했으나 장천일은 고개를 연신 저었다. 잘못하면 영실 또한 다칠 수 있으니 조심하란 충고였다. 그러나 영실은 영실대로 딱한 처지의 정화를 그대로 못 본 체할 수 없었기에, 여러 차례 그가 은거한 곳을 알려달라고 졸라댔다. 장천일을 통해 마침내 정화 대장을 두 번째로 만나게 된 건 귀국을 얼마 안 남겼을 때였다.

영실은 정화를 대면하자 한동안 말을 잇지 못하였다. 정화가 애써 밝은 표정을 지으며 곧 다시 항해에 나서게 될 것이라고 영실을 위로했지만, 어쩔 수 없이 많이 수척해져버린 그의 모습에 권력의 무상함을 느끼지 않을 수 없었다.

"우리나라로 돌아가 주상 전하를 뵈면 정화 대장님의 사정을 말씀드리겠습니다. 몸이 자유로워지면 잠시 여행을 하실 겸 조선을 한번 방문하시는 것은 어떠신지요?"

영실은 정화를 조선에 모셔가고 싶었다.

"큰일 날 소리를 한다."

장천일이 고개를 저으면서 말렸다.

"지금 연금 상태인데, 조선에서 정화 대장을 모셔 가면 외교적인 문제가 발생할 걸세, 조심하는 것이 좋아."

옆에서 듣던 정화가 웃으면서 말했다

"하하, 아니야. 나도 장보고의 나라 조선을 한번 방문해보고 싶었어. 곧 해금 정책이 풀리고 황제께서도 오해가 풀리면 새로운 항해를 준비할 수 있을 것이야. 내 그때 자네 같은 천재가 있는 조선을 한번 가보고 싶네."

정화의 호탕한 모습에 다시 한 번 감복한 영실은, 조선에서 가져온 인삼주를 정화에게 따라 올리고 선물로 준비한 조선 명물 석등잔까지 내놓으면서 즐겁게 이야기꽃을 피웠다. 영실은 그간 정화의 책을 몇 번이나 읽었다면서 그곳에 쓰인 놀라운 이야기들에 호기심을 갖게 되었다고 털어놓았다. 기회가 된다면 자신도 배에 올라 항해에 나서고 싶다고……. 가만히 듣고 있던 정화가 팔을 뻗어 영실의 손을 덥석 잡았다. 영실은 어색해하며 손을 빼냈다. 절을 하거나 고개를 숙여 예를 표하는 데만 익숙했기 때문이다.

"아직 악수에 익숙하지 않군. 이건 서양인들의 인사법이지."

껄껄 웃으며 정화가 말을 이었다.

"세상은 자네가 생각했던 것보다 수천 배는 더 넓네. 그 넓은 땅에 믿을 수 없이 다양한 사람과 다양한 문화가 존재하지."

"그렇다면 대장님께서는 이 땅이 둥글다는 것을 확인을 하셨습니까?"

영실은 평소 궁금하던 것을 물었다.

"물론이지. 나는 배가 일직선으로 항해를 한다면 처음 출발했던 곳으로 돌아올 수 있다고 확신하네. 내가 죽기 전에 그것을 확인하고 싶기도 하고."

이후 약 한 시진 가까이 영실은 정화가 들려주는 세상 곳곳의 이야기를 넋 나간 채 듣고 있었다. 그 중에서도 특히 영실의 흥미를 끌었던 것은 뜨거운 나라의 원시림에 산다는 집채만 한 동물이었다. 그 동물을 정화는 대상大象이라고 불렀다. 사람을 잡아먹는다는 말라카 왕국(지금의 말레이시아) 어느 숲속 식인 부족에 관한 이야기도 흥미로웠다. 남쪽으로, 남쪽으로 계속 가면 바닷물 속에 거대한 표범이 살고 있는데, 육지의 표범과 흡사하지만 물고기를 먹고살며 새끼를 낳아 기를 수도 있다고 했다.

정화로부터 미지의 나라들에 대한 믿기지 않으면서도 신기한 이야기를 들으면서 영실은 가슴이 뜨겁게 끓어올랐다. 정화의 배에 올라 미지의 땅으로 나아가는 자신을 상상해보았다. 가슴을 펴고 뱃머리에 서서 바람 냄새를 맡는 자신을 떠올렸다. 이름 모를 대륙에 닻을 내리고 온갖 진귀한 과일과 짐승들, 다른 피부색을 가진 인간들을 만나며 세상 구석구석으로 나아가는 것이다.

그러나 영실은 이내 고개를 가로저었다. 주상 전하의 지엄한 명령이 있는 곳, 그에겐 돌아가야 할 땅이 있었다. 그곳으로 돌아가 아직 이루어야 할 꿈이 있다. 백성들 걱정에 하루도 편히 잠을 이루지 못하는 주상 전하와 특별히 자신을 명나라로 떠나도록 배려해준 정의공주님을 위해서라도, 아직은 정화의 배에 오를 수 없었다.

헤어지기 전 영실은 정화에게 부탁했다.

"조선의 백성들에게 도움이 될 만한 책을 한 권 부탁합니다."

정화는 이내 그 뜻을 알아 차렸다.

"참, 자네가 궁중에서 일한다고 했었지. 구체적으로 어떤 책이 필요한가?"

영실은 조심스럽게 대답했다.

"백성들이 고통 받지 않고 평안히 살 수 있는 방법이 담긴……, 그리고 세계 여러 나라의 글자가 담긴 책이 필요합니다."

자신을 알아봐준 임금을 위해서 무언가 일을 하고 싶다. 주상 전하는 오직 백성을 이롭게 하고자 노력하시는데, 백성이 이롭기 위해선 하늘과 별의 흐름을 읽고 적절한 때의 흐름을 알아 농사를 지어야 한다. 그런데 조선엔 그런 기술도 없고, 책도 없다. 이에 도움이 될 만한 서적을 찾고 있다고 영실은 솔직하게 대답했다.

정화가 방안을 이리저리 뒤지다가 책 한 권을 꺼내왔다.

"자, 이것은 작별 선물일세."

"이 그림은 무엇인지요. 글자도 처음 보는 것입니다."

처음 보는 기계장치들이 잔뜩 그려진 책이었다. 언뜻 보니 시간을 나타내는 기계장치의 모형 같기도 했다. 그러나 그 그림만 봐서는 어떤 원리인지 정확하게 파악하기 힘들었다. 그림 주변에는 처음 보는 글자로 다양한 설명이 붙어있는데 글자 역시 처음 보는 것이었다. 글자는 겹쳐 쓰지 않고 나열하듯 배치돼 있었는데, 지렁이가 기어가듯 글자가 꾸불꾸불 춤을 추었다. 영실은 어지러움을 느꼈다.

"이것은 알파벳으로 쓰인 과학기술 책이라네. 아라비아란 땅에서 사용되고 있는 시간을 재는 다양한 기구와 전쟁에 사용하는 공성장치와 무기, 마차에 관한 그림들, 배 위에서 위치를 알 수 있는 육분의와 나침반 따위의 사용법이 그려져 있지."

"알파벳? 알파벳이라고요?"

영실은 특히 새로운 글자에 끌렸다.

"중국에 한자가 있다면 저 멀리 아라비아와 구라파에선 이 알파벳이라는 것을 글자로 삼고 있네. 각 나라마다 조합은 다르지만 기본적으로 알파벳만 익히면 서양의 글과 말도 너끈히 깨달을 수 있지. 틈나는 대로 알파벳을 깨우쳐보게. 음과 뜻을 모두 알아야 하는 한자에 비해 알파벳은 소리글자라 읽기 쉽다네."

영실은 공주의 부탁을 들어주기 위해 틈나는 대로 서점 거리를 기웃거려왔다. 하지만 한자 이외의 책은 여간해서 찾을 수 없었다. 한자 이외의 언어로 쓰인 책들은 당국에서 엄격히 규제하기 때문이라는 얘기를 듣기도 하였다. 그런데 책 찾는 일을 거의 포기할 때쯤, 정화 대장이 우연처럼 나타나 도움을 주는 것이었다.

"이 한 권의 책 속에 무엇이 어떤 원리가 숨겨져 있는지를 찾아내는 것은 자네의 몫이야. 자네도 들었겠지만 이 책을 가지고 가려면 목숨을 걸어야 할 거야. 특별히 주의하고 또 주의해야 하지. 조선이 황제의 나라를 넘어서서는 안 되는 법이니까."

영실은 고개를 끄덕였다.

"난 자네가 마음에 드네. 기회가 된다면 나와 함께 저 세상 끝까지 가보세. 어떤가?"

"그렇다면 다음에 항해 땐 저도 꼭 데려가주십시오 새로운 세계를 꼭 보고 싶습니다."

정화가 인자한 미소를 잃지 않으며 대답했다.

"좋아 언제든지 연락하게, 내가 자네의 자리는 꼭 만들어놓겠네, 허허."

마음 같아서는 당장에라도 떠나고 싶었다.

"항해 준비에 필요한 것 있으면 언제든지 장천일 사형을 통해서 연락 주십시오. 조선에서 가능한 것을 준비하겠습니다."

정화와 헤어진 뒤 영실은 책을 소중히 가슴에 품고 숙소로 돌아왔다. 누가 볼세라, 여분의 옷가지 속에 책을 꼭꼭 숨긴 뒤 일찌감치 잠자리에 들었다.

영실과 정화 대장의 만남은 종일 진석의 가슴을 들뜨게 만들었다. 마침내 풀리지 않은 의문이 해결되는 느낌이었다. 진석의 머릿속에는 스케치하듯 역사적인 사실들이 하나의 궤로 연결되면서 차츰 윤곽이 잡혀가는 밑그림이 그려졌다. 그 둘의 만남은 개연성은 물론 실제 역사적인 연도도 구체적이었다.

"아 이제 좀 알겠다. 연결고리가 정화 대장이었구나. 정화 대장이 장영실과 동시대의 사람이었고, 역사적으로 정화 대장은 콜럼버스가 신대륙을 발견하기 90년 전에 아프리카를 지나 대항해를 한 기록이 있기도 하니까. 너도 알겠지만 최근 들어 정화 대장이 함대를 이끌고 유럽을 방문한 사실이 새롭게 밝혀지고 있잖아. 우리 측 기록만 해도 그래. 장영실이 명나라에 다녀온 기록이 여러 차례 있고, 당시에 아시아 사람들에게 정화는 거의 신과 같은 존재였으니 장영실로서도 그를 만나고 싶어 한 게 당연하겠지. 아니, 그 둘의 운명적인 만남은 더 이상 추론이나 소설이 아니라 역사적인 사실이야."

진석은 특히 사실이란 단어에 힘을 주었다. 진석은 가마 사건 이후 장영실의 실종 미스터리에 대한 잃어버린 고리, 미싱 링크<sup>Missing Link</sup>를 마침내 찾은 기분이었다.

"그것 봐. 내가 뭐랬어. 이건 단순한 기록이 아니라니깐. 어쩌면 우리는 세기의 발견을 하고 있는 건지도 몰라."

강배는 공연히 어깨를 으쓱하며 거드름을 피웠다.

"정화에 대한 중국 측 기록은 어떻지?"

"정화는 1424년 영락제 사후에 갖은 고초를 겪었어. 번역에도 일부 나와 있듯이 북경에서 태황후를 모신 보은사에 유폐되어 대항해의 꿈을 이루지 못한 채 한스러운 삶을 살고 있었지. 일전에 면식이 있던 장영실을 다시 만난 것도 그즈음이고. 1431년 영락제의 손자 선덕제가 7차 대항해를 명령할 때까지 자그마치 10년 가까이 보은사에서 은거해야 했어. 선덕제가 들어선 뒤 단속이 좀 느슨해졌지만 운신은 자유롭지 못했지."

진석이 목젖을 세우며 맞장구쳤다.

"세종실록의 기록과도 일치하네. 1424년에서 1431년까지 정화 대장이 북경에 은거하고 있을 때, 장영실이 북경에 여러 차례 간 기록이 있어."

진석은 속으로 쾌재를 부르고 있었다. 이것은 역사적 사실이야. 모든 것이 착착 꿰어 맞춰지고 있잖아.

술을 한 잔 들이켠 강배가 다시 자료를 뒤지면서 얘기했다.

"영락제가 죽은 이후 그의 아들, 홍희제가 신하들의 말을 듣고 대항해를 포기하고 해금 정책을 펼 때였지. 정화는 영락제와의 약속을 지키지 못한 안타까움에 잠을 이루지 못하고 대항해의 일지만을 뚫어지게 쳐다보고 있었어. 자신을 후원했던 영락제가 죽을 때 곁을 지키지 못한 안타까움도 있었지만, 사실 정화는 그 직전인 6차 항해에서 인도양의 새 항로를 개척해서 육지를 따라 이동하는 기존의 항로를 3분의 1로 단축시켰거든. 아프리카를 지나 대서양의 항로에 접어들려는 순간 영락제가 죽었다는 비보를 접하고 함대를 돌려 돌아오지 않을 수가 없었는데 그게 한이 된 거야. 그러니 정화 대장으로선 그것이 자신의 생애 마지막 항해로 끝날 수도 있다는 불안감 때문에 마음을 놓지 못했던 거지. 미지의 유럽 대륙이 코앞이었는데도 말이야. 부총사 왕경홍을 통해서, 홍해를 거쳐 아프리카로, 지중해로 계속해서 나아가면 당시 유럽의 최고의 문화가 있는 피렌체와 베네치아에 도달할 수 있다는 것을 알고 있으면서도 갈 수가 없었으니, 대서양을 지나 바다 끝까지 가보고 싶은 꿈을 갖고 있던 정화로선 얼마나 답답하고 미칠 노릇이었겠냐?"

강배의 말을 듣고 진석은 손뼉을 쳤다.

"그래, 바로 그거야. 정화의 못다 한 그 꿈이 장영실과 정화를 연결시켜준 끈이야. 조선에서 온 젊은 청년 장영실이 한눈에 보통 인물이 아니란 것을 안 정화는, 그가 자신과 출신 성분이 비슷한 노비인데다, 사대부들의 비웃음을 이겨내고 꿈을 이루려는 야망까지도 자신과 닮아 있다는 것을 깨닫게 되면서 마지막 항해의 동반자로 점찍게 된 거지. 그것이 훗날 두 사람의 운명을 함께 하도록 충동질한 거야."

"두 사람이 함께 배를 타고 항해에 나섰다는 사실은 상상만으로도 흥미진진하군. 조선의 위대한 과학자와 콜럼버스를 넘어서는 위대한 항해가의 만남이라니."

"역사란 우연을 가장하여 때론 치밀한 각본을 만들어내기도 한단 말이야. 그 두 사람의 만남이 동서양 문화사에 위대한 영향을 끼치게 된 것을 보면."

강배와 헤어진 후에 진석은 다시 정화의 기록을 뒤지기 시작했다.

정화의 대항해는 영락제가 죽은 후에 6차 항해에서 중단되었지만, 영락제의 아들 주고치 홍희제가 황제에 오른 지 3년 만에 갑자기 사망하고 그의 아들이자 영락제가 가장 아꼈던 손자 선덕제가 황제에 즉위하게 되면서, 그는 할아버지의 유지를 이어받아 신하들의 엄청난 반대에도 불구하고 한시적으로 7차 항해를 허락하게 되었다. 말하자면 10여 년 동안 은거의 세월을 보낸 정화에게 다시 기회가 찾아온 셈이다. 여기서 진석은 한 가지 이상한 사실을 발견하게 되었다. 명조실록에 의하면 정화는 1434년 7차 대항해에서 돌아오지 않고 사라진 것으로 기록되어 있다. 죽음 과정도 배 위에서 병사했다고만 알려져 있을 뿐, 정확히 언제 어디서 죽었는지에 대한 기록은 전혀 남아 있지 않았다.

정화의 함대에 사관으로 동행한 마환[32]의 기록에 의하면, 1432년 11월 18일 정화함대가 인도양의 스리랑카 남쪽을 지날 때 정화는 함대를 둘로 분리했다고 한다. 정화는 분리된 함대 일부를 부하 지휘관인 홍보에게 맡기고는 그에게 캘리컷을 지나 중국으로 귀향할 것을 지시하였다. 그런 다음 자신은 본선을 이끌고 그대로 아프리카에 남은 것으로 돼 있다. 홍보는 1433년 4월 9일 분리된 함대를 이끌고 명나라에 도착하여 황제에게 정화가 선상에서 병으로 세상을 떠났다고 보고한다. 이에 대해 일부 학자들은 정화는 죽은 것이 아니라 부하 지휘관에게 거짓말을 하게 하고 항해를 계속했다고 주장하였다.

다른 가설도 있다. 일단의 학자들은 7차 대항해 이후에 귀국하면 정치적 소용돌이에 또 휘말릴 것이 분명하였기에 정화가 부하에게 죽었다는 거짓 보고를 하게 하고 중국의 모처에 숨어서 지냈다는

---

32) 마환은 정화함대에 참여한 후에 그가 경험한 내용을 『영애승람瀛涯勝覽』이라는 책을 통해 후세에 전했다.

설을 제기하기도 하였다. 실제로 영락제의 손자 선덕제가 죽자 고관대신들은 다시 정화를 깎아내리기에 열심이었으니, 어쨌든 이로써 한때 바다를 주름잡던 명나라의 대항해시대는 완전히 막을 내린 것이다.

하지만 최근에는 새로운 가설이 점차 설득력을 얻어가고 있었다. 선덕제 사후에 정화가 못다 한 꿈을 이루기 위해 왕경홍과 함께 몰래 항해 준비를 한 끝에 마침내 대서양을 횡단해서 미국까지 갔다는 설이 제기된 것이다. 미국 노스캐롤라이나 주에서 선덕제가 하사한 황동 원형패가 발견되었고, 서부해안의 오리곤 주 바닷가에서 1450미터 떨어진 모래언덕에서 30미터 정도의 깊이에 묻혀 있는 아주 오래된 중국 정크선의 잔해를 발견했다고 영국의 역사학자 개빈 맨지스는 그의 책에서 밝혔다.[33]

자료를 검토하던 진석은 묘한 감동을 느꼈다.

장영실과 정화 대장의 인연이 어쩌면 이렇게 비슷할 수가 있을까?

두 사람 다 노비 출신인데다가 조상이 귀화인이다. 장영실은 아버지가 원나라에서 고려로 귀화한 장성휘라는 사람이고 정화 대장은 할아버지가 회교도인 아라비아 사람이었다가 원나라에 귀화했다. 둘 다 노비의 신분에서 세종과 영락제의 총애를 받으면서 승승

---

33) 개빈 맨지스, 『1434-중국의 정화 대함대, 이탈리아 르네상스의 불을 지피다』 참조.

장구하다가 언제 어떻게 죽었는지 미스터리로 남은 채 역사의 뒤안길로 사라져갔다. 장영실의 무덤과 정화의 무덤, 두 무덤이 똑같이 시체도 없이 가묘를 사용하고 있는 점도 똑같다.

둘의 인생은 닮아도 너무나 닮아 있다. 이것이 역사의 필연일까?

진석은 처음 전시관에서 의문을 품었던 레오나르도 다빈치의 비행기 모형이 왜 장영실의 비차 설계도와 비슷했는지에 대한 의문이 한 꺼풀씩 벗겨져가는 걸 직감으로 느끼고 있었다. 그렇다면 강배의 추리대로 장영실이 정말 유럽으로 건너가서 다빈치를 만났다는 것인가? 장영실과 다빈치가 동시대의 인물임은 확실하다. 장영실이 노비 출신이라 출생연도는 확실히 알 수 없으나, 장영실과 다빈치의 나이 차이가 대략 쉰 살 정도 차이가 나니까 동시대를 공유한 것만은 확실하다. 아마도 영실은 나이 50대 후반에, 그러니까 다빈치가 소년이었을 때 그를 만나 역사적인 관계를 맺었을 수도 있다.

장영실과 다빈치의 만남이라니, 생각만 해도 진석은 온몸에 전율이 이는 것을 느꼈다. 일부 학자들의 연구에 의하면 아프리카 대륙을 돌아간 정화 대장이 로마 교황을 만났다고 한다. 다빈치가 로마 교황과 알력관계에 있었다는 것 역시 역사적인 사실이므로, 추론대로라면 정화 대장과 로마에 갔던 장영실이 교황을 만난 것은 물론이고 어린 레오나르도 다빈치와 연결되었을 가능성도 충분히 존재하는 것이다. 역사적인 공백은 아마도 남아 있는 비망록이 일정 부분 채워주게 되지 않을까. 아니, 지금까지 밝혀진 진실만으로도 가슴을 뛰게 하기에 충분했다. 단순한 발견이 아니라 이건 역사를 송두리째 바꿀 사건이었다.

또 다른 의혹이 진석의 머릿속을 스멀거리며 기어 다녔다. 작은 의혹이라도 짚고 넘어가지 않으면 그 부분에서 어쩔 수 없이 생각이 막히곤 하는 직업병이 계속해서 그의 머리를 혼란스럽게 하고 있었다. 진석의 생각은 애초에 다큐의 시초가 되었던 루벤스로 돌아갔다. 그렇다면 루벤스의 그림 속 주인공은 과연 누구인가? 그가 정말로 강배의 추리대로 장영실일까? 장영실의 제자인 다빈치가 영실의 비망록에 스케치를 남기고 사인까지 한 것이 역사적 사실일까. 아니면 어느 얄궂은 비망록 창작자의 장난질일까.

강배의 주장에 힘을 실을 개연성이 아주 없는 것은 아니었다. 루벤스는 다빈치의 학풍을 그대로 이어받은 사람이다. 실제로 당시의 화가는 스승의 작품을 그대로 베끼면서 배우는 관습이 있었다. 지금도 소설가 지망생들에게는 스승이나 유명작가의 작품을 그대로 베껴 써보는 필사 관행이 남아 있지 않은가? 실제 루벤스의 작품 중에도 스승 다빈치의 작품을 그대로 모사한 작품이 세 작품이나 남아있다. 그 가운데 가장 유명한 것이 〈앙기아리 전투〉[34]이다. 당대 미술계 최고의 작품으로 칭송되던 〈앙기아리 전투〉는 다빈치

---

34) 피렌체 공화국이 메디치 가※ 축출을 기념해 레오나르도 다빈치에게 의뢰한 시 의사당 벽화로 미완성으로 남아 있다. 1603년 파울 루벤스가 이를 모사한 작품이 현재 프랑스 루브르 박물관에 소장돼 있다.

가 피렌체 공화국과 메디치 가의 전투 장면을 그린 것으로, 훗날 루벤스가 모사하여 유명해졌다.

복식 전문가인 안 박사와 대화를 나눌 때도 지적한 바 있지만, 루벤스의 작품 중에서 동양인, 아니 조선인이 등장하는 작품이 하나 더 있기도 하다. 루벤스가 1618년에 그린 〈성 프란시스코 하비에르의 기적〉이 그것인데, 유럽 외의 다양한 인종이 등장하는 이 그림 중심부에 성 프란시스코 성인을 바라보는 한복을 입고 망건을 쓴 조선인의 그림이 뚜렷이 그려져 있다. 가톨릭의 다국적 포용성을 증명하려 했던 것으로 보이는 이 작품은 옷의 질감이나 인물의 표정이 너무도 생생하여 루벤스가 동양인이나 조선인을 보았거나 조선인의 그림을 직접 보지 않고는 도저히 그릴 수 없는 그림이었다.

루벤스가 〈한복 입은 남자〉를 스케치한 배경이 〈성 프란시스코 하비에르의 기적〉에서 여러 배경인물 중 한 사람을 그리기 위한 기초 작업의 일환이었음으로 보건대, 두 사람은 동일 인물일 가능성 또한 다분하다. 〈성 프란시스코 하비에르의 기적〉에 여러 민족을 다양하게 표현하기 위해서는 다양한 민족 구성원에 대한 시각적 자료가 필요했고, 그때까지 남아 전하는 그림들을 통해 자료를 찾다가 스승이었던 다빈치의 그림이나 스케치 속에서 장영실을 스케치해놓은 '조선인' 그림을 발견했을지도 모른다.

진석은 뛰는 가슴을 주체할 수가 없었다. 강배가 비망록을 조금만 빨리 해석해주면 좋으련만, 강배는 진석의 다급한 마음을 아는지 모르는지 한껏 느긋하게 여유를 부리고 있지 않은가. 하지만 사실 강배의 속마음도 진석과 다를 바 없었다. 비망록을 대할 때마다 새삼 도둑질하다가 들킨 사람처럼 가슴이 뛰기는 마찬가지였다. 조선 최고의 천재 과학자 장영실과 정화 대장과의 만남, 거기에 다빈치까지. 장영실이 조선에서 사라진 미스터리가 풀리면서 정말로 생각지도 못했던 엄청난 세기의 사건이 밝혀지고 있는 것이었다.

"하지만 이상해."

진석은 머리를 쥐어박으며 자리에서 일어났다.

마음 한구석에서는 또다시 피디다운 의구심이 들기 시작하는 것이었다. 동양의 천재 장영실과 서양의 천재 다빈치가 만났다면 왜 역사적으로 그런 사실이 기록으로 남아 있지 않은가? 서양의 자료는 그렇다 치고 최소한 중국의 자료에는 그런 자료가 남아 있어야 하지 않은가? 혹시 누군가 고의로 지운 것은 아닐까?

강배와 헤어져 집으로 돌아온 진석은 구글로 들어가 인터넷에 올라온 다빈치의 자료를 샅샅이 뒤져나갔다. 짧은 영어지만 외국 사이트까지 기웃거리며 자료를 모았다. 마침 미국에서 방송되고 있는 〈다빈치 디몬스〉[35]라는 드라마가 있어, 머리도 식힐 겸 그 미국 드라마를 밤새며 보았다. 그 드라마를 보면서 진석은 깜짝 놀랐다. 그 드라마에서도 다빈치의 스승은 동양에서 온 지혜자로, 터키

---

35) 데이빗 S 고이어 각본 감독, FOX채널에서 시즌제로 방송하는 미국 드라마.

인으로 묘사되고 있었다. 다빈치가 동양의 스승이 남긴 양피지 속에 숨겨진 비밀을 찾기 위해 교황청과 싸우면서 목숨을 걸고 양피지를 찾아 나서는 게 〈다빈치 디몬스〉의 중요한 스토리였다.

진석의 머릿속으로 번개처럼 스쳐가는 생각이 있었다.

'다빈치가 그렇게 찾고 싶어 하던 양피지 속의 지식은 혹시 동양의 천재 장영실이 남긴 과학적 연구가 아니었을까? 실제 유럽인들도, 기록으로는 남아 있지는 않지만 다빈치의 업적들이 동양의 지식에서 왔다는 이야기가 구전으로 전해지고 있다고 하지 않는가?'

어쨌든 모두가 전혀 생각하지도 못했던 이 엄청난 상상, 즉 동서양의 두 천재 장영실과 다빈치의 만남이 사실이었다면, 이것은 동시대 사람인 정화 대장이 있었기 때문에 가능할 수 있었다. 장영실과 정화 대장, 그리고 레오나르도 다빈치, 그 세 사람이 동시대에 살았고 그 세 사람 모두 세계의 역사를 바꾼 인물들이었다. 지금 강배와 진석은 그 역사의 비밀스런 봉인을 하나하나 해제해 나가고 있는 셈이었다.

4

자격루의 눈물

　궁궐의 처마 지붕이 그림자를 길게 늘어뜨렸다. 저녁 거리가 어둠에 묻혀갈 무렵, 6개월의 긴 여정을 끝낸 사행사 일행이 임진강을 건너고 벽제관을 지나 한양으로 들어왔다. 긴 행렬에 끼인 사람들은 잔뜩 지친 행색이었는데, 그 와중에도 고향에 두고 온 가족을 만난다는 생각 때문인지 표정은 하나같이 밝았다. 이번 사행을 이끈 정2품 예조판서 윤홍로의 얼굴에도 긴장이 풀린 때문인지 다소간의 안도감이 묻어났다.

　윤홍로는 숙정문 밖에서 함께 동행했던 군관과 노복들을 흩고 이번 여정에 함께 한 조정 관료들과 함께 주상 전하를 배알키 위해 궁으로 들어갔다. 내일 오전에 정식으로 사행 보고가 있을 예정이었지만, 그 전에 주상을 만나 예를 갖추는 게 법도였다. 쌀쌀해진 날씨임에도 주상은 친히 근정전 앞마당으로 내려와 일일이 사행 인원들을 격려하였다. 근위병들이 피워놓은 횃불이 대낮처럼 근정전 앞마당을 밝히고 있었는데, 영실은 그 속에 섞인 정의공주의 모습을 숨을 죽인 채 바라보고 있었다.

"먼 길에 노고가 많았다. 자세한 얘기는 내일 듣기로 하고 여독이 쌓였을 테니 속히 집으로 돌아가 가족들과 해후하도록 하라."

주상은 짧은 인사로 사행 인원들을 격려한 뒤 대부분의 인원을 집으로 돌려보냈다. 다만 예조판서 윤홍로와 이순지는 따로 근정전 안으로 불러올려 사행에 얽힌 전반적인 이야기를 들었다. 영실과 이규에게도 따로 대기하라는 분부가 떨어졌으므로 영실은 근정전 처마를 베고 앉아 앞서 주상을 배알하러 들어간 윤홍로 대감 일행이 나오기를 기다렸다. 약 반 시진 조금 못 미처 윤홍로 일행이 근정전을 빠져 나왔다. 곧이어 주상을 곁에서 모시는 장번내시가 종종걸음을 하고 영실과 이규에게 다가왔다.

"전하께서 속히 들라 이르십니다."

여러 개의 촛불이 은은히 근정전 내부를 밝히고 있었다. 가장 높은 대좌에 주상이 앉아 있고 그 아래, 오른편에 따님인 정의공주가 앉아 있다가 영실과 이규를 맞았다. 영실과 이규는 주상을 향해 삼배례를 올렸다.

"너희들도 노고가 많았다. 그래, 새로운 것들을 많이 배워왔느냐?"

주상이 인자하게 물었다. 영실과 이규는 동시에 고개를 숙였다.

"폐하의 성은을 입어 무사히 다녀왔나이다."

그러나 이때 영실이 미처 예상하지 못한 일이 벌어졌다. 옆에 엎드린 이규가 돌연 영실을 지목하며 그를 반역죄인이라고 몰아붙였기 때문이다.

"전하. 장영실은 천인공노할 반역죄인입니다. 북경에 머물 때, 정해진 일과에 건성으로 임했을 뿐만 아니라 수시로 성곽을 빠져나가 거리를 헤매다오곤 했습니다. 이자의 행각이 하도 기이하여 하루는 신이 작정하고 미행을 했사온데, 연경접이라는 수상한 책방에 수시로 방문하여 낯선 이들을 만나고 우리 조선의 내부 비밀을 건네주는 걸 두 눈으로 똑똑히 목격했습니다. 이자로 말할 것 같으면 명나라 황실에서 금서로 지정된……."

갑작스런 이야기에 주상이 이규의 말을 끊었다.

"음, 그건 또 무슨 소리란 말인가. 영실이 정해진 법도를 어기고 사사로이 외출이 잦았으며 조선의 중요한 비밀을 누설하고 다녔다?"

옆에 앉았던 정의공주가 말했다.

"증거를 가지고 왔습니까? 만약 아무런 증거도 없이 모함을 하는 게라면 큰 벌이 따를 것입니다."

이규가 자신만만하게 대답했다.

"당장 영실의 몸을 수색하라 이르십시오. 이자가 수상한 집에서 낯선 이를 만나 특별히 받아온 책이 있는데, 그 책으로 무엇을 할지는 두고 볼 일입니다."

영실은 까맣게 모르고 있었지만, 밖으로 외출할 때마다 이규의 종들이 영실을 미행하고 다녔던 것이다. 일거수일투족은 이규에 의해 낱낱이 기록되었고, 심지어는 그날 사찰로 은밀하게 찾아가 만났던 정화의 인상착의까지 꼼꼼히 기록돼 있었다.

"흐음."

주상이 헛기침을 하며 문 앞에 대기하고 있던 상선을 쳐다보았다. 옆에 앉은 정의공주는 불안한 표정으로 어찌할 바를 모른 채 주상만 쳐다보았다. 만약 영실의 품에서 낯선 책이라도 나오는 날에는 영락없이 누명을 뒤집어쓰게 될 것이었다. 명나라의 금서는 조선에서도 금서가 된다. 법을 어겼다면 처벌 이외에는 달리 벗어날 방법이 없었다.

"정말로 몸 안에 무엇을 숨기고 있느냐?"

주상의 물음에 영실은 아무런 대답도 하지 못했다. 이규는 더욱 기고만장해졌다.

"전하, 어서 영실의 몸을 확인하십시오."

세종이 마지못해 대답했다.

"상선은 사직 장영실의 몸을 확인하라."

세종이 면전에서 영실의 몸을 수색하도록 지시한 건 일을 크게 벌이고 싶지 않아서였다. 대부분의 관리들이 집으로 돌아간 뒤였다. 설령 영실의 몸에서 문제가 될 만한 물건이 발견된다고 해도 적당히 주의를 주어 돌려보낼 시간적 여유가 있었다.

상선이 다가와 영실의 품속에 손을 집어넣었다. 과연 이규의 말대로 품 안에서 삼베로 꼭꼭 싸맨 책 한 권이 나왔다. 상선내시가 그것을 두 손에 공손히 받들어 주상에게 올렸다. 그런데 주상의 반응이 놀라웠다. 화를 내기는커녕 웃음기 가득한 얼굴로 영실을 굽어보았다. 영실의 마음을 짐작하고 있다는 태도였다.

주상이 물었다.

"허허, 너는 이 책을 어떤 연고로 가져오게 되었느냐?"

영실은 말을 잇지 못했다.

"소인이, 그, 그만……."

책에는 '기방비사'라고 쓰여 있었다.

"이런 책이라면 성균관에서도 가끔 올바른 성교육을 위해 가끔 참고자료를 사용하는 정도가 아니냐?"

"전하, 제가 죽을죄를 지었사옵니다. 나이는 무르익었는데, 장가를 들지 못해 부부의 금슬에 대해 궁금한 나머지 이렇게 낯부끄러운 서적을 품게 되었나이다. 통촉하여 주시옵소서."

세종이 대답했다.

"문란한 책을 사사로이 품에 끼고 근정전에 들었으니 내 그 죄는 따로 물을 것이다. 이규는 그리 알고 이만 밖으로 나가 보라. 내 영실에게 따로 할 말이 있노라."

사색이 된 이규가 물러나자 주상이 단 위에서 내려왔다.

"그래, 너는 어쩌자고 이런 책을 품고 왔느냐?"

"저들의 시선을 분산하고자 그러하였습니다."

영실이 살짝 미소를 짓고는 버선을 벗었다. 버선의 실밥 하나를 뜯어내자 그 안에 한 장 한 장 둘둘 말린 종이가 백여 장도 넘게 쏟아져 나왔다. 영실은 그것을 하나씩 펴서 순서를 맞춘 뒤 두 손으로 주상에게 올렸다.

"이게 무엇이냐?"

"아라비아의 온갖 기물이 담긴 그림책입니다."

"흠, 냄새는 조금 심하구나."

"죽여주시옵소서."

주상이 종이를 한 장씩 펼쳐 보았다.

"그런데 이 그림은 무엇이냐?"

주상이 거대한 물통이 여러 개 잇대어진 그림 한 장을 가리켰다.

"이것은 시계로 짐작되옵니다. 물의 원리를 이용해 시간을 맞추는 기계인 듯싶습니다."

"오호, 한데 그림을 설명하는 글자가 매우 특이하구나?"

"전해 듣기를 이것은 알파벳이라고 하온데, 이 스물여섯 글자를 조합하여 세상의 모든 소리를 표현할 수 있다고 들었습니다."

"정말 대단하구나. 정말로 스물여섯 글자만 알면 모든 것을 표현할 수 있으렷다."

"그러하옵니다."

"어디에서 이런 자료들을 구했느냐?"

"전하, 명나라에는 정화 대장이라는 걸출한 인물이 있는데 바다 끝까지 배를 타고 나가서 우리가 모르는 진기한 동물과 사람들을 만나고 왔다고 합니다."

"짐도 정화에 대해 들은 바가 있어. 그래 정화 대장을 만났단 말인가?"

"예, 전하. 정화 대장 부하 중에 조선 출신 환관이 있어 그를 통해 정화 대장을 만났나이다. 정화 대장은 조선을 한번 꼭 방문해보고 싶다고 하였습니다."

"응, 그래 그러면 네가 한번 데리고 오너라. 짐도 그를 꼭 한번 만나서 넓은 세상의 이야기를 마음껏 들어보고 싶구나."

"제가 정화 대장으로부터 들었사온데, 아라비아를 지나 더 깊숙이 항해하면 구라파라는 큰 대륙이 있고, 구라파로 가면 오래전 로마라는 큰 나라를 일구었던 후손들이 그 터전 위에 살고 있다 하오며 그곳 사람들은 알파벳을 이용해 글을 남긴다고 합니다. 또 그 나라의 문화 수준은 명나라에 뒤지지 않으며 특히 과학자를 우대한다고 하옵고⋯⋯."

세종의 얼굴에 알 듯 말 듯한 미소가 어렸다.

"허허, 너도 거기에 가보고 싶은 모양이로고?"

영실은 긍정도 부정도 하지 않았다.

"뱃길로 자그마치 2년도 더 걸리는 길이라 하옵니다."

"2년이라, 도대체 이 세상의 끝은 어디일런지……. 나도 왕의 자리만 아니라면 당장 훌훌 날아가서 그런 세상을 구경하고 싶구나."

주상의 한탄에 옆에 있던 공주의 입꼬리가 올라갔다.

"은아, 너도 가보고 싶은 게로구나?"

주상이 흐뭇한 얼굴로 공주를 쳐다보았다. 공주가 고개를 끄덕했다.

"사직 장영실은 듣거라!"

주상이 자세를 고쳐 앉으며 지엄하게 말했다.

"네, 전하."

"상의원 별좌 장영실은 이 시간 이후 그대가 가지고 온 서책 연구에 몰두하여 널리 백성들을 이롭게 할 물건들을 개발하도록 하여라."

영실이 일어나 절하며 대답했다.

"송구합니다. 이 몸이 부서지도록 전하의 명을 따르겠나이다."

영실을 바라보는 정의공주의 얼굴에 살며시 미소가 번졌다.


사행을 다녀온 뒤 영실의 지위는 더욱 달라졌다. 누가 봐도 주상의 신임을 한 몸에 받고 있음을 느낄 수 있었다. 영실은 상의원 공식 업무에서 제외되었을 뿐만 아니라, 자신이 하고 싶은 것을 제 뜻대로 할 수 있는 권리가 주어졌다. 간단한 허락만 맡으면 어떤 연구든 마음껏 일을 벌일 수 있었다. 이 무렵부터 영실은 서운관 관리들과 더욱 친밀하게 지내게 되었는데, 그 이유는 세종의 특별한 어명 때문이었다. 조선만의 특별한 역법 체계를 만드는 것, 그 오랜 꿈을 향한 세종의 발걸음이 빨라져갔다.

영실이 날개를 달수록 초조해지는 이가 있으니 바로 이규였다. 그럴 때마다 그의 아비 이암은 신분이 다른데 무엇을 겁내느냐며 더욱 당당해지라고 아들을 타일렀다. 너와 영실은 태생부터가 다르지 않느냐, 이 나라에서 아무리 길고 나는 재주를 지녔다고 해도 출신 성분은 죽는 날까지 그림자로 따라붙게 될 것이다, 결국에는 영실을 파멸시킬 거라고 아들을 위로했다. 하지만 이규의 질투심은 거의 폭발 직전이어서, 매일같이 새로운 물건을 만든답시고 군기감 일꾼들을 다그쳤다. 하지만 이규의 엄포에 못 이겨 화약 연구에 나섰던 군기감 별좌가 화약에 손가락을 잘리는 등 크고 작은 사고가 끊이지 않았다.

"흥, 장영실 그놈이 날뛰어도 너무 날뛰는군."

그 무렵, 이규는 세종을 찾아가 무리한 도박을 걸었다. 자신에게 맡겨만 주면 새로운 무기를 개발해 보이겠다고 큰소리를 쳤던 것인데, 이는 새로운 신무기 개발에 세종이 초조해하고 있다는 것을 간파한 뒤에 벌인 일종의 승부수였다. 세종은 병조판서를 의식해서 지원을 할 테니 한번 만들어 보라고 지시하지만 미덥지 못한 마음을 거두지 못했다. 장영실을 향한 마음을 일시적으로나마 자신에게 돌리려 한다는 느낌을 받았기 때문이다. 아니나 다를까, 몇 달이 지나도 이규에게선 개발 소식이 들려오지 않았다.

그렇게 이규가 몇 달 동안 아랫것들만 닦달하고 있는 사이에 영실이 세종을 찾아가 다연발 무기의 원리를 설명하며 개발 허가를 받아냈다. 세종은 병조판서 몰래 영실에게 자금을 지원하며 은밀히 영실의 신무기 제작을 도왔다. 신무기의 이름은 신기전이었다. 고려 말엽에 최무선에 의하여 제조된 주화*를 더 높이, 멀리 날도록 개량하면서 화약의 양을 조절하여 더 강력한 폭발이 일도록 만든 무기였다. 발사 시험을 여러 차례 성공한 장영실은 세종에게 이를 보고하였고, 세종은 여러 신하들을 모아놓고 신기전의 발사를 시연했다. 모든 신하들이 수많은 화살이 한꺼번에 폭발하여 발사되는 것을 보고 입을 다물지 못하면서 장영실의 천재성을 칭찬했음은 물론이다.

영실이 신기전을 개발하면서 이규의 권위는 땅에 떨어졌으며 군기감 내에서도 놀림감이 되었다. 이규는 분노와 질투심이 극에 달해서 영실을 죽이고 싶도록 미워했다. 아랫것들을 시켜 영실의 일거수일투족을 감시하게 함은 물론 작은 꼬투리라도 잡아내기 위해 애썼다.

그러던 중 영실이 향원의 미령과 보통사이가 아니란 것을 알게 되었다. 이규는 건달 친구들 몇을 대동하고 당장 향원으로 향했다. 이규는 일부러 기생들에게 소리치면서 미령을 불러오라고 호령했다. 느낌이 좋지 않았으나 워낙 권세 높은 손님인지라 향원도 어쩌지 못하고 주저하는 미령의 등을 떠밀어 이규 앞으로 대령했다.

이규의 눈썹미가 올라갔다.

"흥, 네가 장안에 소문이 자자한 년이냐? 어디 솜씨 좀 보자."

미령을 보자 이규는 다짜고짜 춤을 강제로 추게 하였다. 미령이 마지못해 춤을 선보이자 성에 차지 않는다는 듯 노래를 부르게 했다. 노래가 끝나자 이번에는 옆으로 가까이 오게 하여 입을 맞추고 허벅지에 손을 집어넣는 등 거친 행동을 계속했다.

"이래 가지고 어디 술맛이 나겠느냐. 전부 벗어보거라."

온갖 추태를 다 부리던 이규가 강제로 옷고름을 잡았다.

"사대부 집안에서 이러시면 아니 되옵니다."

미령이 참다못해 한마디 했다.

이규의 눈이 번득였다.

"오라, 네년이 나를 가르치시겠다?"

이규는 비틀거리며 일어나 느닷없이 미령의 뺨을 후려쳤다.

"기생년이 겁도 없이 어디서 입을 놀리느냐?"

이규가 저고리 사이로 손을 거칠게 집어넣어 미령의 젖가슴을 움켜쥐었다. 이규가 손가락에 힘을 주어 젖가슴을 비튼 탓에 미령은 저도 모르게 아아악, 비명을 질렀다.

"제발 그만하시지요."

보다 못한 술집 안주인, 향원이 달려왔다.

"흥, 이것들이 다 뭔데 내 앞을 막는 거냐? 내가 누군 줄 아느냐?"

이규가 앞에 있는 상을 엎었다. 대청마루는 순식간에 아수라장이 되었다. 여인들이 비명을 지르며 자리를 피하는 사이, 이규는 옆에 있던 미령의 머리채를 잡았다. 미령이 비명을 지르며 끌려갔지만 누구도 이규를 말리지 못했다. 술집에서 일하는 하인들조차 이규의 악명을 익히 아는지라 감히 말리지 못하고 사태만 관망했다.

"이게 뭐하는 짓이요?"

그 순간 마루 위로 뛰어 올라와 이규를 제지하는 사내가 있었다. 노란 초립을 깊숙이 눌러 썼지만 미령은 그가 영실이란 걸 금방 알아보았다. 영실은 일이 끝나면 가끔 미령의 기방에 들러 술을 마시곤 하였다. 술을 마시러 들렀다기보다는 미령을 만나기 위해 들른 것인데, 영실이 들르는 날이면 미령도 손님을 받지 않고 오직 영실만 자신의 방으로 들였다. 영실은 저녁 늦게까지 미령과 두런두런 이야기를 나누다가 해시(오후 9시~11시)가 되면 어김없이 일어나 집으로 돌아가곤 했던 것이다. 그러나 오늘은 분위기가 달랐다.

이규가 방문을 벌컥 열어젖히는 순간 영실이 그 앞을 태산처럼 막아섰다. 이규의 눈이 불을 뿜었다.

"아니 이게 누구신가. 주상의 총애를 받는 그 유명한 종놈 아닌가."

취기가 싹 가신 얼굴로 이규가 중얼거렸다.

"아랫것들 앞에서 웬 소란입니까?"

영실이 지지 않고 맞받았다.

"뭐라고? 소란을 피워? 이제 네놈까지 나를 조롱하느냐!"

이규가 주먹으로 영실의 얼굴을 후려쳤다. 두 번, 세 번, 영실은 피하지 않고 이규의 주먹을 그대로 받았다. 보다 못한 미령이 이규를 막아섰다.

"시키는 대로 다 할 테니 이 사람은 보내주시어요."

"너는 또 뭐야, 이 년이."

이규가 또다시 미령의 뺨을 후려쳤다. 보고 있던 영실이 이규의 어깨를 짓눌러 주저앉혔다. 그 순간 이규의 친구들이 우르르 달려와 영실을 둘러쌌다.

"건방지다. 이놈. 상의원 별좌 주제에 어디다가 손을 대느냐?"

영실이 몸을 일으키는 순간 무수한 발길 세례가 쏟아졌다. 영실은 오래 버티지 못하고 그대로 바닥에 나뒹굴었다. 몇 번이나 일어나려고 힘을 써봤지만 서너 명의 장정을 동시에 당해낼 수가 없었다. 영실의 얼굴은 점점 피범벅이 돼 갔다.

이규는 아예 날을 잡은 듯 품에서 칼까지 뽑아들었다.

"이놈, 한번만 더 멋대로 날뛰나간 단칼에 목이 베일 것이야."

미령이 울부짖으며 이규의 손목을 잡았다.

"나으리 뭐든지 시키는 대로 할 테니 제발 살려주십시오."

이규가 피식 비웃으며 말했다.

"오호, 눈물 없인 차마 쳐다볼 수 없는 순정이군 그래. 정히 네 뜻이 그러하다면 지금 당장 내 앞에서 옷을 남김 없이 벗어보아라. 내 너의 몸매를 감상한 뒤에, 몸매가 성에 차면 이놈의 목에서 칼을 거두겠다."

영실은 피가 거꾸로 솟아오르는 것을 느꼈다. 몸을 움직일수록 이규의 칼날이 영실의 목을 파고들었다. 살을 베였는지 붉은 피가 흘러내렸다.

"그만하시지요. 정 이러시면 의금부에 사람을 보내겠습니다."

안주인의 말에 이규가 콧방귀를 뀌며 대꾸했다.

"나는 양반이다. 이미 태어날 때부터 가진 것이 많지. 죽도록 써도 넘쳐나는 돈과 하늘이 두 쪽이 나도 바뀌지 않을 양반의 지위, 그리고 죄를 지어도 면책 받는 병조판서의 아들이다. 누가 나를 막을쏘냐?"

"그러다가 사람이라도 죽으면 나으린들 무사하지 못할 겁니다."

향원의 야무진 말에 이규는 슬쩍 한 발을 뺐다. 의금부에서 사람이 나오면 제 아비에게까지 피해가 미칠 것은 뻔했다.

"흥, 내가 이집 주인 체면을 생각해서 이쯤 물러가긴 한다만……."

이규는 피를 흘리는 영실을 힐끗 쳐다본 뒤 칼을 집어넣고 마루에 걸터앉았다. 이규가 가죽 신발에 발을 집어넣으며 모두 들으란 듯 소리쳤다.

"천민이 재주가 뛰어난들, 천민이 발명품을 만들어낸들 그것은 모두 양반네의 것이지. 나처럼 태어날 때부터 모든 것을 타고난 이는 노력할 필요가 없다. 너 같은 천한 놈이 아무리 나를 따라올려고 해도 세상이 허락하지 않아. 천한 종놈이 분수를 알아야지. 나를 원망하지 말고 세상을 원망해라."

퉤, 이규는 마당에 침을 뱉고는 모리배들과 대문을 나가 버렸다.

"괜찮아?"

이규가 사라지자 미령은 의원을 부르라 소리 지르며 영실을 부축했다.

"미안해, 나 때문에 욕을 보게 해서."

미령이 눈물을 흘리자 영실이 힘없이 웃어 보였다.

"괜찮아. 네가 다치지 않았으니 나는 됐어."

미령은 영실을 자기 방에 눕히고 상처를 물로 닦아주었다.

'이제 그만 이곳을 나가자…….'

영실은 두 눈을 감은 채 미령에게 차마 하지 못한 말을 되뇌었다.

미령에게 일을 그만두라는 얘기를 해보지 않은 것이 아니다. 그러나 미령은 그때마다 강하게 고개를 저었다. 설령 일을 그만둔다 해도 영실과 정식으로 맺어질 수 없는 신분이라는 사실을 그녀가 모르는 바 아니었기 때문이다. 영실도 미령과 어릴 때부터 같이 자라서 미령이 여자로서 느껴지는 것이 아니라 친동생 같은 느낌이었다. 또 한 가지 이유는 아직도 갚아야 할 어마어마한 빚 때문이다. 동래에서 한양으로 올라올 때, 미령의 면천 자금을 대준 이는 이곳 향원의 주인이 아니던가.

"고마워, 고마워…….."

영실은 흐려진 눈으로 미령의 손을 꼭 잡았다.

지금 그는 알고 있었다. 자신이 미령에게 해줄 수 있는 게 아무것도 없다는 것을.

잡은 손에서 따스한 기운이 전해져왔다. 영실과 미령은 그렇게 손을 꼭 잡은 채 문 밖에서 들려오는 바람 소리를 조용조용 듣고 있었다.

긴 장마가 끝나고 입추가 며칠 앞으로 다가왔다.

이즈음 들어 이규는 제 아버지를 만날 때마다 정의공주와의 결혼을 주청해달라고 졸라대기 시작했다. 이암으로서도 아들과 정의공주와의 결혼을 마다할 이유가 없었다. 주상의 외척이 되면 그 누구도 건드릴 수 없는 권력을 얻을 수 있었기 때문이다. 이암이 주상을 독대한 건 그해 가을이 막 끝나가기 직전이었다. 이번에도 세종은 궁색한 변명을 들어 이암의 주청을 거절했다. 선왕시대부터 흉년이 든 해는 궁의 혼례를 치르지 않으니 지금은 공주의 혼례를 거론할 때가 아니라는 이유였다. 세종의 태도가 너무도 완강했던 터라 이암은 아무런 말도 하지 못하고 물러났다.

'결국 그 작자의 도움을 받아야 하는 건가.'

능구렁이처럼 속이 들여다보이지 않는 이상인을 이암은 좋아하지 않았다. 하지만 그가 세 치 혀로 주상을 움직일 수 있다고 장담한 마당이라 도움을 생각하지 않을 수 없었다.

늦은 저녁, 이암은 지게꾼 하나만을 대동한 채 은밀히 이상인을 찾아갔다. 지게꾼이 지고 간 함을 내려놓자 그 안에서 삼과 녹용, 은괴 등이 쏟아져 나왔다. 이상인은 온화한 미소로 병조판서를 맞이하며 연신 고개를 끄덕였다. 둘은 감잎차를 앞에 놓고 앉아 반 식경 가까이 절기를 화제로 대화를 나누었다. 그 누구도 찾아온 이유에 대하여 말을 꺼내지 않았다. 침묵을 통해 그들은 거래를 마쳤고 차가 식자 이암은 가차 없이 자리에서 일어섰다. 저녁을 먹고 가라며 이상인이 잠깐 만류했으나 딱히 진심은 아닌 것 같았다.

"그럼, 저만 믿고 기다리시지요, 대감."

대문까지 배웅을 나온 이상인이 의미심장하게 웃었다.

"대감만 믿겠습니다."

이암은 억지웃음을 지어 보이곤 급히 대문을 벗어났다.

'고얀 놈, 불알도 없는 내시 놈이 일국의 병판을 세 치 혀로 농락하다니. 내 언젠가 반드시 네놈을 형틀에 묶어 온몸의 기름이 다 빠지도록 주리를 틀어주리라.'

밖으로 나온 이암은 소리가 나도록 이를 악물었다.

오는 봄과 함께 백성들의 불안이 다시 시작되었다. 명나라에서 잠시 미뤄두었던 처녀 조공을 다그치는 사신을 보내왔기 때문이다. 세종은 조공을 관할하는 진헌사의 책임자 이상인을 불러 이 문제에 대한 조언을 구하였다. 이상인은 간신배처럼 눈웃음을 흘리며, 딴엔 진지한 척 세종의 말을 모두 들었다.

"나라에 흉년이 들어 백성들이 모두 굶어 죽어가는 마당에 처녀를 조공하라니요. 명의 요구가 무례하기 그지없습니다."

이상인은 부러 혀를 차댔다.

"그러니 이 상황을 어찌하면 좋겠나? 가뜩이나 가뭄이 들어 민심이 흉흉한데 이번에는 달리 방법도 없고, 반드시 처녀를 징발해서 보내야 하니……."

주상은 머리가 아픈지 이마를 짚었다.

"기왕에 내려온 하명은 되돌리기 어려울 듯합니다. 대신에 제가 명나라 조정에 청을 올려 징발되는 처녀의 수를 줄여달라고 해보겠습니다."

"좋은 방법이라도 있는가?"

"네, 그러하옵니다. 전하의 덕에 힘입어 조선엔 손재주, 글재주, 말재주는 물론 칼을 쓰고 활을 쓰는 재주까지 섬세한 기술을 가진 이들이 많은 것이 사실 아닙니까? 명나라에도 이미 파다하게 소문이 나 있사옵니다. 조선의 도자기나 여염집 여인들이 손수 놓은 수들은 명나라 귀족들에게 굉장한 인기를 누리고 있습니다. 그러니 처녀

1000명을 다 채워 보내는 대신, 특별한 재주를 가진 기술자들을 징발하여 보내면 어떨지요."

세종의 이마에 주름이 새겨졌다.

"좋은 생각이긴 하네만, 기술을 가르쳐주고 사람은 언제든 다시 돌아올 수 있으니 우리로서도 손해 보는 것이 없고, 좋은 것들은 함께 나누면 좋겠네. 그렇다면 반대로 우리가 기술자를 보내면 명나라에서도 뛰어난 기술자들을 보내 상호 협력하는 방안은 어떤가?"

"옳으신 말씀입니다. 제가 황제 폐하를 뵙고 직접 청을 넣겠습니다."

"과연 명나라 조정에서 우리 타협안을 받아들일까?"

기다렸다는 듯 이상인이 대답한다.

"명나라 조정에 신뢰를 심어주기 위해서는 우리 쪽에서도 그에 상응하는 인물이 명나라로 건너가야 하지 않을까 생각됩니다. 그렇게만 해주신다면."

"음, 그게 누구란 말인가?"

"제 미련한 생각으로는……, 전하의 넓은 학식과 재주를 쏙 빼닮은 공주아기씨가 어떠실지요. 들리는 소문에 의하면 어느 왕자보다도 뛰어난 손재주와 학식을 겸비하였다 하던데, 공주아기씨를 명나라로 보내 명나라 왕실에 조선의 예를 전하는 역할을 하심이 어떠할지."

"뭐라고?"

세종이 몸을 부들부들 떨며 자리를 차고 일어났다.

"귀하디귀한 자식을 멀리 타향으로 보내는 것이 얼마나 가슴이 아프실까 생각하면 제 가슴 한쪽이 도려내지는 것 같습니다. 하지만 이 나라의 장래를 위한 일이 아니옵니까. 조공을 조금이나마 조선에 유리하게 조율하려면 우리 쪽에서도 내주는 게 있어야……."

"더는 듣기 싫으니 물러가라."

세종이 평소답지 않게 소리를 버럭 질렀다.

그날 저녁, 세종은 근심에 사로잡혀 정의공주의 처소를 찾았다. 정의공주는 영실이 사행길에 가지고 온 알파벳 책을 바닥에 펴놓고 앉아 들여다보고 있었다.

"무엇을 하고 있었느냐?"

세종이 짐짓 모른 척하며 물었다.

"아바마마의 명을 받들어, 백성들을 위한 글자를 찾고 있었습니다. 여기 알파벳이라는 것을 보건데 스물여섯 개의 글자를 조합하여 어떤 발음이든 자유롭게 표현할 수 있다 하니, 우리도 조선 백성들의 말과 글을 만들어내는 일이 꿈은 아닌 듯하옵니다."

세종의 눈시울이 뜨겁게 젖어들었다.

"그래. 반드시 백성을 이롭게 할 수 있는 글을 만들자꾸나."

세종은 조용히 딸의 머리를 쓰다듬었다.

"아바마마, 그런데 어찌하여……."

주상의 눈에 물기가 어려 있음을 감지한 정의공주가 물었다.

"내 너를 오래도록 가까이 두고 싶으나 더는 곁에 두는 것이 쉬울 거 같지 않구나. 너와 함께 글을 만드는 꿈을 꾸고 싶은데, 세상에 장애물이 많아."

세종이 휴우, 깊은 한숨을 내쉬었다.

"다음 세상에 태어난다면 반드시 여자가 아닌 남자로 태어나거라. 그래서 네가 하고 싶은 것, 맘껏 무엇이든 해보거라."

아버지의 마음을 읽은 정의공주의 눈빛이 흔들렸다. 그 역시 자신을 둘러싸고 벌어지는 일들을 어느 정도 소문으로 듣고 있었기 때문이다.

"아바마마, 저는 어떤 경우에도 아바마마의 결정에 따르겠습니다. 그러니 제 염려는 마시옵고 백성들을 굽어 살펴주세요."

세종은 정의공주의 대답에 더욱 가슴이 메어졌다.

"너무 걱정하지 마라. 내 어찌 눈에 넣어도 아프지 않을 너를 시정잡배 같은 병판 아들에게 시집보내겠느냐? 나에게도 다 계획이 있느니라."

"아바마마."

공주가 주상의 품에 안겨들었다.

공주의 눈에서 쉴 새 없이 눈물이 흘러 내렸다.


명나라와의 국제관계를 이용하여 이암 일당이 정의공주를 자신의 며느리로 맞아들일 준비를 하고 있을 때, 영실은 상의원 골방에 틀어박혀 연구에 연구를 거듭하고 있었다. 영실이 개발 중인 기계는 물시계였다. 물의 낙차를 이용하여 정확히 시간을 재는 기구를 머릿속에 떠올렸던 것은 무자위를 만들 당시였다. 당시에는 막연하게 상만 그렸는데, 서양인들이 만들어 놓은 물시계를 그림으로 보자, 대번에 그 원리가 터득되었다. 물론 그림 속의 물시계가 실제로 존재하는 것인지, 누군가의 상상인지는 알 도리가 없었다. 중요한 건 영실이 그 일에 벌써 6개월 가까이 매달리고 있다는 점이다.

그렇게 밤낮을 가리지 않고 연구에 매진한 영실이 물시계를 만든 건 세종 16년 가을이었다. 물시계에 대한 시연이 벌어지던 날, 수백 명의 대신들이 경회루 남쪽 보루각으로 모여들었다. 이윽고 영실이 통에 물을 채우자 나무 막대기가 구슬을 움직이고, 구슬이 파인 홈통을 굴러가 12간지를 표기한 목각인형을 건드리는, 정교한 장면이 연출되었다. 스스로 움직여 시간을 알려주는 이 기계를 보고 난 뒤 세종은 그 자리에서 자격루[36]라는 이름을 내렸다. 인형이 북을 치면 그 신호를 받아 종소리와 광화문과 종루에서 북과 종을 쳐서 시각을 알리도록 했으며, 종루의 신호에 맞춰 도성의 문들이 일제히 열리고 닫혔다.

이를 본 세종은 영실을 칭찬하였다.[37]

---

36) 영국의 저명한 과학사가 조지프 니덤은 자격루에 Striking Clepsydra라는 학명을 붙이며 그 창의성을 극찬하였다.

"정말로 훌륭하다. 어느 나라도 작금의 조선처럼 정확한 시간을 갖고 있지 못할 것이다. 물만 보충해주면 스스로 알아서 시간을 알려주니 이는 하늘의 일을 엿본 것이나 다름없다."

영실은 다시 연구에 매진하였다. 영실은 정화 대장에게 들은 이야기를 바탕으로 이순지와 함께 『칠정산七政算』 편찬 작업에 매달렸다. 이순지는 편찬 작업을 진행하면서 세종에게 장영실이 필요하다고 강력하게 청하였기에 영실이 참여하게 된 것이다. 이 작업은 태양과 달의 운행, 일식과 월식 현상, 다섯 행성(수성, 금성, 화성, 토성, 목성)의 운행, 그리고 달과 다섯 행성이 서로 가리는 현상 등을 통해 조선의 절기를 때에 맞게 설정하는 일로 주상이 오래전부터 명나라의 눈치를 살펴가며 야심차게 준비해온 작업이었다.

영실은 이순지 등을 도와 다섯 행성이 태양을 중심으로 회전하고 있다는 것을 밝혀내며 『칠정산』 작업에 힘을 보탰다. 수시력은 북경을 기준으로 하였기 때문에 조선의 실정에 맞지 않았다. 하지만 한양을 기준으로 만들어진 『칠정산』은 조금의 오차도 없이 시와 때가 들어맞아, 백성들이 씨앗을 뿌리거나 곡식을 거둘 때 유용하게 사용할 수 있었다. 시간이 척척 들어맞으니 또한 일식이나 월식

---

37) 세종실록, 세종 15년 9월 16일 "영실의 사람됨이 비단 공교한 솜씨만 있는 것이 아니라 똑똑하기가 보통보다 뛰어나서, 매일 강무講武할 때에는 나의 곁에 두고 내시를 대신하여 명령을 전하기도 하였다. 그러나 어찌 이것을 공이라고 하겠는가. 이제 자격궁루自擊宮漏를 만들었는데 비록 나의 가르침을 받아서 하였지만, 만약 이 사람이 아니었다면 결코 만들어내지 못했을 것이다."

같은 자연현상 앞에서 기상을 살피는 서운관 관리들이 시각을 잘못 짚어 매를 맞는 일 또한 사라지게 되었다.

세종은 계속해서 영실과 학자들을 칭찬했다.

"이 모든 것은 영실을 비롯하여 연구에 매진한 학자, 공인들의 공이다. 보라, 조선의 하늘을 올려다보라. 조선의 하늘에 조선의 해와 달이 있을 뿐이다. 그 누구의 간섭도 받지 않고 저 해와 달은 만백년 자유로우리라."

그날 저녁, 영실은 기분이 좋은 채 궁을 나섰다. 친구 만복을 만나 술이라도 한 잔 들이켜고 싶은 날이었기에, 주머니로 슬쩍 손을 가져가며 엽전을 확인하였다. 영실의 발걸음은 미령이 있는 운종가 뒷골목으로 향했다. 자신이 만든 자격루 북채가 둥둥 시간을 울릴 때마다 영실은 그 북소리를 듣고 있을 공주를 생각하였다. 직접 그이를 만날 수는 없지만, 울타리를 뛰어 넘어 궁중 가장 깊은 곳까지 그 소리가 가 닿을 것이었다.

그 무렵, 이규 사건 이후 주인의 배려로 향원을 나온 미령은 간판도 없이 술도가를 열어 오가는 손님들을 맞고 있었다. 정확히는 이자를 쳐 빌린 곡식을 갚는 조건이었지만 미령에겐 고마울 수밖에 없는 조건이었다. 미령은 골목 바깥으로 사랑채를 낸 방 두 칸짜리 여염집 하나를 세 내어 내외각사의 서리들과 군관들, 온갖 짐꾼들을 상대로 사발술을 팔았는데, 손이 필요했던 나머지 만복이까지 합세하여 제법 푼돈을 만지는 처지였다. 영실은 미령이 향원을 나온 후에 평민이 된 만복이와 엮어줄려고 미령에게 제안했다. 미령이 자신을 좋아한다는 것을 알고 있었지만 친동생 같은 미령이 행복해지기를 바라는 마음뿐이었다. 영실의 제안에 미령은 아무런 대답도 않고 눈물만 흘렸다. 미령을 좋아했지만 미령의 마음을 알기에 내색 한번 하지 않았던 만복은 영실의 제안에 따라 미령을 도와 주막집 일을 같이 시작했던 것이었다. 시간이 지나갈수록 미령과 만복은 부부처럼 사이가 좋아 보였다.

마당으로 들어서자 미령과 이야기를 주고받는 만복이가 보였다.

"영실아, 어서 와."

평소 같으면 장 별좌 나으리, 어서 오십시오, 하고 농을 걸었을 만복의 얼굴이 오늘따라 착잡해 보였다. 영실은 마루에 엉덩이를 내려놓고 끙 소리를 내며 신을 벗었다. 그런 모양을 멀찍이서 지켜보던 미령이 다가왔다.

"저녁 차려줄까?"

"저녁은 됐고 술이나 한 사발 줘."

영실은 오늘 낮에 있었던 주상 전하의 칭찬을 얘기하고 싶어 입이 근질근질했다.

"그래, 잘 생각했다. 오늘 같은 날 마시지 않으면 언제 또 마시랴."

뒤쪽에서 만복이가 구시렁거렸다.

"무슨 일이야? 표정들이 안 좋아 보이는데."

영실이 이상한 낌새를 눈치 채고 만복일 쳐다보았다.

"실은 말이야……."

만복이 눈짓을 하자 미령이 냉큼 술상을 봐왔다.

"자, 우선 한 잔 쭉 목을 축이고 얘기하자."

"무슨 일이냐니까!"

영실의 목소리가 커졌다.

"실은 말이야. 나도 저자에서 들은 얘기라 확실한 건 아닌데, 정의공주마마께서 봄에 혼사를 치르기로 했다는 거야. 병판 이암의 아들하고……. 그래서 병판 댁에서 혼수를 장만한다고 장안의 질 좋은 옷감을 죄다 거두어들이고 있다는 소문이야."

"그, 그게 사실이야?"

영실의 목소리가 떨렸다.

"응, 네가 알면 속상해 할까봐 숨기려 했는데, 어차피 알게 될 거고. 또 막상 얼굴을 보니까 도저히 감출 수가 없어서……."

"흥."

영실은 콧방귀를 뀌었다.

"그래서 뭐가 어쨌다는 거야? 설마 말단 별좌직 장영실이 공주님을 짝사랑이라도 하고 있다고 생각한 거야? 그래서 뭐가 달라지지? 애초에 오를 수 없는 나무였잖아. 그분은 내게 닿을 수 없는 별이었고. 그러니 신경 쓰지 마."

영실은 만복이 따라 놓은 술을 모두 들이켠 뒤 자리에서 일어났다.

"어딜 가는데?"

영실은 대답하지 않고 사립문을 밀쳤다.

정의공주가 병판의 아들과 혼인한다는 소문이 있은 뒤, 영실은 정의공주만 생각하면 가슴이 아려왔다. 그 아린 가슴을 움켜쥐고 두문불출 더욱더 연구에만 매달렸다. 영실의 연구는 물시계를 시작으로 더욱 영역을 확장해 나갔다. 학문 연구에도 관심이 많았던 세종은 자신의 지시로 정초, 변효문 등이 집필한 농사에 관한 문헌인 『농사직설』을 널리 백성들에게 유포하고자 했다. 그런데 인쇄를 하다 보니 채 여섯 장을 넘기지 못하고 인쇄판이 흩어졌다. 글자 모양도 울퉁불퉁해서 보는 이도 불편하기만 했다.

이에 영실과 궁중의 기술자들이 합심하여 새로운 활자를 만들어 바쳤다. 영실이 만든 인쇄술은 가히 혁명적인 것이었다. 기존의 금속활자는 목판인쇄의 나무를 구리나 쇠로 바꿨을 뿐 목판인쇄를 그대로 따라 한판에 전체 글자의 본을 떠서 찍어내는 방식이었다. 그런데 영실은 글자 한자 한자를 만들어 끼우는 방식을 사용한 것이다. 말 그대로 인쇄술의 혁명이었다. 세종은 영실의 천재성에 탄복하였다. '갑인자'[38]로 명명된 이 활자는 먹물이 시커멓게 먹어들어갈 뿐만 아니라 글자가 선명하고 아름다워 명나라 사신들까지 칭찬을 그치지 않았다.

자신에게 쏟아지는 찬사를 뒤로 한 채 영실은 그 뒤에도 연구에만 몰두했다. 영실의 활약은 '혼천의' 개발에 이르러 절정에 달했다.

혼천의는 천체의 운행과 별들의 위치를 측정했던 하늘시계였다. 신라시대부터 문헌에 혼천의가 등장했으나 남아 전하는 물건이 없어 세종은 때가 되면 혼천의를 되살리겠다고 결심하고 있었다. 세종이 혼천의 제작에 즉각 나서지 못한 다른 이유는 명나라 때문이었다. 명나라는 천문 관측에 관련된 어떤 일도 허용하지 않았다. 책을 소지하는 것도, 사사로이 하늘을 관찰하는 것도 허락되지 않았으며 오로지 명나라 황제가 내려 보낸 자료를 바탕으로 하늘을 읽어야 했다.

세종은 정초와 정인지 등에게 명하여 비밀리에 고래의 혼천의를 연구하게 한 뒤, 이천과 장영실로 하여금 혼천의를 제작하라고 일렀다. 혼천의는 두 추의 운동에 의하여 움직이는 시계장치와 톱니바퀴로 연결되었는데 양면은 각각 360도로 분할되었고 남북을 축으로 시계장치와 연결하여 하루에 한 번씩 회전하도록 고안되었다. 또 양극의 축에는 12궁宮과 24절기節氣, 28수宿를 새겨 넣었다. 마침내 세종 20년(1438년) 영실은 세계 최고의 천문관측기구, 혼천의를 만들어내었다. 세종은 영실 등의 연구 결과를 바탕으로 종합 천문

---

38) 갑인자甲寅字는 1434년(세종 16)에 만든 구리활자로서, 위부인자衛夫人字라고도 한다. 왕명을 받들어 지중추원사 이천李蕆·직제학 김돈金墩·호군護軍 장영실蔣英實·주부 이순지李純之 등이 경연청에 소장所藏한 『효순사실孝順事實』, 『위선음즐爲善陰騭』, 『논어』 등의 명나라 초기 판본을 자본字本으로 하여 만들었다. 경자자庚子字보다 모양이 좀 크고 자체子體가 바르고 깨끗한 것이 20여 만 자나 되었다.

관측 기구인 흠경각欽敬閣을 세우도록 지시했다.[39] 흠경각 안에는 자격루와 혼천의를 비롯하여 옥루기륜玉漏機輪[40], 혼상渾象[41] 등이 설치되었다.

흠경각이라는 이름은 주상이 직접 지었다. 흠경은 『서경書經』 「요전堯典」에 나오는 이야기로 요임금이 희씨羲氏와 화씨和氏에게 명하여 '하늘을 공경하여 백성에게 때를 일러준다'고 한 데서 비롯되었다.

흠경각이 완성되고 영실은 자주 흠경각에 올랐다.

시간을 재고 하늘을 올려다보는 일은 서운관 관리들의 몫이었다. 그러나 영실은 기계의 작동 유무를 확인해야 한다는 핑계를 대고 툭하면 흠경각에 올라 멍하니 궐내를 내려다보았다. 흠경각은 경회루 동남쪽에 위치해 있었다. 흠경각 2층 난간에 오르면 멀찌감치 솟을대문 너머로 왕실 가족들이 머무는 궁궐 안채 한 귀퉁이가 내려다보였다. 가슴이 먼 데서 불어오는 황사바람으로 가득 찬 것처럼 콱 막히고 답답했다. 공주의 그림자를, 아니 상투를 튼 미소

---

39) 세종실록 80권, 20년(1438 무오/명 정통正統 3년) 1월 7일(임진) 3번째 기사 "흠경각欽敬閣이 완성되어 김돈에게 기문을 짓게 하다. 흠경각이 완성되었다. 이는 대호군 장영실이 건설한 것이나 그 규모와 제도의 묘함은 모두 임금이 마련한 것이며, 각은 경복궁 침전 곁에 있었다."
40) 계절을 측정하는 기구.
41) 하늘의 별들을 보이는 위치 그대로 둥근 구면에 표시한 천문기기로 별이 뜨고 지는 것, 계절의 변화, 시간의 흐름 등을 측정할 수 있다.

년의 그림자를 구경하지 못한 것도 벌써 반년이 넘었다.

"이것은 무엇이오?"

"물로 시계를 움직이는 원리가 무엇이오?"

흠경각에 물시계를 설치할 때만 해도 짬짬이 나타나 말을 걸곤 하던 그녀였다. 공식적인 자리를 제외하면 그녀는 여전히 상투 차림으로 궐내를 돌아다니곤 했는데, 흠경각이 완성된 이후부터 신기루처럼 궐내에서 사라졌다. 그녀를 마지막으로 본 건 흠경각이 완공되고 주상 전하가 기술자들의 노고를 위로하려고 베푼 연회 자리에서였다.

"그간의 공로를 인정하여 별좌직 장영실을 대호군에 임명하겠다."

흠경각 완공을 보자 주상은 연회를 크게 베풀고 영실에게 종3품 대호군 벼슬을 내렸다. 허조를 비롯한 조정 대신들이 거세게 항의 했지만 듣지 않았다. 품계 두 칸을 단숨에 건너 뛰는 파격적인 승진이었다. 그러나 영실은 하나도 기쁘지 않았다.

"영실아, 니 들었나? 공주마마가 곧 결혼식을 올린데."

영실은 오늘 아침, 만복이 물어온 소식을 머리에 떠올렸다. 아닌 게 아니라 먼 곳에서 희미하게 농악패의 연주 소리가 나는 것도 같았다. 연주 소리는 병판 이암의 아들이 살고 있는 가회방 방향에서 들려오고 있었다. 영실은 멍하니 하늘만 바라보았다. 하늘에 구름이 흘러가고 해는 흠경각을 더디 돌아갔다. 어둠이 내려앉고 하늘에 별들이 하나둘씩 솟았다. 영실은 혼천의를 돌리며 별들을 올려다보았다. 못 보던 별 하나가 영실의 눈에 들어왔다. 북극성에서 동쪽으로 다섯 척쯤 떨어진 곳이었다. 그 별은 지금껏 보았던 어느 별보다도 빛이 강했다. 영실은 손을 뻗어 별을 움켜쥐었다. 별은 쥐어지지 않았다.

'그래, 저 별은 누구의 소유도 될 수 없다.'

영실은 흠경각을 내려왔다.

인정[42]이 치기 전에 영실은 궐을 빠져 나왔다. 영실은 정처 없이 걸었다. 가까운 곳에서 순라꾼들이 야경을 돌았지만 영실은 개의치 않았다. 영실의 발걸음은 인정을 친 뒤에도 몰래 술을 파는 흥복사[43] 뒷골목으로 이어졌다. 영실은 용수에 갓을 씌워 기다란 장대에 꽂아놓은 싸구려 목롯집으로 들어갔다. 그곳에서 가진 돈을 모두 털어 술을 마신 뒤 비틀거리며 다시 목롯집을 나섰다. 성 밖, 먼 곳에서 북을 치는 소리가 들렸다. 어느 집에선가 무당을 불러 살풀이라도 하는 모양이었다. 영실은 어둠으로 가득 찬 골목을 비틀거리며 빠져나갔다. 개 짖는 소리가 꼬리를 물고 영실을 쫓아왔다. 영실은 다시금 밤하늘을 올려다보았다. 별들이 북극성을 중심으로 느리게 흘러가고 있었다.

---

42) 야간 통행을 금지하기 위해 치던 종.

43) 현재의 탑골공원에 있던 사찰로 1465년(세조 11) 흥복사興福寺 터에다 원각사를 짓고 10층 사리탑을 세웠다.

영실의 발길이 닿은 곳은 미령과 만복이 있는 술집이었다. 시간이 늦어서인지 문 앞에 내걸렸던 초등도 꺼지고 대문도 닫혀 있었다. 영실은 문고리를 잡고 두 번 세게 흔들었다. 그리곤 문 앞에 털썩 주저앉았다. 문간방에 거주하던 만복이 용케도 그 소리를 듣고 밖으로 나왔다. 만복은 문틈으로 밖을 살폈다. 거무죽죽한 물체 하나가 문 앞에 쓰러져 있었다. 만복은 화들짝 놀라며 문을 열었다.

"이게 누구야, 영실이 아냐?"

쓰러진 사내에게선 술 냄새가 진동했다.

"대체 얼마나 퍼 마셨기에 이 지경이 된 거야?"

만복이 영실을 냉큼 들쳐 업고 마당을 가로질러 마루로 올라섰다. 그 소란에 막 잠이 들었던 미령과 일을 거드는 부엌어멈까지 속곳 바람으로 문을 열고 나왔다.

"대체 이게 무슨 일이래?"

미령은 영실을 비어 있던 뒤채로 옮기고 손수 물을 가져와 손발을 닦아주었다. 부엌어멈과 만복이 서로 눈짓을 한 뒤 물러났다.

"영실아, 영실아……."

몇 번이나 불러 보았지만 영실은 대답을 하지 않았다.

미령은 영실을 이불 위에 반듯이 눕히고 요를 덮어주었다. 일렁이는 초를 가까이 끌어당겨 미령은 천천히 영실의 얼굴을 뜯어보았다. 술에 취해 잠든 영실은 어린아이 때의 천진한 모습 그대로였다. 이처럼 가까운 곳에서 영실을 들여다보기는 실로 오랜만이었다. 미령은 하아, 한숨을 내쉬었다. 알바위에서 영실과 유리가 든 원통을 통해 별을 바라보던 장면이 생각났다. 그로부터 참으로 많은 세월이 흘렀다. 향원의 여주인이 쌀 20석을 대준 대가로 용케 관기에서 해방된 일이며, 빚을 안은 채 그 집을 나와 술도가를 연 일에 이르기까지 지난 몇 년의 일이 주마등처럼 미령의 눈가를 스쳐 지나갔다.

영실이 면천을 받고 벼슬을 하게 되었을 때 미령은 누구보다 기뻤다. 궁중에서 일을 하게 되고 또 주상의 은혜를 입어 명나라를 오갈 때, 미령은 묵묵히 영실의 뒤를 지켜주었다. 그런 영실의 얼굴에 근심이 서리기 시작한 것은 최근 들어서였다. 미령은 궁금했지만 영실에게 직접 묻지는 않았다. 영실의 마음속에 바라볼 수 없는 여인이 자리 잡고 있음을 알게 된 건, 최근 만복의 입을 통해서였다.

"쥐도 새도 모르게 죽으려고 작정을 한 게지."

만복은 영실을 걱정하며 혀를 끌끌 찰 뿐이었다.

'영실아, 너는 어쩌자고 올려다볼 수 없는 별을 바라보았니.'

미령이 손으로 영실의 이마를 쓰다듬었다.

영실은 지금, 다시 태어나고 있었다. 영실의 몸에 살며시 제 몸을 기댔다. 뜨거운 숨결이 가까이 건너왔다.

"공주, 공주마마……."

영실이 잠꼬대를 하며 미령의 품으로 파고들었다.

미령은 그런 영실을 더욱 힘껏 끌어안아주었다.

이상인이 세종을 찾아온 것은 처서가 막 지난 어느 날이었다. 밤낮으로 일교차가 심하여 주상은 며칠째 감기를 앓다가 겨우 몸을 회복했다. 상궁이 끓여온 뜨거운 대추차를 앞에 놓고 주상은 절을 올리는 이상인을 천천히 뜯어보았다. 금년 들어 쉰 줄로 접어든 이상인은 처음 입국했을 때보다 통통하게 살이 올라 있었다.

"자네는 요즘 몸이 어떤가. 나는 나이가 들어서 그런지 하루하루가 다르네. 밤에 깊이 잠이 들지도 못하고, 또 아침에 일어나면 온몸이 떨리고 추운 게……."

주상은 대추차를 입으로 가져가며 차분히 중얼거렸다.

"듣기로 전하의 건강이 전만 같지 않다고 하시어 제가 진귀한 약재를 가지고 왔습니다. 아랫것들에게 일러놓았으니 조석으로 끓여 드시옵소서."

"고맙네."

주상이 고개를 끄덕이며 다시 차를 한 모금 마쳤다.

이상인이 창고에 온갖 재화를 쌓아놓고 사행사가 있을 때마다 북경으로 실어 나른다는 말을 풍문처럼 듣고 있었으나 세종은 지금껏 그 문제를 흘려 들어왔다. 진귀한 약재라면 필시 육조의 벼슬아치 가운데 하나가 그에게 진상한 게 틀림없다. 임금도 구경하지 못하는 약재를 쌓아놓고 살아가는 이상인이야말로 조정의 실세 가운데 실세였다.

"제가 이렇게 급히 전하를 뵙자고 주청 드린 이유는, 명나라 조정에서 일고 있는 반조反朝 분위기 때문입니다. 더 늦기 전에 손을 쓰고 대책을 마련하는 게……."

"반조 분위기라니, 그게 무슨 소린가?"

주상의 양미간이 꿈틀했다.

"조선이 독자적으로 역법을 마련했을 뿐만 아니라, 장영실이 만든 다연발 무기인 신기전의 소문이 이미 명나라에 들어갔습니다. 그리고 흠경각을 지어 온갖 천문 기구들을 늘어놓고 밤마다 하늘을 읽고 있다는 소문이 황제 폐하의 심기를 건드린 것 같습니다."

이상인의 주장은 사실이었다. 조선 조정에서 일어나는 일들은 불과 두 달이면 명나라 조정에 보고되었다. 조선에 흠경각이 지어졌다는 소문이 돌자 명나라 6대 황제 정통제正統帝는 대노하여 사실 관계를 명확히 조사하여 보고하라는 밀지를 이상인에게 내렸다. 이상인은 북경으로 떠나는 상단 편에 소식을 넣었다. 오래지 않아 조선 조정에 공식적인 해명 요구가 내려왔다. 세종은 친히 붓을 들어, 조선과 북경은 지리적 위치가 달라 절기도 다르고, 이에 농사를 짓는 백성들의 고충이 심하여 흠경각을 지었음을 알리고, 흠경각의 기능이 아무리 뛰어나다 한들 황제의 하늘 아래 있음을 설파하며, 이 역시 황제의 은혜를 입었음 을 재차 강조했다.

정통제는 대신들을 불러모아놓고 이 문제를 오랫동안 논의했다. 대신들의 의견은 둘로 극명하게 갈렸다. 조선을 여러 차례 오간 적이 있는 친조親朝 파들은 흠경각의 이름을 파하고, 황제가 이를 대신할 이름을 하사하는 것으로 이번 사건을 마무리 짓자고 주장했다. 반면 조선을 아니꼽게 보아오던 대신들은 이번 기회에 형제의 나라 지위를 박탈하고, 조선을 명나라의 일부로 편입하자고 강경한 주장을 내놓기도 하였다.

"언제고 한번은 부딪혀야 할 일이었다."

편전을 울리는 세종의 목소리는 단호했다.

"조선의 명운을 다투는 일입니다. 전하께서는 어찌하여 일을 벌이십니까? 집현전 학자들이 주축이 되어 독자적인 조선의 나라 글을 연구하고 있다는 소식도 이미 명나라 조정에 건너간 지 오랩니다. 조선과 명의 관계는 이제 돌이킬 수 없게 되었습니다."

"알고 있다."

"그럼 전하께서는 명의 반응을 이미 예견하고 계셨습니까?"

"그렇다."

이상인이 깊은 한숨을 내쉬었다.

"명나라와 조선은 오랜 형제의 나라로 순망치한의 관계가 아닙니까? 아우가 형을 배신하고 다른 길을 가겠다는 것은 군자의 예가 아닌 줄로 아룁니다."

주상의 손이 팔꿈치로 괴고 있던 탁자를 내리쳤다.

"너는 조선의 신하더냐, 명의 신하더냐?"

"조선의 신하입니다."

"그런데 어찌하여 명의 편을 드느냐?"

"신은 조선의 종묘사직과 백성들의 안위를 걱정하고 있습니다."

"조선의 절기에 맞게 조선의 하늘을 여는 것이 곧 백성을 살피는 길이다."

침묵이 흘렀다. 이상인은 쉽게 입을 떼지 못했다.

"대답하라. 네 말대로 조선과 명은 형제의 나라이니 서로 원수가 되어서는 안 된다. 그렇다고 애써 지은 흠경각을 허물 수는 없지 않느냐?"

이상인이 오랜 침묵 끝에 입을 열었다.

"그렇다면 대호군 장영실을 내치소서."

"뭐라, 장영실을 내치라고?"

찻잔을 든 주상의 두 팔이 부들부들 떨렸다.

"그러하옵니다. 지금 이 순간 신은 온전히 주상의 신하로서, 또 조선의 아들로서 말씀을 드리겠습니다. 이 모든 일이 대호군 장영실 때문에 생긴 일이옵니다. 그의 요사한 언동에 속아 감히 조선이 황제의 하늘을 엿보았노라고, 이제 그를 내치고 흠경각을 황제의 의중에 맡기겠노라고……. 그런 뒤에 제가 주청을 올려 흠경각에 새 이름을 부여받으면, 애써 지은 건물과 기물을 보존하는 것으로 이번 일은 마무리가 될 것입니다."

세종은 답답했다. 지금 이상인의 말이 그르지만은 않았다.

"구체적으로 말하라. 내가 영실을 어찌했으면 좋겠느냐?"

"전하, 영실을 북경으로 보내소서. 영실에 대한 처치는 명나라 조정에서 알아서 하게 한다면, 저들 역시 함부로 영실을 해치지는 못할 것입니다."

장영실을 명나라에 갖다 바쳐 아예 화근을 없애자는 주장이었다.

"어찌하여 그렇게 보느냐?"

"저들이 노리는 것은 영실의 천재적인 재능이옵니다."

"흥!"

주상이 자리를 차고 일어났다.

"이제야 너의 본심을 내보이는구나. 어찌하여 너는 조선의 인재를 명나라에 팔아넘기려 하느냐."

"전하, 이번 일에 조선의 안위가 달려 있음을 잊지 마소서."

"듣기 싫다. 썩 물러 가렸다."

이상인을 물리고 난 뒤, 주상은 오래도록 편전에 앉아 있었다. 주상은 눈을 감았다. 이 정도의 반응쯤은 어차피 각오한 일이었다. 이번 일을 조사하기 위한 명나라 사신이 이미 북경을 출발했다는 소문도 들려왔다. 이상인의 말대로 명과 전쟁을 벌일 수는 없는 일이다. 누구도 다치지 않되 명나라 조정의 노여움을 풀 묘안을 찾아야만 한다. 주상은 끙 하고 길게 한숨을 내쉬었다.


세종을 배알한 며칠 뒤 이상인은 장영실에게 사람을 보냈다. 그러나 영실은 응할 처지가 못 되었다. 집사가 영실의 위치를 이상인에게 알렸다. 수두에 걸린 영실은 열흘 가까이 운신도 못한 채 미령의 술집에서 요양 중이었다. 처음 며칠은 몸을 가누지 못할 정도로 발진이 심했지만 만복이 시장에 나가 어렵게 구해온 느릅나무 껍질을 미령이 정성껏 달여 먹인 뒤부터 몸이 서서히 회복되었다. 정신을 차린 뒤에도 영실은 허깨비처럼 마루에 앉아 골목만 쳐다보았다. 골목으로 이따금 쥐들이 지나가고 닭이 지붕 위에서 울었다.

이상인은 흰 학창의 차림으로 술집 대문을 열고 들어왔다. 머리에 쓴 방건은 바람을 맞았는지 삐딱하게 얹혀 있었다. 골목엔 바람이 거칠게 불고 있었다. 검은 구름들이 솟을대문 앞까지 내려와 있었지만 비는 아직 내리지 않았다.

"게, 아무도 없느냐."

손님으로 안 만복이 허리를 굽힌 뒤 이상인을 방으로 안내했다. 미령이 눈치를 보며 술상을 갖춰 안으로 들어갔다. 미령은 상대가 범상치 않은 인물임을 한눈에 알아보았다. 미령이 미적대며 술잔을 배열하는 사이, 영실이 무표정한 얼굴로 문을 열고 들어왔다. 미령이 자리를 피하자 영실이 맞은편에 앉았다.

"몸이 아프다고 들었다."

"이젠 좀 좋아졌소."

"너는 어찌하여 명을 재촉하느냐?"

영실이 퉁명스럽게 대꾸했다.

"말을 돌리지 말고 결론만 말씀해주시오."

이상인이 미간을 좁혔다.

"네가 마음만 먹는다면 더 큰 세상이 너를 반겨줄 것이다."

"무슨 말씀이오?"

"명나라 황제 폐하께서 너의 재주를 높이 사고 계시다. 네가 손
톱 같은 재주로 황제를 우롱했지만 황제 폐하께선 오히려 너를 주
살해야 한다는 대신들의 간언을 뿌리치고 황은을 내려 기회를 주
시려 한다는 얘기다. 무슨 말인지 알겠느냐?"

"모르겠소."

"머리 좋은 네가 내 말 뜻을 이해하지 못할 리는 없겠지."

이상인이 품에서 작은 도<sup>刀)</sup> 하나를 꺼냈다.

"네가 결정하거라. 어버이 나라인 명나라를 욕보인 죄로 이 자리
에서 죽음을 택하겠느냐, 아니면 이제라도 명나라로 가 황제 폐하를
위해 너의 재주를 마음껏 부려보겠느냐?"

영실이 앞에 놓인 잔으로 손을 가져갔다.

"당신은 조선 사람인데 어찌하여 명나라를 먼저 생각하시오?"

"명을 먼저 생각하는 것이 아니다. 나를 먼저 생각하는 것이다.
조선이 나에게 해준 것이 무엇이냐? 나는 나를 믿을 뿐이다. 그 누
구도 나를 지켜주지 못할 테니까. 너 역시 마찬가지 아니더냐? 이 나
라가 너를 위해 해준 것이 무엇이냐? 네가 만든 물건들이 너의 주상
을 잠시 기쁘게 해주었을지언정 너에게 돌아온 것이 무엇이냐?"

정의공주가 생각나 영실은 눈을 질끈 감았다.

"주상 전하의 은혜를 입어 이곳에서 내 꿈을 실현시킬 수 있었소. 그런데 어찌 조선을 배신하라 하시오. 내 목에 칼이 들어온다 해도 그렇게는 못하오."

"흥."

이상인의 얼굴에 비웃음이 서렸다.

"어리석은 놈. 칼을 보고도 돌아가는 상황을 깨닫지 못하다니."

이상인이 찬바람을 일으키며 자리에서 일어났다.

"너는 후회하게 될 것이다."

"그래도 두 임금을 섬길 순 없소."

이상인은 마당으로 내려서며 한탄했다.

"아, 부질없는 강직함이 천재를 앗아가게 되었도다."

이상인이 대문으로 향하는 순간 그때까지 잔뜩 웅크렸던 하늘에서 억수같이 비가 쏟아졌다.

"처서도 지났는데 웬 비란 말이냐."

이상인은 주춤하며 다시 댓돌로 올라섰다. 사람들 눈을 피하느라 종놈도 팽개치고 혼자 영실을 찾아온 몸이어서 빗속을 뚫고 돌아갈 일이 난망했다.

"한 식경이면 그칠 비요. 가을비를 잘못 맞으면 약도 없다 하지 않았소. 거기 서 있지 마시고 들어와 차나 한 잔 하며 비가 그치길 기다렸다 가시오."

영실이 문을 열고 나와 이상인에게 넌지시 말했다. 방금까지 칼을

316

들이대며 위협하던 자신에게 거는 말치고는 목소리가 살가웠다.

"흠, 자넨 정말 보기보다 순진한 사람이로군."

이상인은 별 수 없이 마루에 엉덩이를 내려놓았다. 영실도, 이상인도 한동안 말없이 내리는 비만 바라보았다. 그 사이 미령이 따스하게 우려낸 연잎차를 두 사람 앞에 놓아두고 갔지만 영실도 이상인도 찻잔에는 손을 뻗지 않았다.

"비를 보니 사령들에게 엉덩이를 맞아가며 조선을 떠날 때가 생각나는군. 임진나루를 건너며 내 반드시 되돌아와 네놈들의 목을 칼로 베어버리리라고 울부짖었지."

이상인이 찻잔으로 손을 가져가며 쓸쓸하게 중얼거렸다.

"자넨 관기의 부엌데기 아들로 이 땅에 태어나 온갖 차별을 받으며 자랐다고 들었네. 억울하지도 않은가?"

영실은 대답하지 않았다.

"내가 이 나라로 다시 돌아오자 위로는 정승판서로부터 아래로는 의금부 말단 서리에 이르기까지 온갖 잡놈들이 다 달려들어 아양을 떨어댔지. 그동안 내가 무엇을 했는지 아는가? 6개월 뒤 나는 은밀히 사람을 풀어 내 부모를 죽인 자들을 찾아다녔어."

영실이 이상인 쪽으로 고개를 돌렸다.

"내가 무얼 찾아냈는지 아는가? 내 어머니를 강제로 취하였던 판관 아무개는 5년 전쯤, 경상도 내지로 발령을 받아가다가 도적들을 만나 척살을 당했다더군. 당시 수원부사였던 아무개는 비리 사건에 연루되어 삭탈관직당한 채 남해의 한 섬에 유배되었다가 막 돌아온 참이고. 그래도 분을 삭일 수 없었던 나는 건장한 종놈 몇을 대동한 채 은밀히 그자의 집으로 찾아갔어. 그리고 내가 무엇을 보았는지 아는가."

영실이 물었다.

"무엇을 보았소?"

"몸에 이와 빈대가 가득한 채 늙고 병들어 죽음을 앞두고 있는 한 늙은이였지. 아내와 자식들도 모두 죽고 그는 홀로 사랑채에 누워 죽음을 기다리고 있었어. 쌀 한 섬을 들여놓고 나오면서 나는 생각하였네. 내가 그토록 증오했던 것의 실체는 무엇이었나. 혹시 그것은 본래 없던 것이었는데 내 마음속에 홀로 살아 있었구나."

"……."

"그러고 보니 자네와 난 한 가지 공통점이 있군."

다시금 얼마간 침묵이 흘렀다. 그들이 차를 다 마셨을 때 기다렸다는 듯 비도 그쳤다. 대문 위로 내리비치는 햇살을 바라보며 이상인이 자리에서 일어났다.

"자네 말대로 정확히 한 시진 만에 비가 그쳤군. 도대체 자네는 비가 그치는 시각을 어떻게 미리 알고 있었는가? 나는 태풍이라도 몰려온 줄 알고 내심 걱정을 했었거늘."

이상인이 멋쩍은 표정을 지으며 마당으로 내려섰다.

"평소에 비가 내리는 풍경을 꼼꼼히 기록해두었기 때문이오. 큰 비는 반드시 큰 바람을 동반하기 마련인데, 아까 대감의 상투 깃을 보니 딱 한 시진쯤 내릴 비를 몰고 올 바람이란 생각이 들었습니다. 또한 비가 내리기 전, 구름 사이로 얼핏 비치는 해를 보았는데, 그때 본 구름의 두께로 비의 양을 짐작했을 뿐이지요."

이상인은 고개를 끄덕끄덕하였다.

"단순하지만 또한 이치에 합당하네."

이상인은 그 말을 마지막으로 소리 없이 대문을 빠져나갔다.

산동 반도의 바람이 차가웠다

깎아지른 절벽 위, 산동 반도의 끝자락에 바람을 맞으며 서 있는
초로의 사내가 있었다. 그는 이제 예순을 바라보는 정화 대장이었다.
황해를 거슬러 오는 바람을 맞으며 정화는 멀리, 바다 저편으로 아득
히 눈길을 주었다. 바다는 착 가라앉은 정화의 마음처럼 잔잔했다.
정화는 이런 바다를 좋아하지 않았다. 배를 뒤집어버릴 듯 요동하는
바다, 육식 포유류처럼 거친 이빨을 가진 바다, 배암이나 전갈처럼
맹독을 품은 바다, 정화는 그런 바다를 좋아했다. 사나이들의 심장을
쿵쿵 뛰게 만드는 바다, 금방이라도 닻을 올리고 거친 바다 사나이들
과 함께 드잡이질을 해보고 싶은 바다, 그런 바다를 좋아했다.

수평선 근처에서 흰 구름들이 뭉게뭉게 솟아났다. 구름을 뚫고 멀리 조선 반도로부터 상선 두어 대가 바다를 가르며 다가왔다. 갈매기들이 상선 주변으로 몰려들었다. 아마도 조선의 나주, 강진 등지에서 도자기를 싣고 남경으로 들어오는 배일 것이었다. 강남의 중심인 남경은 삼국시대 오나라 손권을 비롯하여 동진東晉과 송宋, 제齊, 양梁, 진陳 등이 수도로 삼았던 곳으로 아직 부와 권세를 지닌 토착 세력들이 많이 남아 있었다. 남경으로 들어오는 도자기의 대부분은 이곳 부호들의 손으로 건너갔다.

'다시 항해를 시작할 수 있을까.'

몇 년 동안의 사건들이 주마등처럼 스쳐갔다

영락제 사후 홍희제가 들어서면서, 6차 대항해를 끝으로 수년간을 삭탈관직 당하고 온갖 수모를 겪으며 인내하며 살아온 그였다. 하지만 결코 벗어날 수 없을 것 같던 불명예의 시간도 세월이 지나며 깨질 조짐을 보였다. 홍희제가 일찍 죽고 영락제의 손자 주첨기가 황제에 오르면서 영락제가 추진했던 대항해를 다시 추진한 것이다. 여러 대신들의 반대에도 선덕제는 7차 항해[44]를 명령했다. 자그마치 10년의 기다림 끝에 찾아온 기회였다. 영락제 사후에 모든 항해 기록은 불태워지고 자료도 없어져 버렸다. 정화는 절치부심으로 10년간 묵묵히 기억을 더듬어 혼자서 항해 준비를 마쳤다. 10년 만의 대항해, 정화는 떨리는 마음으로 이번에는 땅끝까지 가보겠다는 다짐을 마음속으로 하고 출발했다.

그러나 항해를 시작한 지 1년 6개월 만에 본국으로 돌아오라는 명령을 받고 말았다. 그날 밤 정화는 땅을 치며 하늘을 원망하였다. 선덕제가 위독하다는 이유로 갑작스런 귀국 명령을 받은 정화는 며칠 밤을 고민했다. 영락제의 손자 선덕제가 젊은 나이에 위독하다는 것은 대항해를 반대하는 무리들의 독살일 가능성이 높다는 뜻이었다. 선덕제는 모든 신하들의 반대에도 불구하고 할아버지 영락제의 유훈을 받들기 위해 중단되었던 대항해를 재개한 인물이다. 아프리카의 신항로를 개척하고 한 달 후면 구라파로 들어갈 수 있는데 항해를 멈추어야 했으니 정화는 반대파들에게 휘둘려야 하는 현실이 너무도 안타까웠다.

그날 정화는 자신이 믿고 부리는 부하 왕경홍과 홍보를 몰래 불러 술을 한 잔 건네면서 자신의 본심을 이야기했다.

"나는 여기서 돌아갈 수 없다. 내가 만약 돌아가더라도 나를 시기하는 무리들로 인해 온갖 고초를 겪을 것이다. 고초를 겪는 것이 두려운 것이 아니라 나의 꿈을 포기하는 것이 두려운 것이다."

---

44) 정화의 7번째 원정은 영락제의 사후 그의 손자 선덕제宣德帝의 명령에 의한 것이었다. 1431년 12월에 출발하였는데, 이번 항해 때 한 분대는 메카에까지, 다른 분대는 아프리카까지 이르렀다고 한다. 정화의 대항해에 대한 기록은 제4차 원정과 제7차 원정 때 동행했던 마환馬歡의『영애승람』과 비신費信의『성차승람星嵯勝覽』, 공진鞏珍의『서양번국지西洋番國志』등의 견문지가 현재까지 남아 있어, 그 시대 동남아시아에 대한 매우 귀중한 자료로 쓰이게 되었다. 그러나 이것은 민간의 것이었고, 정화의 공식 기록은 다시 대항해를 시작하는 것을 두려워한 관료들이 없애버려 찾지 못하고 있다.

정화는 앞으로의 자신의 계획을 홍보에게 이야기했다.

"그럼, 우리들은 어찌해야 합니까? 나중에 조정으로 돌아오시면 장군은 무사하지 못하실 겁니다."

홍보가 걱정스런 얼굴로 말했다.

"너희에게 지휘권을 넘길 테니까, 배를 몰고 귀국해서 조정 신료들에게는 내가 배 위에서 병사했다고 전하고 내 시신은 수군들의 예에 따라 바다에 수장했다고 전하라. 나는 구라파에 들렀다가 귀국할 것이다. 나의 마지막 꿈은 이 세상 끝까지 가서 후세 사람들에게 이 넓은 세상을 알리고 싶은 것이야. 언제까지 좁은 동방에 갇혀 있어야 하는가? 누군가가 첫발을 내디뎌야 따라오는 사람이 편하지 않겠는가?"

정화는 마지막으로 미지의 신대륙이 있다는 바다 끝까지 가고 싶었다.

다음 날, 함대는 둘로 나뉘었다. 정화는 부관 장천일과 함께 항해를 계속해나갔고 왕경홍과 홍보는 왔던 길을 되짚어 돌아간 뒤 정화가 배 위에서 죽었다고 바뀐 황제에게 고했다. 그것을 끝으로 바다를 통해 세계를 지배하고 싶었던 영락제와 선덕제의 꿈은 영원히 막을 내리게 된다. 정화를 후원하던 세력들도 조정 안에서 그 힘을 완전히 잃었다.

한편, 함대를 둘로 나누어 배 두 척으로 항해를 계속했던 정화의 항해는 그러나 또다시 좌절을 맛보아야 했다. 일부 선원들의 반란과 물자 부족이 그 원인이었다. 몇 년간 항해를 지속하기 위해서는 수개월 이상 먹고 마실 수 있는 식량이 절대적으로 필요했는데, 선단의 대부분이 귀국하면서 물자 부족에 시달린 것이었다. 거기에 태풍으로 배가 파손되면서 눈물을 머금고 선수를 돌려야했다. 깃발을 내린 채 명나라 조정에도 알리지 않고 조용히 귀국하여 정착한 곳이 바로 산동 반도 끝자락, 적산촌이었다.

정화는 명나라 조정의 눈을 피해 뱃사람으로 위장한 채 은둔하면서 영락제 사후 불태워졌던 항해일지와 항해도, 그리고 세계지도를 복원하는 작업에 몰두하였다. 언젠가 때가 되면 마지막 항해를 단행하여 영락제와 약속했던 미지의 대륙을 발견하는 게 그의 목표였다. 터럭엔 백발이 성성했지만 체력은 그보다 젊은 장천일이 당해낼 수 없을 정도로 아직도 건강했다. 기억력도 뛰어나서 자신이 거친 땅들과 그곳에서 만난 사람들, 그곳의 풍습을 낱낱이 기억하고 있었다.

산동 반도의 바람은 차가웠다.

'아직 내 꿈은 끝나지 않았다.'

정화는 휴우, 깊은 한숨을 내쉬었다. 정화는 산동 반도의 적산촌에 머물면서 정화를 따르는 부하들과 새로운 항해를 준비하고 있었다. 적산촌은 신라 출신으로 한때 바다를 호령하던 장보고의 흔적이 깃든 곳이다. 이곳에 장보고가 지은 법화원[45]이라는 절이 있어서 당나라 때부터 바다와 함께 생활해온 사람들이 많았다. 고려인들이 많이 거주하고 있는 곳이기도 하여서 유능한 뱃사람들도 많았다. 정화가 이곳을 거점으로 삼은 것도 북경에 있는 관리들의 눈을 피해서 바닷가 깊숙한 곳에서 새로운 항해를 준비하기 위해서였다.

당시 적산촌의 주민들은 바다에서 생계를 유지하고 있었는데, 명황실의 해금 정책으로 바다에 나갈 수가 없게 되자 불만이 팽배한 상태였다. 적산촌의 주민들은 정화를 받들며 정화의 대항해를 돕는 것을 자랑스러워했다. 하지만 언제든 바다로 나갈 준비가 돼 있는 정화에게도 고민이 있었으니, 그것은 엄청난 액수의 출항 자금이었다. 조정의 전폭적인 지원을 받을 때와 달리, 지금은 배 한 척 마련하기도 벅찼다. 선단을 이뤄 대항해에 나서려면 최소한 1000여 명의 인원과 다섯 척 이상의 배가 필요하다. 그들이 몇 년 동안 먹고 생활할 물품까지 준비를 마치려면 가히 엄청난 비용이 소모되는 것이었다.

"조정과 끈을 연결해보는 게 어떻겠습니까?"

장천일이 넌지시 입을 열자 정화가 대답했다.

"큰일 날 소리. 만약 소문이 퍼지면 이런 저런 구실을 내세워 나를 죽이려고 할 터인데, 그러면 자네까지 무사하지 못할 게야. 규모를 줄여서라도 조용히 추진하자고."

"하지만 하루하루 세월만 흘러가니 대장의 건강이 염려됩니다.

---

45) 적산법화원赤山法華院은 일본 천태종의 효시인 엔닌 대사가 쓴 『입당구법순례행기入唐求法巡禮行記』를 토대로 건립됐다. 이 책에서 이 절은 장보고가 처음으로 세웠다고 소개하고 있다.

육지와 떨어져 배를 타고 수개월씩 가야 하는 장정이지 않습니까. 이럴 게 아니라 선단의 규모를 세 척으로 줄여서라도 우선 출항을 하고 보는 게 좋겠습니다. 우리가 적산촌에 웅크리고 있는 게 조정으로 새 나갈 날도 멀지 않았고요……."

"괜찮네. 이곳 태수는 믿을 수 있는 사람이니."

"하지만 사람 일이란 게……."

"자네도 알다시피 배 세 척으로 난바다를 헤치고 나가기란 무리야. 아라비아 정도까지는 그럭저럭 갈 수 있겠네만 더 큰 바다를 건널 순 없어."

하지만 두 사람의 이런 고민은 의외의 곳에서 풀릴 조짐을 보였다.

"대장, 대장, 이것 좀 보십쇼."

어느 날 장천일이 가쁜 숨을 몰아쉬며 헐레벌떡 정화의 거처로 뛰어 들어왔다.

"손에 들고 있는 건 서찰이 아닌가?"

정화가 의아해하며 물었다.

"그렇습니다. 이건 서찰이 분명한데 보통 서찰이 아닙니다."

"그걸 누구에게 받았나?"

"법화원으로 건너온 조선 승려를 통해서 받았습니다."

"조선, 법화원, 그렇다면?"

승려를 통해 전달이 되었지만, 사실 그 서찰은 조선 조정에서 보내온 비밀 편지였다. 적산촌에 정착한 뒤 장천일은 영실과 자주 편

지를 주고받아왔다. 이번에 편지를 보낸 당사자는 조선의 국왕이
었다.

"아니, 이, 이건⋯⋯."

편지를 읽던 정화의 손이 떨렸다.

편지를 다 읽고 난 뒤 정화는 바다 건너, 동쪽을 향해 예를 갖춰
절을 올렸다.

긴 겨울이 끝을 보이고 있었다. 바람을 뚫고 도착한 명나라 사신은 당장 흠경각을 헐라는 황제의 준엄한 명령을 천천히 읽어 내려갔다. 세종은 사신들을 극진히 대접한 뒤, 흠경각을 명나라 황제에게 바치겠노라고 말했다. 명나라 사신들이 머무는 동안, 한양에는 두 척이 넘는 눈이 내렸고 흠경각도 눈 속에 파묻혔다. 자격루의 물도 꽁꽁 얼어붙었다. 세종은 사신들을 흠경각으로 안내하여 고장 난 기계를 보여주고 서운관 관리들을 벌주었다. 사신들은 세종이 정성들여 올린 글을 가지고 본국으로 돌아갔다.

한양을 떠났던 명나라 사신들은 임진강을 건넌 뒤, 이상인에게 밀서를 보냈다. 밀서에는 '조선의 과학자, 장영실을 죽이라'고 쓰

여 있었다. 밀서를 들고 온 자는 낯이 익었다. 그는 명나라 사신 일
행을 호위하던 자였다. 명나라에 있을 때 그는 황제를 호위하던 최
정예 근위병이었다. 그는 세 명의 부하와 함께 이상인의 집에 묵었
다. 이상인은 대문을 안에서 걸어 잠그고 하인들로 하여금 일체의
빈객을 받지 말도록 지시했다.

"시간을 주게. 내가 한 번 더 장영실을 만나볼 테니."

이상인은 자객들에게 말미를 청했다.

"나는 명령을 수행할 뿐이오. 그러니 앞길을 막지 마시오."

자객 우두머리는 막무가내였다. 그들은 본국을 출발할 때부터
모종의 임무를 띠고 있었다. 사신이 한양에 머문 지난 한 달 동안,
장영실을 미행하여 그가 가는 곳들은 죄다 지도에 표시를 해놓았
다. 사신들은 조선 조정에 연일 으름장을 놓았다. 세종이 흠경각을
헐고 장영실을 내쳤다면, 어쩌면 영실은 목숨을 부지할 수도 있었
다. 그러나 세종은 그렇게 하지 않았다. 아직 끝난 것이 아니었다.
이번 싸움에서 밀리면, 조선은 조선의 글도 가질 수 없게 된다. 세
종이 더 큰 싸움을 준비하고 있음을 아는 사람은 많지 않았다.

"딱 닷새만, 닷새만 말미를 주게. 그러면 내가 조선 조정을 설득
할 자신이 있네. 장영실은 1000년에 한번 나올까 말까 하는 위대한
과학자라네. 그의 목숨을 살려 황제 폐하께 데리고 간다면 그건 명
나라에도 큰 득이 될 것이야."

이상인이 하인을 시켜 금궤를 꺼내왔다. 자객들이 서로 눈빛을

교환했다. 그날 저녁, 이상인은 닷새의 말미를 얻어냈다. 밤이 늦은 시각, 이상인은 다시 궁으로 들어가 주상을 독대했다. 이상인과 세종의 팽팽한 기 싸움이 이어졌다. 당장이라도 자객들을 풀어 영실의 목숨을 거두면 그만이었다. 그러나 그 일만은 이상인에게 쉽지 않았다. 조선 사람이 어찌하여 명나라를 먼저 생각하느냐는, 그날 저녁 장영실의 은근한 목소리가 지금껏 이상인을 괴롭히고 있었던 것이다. 이상인은 다시금 세종을 독촉했다.

"전하, 이대로 장영실의 목숨이 거두어지길 원하십니까? 속히 손을 쓰십시오. 당장 사령들을 풀어 그를 안전한 옥사로 숨기셔야 합니다."

이상인이 눈을 들어 세종을 쳐다보았다. 그 순간 세종은 이상인의 눈에서 지금껏 느껴보지 못했던 어떤 진심을 느낄 수 있었다.

"옥사라……, 옥사라고?"

석등잔 아래 세종의 눈이 빛났다.

"알았네. 며칠만 시간을 주게."

이상인이 나간 뒤, 세종은 상선을 불러 귓속말을 주고받았다.

다음 날 영실은 느닷없이 공부를 통해 내려온 주상의 명을 하달받았다. 주상이 탈 새로운 안여를 빠른 시간 내에 제작해서 올리라는 엄명이었다. 영실은 공부의 기술자들을 동원하여 3일 만에 가마 한 개를 뚝딱 만들었다. 아직 가마가 제대로 완성되려면 손을 봐야 하는, 나무를 자르고 이어 붙여 겨우 모양만 낸 가마였다.

가마가 만들어지자마자 더욱 이상한 일이 벌어졌다. 영실이 새로 만든 가마를 편전 앞으로 옮겨놓으라는 명령이 그것이었는데, 다음 날 아침 단단히 옷을 차려입은 주상이 가마에 올라 환관들을 이끌고 길을 떠나는 것이 아닌가. 지병인 눈병이 심해져 이천으로 온천욕을 떠난다고 했다. 영실은 안절부절못했다. 다른 가마를 두고 아직 시운전도 제대로 해보지 않은 가마에 굳이 주상이 오르려 하는지, 그 속내를 알 수 없었기 때문이다.

궁궐을 빠져나간 주상의 가마 행렬이 황토현 네거리에 이르렀을 때였다. 돌연 가마를 지탱하는 왼쪽 손잡이가 툭 부러지고 말았다. 가마꾼이 앞으로 고꾸라지면서 가마 한쪽이 땅을 찍었다. 주상도 충격을 느끼며 몸을 꺾었다. 함께 호종하던 서운관 관리들이 일진이 좋지 않다며 궁으로 돌아갈 것을 종용했다. 주상은 가마를 바꾸어 타고 궁으로 돌아왔다.

다음 날 조정 대신들은 목소리를 높여 장영실을 탄핵했다.

"장영실은 일찍이 종의 신분이었으나 전하의 은혜를 입어 대호군에 오른 자입니다. 그런 자가 은혜도 모르고 불경죄를 저질렀으니 당장 관직을 박탈하고 그 죄를 물어야 할 것입니다."

"그렇습니다. 운행 중에 가마가 부서졌다는 얘기는 고래로 듣지 못했습니다. 당장 장영실을 불러 일에 허술함이 없었는지 여죄를 물으십시오."

특히 이암은 누구보다 목소리를 높였다.

"장영실은 전하가 생각하시는 바와 같이 천재가 아니라 요상한 기술로 혹세무민하는 도깨비 같은 자이옵니다. 더 큰 화마가 조선 땅을 덮치기 전에 하루 속히 천문대를 없애고 장영실을 참수형에 처해야 만이 우리 조선이 살길이라 사료되옵니다. 하루 속히 참수형에 처해 그 목을 명나라 황제에게 바쳐야하는 줄 아뢰옵니다."

이쯤 되고 보니 어느 누구도 영실을 두둔하지 않았다.

"경들의 의견이 그러하니 영실을 잡아들여 취조토록 하라."[46]

주상은 형조에 교지를 내려 영실을 하옥하라 일렀다.

왕명을 받든 의금부의 도사 하나가 긴 창을 든 서리 아홉을 대동한 채 득달같이 영실의 집으로 들이쳤다. 영실은 집에 없었다. 주변을 수소문한 뒤 의금부 도사는 곧장 영실이 즐겨 찾는다는 술집으로 달려갔다. 그 시각 영실은 저녁을 먹고 있었다. 서슬 퍼런 집행관들은 밥을 채 먹기도 전에 영실을 마당으로 끌어내렸다.

"이놈들아. 개도 밥 먹을 땐 안 건드린다고 하던데, 먹던 밥이나 먹여서 보내야 할 것 아녀?"

미령과 만복이가 사령들의 발목을 잡고 늘어졌다. 거친 발길이 미령과 만복에게 쏟아졌다. 만복이 피를 흘리며 일어나 몸집 좋은 사령 하나를 가로막았다. 사령 둘이 작정하고 만복을 넘어뜨렸다.

---

46) 『세종실록』 1442년 3월 16일. "대호군 장영실이 안여 만드는 것을 감독하였는데, 튼튼하지 못하여 부러지고 허물어졌으므로 의금부에 내려 국문하게 하였다."

영실이 절규하듯 소리쳤다.

"순순히 따라갈 테니, 그만들 멈추게!"

영실이 하옥되고 이틀 동안 취조를 받았다. 마치 하나의 대답만을 유도하듯 사헌의 관리들은 가마를 허술하게 제작한 이유를 대라고 영실을 올렀다. 영실은 대답할 말이 없었다. 가마를 만들라는 명령도 황당했지만, 굳이 주상이 그 가마를 타고 나간 이유도, 또 가마 손잡이가 부러지고 주상이 화를 입었다는 사실도, 모두 엉터리 같았다. 그럼에도 분명한 사실은 자신이 그 가마를 설계하고 직접 만들었다는 점이었다.

"저 불경한 자를 매우 쳐라!"

영실은 명나라와 내통하고 있는 대신들이 지켜보는 앞에서 곤장을 맞고 피가 낭자한 채 옥에 갇혔다. 곤장을 치는 사령들은 조금의 사정도 보아주지 않고 살점이 떨어져 나가도록 손에 힘을 주었다. 하지만 그것으로 끝난 게 아니었다.

"대호군 장영실을 불경죄로 참수형에 처한다!"

기진맥진해 있던 영실에게 형조판서가 직접 찾아와 청천벽력 같은 소식을 전했다.

"이보시오, 대감. 전하께서 죽으라고 하면 의당 죽어 마땅하겠으나 이유는 알아야 할 것 아니겠소? 명나라 놈들 손에 죽는 것도 아니고, 어찌 전하가 나를 내치시려 하오?"

형조판서가 딱하다는 듯 대답했다.

"전하의 가마를 부실하게 만들었으니 그것 하나로도 죽어 마땅하다."

형조판서는 뒤도 돌아보지 않고 나가버렸다.

불이 들어오지 않는 독방은 몸이 마비될 정도로 추웠다. 갑자기 사령들에게 붙잡혀 들어온 탓에 추위를 막을 두루마기를 챙겨 입지 못했던 탓이다.

'아아. 정녕 이대로 끝인가.'

영실은 생각할수록 기가 막혔다. 그도 돌아가는 정국을 전혀 짐작하지 못했던 것은 아니다. 느닷없는 중국 사신의 방문, 흠경각을 둘러싸고 궐 안팎에 떠도는 흉흉한 소문들, 그 모든 일들이 한 명의 희생양을 찾고 있었음은 너무도 분명했다. 영실은 창살에 기대 밖을 바라보며 어둠이 내리도록 생각에 잠겼다.

그 희생자가 나였던가. 그게 장영실이었던가?

"내일 아침, 교수형에 처해진답디다. 많이 드슈."

저녁을 넣어주는 옥리가 인심 쓰듯 알려주었다. 영실은 그 말이 귀에 들어오지 않았다. 꿈을 꾸고 있는 것처럼 모든 일들이 너무도 갑작스러웠다.

그 순간 먼 곳에서 빗짝 소리가 들려왔다. 분명 내일 아침이라고 했는데, 갑자기 일정이 번복이라도 된 건가? 영실은 눈을 감았다.

옥문이 열리고 다가오는 그림자가 있었다.

"죄인은 고개를 들라."

영실은 눈을 떴다. 그곳에는 뜻밖에도 정의공주가 서 있었다.

아아, 꿈을 꾸고 있는 게로군. 영실은 다시 눈을 감았다.

"죄인은 고개를 들라지 않았더냐."

차가운 목소리가 영실을 꿈의 나락에서 불러냈다.

"공, 공주마마……."

정의공주를 보자 영실은 자신도 모르게 눈물을 흘렸다.

"무엇이 그리 두려운 게요?"

공주의 음성에선 어떤 감정의 동요도 느껴지지 않았다.

"두려운 게 아니라 신세가 애달플 뿐입니다."

"이곳 조선에서 충분히 자신의 꿈을 이루지 않았소? 그런데 무엇이 그리 애달플까."

영실은 고개를 들어 공주를 올려다보았다. 한때 밤을 새가며 그리워하던 얼굴이 저기 창살 밖에 서 있었다. 상투를 풀고 화려하게 머리를 올린 것을 제외하면 변한 데는 아무것도 없었다. 금방이라도 영실의 어깨를 두드리며 이보슈 하고 천진하게 말을 걸어올 것만 같은 얼굴이었다. 영실은 다시 고개를 숙였다.

"저는 아직 제 꿈을 다 이루지 못했습니다……."

영실은 다시 고개를 들었다.

"알고 있소. 그렇다면 가서 꿈을 이루어야지."

영실은 자신의 귀를 의심했다. 가라니, 어디로 가란 말인가?

"이것을 펼쳐 보시오."

공주가 창살 틈으로 보따리 하나를 내밀었다. 영실이 두 손으로 보따리를 받아 펼쳤다. 그 속에는 결 고운 한복 한 벌과 책 한 권, 붉은 비단주머니가 들어 있었다. 영실은 한복을 펴서 몸에 대보았다. 차마 비단주머니는 열어보지 못했다.

"이 책은 무엇입니까?"

"우리 조선의 말을 기록할 조선의 글자 훈민정음이요. 아직 정식으로 반포하려면 한두 해 더 시간이 걸리겠지만, 이만하면 세계 어느 나라에 견주어도 손색이 없는 우리 글, 우리 말이요. 우리가 언제 다시 만날지 모르겠지만, 불철주야 우리의 글을 터득하여……."

공주의 목소리가 미묘하게 떨렸다.

"그, 그렇다면……."

영실의 눈에 눈물이 고였다.

"그렇소. 조선 백성들은 이제 글자를 갖게 될 것이요. 대호군도 그 책을 잘 간직하여 조선의 글자를 깨치도록 하시오. 나는, 죽는 날까지 대호군의 편지를 기다릴 것이요."

"아아, 그렇다면 이 옷과 주머니는……."

공주의 얼굴에 안타까움이 서렸다.

"내가 한때 마음 깊이 사랑했던 친구에게 주는 마지막 우정의 선물이니 내 마음이라 생각하고 받아두시오. 내가 한 땀 한 땀 바느질하여 마음으로 지은 옷이오. 그 옷을 입을 때마다 나를 생각해주시오. 또한 주머니엔 내 나라 글자로 쓴 서신이 들어 있으니 힘들 때 펼쳐 읽어본다면 내 대호군을 보내는 슬픔을 조금이나마 덜수 있을 것 같소이다. ……한숨 눈을 붙인 뒤에 새날 새 아침이 열리거든 어디든 발을 디뎌 떠나가시오. 내 몸은 대호군에게 갈 수 없지만, 내 마음은 그 옷에 담아 당신과 영원히 함께할 것이요."

공주의 눈에도 어느덧 눈물이 맺혀 있었다. 아하, 그러하였구나. 영실은 한때나마 주상 전하를 원망했던 자신이 한없이 부끄러웠다. 영실은 정의공주가 준 옷을 가슴에 품고 애써 눈물을 참았다. 한동안 둘은 아무 말도 못하고 서로를 바라보았다.

"하늘이 참 야속하오. 먼 곳에서 지켜보는 것만으로도 행복했는데 그 행복도 하늘이 허락하지 않는구려."

"공주마마……."

공주는 눈물을 보이지 않으려고 얼굴을 돌렸다.

"더 필요한 것이 있거든……."

공주는 더 말을 잇지 못하고 휙 몸을 돌려 옥을 빠져 나갔다.

"마마, 부디 평안하소서……."

영실은 사라지는 공주의 뒷모습에 대고 흐느껴 울었다.


회자수의 서슬 퍼런 칼날이 공중에서 춤을 추었다. 새벽 공기가 칼날을 받아 팽팽하게 깨졌다. 동이 트려는가. 강을 등지고 산 빛이 점점 붉게 물들어왔다. 장검을 찬 사내들이 용수를 씌운 죄인 하나를 질질 끌고 왔다. 모래사장에 누군가 피워놓은 모닥불이 피어올랐다. 추위가 물러가지 않은 강변은 을씨년스러웠다. 이른 새벽, 졸린 눈을 비비며 강변에 올라섰던 아이들은 호기심 가득한 눈으로 모래밭을 주시했다. 오래지 않아 회자수의 칼이 허공을 가르고, 용수를 쓴 죄인의 목이 힘없이 모래밭에 처박혔다. 잘린 부분에서 콸콸 붉은 피가 쏟아졌다. 멀리서 까마귀들이 깔깔 울어댔다.

해가 뜨고 시신은 버려진 채 나뒹굴었다. 한 시진쯤 더 지나, 말을 탄 세 명의 무사들이 모래밭에 당도했다. 앞쪽에서 말을 내린 사내가 나뒹구는 용수를 벗겨내고 얼굴을 확인했다. 말에 탄 사내가 고개를 좌우로 저었다. 그들은 조선말이 아닌, 다른 나라 언어로 말을 주고받았다. 그들은 다시 말에 올라 채찍을 가하기 시작했다. 집으로 들어갔던 아이들이 다시 몰려 나왔다. 말을 탄 사내들은 모래사장을 따라 남쪽으로 달리기 시작했다. 강물이 밀려간 모래밭으로 말발굽이 어지럽게 찍혔다.


문이 열렸다. 바닥에 깔아 놓은 볏짚을 밟으며 서너 개의 발짝 소리가 다가왔다. 영실은 눈을 감고 바닥에 앉았다. 마음속으로 하나, 둘, 셋, 숫자를 셌다. 다섯을 세자 문이 열렸다. 누군가 다가와 영실의 얼굴에 용수를 씌웠다. 용수에선 대나무 냄새가 났다. 영실은 계속 눈을 감고 있었다. 두 장정이 다가와 영실의 옆구리를 부축했다. 낯선 사내들에 의해 영실은 끌려가듯 옥문을 나섰다. 코에 부딪혀오는 바람이 차가웠다. 낯선 사내들은 영실을 반 식경 가까이 어디

론가 끌고 갔다. 목적지가 어딘지는 알 수 없었지만, 그들은 영실을 함부로 대하진 않았다.

"용수를 벗겨라."

낮고 굵은 음성이 사내들에게 명령했다. 목소리가 귀에 익었다.

"눈을 떠라."

영실은 눈을 떴다. 흐릿해진 시야가 점점 뚜렷해졌다.

"전하……."

영실은 고개를 숙이며 주저앉았다.

바로 눈앞에 붉은 용포를 입은 주상이 태산처럼 서 있었다.

"갑자기 닥친 일이라 얼마나 황망하겠느냐?"

"전하……."

"하늘이 알고 땅이 알고 또한 네가 알고 내가 안다. 대호군이 어디에 가든 나는 별이 되어 대호군의 머리 위에 떠 있을 것이야. 마지막까지 너를 지켜주지 못한 문약한 나를 용서해다오. 문약한 조선의 백성들을 용서해다오."

영실은 고개를 꺾으며 흐느꼈다.

"미천한 몸이 전하의 성은을 과분하게 입었나이다."

주상의 눈에도 어느덧 물기가 어렸다.

"나는 이제 그만 너를 놓아주려 한다. 하늘이 내려준 인재이거늘, 힘없고 약한 이 땅에서 태어난 것이 너무나도 안타깝도다. 부디이 좁은 조선 땅에서 벗어나 넓은 세상으로 나가라. 가서 대호군의 뜻을 맘껏 펼쳐, 부디 이 나라 조선뿐 아니라 전 세계 만민의 백성들을 위해 일하며 후세에 길이 남을 사람이 되어라."

"전하……."

영실은 속울음을 끄억끄억 삼켰다.

"알아보는 사람들을 피해 녹사복 차림으로 급히 이곳을 떠나거라. 돈의문을 나가면 붉은 전립을 쓴 사람이 말을 가지고 대기하고 있을 것이다. 말에 오르거든 뒤도 돌아보지 말고 그가 이끄는 대로 달리거라. 그가 너를 새로운 세상으로 안내해줄 것이다."

주상이 다가와 영실의 손을 굳게 잡았다.

"자, 시간이 없으니 대호군을 은밀히 성 밖으로 안내하라."

"전하, 전하를 두고 어디를 간단 말입니까?"

영실의 눈에서 참았던 눈물이 쏟아졌다.

주상은 영실을 꼭 껴안았다. 영실은 주상의 따스한 체온을 처음으로 느꼈다. 한 번도 겪어보지 못한 아버지의 가슴이 영실에게 전해지는 것 같았다. 둘은 그렇게 한참을 안고 있었다.

주상의 눈에도 눈물이 맺혔다.

"가야 한다. 목숨이 일각에 달렸다."

나인들이 다가와 영실의 소매를 잡았다.

"어서……."

주상이 고개를 끄덕이며 밖을 가리켰다.

영실은 일어나 세 번 절한 뒤 나인들을 따라 나섰다.

멀어지는 영실의 모습을 세종은 오래도록 시야에 담고 있었다.


영실은 나인들을 따라 이리저리 갈라지는 좁은 골목을 반 시진 가까이 탔다. 나인의 걸음걸이가 예사롭지 않게 빨라서 영실은 몇 번이나 넘어질 뻔하였다.

"어서 말에 오르시오."

돈의문을 나서자 정말로 붉은 전립을 쓴 사내가 말 세 마리의 고삐를 쥔 채 기다리고 있었다. 왜 말이 세 마리지? 영실이 궁금해할 사이도 없이 익숙한 얼굴이 뒤편에서 아는 척을 했다. 그는 다름 아 닌 만복이었다. 만복이는 특이하게도 영실과 입은 옷이 똑같았다. 푸른 녹사복을 입은 만복은 중인 벼슬아치들처럼 늠름해 보였다.

"만복이 아니냐? 그 차림은 뭐지?"

영실이 반가워하며 친구의 손을 잡았다. 만복은 정의공주의 배 려로 영실과 동행을 허락받았다. 만복은 만일의 사태가 닥치면 영 실을 보호하기 위해 영실과 똑같은 옷을 입게 해달라고 부탁했던 것이다.

"지금은 설명할 때가 아니니 어서 말에 오르시오."

붉은 전립이 말고삐를 영실에게 내밀었다. 만복이도 고개를 끄 덕였다. 영실은 어디로 가는지도 모른 채 말에 올랐다. 말은 갈색 갈기를 휘날리며 우렁차게 울부짖었다. 파발마로 사용하는 말들처 럼 목덜미가 매끄럽고 탄력이 넘쳤다.

"가는 길에 자객을 만날 수도 있으니 전속력으로 나를 따라오시오."

붉은 전립이 채찍을 가하며 먼저 말을 달려 나갔다. 자객이라고? 영실은 그러나 질문할 수 없었다. 도대체 누가 보낸 자객이란 말인가? 누가 내 목숨을 노린단 말인가. 분명한 사실은 하나였다. 지금, 주상 전하와 공주마마가 혼신의 힘을 다해 나를 돕고 있다는 것. 수단과 방법을 가리지 말고 이 위급한 상황을 벗어나야 한다는 것.

붉은 전립 사내는 새말터에 이르러 말을 북쪽으로 틀었다.

"어디로 가는 것입니까?"

겨우겨우 사내를 따라잡은 영실이 물었다.

"행주나루."

"거기는 왜?"

"배가 기다리고 있소."

영실의 머릿속은 혼란스럽기만 했다. 행주나루에 누가 배를 대놓고 기다린단 말인가. 그 배를 타고 어디를 갈 수 있단 말인가.

세 필의 말은 갈대밭 소로를 헤치며 거침없이 달렸다. 하지만 말은 세 필이 아니었다. 어느 순간부턴가 또 다른 말 세 필이 빠른 속도로 그 뒤를 쫓고 있었다. 영실과 그들의 거리는 1000여 보가 채 되지 않았다. 마치 목적지를 알고 있기라도 한 것처럼, 쫓는 자들역시 거침없이 발에 박차를 가하며 점점 거리를 좁혀왔다.

시간이 지나자 거리가 500여 보로 좁혀졌다. 추격자들은 검은 옷에 검은 두건을 쓰고 있었다. 무예에 상당히 능한 자들인 듯 거친 오솔길을 엄청난 속도로 말에서 떨어지지 않고 달려왔다. 상대적으로 영실 일행의 속도는 느렸다. 영실도 만복도 말을 많이 타보지 않은 탓이었다. 붉은 전립 사내를 제외하면 무기를 가지고 있지도 않았다. 만약 검은 옷차림의 사내들이 닥친다면 단 일합도 버티지 못할 것이었다.

"부야오둥(꼼짝 마라)!"

단말마적인 외침이 등 뒤로 달려들었다. 행주나루가 저만치 내려다보이는 곳이었다. 안개가 가득 끼어 있어선지 나루에 기다리는 배 같은 것은 보이지 않았다. 엎친 데 덮친 격으로 비까지 부슬부슬 내리기 시작했다. 지쳤는지 말들의 움직임이 눈에 띄게 둔해졌다.

"조금만 더, 이제 다 왔으니 기운을 내시오."

붉은 전립이 영실과 만복을 재촉했다. 세 필의 말이 일제히 말발굽을 울리며 행주나루로 달려 내려갔다. 안개를 뚫고 내려가자 나루에 작은 배 한 척이 정박해 있는 게 보였다. 붉은 전립이 손을 번쩍 들어 신호를 보냈다. 수염이 성성한 노인이 배 위에 서서 손짓으로 대답했다. 노인 옆으로 두 명의 노꾼이 더 있었다. 그들은 곧 물을 떠날 듯 제자리에서 뱅뱅 돌며 배의 방향을 유지하기 위해 애썼다.

"어서, 저 배에 오르시오. 난 적들을 막을 테니."

붉은 전립이 말을 멈추고 영실에게 말했다.

"고맙소."

영실이 말에서 내려 배로 다가갔다.

"어서, 오게. 한참을 기다렸네."

배에서 영실을 기다리고 있던 사람은 뜻밖에도 정화 대장과 그의 부하 장천일이었다.

"아니, 대장님이 여긴 어떻게?"

영실이 놀랄 사이도 없이 자객들의 말발굽 소리가 가까워졌다.

바로 그 순간, 억 소리를 내며 붉은 전립이 말 위에서 굴러 떨어졌다. 뒤에서 날아온 화살이 붉은 전립의 목을 꿰뚫은 것이다. 그 사이 영실은 무사히 배로 올라섰다.

"어서, 노를 저어라. 속히 여길 빠져 나가자."

정화 대장이 노꾼들에게 명령했다.

"어서 오르지 않고 뭐해?"

먼저 배에 오른 영실이 만복에게 소리를 질렀다.

자객들은 영실에게 활을 겨누었다. 그 순간 만복은 방금 화살을 맞고 쓰러진 붉은 전립 사내의 허리춤에서 칼을 쭉 뽑아냈다. 만복은 한손에 칼을 든 채 그대로 말 위로 뛰어올랐다.

"뭐 하는 짓이야? 어서 배에 올라."

자객의 화살은 시위를 떠나 영실을 향해 날아오고 있었다

영실이 울부짖는 것과 동시에 만복이 영실의 가슴을 향해 날아오는 화살을 몸으로 막았다. 화살을 맞고, 말에서 떨어지면서도 만복은 영실이 탄 배를 향해 눈을 돌렸다.

"영실아, 그동안 네 녀석 때문에 행복했다. 나는 이대로 너를 보낼 수 있어서 행복하다. 반드시 꼭 살아서 여길 빠져나가야 한다…… 잘 가라, 친구. 어서…… ."

만복이 중얼거렸지만 영실의 울부짖는 소리에 묻혀 안개처럼 사라져갔다.

진석은 악, 소리를 내며 잠에서 깨어났다.

등줄기로 식은땀이 흘렀다. 말을 타고 끝없이 달리는 꿈을 꾸었
다. 말을 타고 가다가 날아오는 화살을 피해 말에서 굴러 떨어졌
다. 등에 통증이 느껴지며 몸이 움직이지 않았다. 진석은 새파란
하늘만 속절없이 바라보다 깨어났다. 방금 겪은 일처럼 머리가 무
거웠다. 꿈속의 진석은 영실도 되었다가 만복도 되었다가 자객이
되기도 했다. 배에서 기다리는 정화 대장이 되기도 하였다. 쫓고
쫓기는 사내들의 거친 외침 속에 수백 년 세월이 땀에 젖은 베개에
흔적을 남기고 있었다. 진석은 멍하니 앉아 담배를 피웠다.

'기묘한 꿈이다.'

진석은 냉장고를 열어 물통을 꺼냈다. 찬물을 들이켜고 나자 정신이 드는 것 같았다. 어제 저녁 내내, 강배가 보내온 글을 읽느라 잠을 설쳤다. 영실이 조정에서 쫓겨나는 마지막 장면은 그 어느 사극 드라마보다도 드라마틱하여 쉽게 손을 놓을 수 없었다. 세종실록과 일치하는 몇몇 장면에 장영실의 일기가 더해진 이야기는 강배라는 재야 학자의 손을 빌어 빈틈이 메워지며 500여 년의 먼지를 털고 새롭게 부활하고 있었다. 초점이 맞지 않아 흐릿했던 풍경이 강배의 손을 거쳐 선명하게 다가온 것이다.

새벽 4시였다. 잠이 깬 진석은 조선왕조실록에 접속하여 영실이 사라진 전후의 기록을 더 살펴보았다. 장영실이 안여를 잘못 설계하였으므로 주상이 의금부에 국문을 명했다는 기사는 3월 16일자에 실려 있다. 그즈음 눈병이 난 주상은 자주 목욕을 했고 궁을 떠나 있는 날이 많았다. 흉작과 역사(役事)로 백성들의 삶은 고달팠고 지방으로 내려가는 관리들의 인사가 이어졌으며 벼락을 맞거나 신이한 일들에 대한 기록이 이어졌다. 여느 때처럼 사초들에 의해 기록된 행간의 의미를 일일이 다 파악할 순 없었다.

찬물로 샤워를 마친 뒤 진석은 오전 10시부터 시작될 스튜디오 녹화 대본을 검토했다. 엘레나가 본국으로 출국했다는 사실을 알게 된 건 나흘 전이었다. 경찰청에 근무하는 동기의 도움을 받았지만 뒤끝은 개운치가 않았다. 그녀의 갑작스런 출국을 설명할 수 있는 단서는 아직도 모호하기만 했기 때문이다. 출국 당시 그녀는 혼자였고 편도 항공편만 끊은 상태였다. 누군가 그녀를 불러들였거나 그게 아니라면 신상에 변화가 생긴 게 분명하다. 아무리 휴학 중이라고 해도 이토록 놀라운 역사적 가치가 숨겨진 비망록을 맡겨놓고 한 달이 가까워지도록 연락을 끊고 있는 이유가 진석으로선 선뜻 이해가 되지 않았다.

오늘 스튜디오 녹화에는 각계각층의 전문가들이 다양하게 초청되었다. 여러 전문가들이 한 자리에 모여 토론을 하는 게 아니라, 각각의 전문가들이 시간 순차를 두고 방문하여 미리 건넨 질문 목록에 따라 자기 의견을 이야기하는 방식으로 녹화하기로 돼 있었다. 일전에 안면을 튼 마동수 교수를 비롯하여 복식 전문가인 안승오 박사의 녹화분이 가장 많았고 이외에도 서양화 전문가 한 사람과 문화재청 복원팀장의 인터뷰도 계획되어 있었다. 스튜디오 녹화 이외에도 몇몇 전문가의 현장 녹화가 곁들여질 예정이었다.

진석은 녹화 시작 시간보다 한 시간 먼저 방송국에 들러 엘레나를 뺀 시나리오를 재검토했다. 최악의 경우, 엘레나를 제외하고 비망록만으로 내용을 전개해갈 필요성도 느껴졌다. 시나리오는 두 편으로 나뉘어졌다. 1편에서 〈한복 입은 남자〉의 의혹을 다룬 뒤 2편을 통해 장영실의 일대기를 추적해볼 생각이었다. 두 개의 이야기는 하나로 연결되는 것이기도 하되 독립된 것이기도 하였다. 본부장의 최종 승인을 받는 과정에서 보류 의견이 나왔지만, 자연 다큐가 범람하는 상황에서 정통 역사 다큐로 승부를 보겠다는 진석의 의견이 받아들여졌다.

　녹화는 저녁 늦게 예정대로 끝났다. 대본을 만들어놓고 촬영에
임했던 터라 제 시간에 맞춰 순조롭게 진행됐다. 녹화가 끝난 뒤 진
석은 택시를 타고 곧장 세한도로 넘어갔다. 가는 도중에 전화를 넣
자 강배는 저녁 생각이 없다며 술이나 사 오라고 청했다. 골목 입구
에서 내려 맥주와 안주 등을 산 뒤 진석은 불 꺼진 세한도 안으로
들어갔다. 보름 만에 보는 강배는 수염을 깎지 않아 흡사 초야에 묻
혀 사는 야인을 방불케 했다. 일부러 수염을 안 깎는 건지, 아니면
귀찮아서 그러는 건지는 알 수 없었다.

　"녀석, 이제 숫제 도인 흉내 내며 살 심산이냐?"

　강배가 픽 웃으며 대답했다.

　"보기 싫음 면도기나 하나 사주시던가."

　"오, 그건 별로 어려운 일이 아니지. 원한다면 당장이라도 달려가
서 최신식 자동 면도기를 가져다가 바칠 생각도 있다."

　"흰소리 말고 술이나 따라."

　강배가 오프너를 던져주고는 개수대 근처를 살피며 컵을 찾았다.

　"종이컵을 사올 걸 그랬나? 대충 먹지 뭐."

　"아냐. 여기 있어."

　강배가 유리컵 두 개를 대충 털어서 진석 맞은편에 앉았다.

　"영실이 조선을 떠나는 데까지 읽었지 아마? 소감이 어때?"

　"놀랍긴 한데 어디까지가 진실이야? 그러니까 내 말은 너의 상

상력이 더해진 부분이 어디까지냐는 거지?"

"비망록엔 사실관계가 정확히 기록돼 있어. 그러니까 언제 무슨 일로 누가 누굴 만나고, 언제 누구로 인해 어디로 출발하고 같은 기록들 말이야. 그 나머지 부분, 그러니까 공간이나 배경에 관한 설명은 내가 채워 넣은 거고. 사실관계만 따지자면 거의 100퍼센트지."

"그럼 영실이 조선을 떠나던 날 아침 세종을 만난 거나, 그 전날 공주로부터 옷을 받은 얘기가 모두 사실이란 거야?"

"그럼 사실이지. 내가 소설가도 아니고 그런 걸 어찌 지어내겠냐? 짤막하지만 비망록에 모두 기록이 돼 있어. 명나라 자객 세 명으로부터 쫓겼다는 내용도 그대로고, 그 과정에서 만복과 전립 사내가 죽은 것도 진실인 것 같아. 내가 풀어 써서 이야기가 늘어났지만 실제 기록은 아주 짧아. 새벽에 주상 전하를 배알했다. 자객 셋에게 쫓기다가 겨우 행주나루를 탈출했다. 만복과 사내가 죽었다. 감정 개입이 거의 없는, 완전 하드보일드야."

진석은 여전히 고개를 갸웃거렸다.

"이봐, 친구. 다른 건 다 믿겠는데 한때 명나라 조정의 실세였던 정화 대장이 배를 타고 행주나루에 나타났다는 얘기만큼은 도저히 믿을 수가 없군. 너무 극적인 이야기잖아? 너, 이참에 아예 소설가로 데뷔라도 할 생각이야?"

강배가 대답했다.

"1442년 조선 조정에서 장영실의 가마 사건이 터졌을 무렵으로 가보자구. 당시 정화는 명나라 조정에서 소리 소문 없이 사라진 뒤였어. 더 정확히 말하자면, 정화 대장은 1435년 선덕제가 죽은 후에 조정 중신들의 시기와 질투, 국고 낭비의 주범이라는 이유로 탄핵을 받았지. 번역에도 나와 있지만 그 결과 영락제에서부터 선덕제에 이어온 7차에 걸친 대항해는 중단되었어. 정화가 언제 죽었는지에 대한 기록도 전혀 없어. 정화의 무덤이 존재하지만 안에 정화의 시신은 없는 가묘일 뿐이야."

강배가 자료를 꺼내 들추면서 말을 이어나갔다.

"정화는 선덕제가 죽은 후에 7차 원정에서 돌아오지 않고 숨은 게 분명해. 왜냐하면 선덕제가 죽으면 그 자신도 무사하지 못할 것이라는 것을 알았을 테니까. 그래서 정화는 부관 홍보에게 배 위에서 죽었다라고 거짓말 시킨 후에 조용히 숨어 지내면서 일생일대의 마지막 항해를 준비했던 거야."

"그러다가 세종과 연이 닿았다?"

"정화의 부관인 조선 출신 환관 장천일을 통해서였지. 세종은 장영실을 빼돌리기 위해 정화와 연락해서 정화의 마지막 항해를 지원하게 된 거야. 정화가 산동반도 적산촌에서 마지막 항해를 준비하고 있을 때, 이미 세종은 영실을 통해 정화의 상태를 주도면밀하게 꿰고 있었던 거야."

"물론 가능성이 있는 이야기긴 해. 환관 출신인 정화가 조선에서 끌려온 환관들을 아끼고 조선에 대해서 좋은 감정을 가지고 있다는 사실은 기록에도 나와 있으니까. 정화는 바다의 해적인 왜구의 본산인 일본인은 매우 싫어했지만, 해상왕 장보고의 고향인 조선에 대해서는 좋은 감정을 가지고 있었어."

"맞아."

"또한 조선왕조실록에 장영실이 명나라에 여러 번 갔다는 기록이 나와 있는 걸 보면 그 당시 명나라의 유명인사였던 정화 대장과 접촉했을 개연성도 충분하고. 장영실은 무엇보다 과학에 호기심이 많았잖아. 영락제 사후 정화 대장이 실각되고 북경 근처 절에 머무르고 있을 때 찾아오는 사람이 많았다는 기록이 있어. 그렇게 찾아온 사람 중에 장영실이 분명히 섞여 있었을 거야. 그런데 정화가 7차 항해 후 사라졌을 때 영실은 어떻게 다시 마지막 항해를 준비 중인 정화와 연결되었을까?"

강배 또한 진석과 마찬가지로 떠올린 의문이기도 했다.

"장영실이 북경에 갈 때마다 접촉하던 조선 출신 환관들을 통하여 정화가 어디 은거하고 있는지 알아냈으리라는 추측도 가능하지."

강배의 대답이었다.

"조선 조정에서 누가 연락을 한 건 아닐까?"

강배는 자신 있게 대답했다

"충분히 그럴 수 있지. 정화는 선덕제 사후에 7차 항해를 마지막으로 숨어서 황해 근처에서 배를 건조 중이었으니까. 세종의 서신을 받고 영실을 구하러 황해를 단숨에 건너왔을 수 있어. 큰 배는 바깥에 대놓고 작은 배로 살금살금 행주나루까지 노를 저어 오지 않았을까."

"그 부분에 대한 역사적 사실 유무는 어때?"

"『명사明史』「정화전鄭和傳」에 따르면 정화는 함대를 남경 근교의 조선소에서 만들었다고 해. 길이 150미터, 폭 60미터가 넘는 당시로서는 거대한 배였는데 오늘날 기준으로 치면 8000톤 급 이상의 배였지."

"그러니까 조선을 떠난 직후와 관련해선 비망록엔 설명이 더 없는 건가?"

"응, 사실 비망록의 많은 부분이 그래. 장영실의 입장에서는 그걸 설명할 아무런 이유가 없었겠지. 찢겨 나간 부분이 없다면 앞뒤로 사실관계를 유추하기가 쉬울 텐데 말이야. 비망록은 정확히 네 장, 도합 여덟 면이 뜯겨져 나가 있어. 공교롭게도 영실이 정화와 함께 배에 올라 항해에 나선 뒤 유럽에 닿기 전까지에 해당되는 부분이지."

"네 장이나 된다면 그 전후 많은 사건들이 더 있었겠군. 황해를 건넌 뒤 남경 근처로 가거나, 혹은 먼 거리에서 대기 중인 정화의 함대에 올라 황해를 빠져나가던 그 긴박했던 순간 말이야. 비록 친구를 잃었지만 영실의 가슴은 엄청 벅찼겠군."

사실이었다. 영실의 비망록은 마치 일부러 그러기라도 하듯 항해와 관련된 부분만 훼손돼 있었다. 일차적으로는 장영실 본인이 그랬을 수도 있고, 훗날 일기가 전해지면서 누군가 일부러 중요한 자료를 누락시켰을 수도 있었다.

"추리조차 할 수 없는 건가. 당시 항해사를 뒤져보면 대강이나마 그들의 이동 경로를 추측할 수 있지 않을까?"

"위기일발의 상황에서, 정화에 의해 구출된 장영실이 어떤 경로를 거쳐 유럽에 닿았는지 구체적인 항로를 알아내기는 힘들어. 찢겨져 나간 부분이라도 남아 있다면 모를까. 실은 그것도 의도적으로 찢은 것인지, 아니면 후손들이 보관하는 과정에서 찢겨져 나간 건지 현재로선 알 방도는 없고. 어쩌면 더 번역이 진행되는 과정에서 그 전모가 드러날 지도 모르겠다. 중요한 사실은 조선인 장영실이 긴 항해 끝에 유럽에 닿았다는 사실이겠지."

"비망록엔 어떤 단서도 없다는 얘긴가?"

"다행인지 유럽에 닿기 직전의 기록이 전혀 남아 있지 않은 것은 아니야. 상단 모서리에 찢긴 자국이 남아 있긴 하지만, 개인적인 견해지만 그것은 일종의 주저한 흔적처럼 보이기도 하는데, 아프리카의 희망봉을 기점으로 당시 영실과 정화의 상황이 어떠했는지 유추는 가능해. 그 전에, 그러니까 유럽에 닿기 직전 장영실에게 닥쳤던 고난을 일부나마 들춰보기 전에, 급하게 조선을 떠난 영실과 정화의 궤적부터 추적해보는 게 좋겠어."

강배가 잠시 말을 끊었다가 얘기를 이어나갔다.

"뭐, 난 이쪽 계통의 학자가 아니니깐, 오늘날 알려진 중세인들의 항해 경로, 특히 7차에 걸친 정화의 항해 경로를 통해 마지막 항해를 유추해보는 것에 불과하지만 말이야. 그럼 어디서부터 시작을 해볼까. 아무래도 가마 사건 이후로 가는 게 낫겠지? 친구 만복이가 자객들에게 죽고 영실이 정화의 배에 올랐던 그날 아침부터."

"감질난다, 어서 해봐."

"1442년 초여름, 한강 하류를 떠난 정화의 배는 그날 밤이나 다음 날, 공해에서 대기 중이던 본대와 합류했을 거야. 정화의 함대는 계절풍을 타고 순조롭게 오늘날의 동중국해를 빠져나갔겠지. 풍랑에 대비하여 근해 항해를 계속하며 좁은 타이완 해협을 빠져나갔으리라 짐작돼. 어쩌면 광저우나 홍콩쯤에 들러서 식수와 식량을 보충하고 향수병에 걸린 선원들을 육지로 내리게 하여 쉬게 했을 수도 있고. 아니면 타이베이 인근을 지나지 않고 곧장 호치민이나 싱가포르, 혹은 자카르타까지 갔을지도 몰라.

함대는 당시로서는 최신식 나침반으로 방위를 재고, 물시계와 해시계를 이용해 시간을 재며, 또한 깃발의 펄럭임과 돛의 부풀기를 통해 배의 속력을 조절해가며 장거리 항해를 계속했겠지. 명나라를 출발할 때 창고마다 가득 실었던 쌀과 말린 야채, 말린 고기 등이 그들의 주식이었을 테고. 비록 바다 위를 떠다녔지만 그 안은 움직이는 마을과 다름없었어. 의사에 통역관, 해외의 진귀한 풍경을 기록하는 사관과 화가, 심지어는 학자도 탑승하고 있었겠지. 그들 모두는 정화의 한 마디 한 마디에 따라 일사불란하게 움직였을 거야.

오늘날 캘리컷으로 불리는 인도의 콜카타는 반드시 들려야 하는 기항지였어. 그곳에서 선원들은 장기간 휴식을 취했을 거야. 왜냐하면 베트남 해역을 지난 뒤 인도양을 지나 콜카타에 닿는 여정이 녹록지 않은 뱃길이었으니까. 특히 오늘날의 인도차이나 주변은 해적들의 소굴이었어. 정화의 함대가 비정상적으로 많은 화포와 병사를 배에 실었던 이유가 여기에 있지. 더러는 따스한 환영을 받기도 했지만, 기항지마다 그곳 부족들이 몰려나와 반겨준 것만은 아니었어. 실제로 정화 원정대는 항해와 함께 전투의 여정이기도 했잖아. 이 과정에서 수천 개 나라의 부족들이 무릎을 꿇고 항복하기도 했고.

콜카타에서 보름 혹은 한 달쯤 쉰 정화의 함대는 페르시아의 관문인 호르무즈를 향하여 다시 고단한 항해를 지속했을 거야. 그들이 탄 배는 아라비아 반도를 돌아 홍해 깊숙이 들어갔어. 수에즈 운하가 뚫리기 전이어서 길게는 한 달까지 걸릴 수 있는 홍해 진입은 유럽에 닿고자 하는 정화의 걸음을 무디게 했겠지만, 그곳은 반드시 도달해야 하는 필수 코스였어. 이집트의 카이로에는 그들에게 막대한 이득을 남겨줄 무역상들이 목을 빼고 중국에서 들어오는 정크선을 기다리고 있었기 때문이지. 카림이라 불리는 이 상인 집단은 유대인들이었는데 중국 물건을 유럽에 팔아넘겨 엄청난 이득을 남겼거든. 이때 정화의 함대는 비단과 도자기 등을 내어주고 아라비아산 유황을 한가득 실었을 거야. 명나라로 돌아가면 그 역시 열 배 이상의 이문을 남기고 팔 수 있었기 때문이지."

"거기까지 가는 데 얼마나 걸렸을까?"

진석의 물음에 강배는 잠깐 고개를 갸웃하다가 대답했다.

"순조롭게 계절풍을 타고, 항해 도중 풍랑을 만나지도 않았고, 해적을 만나 고생하지도 않았고, 전염병도 안 돌고 선원들의 반란도 일어나지 않으면 1년. 하지만 그럴 리가 없으니 2~3년은 족히 걸렸을 시간이야. 꽤나 긴 시간이지만, 육로를 통한 이동보다는 훨씬 이점이 있었어. 내가 잠깐 도서관에 들러 자료를 찾아봤는데, 복원된 정화 함대 한 척은 3400톤이었다고 해. 이런 배 100여 척에 물건을 실었다면 최소한 수만 톤의 무역품이 일시에 이동했다는 얘기가 되거든. 대상들이 낙타 등에 수만 톤의 짐을 싣고 중국에서 유럽을 가기는 사실상 불가능했다는 점에서, 유럽 상인들에게 중국 배의 출현은 구세주나 마찬가지였겠지. 오늘날로 치자면 혁신적인 운송수단이 등장한 셈이야.

참, 최근에 자료 하나를 더 찾아낸 게 있는데, 2010년 7월 국내외 언론사들이 중국이 600년 전 명나라 영락제 때 아프리카 해역까지 원정 갔던 정화 함대의 난파선 찾기에 나섰다는 북경발 기사를 일제히 내보낸 적이 있어. 중국이 역사적 기록에 따라 아프리카 케냐 해안에서 좌초한 정화 함대의 난파선을 찾는 고고학 프로젝트에 착수했다는 내용인데, 실제로 중국 정부는 케냐 고고학계와 손잡고 1418년 정화 함대가 상륙했던 말린디 해안에서 북쪽으로 200킬로미터 떨어진 라무 앞바다에서 현재까지 발굴 작업이 진행 중이라는군. 최근 보도에 의하면 크고 작은 배의 파편들이 발굴되는 성과도 거두기도 했고.

1405년 첫 항해에 나섰던 정화는 보통 100척 이상의 배와 적게는 1만 명에서 최대 3만 명까지 병사들을 이끌었잖아. 그가 이끈 함선 한 척의 크기만도 현대의 축구장 길이보다 길었어. 더구나 각 배의 선창에는 명나라 황제가 보내는 엄청난 예물들이 쌓여 있었어. 이런 배가 난파했다면 어딘가에 흔적이 남아 있겠지. 여기서 중요한 것은 이미 공식 기록상에서도 정화의 함대가 아프리카 동부 해안에 닿아 있었다는 사실이 나온다는 점이야. 정화는 아프리카를 돌아 유럽에 닿는 항로를 분명하게 알고 있었고, 비망록의 주장대로 역사에 가려진 마지막 항해를 통해 자신의 꿈을 완성한 거겠지.

너도 한두 번은 들은 적이 있겠지만, 역사의 저쪽에 숨어 있던 정화 함대를 다시 현대로 불러낸 이는 영국의 역사학자이자 저술가인 개빈 멘지스야. 그는 그 동안 베일에 가려졌던 정화 함대의 항해를 추적한 끝에, 세계사의 통설을 뒤엎는 연구결과를 책으로 발표했어. 그가 지은『1421 중국, 세계를 발견하다』,『1434』같은 책에 따르면 정화가 이끌었던 함대는 콜럼버스보다 71년 먼저 아메리카에 도달했고, 마젤란보다 100년 먼저 지구를 한 바퀴 돌았어. 더 놀라운 건 정화가 쿡보다 먼저 남극 대륙을 발견하였고 심지어 호주를 거쳤으며, 유럽인보다 300년 일찍 경도 측정 문제를 해결했다는 점이야.

그 책들에는 서양사에서 항해 개척자로 이름 높은 콜럼버스와 마젤란, 쿡 같은 인물들이 실은 정화가 작성한 세계지도를 바탕으로 탐험에 나섰다는 놀라운 주장이 담겨 있기도 해. 그 증거로서 개빈 멘지스는 중국제 상품인 비단과 도자기, 각종 공예품들이 유럽에 알려진 시기며, 세계 각지에 새겨진 비석, 아프리카와 아메리카, 호주, 뉴질랜드의 해안에 좌초된 중국 정크선의 흔적 등을 들고 있지. 그런 주장을 있는 그대로 다 믿을 수는 없겠지만, 정화의 항해가 그동안 축소 평가되었고, 그의 항해가 유럽사에, 그리고 세계 항해사에 큰 영향을 끼친 것만큼은 부인할 수 없는 사실일 거야."

"비망록엔 일절 단서가 들어 있지 않은 건가?"

"비망록에 의하면 정화의 함대는 유럽에 닿기 직전, 아프리카 대륙 서부에서 엄청난 인명손실을 기록한 것으로 돼 있어. 이곳에서 두 척의 배가 불탔다는 기록이 있는 것으로 보아, 최초 일곱 척으로 출발한 함선이 아프리카 서부에 이르는 과정에서 원인 미상의 이유로 네 척이 소실되었음을 알 수 있어. 비망록 후반부에, 유럽에 두 척의 배가 닿았다는 기록이 있는 걸 보면 희망봉을 돌아갈 때까지 정화의 함대는 절반 이상이 줄어 있었던 게 분명해 보여. 그만큼 고단하고도 치열한, 목숨을 건 여정이었던 셈이지."

강배의 목소리는, 마치 500여 년 전 정화의 함대에 올랐던 뱃사람이라도 된 듯 비장함이 흘렀다.

"좋아. 그 문제는 잠깐 덮어두자고. 중요한 건 그게 아니잖아?"

진석이 술을 따라 건네며 재촉했다.

"역시나, 영실의 목적지가 궁금해서 득달같이 달려왔군. 이런 표현이 적당할지 모르겠지만 완전 대박이야."

"대박이라고? 설마 아메리카 대륙이라도 발견한 거야?"

"그것에 견줄 수 있지. 10년을 항해한 끝에 영실은 교황을 만났어."

"교황? 서, 설마……."

"그래, 장영실은 정화와 함께 이탈리아, 아니 로마에 닿았던 거야."

"대박, 초대박이다. 공개되면 세상이 뒤집어지겠네?"

그러나 강배는 회의적이었다.

"홋, 과연 그럴까? 넌 학계의 생리를 잘 모르는 것 같군."

"무슨 소리야? 자신들의 연구 분야를 방송이 먼저 밝혔다고 해서 질투라도 한다는 건가?"

"직접 겪어보면 알겠지. 아무튼 학계만큼이나 보수적인 집단도 없다는 건 너도 알잖아. 아마도 이 문제가 정식으로 인정을 받으려면 적어도 30년은 필요할 거야."

그러거나 말거나 진석의 목소리는 어린아이처럼 들떴다.

"이제 좀 그림이 그려지는데. 루벤스의 〈한복 입은 남자〉 말이야."

"그렇지? 나도 단박에 그 그림이 생각났어."

"그래서, 조선에서 쫓겨난 대호군 장영실이 로마에 가서 뭘 했지? 아, 아니지. 혹시 레오나르도 다빈치를 만나기라도 한 거야?"

"만났지. 비망록 속에 처음 등장하는 다빈치는 아주 어린 소년이야."

"와우! 근데 정말 그게 그렇게 간단한 문제인가? 항해 말이야. 비망록도 비망록이지만 정말로 정화가 유럽에 갔을까? 아직 학설만 분분하잖아."

"학계에서도 정화의 함대가 이집트까지는 확실히 간 걸로 인정하는 분위기야. 물론 유럽에 갔다는 건 아직 갑론을박 중이지만. 어떤 연구는 아프리카의 희망곶까지 닿았다고 하기도 하고. 서양인들로서는 명백한 자료가 있어도 인정하기 힘든 사실일 거야. 중세의 역사 자체를 송두리째 뒤집는 일이잖아. 세계 최초의 금속활자인 고려의 직지를 두고 교과서에서 굳이 구텐베르크를 지금까지 최초의 금속활자라고 가르쳐오는 이유도 그런 거겠고⋯⋯. 하지만 오래 버티지는 못할 거야. 정화에 대한 연구가 활발히 진행 중이니까. '신밧드의 모험'이 정화 대장을 모티브로 만들었다는 설까지 있잖아? 더 멋진 점은 그들은 서양인들처럼 침략하거나 노략질하지 않았다는 점이야. 다만 미개인들을 문명화시키는 게 목적이었지."

"짐작되는 건 없나? 이탈리아에 닿았다면 굉장히 긴 여정이었을 텐데 대체 항로는 어찌 계산했으며 풍랑은 어찌 견뎠을까?"

"당연히 인도와 아프리카를 거쳐 갔겠지. 항구마다 들러 사람과 식량을 보충해가면서 말이야. 그때마다 배에 싣고 갔던 엄청난 양의 도자기와 비단, 세공품이 항구마다 풀려 나갔겠지. 그걸 통해 사람들은 동방에 있다는 황제의 나라를 상상했을 테고."

"정확히 언제 당도했을까?"

"구체적으로는 알 수 없지만 조선을 떠난 뒤 대략 10년 후가 될 것 같아. 유럽에 닿은 뒤 교황 니콜라오를 만났다는 기록이 있거든. 208대 교황인 니콜라오 5세는 1447년 재위해서 1455년에 사망했어. 1452년 로마에서 독일 황제 프리드리히 3세를 신성로마제국의 황제로 임명하는 대관식을 거행했지. 영실의 일기에 이 대목이 잠깐 언급되어 있어. 그렇다면 대관식 직후 영실 일행이 로마에 닿았을 가능성이 높아."

"근데 10년이라면 너무 길지 않아? 그때까지 어디서 무엇을 했을까."

"해적에게 잡혀 있었을 수도 있고, 아니면 인도쯤에서 몇 년 시간을 흘려보냈을 수도 있는 일이야. 최근의 연구 결과지만 정화 대장 역시 귀향을 염두에 두고 항해에 나섰던 게 아닌 것 같아. 정화는 환관 출신이잖아. 이 시기에 명나라 황제가 바뀌게 되는데, 무관들로부터 환관들이 대대적으로 탄핵을 받았지. 정화 역시 수백 척의 함대를 동원하느라 막대한 부를 낭비한 죄로 탄핵을 받은 건 일전에 우리가 들춰봤던 부분이기도 하고. 정화는 그 사실을 미리 알고 계속해서 유랑을 선택했던 것 같아. 그게 아니라면 그렇게 긴 시간에 걸쳐 유럽에까지 갈 이유가 없는 거지."

"아, 도무지 상상이 안 되네. 찢어진 페이지가 보존됐다면 더 좋았을 텐데. 혹시 엘레나에게 물어보면 낙장이 어딘가 남아 있지 않을까?"

"그러길 바라야겠지. 하지만 유럽에 닿은 뒤에도 영실의 운명이 마냥 평탄했던 것은 아냐."

"그건 또 무슨 소리야?"

"아직 자세히 살펴보진 않았지만 죽을 고비를 또 넘긴 것 같아."

"왜, 이유가 뭔데?"

조선에서 옥고를 치르고 겨우 살아난 영실이 이탈리아에까지 가서 죽을 고비를 넘겼단 얘기였다. 진석은 자신의 일처럼 가슴이 저려왔다.

"글쎄, 이탈리아어로 쓰여 있어 그 부분은 꼼꼼히 살피지 못했어. 아마도 정화 대장이나 종교재판과 관련이 깊은 것 같아. 참, 그 와중에 정화 대장은 다시 신대륙을 향해서 출발하고."

"지구 반대편까지 날아가 교황을 알현했는데, 죽이려고 했다고? 이해가 안 되네. 그럼 도대체 다빈치를 만난 건 언제라는 거야?"

"그게, 다빈치가 태어난 년도가 1452년이잖아. 그렇게 따지자면 영실이 로마에 닿았을 때 막 한 살이었지. 이런 점으로 미루어 볼 때 다빈치가 영실을 만난 건 영실이 유럽에 닿은 지 6년이 지난 시점, 즉 교황청을 탈출해서 피렌체로 도망을 갔을 때인 것 같아. 여섯 살 이후, 열 살이 되기 전에. 아무튼 어린 소년이었을 거야. 다빈치는."

"참으로 파란만장하군. 그럼 이제 얼마나 더 남은 거지?"

진석이 안주로 사온 오징어를 질겅질겅 씹어가며 물었다.

"글쎄, 4분의 1쯤 남았다고 보면 돼. 한 가지 특징이 더 있는데, 후반부부터는 한자와 이탈리아어를 같이 사용하면서 필기를 하고 있어. 이 즈음 이탈리아어를 완벽하게 익힌 것 같아. 번역에도 그만큼 어려움이 따른다는 얘기지."

"그럼 이탈리아에 완전히 정착한 건가? 다시 조선으로 돌아오긴 해?"

강배가 고개를 저었다.

"거기까진 나도 모르겠네, 친구. 중요한 건 영실이 이탈리아에 갔다는 거겠지. 거기서 교황과 다빈치를 만난 거고. 아마도 교황을 알현한 최초의 한국인이 아닐까. 거기에 어린 다빈치를 만나 서로 영감을 주고받았다는 사실, 우리가 눈여겨볼 점은 바로 그 두 가지야."

강배가 어깨를 으쓱해 보이곤 빈 잔을 내밀었다.

"그럼 조금만 더 부탁해."

"한 열흘 고생하면 되겠지 뭐."

"참, 엘레나가 돌아오면 너도 인터뷰 몇 장면 떠 줘. 번역자로."

"글쎄, 그건 생각을 좀 해봐야겠는 걸? 이 몸이 출연료가 좀체 비싸서."

"튕기기는!"

진석이 강배의 등짝을 후려 갈겼다.

두 사람은 밤이 깊도록 주거니 받거니 대화를 이어갔다.

5

신의 나라, 로마를 향하여

긴 항해 끝에 정화의 함대는 한 미지의 땅에 닿았다. 함대는 다섯 척으로 줄었고 노꾼은 거의 남아 있지 않아, 오로지 돛에 의지해 북쪽으로 계절풍을 타고 올라온 뒤끝이었다. 식수와 식량이 고갈된 상태라 선원들은 벌써 이틀째 끼니를 먹지 못했다. 해안가에 배를 대고, 낚시라도 해서 우선 허기를 면할 생각이었는데, 상황은 생각보다 좋지 못했다. 풀이나 나무 같은 것은 눈을 씻고 봐도 보이지 않았고 오로지 누런 모래만이 끝없이 펼쳐진 해안이었다. 수심이 얕은 관계로 배를 가까이 댈 수도 없어 정화는 배를 수천 보밖에 정박시킨 뒤 작은 배 두 척을 내려 해안 주변을 샅샅이 탐험하고 돌아오도록 하였다. 그러나 반나절 뒤에 돌아온 탐험대는 고개를 설레설레 흔들 뿐이었다.

"끝없는 모래사막 외에는 아무것도 없습니다. 살아 있는 거라곤 전갈 몇 마리가 고작입니다."

"도대체 이곳은 어디란 말이야?"

정화는 선원들을 수소문하게 하였다.

"이곳에 대해 알고 있는 자가 있답니다."

다행히 정보를 가진 선원이 있어 당장 정화 대장 앞으로 불려왔다. 그는 눈앞에 펼쳐진 해안가 너머를 가리키며, 사흐라,[47] 사흐라 하고 외쳐댔다. 원래 원주민 언어로 이곳을 무엇이라 부르는지는 알 수 없으나 조부가 그렇게 부르는 소리를 들었다는 것이다. 이집트 출신의 나세르라는 그 남자는 주방에서 선원들의 식사를 담당하고 있었다. 그의 가문은 대대로 낙타를 끌고 사막을 가로질러가는 대상무역에 종사했다고 한다. 금과 상아, 소금 등이 주된 교역품으로, 금은 사막 너머에서 생산되었고 여기서 생산된 금은 낙타 등에 실려 베네치아, 제노바 등으로 운반되었다. 그리고 이곳에서 세공된 금은 다시 부유한 구라파의 여러 왕국들까지 운반된다고 했다.

"그래서 이 땅은 어떤 곳인가? 교역할 사람은 살고 있는가?"

나세르는 고개를 저었다.

---

47) 사하라 사막은 아랍어 사흐라에서 유래했다.

"이곳 사람들을 베르베르라고 하는데, 사막 곳곳에 흩어져 목축을 하기는 하나, 이동이 잦아서 좀처럼 만날 수가 없다 들었습니다."

"흠, 큰일 났군. 당장 먹을 물과 음식물 따위를 구할 수 없다는 얘긴가?"

"그렇습니다."

"내륙으로 들어가면 뭐가 더 있지 않을까?"

"결코 그럴 수 없습니다. 저 사막은 이집트의 나일 강에서 시작이 되는데 그곳에 도착하기도 전에 사막에서 말라죽고 말 것입니다."

"이집트라면 우리가 이태 전 떠나온 땅이 아니더냐."

"그렇습니다."

정화는 깊은 한숨을 내쉬었다. 그간 숱하게 죽을 고비를 넘겨온 정화 함대에게 사실상 지금이 마지막 고비였다. 아직 얼마나 더 가야 할 뱃길이 남아 있는지 정확히는 알 수 없지만, 바람만 잘 탄다면 길어도 보름이면 로마의 관문에 도달하리라 정화는 믿었다. 아직 미지의 항로였지만 오랜 항해 경험상 터득한 직감이 그렇게 말을 하고 있었다. 희망봉을 기점으로 함대는 줄곧 북쪽을 향해 전진을 계속해왔다. 이미 적도를 넘어서고도 한 달이 지났다. 지구가 둥글다면, 계절의 변화가 느껴지는 온대기후가 함대 앞에 나타나야 한다. 사하라 사막의 출현으로 보건대, 온대기후와 열대기후가 접점을 이루는 곳에 함대가 닿아 있다고 정화는 생각하였다. 그러나 문제는 단 하루도 버틸 수 없는 식량이었다.

"우선 배를 해안 근처에 대고 식량을 최대한 확보하라."

정화의 명령에 따라 배를 움직이는 최소한의 선원을 제외한, 나머지 인원이 소형 배를 이용해 해안에 상륙했다. 해안에 내린 인원은 모두 226명이었다. 나머지 인원이 어구를 이용하여 물고기를 잡는 사이, 정화는 각각 다섯 명으로 이루어진 수색대 3개조를 편성하여 각각 세 방향으로 보냈다. 그들의 임무는 식용으로 쓸 동식물과 식수를 확보하는 것이었다. 토착민들을 만날 것을 대비하여 약간의 장신구를 함께 가져가도록 하였다.

다행히 바람이 잔잔하였다. 섬 곳곳에 불이 피워지고 이름 모를 물고기들이 바싹 구워져 허기진 뱃사람들의 위장으로 들어갔다. 그럭저럭 물고기가 잡혔지만 비축할 수 있을 만한 분량은 아니었다. 이미 바닥을 드러낸 식수도 문제였다. 뜨거운 태양을 피할 장소도 마땅치 않아 모래 구덩이를 여러 개 파고 그 속에 들어가 더위를 겨우 피하였다. 이렇게 된 이상, 수색을 나간 동료들을 믿어보는 수밖에 없었다.

두 개의 수색대는 다음 날 돌아왔지만 한 개의 수색대는 소식이 없었다. 그때까지만 해도 그것이 어떤 비극의 전조임을 알지 못했다. 먼저 돌아온 수색대가 끝없는 모래폭풍 속에서 가지고 온 건 사막에서 주운 낙타 뼈가 고작이었다. 가도 가도 끝없는 모래바람뿐이라며, 수색에서 돌아온 선원들은 혀를 내둘렀다. 그들은 일정한 간격으로 꽂아놓은 깃발을 따라 겨우겨우 출발지로 돌아왔다.

하지만 나흘이 되어도 남은 수색대는 돌아오지 않았다. 물고기 수액과 사람 오줌으로 버티는 지경에 이르자 정화는 결단을 내렸다.

"깃발로 표시를 해가며 다시 수색에 나선다. 기간은 이틀이다. 이틀 안에 전원 복귀한다. 그래도 성과가 없으면 배를 띄운다."

정화는 두 명씩 열 개의 조를 짜서 다시 사막으로 수색대를 보냈다. 이틀 뒤 이번에는 두 개의 수색대가 돌아오지 않았다. 하지만 아주 성과가 없었던 것은 아니어서 가장 북쪽으로 길을 잡았던 수색조에서 첫날 실종된 수색팀의 흔적을 가지고 돌아왔다. 첫날 실종된 수색대는 해안으로부터 반나절쯤 떨어진 거리에서 두 명이 죽은 채 발견되었다. 둘 모두 가슴에 화살을 맞은 채였다. 나머지 셋의 흔적은 발견되지 않았다.

"이곳 원주민들의 소행 같습니다."

나세르가 인상을 찡그리며 말했다.

"원주민이라……. 그럼 물과 식량을 구할 수 있겠군."

정화가 담담한 어조로 말했다. 약간의 희생이 있었지만 분명 반가운 소식이었다.

"내일 새벽, 50명씩 두 개조를 편성하여 시체가 발견된 지점을 수색해 들어간다. 혹시 모를 일이니 전원 가벼운 무장을 갖추고, 생선을 최대한 많이 챙겨가라. 나머지 인원은 해안에서 대기하며 식량을 확보하고 있을 것."

다음 날 새벽, 동녘 하늘이 밝아오자 수색대는 각자 방향을 달리

해서 길을 떠났다. 영실은 정화와 한 조가 되어 해안 깊숙이 들어 갔다. 모래사막이 계속 펼쳐지리라는 예상과 달리, 반나절이 지나 자 약간의 암석을 포함한 모래산들이 드문드문 나타났다. 그곳에 서 사막여우 두 마리를 생포하는 성과를 거두기도 하였다.

여우 피를 한 모금씩 나누어 마시며 목을 축인 뒤 일행은 다시 길을 떠났다. 하지만 고대했던 원주민들은 발견할 수 없었다. 가도 가도 모래만이 끝없이 병사들의 발걸음을 잡아챘다. 행군 중에 두 명의 병사가 쓰러졌다. 정화는 여섯 명의 인원을 빼 그들을 해안으 로 옮기게 하고 계속 길을 재촉했다. 그들의 피부는 이미 아프리카 사람들처럼 까맣게 타들어갔고, 동공은 초점을 잃고 희미해져갔 다. 어느 곳에서도 경험한 바 없는 뜨거운 태양이 하루 종일 발바 닥을 달구다가도, 밤이 되면 서로 꽁꽁 끌어안고 자야 될 만큼 기 온차가 심했다.

그들이 습격을 받은 것은 새벽 2시경이었다. 습격 당시 그 누구 도 상대의 얼굴을 보지 못했다. 얼굴에 울긋불긋 칠을 한 100여 명 의 원시 부족들이 잠에 빠진 그들을 순식간에 둘러쌌다. 그들은 활 과 창을 능숙하게 구사하며 저항하는 선원들을 제압해 나갔다. 어 둠 속에서 일부는 도망을 가고 남은 자들은 각자 손에 잡히는 대로 무기를 들고 대항했다. 하지만 며칠 동안 먹은 거라곤 말린 물고기 몇 점이 전부인 터라, 이곳 토양에 익숙한 구릿빛 사내들을 당해낼 수는 없는 노릇이었다.

악몽 같았던 밤이 지나고 해가 떴다. 정신을 잃었다가 영실이 눈을 뜬 것도 그즈음이었다. 처음 영실의 눈에 들어온 것은 기괴한 가면을 썼거나 얼굴에 색을 칠한 건장한 사내들이었다. 그들은 활과 화살, 짧은 칼과 창을 저마다 손에 들었으며 칼을 든 자들은 방패를 함께 들고 있기도 하였다. 그들은 마치 동물들을 대하듯 빙 둘러싼 채 결박한 이방인들을 쳐다보고 있었다. 살아 있는 사람들은 도합 스무 명쯤 되는 것 같았다. 한쪽에는 한 무더기로 쌓여 있는 시체들이 보였는데, 대략 열은 되는 것 같았다.

"우리가 너무 방심을 한 것 같네."

다행히 정화 대장은 살아 있었다. 포승에 꽁꽁 손발이 묶인 정화는 죽은 부하들을 쳐다보고 길게 한숨을 내쉴 뿐이었다.

훗날 마데이라에 도착한 뒤 알게 된 사실이지만 그들은 사막 부족이 아닌, 다클라에 기지를 둔 해적들이었다. 다클라는 정화의 함대가 배를 댄 해안으로부터 북쪽으로 하루 거리에 있었다. 그들은 주로 배를 타고 아프리카 북쪽 해안으로 올라가 노략질을 하거나 마데이라 남쪽의 작은 섬들을 돌며 약탈과 방화를 저질렀다. 해적들은 정화의 함대가 다가오자 긴장한 채 이들을 예의주시했고, 함대의 규모로는 해상에서의 전투가 불리하다고 판단, 정화 함대가 육지로 내려오기를 기다렸다가 공격했던 것이다. 그들은 포로를 인질로 잡은 뒤, 해안에 정박 중인 나머지 선원들과 접촉하여 배에 실린 물자와 몸값으로 교환할 생각이었다.

"뭘 기다리는 걸까요?"

"글쎄, 아마도 대장이 오기를 기다리는 모양이겠지."

정화의 추측은 맞았다. 날이 밝자 다른 해적들과는 달리, 흰 비단으로 몸을 감싼 해적 두목이 음식을 든 여자들과 함께 나타났다. 해적 두목은 키가 작고 땅딸막한 인물로, 피부색은 흑인과 백인의 중간쯤 돼 보였다. 그는 음식을 직접 집어주며 손수 먹으라는 시늉을 하였다. 음식은 두 종류였다. 하나는 정체를 알 수 없는 고기로 꽤 질겼고 맛이 없었다. 다른 하나는 희망봉을 돌 때 먹은 적이 있는 곡물가루를 빻아서 만든 것으로 보이는, 주먹처럼 뭉쳐진 음식이었다. 그것을 찍어 먹을 수 있는 소스가 제공되었는데 소스에서는 생선 비린내가 역하게 풍겼다.

"왜 우리를 살려두는 걸까요?"

"이유가 있겠지."

허기가 졌던 탓에 그들은 제공된 음식을 남김없이 비웠다. 죽은 선원들 때문인지 개중에는 음식을 토해내기도 하였으나 오래 굶은 까닭에 대부분은 음식을 먹어 치웠다. 음식을 비우자 물이 든 항아리가 날라져왔고 곧이어 그들에겐 행군 명령이 떨어졌다.

"어디로 가는 걸까."

선원들이 불안하게 웅성거렸으나 이미 전의를 상실한 마당이라 해적들이 손짓 발짓으로 시키는 대로 따를 수밖에 없었다.

그들이 꼬박 반나절을 걸려 도착한 곳은 바닷가에 있는 천연의 항구였다. 높이가 3000보쯤 되는 바위 절벽 밑에, 반달 모양의 항구가 들어서 있었고 그 안쪽에 배들이 숨겨져 있었다. 나무와 갈대를 엮어 만든 배들은 정화의 배에 비하면 초라하기 그지없었지만, 그 수는 스무 척이나 되었고 축대를 쌓아 만든 두 곳의 망루는 각각 스무 명 이상의 병사들이 들어갈 수 있는 구조로, 외부에서 적이 침입한다 해도 쉽게 접근할 수 없도록 설계돼 있었다. 바위 절벽에는 수십 개의 구멍이 뚫려 있었는데, 구멍은 나무 사다리로 연결돼 있었다. 아마도 그곳이 무더위와 추위를 피하는 그들의 숙소인 모양이었다.

"해적들이군요. 우리 함선을 이용해 포로 공격을 했다면 쉽게 정복을 했을 텐데, 운이 없었습니다. 이런 천혜의 항구를 코앞에 두고 물과 식량을 찾아 헤맸다니."

정화도 그 말에 동감을 한다는 듯 대답 대신 연신 혀만 찰뿐이었다.

"누군가 탈출만 할 수 있다면, 함대와 연락을 취해서 단박에 이곳을 점령할 수 있지 않을까요?"

영실은 끝까지 희망의 끈을 놓지 않았다.

"배를 움직인다 해도 인원이 문제야. 그 큰 배를 움직이려면 다른 쪽으로 간 수색대가 해적들에게 들키지 않고 무사히 항구로 돌아왔어야 해. 어쨌든 기다려보세. 이런 일이 한두 번도 아니지 않은가."

정화의 말은 사실이었다. 베트남과 인도차이나를 지날 때 그들은 네다섯 차례도 넘게 해적의 습격을 받았다. 해적들은 선단을 공격하지 않고 그들이 상륙했을 때를 노려 배에 불을 지르려고 접근하거나 무리에서 떨어져 나온 선원들을 공격하거나 납치하여 몸값을 요구했다. 콜카타에 상륙했을 때, 영실은 실제로 항구 주변의 해적들에게 납치를 당했다가 겨우 살아 돌아온 적이 있었다. 카이로에 상륙했을 때는 대장선 후미에 불이 붙어 끄느라고 난리를 피웠는데 누가 불을 질렀는지는 끝내 밝혀내지 못했다.

정화의 긍정적인 태도는 지난 항해 기간 동안 익히 보아온 장면이어서 영실도 크게 흔들리지는 않았다. 처음 항해에 나선 뒤 영실은 잦은 선내 폭력과 원인 모를 병으로 죽어가는 선원들을 수도 없이 보았다. 어제까지 함께 웃고 떠들던 동료가 죽어도 뱃사람들은 무감각한 얼굴로 시체를 바다에 던진 뒤 저녁을 먹었다. 그들에게 자기 차례가 언제 찾아올지에 대한 두려움 같은 것은 없어 보였다. 그들은 단지 현실을 받아들이고 현재를 견디고 있는 것처럼 보였다. 항해가 끝나면 일확천금을 손에 넣을 수도 있다는 희망, 그 희망이 그들로 하여금 긴 시간 항해를 견디게 만드는 것 같았다. 닿지 않은 미지의 대륙을 생각하며 현실을 헤쳐 나가는 모습은 정화역시 마찬가지였다.

항구에서 한 차례 심문을 당하고 난 뒤 그들은 동굴 속 감옥에 갇혔다. 해적 대장은 계속해서 대화를 시도했지만, 서로가 알아들을 수 있는 말은 하나도 없었다. 대화가 통하지 않으면 뺨을 때리거나 눈알을 잡아 빼는 시늉을 하며 겁을 주었지만 말뿐이었다. 밖으로 불려나가 심문을 받을 땐 고역이었지만 돌아오면 외려 견딜 만했다. 지하 동굴은 밖과 달리 시원했고 바위틈에서 물까지 흘러 내려 목을 축일 수도 있었다. 하루 두 끼 예의 그 냄새나는 고기와 곡물가루로 만든 음식이 제공되었는데, 동굴을 탈출하는 날까지 그들은 끝내 고기의 정체를 알아내지 못했다.

비록 몸은 갇혀 있었지만 그들에게는 예상치 못한 재충전의 시간이었다. 고통이 아주 없었던 것은 아니었다. 몇몇 젊은 선원들이 해적들에게 끌려가 남색에 이용되었는데 영실은 용케 그런 일을 피해갔다.

대화가 통하지 않자 그들은 두 명의 선원을 자기들 동굴로 데려가 자기네들 말을 가르쳤다. 그들 중에 하나는 원래 한족 언어와 아라비아 말을 할 줄 아는 통역관이어서 이방인의 언어에 밝았다. 그의 이름은 핫산 아심이었다. 핫산은 6개월이 지나자 얼추 저들의 말을 알아들을 수 있게 되었다. 하지만 그는 자신의 능력을 감춘 채 조금 더 기다렸다. 10개월이 되자 저들의 말이 거의 모두 귀에 들어왔다. 핫산은 어느 날 저녁 해적 두목이 하는 말을 들었다.

"해안에서 사라진 저들의 배는 어찌하여 돌아오지 않을까요? 혹시 군대를 부르러 간 건 아닐까요?"

"이곳은 이방인들의 군대가 닿을 수 없는 곳이다."

"그때 몽땅 태워버렸으면 후환이 없었을 텐데 아쉽습니다."

"두 척이라도 해치운 게 어디냐. 안에 있는 물건을 하나도 못 건진 건 한스럽지만 저들이 다시 온다 해도 우리는 이길 수 있다."

"포로들을 언제까지 저리 먹이기만 하실 생각입니까?"

"괜찮다. 식량이 부족한 것도 아니니 계속 대우를 해주어라. 언젠가 비싼 값에 팔아먹을 날이 있을 게야. 또 만약 저들의 배가 다시 나타난다면 협상을 할 수도 있겠고."

저희들끼리 나누는 이런 대화를 통해 핫산은 다섯 척의 배 가운데 두 척이 불타고 나머지는 후퇴를 해버렸다는 사실을 알게 되었다. 해안의 병사들 또한 갑자기 습격을 받아 바다로 달아났거나 뿔뿔이 흩어진 모양이었다. 그는 이러한 사실을 반입되는 음식 속에 작은 종이를 끼워 넣는 방법을 통해 정화에게 알렸다.

한 달 후 갑자기 상황이 급변하였다.

"밥만 축내는 저놈들을 당장 테베로 이동시켜라. 농기구를 주어 식량을 자급자족하게 한 뒤 양과 염소를 기르게 한다면 쏠쏠한 소득을 올릴 것이다."

그날은 무슨 일인가로 해적 대장이 몹시 화가 나 있었다. 그는 부하들을 불러놓고 술주정을 하다가 부하 두 명이 남색 문제로 다투자 그 중 하나의 목을 벤 뒤, 동굴에 가두어놓은 동양인들을 테베로 옮기라고 지시했다. 테베는 그들이 새로 찾아낸 무인도로 짐작되었다. 포로들을 무인도에 풀어 가축을 기르게 한 뒤 수익원으로 삼겠다는 발상이었다. 대장이 무심코 펼쳐놓은 지도를 훔쳐본 핫산은 테베라는 무인도가 북서쪽으로 약 반나절 거리에 있다는 사실까지 알아내었다. 그는 지도를 머릿속에 외웠다가 잠을 자기 전, 종이에 그것을 다시 모사해 그린 뒤 종이를 머리카락 속에 감췄다.

약 한 달 뒤 더 좋은 소식이 날아들었다.

"남쪽으로 내려간 놈들은 어찌하여 소식이 없느냐?"

아침부터 해적 대장이 부하를 불러 호통을 쳤다.

"오늘 새벽에 전서가 날아왔는데, 도망간 배들을 찾았답니다."

"그래? 어디서?"

"이틀 거리의 남쪽 해안에 정박 중이랍니다. 그곳에서 수렵을 하며 생명을 겨우 유지하고 있는 모양인데 다 합쳐도 7~80명에 불과하고 병든 기색이 완연했다 합니다."

"그렇다면 잘 됐군. 전원 출동 준비를 시켜라. 당장 놈들을 들이쳐서 모조리 가축몰이꾼으로 만들고 배에 싣고 있는 물건들을 모조리 빼앗아야겠다. 이번에는 무슨 일이 있어도 배를 불태우지 않도록 하라."

핫산은 마침내 고대하던 순간이 닥쳤다는 걸 직감했다. 그는 이 순간을 위해 비밀리에 파묻어놓은 육포와 식수를 몸에 두른 뒤, 경비병들이 잠든 새벽을 이용해 해적 소굴을 빠져 나왔다. 그는 처음 얼마간은 바닷물에 발을 담근 채 이동하여 자신의 족적을 지운 뒤, 소굴로부터 멀리 떨어지게 되자 남쪽을 향해 해안을 끼고 달리기 시작했다. 밤낮을 가리지 않고 걸음을 옮긴 끝에 그는 옛 선원들과 재회할 수 있었다.

"당장 이곳을 떠나야 하오. 어서!"

기진맥진한 그는 거지처럼 누더기를 걸친 옛 동료들에게 소리쳤다.

"무슨 일인지 설명부터 하시오."

"습격이오. 내일, 어쩌면 오늘 밤."

선원들은 긴장해서 우왕좌왕하였다.

"해적들은 싸울 수 있는 자들만 300명이 넘습니다. 차라리 배를 버리고 육로를 통해 남쪽으로 내려가는 건 어떻겠습니까?"

선원들 하나가 제안하였다.

"그건 절대로 안 되오."

핫산은 고개를 저었다.

"대장과 선원들이 살아 있소. 테베라는 무인도를 찾아 그들을 구해야 합니다."

"지금 남은 인원으로 세 척의 배를 움직이는 건 무리요. 차라리 배 한 척을 버리고 두 척으로 이동합시다. 남은 배에 약간의 물자를 놓아두면 저들의 추격을 늦출 수 있을 거요."

"노꾼이 없어 노를 저을 수도 없고, 바람이 잦아 배를 계절풍에 올려놓기도 힘든데 어떻게 도망을 간단 말이요?"

늙은 선원이 회의적으로 물었다.

"해적들과 일 년을 생활하면서 저들의 말을 자주 듣게 됐지요.

일단 원양으로 나가면 계절풍을 탈 수 있을 겁니다. 지도를 이용해 방향을 잡고, 돛을 이용해 배를 움직이면서 테베를 찾아야지요. 그곳에서 선원들을 무사히 구해야 합니다."

남은 선원들은 핫산의 말에 따라 배 한 척을 포기한 뒤 인원을 재편성하여 두 척의 배에 올랐다. 그들의 수는 도합 87명이었다. 남은 배 한 척을 소각하자는 의견도 있었으나, 그냥 두면 적의 추격을 늦출 수 있다는 의견이 우세했으므로 선원들은 무기류를 제외한 물자 일부를 남은 배에 남겨두었다. 해적 잔당이 그들의 주거지로 몰려든 건, 막 배가 출발하고 나서였다. 예상대로 그들은 배를 노략질하느라 시간을 허비했다. 해적들이 정신을 차렸을 때는 두 척의 배는 수평선까지 가까스로 이동을 끝낸 뒤였다.

핫산과 선원들은 반나절 거리의 북쪽 섬들을 하나하나 뒤져나갔다. 대륙 북서쪽 해안에는 그들이 칠성좌$^{Great Bear}$라고 이름 붙인 일곱 개의 큰 섬을 중심으로 크고 작은 10여 개의 섬들이 늘어서 있었다. 선원들은 일주일 가까이 섬들을 수색했고 그 중 가장 북쪽에 있는 무인도에서 정화와 영실을 비롯한 선원들을 전원 찾아내어 구조하였다. 폭이 1만 보 쯤 되는 그 무인도는 섬 서쪽에 커다란 용암분지가 형성돼 있었고 험한 바위 지형과 약간의 목초지대로 이루어진 섬으로, 전체적으로 메마르고 황량해 보이는 땅이었다.[48] 본대의 선원들이 도착했을 때, 해적들은 보이지 않았고 포로가 됐던 선원들은 땅을 파서 주거지를 만드느라 여념이 없었다.

"이건 기적이야! 기적이 일어났어."

정화를 비롯하여 포로가 됐던 선원들과 본대의 선원들은 서로 얼싸안고 기뻐하였다. 하지만 기쁨도 잠시였다. 해적들이 언제 다시 들이닥칠지 모른다는 불안감 속에서 그들은 벌판에 풀어놓았던 양 200여 마리를 거두어 배에 싣고 황급히 무인도를 떠났다. 분지 바닥에는 약간의 빗물이 고여 있어서, 식수를 다량으로 비축할 수 있었던 것도 그들에겐 행운이었다.

"대장님, 이대로 돌아가면 뭔가 억울하지 않습니까?"

"억울하다고 죽은 선원들을 살릴 수는 없지 않은가?"

"그래도 그렇지. 대포랑 선원을 보강해서 돌아올 때 놈들 소굴을 박살내버리자고요. 저놈들에게 일 년 내내 당한 생각을 하면 죄다 바닷물 속에 처박아도 화가 풀리질 않을 것 같습니다."

젊은 선원 중의 하나가 제 엉덩이를 주무르며 말하는 통에 옆에 섰던 동료들이 일제히 와 하고 웃음을 터뜨렸다. 실로 오랜만에 웃음을 되찾은 듯하였다.

"후후, 그럴까? 그래야지. 잘못을 했다면 대가를 치러야 하니까."

정화는 의미 없이 웃으며 젊은 선원을 쳐다보았다. 대답은 그렇

48) 섬에 대한 상세한 묘사로 보건데, 비망록에 나오는 무인도는 현재의 스페인령 이슬라 알레그란사Isla alegranza로 추정된다.

게 했지만 정화는 이곳으로 다시 돌아오고 싶은 얼굴이 아니라고 영실은 생각하였다.

"그나저나 이번 일엔 자네의 공이 누구보다 컸네."

정화는 핫산을 가까이 불러 위로하는 것도 잊지 않았다.

"자, 기를 올리고 돛을 펼쳐라! 항해를 다시 시작한다."

북이 올리고 선원들은 저마다 역할에 따라 배 곳곳으로 흩어졌다.

이름 모를 별똥별 하나가 서쪽 하늘을 가르며 사그라졌다. 정화는 해가 진 뒤부터 계속해서 갑판에 머물렀다. 돛을 높이 세운 함선은 가벼운 미풍을 받으며 유유히 북쪽으로 미끄러져갔다. 육지가 지척으로 가까워졌음을 알려주듯 갈매기들이 보이지 않는 허공 속에서 시끄럽게 울어댔다. 먼 곳에서 스쳐 지나가는 상선들의 잔영이 달빛과 별빛 사이로 환영처럼 떠 있었다. 물결은 잔잔했고, 종일 다투던 바다와 휴전에 들어간 뱃사람들은 선창에 누워 코를 골아댔다.

정화는 투명한 유리 글라스에 백색의 포도주를 한가득 따랐다. 보름 전, 포르투갈령 마데이라에 정박했을 당시 그곳 영주로부터 선물 받은 술이었다. 정화는 다섯 궤짝의 술을 받고 질 좋은 비단 서른 필을 내주었다. 신맛이 강한 마데이라 포도주는 포르투갈 왕국의 중요한 수출품이라는 이야기를 들었다. 영주는 정화의 함대가 동쪽으로 돌아가는 날, 자신들의 포도주를 선창 가득 실어가길 원했다. 서양의 포도주가 동쪽 군주들의 식탁에 오르내리고, 동양의 비단이 서쪽 군주들의 옷을 대신하리라. 2년 전 통치자가 되었다는 젊은 영주는 밤이 새도록 정화를 조르며 동쪽의 왕국과 백성들에 대하여 물었다.

"그곳 사람들은 무엇을 먹습니까? 그곳 여자들은 어떤 옷을 입습니까? 그곳의 젊은이들도 말을 타고 전쟁을 하며 사랑하는 여인을 위해 노래를 부릅니까?"

정화는 스물다섯의 젊은 영주가 막 세상을 알아가는 아기처럼 느껴졌다. 비단 그 젊은 군주뿐만이 아니었다. 지금껏 수백 개의 나라와 수백 개의 섬을 지나며, 그곳에서 만났던 사람들은 대개가 비슷하였다. 그들은 낯선 배를 타고 나타난 이방인들을 다른 세상에서 온 사람들만큼이나 신비하게 여겼고 먹고 마시고 잠자는 모든 것에 관심을 나타냈다. 어떤 민족은 호전적이었고 또 어떤 민족은 지혜로운 군주를 만나 근심 없이 번영했으며, 어떤 나라의 백성들은 신성한 신의 존재를 믿으며 이방인들을 경계하였다. 정화가 신비로운 눈으로 매번 그들을 관찰했듯이 그들 또한 호기심 어린 시선으로 이방인들을 맞았다.

해협 깊숙이 들어가 교황을 만나라고 알려준 이도 그 젊은 영주였다.

"지브롤터 해협을 지나 깊이 안쪽으로 들어가면 한때 구라파 전체를 통치했던 옛 로마 제국의 땅에 닿을 것입니다. 그곳에 가면 신의 대리자인 교황을 만날 수 있지요. 그를 만나 허가를 받으면 구라파 어디를 가도 안전을 보장받을 수 있을 겁니다."

정화가 고맙다는 인사와 함께 물었다.

"그는 무엇을 하는 자입니까? 황제입니까?"

젊은 영주가 고개를 저었다.

"신의 대리자요, 모든 황제들의 우두머리."

정화는 그가 몹시 괴상하게 생겼을 것이라고 상상했다. 수천 일을 항해하며 닿은 곳마다 그는 신을 만났다. 그가 만난 신의 대리자들은 대개가 그러하였다. 우스꽝스러운 짐승의 탈을 뒤집어썼거나, 머리를 강제로 눌러서 변형시켰거나, 몸에 괴상한 모양의 뼈를 둘렀거나. 혹은 지독한 냄새를 풍기는 약물을 입안에 머금고 있던 자들……. 온 구라파를 다스리는 자라면 그 위세를 설명하기 힘든 자가 될 것이다. 이제, 날이 밝으면 그를 만나게 되겠지. 그를 만나면 황제의 나라를 어떻게 설명해야 할까. 지구 반대편에서 죽을 고비를 넘기며 서쪽 끝에 다다른 나를, 그들은 어떻게 기억하게 될까.

"이제 잠자리에 드실 시간 아닙니까?"

정화가 생각에 잠겨 있을 때 다가오는 이가 있었다.

"역사적인 순간일세. 배를 타고 항로를 개척하여 구라파에 닿은 이들은 우리가 최초일 테니. 이제 저 어둠이 물러가면 배가 항구에 닿을 텐데 어찌 쉬이 잠을 이룰 수 있겠는가. 나는 그 동안 일곱 번의 항해를 할 때마다 매번 저 땅에 닿기 위해 노력해왔네."

"드디어 대장의 꿈이 이루어졌습니다."

정화가 영실에게 잔 하나를 건네며 대답했다.

"허허, 내 꿈만 이룬 건가. 자네의 꿈도 이룬 거지."

"듣고 보니 그렇군요. 이게 다 대장님 덕분입니다."

영실은 고개를 숙여 감사를 표했다.

"아닐세. 자네가 모시는 왕과 그 나라 백성들의 헌신적인 도움이 없었다면 이룰 수 없는 헛된 꿈이었지. 생각해보니 그곳 왕과 백성들의 소식을 듣지 못한 지도 꽤 되었군. 아마도 자네가 무사히 살아남아 이곳까지 도착한 것을 알면 무척 기뻐하실 텐데."

"아아……."

정화의 얘기에 영실은 그만 울컥하고 말았다. 한동안 잊고 있던, 아니 잊었다고 생각했던, 그러나 한시도 뇌리 속을 떠나지 않았던 동방의 작은 나라와 그곳의 백성들이 생각났기 때문이다. 영실은 정화가 건넨 포도주를 다 비운 뒤 난간으로 다가갔다. 멀리 뜬 달빛이 뱃전으로 노랗게 부서져 내리는 밤이었다.

"참 고적한 밤이야. 달도 밝고 무엇보다 물결이 잔잔하군. 누군가 비파라도 켠다면 아주 제격이겠어. 그러고 보니 처음 대항해를 시작하면서 강소성 소주를 출발했을 때가 생각나는군. 그땐 나도 참 젊었지. 예순두 척의 배에 3만의 병력이 타고 있었네. 자애로운 황제 폐하의 은덕이었지. 돛이 아홉 개나 되는 그 큰 배를 타고 나는 거침없이 바다로 나아갔어. 자그마치 여섯 달을 달린 끝내 안남(현재의 베트남)과 말라카 해협을 거쳐 코끼리가 사는 넓은 대륙 인도에 닿았지.

두 번째 항해는 또 어땠는 줄 아는가. 풍랑을 뚫고 나섰던 그 항해는 결코 잊을 수가 없네. 그때 난 말라리아에 걸려 하마터면 죽을 뻔했네. 그래서 말인데, 3차 항해 때는 반드시 인도를 돌파하고 싶었지. 하지만 이번엔 선상 반란이 일어나서 그 꿈을 접어야했어. 다행인지 은덕 많은 황제 폐하께서 또 한 번 기회를 주셨지. 4차 항해 때는 아라비아해까지 끝없이 나아갔네. 호르무즈 해협과 아덴 만을 통과해 목이 긴 여자들과 콧수염이 까칠한 사나이들이 사는 아라비아의 무스카트까지 단숨에 달려갔지. 그뿐인가, 집으로 돌아가자는 부하 장수 하나를 목 벤 뒤 그대로 배를 몰아 태양이 지배하는 땅, 검은 대륙 아프리카 모가디슈까지 방문했네."

정화는 이곳으로 오는 동안 수십 번도 더 했던 얘기를 계속해나갔다.

검은 대륙의 관문 모가디슈는 기괴한 북소리와 혼란한 춤이 난무하던 땅이었다. 그들이 배에서 내렸을 때 환영 인파는 수천 명에 달했고 그들이 가지고 나온 물소 가죽이나 상아 같은 교역품도 헤아릴 수 없이 많았다. 그들은 추장의 안내에 따라 나흘을 먹고 마셨다. 그런데 한순간의 방심으로 하마터면 대장선을 잃을 뻔했다.

"5차, 6차 항해 때는 반드시 구라파에 닿으리라고 마음을 먹었어. 하지만 이번에도 열사병이 문제였지. 데리고 떠난 선원의 태반을 리프기니아에서 잃었네. 바다에 선원들의 시체를 던져 넣으며 나는 구라파의 문을 열게 해달라고 조상들께 빌고 또 빌었지. 아아, 황제 폐하시여……."

정화는 언제나 그렇듯 그 부분에서 눈시울을 붉혔다.

"7차 항해는 말 그대로 슬픔의 항로였네. 나는 바다 한가운데서 폐하가 위독하다는 소식을 들었지. 조정엔 이미 간신배들이 넘쳐나는 상황에서 나는 그대로 돌아갈 수 없었네. 선단을 둘로 나누고 한동안 은신했던 이유가 거기에 있지. 조용히 때를 기다리면서 말이야. 그러다가 자네의 국왕을 만났고……. 아, 갑자기 메카 생각이 나는군. 나는 꼭 메카를 방문하고 싶었어. 마호메트를 믿었던 우리의 조상은 메카를 방문하는 것이 평생의 꿈이었지. 그리고 드디어 나는 흰 궁전인 메카를 처음으로 방문하였네. 그곳은 모래의 신인 마호메트의 묘지였지. 중동 사람들은 모두 메카를 향해 하루 일곱 번 절을 올린다네. 우리가 북극성을 향해 매일 밤 소원을 빌듯이. 우리의 함대는 가는 곳마다 환영을 받았네."

"다시 돌아갈 수 있을까요? 제가 죽기 전에, 그곳에 가서 그리운 사람들을 다시 볼 수 있을까요?"

정화가 고개를 끄덕했다.

"당연하지. 살아 있다면 반드시 만날 수 있을 것이네. 그러니 낯선 땅에서 부디 몸조심 하자구. 거친 바다를 겨우겨우 건넜지만 어쩌면 진짜 위험은 지금부터인지도 몰라."

"새겨듣겠습니다, 대장."

수평선 위로 달이 떠올랐다. 정화의 얼굴에 부드러운 미소가 번졌다.

"저 달만은 고향을 떠나올 때 보았던 그 달과 전혀 다름이 없구나. 이로써 동양과 서양이 비로소 하나로 만나는 건가……."

정화는 새벽이 될 때까지 갑판을 떠나지 않았다.

긴 여정 중에 대부분의 배가 소실되고 선단을 이룬 배는 두 척에 지나지 않았다. 정화는 그해 4월, 정부의 지원도 없이 일곱 척의 소규모 함대를 이끌고 산동 반도의 적산촌을 출발한 이래 안남과 자바, 팔렘방(현재의 인도네시아), 말라카, 실론, 캘리컷 등을 거치고 5년의 항해를 더한 끝에 거대하고 메마른 아프리카 대륙을 돌아 마침내 구라파에 닿았다. 8할 이상의 뱃사람과 병사들이 중간에 교체되었다. 배가 항구에 닿을 때마다 정화는 죽거나 병든 병사들을 대체할 인력을 선발하여 배에 싣는 일로 시간을 보냈다. 그는 완벽한 성격이었고, 최적의 상태가 유지되지 않으면 어떤 경우에도 배를 출발시키지 않았다.

다음날 오전 11시, 그들이 탄 배는 좁은 해역으로 접어들었다.

함대가 처음 닿은 곳은 나폴리 공국이었다. 긴 항해 끝에 배가 나폴리에 닿았을 때 영실과 정화는 아름다운 풍경에 도취되어 입을 다물 줄 몰랐다. 산과 절벽으로 둘러싸인 천연의 항구 도시 나폴리는 지금껏 들른 수백 개의 항구 중에서도 단연 으뜸이었다. 항구 주변은 온통 오렌지 나무로 도배돼 있었고, 도시의 집들은 깨끗하고 희었다. 흰 옷과 검정 옷, 가죽신을 조화롭게 차려입은 사람들은 걸음걸이에 힘이 넘쳤고, 하나같이 호탕한 얼굴을 하고서 동양에서 온 낯선 이방인들을 맞이해주었다. 산허리 어딘가에 찬란한 문명의 흔적을 묻어두고 있다고 알려진, 도시 뒤편에 웅장하게 자리한 채 간헐적으로 연기를 내뿜는 베수비오 화산도 그들에겐 아름답기 그지없었다. 그들은 나폴리에서 열흘을 묵은 뒤, 교황이 산다는 로마로 이동하였다.

"인디아와 메카에 버금가는 또 하나의 문명이 이곳에 숨어 있었군. 여기 있는 풍경을 모두 그림으로 그려서 돌아가신 황제 폐하께 보여드릴 수 있으면 좋으련만."

정화와 영실은 보이는 풍경과 음식, 다양한 문화, 만나는 사람들의 모습을 꼼꼼히 기록했다. 구라파는 그동안 전혀 경험해보지 못한 완전히 다른 세계였다. 마치 배를 몰고 서풍을 받을 때마다 올려다보곤 했던 숱한 별들 가운데 어느 하나인 것만 같았다. 그들은 젓가락이 아닌 자그마한 쇠창살과 같은 도구를 이용해 밥을 먹었고, 곡식을 거른 탁한 술이 아닌 맑은 포도주를 마셨으며, 깃이 풍성한 옷이 아닌 발목과 허리, 팔목을 꽉 조인 옷을 입고 다녔다. 그들은 갓이나 포가 아닌 각이 진 검정 모자를 즐겨 썼고 검은 가죽 구두에 역시 가죽으로 된 띠를 허리에 두르고, 귀부인들은 양산을 쓴 채 하녀와 함께 천천히 산책했다.

로마에 도착한 뒤 처음 마주했던 성 베드로 대성당과 성 베드로 광장은 경외를 자아내는 곳이었다. 성 베드로, 그는 예수의 열두 제자 중 한 명으로 예수의 말씀을 받들어 가톨릭 교단을 세우고 네로의 치하에서 순교한 초대 교황이었다. 성 베드로 대성당은 4세기 무렵 베드로의 무덤 위에 세워졌다. 바실리카 양식으로 세워진 성 베드로 성당은 십자가 형태의 외관에 200개의 방을 가진 건물이었다. 복도의 회벽과 건물을 떠받들고 있는 기둥과 천장에는 천국과 지옥의 모습을 담은 수백 점의 그림들이 화려하게 그려져 있었고, 원추형의 5층 스테인드글라스에 햇빛이 스며들 때마다 성당 내부는 웅장하고 신비로운 빛으로 물들었다.

주일이면 어김없이 수천 명의 사람들이 성당으로 모여들었고 군주보다 권위가 높다는 주의 대리자가 신성한 미사를 집전했다. 성당 안으로 미쳐 다 들어오지 못한 마부들과 아이를 안은 부녀자들은 성당 앞 광장에 모여 비둘기들에게 먹이를 주며 성당 안에서 울려 나오는 신의 목소리를 들었다. 신의 뜻을 거역한 사람들이 가끔 불에 태워지기도 하는 성스러운 광장에서 사람들은 신의 은총을 느꼈고 신의 뜻에 따라 전쟁을 치렀다. 신은 도처에서 시민들의 삶을 굽어보았고 국왕들의 권위도 신성 앞에 한껏 엎드렸다.

성 베드로 대성당은 세상을 창조한 신 야훼가 지상에 상주하는 곳이었다. 신의 모습을 직접 본 적은 없지만 영실은 신의 대리자인 교황을 만났던 날의 감격을 똑똑히 기억한다. 항구에 접안한 날, 그들은 구경 나온 수백 명의 눈동자들에 둘러싸였다. 그들의 대부분은 이탈리아 각지의 길드에서 달려온 사람들이었다. 정화는 이날을 위해 정크선 밑바닥에 남겨놓았던 고급 비단과 도자기, 인도와 아라비아의 여러 항구에서 짬짬이 사 모았던 후추와 강황, 육두구, 정향, 샤프란 따위를 꺼내놓았고, 넓은 궤짝을 가지고 나가 이곳 상인들이 지불하는 은화를 받았다.

가장 좋은 물건들은 여전히 선장실에 남아 있었는데, 정화는 그 물건을 바티칸으로 불려간 날 교황에게 바쳤다. 사르데냐 출신의 교황 니콜라오 5세는 키가 자그맣고 인상이 날카로운 50대 중반의 남자였다. 에우제니오 4세의 뒤를 이은 뒤 재임 5년째로 접어드는 이 벽안의 교황은 수십 명의 사제들에 둘러싸인 채 성당 가장 높은 옥좌에 앉아 동방에서 온 나그네들을 맞았다. 신성로마제국 황제의 대관식을 주관하고 막 돌아왔다는 이 교황에게 영실 일행은 동방에서 그랬던 것처럼 엎드려 예를 올렸고, 두 명의 통역관들이 바삐 교황과 이국 사내들 사이를 오갔다. 신의 목소리를 대신 전하여 발음하는 교황의 목소리는 병에 걸린 것처럼 떨렸고 사제들은 경직돼 보였다.

"그대들이 온 곳을 설명하라. 그대들은 무엇을 믿고 있는가. 그대들의 황제는 어떤 자인가. 그대들은 무엇을 먹고 언제 잠을 자는가. 듣자하니 서쪽 끝에는 술탄이 다스리는 바라트(현재의 인도) 왕조가 있다고 들었다. 너희들은 그 너머에서 왔는가. 그 너머에서 왔다면 바다 저 건너는 온갖 이물들이 사는 수천 길 낭떠러지거늘, 그대들은 어떻게 난바다를 건너왔는가? 그대들은 이곳 바티칸과 신의 이야기를 들은 적이 있는가?"

대략적인 내용은 이런 것이었다. 영실은 그 중 제수<sup>Gesu</sup>나 크리스토<sup>Cristo</sup>, 디보<sup>Divo</sup> 같은 몇몇 발음은 또렷하게 알아들을 수 있었다. 항해 기간 대부분을 함께했던 이곳 출신의 한 이탈리아인 요리사를 통해서였다. 시칠리아 출신의 그 요리사는 정화의 7차 서역 원정 때 본국으로 귀국하는 정화 원정대를 따라 나섰다가 정화의 심복이 되었다. 고향으로 돌아가는 게 꿈이었던 그 요리사는 애석하게도 로마 입성을 두 달여 남겨두고 열사병으로 죽었다. 영실은 로마입성에 대비하여 그 요리사로부터 틈틈이 로마의 말과 언어를 배워두었다. 익숙하진 않지만 기본적인 소통은 가능한 정도였다.

정화가 허리를 숙이며 대답했다.

"제가 온 곳은 먼 바다 건너 동쪽이며 그 땅의 크기는 헤아리기가 어렵사온데, 대부분은 하늘의 대리자인 황제 폐하가 다스리고 있습니다. 소신이 여러 차례 직접 배를 몰고 난바다를 건넜사온데, 그 어느 곳에도 천 길 낭떠러지 같은 것은 존재하지 않았으며, 다만 거센 파도와 깊은 폭풍우가 뱃사람들의 근심거리였습니다."

그날 정화는 정성껏 그린 세계지도인 '천하제번식공도'를 교황에게 선물하였다. 교황은 정화의 세계지도를 한참동안 들여다보며 신기함을 감추지 못했다. 그는 연신 고개를 갸웃거리면서도 정화가 배로 온 길을 자세히 물어보고 명나라와 조선에 대해서도 물어보았다. 질문을 하거나 듣는 와중에도 교황은 성호를 긋고 하늘을 향해 짧은 기도를 올렸다. 황제의 물음에 친절하게 대답을 하면서도 영실은 속으로 생각하였다. 이 땅은 도대체 이해할 수 없는 곳이다. 교황은 군대를 거느리지 않는데 모든 왕들이 그에게 굴복한다. 신의 힘이 이렇게도 대단한가? 도대체 저 높은 곳에서 인간을 굽어본다는 그 신은 누구란 말인가? 이곳은 완전한 세계인가. 아니면 또 다른 세계로의 통로일 뿐일까.

하지만 잘 발달된 건축물과 화려한 옷을 차려입은 사람들 속에서, 영실은 마냥 좋은 점만 발견한 것은 아니었다. 그는 이 낯선 세계를 지배하고 있는 보이지 않은 어떤 우울함, 건조함을 보았다. 특히 그런 느낌은 웅장한 대리석 속에 묻힌 교황청에서 더욱 그러하였다. 로마 교황청이란 곳이 겉은 화려하지만 창의성이 없는 건조한 느낌의 사회임을 피부로 느낄 수 있었다. 진정으로 인간 스스로 세상을 통찰하고, 세상을 바라보고 그것을 통찰하려는 지적인 호기심은 부족한 듯하였다.

광장 곳곳에 포진한 수십 마리의 비둘기들과 수백 명의 인파들, 그들은 원형으로 광장을 둘러싼 회랑을 따라 천천히 걷거나 광장

중앙에 세워놓은 뾰족한 탑신을 한 바퀴 돌며 조용조용 이야기를 나누었다. 화구를 펼쳐놓고 오가는 사람들의 얼굴을 그려주는 화가들은 무료한 얼굴로 잠을 쫓고 있었고, 흰 분을 얼굴 가득 바르고 우스꽝스러운 동작으로 손님을 끄는 마술사들의 얼굴에도 권태가 어려 있었다. 고향에서 결코 느낄 수 없었던 자유로움과 신이라는 이상한 억압이 동시에 존재하는 로마는 영실이 이해하기엔 너무도 가깝고 먼 세상이었다.

정화와 영실은 교황청에서 지정한 여행자 숙소에 짐을 풀었다. 이교도들이라 일컬어지는 땅에서 낙타와 말을 끌고 무역을 떠나온 부유한 상인들을 그곳에서 다수 볼 수 있었다. 교황은 틈날 때마다 정화 일행을 궁으로 불러 동방의 신기한 보물과 풍습, 동방 민족들의 습성에 대하여 질문했다. 그들이 나눈 대화는 서기들에 의해 하나도 남김없이 기록되었다. 이야기를 주고받는 내내 교황은 권태로운 것 같았고, 이따금 졸거나 사제들과 귓속말을 주고받기도 하였다. 세상의 지배자이자 신의 대리인이라 불렸지만, 그 역시 고독해 보였다. 그의 권좌는 백척간두에 올라선 것처럼 위태로워 보였고, 매일같이 반복되는 질서 속에서 그것을 허물려는 움직임들과 끝없이 싸우고 있는 것 같았다.

일정이 비는 날이면 영실은 광장으로 나가 어느 방향으로 걸어도 만날 수 있는 긴 회랑 한쪽에 엉덩이를 내려놓고 앉아 잠시 숨을 골랐다. 이제 나의 미래는 어떻게 될 것인가. 영실은 따가운 햇살에 눈살을 찌푸리며 자신의 미래를 점쳐보았다. 아주 잠시, 자신의 떠나온 옛 고향을 떠올려보았다. 그리움에 눈시울이 젖었다. 그러나 영실은 돌아갈 수 없었다. 주상의 격려 속에 거친 파도를 넘어오는 순간, 그는 돌아가기 위해서가 아니라 떠나가기 위해서 자신이 존재해왔음을 어렴풋이 느끼고 있었다. 힘없는 나라의 군주임을 미안해하던 군왕과 그 군왕과 함께 백성을 위해 글자를 만들겠다는 그리운 공주가 있는 나라, 친구를 대신해 화살을 맞고 죽어가던 만복의 얼굴이 그렇게 영실에게 말하고 있었다. 너는 돌아오기 위해서가 아니라 떠나기 위해서 존재했노라고.

영실은 손으로 해가리개를 해가며 천천히 광장을 가로질렀다. 지구 반대편의 어느 나라에, 이처럼 다른 외모와 다른 문화를 가진 인간들이 살고 있음을 조선의 백성들은 꿈이나 꾸고 있을까. 정화를 알지 못했다면 이처럼 넓은 세계를 결코 경험하지 못했을 것이었다. 더구나 이곳이 세상의 끝도 아니었다. 정화에 의하면 아직 가보지 못한 미지의 대륙이 몇 개는 더 된다고 했다. 그곳에 가 닿기 위해서는 과학기술을 발전시키고 지금보다 더 크고 튼튼한 배를 만들어야 했다. 그건 영실의 생각인 동시에 또한 정화의 생각이었다. 정화는 틈날 때마다 되뇌었다.

"이곳은 또 다른 세계로의 입구일 뿐일세. 저기 북극성을 보라고. 자네와 내가 지난 몇 년간 밤마다 바라보며 배의 항로를 결정했던 별이야. 언젠가 인간은 저 별에도 가 닿게 되겠지. 자네와 난

바로 그 위대한 첫걸음을 뗀 역사적인 사람들이야."

초기 두 달 동안 그들은 하루걸러 한 번씩 교황청에 들렀다. 그들은 전쟁에서 이기고 돌아온 영웅들처럼 가는 곳마다 시선을 한 몸에 받았다. 주방에서 음식을 만드는 허드레일꾼에서부터 종루 위의 종지기까지, 병사와 사제들, 광장의 걸인들까지 만나는 모든 사람들이 그들의 얘기를 듣고 싶어 했다. 그들이 교황청에 들르면 담당사제들이 나와 동방의 일들을 조목조목 캐묻곤 하였다. 어느 날부터인가 그들은 하나도 남김없이 그들이 하는 말을 기록하기 시작했다. 그들이 사는 동방의 신이한 동물과 전설, 그곳의 주택과 역사, 큰 전쟁들, 영웅들, 황제에 대하여 그들은 자주 물었다. 또한 그들이 배를 타고 오는 동안 만난 왕국과 군대들, 땅의 크기에 대하여 수사들은 눈빛을 반짝이며 질문을 퍼부었다.

넉 달이 지나자 동방에서 온 이방인들에게 시내에 방을 얻어 살 수 있는 권리가 주어졌다. 정화는 물물을 교환하여 얻은 수익 중의 일부로 바티칸 가까운 곳에 큰 저택을 구입하고, 함께 여행을 떠나온 뱃사람들에게도 일일이 보화를 나누어주어 로마에 머물게 하였다. 몇몇은 현지 여자들과 결혼식을 올렸고 몇몇은 늙고 병들어 로마 근교에 묻혔다. 그러나 정화는 새로운 물자를 확보한 후에 또다시 여행을 떠나리라 입버릇처럼 말했다. 그는 여전히 낯선 세계를 동경했고 여행에 굶주린 표정이었다. 비록 몸은 늙었지만 미지의 대륙을 바라보는 그의 두 눈은 결코 빛을 잃지 않고 반짝반짝 빛나곤 하였다.

로마에서의 초창기 몇 년이 그렇게 지나갔다.

그들이 타고 온 배는 항구에 기약 없이 묶인 채 파도에 흔들리고 있었다. 정화와 함께 로마에 머무는 동안, 영실은 부지런히 동방의 문화를 전파하러 다녔다. 정화는 동방의 비단, 도자기, 향료 등으로 엄청난 부를 거머쥐었고 그 돈으로 새로운 대항해를 위한 선박 보수와 건조에 아낌없이 투자했다. 그리고 정화는 자신이 직접 제작한 지도를 이용하여 구라파의 항해가들을 더 큰 바다로 나가게 끔 자극했다. 영실은 물시계를 비롯하여 해와 달, 별자리를 이용한 천문 관측 방법, 화약을 이용한 총포 등의 성능 개량 방법을 알려 주어 로마 기술자들의 열렬한 환영을 받았다.

정화와 영실이 거주하는 대저택은 늘 수많은 사람들로 북적거렸다. 정화는 저택의 이름을 동방을東方乙이라 짓고 손수 방문객들을 접견하였다. 동방을의 장영실에 관한 소문이 구라파의 과학자들 사이에서 퍼지면서 로마의 내로라하는 천문학자와 과학자들이 영실을 찾았다. 동방을이 번성하던 4년 동안 영실은 수많은 로마의 과학자들과 교류하였는데, 그들 중에서도 이탈리아 최고의 천문학자이자 수학자인 토스카넬리[49]와의 교류는 영실에게도 발전의 기회였다.

"당신이 동방에서 왔다는 과학자인가? 당신의 천문학 기술이 우리의 수준을 뛰어넘는다고 소문이 났던데, 꼭 한번 만나보고 싶었소."

영실을 처음 만난 토스카넬리는 신기해하면서도 친근하게 영실을 대하면서 친해지게 되었다.

토스카넬리는 영실과 나이도 비슷해서 서로 친구로 지냈다. 토스카넬리가 내심 영실을 찾아온 이유는 지구 반대편에서 왔다는 영실을 통해 땅의 모양새를 알고 싶어서였다. 영실 일행이 로마에 닿기 전부터, 토스카넬리는 그리스의 프톨레마이오스가 그린 세계지도를 연구하면서 평평한 지구에 대해 의문을 품고 있었지만 같이 이야기를 나눌 상대가 없었다.

---

49) 토스카넬리는 포르투갈의 리스본 궁정에 세계지도와 서한을 보내, 서쪽으로 항해하는 계획안을 기술했다. 이 서한과 지도의 사본은 크리스토퍼 콜럼버스에게 보내져 콜럼버스의 첫 번째 신세계 항해 때 함께했다.

"자네의 궁금증을 해결해줄 분이 계시지."

영실은 당장 그를 정화 대장에게 소개했다. 토스카넬리를 만난 정화는 궤짝을 열어 다양한 보물들을 꺼내놓았다. 정화 대장으로부터 항해도와 세계지도인 천하제번식공도를 건네받은 날, 토스카넬리는 넋이 나간 듯 하루 종일 지도만 쳐다보았다.

"정말 믿을 수가 없어. 믿을 수가 없어."

토스카넬리는 집으로 돌아가면서도 같은 말만 되풀이할 뿐이었다. 그는 정화로부터 건네받은 세계지도를 이탈리아 말로 번역해서 훗날 대항해에 나서는 콜럼버스에게 전달되기도 한다. 항해를 머뭇거리던 콜럼버스에게 동양에서 건너온 지도는 그 어느 뱃사람의 경험보다 뛰어난 길잡이가 돼주었음은 물론이다.

토스카넬리와 영실은 둘도 없는 단짝이 되었다. 교류가 잦아질수록 토스카넬리는 영실의 천재성에 깜짝 놀랐다. 또한 동양의 과학기술이 자신들보다 훨씬 앞선 것을 알고는 속으로 영실에 대한 경외심을 가지게 되었다. 특히 토스카넬리가 주목한 건 인쇄술이었다. 그 당시 아직 구라파에는 금속활자는 생기기 전이었고 모두가 목판 인쇄로 책을 찍고 있었다. 건물은 화려한데 실속들이 참 없다고 영실은 생각했다. 로마에서 나무 목판에 새겨진 목편에 똑같이 판을 떠서 인쇄하는 모습을 보고 장영실은 조선에서 자신이 만들어낸 갑인자를 떠올렸다. 당시 구라파 사람이 보기에 한 글자 한 글자 끼워 넣는 갑인자 인쇄술은 획기적인 것이었다. 토스카넬리는 갑인자의 인쇄술 이야기를 듣고 가슴이 뛰었다.

"그 갑인자라는 금속활자 기술을 재현해줄 수 있겠나?"

어느 날 그는 장영실에게 진지하게 물었다.

"여건만 갖춰지면 충분히 할 수 있지."

영실이 자신이 직접 설계한 도면을 꺼내 펼치며 말했다.

"보게, 이것은 동으로 만든 금속활자라네. 금속활자가 개발되면 손으로 책을 만들 필요 없이 수백 장이라도 같은 책을 찍어낼 수 있어."

도면이 그려진 노트를 받아든 토스카넬리는 그것을 이리저리 넘겨보았다. 영실이 갖고 있는 노트에는 갑인자의 도면뿐만 아니라 온갖 진귀한 모양의 기계장치 그림들이 그려져 있었다. 그 중에서도 특히 토스카넬리의 눈길을 끈 것은 날개를 가진 새 모양의 삼각형 물건이었다. 토스카넬리가 도면을 가리키며 말했다.

"이건 무엇이란 말인가. 설마 새를 만들겠다는 건 아닐 텐데."

"이건 하늘을 나는 물건이라네. 내 나라에선 이것을 비차라고 불렀지. 아이들이 기념일에 가지고 노는 연에서 아이디어를 얻었네. 커다란 연 위에 사람이 올라가 바람을 조정하는 원리지."

토스카넬리는 영실이 보여주는 도면을 보며 경탄을 금치 못했다.

"훌륭하네, 훌륭해. 동양과 서양의 기술이 한 자리에 모이니 마치 서로 맞지 않는 이가 정교하게 들어맞는 것 같아. 이 모든 걸 재현하려면 돈과 시간, 많은 기술자들이 필요하겠군. 어떤가? 자네가 이걸 만들어 보이겠다면, 내가 조만간 교황을 알현하고 동방을에 대한 전폭적인 지원을 이끌어 내도록 청을 올리겠네."

영실로서는 망설일 이유가 없었다.

"자네가 힘을 써준다면 나로선 고마울 따름이지."

교황이 토스카넬리의 이야기를 듣고 정화와 영실을 다시 불렀다. 지중해의 햇볕이 여느 날처럼 따갑게 내리쬐던 어느 늦가을이었다.

"자네가 신기한 것들을 많이 만들 줄 안다고 하던데?"

영실이 교황에게 예를 갖추며 대답했다.

"허락을 해주신다면 동양과 서양의 기술을 하나로 합쳐, 널리 백성들에게 이로운 것들을 만들어 보이겠습니다."

"널리 백성들을 이롭게 한다?"

교황이 고개를 갸웃했다.

"어찌하여 너는 네가 아닌 백성들을 생각하느냐? 그건 군주의 몫이 아니더냐?"

"그것은 제가 모시던 군왕께서 주신 가르침입니다. 백성을 생각하는 마음엔 군주와 백성이 따로 없나이다."

"음......, 동방에서 온 낯선 이방인들이여. 그대의 나라는 왕이 다스린다고 하였는데 왕의 백성들은 무얼 믿느냐. 그곳에도 신이 있느냐?"

이번에는 정화가 허리를 숙이며 대답하였다.

"물론 동방에도 신이 있나이다. 동방의 백성들은 저마다 다른 수천, 수만의 신을 믿고 있습니다. 이는 각 민족마다 모시는 신이 다르고 문화가 다르기 때문입니다. 하여 부르는 신의 이름도 다양한데, 동양에서는 해와 달, 나무, 돌, 물, 새를 비롯하며 바라다 보이는 만물에 신의 숨이 깃들여져 있다고 여깁니다. 심지어는 마을의 우물에도 신이 깃들어 있어 해마다 정월 초하루면 마을 우물에 제사를 지내기도 합지요."

교황이 손을 들어 말을 제지했다.

"가만, 지금 우물이라고 하였는가, 정말로 우물에 경의를 표한단 말이냐? 그렇다면 그대들의 신은 깊은 우물 속에 숨어서 무얼 하느냐?"

늘어서 있던 사제들이 일제히 와, 하고 웃음을 터뜨렸다.

"실제로 우물 속에 신이 거주하는 게 아니라 인간의 마음속에 신이 살고 있습지요. 우물은 단지 그것을 표현하기 위한 상징적인 장소라고 여겨집니다."

"흠, 신이 마음속에 살고 있다. 그건 또 무슨 소린가?"

교황은 마른기침을 하면서도 계속 질문을 이어갔다.

"동방의 신은 일종의 관념觀念 같은 것입니다. 그것이 실제로 존재하는지 여부가 중요한 게 아니라 그것으로 인해 마음의 위안을 얻고 죽은 자들을 기억하고, 또한 마을과 이웃 공동체들이 하나 되는 게 중요하지요."

"참으로 이해할 수 없구나. 신의 창조물인 인간이 그 창조주를 섬기지 않는 것이."

교황이 잠시 말을 끊었다가 다시 입을 열었다.

"만약 나의 군대가 그곳에 가 닿아 미개한 너희들에게 교화하려 한다면 시간이 얼마나 걸리겠느냐? 몇 개의 산과 바다를 건너야 너의 마을에 닿을 수 있겠느냐?"

정화가 대답했다.

"10만 이상의 군대가 이동한다면 족히 10년이 걸릴 줄로 아룁니다. 또한 10만의 군대가 간다 해도 그곳에는 100만 이상의 황제의 군대가 상주하고 있으니, 이롭지 못할 듯합니다. 군사를 일으키는 대신 사신을 보내 문물을 교환하게 되면 자연스럽게 문화가 섞이고 풍물이 오고 가서 상대의 신을 받아들일 수 있게 되지 않을까 싶습니다."

"그대들이 나의 역사役事에 앞장을 서주어야겠다. 그대의 나라에도 반드시 미개한 신을 버리고 주 하느님, 예수그리스도를 믿게 할 날이 멀지 않았도다."

정화와 영실은 말없이 고개를 숙였다.

"그대들이 배를 타고 여기까지 왔다면 도대체 저 바다 끝에 무엇이 있느냐?"

정화가 대답했다.

"우리가 딛고 있는 이 땅은 저 하늘에 걸린 달처럼 둥근 모양입지요. 하여 계속해서 돛을 올리고 가다 보면 처음 출발했던 자리로 돌아오게 돼 있습니다."

영실은 그 순간 교황의 얼굴에 어렸던 깊은 슬픔을 보았다.

"동방에서 온 나그네여, 그대가 이 땅을 둥글다 주장하는 것은 그대가 이 땅의 창조자인 위대한 그분을 모르기 때문이다. 하느님이 이 땅을 만드신 것이다."

교황이 정화 옆에 엎드린 영실에게 물었다

"그대는 훌륭한 과학자라고 하는데 그대의 생각은 어떠한가?"

"우리가 사는 이 땅은 둥근 것이 맞습니다. 제가 증명해 보이겠습니다."

"증명하겠다고? 어떻게?"

"교황 성하의 앞에 놓인 탁자를 잠시 빌리겠습니다."

영실은 주머니에서 엄지손가락보다 조금 굵은 목탄 하나를 꺼내 평평한 책상 반대쪽 끝에 올려놓았다. 그런 다음 교황을 책상 반대쪽 끝으로 오게 하였다.

"교황 성하, 그쪽에서 보시면 반대편 책상 끝의 목탄이 밑에서부터 온전히 다 보이실 겁니다."

교황은 고개를 끄덕였다.

"과연 그렇다. 당연한 것 아닌가?"

영실은 빙긋 웃으며 호주머니에서 주먹보다 조금 작은 원형 목공 하나를 꺼냈다. 영실은 원형 목공을 목탄 반대편에 일직선으로 배치한 뒤 교황을 목탄에서 떨어진 곳에 서게 하였다.

"공이 있는 쪽에서 반대편에 있는 물건을 보시니 어떻게 보이십니까?"

교황이 대답했다

"물건의 위쪽만 보이는 군."

"바로 그것입니다 우리가 사는 땅이 둥글기 때문에 바다에서 멀리 떨어진 산을 볼 때 위의 봉우리가 먼저 보이는 것입니다. 또 다른 예도 있습니다. 동쪽으로 갈수록 해가 빨리 뜨는데 이 역시 지구가 평평하다면 해가 동시에 떠야 하지요."

교황은 할 말을 잊고 헛기침을 하기 시작했다. 영실은 이때를 놓치지 않고 말했다.

"그것뿐만이 아니옵니다. 우리가 사는 이 땅이 태양을 중심으로 돌고 있다는 것이 더 중요한 과학적 사실입니다. 제가 처음 이곳에 왔을 때 웅장한 건물과 예술성을 지닌 수많은 회화 작품들, 조각품에 크게 놀랐습니다. 하지만 어찌하여 아직도 우주의 원리조차 알고 있지 못한지 답답한 적이 한두 번이 아니옵니다. 우리가 사는 지구는 우주의 중심이 아닙니다. 중심은 저 붉게 타오르는 태양입니다."

그 순간 교황청 분위기가 술렁거렸다.

"증거라도 있느냐?"

교황의 날카로운 물음에 영실은 조선에서 만든 『칠정산내외편』에 적힌 내용을 예로 들며 설명하였다.

"밤하늘의 별을 관찰하면 달과 화성, 금성, 수성, 목성, 토성의 움직임을 알 수 있는데 이 별들이 원형으로 움직이고 있다는 것을 관찰할 수 있습니다. 이 다섯 가지 별의 움직임은 일정하게 원을 그리면서 움직이고 있습지요. 이런 사실에 입각하여 제가 조선에서 여러 학자들과 더불어『칠정산내외편』이라는 책을 지었는데, 칠정이란 것이 태양, 달, 화성, 수성, 목성, 토성, 금성을 가리키는 것으로 그 별들이 태양을 중심으로 원형으로 돌고 있다는 것을 자세히 밝혀내었습니다. 태양이 중심인 까닭이 예 있지요."

그전까지만 해도 영실의 새로운 기술에 감탄하던 교황청 사람들의 얼굴이 점차 흙빛으로 변해갔다. 누구도 도전할 수 없는 막강한 신의 권위, 그 엄청난 위력 앞에 아무것도 모르는 동양의 과학자가 외롭게 도전을 하고 있었기 때문이다. 그런 말이 목숨을 걸어야 할 만큼 위험한 발언이란 걸 영실은 전혀 알지 못하였다.

"이보게. 잠깐 말을 자제하는 게 좋겠어."

분위기가 차갑게 얼어붙자 정화가 영실의 옆구리를 찔렀다. 그러나 이미 때는 늦은 뒤였다. 교황은 알았다며 영실과 정화를 물러가게 하였다. 퇴장하는 그들을 바라보는 수사들의 눈길은 이전과 달리 차갑기 그지없었다.

"동방에서 온 무리가 신의 질서를 어지럽히니 이를 어찌하면 좋겠나?"

교황의 얼굴에 주름살 하나가 더 늘었다. 교황은 자세를 고쳐 앉았다.

"저들은 재앙을 몰고 오는 어둠의 지배자들[50]이다."

동방에서 온 사절단이 신기술을 가지고 왔기 때문인지 처음에는

410

줄곧 융숭한 대접을 이어왔다. 그러나 동방을은 언제부턴가 점차 교황청의 눈엣가시로 변하기 시작했다. 동방을에 사람들이 모여들면서 신을 부정하고 자유로운 사고를 펼치려는 젊은이들이 등장하기 시작했기 때문이다. 정화가 지니고 온 세계지도는 명백하게 지구가 둥글다는 것을 증명했다. 몇몇 젊은이들이 이의를 제기하면 정화 대장과 장영실은 하늘을 관측하는 기구를 설명하며 그런 주장을 반박했다. 지구가 네모지다고 주장해온 교황청으로서는 신성이 도전받는 위기에 직면한 셈이었다.

"동방에서 온 저 무리는 신의 질서를 혼란시키기 위한 사탄의 무리이옵니다. 언제까지 저들을 두고 볼 생각이십니까?"

늙은 사제들이 교황에게 결단을 촉구했다.

"회의를 소집하여 이 문제를 논의하라."

교황이 비밀리에 소집한 회의에는 수백 명의 사제와 과학자, 법률가, 학자, 지방 영주들이 대거 몰려들었다. 그들은 한 목소리로 정화와 장영실 일행을 규탄했다.

"지구가 둥글다니, 심지어는 지구가 빙빙 돈다니요. 돈 것은 땅이 아니라 동방에서 온 저 엉터리 뱃사람들이 아닙니까? 당장 저들을 율법에 따라 다스려야 합니다."

---

50) '재앙을 몰고 오는 자들'은 쥐떼의 지배자이자 흑사병의 화신 노스페라투 Nosferatu라는 의미와 동일하다.

"맞습니다. 세상의 모든 길은 우리 로마로 통하고 세상의 중심은 바티칸일진대, 감히 이교도들이 들어와 은혜도 모른 채 민심을 어지럽히니 당장 저들을 처벌하소서."

"여기서 우리 손을 거치지 않고 탄생되는 것은 하나도 없습니다. 신의 가호를 거쳐 완성된 우리 로마의 것만이 진실이고 진리입니다."

듣고 있던 교황은 가만히 고개를 끄덕였다.

"내 어찌 그대들의 뜻을 모르겠느냐. 나 또한 이교도들의 엉뚱한 소리를 일찍부터 경계해왔다. 다만 저들이 지닌 동방의 기술들을 모두 전수 받은 뒤에 이 문제를 처리해도 늦지 않는다고 판단하여 교회에서는 몇 년 동안 저들에게 관용을 베풀었다. 하지만 더는 신의 뜻을 훼손하는 무리를 두고 볼 수 없게 되었으니 동방에서 온 이교도들을 남김없이 잡아들여 화형에 처하고, 기괴한 마술로 사람들을 현혹하고 우주의 질서를 어지럽힌 죄를 신의 이름으로 물으라."

"군사를 움직이려면 형식적이나마 영주들의 허가가 있어야 합니다."

"라치오 지역 태반이 성 베드로의 사유지인데 무슨 걱정을 하는가? 이곳은 내 명령이 직속으로 미치는 곳이니 망설이지 말라. 지금 즉시 서신을 써 줄 테니 서둘러야 한다. 성 요한 축일을 넘기면 다시 기회를 찾기가 쉽지 않을 것이다."

수사가 고개를 숙였다.

"동방을에 가거든, 그들이 가지고 있는 요망한 책들은 모두 압수

해서 일반 시민들이 접촉하지 못하게 불을 지르든지 교황청 수장고에 숨겨놓아서 모든 흔적을 지워버려라. 또한 정화와 장영실, 동방의 사절단에 관한 교황청의 모든 기록을 삭제하라. 다가오는 성요한 축일에 로마의 전 시민과 함께 광장에서 저들을 심판하리라."

"분부대로 거행하겠습니다."

사제들이 일제히 몸을 숙여 예를 갖췄다.

하지만 교황청의 사제들 모두가 동방의 손님들에게 악의적인 생각을 갖고 있던 것은 아니었다. 몇몇 사제들은 신의 이름으로 사람의 생명을 빼앗는 종교 의식에 대하여 회의적인 생각을 갖고 있었다. 영실과 친구가 된 토스카넬리를 비롯하여 몇몇 젊은 과학자들의 입장도 마찬가지였다. 그들은 교황의 군사들이 정식 칙명을 가지고 동방을에 도착하기 전에 사람을 보내 정화 대장 일행에게 피신할 것을 권유하였다.

연락을 받은 정화는 드디어 올 것이 왔다고 생각했다. 그 자신도 오래전부터 불길한 낌새를 눈치챘기 때문이다.

토스카넬리가 동방을로 찾아왔다. 짐을 꾸리느라 정신이 없는 하인들을 물끄러미 쳐다보다가 토스카넬리가 입을 열었다.

"며칠 내로 군사들이 이곳에 들이칠 것이야. 어쩌면 오늘 밤 당장 그런 일이 벌어질 지도 모르겠군. 가급적 오늘 중으로 이곳을 떠나게."

영실은 난감한 표정을 지었다.

"하지만 보다시피 나는 갈 곳이 없네."

토스카넬리가 녹음이 우거진 북쪽 창밖을 가리켰다.

"마침 자네를 필요로 하는 곳이 있네. 바로 피렌체야."

피렌체는 토스카넬리가 태어난 곳이었다. 피렌체의 자유분방한 분위기의 중심에 위치한 메디치 가는 교황청의 눈엣가시였다. 피렌체를 정신적으로 이끌고 있는 메디치 가문은 신의 엄격한 질서보다는 자유분방한 예술가들의 영혼을 더 사랑했다. 전 구라파의 예술가들이 피렌체로 모여들었고 그리스와 로마의 황금기에 버금가는 새로운 예술운동이 싹을 틔우고 있었다. 영실을 아끼는 토스카넬리는 영실을 과학자와 예술가를 우대하는 피렌체의 메디치 가에 소개해줄 생각이었다. 그곳이라면 영실이 자신의 재능을 마음껏 발휘할 수 있을 것이었다.

교황청이 보기에 피렌체는 악의 소굴이었다. 그 중심에 메디치 가문이 자리하고 있었다. 메디치 가문은 언젠가 굴복시켜야 할 세력이었다. 피렌체는 동성애가 유행하고 신을 부정하는 쾌락주의자와 신의 창조를 부정하는 과학자들이 모여드는 곳이었다. 곳곳에서 그리스도 천년 왕국을 부정하는 이단의 기운이 싹텄다. 교황청으로서는 메디치 가문, 나아가 피렌체와의 한판 전쟁을 피할 수가 없었다. 군대의 균형에 있어서는 메디치 가문이 교황의 상대가 아니었다. 하지만 메디치 가문이 구라파 각국과 맺고 있는 관계를 고려하면 사사로이 군대를 동원할 수 없다는 게 문제였다. 교황은 피렌체를 생각할 때마다 부아가 치밀어 올랐다. 장영실과 정화가 그런 교황의 분노에 기름을 끼얹은 셈이었다.

"피렌체가 과연 나를 보호해줄 수 있을까?"

영실은 회의적이었다.

"걱정 말게. 그쪽에서도 자네의 도움을 필요로 하고 있으니까. 일방적으로 도움을 받는 게 아니라 서로 돕는 걸세."

그 무렵 교황청과 피렌체 사이에 전쟁의 기운이 솔솔 피어오르는 중이었다. 피렌체에서는 성벽을 높이고 병사들을 모집하여 수성 준비에 들어갔다. 병력은 절대적으로 부족했지만, 피렌체는 전 구라파에서 으뜸가는 과학 기술을 가지고 있었다. 그들은 어떠한 갑옷도 뚫을 수 있는 강력한 활을 가졌을 뿐만 아니라, 화약 무기를 만들 줄도 알았다. 영실이 내심 교황청을 떠나 피렌체로 들어오기를 바라는 이유가 여기에 있었다. 그들은 교황이 아닌, 자신들의 편에서 동양에서 개발된 우수한 무기를 만들어주길 원했다. 그들이 특히 탐을 내는 무기는, 영실이 노트에 자세히 기록해놓은 바 있는 다연발 무기였다. 화살에 화약통을 매달아 동시에 수십 개의 화살을 거의 동시에 멀리까지 날릴 수 있는 신무기였다.

"성벽 곳곳에 다연발 무기를 설치해놓는다면 어떤 성도 우리를 뚫을 수 없을 걸세. 두고 보라고. 그들은 얼마 못 가 물러갈 거야. 교황도 희생이 늘어나는 걸 원치 않을 테니까. 자네가 만든 무기는 사람을 살상하는 게 아니라 사람을 살리는 무기가 될 거야. 그게 바로 과학의 진정한 힘이지."

"좋아. 나를 인정해 주는 곳으로 가겠어."

영실은 고개를 끄덕였다.

그날 저녁 급한 상황에서도 정화 대장과 영실은 서로의 생각을 솔직하게 얘기하였다.

정화 대장은 영실에게 담담하게 말했다.

"나는 로마를 떠날 생각이야. 자네는 어찌할 건가?"

"잘못된 명령과 끝까지 맞서 싸우겠습니다. 이곳에서 물러난다면 죽을 고비를 수백 차례나 넘기고 서양에 온 이유가 없지 않습니까?"

"자넨 의외로 고지식하군. 그날 교황과 사제들의 눈빛을 잊었는가? 그들과 싸운다는 건 터무니없는 일이야. 신에 복종하지 않는 이상 오로지 죽음만이 존재할 뿐이지."

"그 신도 자비를 아시는 분일 겁니다."

"그 신은 믿는 자들에 한해서만 자비를 베푸네."

정화는 안타까운 듯 한숨을 내쉬었다.

"떠나신다면 어디로……."

갑자기 닥친 이별 앞에 영실은 목이 메어왔다.

"난 오래전부터 떠날 생각이었네. 저 바다 건너 새로운 대륙을 찾아서지. 다만 항해 준비가 끝나지 않아 때를 기다리고 있었을 뿐이야. 교황을 설득하여 항해 자금을 지원받으려 했으나 이제 그 일도 물 건너갔으니 우선 남은 두 척의 배라도 움직여 마지막 항해에 나설 작정이야. 자네는 부디 이곳에 남아주게. 이 대륙 어딘가에 몸을 숨길 곳이 있을 것이네. 교황의 세력이 미치지 않는 곳도 많으니까 말일세."

정화 대장과 헤어지면 이제 영실은 혼자 남겨지게 된다. 외로움이 영실을 엄습해왔다. 그 순간 먼 곳에 두고 온 공주와 주상이 떠올랐다. 그들이라면 지금 영실이 어떤 선택을 하길 바랐을까. 지구 반대편까지 흘러온 지금, 영실은 새삼 고향 생각에 사무쳤다. 비록 로마처럼 으리으리한 대리석 건물들이 도시를 채우고 있지는 않지만, 멋들어진 처마 선을 가진 기와지붕과 잠자리들이 드문드문 앉아 있는 흙과 볏짚을 짓이겨 만든 낮은 토담들, 토담을 타고 푸르게 우거진 호박 넝쿨들, 개 짖는 소리가 컹컹 들려오는 골목을 걷다 보면 까까머리 아이들이 한 무리씩 쏟아져 나와 정신없이 달려가곤 하는 풍경들, 그리운 조선 땅, 그리운 사람들⋯⋯.

영실은 자기 방으로 돌아와 비단주머니를 풀고, 공주가 한글로 쓴 서신을 꺼냈다. 그것을 읽어내려 가는 영실의 눈에 눈물이 고였다. 이역만리로 파도를 넘어올 때마다 수백 번도 더 꺼내 읽었던 편지였다. 세월이 가없이 흘렀지만 공주가 바로 눈앞에 서 있는 것처럼, 그때의 기억이 선명하였다. 상투를 튼 미소년이 로마 어디에서 툭 튀어나올 것만 같았다. 공주는 언제나 그렇듯 털털한 목소리로 용기를 북돋아주고 있었다. "이봐요, 장영실, 마음을 정했으면 뒤돌아보지 마시오. 걱정하지 말고 당신의 꿈을 펼쳐요."

영실은 그리움에 젖은 두 눈을 감았다가 떴다. 이번에는 용상에 앉은 주상 전하와 미령, 만복의 얼굴이 어른거렸다. 주상 전하는 언제나 그렇듯 밝은 얼굴로 영실에게 어서 가라며 손짓을 했다. 만복은 살아생전 그 모습 그대로 영실의 옆구리를 쿡 찌르며 한쪽 눈을 질끈 감았다가 떴다. 단아하게 한복을 차려입은 미령의 모습은 언제 보아도 곱기 그지없었다. 그들 모두가 한 목소리로 조선이라는 작은 나라를 떠나 최초로 서쪽, 미지의 대륙에 닿아 있는 조선인 장영실을 응원하고 있는 것 같았다. 그렇다. 나의 꿈은 아직 끝나지 않았다.

짐을 꾸린 영실은 토스카넬리를 따라 나서기 전 다시 한 번 정화 대장의 거처로 찾아가 방문을 두드렸다. 정화도 바삐 짐을 꾸리다가 영실을 맞았다.

"진짜 작별의 시간이 다가왔군. 아쉽지만 건강하게 지내게."

정화가 흰 수염을 매만지며 악수를 건넸다.

"대장과 저는 한 몸이나 마찬가집니다. 우선 피렌체로 몸을 숨기셨다가 다시 일을 도모해보시지요."

영실은 쉽사리 정화의 손을 잡을 수 없었다. 토스카넬리도 거들었다.

"그러시지요. 아무리 교황이라도 우리 피렌체를 함부로 건드리지는 못할 겁니다. 우선 메디치 가문에 의지하고 계시다가 후원자들을 모집하여 다시 항해에 나설 수 있도록 도움을 드리겠습니다. 지금 항구로 간다는 건 매우 위험하니까요."

정화가 고개를 저었다.

"걱정 말게. 이런 날이 오리란 걸 예감하여 나 역시 준비를 하고 있었네."

영실은 정화를 더 이상 설득할 수 없음을 알고 그의 손을 잡았다.

"구체적인 목적지는 정해지셨습니까, 대장."

"말하지 않았나. 세상의 끝까지 가보는 것이 나의 꿈이라고. 나는 또 배를 타고 떠날 것이야. 새로운 땅을 찾아서 바다 끝까지 가보고 싶어. 영실, 자네는 잊지 말아야 해. 자네는 아직 여기에서 할 일이 많아. 자네가 그 동안 높은 파도로 막혀 있던 동양과 서양을 하나로 이어주게. 자네의 총명함이 그렇게 할 수 있을 것이야."

정화가 물을 한 모금 청해서 들이켠 뒤 말을 계속했다.

"그리고 부탁이 하나 있는데 언젠가 자네가 자네 주군에게 연락을 넣게 되거든……, 내가 고맙다고 하더라는 걸 꼭 전해주게. 내 마지막 항해는 조선의 위대한 국왕이 없었다면 불가능했을 거야. 그분은 사서에도 기록되지 않을 내 마지막 항해를 도와주신 분이지 않나. 그리고 자네를 꼭 큰 세상으로 보내달라는 부탁을 받았었지. 맞아. 그때 그랬어. 나에게 영락제가 있었다면 자네에게는 자네의 주군이신 조선의 국왕이 계신 거야. 그러니 몸과 마음을 사사로이 하지 말고, 자네 주군의 큰 뜻을 한시도 잊지 말게."

영실은 주상의 깊은 뜻에 다시 한 번 감동의 눈물을 쏟았다.

"무얼 망설이나 영실. 자네는 어서 메디치 가를 찾아 떠나게. 나는 이 난바다를 뚫고 나가 계속 서쪽으로 항해할 것이야. 서쪽으로 가면 또 다른 신대륙이 기다리고 있겠지."

"어딜 가시든 몸 건강하십시오. 대장."

영실은 정화의 건강이 염려되었다. 한때 세계의 바다를 호령하던 그도 60대 후반으로 접어들고 있었다.

"자네도 몸 건강하게."

둘은 서로를 부둥켜안은 채 놓지 않았다.

영실은 알고 있었다. 이것이 정화 대장과의 마지막 이별이라는 것을. 또한 말린다고 해서 로마에 머물 정화도 아니었다. 그는 숨이 붙어 있는 한 계속해서 떠날 것이다. 그는 바다에서 태어나 바다로 돌아갈 운명이었다.

영실은 정화와 헤어진 뒤 방으로 돌아와 짐을 꾸렸다. 이제 나홀로 이 먼 곳에 남겨진 셈인가. 눈물이 하염없이 흘렀다. 힘이 되어주던 정화와의 이별, 그리고 무슨 일이 기다리고 있는지도 알 수 없는, 또 다른 세계로의 출발……

영실이 쉬이 몸을 놀리지 못하고 감상에 젖어 있을 때 마차를 점검하러 나갔던 토스카넬리가 방으로 찾아왔다. 그는 짐을 꾸리는 영실을 유심히 살피다가 물었다.

"자네, 그 노트는 어디에 있지?"

"노트라니?"

"왜, 있잖은가? 잡다한 도면과 이런저런 일기를 적어놓은 그 비망록 말이야."

영실이 짐이 든 가방 속에서 노트를 꺼냈다.

"자네가 이건 왜?"

토스카넬리가 그것을 바삐 넘기며 말했다.

"이 비망록이 교황청에서 가장 무서워하는 책이야. 이것을 없애
버리세."

"이건 비밀문서도 아니고 그냥 잡다한 기록일 뿐인데?"

"나는 자네가 이곳 동방을에서 과학자들과 어울려 파티가 열리
던 날, 몇 번이나 이 노트를 가지고 사람들에게 신기한 물건을 설
명한 기억이 남아 있네. 그들이 노리는 건 자네 목숨보다 이 기록
인지도 몰라. 이걸 두고 가면 자네를 애써 쫓지 않을 걸세."

"음, 난 잘 이해가 안 가네?"

영실이 의아해하며 물었다.

"자네가 이 고통을 받는 것은 먼 동방에서 지구를 한 바퀴 돌아
왔기 때문이야. 자네로 인해 이 땅이 둥글다는 게 증명되는 걸 저
들은 두려워하고 있지. 그렇게 되면 저들의 신은 설 자리를 잃게
될 테니까. 그러니 자네의 여정이 기록된 이 책을 후환을 없애기
위해서라도 버리고 가는 것이 좋겠네. 고향을 떠난 뒤의 여정이 너
무 세세하게 기록되어 있어. 배가 닿은 곳의 위치며 항구의 이름,
그곳 군주가 누군지에 이르기까지, 또한 뱃길과 바람, 풍랑의 세기
등 누구도 부인할 수 없는 사실들이 여기에 들어 있지 않나?"

영실은 그제야 토스카넬리의 말을 이해하였다.

"자네 말에도 일리가 있군. 하지만 이건 나의 생명 같은 것이야. 이 기록마저 없다면 나는 영영 내가 떠나온 곳을 기억하지 못할 것이라네."

"그렇다면 타협을 하는 게 좋겠군. 자네가 꼬레아를 떠난 직후부터 이곳 구라파의 항구로 항해했던 기록은 가급적 전부 찢어버리게. 그 기록만 없다면 교황청에서도 자네를 두려워할 이유가 없지. 자네가 어떤 소릴 해도 미치광이의 헛소리로 치부해버리면 그만일테니까. 자네는 그냥, 어느 날 짠 하고 이곳에 나타난 거야."

영실은 고개를 끄덕였다.

"자네 생각이 그러하다면 따르겠네."

영실은 비망록의 일부를 제 손으로 부욱 찢어냈다. 황해를 떠난 이후, 카이로에 닿기까지 죽을 고비를 수십 번도 더 넘기며 기록해 두었던 꼼꼼한 여정이었다. 검은 대륙이라 불리는 이프리카아 대륙을 횡단하던 부분에서, 영실의 손은 몇 번이나 멈칫거렸다. 그곳에서 해적에게 납치되었던 기록만은 꼭 남겨두고 싶었기 때문이다. 주저하는 영실에 비해 토스카넬리의 표정은 단호했다. 영실은 로마에 닿기 전, 마지막 한 장을 겨우 남겨둔 뒤 찢어낸 부분을 친구에게 넘겼다.

"이젠 됐네. 그만 여기를 떠나세. 어쩌면 교황의 군사들이 벌써 이곳을 향해 출발했을지도 몰라. 만약 그들에게 잡히면 자네도 나도 장작더미 위에 올라가 통구이 신세를 면치 못할 걸세. 신의 질서를 어지럽힌 죄로 말이지."

마당에 대기 중인 마차를 가리키며 토스카넬리가 재촉했다.

  영실의 피렌체 행은 생각보다 오래 걸렸다.

  추격을 우려한 토스카넬리는 영실과 하인 일행을 보석 상인으로
위장시켰고, 검문소를 만나면 농가에 들어가 며칠씩 대기하거나
산길을 돌아가기도 했다. 두 공국이 국경을 맞댄 탓에 원래는 사나
흘이면 다다를 수 있는 일정이었는데, 토스카넬리는 예상 추격로
를 벗어나 움브리아와 마르케, 산마리노 등 다른 공국을 거쳐 안전
한 방법으로 피렌체에 가는 방법을 택했다. 그 덕분에 일정은 한
달 가까이나 늘어졌다.

  여행이라면 원래 이골이 난 터라서 영실도 크게 서두르지 않았
다. 영실은 들르는 곳마다 노트를 펴놓고 스케치를 하거나 지명,

유명한 건축물 따위를 꼼꼼히 기록하였다. 영실은 자신이 발을 딛고 있는 구라파의 중심, 이탈리아 반도가 조선과 매우 흡사하다고 생각했다. 조선 역시 반도로 이루어져 있었고 강대국에 둘러싸인 탓에 고래로 침략이 잦았다. 전쟁이 잦은 이탈리아도 그런 상태인 것 같았다. 이곳은 아직 하나의 왕조로 통일되지 않아서, 마치 1000년 전 조선 반도에서 고구려와 백제, 신라 등 삼국이 군웅할거하던 시대로 돌아와 있는 것 같았다. 비록 교황의 통제를 받고 있긴 했지만, 그만큼 이탈리아에서는 각각의 지역을 다스리는 토착 영주들의 힘이 강해 보였다.

영실 일행이 동방을을 비운 채 사라지자 교황의 분노는 하늘을 찌를 듯했다. 교황은 동방을에 남아 집을 지키던 자국 하인들과 로마 시내 곳곳에 흩어져 사는 동양인들을 닥치는 대로 잡아들이라고 명령했다. 200명 가까운 동양인들이 영문도 모른 채 교황청으로 끌려왔다. 교황은 그들 중에서 장영실 일행과 접촉이 잦았던 십수 명을 희생양 삼아 모질게 고문한 뒤 감옥에 집어넣었다. 더구나 부두에 정박 중이던 명나라 정크선 두 척마저 황금과 비단에 매수된 공국의 관리들로 인해 무사히 해협을 빠져나갔다는 소식을 들은 뒤라, 교황의 권위는 여느 때보다 땅에 떨어져버렸다.

교황이 타결책으로 내세운 것은 라치오 공국과 토스카나 공국의 전쟁이었다. 교황의 권위를 인정하지 않는 토스카나의 메디치 가를 눈엣가시처럼 여기던 교황청은 라치오의 제후들을 부추겨 기사와 병사를 모았다. 교황청이 사유지 일부를 제후들에게 양보하면서 독려한 결과 기마병 3000과 보병 5000, 도합 8000명의 정예병이 모집되었다. 교황은 추수감사절을 며칠 앞두고 병사들을 일제히 토스카나 공국으로 진격하게 했는데, 전쟁은 교황의 예상과 달리 일진일퇴를 거듭했다. 명분 없는 전쟁에 동원된 제후들은 적당히 싸우는 시늉을 할 뿐이었고, 교황청에서 직접 지휘하는 직속 부대가 우여곡절 끝에 아르노 강에 닿았지만, 높은 성벽을 기어오르다가 화약 무기의 공격을 받고 500명이 넘는 사상자를 낸 끝에 후퇴하고 말았다. 교황은 악이 머리끝까지 받쳐 소리를 질렀다.

"토스카나의 성벽이 아무리 높다 한들, 신의 군대를 당해낼쏘냐? 지금 당장 사방으로 사신을 보내 신의 부름으로 군대를 모집하라. 무엇들 하는가? 지금 당장 합스부르크 가와 신성로마제국 황제에게, 또한 잉글랜드와 웨일스로도 칙서를 보내도록 하라."

교황은 의자에서 일어나 몸을 부들부들 떨었다. 하지만 그 자신 또한 그 명령이 얼마나 터무니없는 것인지 모르는 바가 아니었다. 동쪽의 오스만튀르크가 확장되면서 교황의 권세는 추락을 거듭했고, 이탈리아를 벗어나면 시골 기사들까지 교황의 말투를 흉내 내며 비웃고는 하였다. 하지만 옛 십자군 시절의 명성 회복을 취임 기치로 내건 바 있던 교황은 주변 공국들에게 협조문을 보내 토스카나 공국을 압박하도록 거듭 압력을 넣었다. 그 결과 단시일에 끝날 것 같던 전쟁은 장장 2년이나 계속되었다. 전쟁을 원하는 사람은 교황밖에 없었지만 누구도 쉽게 끝낼 수 없는 이상한 싸움이었다.

피렌체에 정착했지만 영실은 아직 메디치 가의 적극적인 부름을 받지 못하고 있었다. 교황을 상대로 싸워야했던 메디치 가로서는 전쟁에 총력을 기울여야했기 때문이다. 영실에게 거처를 제공하고 집안일을 돕도록 여자 하인 하나를 붙여준 게 전부였다. 영실은 거의 매일, 메디치 가문의 기술자들이 일하는 공방에 출근하여 전쟁의 상황을 예의주시했다.

"자네가 새로운 무기를 개발하여 이 전쟁을 끝내주게."

하루는 토스카넬리가 영실에게 청하였다.

"나도 그러고 싶군. 하지만 더 큰 희생을 치를까 걱정이야."

사실 영실이 2년 동안 무기를 만들지 않고 손을 놓고 있었던 건 다른 이유였다. 피렌체로 들어온 지 두 달됐을 때, 영실은 직접 성벽으로 올라가 전쟁을 관전했다. 뜨거운 기름과 온갖 종류의 화약 무기류, 칼날 앞에 수없이 죽어가는 병사들을 보며 영실은 괴로움에 빠졌다. 그들 역시 집으로 돌아가면 사랑하는 가족들이 있고, 가진 것이라곤 보잘것없는 농부들일 것이었다. 만약 다연발 무기를 만든다면 엄청난 희생을 치를 게 뻔했다. 영실은 자신의 무기가 대규모 살상에 동원되는 일이 두려웠던 것이다.

"자네의 말도 일리는 있어. 하지만 이렇게 생각해보게. 이 전쟁의 여러 원인 가운데 하나가 어쩌면 자네일 수도 있다는 사실 말이야. 메디치 가문으로선 전세가 불리해지면 자네를 내주고 적당한 전쟁배상금만 물면 끝낼 수도 있는 전쟁이라네. 그러니 더는 망설이지 말게."

영실이 며칠간 말미를 청하자 토스카넬리가 덧붙였다.

"자네가 망설인다면 저 병사들의 고통은 3년, 4년 계속 이어질 수밖에 없네. 다소 희생이 따르더라도 자네가 만든 강력한 무기가 전쟁을 억지하는 데 쓰인다면 자네의 노력은 결코 헛되지 않을 것이야."

친구의 거듭되는 설득에 마침내 영실은 마음의 문을 열었다.

"좋아, 그렇다면 내가 조선에서 만들었던 무기를 좀 더 개량해서 개발해보겠네. 대신 자네가 많이 도와주어야 할 것이야."

"두말하면 잔소리지. 자, 어서 시작해보자구."

다음날부터 영실은 수레를 개조하여 위에 100개가 넘는 구멍을 가진 상자를 만들었다. 그다음 병사들이 전투에서 쓰는 활보다 길이와 두께가 두 배 길고 두꺼운 활을 대량으로 만들게 하여 화살 몸통 뒤쪽에 별도의 화약통을 만들어 붙이고 각각의 화약통마다 심지를 심었다. 화살을 상자 위 구멍에 하나씩 끼운 뒤, 수레의 각도를 조절해가며 화살을 하나씩 발사하였다. 다연발 발사 무기가 만들어진다는 소문을 듣고 메디치 가문을 이끌던 수장 로렌초 공[51]이 무기 공방을 직접 방문하였다.

"아니, 저 많은 화살을 동시에 쏘아 보낼 수 있단 말인가?"

자그마한 키에 붉은 옷을 입은 로렌초 공은 눈을 휘둥그레 떴다.

"물론입니다. 동시에 화살이 발사될 뿐만 아니라 어마어마한 소리로 일시에 적을 제압할 수 있을 것입니다. 적의 말들은 놀라 제 주인을 떨어뜨리며 흩어질 테고, 기사들의 강철 갑옷도 헝겊처럼 녹아내릴 것입니다."

과연 사실이었다. 영실이 심지에 불을 붙이자 활들이 무시무시한 소리를 내며 일제히 공중으로 솟구쳤다. 각각의 활들마다 긴 꼬리를 달고 있었는데 마치 수십 마리의 용들이 땅을 박차고 승천하는 것 같았다. 속도도 속도였지만 일반 화살보다 두 배, 세 배는 멀리 날아갔다. 관통력도 굉장해서 어떤 갑옷도 그대로 관통하는 놀라운 살상무기였다.

"동방의 무기는 소문만 들었는데 직접 보니 과연 놀랍구려. 발사기와 활을 더 만들어서 당장 성안, 방어진지 곳곳에 배치하시오."

로렌초는 장영실에게 경의를 표한 뒤 전쟁을 독려했다.

보름 뒤, 교황의 성화에 못이긴 연합군이 또다시 성벽으로 밀려왔다. 3000여 명의 군사가 일제히 남쪽 성문으로 돌격을 감행하자 곳곳에서 말들이 부르짖고 백성들이 도망을 치며 성벽 주변은 곧장 아수라장으로 변하였다. 연합군 측에서도 사실상 전쟁을 끝내

---

51) 로렌초 데 메디치Lorenzo de Medici(1449~1492). 피렌체의 수반으로서 전제 정치를 하였으며 정치적 수완을 발휘하여 이탈리아 반도의 세력 균형을 유지하였다. 문예, 미술에 많은 투자를 하여 피렌체를 르네상스의 중심지로 만드는 데 공헌하였다.

기 위한 마지막 돌격이었다. 하지만 예상 못한 장면이 그들의 앞을 가로막았다.

"저것들이 죄다 무엇이냐?"

교황의 군대인 라치오 공국의 기사들은 두려움에 떨며 말을 멈추었다. 병사들이 채 성벽에 닿기도 전에, 성 곳곳에서 긴 꼬리를 가진 화살들이 병사들을 향해 비처럼 쏟아져 내렸기 때문이다. 갑옷에 불이 붙었고 말들이 날뛰며 자기들끼리 짓밟혀 죽는 일이 허다하였다. 병사들이 좌충우돌을 계속할 무렵 성문이 일제히 열리며 피렌체 토스카나 공국의 병사들이 쏟아져 나왔다. 그들이 대열을 갖추자 이번에도 맨 앞에서 수레 같은 것들이 방열되고, 수레 속에서 예의 아까 그 불화살들이 천둥소리와 함께 교황의 군사들을 들이쳤다. 반나절 동안 계속된 전투에서 교황의 군사들은 900명 가까운 사상자를 낸 채 후퇴하였다.

오랜 전쟁은 결국 교황 니콜라오 5세가 죽으면서 자연스럽게 종료되었다. 1455년의 일이었다. 메디치 가에서는 로렌초가 직접 교황의 장례식에 참여하여 악화되었던 관계를 회복했고, 교황청에서는 교황의 권위에 다시는 도전하지 않겠다는 서약을 받는 것으로 오랜 전쟁을 마무리하였다. 다연발 무기를 개발하여 토스카나 공국을 위험에서 구한 장영실은 이후 메디치 가의 절대적인 지원을 받게 되었다. 영실에게 언제든 불러서 쓸 수 있는 두 명의 젊은 조수가 새로이 배정되었으며, 로렌초 가문의 공방 수석기술자라는 자리까지 주어졌다. 아울러 어떤 기계장치도 마음껏 만들 수 있는 막대한 자금 지원이 약속되었다.

장영실이 다빈치를 만난 것도 1459년 이곳에서였다.

피렌체의 귀족이면서 메디치 가에서 공증 일을 하던 다빈치의 아버지 세르 피에르 다빈치는 매우 이재에 밝은 인물이었다. 그는 동양에서 배를 타고 건너온 장영실에 대한 소문을 일찍부터 듣고 있었다. 시간이 빌 때마다 공방에 들러 안면을 튼 그는 어느 날 영실을 자신의 집으로 초대했다. 그에게는 과학기술에 남다른 재능을 지닌 아들이 하나 있었는데, 안타깝게도 그는 서자였다. 서자는 학교에 입학할 수도 공직에 나갈 수도 없었던 터라 세르 피에르는 자신의 아들을 장영실에게 맡겨 일찌감치 도제 교육을 시키고 싶었던 것이다.

다빈치의 아버지 세르 피에르 집에 초대 받아서 간 그날 오후, 영실은 마당에 쪼그리고 앉은 한 소년을 보게 된다. 소년은 화공이나 기술자들이 즐겨 입는 흰색 튜닉을 상의로 걸치고 밑에는 무릎에 구멍이 뚫린 진청색 브레를 받쳐 입고 있었다. 사전에 어떤 정보도 없었기에 장영실은 그가 집주인의 천덕꾸러기 서자란 사실을 알지 못했다. 일곱 살 안팎의 앳된 얼굴에 유난히 높은 콧대가 인상적인 소년이었다. 이쪽을 힐끗 쳐다보는 두 눈이 아이답지 않게 깊고 그윽했다. 갈색 머리카락을 목덜미까지 치렁치렁 늘어뜨린 채 소년은 사람들이 아무도 관심을 기울이지 않는 마당의 구멍에 코를 박고 있었다.

영실은 가까이 다가가 소년의 곁에 앉았다.

"너는 지금 무엇을 하고 있느냐?"

영실이 인자한 목소리로 물었다.

"개미를 관찰하고 있습니다."

소년이 명랑한 목소리로 대답했다. 그러고 보니 소년의 손에 굵은 돋보기가 들려 있었다. 돋보기를 보자 불현듯 옛 생각이 나 영실은 가슴이 먹먹해졌다. 까마득한 옛날, 동래 관아의 노비로 하루하루 희망 없이 살아가던 시절, 몸과 마음을 다해 자신을 도와주던 한 친구가 생각났기 때문이었다. 미령과 알바위에서 몰래 몰래 만남을 이어가던 어느 날, 영실은 자신이 발명한 망원경을 미령의 손에 쥐어준 적이 있었다. 까마득히 잊고 지내던 세월 저편의 기억이 소년의 돋보기로 인해 되살아난 것이다.

"개미의 어떤 점을 관찰하고 있지?"

소년이 지체 없이 대답했다.

"돋보기로 햇빛을 모아 개미를 비추고 있었는데, 초점 가운데 검은 개미가 들어오면 여지없이 몸이 타서 죽어버립니다. 그런데 하얀 개미들에게 같은 실험을 해도 한 마리도 죽지를 않아서 그 이유를 찾고 있습니다."

소년이 보란 듯이 검정 개미에게 돋보기를 들이댔다. 초점이 모아지자 개미의 몸이 쪼그라들며 힘없이 동작을 멈췄다. 하지만 흰 개미는 달랐다. 뜨거운 불기운이 몸을 비추자 잠시 멈칫했지만 이내 정신을 차리고 재빨리 마당의 구멍 틈을 찾아 숨어버리는 것이었다.

"정말 신기하구나. 어째서 이런 일이 벌어지는지 우리 함께 찾아보자꾸나."

"좋아요."

소년이 해맑게 웃으며 대답했다.

"돋보기엔 아무런 변화가 없으니 우선 두 개미의 특징부터 찾아보는 게 좋겠다."

"색깔이 다른 게 가장 큰 특징인데……, 색에 따라 빛이 더 강하게 작용하고 덜 작용하는 이치를 도무지 모르겠습니다."

영실은 깜짝 놀랐다. 소년은 색깔에 따라 빛을 흡수하는 양이 다르다는 걸 은연중에 깨닫고 있었던 것이다. 그 점은 영실도 일찍이 생각해본 적이 없는 새로운 발견이었다.

'빛은 항상 일정하게 내려온다. 그런데 어떤 물체는 뜨겁게 반응하고 어떤 물체는 차갑게 반응한다. 색깔에 따라 빛을 가두어두거나 반사시키는 게 틀림없다. 이처럼 심오한 문제를 아무렇지도 않게 발견해내다니 예사로운 소년이 아니야…….'

"애야, 너의 이름은 무엇이냐?"

소년이 돋보기를 거두고 대답했다.

"제 이름은 레오나르도 다빈치입니다."

영실은 다빈치의 머리를 쓰다듬어 주었다.

"그렇다면 너는 세르 피에르 다빈치의 아들인 모양이지?"

"네."

이 역사적인 만남은 1459년 어느 늦가을에 이루어졌다. 당시 다빈치는 7살이었고, 장영실은 50대 후반의 나이였다. 나중에 안 일이지만 다빈치의 어머니는 집안에서 쫓겨난 뒤였다. 단지 서자 출신이란 이유로 어머니가 어디 있는지도 모른 채 혼자 외톨이로 지내고 있는 어린 다빈치를 보며 영실은 자신의 불우했던 유년을 떠올릴 수밖에 없었다. 어머니가 기생이란 이유로 또래의 양반 자제들로부터 천대를 받았던 장영실, 그런 영실에게 어머니는 글을 배워야 한다며 매를 들곤 하였다.

'동양이고 서양이고 어찌하여 신분제란 것이 있어 앞길이 창창한 아이들에게 상처를 주는가……'

영실은 세르 피에르 다빈치의 청을 받아들여 그의 어린 아들 레오나르도 다빈치를 제자로 삼았다. 그날 이후 영실은 거의 매일 어린 제자와 함께 시간을 보낸다. 다빈치가 자신과 비슷한 서자 출신인데다, 아이의 비범함을 한눈에 알아보고 친자식처럼 아끼며 가르치게 된 것이다. 다빈치는 영실이 지니고 있던 노트의 특이한 그림들에 관심이 많았는데 특히 비차 설계도에 흥미를 보였다.

"선장님, 이 그림은 뭐죠?"

영실이 큰 배를 타고 멀리 동양에서 왔다는 이야기를 들은 뒤부터, 다빈치는 영실을 선장이라고 불렀다.

"그건 하늘을 나는 기계다."

"우와, 나도 하늘을 날고 싶다. 그림대로 만들면 정말로 하늘을 날 수 있는 건가요?"

아이는 금방이라도 땅을 박차고 날아오를 듯 몸을 들썩였다.

"그럼 하늘을 날 수 있고말고! 하지만 해결해야 할 일이 한두 가지가 아니야."

"그럼 밖으로 나가요!"

다빈치가 갑자기 영실의 옷자락을 잡아끄는 통에 영실은 당황하였다.

"밖엔 왜?"

"하늘을 날고 싶다고 했잖아요. 나가서 새를 보아요. 새가 날개를 움직이는 모양을 관찰하면 사람도 날 수 있을 거예요. 바람이 어떻게 흘러가는지 알고 싶어요. 우리가 숨을 쉬는 공기에 대해서도 알고 싶어요."

다빈치의 세심한 통찰력은 이렇듯 영실의 생각을 앞서갈 때가 많았다.

"좋아. 밖으로 나가자꾸나. 네 말대로 해답은 밖에 있을 테니."

영실은 다빈치와 함께 하루하루를 보내는 것이 정말 즐거웠다.

다빈치를 보면 어린 날의 자신을 보는 듯했다. 전쟁놀이에 관심이 많은 또래의 다른 아이들과 달리 다빈치는 유독 만드는 것을 좋아하였다. 밤이면 시키지도 않았는데 망원경을 가지고 나가 별자리를 살피고 그 모양을 꼼꼼히 기록하곤 하는 것이었다. 새가 날아가거나 벌레가 꿈틀거리며 기어가는 모습을 노트에 스케치한 뒤 그 운동 과정을 기록하는 모습도, 꼭 어린 날의 자신을 보는 것 같았다.

영실이 피렌체에 정착한 지 어느덧 10년 가까이 세월이 흘렀다. 영실의 가르침을 받은 다빈치는 천문과 기계설계 등 거의 모든 분야에서 탁월한 지식을 가지게 되었다.

다빈치가 열다섯 살이 되자 그의 아버지 피에르는 아들을 당대 최고의 화가인 베로키오[52]에게 맡겼다. 그림에 대한 다빈치의 능력이 예사롭지 않기도 했지만, 서자 출신으로서 사회로부터 인정받을 수 있는 직업들 가운데 가장 성공 확률이 높은 것이 화가이기 때문이었다. 새롭게 다빈치의 스승이 된 베로키오의 경우만 해도 밀려드는 주문을 모두 소화할 수 없어 이미 10년 치 일거리를 예약 받아놓은 상태였다.

베로키오는 이탈리아 전역에 이름이 높은 예술가로, 조각과 회화, 음악, 금은 세공 등 거의 모든 분야에서 이름을 떨치고 있었다. 그런

---

52) 안드레아 델 베로키오Andrea del Verrocchio. 이탈리아의 화가, 조각가, 금세
공사. 조각과 금세공 분야에 가장 힘을 기울였으며, 회화 활동은 1470~1480
년에만 이루어졌다. 회화에서의 대표작은 〈그리스도의 세례〉(1470~1472, 제자
인 레오나르도 다빈치와의 공동작)와 〈피스토이아 대성당 제단화〉 등 몇 작품 안
되지만, 과학적 탐구를 지향한 15세기 후반 피렌체파派의 대표적 면모를 뚜렷
이 엿볼 수 있다.

인물에게 다빈치를 보내는 마당이라 영실은 반대할 수 없었다. 하지만 아쉬운 마음이 드는 건 어쩔 수 없었다. 어릴 때부터 다빈치의 재능을 보아온 영실로서는 그림만 그리게 하기에는 다빈치의 천재성이 너무도 아까웠기 때문이다. 더구나 베로키오의 공방에 들어가면, 자신의 개성을 살리기보다는 최소한 몇 년 동안은 베로키오가 예약받은 예술품들을 만드는 데 기계적으로 동원될 것이 뻔했다.

"아들의 장래를 위한 일이요."

피에르가 떠나고 싶어 하지 않는 다빈치의 손을 잡으며 영실에게 양해를 구했다.

"아버지 말씀을 듣는 게 좋겠구나. 하지만 너의 재능이 한쪽에만 머물지 않으면 한다."

영실은 제자를 보내는 아쉬운 마음을 에둘러 표현하였다.

정규 대학에 들어가 공부만 했더라도 피렌체 최고의 과학자, 수학자로 만들 수 있었을 것이었다. 도대체 이 나라에는 어찌하여 우리 주상과 같은 군왕이 없단 말인가. 도천법을 실시하여 널리 인재를 등용하였던 주상의 얼굴이 떠올라 영실은 또 한 번 가슴이 먹먹해졌다. 멀리 동방에서 배를 타고 건너온 뱃사람이 도착했다는 이야기만 들으면 영실은 득달같이 달려가 조선의 소식을 수소문하여왔다. 하지만 동방의 자그마한 나라, 조선에 대하여 아는 사람은 한 사람도 없었다.

"일이 끝나면 매일같이 달려올게요, 선장님."

다빈치가 참았던 눈물을 터뜨렸다. 영실은 그의 아버지에게 잠깐 자리를 피해줄 것을 눈짓으로 요구하였다. 아버지가 자리를 비우자 영실이 말했다.

"다빈치, 솔직히 말하자면 그림만 그리기에는 너의 재주가 너무 아깝다. 나는 조선의 발명품인 자격루 만드는 방법과 기중기, 천체기구와 비차 만드는 방법을 너에게 다 가르쳐주었다. 너는 나에게 배운 지식을 더욱 발전시켜서 과학과 기술이 세계를 지배하도록 세상을 바꿔야 한다. 신을 위한 세상이 아닌 사람을 위한 세상이 되어야 한다. 그것이 인본주의다. 과학과 기술이 인본, 즉 사람이 중심이 되어 백성을 편하게 하는 것이 되어야 한다. 그것이 나를 여기까지 보낸 조선 임금의 뜻이자 또한 나의 뜻이다. 내 말을 알아듣겠느냐?"

영실은 스승으로서의 당부의 말을 하고 또 하였다.

"알겠습니다, 선장님. 저는 선장님의 가르침을 가슴에 새기고 선장님에게 배운 모든 것을 그림으로 남기고, 새로운 내용도 스케치로 후대에 남길 겁니다. 선장님에게서 배운 건 무엇이든 하나도 놓치지 않을 거라고요."

영실은 고개를 끄떡였다.

"저는 그림도 과학이라고 생각합니다. 단순히 풍경화나 인물화의 미적 개념에만 치우치지 않고 과학적인 그림을 그리도록 하겠습니다. 또한 그림을 배우는 틈틈이 선장님에게 배운 비차나 기중기 같은 물건들을 직접 만들어보겠습니다."

"그래, 언제 때가 되면 내가 만드는 비차와 네가 만드는 비차 가운데 누구의 것이 더 높이 하늘을 날게 될지 시합을 해보자꾸나, 하하하."

비로소 다빈치의 표정이 밝아졌다.

"좋아요, 선장님. 하지만 제가 어떻게 선장님을 이길 수가 있겠어요. 다만 최선을 다해서 하늘을 나는 꿈에 저도 조금이나마 보탬이 되고 싶어요. 꼭 선장님의 꿈을 실현시켜 드릴 거라고요!"

"그래, 고맙다."

두 사람은 서로의 몸을 안은 채 등을 두드렸다.

영실은 얼굴과 모양새는 달라도 어떻게 생각과 이상이 이렇게 같을 수가 있는지 어린 다빈치가 마냥 대견하기만 하였다.

영실은 다빈치에게 로마 교황청과 거리를 두라는 조언도 잊지 않았다. 혹시라도 교황청에서 다빈치의 천재성을 안다면 일찌감치 수를 써서 다빈치를 해칠 수 있었기 때문이었다. 자신이 스승이었다는 사실 역시 비밀로 해라고 당부하였다. 로마 교황청에서는 아직도 영실을 잡으려고 혈안이 되어 있었다. 영실의 모든 자료와 흔적을 지우기 위해 메디치 가와 끊임없이 협상을 시도했다. 영실은 다빈치가 자신 때문에 다치는 것을 원하지 않았다.

"다빈치, 어디를 가더라도 절대 내 얘기를 해서는 안 된다. 내가 가르쳐준 지식은 너 혼자 연구하고 발전시켜야 한다. 나에 대한 자료를 모두 지우도록 해라."

다빈치가 걱정되어서 영실은 입버릇처럼 주의를 주었다.

영실이 어떻게 험난한 길을 헤쳐 왔는지 잘 알고 있는 다빈치는 걱정 말라며 스승을 안심시켰다.

6

새벽안개 속으로 사라지다

영실은 벌써 반나절 가까이 아르노 강변에 앉아 있었다.

피렌체를 양쪽으로 갈라놓은 채 유유히 흘러가는 아르노 강의 수면은 햇볕을 받아 은빛 광채를 띠며 다리 위로 오가는 수많은 사람들의 시선을 잡아 당겼다. 이 도시의 부유함을 말해주듯 강둑을 따라 전개된 성벽의 벽돌들은 황금빛을 띠었고, 보루에 올라서서 날카로운 눈빛으로 하구를 쏘아보는 병사들의 갑옷에도 근엄함이 넘쳐흘렀다. 병사들의 등에는 방패를 본뜬 메디치 가문의 노란 문장이 상징처럼 그려져 있었는데, 이곳에 적을 둔 젊은이들이라면 누구든 그 문장이 새겨진 갑옷을 걸치는 것을 자랑스러워하였다.

다리 위에는 산책을 나온 사람들로 북적였다. 노란색, 혹은 붉은

색 계열의 비단옷을 화려하게 차려입은 여자들은 아이나 시종을 대동한 채 천천히 다리를 건너갔다. 더러는 다리 난간에 기대서서 물 밖으로 입을 빼끔거리는 잉어를 바라보곤 하였다. 강을 따라 줄줄이 오르내리는 모직물 상인들의 배도 구경거리 가운데 하나였다. 최근에는 도시 외곽에 귀금속 가공을 주로 하는 상점들이 들어서면서 이탈리아 전역은 물론 구라파 전역과 아시아에서까지 귀금속을 사기 위한 배들이 줄이어 피렌체로 찾아들었다.

영실은 손에 든 붉은 비단주머니를 무심히 만지작거렸다.

참으로 긴 세월이 흘렀다. 어느 곳에도 기록되지 않고, 누구에게도 말할 수 없었던, 누구도 기억하지 못할 시간이 그렇게 지나갔다. 로마에 닿은 뒤 헤아릴 수 없이 많은 봄이 지나갔다. 배에 올라 조선의 바다를 돌아 나올 때만 해도 검었던 귀밑머리는 이제 눈이 내려앉은 것처럼 하얗게 변하였다. 가을 홍시처럼 수줍음을 많이 타던 소년의 볼은 검붉고 푸석푸석해졌다. 근력이 넘치던 두 다리는 계단을 오를 때마다 저렸고 몇 시간이고 서서 하염없이 별을 바라보곤 했던 두 눈동자도 초가 낀 것처럼 아슴했다.

시간이 지나도 과거의 일들이 꿈을 꾼 것처럼 선명했다. 풍랑과 해적, 기근과 열대병으로 죽을 고비를 수십 번도 더 넘겼다. 그때마다 영실을 붙잡아준 건 새벽이 오기 전 감옥으로 찾아와 정의공주가 건넨 붉은 비단주머니였다. 그날, 공주가 한 땀 한 땀 만든 한복 한 벌과 함께 공주가 준 비단주머니 속에는 '둣다'라는 두 글자가 새겨진 헝겊이 들어 있었다. 영실이 그 글자의 뜻을 이해하게 된 건 몇 개월이 지나서였다. 주상을 도와 한글을 만들고 있었던 정의 공주, 그녀가 한글로 장영실에게 남긴 두 글자가 부적처럼 장영실을 일으켜 세워왔다.

로마에 처음 발을 디뎠을 때, 영실은 지금껏 어느 도시에서도 느껴보지 못했던 웅장한 건축물과 거리를 빼곡히 메운 채 자유로이 오가는 사람들에게 압도당했다. 동남아시아와 인도, 아라비아의 어느 항구에서도 일찍이 경험한 바 없는 문화적 충격이었다. 영실은 바다를 건너온 게 아니라 자신이 다른 별에 와 있다고 생각했다. 전통과 현재가 잘 어우러진 로마는 수천 년을 지속해온 역사적인 고도답게 온갖 진귀한 문화재와 건축물로 가득했다. 그들은 유일신을 믿었고, 황제가 아닌 교황의 권위 아래 일제히 무릎을 꿇었다.

청둥오리 몇 마리가 강물 위로 내려앉아 물고기를 잡기 시작했다. 영실은 쓸쓸한 미소로 청둥오리를 쳐다보았다. 저 새들은 하늘을 마음대로 날아갈 수 있으니 얼마나 좋을까. 영실의 두 눈은 어느새 주상과 공주가 계시는 궁궐의 높은 담을 향해 달려가고 있었다. 새가 되어 하늘을 날 수 있다면, 바람을 마음대로 탈 수 있다면 언제 그랬냐는 듯 그리운 사람들이 살고 있는 뒷마당으로 날아갈 수 있으리라. 내 동무들을 얼싸안고 바다 밖에 있는 신기하고 이상한 세계에 대하여 마음껏 말해주리라.

해가 져서인지 날이 제법 쌀쌀해졌다. 이럴 줄 알았으면 두툼한 옷이라도 입고 나오는 건데……. 영실은 다시금 회한에 젖었다. 두려운 마음에 내려섰던 구라파의 항구들, 높은 권좌에 앉아 자신들을 쳐다보던 교황과 친구 토스카넬리와의 만남, 뜻밖에 닥친 위협과 정화 대장과의 기약 없는 이별, 그리고 피렌체로 건너와 다연발무기를 만들어 전쟁의 승리에 기여한 일이며 메디치 가문의 후원을 받아 안정적으로 연구에 매달리게 될 수 있었던 일, 그림과 과학, 수학 분야에서 천재성을 보이던 어린 다빈치를 만나게 된 일까지. 조선의 작은 바다에서 대양을 건너와 구라파에서 꿈처럼 흘려보낸 세월들이 주마등처럼 스쳐갔다.

"아아, 고향이 그립구나. 고향이 그리워."

영실은 고개를 들어 눈이 부시도록 시린 하늘을 올려다보았다.

그리고 또 얼마의 세월이 흘렀던가.


숙소로 돌아와 영실은 외투를 벗고 작업실 의자에 앉았다. 열다섯 평가량 되는 영실의 작업실은 온갖 실험 도구들과 기계장치로 가득했다. 구라파 각지에서 발간된 1000여 권의 책들이 그의 책상 머리에 켜켜이 쌓여 있었고, 보통 책상의 네 배쯤 되는 실험대에는 유리로 만든 다양한 크기의 병에 온갖 종류의 액체들이 담겨 있었다. 북쪽으로 배치된 창고 안에도 실험을 위해 제작되었다가 폐기된 나무, 혹은 청동으로 만든 톱니바퀴와 연결 봉, 기괴한 모양의 나사, 목탄으로 그려진 도면 그림 같은 물건들이 그득했다.

영실은 아침에 들여다보디 민 도면으로 다시 눈길을 주었다. 그것은 조선을 떠날 때부터 붙잡고 있던 '비차'였다. 피렌체로 건너온 뒤 어느 정도 자리가 잡힌 이후에도 영실은 비차 연구만 할 수는 없었다. 메디치 가의 요구에 부응하여 수많은 기계를 발명하느라 몇 년을 그냥 흘려보냈기 때문이다. 조선의 백성들을 널리 이롭게 하기 위해 발명되었던 측우기와 간의, 혼천의, 수차 같은 물건들이 이탈리아에 아주 없었던 것은 아니었다. 하지만 불완전했던 두 문명의 발명품들은 영실을 통해 하나로 조합되면서 더욱 완전해졌다. 특히 비의 양을 잴 수 있도록 고안된 측우기는 후원자인 메디치 가문의 관심을 끌어, 100여 개 이상의 측우기가 만들어져 아르노 강 상류 지역에 집중 설치되었다.

영실이 새롭게 고안 중인 비차는 조선에서 만든 것과 기본적인 설계 구도는 비슷했지만 날개 길이가 처음 만든 물건보다 세 배는 더 컸고 꼬리 부분에 별도의 작은 날개를 설치, 날개에 복잡한 톱니바퀴를 연결하며 비차에 탑승한 사람이 발로 날개를 저어서 돌릴 수 있도록 설계된 것이었다. 그러나 영실의 상상력은 날개가 받는 수평적인 힘과 수직적인 힘 앞에서 자꾸만 벽에 부딪혔다. 사람의 체중을 지탱하기 위한 날개의 크기는 어느 정도 계산을 해냈지만, 바닥으로 추락시키는 자연의 힘과, 수직으로 작용하는 힘을 박차고 날아오를 수 있는 공기 마찰에 의한 수평의 힘을 계산해낼 수 없었던 것이다. 발을 이용해 돌리는 인위적인 동력기의 원리도 생각처럼 쉽사리 해결되지 않았다.

달이 담벼락 그림자를 창문 바로 앞까지 끌어당겼다.

잠시 후, 노크 소리가 들리고 파올라가 식사가 든 쟁반을 가지고 들어왔다.

"식사하세요."

"벌써 시간이 그렇게 되었나."

영실은 천천히 의자를 돌려 파올라를 바라보았다.

작고 아담한 체구의 파올라는 짙은 속눈썹을 깜박거리는 버릇을 가지고 있었다. 그것은 마치 곤충의 날갯짓처럼 파르르 떨리곤 하였는데, 영실은 파올라를 볼 때마다 그녀의 깊은 두 눈을 잠깐씩 들여다보기를 좋아했다.

"날이 추워지고 있어요. 무리하시지 말고 일찍 잠자리에 드세요."

파올라가 접시를 내려놓으며 말했다.

파올라는 영실이 조선에서 먹던 음식을 어떻게든 영실에게서 배워서 만들어주려고 노력하였다. 영실이 조선에서 제일 좋아하던 음식이 어머니가 가끔 해주던 파전이었다. 어머니가 해주던 동래 파전은 어머니가 죽고 난 뒤 미령의 솜씨로 되살아났다. 어느 날, 영실에게 파전 만드는 방법을 자세히 배운 파올라는 밀가루에 치즈를 섞어서 그 위에다 야채를 듬뿍 얹는 방법으로 파전 비슷한 것을 만들어왔다. 파전을 발음하기가 힘들어서 그녀는 항상 파전을 파자라고 불렀다.

올해 서른인 파올라는 남편을 포르미니 전투[53]에서 잃고 혼자 외롭게 살고 있었는데, 영실이 메디치 가문의 도움을 받아 이곳에 정착했을 때부터 영실의 집에 함께 머물러왔다. 매일 연구를 거듭하다가 이불을 덮지도 못한 채 잠들곤 하는 영실을 보살피면서 그녀의 마음속에는 점차 영실을 향한 사랑이 싹텄다. 하지만 영실은 비단주머니를 매만지며 자주 생각에 잠길 뿐, 그녀에게 좀처럼 관심을 주지 않았다. 영실의 마음을 얻을 수는 없었지만, 파올라는 그의 마음을 알기에 헌신적으로 영실을 보살폈다.

영실이 파전과 포도주로 식사를 하는 동안 파올라는 난로 안에 든 재를 나무통에 퍼 담았다. 아직 추운 날씨는 아니었지만, 새벽까지 작업을 하는 날이면 영실은 종종 난로를 피워 놓고 불꽃을 바라보며 앉아 있기를 좋아했다. 그런 날에는 이 지방 특산 포도주인 키안티 한 병을 앞에 놓고 잠들기 전까지 천천히 마시곤 했다. 장작 난로 앞에는 나무로 만든 흔들의자가 놓여 있었는데, 그 흔들의자는 영실의 예순일곱 되던 해 생일날 레오나르도가 손수 제작하여 선물한 것이었다.

"꼬레아 쟌, 식사는 끝난 건가요?"

파올라는 장영실을 꼬레아 쟌이라고 불렀다. 쟌Jean은 제노바 지방에서 생산되는 두꺼운 옷감의 일종이라며 그녀는 영실의 이름을

___

53) 잉글랜드와 프랑스 사이에 벌어진 백년전쟁의 하나.

부를 때마다 재미있어 했다. 명목상 메디치 가에서 제공한 하인이었지만, 파올라는 영실과 가족처럼, 때론 친구처럼 지냈고, 가족과 멀리 떨어져 살아야했던 영실에게 파올라의 존재는 큰 위안이 돼주었다.

"파전 맛이 일품이었어요. 파올라."

영실은 엄지손가락을 치켜 올렸다. 영실에게서 파전을 배워서 전을 만드는 파올라의 솜씨는 조선의 어느 아낙네와도 뒤지지 않았다.

"많이 먹어요. 쟌, 파자는 언제든지 만들어 드릴게요."

"파자가 아니고 파전."

"알았어요, 파자!"

둘은 서로를 쳐다보며 한바탕 크게 웃었다

파올라가 쟁반을 치우고 홍차를 내왔다. 그녀는 영실이 혼자 있고 싶어 한다는 것을 알고는 슬며시 밖으로 나갔다. 영실은 도면 들여다보던 걸 잠시 멈추고 의자 등받이에 깊숙이 등을 기댔다.

장, 영, 실. 영실은 천천히 자신의 이름을 발음해 보았다. 한동안 잊고 있던 이름이었다. 피렌체로 온 뒤, 영실은 공식문서상의 이름을 꼬레아로 바꾸었다. 구라파에서는 조선을 꼬레아라고 불렀다. 자연스럽게 조선에서 온 영실은 꼬레아로 불리게 된 것이었다. 이곳 사람들은 '영실'이라는 낯선 발음을 제대로 발음하는데 애를 먹었다. '장'을 '쟌'으로, '파전'을 '파자'로 발음하는 파올라처럼 말이다.

영실은 '꼬레아'라는 이탈리아식 이름이 마음에 들었다. 이름이 불릴 때마다 고향을 떠올릴 수 있었기 때문이다. 꼬레아는 단순한 이름이 아니라 그에게 잊혀진 조국의 이름이었고, 그곳에 사는 그리운 사람들의 얼굴이었다.

차를 다 마신 뒤 영실은 밖으로 나와 저물어가는 도시를 바라보았다.

영실이 사는 집은 아르노 강 상류, 언덕에 위치한 단층의 작은 집이었다. 창을 열면 도심을 가로지르는 아르노 강이 한눈에 내려다보였다. 영실은 하루 한 번 어김없이 강변을 산책하며 오가는 배들을 지켜보곤 하였다. 강폭이 작아 대양으로 나가는 배들은 드나들 수 없었지만 하루에도 수백 척의 작은 배들이 돛을 올리거나 노를 저어 강을 오르내렸다. 그럴 때마다 영실은 하류로 내려가는 배들의 꽁무니에 하염없이 시선을 던지곤 하였다. 저 배들을 따라가면 언젠가 큰 바다를 지나 고향에 가 닿을 수 있지 않을까. 그곳에서 그리운 사람들을 볼 수도 있지 않을까. 그러나 그는 아직 고향으로 돌아갈 수가 없었다.

피렌체로 온 뒤 비교적 평안한 생활이 계속됐다. 메디치 가에서 주어지는 후원은 먹고사는데 지장이 없을 정도였고, 구라파의 각종 산물이 모여드는 큰 시장을 가까이 두고 있어 연구를 위해 필요한 물품을 구하는 일도 수월하였다. 미사가 열리는 주말이면 산타 마리아 델 피오레 대성당에 각국에서 온 인파가 잔뜩 모여들었고,

그 중에는 동양에서 온 비슷한 얼굴의 사람들을 다수 만날 수 있어 향수를 달랠 수도 있었다. 그들 동양인들은 대개가 뱃사람들이었는데 정화 대장의 배를 함께 타고 왔던 동료들은 하나도 남아 있지 않았지만 그들을 통해 간간히 동방의 소식을 들을 수도 있었다. 그들 대부분은 오스만튀르크를 거쳐 육로로 구라파에 닿은 사람들이지만, 드물게는 바다를 통해 맘루크(현재의 이집트)에 닿은 뒤 또다시 육로와 해로를 통해 피렌체까지 들어온 동방의 모험가들도 있었다.

그들은 계절이 바뀔 때마다 일정한 규모로 나타났다가 사라지곤 하였다. 더러는 영실처럼 피렌체에 뿌리를 내리기도 했는데 대개는 나이가 들거나 병든 자들이었다. 영실은 미사가 끝난 뒤 층계참에 앉아 하나하나 사람들의 얼굴을 뜯어보곤 하였다. 자신의 출신지에 따라 옷차림과 피부색이 달랐으므로 그들은 금방 구분이 되었다. 그러다가 비슷한 사람을 만나면 반갑게 다가가 악수를 청하며 말을 걸었다. 하지만 대화가 제대로 진행된 적은 거의 없었다. 가끔 조선의 존재를 아는 명나라 출신 상인들을 만난 적도 있지만 영실이 고대하던 고국 꼬레아의 소식은 끝내 들을 수 없었다.

영실은 조선의 소식이 궁금하여 하루도 거르지 않고 동쪽 하늘을 바라보았다. 전하는 건강이 좋지 않았는데 잘 계시는지? 그럴 때마다 조선을 떠나는 날, 근심에 가득 찼던 주상 전하의 목소리가 영실의 귓가에 맴돌고는 하였다.

"대호군이 어디에 가든 나는 별이 되어 대호군의 머리 위에 떠 있을 것이야. 마지막까지 너를 지켜주지 못한 문약한 나를 용서해다오. 문약한 조선의 백성들을 용서해다오."

영실이 마치 대답을 하듯 허공을 향해 중얼거렸다.

"이제는 그곳으로 돌아가고 싶습니다, 전하. 제가 사랑하는 사람이 있고, 저를 알아주는 주군이 있는 조선에서 마지막 재주를 발휘하고 싶습니다. 이역만리에서 홀로 떨어져 살다보니 이제는 몸도 마음도 지쳐 가옵니다. 전하, 전하, 보고 싶습니다. 지금이라도 불러만 주신다면 뛰어서라도 조선으로 달려가고 싶사옵니다."

영실의 눈가에 눈물이 맺혔다.

"전하, 부디 전하가 꿈꾸는 조선을 만들어 세계 모든 나라들로부터 후세에 칭송받는 나라로 만들어 주소서……. 무능한 신하는 전하가 보고 싶어도 달려가지 못하고 이역만리 타국에서 홀로 늙어 가나이다."

구름에 가려졌던 달이 나뭇가지를 뚫고 빛을 뻗쳐왔다. 달빛이 둥글게 부풀어 보였다. 달빛을 비집고 또 하나의 얼굴이 아련하게 눈가에 매달렸다.

"공주마마께서는 지금쯤 결혼을 해서 잘 살고 있으려나. 훈민정음 창제는 성공적으로 이루어졌을까? 명나라의 반대로 주상 전하와 함께 고초를 겪지는 않으셨을지."

영실은 비망록에라도 정의공주와 같이 만들었던 정음을 남겨놓고 싶었다.

"만약에 훈민정음이 성공하지 못했다면 이 비망록은 정의공주와 나만이 아는 비밀문자가 되는 것이다. 그렇다면……, 이 비망록이라도 후세에 남겨 우리의 글과 말을 가지려 했던 조상들의 노력을 알려야 하겠지."

영실은 꿈을 꾸듯 중얼거렸다. 너무 깊게 생각에 몰두한 나머지 헛기침 소리와 함께 등 뒤로 사람이 다가드는 줄도 몰랐다.

"선장님, 무슨 생각을 하고 계세요?"

돌아보니 레오나르도 다빈치가 그곳에 서 있었다.

"어서 와라, 레오나르도. 저녁은 먹었니?"

영실이 웃음으로 제자를 맞았다.

최근 들어 스승의 건강을 염려한 레오나르도 다빈치의 방문이 잦아졌다. 그즈음, 다빈치는 베르키오 공방의 일급 화가로 성장해 있었다. 다빈치는 베르키오가 자신의 이름을 걸고 제작 중인 〈그리스도의 세례〉나 〈수태고지〉 같은 작품에서 중요한 부분을 나누어 그리면서 신뢰를 듬뿍 얻고 있었다. 산 살비 수도원에 놓이게 된 〈그리스도의 세례〉란 작품은 특히 다빈치의 명성을 더욱 빛나게 하였다. 당시 베르키오는 제자에게 그림의 반을 맡겨 베로키오가 중앙의 예수를 그리고 다빈치는 왼쪽 구석의 천사를 그렸다. 그런데 베로키오의 예수 그림보다도 다빈치가 그린 구석에 있는 작은 천사의 그림이 더 인기를 끌었다.

"거기 앉게나."

방으로 돌아온 영실이 의자를 가리켰다. 나무 의자는 다빈치를 위해 영실이 그곳에 놓아둔 것이었다. 새로운 스승을 찾아 영실과 작별한 뒤에도 다빈치는 공방 일이 끝나면 자주 영실을 찾아왔다. 베르키오의 공방은 걸어서 반 시간 거리에 있었다.

　"그런데 최근 들어 부쩍 비차 그림을 보시는 날이 많아진 것 같아요. 정말로 그것을 완성하려고 하세요?"

　다빈치가 스승의 책상 위에 펼쳐진 도면을 힐끗 쳐다보며 물었다. 스승이 비차 그림에 집착하는 모습이 다빈치에게는 하나의 좋지 않은 예감으로 다가왔다. 언젠가, 언젠가는 그가 훌쩍 자신의 곁을 떠나버리고 말리라는 예감이 그것이다.

　"글쎄다. 마음은 그렇다만 늙어서 그런지 기운이 없구나."

　다빈치가 그 동안 벼르던 말을 꺼냈다.

　"제가 다시 도면을 검토해보아도 되겠습니까?"

　사실 다빈치는 오래전부터 스승의 스케치대로 만들어보고 싶었다. 스승을 처음 만났을 때, 스승이 늘 손에 지니고 다니던 노트에서 제일 먼저 흥미를 끈 것도 비차 그림이었다. 하지만 다빈치는 선불리 나설 수 없었다. 유독 그 그림만큼은 일종의 성역이 존재했다. 언젠가 스승이 그것을 만든다고 스스로 나서기 전에는, 먼저 그것을 시작해서는 안 된다는 그런 금기가 항상 다빈치의 어깨를 짓눌러왔다. 그런 생각이 처음 어떻게 형성되었고 다빈치의 생각 속에 자리를 잡게 되었는지는 잘 기억이 나지 않았다. 스승이 직접 말을 하지 않았지만, 스승을 통해 느껴지는 분위기는 그런 것이었다.

"그러렴. 보고 좋은 생각이 있으면 말해다오."

영실은 무겁게 고개를 끄덕였다. 영실에게 다빈치는 제자인 동시에 친구였고 친구인 동시에 아들이었다. 또한 아들인 동시에 비범한 천재성으로 때론 장영실에게 영감을 주는 스승이기도 하였다. 그건 다빈치도 마찬가지였다. 서자라는 이유로 친부와 형제들의 사랑을 많이 받고 자라지 못한 다빈치에게 영실은 스승인 동시에 아버지와 같은 존재였다.

"정말 인간이 하늘을 날 수 있을까요?"

다빈치가 스케치를 내려놓으며 물었다.

"언젠가 그럴 날이 오겠지. 밖에 나가 하늘의 새들을 보거라. 새들은 어떤 것에도 구애받지 않고 마음껏 세상을 날지 않더냐. 새가 날 수 있다면 인간도 날 수 있을 것이다. 지금 당장은 아니지만 반드시 그런 날이 올 거야."

"새의 날개를 관찰하는 길이 지름길이겠군요?"

다빈치는 오래전에 영실과 나누었던 대화를 기억해냈다.

"그 질문은 여전히 유효하다. 문제는 부피야. 새는 아주 작아서 제 몸을 공중에 띄울 수 있지만 인간의 육중한 몸을 공중으로 띄우기 위해선 공기의 힘만으론 부족해. 떨어지는 힘보다 더 강한 힘이 필요하지. 한데 그걸 극복할 방법이 생각이 안 난단 말이야."

"제가 선장님의 연구를 계속 이어가겠습니다."

"그래주면 좋겠구나. 넌 이 물건이 사람을 공중에 띄울 수 있다고 보느냐?"

"아직 실물을 만들어보지 않아서 확신할 순 없지만, 잠깐이라도 공중에 머물 수는 있을 것이라고 생각됩니다."

"잘 보았다. 오래전 이 물건을 타고 허공으로 날아올라 자유를 느껴본 적이 있다. 내 고향 땅 꼬레아에서 말이다. 내일부터 나는 다시 이것을 만들어볼 참이다."

"제가 도와드리겠습니다."

"그래주면 고맙지."

영실은 신뢰와 우정이 가득한 눈으로 다빈치를 바라봤다.

"한데 요즘 너의 그림은 어떠하냐? 사람들에게 듣자하니 역사에 남을 그림들을 함께 작업하고 있다던데. 템페라 대신 유화물감으로 그림을 시작했다는 얘기도 들리고."

사실이었다. 다빈치는 부드러운 색의 흐름을 내기가 곤란할 뿐만 아니라 딱딱한 느낌이 나는 템페라를 대신하여 유화를 자신의 채색에 적극 도입하였다.

"유화는 딱딱함이 덜하여 인물의 인상을 더욱 생동감 있게 표현할 수 있습니다."

"그렇군."

"한데 오늘은 새로 그리신 작품이 보이지 않는군요."

"비차 생각에 빠져 있느라 그림을 그릴 틈이 없었네."

그림이라 함은 영실의 스케치 그림을 말하는 것이었다.

영실의 노트에 글과 그림을 남기는 것 외에도 틈틈이 스케치 종이에 그림을 그리곤 하였다. 물론 전문적인 그림이 아니라 가벼운 터치 수준이었는데, 최근에는 그 그림 또한 다빈치의 관심을 끌었다.

나이를 먹어가면서 영실은 점점 희미해지는 고향의 풍경을 잊지 않기 위해 종이에다가 그 풍경을 그려놓곤 하였다. 어릴 때 뛰어놀던 동래 들판이며 관아의 모습, 한양으로 올라와 바라보았던 한강과 궁중, 뾰족 솟은 삼각산과 사계절이 뚜렷했던 산천의 모습들이 수십 장의 그림으로 차곡차곡 쌓였다. 때론 시간이 날 때마다 끼적여온 비망록에도 몇 컷의 그림을 그려놓았는데 다빈치는 그런 그림도 유의 깊게 살폈다.

"선장님, 이것 참 신기하군요. 동방의 집과 산은 정말로 신기합니다. 사람이 사는 집이 아니라 마치 새들이 웅크린 둥지 같아요."

다빈치는 그림을 볼 때마다 감탄사를 연발했다.

다빈치는 영실이 그린 풍경화를 본 따 피렌체 인근의 풍경을 화폭에 스케치하기 시작했다. 다빈치는 특히 도심의 풍경보다 시골의 풍경을 그리기 좋아했는데 직선과 곡선을 절묘하게 조합시킨 다빈치의 풍경 그림은 단순한 스케치가 아니라 동양화를 재해석한 새로운 미학적 세계를 보여주었다. 영실은 다빈치의 풍경화를 보면서 청출어람이라는 말이 틀린 말이 아니라고 생각했다. 영실이 그린 산수화보다 다빈치의 산수화가 훨씬 뛰어났다. 조선의 산수

화를 이곳 이탈리아에서 다빈치를 통해서 보는 것이 신기하기만 하였다.[54]

하지만 풍경화에 대한 레오나르도의 관심은 오래 가지 않았다.

"어찌하여 풍경을 그리지 않느냐?"

어느 날 영실이 묻자 레오나르도는 이렇게 대답했다.

"공방에서 제 그림이 웃음거리가 되었습니다. 풍경 속에 아무런 미의식도 들어 있지 않으니 풍경화를 그리는 것은 시간 낭비라고 말입니다. 이곳 예술가들은 신에 대한 이야기 빼고는 도통 관심이 없는 것 같습니다."

영실은 빙긋 웃음을 머금고 대답했다.

"네 말이 맞을 수도 있고 틀릴 수도 있다."

"왜 그런가요?"

"그것은 미를 보는 기준이 동양과 서양이 확연히 다르기 때문이다. 신들의 질서 속에 편입된 서양에선 인간의 모든 희로애락을 신들의 이야기를 통해 보고자 한단다. 신들의 일상 속에 자신을 비추어보면서 위안을 얻기도 하고 대체적인 카타르시스를 느끼기도 하는 거지. 하여 물감은 강렬한 색들이 선호되고 화폭 중앙에 위대한 신들이나 성서의 중요한 모티브들이 배치되는 것이다. 굳이 회화

---

54) 다빈치가 1473년 발표한 풍경화 〈Landscape drawing for Santa Maria della Neve〉는 자신의 주관과 감성에 의지하여 산과 나무를 관찰하는 화법인 동양의 산수화에서 영감을 받았다는 주장이 제기되고 있다.

뿐만 아니라 건축이나 조각, 음악과 문학 등 모든 예술 장르가 그러하지 않느냐?"

"맞습니다."

"하지만 동양에선 다르다. 동양에선 비움을 중요시한다. 사람들은 인간이 아니라 자연 속에서 질서를 찾고 인간을 통해서가 아니라 자연을 통해서 마음의 정화를 얻는다. 풍경을 그리는 것은 자연에 대한 이러한 동경심 때문이다."

다빈치가 고개를 끄덕이며 질문했다.

"그럼 선장님도 같은 이유로 저 그림들을 그리나요?"

영실은 쓸쓸한 얼굴로 고개를 저었다.

"아니다. 나는 그리움 때문이다. 아직 비워내지 못한 것들이 마음속에 남아 있기 때문이지. 내가 그리는 것들은 진정한 의미의 풍경화가 아니란다. 난 내 고향을 그리고 있었어. 파란 기와집과 흙을 쌓아 올린 담장과 담장에 얹은 지푸라기, 이른 봄날 감나무 위에서 우는 까치와 쓸쓸한 가을날, 산마루에 걸린 보름달, 골목에서 컹컹 들려오는 개 짖는 소리와 사립문을 밀치고 들어오는 정겨운 발짝 소리들, 흰 옷을 입은 사람들과 나라와 백성을 위해 한시도 마음을 놓지 않은 어진 임금과 착한 백성들이 있는 나라……."

다빈치는 고개를 저었다.

"저는 아무래도 풍경화가 맞지 않는 것 같습니다. 저는 늘 풍경 속을 채우려는 생각을 가지고 화면을 바라보곤 하니까요. 비워낸다는 게 무엇인지. 아직 선장의 말을 이해할 수는 없지만, 붓을 잡는 매 순간 순간 그 말을 잊지 않겠습니다."

"그러하려무나……."

"비차는 언제부터 시작하실 생각인가요?"

화제는 다시 비차로 돌아왔다.

"글쎄, 아직은……. 하지만 도움이 필요하면 즉시 이야기를 하겠네."

영실은 다빈치와 처음 만났던 시절을 떠올리곤 회상에 젖었다.

그림 재주가 뛰어났던 다빈치는 어릴 때부터 영실의 스케치북에 있는 그림은 무엇이든 따라 그렸다. 단순히 모사하는 데 그치지 않고 새로운 그림들을 그려와 영실을 깜짝 놀라게 하였다. 그 중 하나는 수직으로 날아오를 수 있도록 고안된 원형 날들의 스케치였다. 날개를 나선형으로 배치하여 공기의 흐름을 상하로 분산시킨 뒤 아래쪽에 받침대를 설치하여 사람이 올라탈 수 있도록 설계된 비행체였다. 아래서 위로 솟구쳐 오르는 바람에 얹힐 수만 있다면 어느 정도 실현 가능성이 있어 보였다.

높은 곳에서 뛰어내릴 때 공기의 저항을 받게 해 추락 속도를 줄이도록 설계된 낙하산도 영실을 감탄하게 만든 그림이었다. 하나를 알려주면 열을 아는 제자의 출중함에 영실은 자신이 가진 모든 걸 전수해주려고 매일같이 노력했다. 그런 제자가 자신을 도와주겠다고 하자 영실은 더욱 든든하였다.

영실은 창밖으로 고개를 돌렸다. 이제 그 동안 망설여왔던 그것을 만들 순간이 온 것인가. 비로소 나는 고향으로 돌아가는가……

"참, 그 전에 나랑 먼저 만들어야 할 것이 있네."

"비차가 아니고 무엇을요?"

다빈치의 두 눈썹 밑이 깊게 들어갔다.

"시계라네. 태양과 별의 움직임을 작은 나무 상자 속에 담아보세."

"시, 시계요?"

그 무렵 영실은 피렌체의 통치자인 로렌초 데 메디치로부터 새로운 부탁을 받았다. 집사가 말을 타고 달려와 직접 건넨 편지의 내용은 이러했다. 당시 로렌초 데 메디치는 적대 가문인 파치 가로부터 살해 위협에 시달리고 있었다. 메디치 가문이 파치 가[55]를 압도했지만 몰래 교황청의 지원을 받고 있는 파치 가도 만만찮았다. 교황청에서는 여전히 메디치 가가 눈엣가시였는데, 전쟁으로 복속시킬 수 없게 되자 파치 가문을 이용하여 피렌체의 지배 세력을 교체하려 하였다. 메디치 가문에 또 한 번 위기가 닥친 것이다.

로렌초 데 메디치는 자객이 자신의 침실로 뛰어드는 악몽을 자주 꾸었고 그 결과 늘 수면부족에 시달렸다. 로렌초 데 메디치를

---

55) 피렌체 귀족인 파치Pazzi 가문은 메디치Medici 가문과 라이벌 관계에 있던 명문가다. 1478년 파치 가문의 음모로 메디치 가문의 줄리아노 데 메디치를 산타 마리아 델 피오레 대성당에서 암살하는 사건으로 파치 가문은 피렌체에서 축출됐다.

진찰한 의사는 규칙적인 수면을 통해 이 문제를 극복해야 한다고 충고했다. 하지만 하인들이 로렌초 데 메디치를 깨우는 시간은 늘 불규칙하기 그지없었다. 정확한 시간을 측정할 수 없었기 때문이다. 또한 로렌초 데 메디치는 하인들이 자신을 깨우러 오는 발소리를 싫어하여 하인들이 깨우러 오기 전에 언제나 먼저 침대에서 일어났고 이런 습관이 반복적으로 수면장애를 가져왔다.

"대공께서는 정확한 시간에 기계가 울려주는 종소리를 듣고 잠에서 깨어나길 원하십니다. 신경이 몹시 날카로워져 있으시지요."

편지를 가지고 온 집사가 덧붙였다.

"진작 말씀을 하시지. 그거라면 어려운 일이 아닙니다. 대신 한 달의 시간과 목재를 원하는 대로 자르고 조각할 수 있는 공예 기술자 두 명을 붙여주시오."

영실은 즉석에서 그 제안을 받아들였다.

"그렇게 말씀을 올리겠습니다."

집사는 기뻐하며 돌아갔다.

다빈치가 들렀다 간 다음 날, 영실은 베르키오에게 편지를 보내 다빈치와 한 달 동안 같이 작업을 할 수 있도록 해달라고 양해를 구했다. 베르키오는 메디치 가에서 보수를 지급하는 조건으로 그 제안에 응했다.

다빈치가 짐을 꾸려 나타나자 영실이 설계도면을 펼쳤다.

"이 시계는 내가 조선에서 자격루를 만들 때 이용했던 것처럼 물의 낙차를 이용할 것이다. 물의 낙차를 재현하기 위해 임의의 통을 점차 낮은 단계로 설치하고 수압이 일정함을 유지하도록 하면서 물을 아래로 흘려보낸다. 그 아래 또 다른 물받이 통을 설치하여 통 안에 부구(浮毬)를 넣고 부력에 따라 부구가 상승하면 막대기가 밀려 올라가 쇠로 된 구슬을 건드리고, 구슬이 각각의 시간을 뜻하는 12간지 동물을 움직여 종을 울리도록 하는 것이다. 정해진 시간에 종을 울리게 하려면 종을 때리는 북채를 조립형으로 만들어야 한다. 예를 들어 아침 9시에 종이 울리게 하려면, 나머지 11개의 북채는 종과 닿는 부분을 제거하여 종과 닿지 않도록 하고, 9시를 가리킬 때만 북이 종을 때리도록 하면 되는 거지. 전날 저녁에 미리 북채의 길이를 조절해놓으면 되는 거란다. 내가 조선에서 처음 이것을 만들었을 때는 크기가 거대하였고 기계가 모두 들여다보였으나 이번에는 그보다 작게, 나무를 조각하여 기계를 감싸서 외부에서 보았을 때 직사각형의 상자처럼 보이게 할 것이다. 도면을 줄 터이나 장인들을 지휘하여 다빈치, 네가 주도적으로 물건을 만들어보거라. 어때, 해볼 수 있겠니?"

영실은 자동시계를 스케치해놓은 종이를 다빈치에게 건넸다.

"조금 복잡하지만 한번 해보겠습니다."

스케치를 한참 살펴보더니 다빈치가 대답했다.

다빈치로서는 영실의 제안이 조심스럽기만 하였다. 그 자신이 그림에는 자신이 있어 머릿속에 떠오르는 기발한 생각을 스케치로 옮기곤 했지만, 이렇게 정교한 기계장치를 만들어본 적이 없기 때문이었다.

"그런데 12간지라는 게 뭔가요? 시간을 알려줄 거면 12개의 바늘이면 족하지 않습니까?"

다빈치가 고개를 갸웃하며 물었다.

"12간지란 동양에서 땅을 지키는 열두 마리의 동물을 가리키지. 서양에서 하늘의 별자리에 사람이나 신, 동물을 가져다 붙이는 이치와 같은 거란다. 일종의 상징이지."

"아. 저는 단순히 합리적인 기계만 생각하고 있었는데, 동양 사람들은 어떤 물건이든 그 안에 개인과 자연과학적인 사고를 결합시켜 형상화하고 있군요."

다빈치는 이제야 이해가 간다는 표정을 지었다.

다음 날부터 레오나르도 다빈치는 직공들과 더불어 나무를 다듬고 쇠를 녹여 톱니를 만들며 설계도의 부속품을 하나하나 만들어나갔다. 영실은 흔들의자를 마당에 꺼내놓고 앉아 손도 까딱 하지 않았다. 간혹 각을 잘못 잡은 직공들이 문의라도 하면 귀찮다는 듯 귀를 후비며 다빈치에게 가라고 손짓을 했다. 다빈치는 빠른 솜씨로 도면의 물건을 만들어나갔는데 영실은 그런 다빈치를 흐뭇한 모습으로 바라볼 뿐이었다.

종을 쳐서 정확히 미리 설정한 시간을 알려주는 자명종이 탄생한 건 보름 만이었다. 다 만들어진 자명종을 보고 영실은 깜짝 놀랐다. 애초의 설계도보다 훨씬 작았기 때문이다. 성인 어른의 배꼽 높이밖에 되지 않았지만 나사들이 정교하게 맞물려 있어 애초의 설계도와 크게 다르지 않았다. 기능도 그대로였다.

"어찌하여 너는 이것을 더 작게 만들었느냐?"

영실이 묻자 다빈치가 대답했다.

"잠을 깨우기 위한 시계는 침대 맡에 설치되어야 하는데 크기가 크면 미관상 보기도 좋지 않을뿐더러 서민들의 집은 좁고 비루하니 자명종이 들어갈 곳이 없을 것입니다. 향후 부력으로 운영되는 기계장치를 순수한 톱니장치로 바꾸고 크기를 더 작게 만들어 기능을 향상시켜보겠습니다. 선장님은 그 가능성에 첫 단추를 끼워 주셨습니다."

젊은 제자의 칭찬이 장영실은 싫지 않았다.

"허허허. 너는 언제나 나보다 두어 걸음을 앞서 나가는구나. 바로 그거다. 무엇을 만들어도 항상 백성들의 삶을 먼저 생각하는 것, 그것이면 되었다."

영실은 그 순간 불철주야 백성들 생각에 잠을 못 이루곤 하던 주상을 떠올리고 있었다.

시계를 받아든 로렌초 데 메디치는 눈이 휘둥그레졌다. 기계장치가 상자 안에 숨겨져 있어 어떤 원리로 예정된 시간에 종이 울리는지 전혀 알 수 없었기 때문이다. 레오나르도 다빈치가 설명을 하고 난 뒤에야 겨우 이해를 했다는 듯 고개를 끄덕일 뿐이었다. 영실은 모든 공을 다빈치에게 돌렸다. 로렌초 데 메디치는 처음부터 끝까지 다빈치의 손에 의해 자명종이 만들어졌다는 얘기를 듣고 큰 상을 내려 그를 격려하였다.

"동양과 서양의 두 천재가 하나로 만나니 이는 우리 피렌체의 복이로다."

성대한 연회를 연 로렌초 데 메디치는 그날 저녁 영실과 레오나르도에게 새로운 제안을 했다.

"피렌체 산타마리아 델 피오레 대성당[56]이 곧 보수 공사가 곧 있을 예정이네. 피렌체 시민들을 위해 성당 벽에 거대한 시계를 만들어 달아주게."

고민 끝에 영실은 그 제안을 수락하였다.

자신을 보살펴 준 로렌초 데 메디치에게 마지막 보답을 하고 싶어서였다.

---

56) 피렌체 의회의 소재지였던 이 대성당은 지롤라모 사보나롤라가 설교하였고, 줄리아노 데 메디치가 1478년 4월 26일 부활절에 살해됐고, 함께 있던 로렌초 데 메디치는 겨우 목숨을 건졌다.

엘레나의 재등장

"이걸 도대체 어디까지 믿어야 할까."

진석은 등에 식은땀을 흘리며 몸을 일으켰다.

"이 모든 게 사실이라면 세계의 역사는 새로 써져야 해."

이제야 뿌옇기만 했던 미스터리가 완전히 풀리는 것 같았다. 이번 일을 겪으면서 진석의 머릿속에 하나의 의문으로 맴돌던 사실, 즉 콜럼버스가 어떤 경로로 존재할 수 없는 세계지도를 갖고 항해에 나서게 됐는지에 대한 의문도 해결이 되었다. 토스카넬리가 콜럼버스에게 편지를 보내 세계지도를 보내줬다는 기록은 토스카넬리의 편지가 실제 존재함으로써 입증됐었는데,[57] 그것이 정화 대장과 연결이 되어 있었다니 그저 놀라울 뿐이었다. 영실의 비망록이 실제 역사적 사실과 거의 대부분 부합되고 있는 것이었다.

진석은 자신에게 쏟아지는 질문을 머릿속에서 주고받았다.

"하지만 장영실의 기록을 그대로 믿을 수 있을까? 다른 곳에서 지도를 입수하진 않았을까? 좋아, 그렇다면 토스카넬리의 세계지도는 어디에서 왔단 말인가?"

바다로 한 번도 나가보지 못한 토스카넬리가 상상력으로 세계지도를 만들 수는 없었을 것이다. 그가 세계지도를 새롭게 만들었다고 해도 분명 저본으로 삼은 지도가 있을 것이었다. 콜럼버스가 신대륙을 발견한 것은 정화 대장이 대항해를 시작한 후 80년도 더 지나서였다. 콜럼버스나 아메리고 베스푸치가 아메리카 대륙을 찾아가기 전에 이미 세계지도가 존재하고 있었다는 것은 공공연한 비밀이었다.

마젤란이 세계 일주를 할 때, 세계지도를 갖고 떠났음을 입증하는 기록도 있다. 기록에 의하면 마젤란이 세계일주 항해를 할 때 바다 생활에 지친 선원들이 희망을 잃고 선상 폭동을 일으켰다. 그때 마젤란이 숨겨 두었던 세계지도를 보여주며, 곧 육지에 도착할 것이라

---

57) 콜럼버스가 서쪽 항로에 확신을 갖게 된 것은 이탈리아의 천문학자인 토스카넬리의 편지와 지도 때문이었다. 토스카넬리는 1474년 지인인 페르난 마르틴스 주교에게 향료와 보석들로 가득 찬 아시아에 도달하려면 항로를 서쪽으로 잡아야 하고, 카타이는 금은보석과 향료가 풍부해 찾아볼 가치가 있다는 내용의 편지와 지도를 보냈다. 이후 마르틴스 주교는 이 편지와 지도를 아프리카 왕이라 불리는 포르투갈의 아폰수 5세에게 전했다.

고 안정을 시켜 폭동을 진정시켰다는 기록이 그것이다. 마젤란이 직접 작성한 항해일지에 기록된 내용이니 이 역시 의심의 여지가 없다. 이 세계지도 역시 교황청을 통해 흘러나갔을 것인데, 하나같이 첫 지도의 출처는 분명치가 않았다. 장영실의 기록대로 정화 대장의 지도가 유럽 항해사에 큰 영향을 끼친 것은 분명한 사실인 셈이다.

진석은 지금까지의 자료를 근거로 다음과 같은 결론을 내렸다.

역사 기록에 정화와 관련된 위대한 업적들이 사라진 이유는 무엇인가. 비극은 교황청과 명나라 조정 두 곳에서 거의 비슷한 시기에 벌어졌다. 명나라에서는 정화의 흔적을 모조리 지워버리려는 세력들이 다시는 바다에 나가지 못하도록 정화의 항해도와 세계지도를 불태웠고 관련 기록들을 하향 평가하거나 삭제해버렸다. 천한 환관 출신이었던 정화에 대한 유생들의 시기와 조정 안에서 치열하게 벌어진 세력 다툼이 만들어낸 비극이었다. 강배가 잘 번역해놓은 대로, 교황청에서 벌어진 일 또한 장영실과 정화의 기록을 역사에서 지우는데 일조했다. 교황청으로서는 두 사람이 동방에서 가지고 들어온 천문사상을 인정할 수 없었고, 그 결과 관련된 기록이나 문서들이 조직적으로 은폐, 삭제되었던 것이다.

하지만 정화와 장영실, 두 사람의 서방 원정이 유럽에 끼친 영향은 대단했다. 보다 실제에 가까운 세계지도의 등장은 유럽인들에게 미지의 대륙을 찾아 나서게 하는 기폭제가 되었고 천문 기술의 발전은 항해술에도 지대한 영향을 끼쳤다. 인쇄술의 발전도 가히 혁명적이었다. 장영실이 유럽에 전한 갑인자가 구텐베르크에게 전달되었을 가능성 또한 매우 높다. 구텐베르크는 콘라트 후메리의 원조로 1460년 구텐베르크 성서를 출판하게 되는데, 우연의 일치인지는 몰라도 장영실이 토스카넬리에게 갑인자 인쇄술을 전수하고 몇 년 뒤의 일이다. 인쇄술의 혁명으로 성경이 대량 인쇄되고 일반인들도 쉽게 성경을 읽게 됨으로써 유럽에 종교개혁이 일어났다. 이것이 역사적으로 단지 우연에 불과하단 말인가?

과학관에서 보았던 마 교수의 비차 모형물이 왜 다빈치의 설계도와 닮았는가와 같은 지엽적인 의문은 더 이상 가질 필요도 없게 되었다. 그렇다고 해서 다빈치의 천재성이 부정되는 건 아니었다. 비록 장영실의 설계도에서 도움을 받긴 했지만 다빈치는 공기역학에 주목하면서 헬기의 원형을 스스로 디자인 하는 등, 보다 창의적인 설계도들을 남기게 되었으니까. 비단 헬기나 비차 모형뿐만이 아니었다. 기중기 설계도면처럼, 우리에게 낯익은 조상들의 설계도면이 어떻게 다빈치의 모형도와 판박이인지에 관한 의문들도 두 사람의 교류 내용을 알게 되면서 충분히 고개를 끄덕이게 만들었다.

비망록 번역본에 첨부된 강배의 짤막한 개인 코멘트도 진석의 가슴을 뜨겁게 만들었다.

'지금도 유럽에 가면 몇백 년 된 시청 건물 위 대형시계에, 매시간 마다 인형이 나와서 춤을 추는 장치들을 볼 수 있다. 장영실이 만든 자격루와 너무도 일치함에도 그간 누구도 의문을 갖지 않아왔다. 이것은 분명 장영실의 자격루에서 나온 것이다. 우리나라 사람들은 다빈치를 가리켜 유럽의 르네상스를 일으킨 천재라고 이야기하면서, 왜 장영실은 자격루를 만든 사람이라는 것밖에 모르는가? 우리가 잊고 있었던 세계적인 천재 장영실의 역사는 어디에 기록되어 있는 건가? 장영실을 생각하면 가슴이 미어지고 답답하다.'

진석보고 읽으라고 일부러 써놓은 건지, 아니면 번역 과정에서 자신도 모르게 흘러넘치는 감정을 주체하지 못한 나머지 써 갈겨놓은 건지는 알 수 없었지만, 아무래도 후자일 것이라고 진석은 생각했다. 누군들 그러지 않겠는가? 동방의 작은 땅, 반도에서 태어나 온갖 서러움을 받다가 심지어는 목숨까지 위협을 받는 마당에 친구들과 사랑하는 사람의 곁을 떠나 먼 곳으로 내쳐져야 했던 사람, 하지만 그 위대한 여정이 동서양의 문화를 융합시켜 위대한 문명시대를 이끌어 냈고, 그 위대한 발걸음의 주인공은 홀로 고독하게 사람들의 기억에서 잊혀져간 채 심지어는 무덤조차 남아 있지 않다.

우리는 이때까지 무엇을 했단 말인가?

이런 천재를 우리 후손은 어떻게 잊어버렸단 말인가?

진석은 떨리는 흥분을 가라앉히며 손에 들고 있던 프린트물을 내려놓고 자리에서 일어났다. 장영실 생각을 하느라 오후 4시가 될 때까지 아무것도 먹지 않았던 것이다. 진석은 구내식당으로 내려가면서도 좀처럼 뛰는 가슴은 진정시킬 수가 없었다. 배가 고픈 줄도 모를 만큼 설렜다. 옆에 누구라도 있으면 당장 장영실의 이야기를 들려주며 우리나라 역사에 이렇게 위대한 인물이 있었다고 알려주고 싶었다.

식사 시간이 지난 구내식당은 한산하였다. 진석은 구석에 앉아 라면 한 그릇을 주문했다. 주머니에 넣어둔 휴대전화가 진동한 것은 막 그릇으로 젓가락을 가져갈 때였다. 뜻밖에도 전화를 건 사람은 다름 아닌 엘레나였다. 진석은 젓가락을 내려놓고 계단으로 달려나갔다. 상대가 미처 말을 꺼내기도 전에 왜 이제야 연락을 하느냐며 버럭 소리를 지르고 말았다. 장영실의 비망록과 관련하여 가장 중요한 인물이 비로소 나타난 것이었다.

"미안, 합니다. 이, 이탈리아에 혼자 있는 우리 할머니, 돌아가셨어요. 강도 들었습니다. 집, 완전히 엉망진창입니다. 강도가 할머니 집 다 뒤졌습니다. 우리 할머니 그 충격으로 돌아가셨습니다."

엘레나가 예의 그 특유의 발음으로 떠듬떠듬 말했다.

"왜 나한테 연락도 안 하고 갔어요? 내가 얼마나 찾아다닌 줄 알아요?"

진석은 그동안 엘레나를 찾아 헤매던 순간이 떠올라 벌컥 화를 냈다. 엘레나가 할머니가 돌아가셨다는 전화를 받은 건 진석과의 만나고 나서 나흘 뒤였다. 수중의 돈이 부족하여 엘레나는 우선 편도 항공편을 끊고 이탈리아로 넘어갔다. 시기적으로 보자면 진석이 한창 그녀의 집과 학교 주변을 맴돌 때였다.

고향으로 돌아간 뒤 이번에는 예기치 않은 일이 그녀의 발목을 잡았다. 부모님이 안 계신 탓에 상주가 돼 일주일 동안 장례를 치르고, 파김치가 되어 집에 돌아오니 그새 집에 강도가 들어 엉망으로 만들어놓은 상태였다. 아무것도 훔쳐갈 것도 없는 집에 강도가 든 것도 이상하지만 무엇을 찾는다고 집을 쑥대밭으로 만들어놓았는지 당황스럽기만 했다. 그런데 경찰에서는 오히려 엘레나를 범인 취급하듯이 일주일간 감금하고 심문하며 모든 소지품을 검사하고 비망록이 없다는 것을 확인한 후에야 풀어주었다는 것이다. 경찰에서 풀려난 후 이번에는 전염병인 수두가 그녀를 괴롭혔다. 장례를 치르고 경찰에 잡혀 심문 당하느라 몸과 마음이 쇠잔해진 탓이었다. 종합병원에 입원하여 치료를 받았지만 언어 장애가 올 정도로 혹독하게 고생을 하다 보니 어느 새 한 달이 훌쩍 지나갔다. 경찰에서 휴대폰을 압수하는 바람에 진석의 연락도 받지 못했다.

"너무 힘들었어요."

"공중전화로라도 연락을 할 수 있잖아요?"

진석이 약간의 질책을 담아 물었다.

"휴대폰에 번호가 저장되어 있어서 전화번호를 몰랐어요."

"그러면 그동안 뭐 했어요?"

"나 놀지 않았습니다. 나 논문 하나 쓰고 있었어요."

"뭐라고요? 무슨 논문을 써요?"

진석은 기가 막혔다.

"올해 한국하고 우리 이탈리아 수교 130주년 됩니다. 얼마 후에 많은 학술 행사 있어요. 나 논문 거기에 발표 합니다. 교수님 추천 받았습니다."

"그래서 무슨 주제로 논문을 쓰냐고 묻잖아요?"

"장영실!"

엘레나의 목소리는 천진할 정도로 담백했다.

"이럴 게 아니라 만납시다. 지금 어디에요?"

그러나 엘레나는 곤란하다는 투였다.

"아, 오늘은 안 돼요. 학교에서 일이 있어요."

전화를 끊고 자리로 돌아오니 라면이 다 불어 있었다. 진석은 팅팅 분 라면 그릇을 수거대에 올려놓고 편의점 삼각김밥과 우유로 점심을 때웠다.

진석은 엘리베이터를 타고 옥상으로 올라갔다. 옥상 정원 한편에 마련된 흡연구역에 앉아 흥분을 가라앉히고 차분히 생각을 정리해보았다. 강배는 장영실이 어떻게 생을 마감했는지 알 수 있는 마지막 번역을 끝내놓고도 원고를 보내지 않고 있었다. 무슨 생각이 그리 많은지 진석이 독촉을 하는데도 조금만 더 시간을 달라며 묵살할 뿐이었다.

진석은 다시금 담배 한 대를 물고는 장영실에 대해 생각했다.

자의반 타의반 조국을 떠나게 된 장영실이 로마에 도착하여 맞게 된 20여 년의 세월이 비망록 전체 분량에서 차지하는 비중은 적었지만, 비망록 전체 내용 가운데 가장 역사적 가치가 있는 부분이기도 했다. 비망록 속에 등장하는 역사적 사실들이 실제 기록과 들어맞는지 후속 연구를 진행해보면 비망록의 진위 여부는 더욱 확실해질 것이었다. 한 가지 아쉬운 점은 사라진 부분이었다. 원고가 사라지게 되는 부분이 특히 드라마틱했는데, 실제로 비망록에 찢어진 낙장이 존재함으로써 비망록 내용에 신빙성을 더해주었다. 황해를 출발하여 어떤 여정을 거쳐 정확히 유럽에 닿았는지, 삭제된 부분이 남아 있었다면 중세 항해사를 연구하는데 귀중한 자료가 될 수 있기에 아쉬웠지만 말이다.

노랑날개를 지닌 나비 한 마리가 옥상에 인위적으로 조경해놓은 대나무 사이를 날아다니고 있었다. 진석은 날개의 움직임을 뚫어져라 쳐다보았다. 장영실도 그러했을 것이었다. 노년의 그가 왜 비차에 집착하는지는 알 수 없었지만, 영실이 고향으로 돌아가고 싶어 한 그 애절한 마음은 진석으로도 막연히 짐작할 수 있었다. 한글 파일을 첨부하며 강배가 이메일에 덧붙인 내용도 그런 예감을 짐작하게 해주었다. 이제 마지막 몇 줄이 남았군. 글씨가 많이 지워져서 해독에 시간이 걸리겠지만 장영실은 죽지 않은 것 같아. 스스로 사라진 거지.

엘레나가 돌아왔다. 이제 어디서부터 다시 풀어가야 할까.

진석은 촬영 중인 다큐멘터리에 추가될 동선을 그려보았다. 우선 교황청으로부터 시작해보는 게 어떨까. 당시 교황청의 자료를 샅샅이 뒤진다면 조선인 장영실에 대한 기록을 발견할 수 있지 않을까.

비록 교황의 명으로 삭제가 되긴 했지만 어딘가 그 흔적이 간접적으로 남아 있기를 기대해보는 것이다. 같은 이름을 찾기는 어려울 것이었다. 10년의 항해 기간 동안 영실은 부르기 좋은 애칭을 얻어 사용했을 수도 있으니까. 그게 아니면 서기관들이 자의적으로 이니셜만으로 뭔가 기록을 남겼을 수도 있다. 엘레나의 의구심대로 조직적으로 배제되었을 가능성 또한 다분하다. 그 모든 가능성을 염두에 두고 하나하나 밑바닥부터 조심조심 접근해가야 할 문제였다.

동방을이나 토스카넬리에 관한 기록도 흥미로웠다. 로마에는 과거의 유산이 원형 그대로 보존된 지역이 많다. 특히 구시가지는 거의 2000년 이상 원형이 유지되어오고 있다. 동방에서 온 뱃사람들이 무리를 지어 거주했던 지역을 문헌에서 찾아낼 수 있다면 어떤 단서를 발견할 수도 있다. 동방을 또한 누군가의 기록에 남아 있지 않을까. 운이 좋다면 원형 그대로 집이 남아 있을 수도 있겠지. 물론 당시의 흔적 같은 건 대부분 사라졌겠지만 말이다. 영실과 친구가되었다는 토스카넬리도 마찬가지였다. 영실과 교류가 잦았던 그의 기록이나 유물 어딘가에 장영실에 대한 흔적이 남아 있을 확률이 다분하다.

최근의 연구에 의하면 영실이 목숨을 부지하는 데 기여한 토스카넬리도 레오나르도 다빈치에 못지않게 많은 연구 노트와 기계 발명품, 도안 등을 남겼다. 또 그와 동시대의 토목공사 업무를 담당했던 타콜라는 화약 제조와 선박 설계에도 관여했고 심지어는 헬리콥터와 유사한 비행체의 설계도를 남기기도 하였다. 다빈치와 장영실, 타콜라가 동시대에 비슷한 유물들을 남겼다는 것은 세 사람이 어떤 식으로든 서로 영향을 끼쳤다고 보는 게 옳다. 특히 다빈치의 여러 발명품이 타콜라의 영향을 받았다는 사실이 최근의 연구에 의해 속속 조명되고 있는 만큼, 영실과 다빈치 못지않게 타콜라와 장영실에 관한 연구를 진행한다면 관련된 연결고리 같은 정보를 얻을 수 있을 것이었다.

교황청이 있는 라치오 공국과 메디치 가문의 토스카나 공국의 당시 관계는 어떠했을까. 영실의 비망록, 아니 강배의 번역대로 정말 피렌체의 메디치 가문과 교황의 관계가 으르렁거리는 사이였을까? 이탈리아 역사를 전공한 이들이라면 이런 문제에 대하여 쉽게 답을 내놓을 지도 모른다. 아울러 피렌체를 이끌던 로렌초 데 메디치가 정말로 장영실을 만났는지 알아보기 위해서는 산타마리아 델 피오레 대성당에 대한 조사도 필수적이다. 정말로 산타마리아 델 피오레 대성당이 당시에 보수를 했는지, 보수 과정에서 벽에 시민들이 모두 볼 수 있도록 시계를 설치했는지 말이다. 아마도 그런 시계를 설치했다면 자명종보다 훨씬 개량된 형태였을 것이다. 이 많은 곳들 가운데 한 곳에라도 영실에 대한 기록이 남아 있다면 비망록은 동서양을 발칵 뒤집어놓을 파급력을 지니게 될 것이었다.

레오나르도 다빈치와 관련하여 풍경화가 언급된 부분도 진석의 호기심을 자극했다. 실제로 레도나르도 다빈치는 습작 초기에 몇

편의 풍경화를 그렸을 뿐, 이후 단 한 번도 풍경을 화폭에 담지 않았다. 역설적이게도 다빈치가 그린 풍경화는 유럽 최초의 풍경화로 거론되며 회화사의 한편을 장식하고 있다. 위작 논란도 있지만 레오나르도가 청년기에 제작한 〈산타 마리아 델라네베의 풍경〉이라는 그림에는 자필 사인이 남아 있는 거의 확실한 다빈치의 작품이다. 산수를 즐겨 그리던 동양의 미술과 달리 당시만 해도 서양에서는 풍경화에 대한 개념 자체가 없었다. 다빈치가 유럽에서 최초로 산수화를 그린 일은 단순한 우연에 불과하지 않은 것이었다. 다빈치는 장영실을 만난 게 분명했다.

이틀 뒤 마주 앉게 된 엘레나를 통해서 이런 확신은 더욱 굳어졌다.

"정말로 나를 찾았습니까? 아, 저를 걱정 많이 했습니까?"

천진스럽게 웃는 엘레나를 보자 진석은 그간의 예민했던 감정이 다소나마 수그러들었다.

"흥, 누가 자기 좋아서 찾아 헤맨 줄 아시나."

진석은 엘레나가 한국을 떠난 사이 벌어진 일들을 설명해주었다. 비망록 번역 작업이 막바지에 다다른 일이며, 엘레나를 주인공으로 한 다큐멘터리의 촬영 계획에 이르기까지. 30분 가까이 이어진 설명을 다 듣고 난 엘레나가 대수롭지 않게 대답했다.

"나, 그거 필요합니다. 번역 끝나면 당장 읽을 수 있게 해 줘요."

강배는 자세를 고쳐 앉고 엘레나를 정면으로 응시했다.

"논문에 대해 구체적으로 얘길 해봐요. 한국과 이탈리아 수교 130년 기념행사라니……, 난 당최 금시초문인데."

"대사관 홈페이지에 내용 있습니다. 많은 행사 계획돼 있어요. 학술회의도 그 중 하나입니다. 제가 중대 발표, 할 거예요."

엘레나가 단어를 짧게 끊어가며 이야기를 계속했다.

"3일 동안 열립니다. 마지막 날 발표해요. 한국과 이탈리아 학자들이 많이 발표하고 저는 이탈리아 유학생 대표로 발표합니다. 나, 장영실이 이탈리아에 왔었다고 확신합니다. 로마에 있는 도서관에서 이런 것도 찾아냈습니다."

어라, 집에만 있었던 게 아니었나 보군? 엘레나가 가방에서 몇 개의 프린트물을 꺼내 보여주었다. 동양, 특히 중국과 연관이 있는 것으로 보여지는 15세기 중엽의 문서 사본들이었다. 물건의 수량이 적힌 전표와 선원계약서, 장례기록 등이었는데 그 중에서도 진석의 눈길을 끈 건 전표 끝에 적힌 수결이었다. 장검을 흉내 내어 한일자로 쓱 그어놓은 표식 위아래로 기러기 모양의 독특한 선이 휘갈겨진 모양이었다. 알파벳 필기체로 자신의 이름을 휘갈겨 쓰는 서양인들과 달리 중세의 동남아시아, 특히 조선에서는 관인이 없을 경우 이러한 수결을 사용하여 문서에 결재하였다.

"내 논문의 소재, 정화의 함대가 됩니다. 나, 정화의 함대가 로마에 닿았다는 건 충분히 증명할 자신 있습니다. 자료 많아요. 또 이 연구를 통해서 조선 사람 장영실, 우리 로마 왔다고 증명 가능하니다. 그리고 나, 이번 학술회의에서 모든 사람들에게 비망록, 공개할 것입니다. 꼭 방송에 나가도록 해주세요."

진석은 바짝 긴장되었다. '드디어 장영실이 세상에 알려지는구나'라고 생각하니 입에 침이 말랐다. 엘레나는 계속 말을 이어갔다.

"논문의 초점은 '르네상스와 동방의 관계'에 맞춥니다. 그 다음에는 정화의 함대와 실크로드를 통한 동방과의 문화 교류를 통해 유럽인들의 인식이 깨어나는 과정 밝힙니다. 그리고 조금 더 구체적으로 들어가 레오나르도 다빈치를 언급합니다. 장영실과 교류가 있었음을 비망록을 통해 조명합니다. 그게 계획입니다."

진석이 박수 치는 시늉을 했다.

"좋습니다. 그 정도면 어느 정도 설득력이 있겠군요. 어차피 두 나라의 교류를 증대하기 위한 우호증진의 목적이 있는 만큼, 엘레나가 조금 세게 나간다고 해도 큰 문제는 되지 않을 겁니다. 비망록을 가지고 있고, 또 뒤이어 방송으로 한방 때려주면……. 그렇게 하면 당신네 대사관에서도 엘레나를 어쩌지 못할 테고."

진석은 엘레나에게 공을 넘기는 측면이 있었으나 아쉽다는 생각은 들지 않았다. 어쩌면 공영방송국 피디 직을 걸어야 할 만큼 위험한 주장이었다. 비망록 달랑 하나를 뺀다면 구체적인 증거가 부족한 사안이었기 때문이다. 직접 자신이 나서기보다 엘레나를 전면에 내세우고 뒤쪽에서 보조하는 형식을 취한다면 그 효과는 더욱 극대될 것이었다.

"그때까지 우리 비밀, 지켜야 합니다."

"물론이죠, 엘레나. 그런데 기왕이면 엘레나가 논문을 발표하는 장면도 내가 구상 중인 다큐에 넣고 싶은데, 우선 논문 써가면서 짬짬이 나랑 그림을 만들어 갑시다."

"좋아요."

엘레나는 고개를 끄덕이며 허락했다.


진석은 또다시 바빠졌다. 한국·이탈리아 수교 130주년 행사는 일주일 앞으로 다가와 있었다. 학회에 참가 예정인 주한 이탈리아 대사를 비롯하여 현장 인터뷰도 미리 섭외를 해서 시간 약속을 잡아놓았다. 무리수라는 건 알았지만, 비망록이 있는 이상 쉽게 포기할 수 없는 일이었다.

우군이 한 명 더 생긴 것도 진석으로선 다행한 일이었다. 그는 일전에 과학관의 비차도 문제로 진석과 만난 적이 있는 마동수 교수였다. 마 교수와 엘레나는 학술회의 3일째 되는 날, 마지막 순서로 발표를 하기로 돼 있었다. 마 교수가 '동양문화가 르네상스에 끼친 영향'이라는 주제로 발표를 하고 나면 마지막으로 엘레나가 비망록의 존재 여부를 세상에 알릴 계획이었다. 진석이 어찌된 일이냐며 전화를 넣었을 때, 마 교수는 특유의 너털웃음과 함께 지금이 아니면 영영 묻히게 될 것 같아서 용기를 냈다고 말했다.

"어차피 우호증진을 위해 마련된 행사니까 가볍게 접근할 겁니다. 분위기를 띄우는 게 중요하니까요. 열매가 익으려면 꽤 오랜 시간 공을 들이고 기다려야 하듯이, 이 문제도 시간이 필요합니다. 시간! 아셨습니까? 피디님도 아시겠지만 사람들의 인식이란 아주 서서히 변화하는 거거든요."

행사 당일, 진석은 아침 일찍 행사장인 S대학에 도착하여 미리 약속된 인터뷰 장면을 녹화했다. 130주년이라는 무게 때문인지 오전에 총리가 다녀가고 주무부처 장관도 잠깐 얼굴을 내밀고 축사를 하고 갔다. 양국 대사와 학자들 50여 명이 메인테이블에 앉았고 미리 초청된 관계자들과 학생들 1000여 명이 강당을 가득 메워 열기는 어느 행사보다 뜨거웠다. 발표 중간중간에 삽입된 부채춤 공연과 사물놀이, 이탈리아의 전통 민속 무용인 타란텔라 공연 등이 흥을 돋우며 딱딱한 학술회의장을 흥겹게 만들었다.

동양문화와 르네상스의 연관성을 밝히는 마 교수의 주제 발표는 오후 2시경에 열렸다. 마 교수가 처음 꺼내 든 무기는 신기전이었다. 마 교수는 신기전의 설계도와 레오나르도 다빈치가 설계한 다연발 로켓의 그림을 비교하며 유사성에 대해 언급했다. 두 사람이 그린 설계도는 아마추어가 보아도 확연히 닮아 있었다. 마 교수는 '신기전의 화구와 다빈치가 그린 다연발 로켓의 화구가 묘하게 닮았으며 여러 개의 구멍에서 화살이 연쇄적으로 나간다는 점이 특히 비슷하다며, 이는 당시에 동서양 문화에 교류가 있었음을 뜻한다'고 주장했다.

장내가 술렁였지만 마 교수는 개의치 않고 발표를 이어갔다. 다음은 비행기 설계도였다. 레오나르도 다빈치가 그렸다는 비행기의 설계도 옆에 또 다른 모형 비행기 하나가 펼쳐졌다. 두 그림은 한 사람의 것처럼 비슷한 형태를 띠고 있었다.

"조선에도 비행기 설계도가 있었습니까?"

기자로 보이는 앞자리의 외국인이 손을 들고 물었다.

"아닙니다. 조선의 비행기 설계도는 문자자료를 바탕으로 추정하여 그려진 것입니다. 조선의 실학자 이규경의 『오주연문장전산고』의 내용을 그대로 복원한 거지요. 복원을 하고 보니 마치 표절이라도 한 것처럼, 날개의 모형이나 기둥을 댄 위치, 비행기의 길이가 다빈치의 설계도와 유사합니다."

"그런 물건을 누가 만들었다는 겁니까?"

기자가 다시 물었다.

"그 질문에 대해서는 후속 발표가 있으니 기다려주시죠."

장내가 다시 술렁거리기 시작했다.

"다음으로 비교하고 싶은 물건은 시계입니다."

마 교수가 손에 든 레이저 포인트로 화면을 가리켰다. 화면에 장영실이 만든 자격루와 다빈치가 만든 자명종이 비쳤다. 마 교수는 수력의 낙차를 이용해 장영실이 물시계를 만들었고 다빈치도 물의 낙차와 부력을 이용해 자명종을 만들었다고 주장했다.

"다빈치는 생전에 여러 장의 원고를 남겼습니다. 그 중 '원고B'

로 명명된 원고의 20페이지를 보면 자명종에 대하여 이렇게 설명한 내용이 나옵니다. '깔때기가 그릇에 물을 쏟으면 대립적인 평형 상태가 만들어지고 이때 한쪽 저울이 올라가 처음 용기에 물을 쏟고 그 힘으로 무거워진 그릇이 막대를 움직여 잠자는 사람의 몸에 자극을 주는 원리'라고 말이죠. 막대 끝에 북이나 종을 달았다면 오늘날처럼 청각적인 각성을 줄 수도 있었겠지요. 이는 부력과 물의 낙차를 이용한 조선시대의 발명품 자격루와 흡사한 이치입니다. 이 모든 일이 과연 우연의 일치일까요? 저는 그렇게 보지 않습니다. 구체적인 건 아직 연구를 해봐야 알겠지만, 지구 반대편에 있는 두 개의 문명은 어떤 식으로든 분명 서로 영향을 받았습니다."

장내가 웅성거리며 여러 사람이 질문을 위해 손을 들었다. 마 교수는 몇몇 사람의 질문에 간단히 답변한 뒤, 이어지는 발표 때 더 논의하자는 말로 발표를 마무리했다.

으레 형식적이기 마련인 학술회의는 마 교수의 도발적인 문제제기로 갑자기 뜨겁게 달아올랐다. 평소와 달리 검정색 정장을 깔끔하게 차려입은 엘레나는 무대에 오르자 청중에게 가볍게 목례를 한 뒤 미리 준비한 원고를 꺼내 또박또박 읽었다.

"조선의 과학자 장영실은 그 당시 세계 어디서도 선보이지 못했던 발명품들을 세상에 내놓았습니다. 그리고 세종은 그의 재주를 유난히도 아끼고 사랑하여 벼슬까지 내렸습니다. 그런데 세종은 하급 기술자가 만드는 가마를 위대한 과학자 장영실에게 만들라고 명했습니다. 왜 그랬을까요? 세종대왕이 왜 하찮은 가마 만들기를 위대한 과학자 장영실에게 명했을까요? 그리고 그렇게도 사랑하고 곁에 두려했던 장영실을 한순간 곤장을 치고 쫓아냈습니다. 이게 단순한 사건일까요? 여기서 잠깐 조선왕조실록 한 페이지를 읽어 보겠습니다."

영상에 조선왕조실록이 비쳤다.

"이 부분은 세조 즉위년 형조와 대간의 연합 상소에 의해 경상남도 사천으로 귀양 가게 된 원종공신<sup>原從功臣</sup> 박습에 관한 기사입니다. 보시다시피 박습은 태종을 도와 조선 건국에 큰 공을 세웠으나 1418년 병조판서 재임시 태종에게 병사<sup>兵事</sup>를 품의하지 않고 처리한 죄로 사천<sup>泗川</sup>에 유배되었다가 서교<sup>西郊</sup>에서 목이 베여 죽었습니다. 박습의 예에서 보듯 조선왕조실록에는 뚜렷한 족적을 남긴 대신들의 경우, 사소한 것까지 기록에 남아 있으며 특히 죽음에 관해선 기록이 분명합니다. 그런데 유독 장영실에 대한 기록만은 야박합니다. 그 이유가 무엇일까요? 장영실은 세종조를 빛낸 위대한 과학자임에도 어디로 귀양을 갔으며 언제 세상을 하직했는지에 대한 언급이 전혀 없습니다. 당시 세종의 품성이라면 자신이 그리도 아낀 신하에 대해 한순간 배신할 만한 인물이 아니란 말입니다. 저는 오늘 조심스럽게 그 이유에 대하여 말씀드리고 싶습니다."

엘레나는 미리 연습을 한 듯 야무진 발음으로 말을 이어갔다.

"저는 이 문제를 발표하기 앞서 먼저 중국의 위대한 모험가 정화의 함대에 집중했습니다. 그 결과 중국의 정화가 역사에 알려진 7차 항해 이후에, 기록되지 않은 마지막 항해를 떠났다고 확신을 내렸습니다. 그 배에 조선인 장영실이 타고 있었을 것으로 추정이 됩니다. 이런 주장을 뒷받침하기 위하여 이탈리아에 남아 있는 1400년대 후반의 자료들을 집중적으로 조사했으며, 그 결과 일단의 중국인들이 로마에 머물렀다는 여러 자료들을 찾아낼 수 있었습니다. 화면에 보이는 자료들은 그 중 일부입니다. 1400년대 중반, 로마에는 조선인 장영실이 있었고 그는 어린 레오나르도 다빈치를 만나 교류했습니다."

프로젝트 빔 화면 속으로 중국인들의 것으로 짐작되는 다양한 유물과 문서 기록이 비쳤다. 그 중에는 일전, 엘레나가 진석에게 보여준 수결 자료도 몇 개 있었다.

권두 발표가 끝났을 때 메인테이블에 앉아 있던 학자 하나가 손을 들었다.

"그런 주장은 우리나라 역사뿐 아니라 세계사를 흔들어놓는 일이오. 레오나르도 다빈치는 세계사에 기여한 위대한 인물이란 말입니다. 전 세계 언어로 그의 이름과 업적이 번역되어 아이들에게 가르쳐지고 있소. 그런데 대체 무슨 근거로 그런 말을 하는 거요? 설마 그런 수결 몇 개로 장영실이 로마에 왔었다고 얘기하고 싶은 겁니까?"

뒷좌석에서 누군가 버럭 소리를 질렀다.

"지금 뭐하자는 겁니까? 다른 자리도 아니고 한국·이탈리아 수교 130주년을 기념하는 자립니다. 다빈치가 한낱 조선 과학자의 스케치를 카피했다는 얘기를 하고 싶은 겁니까? 한국과 이탈리아가 협력을 다지는 자리에서 꼭 그런 내용을 발표해야겠어요? 레오나르도 다빈치는 세계가 사랑한 예술가입니다. 그가 동양인의 재주를 모방했다는 것이 발표가 되면 세계의 역사는 새로 쓰여야 하는 것입니다. 아니 그 정도의 추측으로 세계학회에 발표를 했다가는 망신당하기 십상이지요. 국제 망신을 당하고 싶습니까?"

다른 목소리도 들렸다.

"도대체 무슨 근거로 그런 얘길 합니까? 증거 있어요?"

처음 문제를 제기했던 학자가 일어나 사회자에게 말했다.

"저 발표자는 누굽니까? 누가 이 자리에 초대를 했지요?"

장내의 반응이 갑자기 격앙되자 엘레나가 황급히 진화에 나섰다.

"증거, 바로 여기 있습니다."

엘레나가 단상 밑에 내려놓았던 가방에서 누런 책 한 권을 꺼내 대중이 볼 수 있게 쳐들었다. 그것은 진석이 엘레나에게 다시 넘긴 비망록이였다.

"저의 이름은 엘레나 꼬레아입니다. 이 노트는 우리 가문에서 대대로 전해 내려오는 것입니다. 이 노트는 조선인 과학자 장영실의 것입니다."

엘레나가 비망록 속 스케치 된 그림 하나를 펼쳤다.

"보이세요? 이 얼굴이 바로 500년 전의 위대한 과학자 장영실입니다. 후대에 저 그림을 다빈치에게 큰 영향을 받은 루벤스가 다시 그렸습니다. 〈한복 입은 남자〉라는 그 스케치, 아마 한국인들은 대부분 알고 있습니다."

장내가 더욱 소란스러워졌다.

"혹시 소설을 쓰고 있는 것 아닌가요?"

이탈리아 대사관 쪽 사람들의 분위기는 특히 냉랭했다. 이탈리아에서 온 한 젊은 학자는 당신은 어느 나라 사람이냐며 엘레나를 집중적으로 공격했다. 진석은 이런 학회장의 분위기를 놓치지 않고 기록해 나갔다.

학회장이 소란해지자 지켜보던 사회자가 나섰다.

"발표자는 좀 더 소상히 말씀을 해주시지요. 지금, 우리 모두 충격적인 이야기를 듣고 있습니다. 정체 불명의 노트 한 권으로 그 이야길 믿으라는 건 엄청난 모험입니다."

나이 지긋한 노 교수의 말에 모두 고개를 끄덕였다. 장내에 모인 시선이 다시 엘레나에게 집중되었다.

"비망록만큼이나 강력한 증거가 하나 또 있습니다."

장내에 긴장감이 맴돌았다.

"그 증거는 바로 여기 서 있는 발표잡니다. 나 엘레나는 이탈리아에서 왔습니다. 이번에 발표 자료를 준비하면서 나 유전자 검사를 했습니다. 그 결과가 이틀 전에 우편으로 날라 왔습니다. 여기 이걸 보여드리겠습니다."

엘레나가 말을 멈추고 탁자에 올려놓은 서류를 집어 올렸다.

"검사 결과 놀랍게도 저의 유전자는 한국인에 뿌리를 두고 있습니다. 우리 부모님들, 조부모님 한국에 대해 전혀 모른 채 살아왔습니다. 그런데 저 한국 사람 피가 있습니다. 물론 이런 결과가 장영실과 직접 연관이 있지는 않습니다. 하지만 수백 년 전, 우리 조상 중의 누군가가 조선으로부터 건너온 건 확실합니다. 우리 가족, 먼 타국에서 우리의 뿌리를 잊지 않기 위해 아직도 꼬레아 성을 지금까지 써오고 있습니다."

장내가 다시 소란스러워졌다. 엘레나는 이런 결과를 마치 예상하기라도 했다는 것처럼, 얼굴에 미소를 잃지 않은 채 준비한 글을 계속 읽어나갔다.

"어떤 진리도 처음에는 부정되기 쉽습니다. 하지만 진리 그 자체가 변화하진 않습니다. 그것은 처음부터 있는 그대로의 역사이기 때문입니다. 오늘 저의 발표가 시발점이 되어 서양 위주의 역사관이 바뀌어 나가길 고대합니다. 여러분의 당당한 역사를 되찾으십시오. 아프리카의 희망곶을 돌아 유럽에 발을 디딘 정화 원정대의 위대한 이야기와, 르네상스에 막대한 영향을 끼친 조선 과학자 장영실의 이야기를 통해서 말입니다."

화면이 바뀔 때마다 엘레나의 비장한 목소리가 강당을 가득 메웠다.

발표가 끝나도 박수 같은 것은 들리지 않았다.

학술회의가 끝난 후 진석은 단상 밑으로 가 엘레나의 어깨에 손을 얹었다.

"반응이 생각보다 차가워요. 나 이럴 줄은 몰랐습니다."

엘레나는 진석을 보자 눈물을 글썽였다.

"갈릴레이가 법정에서 나서며 했던 말 생각납니다. '그래도 지구는 돈다.'"

"맞아요. 달라지는 건 없죠. 지구가 멈추진 않을 테니까?"

의미심장한 진석의 말에 엘레나가 살짝 미소를 지어 보였다.

"그래도 지구는 도니까."

카메라 정리와 스태프 미팅이 있어서 진석은 한 시간 후에 엘레나를 로비에서 다시 만나 같이 저녁을 먹기로 하고 회의실 밖으로 나갔다.

계획대로 촬영이 끝났지만 뭔가 뒷맛이 개운치 못했다. 진지한 토론이 진행되리라 예상했던 것과 달리, 학자나 기자들의 반응은 냉담했다. 특히 이탈리아 참석자들이 아닌 한국학자들의 반응이 더 차가웠다. 불변의 진리를 건드리기라도 한 것처럼, 심지어는 대놓고 화를 내는 사람도 있고, 비웃음을 날리고 돌아가는 사람들도 있었다. 이대로 다큐를 밀어붙여도 될지 진석 자신의 내부에서조차 회의적인 반응이 들 정도였다. 비망록의 진위 여부 때문이 아니라, 사실 확인을 제대로 할 생각은 하지 않고, 우선 공격부터 하고 보는 태도에 화가 났던 것이다. 이런 사람들을 상대로 길고 지루한 싸움을 계속할 수 있을까?

진석은 기다리고 있던 스태프들을 뒤로한 채 밖으로 나와 꾸역꾸역 담배 연기만 뱉어냈다.

'기존의 꼴통 학자들은 새로운 사실을 받아들이지 않는다. 자기가 알고 있는 것만 진실로 여기면서 학생들을 가르쳐온 사람들이니까. 장영실이 하늘에서 보면 저 사람들을 뭐라고 얘기할까?'

얼마 전 강배가 했던 말을 떠올리며 진석은 쓴웃음을 지을 수밖에 없었다. 진석은 강배에게 130주년 행사장에서 이 문제를 터뜨릴 것이라고 알려주자, 강배는 왠지 성공할 것 같지 않다며 회의적인 반응을 보였었다. 강배의 말대로 우리 사회가 모두 썩어 있는 것이다. 진실을 담보로 그들이 누리고 있는 기득권을 절대로 포기하지 않을 것이다. 그들은 자신들을 안온하게 감싸고 있는 철옹성이 깨지는 것을 결코 반기지 않는다. 경우에 따라 자신들이 수십년, 아니 전 생애를 걸쳐 쌓아온 것들이 종잇장이 되고 말 테니 애써 그런 수고를 할 필요가 없는 거겠지. 흥, 쓰레기 같은 자식들!

엘레나가 비망록을 공개할 때 예사롭지 않게 반응하던 이탈리아 대사관 사람들도 진석의 신경을 건드렸다. 진석은 카메라 한 대를 배정하여 그들의 반응을 낱낱이 화면에 담았는데, 방송국 피디답게 직관적으로 사람들의 표정 리액션을 놓치지 않는 진석으로서는 이탈리아 사람들의 표정에서 엘레나에 대한 이상한 살의마저 느꼈다. 그들의 살의가 엘레나와 연결된 것이었을까.

한 시간 후에 엘레나와 약속한 로비에서 진석은 그녀를 만날 수 없었다. 진석은 엘레나에게 몇 번이고 전화를 했지만 엘레나의 전화는 계속 꺼져 있었다.

그날 저녁, 강배에게서 비망록의 마지막 번역본이 도착했다.

새
벽
안
개

속
으
로

사
라
지
다

하루하루 안개 같은 시간들이 흘렀다.

시간이 지날수록 영실은 몸이 가벼워지는 느낌을 받았다. 퇴화가 진행되기라도 하는 것처럼 그의 팔다리는 갈수록 왜소해지고, 옛 기억들이 하나둘씩 떠날 때마다 몸통은 가볍게 비어갔다. 영실은 전보다 더 자주 대문 밖으로 나와 의자를 거리를 향해 내어놓고 지나가는 사람들을 쳐다보았다. 시간이 고여 썩어가는 그의 발밑에서 낙엽이 지고 비가 내리고 꽃이 피었다. 골목엔 고양이가 지나가고, 나비가 날아다니고, 새들이 어깨 위에서 울었다.

시선은 풍경을 향해 있었지만 그의 눈엔 초점이 없었다. 그는 풍경 속에 멍하니 시선을 던져둔 채 끝없이 과거의 시간과 공간을 헤매었다. 흐릿해진 눈동자 속에서 젊은 영실은 큰 눈을 소처럼 씀벅이며 하늘과 시선을 맞추고는 하였다. 저 하늘 끝에는 무엇이 있을까. 저 별들에 가 닿을 수 있을까. 새들처럼 날개를 펴고 날 수 있을까. 젊은 날, 무수히 바라보았던 시선의 반대편에 앉아 영실은 자신의 눈빛이 만들어냈던 무수한 풍경들을 무연히 바라보곤 하였다. 그러다가 조용히 일어나 강변을 산책하거나, 2층의 서재로 올라가 책을 펴놓고 밤이 깊도록 들여다보곤 하는 것이었다.

여름내 끈적거리던 날씨가 며칠 전부터 선선해지기 시작했다. 바다에서 불어오는 짠바람이 연일 흰 구름들을 몰고 아르노 강을 오르내렸다. 흰 돛을 매단 범선들과 뒤섞여 구름은 앞서거니 뒤서거니 잰걸음을 하였다.

영실은 며칠 전부터 다시금 비차 작업에 몰두해왔다. 아침밥을 먹고 난 뒤 건물 뒤편, 새로 지은 창고로 들어가 몇 시간씩 나오지 않았다. 걱정이 된 파올라가 들어가보면 영실은 오래전 만들다 만 비차를 어루만지며 정성껏 닦곤 했다.

보다 못한 파올라가 옆에 다가가서 물었다.

"쟌, 당신은 어째서 다시 비차에 매달리세요?"

영실이 미소를 지으며 대답했다.

"이제 돌아갈 때가 되었어."

파올라가 놀라며 물었다.

"돌아갈 때가 되었다고요? 어디로……."

"어디로 가긴! 처음의 자리로 돌아가는 것이지."

파올라는 영실이 잡을 수 없는 사람이란 것을 이미 알고 있었다. 파올라는 아무런 말도 하지 않은 채 한동안 멍하니 서 있다가 그대로 나가버렸다.

그날 저녁, 다빈치가 오랜만에 영실을 찾아왔다.

그 무렵, 레오나르도 다빈치는 유럽을 대표하는 화가로 성장해 나가고 있었다. 영실의 가르침을 받은 다빈치는 그림에서 최초로 과학적인 원근법을 도입하면서 스승 베로키오를 깜짝 놀라게 하였다.

파올라가 급히 보낸 전갈을 받자마자 다빈치는 영실의 심경에 어떤 변화가 생겼음을 직감하고 모든 일정을 취소한 채 걸음을 빨리하여 영실을 찾아온 것이다. 몇 해 전부터 영실은 부쩍 비차에 집착하곤 하였다. 처음에는 진심을 다해 영실의 비차 작업을 돕고자 하였던 그였다. 하지만 막상 비차를 만들다가도 장영실은 손을 멈추고 멍하니 앉아 있곤 하다가, 다음 날이면 무슨 일이 있었느냐는 듯 작업에 몰두하였다. 그런 일이 매번 반복되었다. 다빈치는 비차에 대한 영실의 집착이 현실과 기억 사이에 걸쳐 있다는 것을 차츰 알게 되었다. 그런 깨달음이 있은 직후부터 그는 영실의 비차 작업에 직접 나서기보다는 지켜보는 쪽으로 방향을 틀었다.

"자네가 어쩐 일인가? 의뢰 받은 작품으로 바쁘다고 들었는데."

영실이 애정 어린 눈으로 레오나르도를 쳐다보았다.

"모처럼 선장님과 저녁을 함께 할까 하고 왔습니다."

다빈치가 목이 멘 목소리로 대답했다. 다빈치는 영실을 보자마자 이 순간이 그와의 마지막임을 직감했다. 영실의 표정은 그 어느 때보다도 고요해 보였다.

"그렇다면 잘 왔군. 어서 앉게나."

파올라가 신경을 쓴 덕에 어느 때보다 화려한 저녁 식사가 차려졌다. 영실과 레오나르도는 구운 소고기와 이탈리아식 파전에 포도주를 곁들여 천천히 저녁을 먹었다.

"그래, 요즘 하는 작업은 어떤가?"

"성화를 그리고 있습니다."

"그래, 이 나라에선 저마다 화려한 물감으로 죽은 신들을 재현해내는 게 유행이지. 다빈치, 넌 성화를 그릴 때 무슨 생각을 하고 그리는가?"

다빈치가 대답했다.

"저는 대상이 감추고 있는 내면을 표현하는데 관심이 많습니다."

"허허, 듣자 하니 그림의 대상을 살아있는 것처럼 생동감 있게 표현하느냐에 따라 화가의 자질이 평가된다 하던데, 너는 그런 것에 관심이 없나 보구나."

"그렇습니다. 성화란 신들을 세상에 다시 재현해내는 작업이 아니라 그들이 감추고 있는 내면을 관객들이 포착할 수 있도록, 즉 그림을 통해 영감을 얻거나 감추어졌던 신의 목소리를 들을 수 있도록 하는 작업이라고 생각합니다."

"후후. 바로 그것이다."

영실은 대견한 표정으로 다빈치의 얼굴을 쳐다보았다.

"그래, 요즘 공방의 임금은 어떠하냐?"

"충분하진 않지만 먹고 지내는 데는 부족함이 없습니다."

"베르키오도 이제 늙었겠지."

"네, 2년 전에 눈병을 심하게 앓은 뒤부터는……."

"하필 눈병을……."

식사가 끝날 때까지 그 누구도 작별 인사를 입에 올리지는 않았다. 영실도, 다빈치도 평소 여느 날처럼 주거니 받거니 공방과 작업에 관한 의견을 나누었다. 도란도란 흘러나오는 그들의 목소리는 두 시간도 넘게 계속되었다.

"그런데, 선장님, 한 가지 부탁이 있어요."

갑자기 창문 밖이 환한 빛으로 물들었다. 담장 위로 달이 떠오르고 있었다.

"부탁이라니, 어서 말을 해봐라."

"선장님의 초상화를 그리고 싶습니다."

영실이 입가에 미소를 흘리며 고개를 끄덕였다.

"그거라면 어려운 일이 아니지."

영실은 잠깐만 기다리라는 말을 남기고 자기 방으로 들어갔다. 그 사이 다빈치는 스승의 작업실에서 화구를 가져와 배열해놓았다.

"한데, 내 모습을 그려서 무얼 하려고 그러느냐?"

정의공주가 준 한복을 단정하게 차려입은 영실이 물었다. 다빈치는 영실이 그 옷을 꺼내 입고 매년 동쪽을 향해 절을 한다는 걸 알고 있었다. 저 바다 건너, 동쪽으로 끝없이 가면 대륙 끝에 위치한 작고 아름다운 나라 조선. 그곳에 가면 흰 옷을 입은 사람들이 위로는 부모와 임금을 받들고 아래로는 이웃과 가족을 섬기며 수천 년 역사와 문화를 지켜오고 있다고 했던가. 영실이 수만 리 물길을 헤치고 왔다는 동방의 그 어렴풋한 나라를, 스승의 한복을 볼 때마다 언젠가 꼭 가보고 싶다고 생각했던 다빈치였다.

　"잊지 않기 위해섭니다."

　"잊지 않기 위해서라고? 이봐, 레오나르도 다빈치."

　"네, 선장님."

　"이 세상에 영원한 것은 없다. 어떤 그림도 시간이 흐르면 결국은 바스라지고 말지. 예술 작품은 후세에 기억되기 위해서 존재하는 게 아니라, 그 자체로 존재했다 사라지는 것이어야 한다. 우리의 만남도 그러하였다."

　레오나르도는 그 말이 작별인사란 것을 알았다.

　"알겠습니다, 선장님……."

　다빈치는 그가 평소 들고 다니던 낡은 가죽가방에서 펜과 잉크를 꺼내 즉석에서 영실의 모습을 그려나갔다. 관모에 한복을 걸친 영실은 전혀 다른 위엄을 풍겼다. 다빈치는 새삼 영실이 아직 젊다고 생각했다. 그는 마치 배를 타고 항해를 나섰던 젊은 날로 돌아간 것 같았다. 다빈치의 시선이 시간을 건너뛰었다. 그는 영실이 이 땅에 처음 발을 디뎠을 당시를 떠올렸다. 다빈치를 쳐다보는 두 눈은 지혜롭게 빛났으며 한복 옷깃 속에 집어넣은 두 손은 단정함을 전해주었다. 겹겹이 껴입은 옷자락은 풍성해 보였는데, 수천 년을 지속되어 왔다는 그들 민족의 역사만큼이나 풍요로워 보였다.

"오오, 이건 수십 년 세월이 압착된 내가 아닌가. 마치 백 년을 산 사람 같군. 역시 자네는 특별한 데가 있어. 단 하나도 범상치가 않아."

"과찬이세요."

"이 그림을 남에게 보여주지 말고 자네만 간직하기 바라네."

작업이 끝나자 영실이 미소를 머금으며 말했다.

다빈치가 고개를 끄덕이며 조용히 손을 놀려 그림 밑에 사인을 남겼다.

"자네와 나는 생긴 것은 다르게 생겼지만, 참 닮은 것이 많아. 우리의 만남이 인연인 것 같아. 참, 나도 한 가지 부탁을 하겠네."

"말씀해 보세요. 선장님."

"이곳에도 같은 그림을 그려주게. 축소해서."

영실이 책상 서랍에서 손때 묻은 비망록을 꺼내왔다.

다빈치는 영실의 부탁대로 비망록에 스승의 초상을 옮겨 그리고 자신의 사인을 남겼다. 영실은 비망록을 받아 다시 서랍에 집어넣었다.

영실은 다빈치를 아들을 보듯 그윽하게 쳐다보고는 말했다

"잘 들어라, 레오나르도. 내가 정화 대장과 이 미지의 땅으로 와서 너를 만난 것이 하늘의 뜻인 것 같구나. 너는 이 세상을 바꿔야 한다. 화약과 나침반, 인쇄술이 동방으로부터 전래되어 서양에서 더욱 발전시켰듯이 내가 너에게 가르쳐줬던 모든 지식을 네가 더 발전시켜 새로운 세상을 만들어라. 그것이 내가 여기 이 먼 곳까지 목숨을 걸고 온 이유이기도 하다. 그리고 나를 보내신 그분의 뜻이기도 하다."

장영실의 목소리가 미세하게 떨렸다.

"선장님을 여기까지 보내신 분이 누구십니까?"

그분이라니? 자신의 스승에게 또 다른 가르침을 준 존재가 있었다는 소리를 다빈치는 지금껏 한번도 듣지 못하였다.

"동방의 나라, 조선을 다스리시는 왕이시다. 조선의 백성뿐만 아니라 세계의 모든 백성을 널리 이롭게 하는 길……. 그분은 그 임무를 내게 주신 거였어. 너와 나의 만남도 모두 그분이 만드신 것이다. 잘 들어라, 레오나르도. 인간의 능력은 무한한 것이다. 여기 피렌체가 그 변화의 중심이 될 것이다. 이미 내 친구인 토스카넬리와 타콜라, 그리고 디 조르조는 내가 조선에서 이룩한 지식을 활용하여 변화를 이끌고 있다. 곧 다빈치 너도 이 모든 변화의 중심이 될 것이다. 내가 너에게 나의 모든 것을 주었기 때문이다. 우리가 사는 세상이 둥글고 이 지구가 세계의 중심이 아니란 것을 과학적으

로 밝혀내었음에도 아무도 교황 앞에서 그 진실을 말하지 못하고
있다. 그러나 그 진실은 언젠가 밝혀질 것이다. 나의 기록은 교황
청에서 모두 지웠지만 내 머릿속에 있는 것까지 지우지는 못했다.
나는 그것을 모두 너에게 전해주었다. 너는 그것을 꼭 기억해야 한
다. 꼭."

영실은 다빈치를 꼭 껴안았다.

"선장님, 선장님……."

다빈치의 눈에는 뜨거운 눈물이 흘러내렸다

"이제 그만 돌아가거라. 밤이 깊었다."

다빈치는 고개를 저었다.

"별이 뜨는 새벽까지 같이 있고 싶습니다."

"너는 내 마음을 읽고 있었구나."

"……."

"아니다. 그만 돌아가라. 온전히 혼자 떠나고 싶구나."

"선장님."

다빈치는 허리 숙여 영실에게 절했다.

달빛이 스승과 제자의 몸을 함께 어루만지고 있었다.


영실은 이른 새벽 잠에서 깨어났다. 영실은 파올라가 잠에서 깨
지 않도록 발소리를 죽여가며 목욕을 마쳤다. 영실은 거울에 비친
자신의 터럭들을 정갈하게 가다듬었다. 손톱, 발톱을 정성들여 깎

고 책상 위에 어지럽게 널린 서류들을 정리했다.

모든 준비가 끝났을 때 영실은 떨리는 손으로 정의공주가 만들어준 한복을 쓰다듬었다. 정의공주의 향기가 한복에서 묻어 나오는 것 같았다. 정의공주가 만들어준 한복을 입고 있으니까 둘이 하나가 되는 느낌이었다. 영실은 천천히 바닷가 절벽으로 올라갔다.

"이 바다를 가로질러 가면 조선이 있다. 나는 조선으로 날아서 가리라."

바닷바람이 차가웠다. 영실은 심호흡을 하며 바다를 내려다보았다. 이 바다를 타고 끝없이 흘러가면 고향에 가 닿으려나. 영실은 눈을 꾹 감았다. 귀로 세찬 바람이 느껴졌다. 조선의 작은 나루를 떠나던 날, 고막으로 전해지던 그 바람 소리였다. 아우성 소리가 들렸다. 고왔던 임의 목소리도 들렸다. 손을 뻗으면 금방이라도 닿을 듯한 장면들이 계속해서 눈앞으로 지나갔다.

동래의 노비였던 어머니의 모습이 먼저 눈에 들어왔다. 이역만리에서 항상 잊지 못했던 조선의 모습이 그 눈앞에 어른거렸다. 이면 곳에서 혼자서 쓸쓸히 죽어야 하는 자신이 서러웠다. 그냥 노비로 개밥을 먹더라도 조선 땅에서 뛰놀며 살았으면 어땠을까 하는 생각도 해봤다. 그 생각을 하자 갑자기 회초리를 든 어머님 얼굴이 떠올랐다.

노비 출신으로서 분에 넘치는 영광과 성공을 누렸지만 영실의 마음 한구석은 항상 허전한 마음을 달래지 못했었다. 올라가지도 못할 나무를 쳐다본 것이 그렇게 큰 죄가 되었는지. 정의공주만 생각하면 지금도 가슴이 아련해지는 것은 무슨 감정일까?

영실은 감았던 눈을 떴다. 영실의 눈에 한 줄기 맑은 눈물이 흘러내렸다. 영실은 바람을 느끼며 옆에 세워두었던 비차의 날틀을 들어 올렸다. 가죽 끈을 어깨에 고정하고 며칠 전 손을 보았던 날개에 양팔을 고정시켰다. 장착이 끝나자 고개를 들어 하늘을 보았다. 반짝이는 별빛이 자꾸만 오라고 손짓하는 것 같았다. 새가 되어 저 하늘에 닿고 싶다. 가장 높은 곳으로 올라가 세상을 내려다보고 싶다. 오래전부터 머릿속에 간직해왔던 꿈이다. 이제, 발을 떼기만 하면, 저 하늘 위로 훨훨 날아오를 수가 있겠지.

'이제, 떠나온 그곳으로 돌아갈 시간이다.'

바람을 느끼며 섰던 영실은 힘껏 언덕을 박찼다.

영실의 비차는 하늘을 향해 솟아올랐다

그때 바닷가 절벽을 타고 올라온 강한 바람 한 줄기가 절벽으로 쏟아져 올라왔다. 아래로 추락하는 것 같던 비차가 다시 사뿐하게 바람에 얹혔다. 영실은 한 마리 새가 되어 높이높이 치솟았다. 땅은 작아져 더는 보이지 않았다. 수많은 구름의 층을 지나고, 더 멀리 솟아 올라갔다. 하늘 한쪽이 희미하게 밝아왔다. 빛 한 줄기가 어둠을 뚫고 영실의 어깨에 와 닿았다. 영실은 손을 뻗어 그 빛을 느꼈다. 영실은 힘껏 두 팔을 젓기 시작했다. 지금껏 한 번도 경험해본 적 없는 어떤 고요함이 영실의 몸속으로 젖어들었다. 영실은 그 고요함 속에서 눈을 감았다. 그 순간 그리웠던 모든 것들이 그림이 펼쳐지듯이 지나갔다. 조선의 아름다운 강산이 그 그림 속에서 펼쳐지고, 보고 싶은 모든 사람들이 그 강산에 살고 있었다. 눈물이 그 그림 속에 빗방울처럼 흘러내렸다.

영실은 이제야 자유를 느낀다.

"이제 모든 것을 벗어버리고 훨훨 날아가자."

간밤의 숙취를 달래며 진석은 침대에서 일어났다. 한껏 무뎌진 아침 햇살이 유리창을 두드리고 있었다. 진석은 창가로 가 커튼을 열고 기지개를 켰다. 이제 막 물들기 시작하는 은행나무 이파리들이 놀이터를 빙 둘러싼 채 특유의 노란빛을 뽐내느라 정신이 없었다. 진석은 가볍게 스트레칭을 하며 아침 운동을 나온 노인들과 몸에 형광 띠를 두른 청소부들의 움직임을 바라보았다. 띵하던 머리가 조금 진정되었다.

새벽 2시에 집으로 들어와 곧장 곯아떨어졌던 기억이 났다. 방송국 동료들이 마련한 송별회 자리였다. 사표를 내고 방송국을 떠나는 진석을 위로하기 위해 동기 피디들이 마련한 자리였는데, 진석은 사실 이 술자리가 썩 내키지 않았다. 동료들의 반응도 반응이었지만 사표를 내는 과정의 모양새가 좋지 않았기 때문이다.

1년 전, 편성이 확정되었던 장영실과 다빈치 관련 다큐멘터리는 갑자기 내려온 신임 국장의 압력으로 방송 불가 판정을 받았다. 하계 개편과 함께 대대적인 인원 조정이 이루어지면서 신임 국장이 부임했는데, 이 신임 국장은 위에서 어떤 지시를 받았는지 다짜고짜 장영실 다큐 방송을 허구라면서 촬영이 거의 끝난 분량까지 전부 폐기처분 시켰다. 방송국에 있다가 정치판을 몇 년 어슬렁거린 뒤 낙하산으로 내려온 신임 국장이 느닷없이 다큐에 딴지를 걸고 나서는 데에 진석을 비롯한 젊은 피디들은 크게 반발했다.

"이유가 뭡니까?"

진석이 흥분하여 따지자 국장이 대답했다.

"장영실의 자손이 가져온 비망록이라고요? 하하, 괜히 잘못 건드렸다가는 방송국은 물론이고 나라 망신당합니다. 그땐 당신이 책임질 자신 있어요? 그건 그렇고 비망록이 어디 있어요? 내 눈앞에 당장 가져오면 내가 방송을 재고해볼 테니까."

명분상으로는 사실을 중요시하는 다큐멘터리에서 팩트가 아닌 픽션과 상상으로 제작하는 것은 허락할 수 없다는 입장이었다. 아무도 비망록의 존재에 대해 믿으려고 하는 사람이 없었다. 거기에 장영실 다큐를 결재해준 전임 국장까지 아무런 이유도 없이 지방으로 발령이 났다. 짐을 싸서 지방으로 내려가던 날, 전임 국장은 진석과 소주 한잔을 하자더니 아무래도 다큐를 접는 게 좋겠다고 충고했다. 그것이 신상에 좋을 것 같다며. 이유를 묻는 진석의 질문에 그는 끝까지 입을 다물었다.

1년 전에 열렸던 한국·이탈리아 수교 130주년 학술대회에서 비망록을 공개한 이후에, 이상한 사건이 계속 일어났다. 그날 이후 로비에서 만나기로 했던 엘레나는 어디론가 실종이 되었고 엘레나와 함께 비망록도 사라졌다. 그때부터 보이지 않는 세력으로부터 압력이 계속되었다. 마치 엘레나가 늘 무엇엔가 쫓기었듯 그 비망록이 사라진 이후 진석은 계속 악몽과 환청, 누군가 자신을 미행하고 있을지도 모른다는 불안감에 시달려야 했다.

뿐만 아니었다. 불행은 강배에게도 일어났다. 헌책방 세한도에 도둑이 들어 헌책방을 엉망으로 만들어놓았던 것이다. 헌책방에 무슨 훔칠 물건이 있다고 도둑이 들었겠는가? 무언가를 찾기 위해 헌책방을 완전히 뒤집어놓은 것이 틀림없었다.

뭔가 음모가 있는 것 같았다. 이탈리아에 있던 엘레나 할머니가 돌아가셨을 때도 할머니 집에 강도가 들어 집 안의 물건들을 쑥대밭으로 만들어놓고 갔다는 얘기를 엘레나에게 들었었다. 그리고 중요한 시점에 엘레나의 할머니가 갑자기 돌아가신 것도 수상했다. 그 후, 갑자기 엘레나가 한국에 나타나 할머니의 복수라도 할 것처럼 학술회의에서 비망록을 공개하면서 학술회의에 참가한 모든 사람을 놀라게 하지 않았던가. 그 순간 교황청 대사와 이탈리아 대사의 당황한 눈빛을 진석은 아직도 잊을 수가 없었다.

　언젠가는 진실이 밝혀질 것이라는 막연한 신념 속에서 진석은 방송용으로 편집되지 않은 촬영 원본은 집으로 옮겨와 보관하는 것으로 아픔을 달래야 했다.

　강배와 진석은 비망록과 엘레나를 찾기 위해 이탈리아 대사관을 수십 번 방문하였다. 심지어 강배는 너무나 흥분한 나머지 대사관 대문을 걷어차서 경찰에 잡혀가기도 했다. 위에서 어떤 지시가 내려왔는지 방송국의 비협조적인 태도에 화가 난 진석은 결국 신임 국장과 크게 한바탕 싸움을 벌였고 그의 멱살까지 잡고 말았다. 돌아온 결과는 다른 부서로의 발령이었다. 홍보미디어팀이라는, 새로 생긴 수상쩍은 부서로 전격 전보된 것인데 전공을 살려 프로그램을 제작할 수도 없게 되었을뿐더러, 타 미디어를 대상으로 정보를 수집하고 회사의 프로그램을 홍보해야 하는 낯선 업무가 주어졌다. 사실상 그만두라는 얘기였다.

　진석은 후배들의 만류에도 불구하고 미련 없이 사표를 던졌다.

　"무슨 일을 하시렵니까?"

　택시를 잡기 위해 밖으로 나왔을 때, 막 입사한 2년차 피디가 물었다. 그는 진석의 대학 후배로 그나마 막역하게 지내오던 사이였다.

　"글쎄……, 공부를 조금 더 해볼까 해."

　진석은 지나가는 투로 그렇게 대답했다. 어쩌면 사실인지도 몰랐다. 머리를 식힐 겸 대학원에 진학하여 역사 공부를 더 해서, 감추어진 비밀을 직접 손으로 파헤쳐보고 싶은 마음이 간절했다.

택시를 타고 돌아오며 진석은 비가 내릴 듯 우중충한 하늘로 시선을 던졌다. 강변도로를 따라 이름 모를 검은 새들이 까마득히 날갯짓을 하고 있었다. 저 새들은 어디서 왔으며 이제 어디로 날아가는가.

진석은 생각 속으로 잠겨들었다. 비망록만 되찾을 수 있다면…….

그 전에 엘레나부터 찾아야겠지. 엘레나를 찾기 위해 경찰에 신고도 하고, 이탈리아 대사관에 계속 문의했지만 돌아오는 답은 항상 같았다. 그녀가 학술회의 다음날 이탈리아로 출국했다는 것, 하지만 도무지 믿을 수가 없는 이야기였다. 전화 연락도 완전히 끊고 그녀가 진석에게서 사라질 아무런 이유가 없었다. 그들이 감추고 싶은 그 무엇이 있었을까? 그녀에게 무슨 일이 벌어진 것이다. 경찰청으로 달려갔지만 외국인이 출국했으면 그 순간 경찰의 관할권 밖이라며 냉담하게 고개를 저을 뿐이었다. 몇 달 전에는 열흘 휴가를 내어 엘레나의 고향을 찾았지만 거기에서도 엘레나를 찾을 수가 없었다.

그렇게 1년이 흘러갔던 것이다.

문득 비망록과 처음 마주했던 순간이 생각났다. 그처럼 흥분되고 가슴 떨렸던 순간이 또 있었던가. 비망록 원본이 사라진 후, 나라 안팎의 유명한 교수들은 앞 다퉈 비망록의 번역물을 강배의 상상에 의한 허구 소설로 치부해버렸다. 심지어는 사기꾼으로 취급하며 신문 칼럼을 통해 독설을 내뱉은 이도 있었다. 너무나 답답하고 억울한 나머지 강배는 가게 문도 닫고 술로 세월을 보냈다. 그러면 그럴수록 진석은 혼자라도 진실을 밝히고 싶었다. 미친놈 소리를 듣더라도 진실을 찾고 싶었다. 왜 자꾸 그런 오기가 생기는지 본인도 알 수 없었다. 그 비망록이 내 손에 잠깐 머물렀던 것은 운명이었다. 하늘에서 장영실이 지켜보고 있을 것이다. 눈에 보이지 않는 일종의 계시 같았다. 진석이 방송국에 사표를 낸 것도 시간을 벌기 위해서였다. 직접 발로 뛰어서라도, 몇 년이 걸리더라도 장영실의 흔적을 유럽에서 찾고 싶었다. 비망록이 없더라도 진실을 밝히고 싶었다.

두 달 후 진석은 로마행 비행기에 몸을 실었다.

장영실이 그렇게 만들고 싶어 하던 비차에 몸을 싣고 지구 반대편으로 날아가 지중해의 찬란한 바다 근처, 로마와 피렌체에서 과거 장영실의 흔적을 찾아 나설 계획이었다.

'어떤 진리도 처음에는 부정되기 쉽다. 하지만 진리 그 자체가 변화하진 않는다. 그것은 처음부터 있는 그대로의 역사이기 때문이다.'

비행기가 이륙해서 하늘로 오를 때, 진석은 영실이 마지막으로 비차를 타고 하늘을 날 때의 그 느낌을 기억해내곤 두 손을 꼭 말아쥐었다.

비행기는 더욱 고도를 높여갔다. 비차를 타고 하늘로 오를 때 영실의 느낌도 이러했을까. 진석은 영실이 되어갔다. 진석은 한 마리

새가 되어 높이높이 치솟았다. 방금 이륙한 땅은 작아져 더는 보이지 않았다. 수많은 구름의 층을 지나고, 비행기는 자꾸만 더 멀리 솟아 올라갔다. 하늘 한쪽이 희미하게 밝아왔다. 빛 한 줄기가 어둠을 뚫고 진석의 어깨에 와 닿았다. 진석은 손을 뻗어 그 빛을 느꼈다. 진석은 힘껏 두 팔을 젓기 시작했다. 지금껏 한 번도 경험해 본 적 없는 어떤 고요함이 진석의 몸속으로 젖어들었다.

비행기는 구름을 뚫고 올라갔다. 구름 위는 그야말로 잔잔한 푸르름의 고요함뿐이었다.


진석은 이제야 자유를 느낀다.

"이제 모든 것을 벗어버리고 훨훨 날아가자."

이 기막힌 이야기가 발아된 건 지금으로부터 10여 년 전이다. 당시 세종대왕에 관한 영화를 준비하며 조선왕조실록을 뒤적이던 나는 장영실에 얽힌 이상한 사건 하나를 접하고 우뚝 손을 멈췄다. 세종의 총애를 받으며 승승장구하던 장영실이 1442년 역사의 무대에서 갑자기 사라져버린 것이다. 장영실은 세종의 가마를 잘못 설계했다는 이유로 곤장을 맞고 퇴출되었는데 아무리 생각해도 그 이유란 게 가당찮았다. 인류 역사에 남을 만한 공적을 세운 천재 과학자를 고작 가마를 잘못 설계했다는 이유로 내친단 말인가? 더구나 세종대왕 같은 위대한 성군이?

미국의 전 부통령인 앨 고어는 서울 디지털 포럼에서 한국은 한

글을 발명했던 15세기 이미 세계 최고 수준의 과학기술을 이끌었고, 21세기에 이르러 다시 세계 최고 수준의 인터넷 정보망을 갖추었다고 말한 바 있다. 아닌 게 아니라 성군 세종이 이끌었던 15세기 조선의 과학기술은 당대 으뜸이었다. 그것을 가능하게 해준 인물이 세종의 오른팔이자 왼팔이었던 장영실이다. 기생의 아들인 노비 장영실이 엄격한 신분사회에서 종3품 대호군에 이르기까지 승승장구했던 이유가 여기에 있다. 하지만 그게 다였다. 세계 역사를 통틀어 손가락에 꼽을 정도로 위대했던 천재 과학자 장영실, 하지만 그는 우리나라 교과서에서조차 자격루와 측우기를 만든 사람이라는 단 한 줄짜리 소개만 남긴 채 역사의 뒤안길로 사라졌다. 뭔가 잘못되어도 한참 잘못된 것이다.

나는 이 기막힌 미스터리를 풀기 위해 틈나는 대로 자료를 모으기 시작했다. 그 시대로 깊숙이 들어가면 들어갈수록 의문은 증폭됐다. 마치 일부러 그러기라도 한 듯이 가마 사건 이후 장영실에 관한 기록이 역사에서 깡그리 지워져 있었다. 실록에 의하면 세종은 장영실을 곁에 두고 자주 그의 의견을 들었다. 이순지 등이 천문서적인 『칠정산내외편』을 지을 당시 세종이 무엇이 필요한지 물었을 때, 오직 장영실이 필요하다고 대답했을 정도로 그는 모두가 인정하는 천재였다. 비록 구체적인 기록은 남아 있지 않지만 한글 창제에도 관여한 흔적이 있다. 심지어 세종의 은총을 입어 여러 차례 명나라 유학까지 다녀왔다. 그런 장영실이 갑자기 조정에서 퇴출된 것이다. 종3품의 대호군에게 가마를 잘못 설계했다는 하찮은 죄를 뒤집어 씌워서.

실록에 기록된 가마 사건에도 이상한 점이 있다. 가마 설계에 같이 관여한 장영실의 상관 이순지 등은 아무런 벌도 받지 않고 오직 장영실만 관직을 박탈당한 채 곤장까지 맞았다. 조선시대 기록 문화는 유네스코 세계문화유산에 등재될 만큼 뛰어나다. 보통 종3품의 벼슬을 한 사람이 곤장을 맞고 삭탈관직 당해서 귀양을 가면 어디로 귀양을 갔는지, 죽으면 언제 죽었는지 기록이 다 나온다. 그런데 유독 장영실만 그 기록이 전혀 없다. 세종은 평소 장영실을 무척 아꼈고 조정 신료들의 반대를 무릅쓰고 노비를 종3품의 반열에까지 올려놓았다. 그런데 하루아침에 그를 내치고 그것으로도 모자라 기록조차 남기지 않았으니 이 무슨 해괴한 일인가.

이런 의문 속에서 자료를 훑던 어느 날, 마치 섬광처럼 한 줄기 빛이 뇌리를 뚫고 들어왔다. 우연히 레오나르도 다빈치에 대한 다큐를 보다가 다빈치가 설계했다는 여러 기계장치들이 장영실이 설계했던 기계들과 비슷하다는 사실을 자각한 것이다. 도르래의 원리를 이용한 기중기와 다연발 로켓의 원리, 물시계, 비차의 모형도에 이르기까지 기록에 남은 장영실의 발명품과 다빈치의 설계들은 묘하게도 비슷했다. 이 모든 것들이 그저 우연의 일치에 지나지 않는단 말인가? 혹시 장영실이 조선에서 사라진 뒤 유럽으로 건너간 것은 아닐까? 좀 터무니없는 발상이었지만 동서양에서 짧은 시간을 두고 비슷하게 발명된 기계장치들을 보건대, 전혀 낯선 상상만은 아니었다. 하지만 당시에 장영실이 어떻게 천만 길 바다를 건너 유럽으로 갈 수 있었단 말인가?

그런 고민이 계속되던 어느 날 만나게 된 인물이 장영실과 동시대 사람이었던 명나라의 항해가 정화 대장이다. 정화 대장을 만나면서 엉뚱한 상상이 점점 현실화되는 것을 느꼈고, 나는 속으로 쾌재를 불렀다. 이것은 역사적 가정이 아니라 사실일 수도 있다! 나는 흥분을 억누르며 하던 일을 제쳐두고 정화와 관련된 자료를 뒤져나갔다. 장영실과 정화가 만났다는 구체적인 기록은 없지만 장영실이 여러 차례 명나라 유학을 했고 정화 함대를 통해 들어오는 서역의 책자에 관심을 기울였다는 점, 대항해 함대를 이끌었던 정화가 당대 젊은 모험가들 사이에 최대의 스타였던 점을 감안하면 장영실이 그를 모를 리가 없었다. 더구나 정화의 부관 중엔 조선 출신 환관도 끼어 있었기 때문에 그들이 교류했을 가능성을 고려하지 않을 수 없다. 거기에 '조선의 시간'을 찾고 그 기준을 만들고자 절치부심했던 세종의 지원을 등에 업는다면……. 정화가 대항해를 통해 유럽에서 교황을 만났나는 기록이 남아 있는 것으로 보아, 장영실이 어떠한 연유로 정화의 배에 올랐다면 역사적 가정이지만 이탈리아로 가 레오나르도 다빈치를 만났을 가능성 또한 다분한 것이다.

여기까지 생각이 미치자 장영실의 실종에 얽힌 미스터리가 단박에 풀리는 느낌이었다. 그렇다! 세종이 가마 사건을 통해 장영실을 '빼돌린' 것이다. 그 이유는 천문대에 있었다. 천문대는 명나라 황제의 전유물이었다. 그런데 세종은 장영실을 시켜 조선만의 천문대를 만들고 싶어 했다. 실록에는 장영실이 만든 천문대인 간의대를 경복궁에 설치했다가 명나라의 눈치를 보고 사신이 오기 2주일 전에 철거했다는 기록이 나온다. 장영실이 다연발 무기인 신기전을 개발하여 명나라를 놀라게 한 적도 있기에 그는 늘 명나라의 경계 대상이었다. 그런 장영실이 천문대를 만들었으니 명나라는 어떤 식으로든 조선에 압력을 넣었을 것이고, 세종은 급박하게 그 천재를 빼돌리지 않았을까? 말도 안 되는 가마 사건 같은 것을 일으켜서 말이다.

장영실을 명나라에 넘기든지 죽이라는 요구에 세종은 고민을 거듭하지 않았을까. 세종은 고민 끝에 가마 사건을 만들어 장영실을 죽이는 것처럼 속이고 빼돌리지 않았을까. 세종의 성품이라면 충분히 그럴 수 있는 상황이었다. 그걸 가능하게 해준 인물이 정화였다. 비록 역사적 가정이지만, 세종은 장영실을 빼돌리는 데 정화대장을 이용했을 것이다. 장영실이 가마 사건에 얽혀 삭탈관직 당하던 1442년 즈음, 정화대장 역시 후원자였던 영락제의 손자인 선덕제의 갑작스런 죽음으로 인해 중앙 무대에서 사라진 뒤였다. 대신들의 반대를 무릅쓰고 대항해를 지시한 황제가 죽은 후 정화는 은거하면서 다시 항해에 나설 때를 기다리고 있었다. 마치 우연처럼 그 시기가 맞물린다. 해상왕 장보고를 존경했던 정화는 조선인 환관 출신 부하를 통해 세종과 연결되었고, 마지막 대항해에 목숨이 위태로워진 조선의 천재 과학자 장영실을 포함시킨다.

이렇게 방향이 잡히자 다빈치의 영향을 깊이 받은 루벤스가 그린 〈한복 입은 남자〉가 눈에 띄었다. 〈한복 입은 남자〉는 루벤스가 1607년경에 그린 그림이다. 누구를 모델로 했을까? 임진왜란 당시 조선의 소년을 이탈리아의 노예상인에게 팔았다는 일본 측 기록을 근거로, 그림의 주인공을 조선인 노예 소년이라고 추정해 그 그림의 이름을 안토니오 꼬레아라고 부르기도 했다. 그러나 루벤스의 〈한복 입은 남자〉를 안토니오 꼬레아라고 보기엔 현실성이 떨어지는 부분이 많다. 그림 속 남자가 입고 있는 철릭은 옷감이 풍성하고 답호까지 덧입어 격식을 갖춘 터라 서민이나 노예가 입었던 옷으로 보기엔 무리가 있다. 더구나 노예시장을 통해 유럽으로 팔려갔던 안토니오 꼬레아는 나이 어린 소년이었다. 노예로 팔려가는 와중에 안토니오 꼬레아가 어른의 의복을 소지하고 다녔다는 것 역시 말이 되지 않는다. 또한 그림의 7시 방향에 희미하게 그려져 있는 범선은 동양의 배와 구조가 닮아 있으며, 이는 안토니오 꼬레아가 타고 갔던 서양의 배와 배치된다. 그리고 무엇보다 그림 속 의복은 조선 초기의 복식과 가까워 임진왜란과는 시기상의 차이가 있다. 그렇다면 조선 초기에 유럽으로 건너간 사람은 과연 누구일까?

어느 순간, 〈한복 입은 남자〉가 가마 사건 이후 역사에서 사라진 장영실일 것이라는 믿음이 서서히 뇌리에 자라기 시작했다. 비록 일부는 상상력으로 채워진 픽션이지만 이 소설은 이렇게 명백한 사실들의 연결고리 속에 탄생했다. 모든 이야기의 원형들이 역사적인 근거 속에서 태어났다. 정화 대장과 함께 로마로 건너간 장영실은 피렌체에서 어린 다빈치를 만나 그의 스승이 되고 다빈치는 스승 장영실을 기록으로 남기려고 초상화를 스케치한다. 교황은 지구가 둥글다는 장영실을 종교회의에서 이단으로 몰고, 모든 자료를 지우라고 명령, 장영실에 관한 기록이 지워진 것이다. 말년의 장영실은 늙고 병들어 자주 고향을 그리워했는데, 이별을 예감한 다빈치는 스승의 얼굴을 남기고 싶어 했을 것이다. 루벤스는 이탈리아에 머무는 동안 수많은 대가들의 작품을 모사하면서 화가로서의 역량을 다지게 되는데, 후에 장영실의 초상화를 모사하게 되면서 마지막 퍼즐이 완성되었다. 루벤스는 실제로 〈앙기아리 전투〉등 다빈치의 그림을 다수 모작한 바 있다.

충분한 고증을 거치고 역사적인 자료를 빈틈없이 준비했다. 장영실의 흔적은 10년의 노력 속에 탄생한 것이다. 장영실은 조선의 르네상스를 이끌었을 뿐만 아니라 세계의 르네상스에 영감을 불어넣었던 위대한 천재 과학자였다. 왜 우리는 유럽의 과학자를 달달 외우고 존경하면서 이처럼 위대한 우리의 과학자는 잊고 지내는가. 장영실은 자격루나 측우기를 만든 단순한 기술자가 아니라, 우리나라 최고의 천재 과학자였다. 하여 장영실이 역사에서 한 번 더

재평가받기를 바란다. 이 책의 내용들은 절대로 흥미를 유발하기 위한 허구가 아닌 것이다. 500여 년의 시공간을 뛰어 넘어 역사 저 편에서 들려주는 가슴 벅찬 우리 조상들의 이야기이다. 나는 다만 그들이 들려주는 이야기를 바탕으로 상상의 날개를 펼쳤을 뿐이다. 그 상상의 날개가 아름답게 보이길 간절히 희망한다.

이 소설을 준비하는데 장장 10년의 세월이 걸렸다.
이제 자식 같은 이 소설을 세상에 내보내며 질문을 던지기로 한다.
우리는 우리의 역사에 대하여 얼마나 알고 있는가?
지금 교과서에서 배우는 그 짧은 단면들이 우리 역사인가?

2014년 가을, 이상훈

# 1

처음에 『한복 입은 남자』원고를 이메일로 받아 출력해놓고 나는 두 가지 어려움을 느꼈다. 하나는 이 두꺼운 소설을 언제 다 읽어 낼 수 있는가 하는 것이었고 다른 하나는 과연 이 두꺼운 원고 뭉 치 속에 그에 상응할 만한 내용이 갖추어져 있을까 하는 것이었다.

소설을 단숨에 읽고 나자 나는 처음에 내가 느꼈던 어려움이 한 갓 기우에 지나지 않는다는 것을 확신할 수 있었다. 한마디로 말해 나는 이 놀라운 이야기에 반해버린 것이다.

바야흐로 나는 이 시대 한국 문학이 보여줄 수 있는 가장 흥미진 진한 이야기를 접한 것인데, 잠시 흥분을 가라앉히고 무엇이 한 사 람의 독자인 나의 마음을 이토록 휘저어놓았는지 생각해본다.

첫째, 이 소설은 현재와 과거, 조선과 명나라, 동양과 서양을 자유자재로 넘나들면서 읽는 이의 마음을 틔워주고 넓혀준다. 최근에 나는 우리 소설들이 소재 면에서나 주제 면에서 빈곤함을 면치 못하고 있다고 생각해왔다. 우리 소설의 소재와 주제는 너무 많이 동시대적이고 너무 많이 현실적이다. 이 소설은 그렇지 않다. 비현실적인 전개 속에 현실을 넓게 보고 날카롭게 진단하는 사유 능력이 내재되어 있다. 비로소 숨통이 트이는 것 같다.

둘째, 이 소설을 쓴 작가는 자신이 밀고 나가는 이야기를 향한 깊은 자기 확신을 가지고 있다. 작가는 후기에서 이 소설이 결코 흥미를 유발하기 위한 허구의 책이 아니라고 말하고 있다. 소설 속 곳곳에서도 그러한 작가의 자기 확신이 삼투되어 있음을 읽어가는 내내 느낄 수 있었다.

이 자부심은 어디에서 온 것일까? 나는 이 소설의 작가를, 자신이 쓰고자 하는 것을 넓고 깊게 알고 있는 자라고 말하고 싶다. 이 점이 최근의 어설픈 작가들과 이 작가를 구별시켜준다.

장편소설은 단순히 분량의 문제가 아니다. 무엇보다 이야기를 지탱할 수 있는 사상이 있어야 하고, 그 긴 분량을 유기적으로 연결할 수 있는 구성 능력이 있어야 하며, 마지막으로는 자신이 쓰고자 하는 것을 확실히 붙잡고 있어야 한다.

제멋대로 이리저리 내빼려는 소재들을 꼼짝 못하게 해놓고 자기가 끌고 가려는 쪽으로 몰아가려면 어설퍼서는 안 된다. 문제를 어떻게 풀어야 하는지 알아야 한다.

역사 기록 속에서 사라진 장영실의 미스터리와 루벤스의 그림에 등장하는 한복에 얽힌 미스터리, 이 두 개의 문제는 서로 간단히 연결될 수 있는 것이 아님에도 작가는 놀라운 집중력과 지식으로 어려운 문제를 쉽게 풀어가는 능력을 보여주었다.

현재와 과거를, 동양과 서양을 이렇게 대담하게 연결 지으면서도 이렇게 순식간에 읽어낼 수 있도록 써내려갈 수 있다니.

훌륭한 능력자를 만난 기쁨이 크고 이 소설을 읽는 다른 독자들 또한 그럴 것이라고 생각한다. 즐거운 마음으로 이 소설의 내부를 들여다본다.

# 2

『한복 입은 남자』가 소설로서 지닌 가장 큰 매력은 이 소설이 우리들의 세계 인식의 변화를 꾀하고 있다는 사실일 것이다.

소설의 시작 부분에서부터 작가는 조선의 비차와 레오나르도 다 빈치의 비행기 설계에 관한 비교를 통하여 서양 중심적 기록의 유효성에 의문을 표명한다. 과연 하늘을 나는 기계는 서양에서 먼저 고안한 것인가? 금속활자는 어떠하며, 정교한 시계의 경우는 어떠한가? 세계를 넓게 탐험하고 신대륙을 발견하고, 세계가 둥글다고 생각한 것은 누구이며, 지구가 태양의 주위를 돌고 있다고 생각한 것은 누구인가?

이 모든 문제들에 대해 서양 중심적 가치의식을 가진 이들은 말한다. 서양이 앞섰고 동양은 그것을 배웠노라고. 이들에 따르면 서양은 빠르고 앞서 가고 진취적인 반면 동양은 느리고 뒤쳐져 있고 퇴영적이다. 서양은 동태적이고 동양은 정태적이다.

이러한 사고체계를 가리켜 에드워드 사이드는 '오리엔탈리즘'이라고 명명했다. 그것은 서양인들이 동양을 말하고 참조하는 지식과 정보의 체계이며, 그러한 담론에 스며들어 있는 권력의 작동방식이다. 실증 이전에 실증을 조율하는 가치인식 체계가 바로 그 오리엔탈리즘이기 때문에, 역사적 사실들은 바로 이 체계의 어떤 부분에 적절히 배치되어야 한다.

일례로 일제시대의 대표적인 문명비평가였던 김기림 또한 이러한 담론체계에서 자유롭지 못했다. 서양은 이성적, 합리적이고, 따라서 과학에 의해 대표되며, 동양은 감정적, 비합리적이며, 따라서 예술에서나 자기 거처를 찾을 수 있다.

『한복 입은 남자』의 작가는 이러한 사고방식을 날카롭게 비판하면서, 수동적 모방자로서의 동양의 이미지를 전격적으로 뒤바꾸어 놓고자 한다.

그리하여 이 소설 속에 등장하는 연경은 멀리 서역과 유럽에서까지 문헌과 물품과 정보가 집약되는 곳으로 등장하며, 장영실은 이곳을 통해 앞선 지식을 수용하고 이를 더욱 창조적으로 발전시켜 새로운 과학을 일으키는 존재로 나타난다.

이러한 작가적 사유가 절정에 다다르는 것은 장영실이 정화의 마지막 항해에 동승하여 멀리 아프리카를 돌아 사흐라 지역에 다다르고 우여곡절 끝에 지중해 바다 속 이탈리아에 가 닿는 대목이다.

이들은 세계가 둥글다는 것을 이미 알고 있고, 미지의 세계를 향해 나아가려는 의지를 품고, '낡은' 신의 가르침이 지배하는, 그러나 바야흐로 변모해가려 하는 교황의 나라로 들어간다.

그곳에서 장영실은 작품의 끝부분에 다시 나타난 엘레나가 주장하듯이 이탈리아 르네상스에 동양문화의 '충격'을 선사하는 존재가 된다. 교황과의 대결을 피해 메디치 가의 피렌체로 들어간 장영실은 그곳에서 어린 다빈치를 만나 그에게 비차의 존재를 알려주고 자격루의 원리를 전수해준다. 비범한 다빈치는 장영실의 가르침을 자신의 창조를 위한 기반으로 삼으며, 나중에 장영실의 초상화를 그려 장차 그의 영향권에서 화가의 길을 가게 될 루벤스의 〈한복 입은 남자 A Man in Korean Costume〉의 원재료를 남긴다.

작중에서 영실과 다빈치가 비차를 놓고 대화를 나누는 장면은 이런 의미에서 두 문명의 만남이요, 대화와 교섭 그 자체를 상징한다고 할 수 있다.

영실에게 다빈치는 제자인 동시에 친구였고 친구인 동시에 아들이었다. 또한 아들인 동시에 비범한 천재성으로 때론 장영실에게 영감을 주는 스승이기도 하였다. 그건 다빈치도 마찬가지였다. 서자라는 이유로 친부와 형제들의 사랑을 많이 받고 자라지 못한 다빈치에게 영실은 스승인 동시에 아버지와 같은 존재였다.


"정말 인간이 하늘을 날 수 있을까요?"

다빈치가 스케치를 내려놓으며 물었다.

"언젠가 그럴 날이 오겠지. 밖에 나가 하늘의 새들을 보거라. 새들은 어떤 것에도 구애받지 않고 마음껏 세상을 날지 않더냐. 새가 날 수 있다면 인간도 날 수 있을 것이다. 지금 당장은 아니지만 반드시 그런 날이 올 거야."

"새의 날개를 관찰하는 길이 지름길이겠군요?"

다빈치는 오래전에 영실과 나누었던 대화를 기억해냈다.

"그 질문은 여전히 유효하다. 문제는 부피야. 새는 아주 작아서 제 몸을 공중에 띄울 수 있지만 인간의 육중한 몸을 공중으로 띄우기 위해선 공기의 힘만으론 부족해. 떨어지는 힘보다 더 강한 힘이 필요하지. 한데 그걸 극복할 방법이 생각이 안 난단 말이야."

"제가 선장님의 연구를 계속 이어가겠습니다."

"그래주면 좋겠구나. 넌 이 물건이 사람을 공중에 띄울 수 있다고 보느냐?"

"아직 실물을 만들어보지 않아서 확신할 순 없지만, 잠깐이라도 공중에 머물 수는 있을 것이라고 생각됩니다."

"잘 보았다. 오래전 이 물건을 타고 허공으로 날아올라 자유를 느껴본 적이 있다. 내 고향 땅 꼬레아에서 말이다. 내일부터 나는 다시 이것을 만들어볼 참이다."

"제가 도와드리겠습니다."

"그래주면 고맙겠지."

영실은 신뢰와 우정이 가득한 눈으로 다빈치를 바라봤다.


이러한 이야기 속에 나타나는 동양은 결코 고요한 은둔자의 세계가 아니다. 동양과 조선은 세계 지식의 기미에 예민하고 새로운 것을 창조하려는 의욕에 차 있다. 그럼으로써 이 소설 속의 동양과 서양은 서로가 서로에게 도움을 주고 영향력을 행사하면서 상보적으로 자신들의 문명을 전개한다.

이러한 작가적 사유 속에서 나는 저 유럽의 지성계를 뒤흔든 『블랙 아테나』의 저자와 같은 새로운 사고법을 발견한다. 그 책의 저자 마틴 버낼은 그리스 역사를 설명하는 두 개의 상반된 패러다임을 보여준다. 아리안 모델은 그리스 문명이 처음부터 유럽적인 세계의 소산이었음을 강조한다. 그러나 고대 모델에 따르면 그리스 문명은 일찍이 그들보다 앞선 문명을 건설했고 그리스 지역을 식민화했던 이집트 및 셈족의 영향 아래 주조된 것이다. 즉 허먼 멜빌이 『모비딕』에서 그토록 날카롭게 비판했던 그리스적인 흰 빛에는 이집트와 서남아시아의 검은 피가 흐르고 있었던 것이다.

『한복 입은 남자』는『블랙 아테나』의 저자와 근본적으로 같은 동기를 가지고 유럽 중심적인 역사 해석을 해체하면서 새롭고 공평한 문명사의 교섭을 장영실의 행방이라는 핵심적 사건을 중심으로 흥미롭게 엮어나간다. 이 질문과 추구의 방식이 날카로우면서도 지적이고 재미마저 있기 때문에 독자들은 이 소설의 사상을 충분히 수긍할 수 있게 된다. 적어도 나는 작가의 생각을 믿는다.

## 3

한편 한 편의 소설이 소설다운 매력을 지닐 수 있기 위해서는 사상의 깊이와 풍요로움 외에도 소설로서 지녀야 할 매력적인 요소를 함께 가지고 있어야 한다. 나는『한복 입은 남자』가 적어도 세 가지 점에서 독자들의 사랑을 크게 받을 만한 요소를 갖추고 있다고 생각한다.

그 하나는 무엇보다 미스터리 형식에서 찾을 수 있다. 작가는 이야기가 전개되는 내내 독자들이 궁금해하지 않을 수 없는 질문들을 쉴 틈 없이 던져 나간다. 어찌하여 조선의 비차와 다빈치의 비행기 설계는 그렇게 흡사한가? 엘레나 꼬레아는 어디로 사라져버렸는가? 그녀가 진석에게 선사한 비망록은 과연 누구의 것인가? 비망록에 등장하는 장영실의 사랑의 대상은 누구인가? 루벤스의 그림에 나오는 조선 옷은 왜 루벤스 시대의 것이 아닌가? 장영실은 어째서 역사 기록 속에서 갑자기 사라져야 했는가? 마지막 항해를 떠나 돌아오지 않은 정화는 어디로 간 것인가? 훈민정음은 어떻게 알파벳 원리와 같은 표음문자적 체계를 완벽하게 구현할 수 있었는가? 과연 장영실은 다빈치를 만났는가? 등등.

작가는 이런 질문들을 풀어놓고 또 해답을 제시하지만 이야기가 끝나고도 의문은 다 풀리지 않으며 소설은 진석이 남은 숙제를 풀기 위한 새로운 여행을 떠나는 것으로 끝난다.

작품 전체에 걸쳐 미스터리한 사건들이 넘쳐나고 그러면서도 이들이 작가의 정교한 퍼즐 맞추기에 의해 맞물려가기 때문에 독자들은 이 소설이 그렇게 두꺼운 분량을 가지고 있음을 의식하지 않고 즐길 수 있다.

다음으로, 이것은 이 소설의 주인공이 피디로 설정되어 있는 것과도 관계가 있는 것으로, 작가는 일상적 매너리즘과는 거리가 먼 신개념의 탐구형 피디를 주인공으로 설정하여 자신이 이 소설을 위해 면밀히 조사한 방대한 자료들을 풍요롭게 제시해 나간다.

우선 작품의 주된 테마가 장영실에 맞추어져 있는 만큼 작가는 장영실의 신분 내력, 발명품들, 중국에 오간 일, 역사적 '실종'에 관한 사실들을 빠짐없이 거론하고 있으며, 장영실의 이탈리아 행을 제시하는 데 없어서는 안 될 정화의 남해 대원정에 관해서도 최근 논의까지 모조리 참조해서 새로운 견해를 제시하는 성실함을 보였다. 뿐만 아니라 루벤스의 그림을 논의하는 데 꼭 필요한 조선시대 복식의 변천사, 당시 조선과 명나라의 관계 양상, 연경을 중심으로 한 동서양의 지식, 문헌, 정보의 교류 양상, 이탈리아 교황청을 중심으로 한 문제들, 갈등과 전쟁, 다빈치와 루벤스의 회화사적 위치 등 작가는 취재형 소설가의 면모를 유감없이 발휘하고 있다. 그 하나의 예로서 작중에서 루벤스의 그림에 등장하는 한복에 관해 의문을 제시하는 대목을 되돌아보자.

　　진석이 이 문제에 관심을 갖게 된 것은 루벤스의 그림에 등장하는 조선인이 입은 한복 때문이었다. 그림 속의 의복은 조선시대 사대부들에게 남녀 구별 없이 널리 애용되었던 철릭이라는 옷이었다. 그러나 자세히 살펴보면 조선 중기의 철릭과는 어딘지 모르게 약간 달랐다. 소매의 길이며 깃의 풍성한 옷감이 오히려 조선 초기의 철릭과 유사했다. 여인의 드레스처럼 주름진 옷자락 또한 서민이나 노예가 입었던 옷으로 보기엔 무리가 있었다. 더구나 그가 입고 있는 한복은 어른의 것이다.

실로 이 소설의 출발점은 위에서 말하고 있는 철릭에 대한 의문과 사라진 장영실의 행방이라는 두 가지 문제를 하나로 연결한 데 있고, 이를 바탕으로 역사적 상상력을 발동시킨 데 있다. 작가는 다른 장면에서 복식 전문가인 안승오라는 인물을 등장시켜 루벤스의 그림에 대한 의문을 더욱 대담하게 밀어붙이는데 그에 따르면 루벤스는 1577년에 태어났음에도 그의 그림에 등장하는 한복은 그보다 100년쯤 앞선 조선 전기의 것이다. 다음의 대목은 이러한 안승오의 추단이 복식사에 대한 작가의 면밀한 조사를 거쳐 제시된 것임을 알 수 있게 해준다.

안 교수는 임진왜란 이전 자료인 김함 출토 복식, 장흥 임씨 출토 복식 등의 사료를 예로 들면서 임진왜란 이전의 포의 경우 목의 파임이나 깃의 넓이, 소매길이나 옆선의 형태 등에서 부분 변화가 일어났는데 가장 큰 특징으로 옷감의 풍성함이 사라졌음을 지적했다. 즉 임진왜란 이전의 경우 옷감이 풍성하게 사용됐으나 전쟁으로 인해 재료가 귀해지면서 실용적으로 소매길이 등에 변화가 생겼고 전쟁 이후 이것이 그대로 고착화됐다는 주장이었다. 이외에도 그는 겹옷의 확산과 홑단령 어깨 바대의 연꽃 양식의 유무 등을 임진왜란 이후 변화의 예로 들었다. 단령의 경우 임진왜란 이전의 단령은 홑단령이 대부분이나 임진왜란 이후 발견된 복식에서는 옷 안쪽에 안감을 덧댄 겹단령이 일상적으로 입혀졌다는 것이다. 홑단령 어깨 바대는 고려 말부터 조선 초기에 유행한 미적 양식이었다. 옷고름 역시 쌍고름이 주류를 이루다가 16세기 중반을 넘어서며 고름이 한 쌍으로 변화하였다.

이와 같은 성실한 취재의 결과물들을 주의 깊게 선별하여 적재적소에 배치하고 있는 까닭에, 이 소설의 독자들은 만화경을 보는 듯한 지적 유희를 맛보며 이야기를 따라갈 수 있게 된다.

마지막으로, 이것 역시 매우 중요한데, 작가는 이 방대한 역사소설의 형식 속에 이 세상을 대하는 작가 자신의 독특한 감정을 불어넣고 있다. 이는 주로 장영실과 정화의 세계관과 정서의 형태로 표출된다. 그들은 모두 억압받는 소수자 계층의 신분으로 세상에 나와 자신의 타고난 능력과 노력으로 높은 지위에 올랐다. 한 사람은 노비 출신이요, 또 한 사람은 환관 출신이다. 이러한 신분 때문인지 모르나 그들은 자신들이 속한 세계의 질서에 만족하지 않으며, 그것이 이상적이라고는 더더욱 믿지 않는다. 그들은 그들이 속한 세상 바깥에 더 넓은 미지의 세계가 펼쳐져 있음을 알고, 이른바 현실 세계의 '속박'에서 벗어나 세상 끝까지 가보고자 하며 세상을 박차고 날아오르고자 한다. 그들은 자기들이 속한 세계를 오리지널한 것으로 상정하지 않고, 더 크고 높고, 뒤섞이면서 순수한 미지의 시공간, 미래를 향한 끝없는 향수를 가슴에 품고 있다.

그리하여 그들은 자신들이 있어야 할 곳에 있지 못한 불행한 영웅들이다. 이 소설에는 불행한 영웅들만이 맛볼 수 있는 비애와 허무, 운명의식이 곳곳에 스며들어 있다. 마지막 부분에서 장영실이 비차를 타고 하늘로 날아오르는 장면은 단순히 고향에 대한 향수로만 설명할 수 없다.

무한에 다가서고 싶은 유한자의 고독, 이러한 불행한 꿈의 파토스가 독자들을 작품 속으로 유인한다. 그런데 그 안에는 금은보화 같은 갖가지 이야기 요소들이 쉼 없이 풀리고 짜 맞추어지고 한다. 이것이 또 독자들의 마음을 움직인다.

나는 소설 양식이 시험받는 이 시대에 이처럼 넓고 큰 이야기가, 그것을 직조할 수 있는 작가가 있음을 다행으로 여긴다. 우리 소설은 이러한 작가를 필요로 한다. 장편소설의 분량에 걸맞은 능력과 성실성을 갖춘 작가를 말이다. 나는 독자들이 이 작가를 알아볼 것이라고 생각한다. 이 소설이 흥미진진할 뿐만 아니라 담대한 사상을 갖추고 있다는 것을.

─참고문헌

『조선 청년 안토니오 코레아, 루벤스를 만나다』 곽차섭 | 푸른역사 | 2004년

『장영실과 자격루』 남문현 | 서울대학출판부 | 2002년

『세종 조선의 표준을 세우다』 이한우 | 해냄출판사 | 2006년

『한 권으로 읽는 조선왕조실록』 박영규 | 웅진닷컴 | 2004년

『한 권으로 읽는 세종대왕실록』 박영규 | 웅진지식하우스 | 2008년

『세종대왕』 홍이섭 | 세종대왕기념사업회 | 2011년

『1421 중국, 세계를 발견하다』 개빈 멘지스 | 조행복 옮김 | 사계절 | 2004년

『1434』 개빈 멘지스 | 박수철 옮김 | 21세기북스 | 2010년

『고지도의 비밀』 류강 | 이재훈 옮김 | 글항아리 | 2011년

『중국의 대항해자, 정화의 배와 항해』

신웬어우 ┃ 김성준·최운봉·허일 옮김 ┃ 심산 ┃ 2005년

『정화의 대항해』 도모노 로 ┃ 원용삼 옮김 ┃ 골든북미디어 ┃ 2013년

『대항해가 정화』 왕페이윈 ┃ 김찬영 옮김 ┃ 느낌이 있는 책 ┃ 2010년

『메디치』 G. F. 영 ┃ 이길상 옮김 ┃ 현대지성사 ┃ 2001년

『레오나르도 다빈치 위대한 예술과 과학』

카를로 페드레티 ┃ 강주현·이경아 옮김 ┃ 마로니에북스 ┃ 2008년

『레오나르도 다빈치―르네상스의 거장』 세르주 브람리 ┃ 염명순 옮김 ┃ 한길아트 ┃ 2004년

『레오나르도 다빈치―르네상스의 천재』

프란체스카 데볼리니 ┃ 한성경 옮김 ┃ 마로니에북스 ┃ 2008년

『하늘을 상상한 레오나르도 다빈치』 도미니코 로렌차 ┃ 권재상 옮김 ┃ 이치 ┃ 2007년

〈산타 마리아 델라 네베의 풍경〉은
술사의 한편을 장식하고 있다. 산수
당시만 해도 서양에서는 풍경화에
·유럽에서 최초로 산수화를 그린 것
는 대목이다.

**산타마리아 호**

이 60미터가 넘는 8000톤급의 대형
여 명의 승무원을 이끌고 대항해를
250톤급 3척, 승무원 88명에 불과
화의 항해는 서양을 압도하고 있음

## ■ 현존하는 최고(最古)의 세계 지도, 혼일강리역대국도

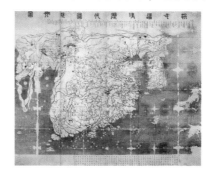

태종 2년인 1402년에 제작된 지도로 중국과 조선, 일본을 비롯해 유럽
과 아랍, 인도 등까지 표시되어 있다. 더욱 놀라운 점은 아프리카의 사
하라 사막과 킬리만자로 산, 빅토리아 호수와 나일 강까지 선명하게 그
려져 있다는 사실이다. 중국의 '성교광피도'와 '혼일강리도'를 저본으
로 우리나라와 일본을 추가하여 편집한 지도로 당시 동양의 세계지도
제작이 서양에 앞서 있었음을 보여주고 있다.

## ■ 천하제번식공도의 세계사적 의미

1763년 제작된 세계지도 천하전여총도는 1418년 정화에 의해 제작된
'천하제번식공도'를 모사하여 만든 세계지도이다. 천하제번식공도가
유럽으로 건너가 콜럼버스의 신세계 항해에 직접적으로 영향을 줬으리
라 추정된다.

1474년 토스카넬리는 로마의 포르투갈 대사에게 인도로 가는 항로를 찾는 일을 후원하도록 포
르투갈 왕에게 요청하라는 편지를 보냈다. 토스카넬리는 이 편지의 사본을 콜럼버스에게도 보냈
다. 영국의 역사학자 개빈 멘지스는 콜럼버스, 마젤란, 쿡과 같은 항해가들이 정화의 세계지도를
바탕으로 탐험에 나섰다고 주장한다.

〈한복 입은 남자〉의 하단을 보면 속치마를 입은 것처럼 겉옷 밖으로 안에 받쳐 입은 옷이 노출되어 있다. 즉 조선 시대 사대부들의 즐겨 입었던 철릭 위에 팔소매 밑단이 없는 답호라는 옷을 덧입고 있음을 알 수 있다.

〈한복 입은 남자〉의 오른팔을 보면 철릭과 답호의 구분선이 나타난다. 조선 중기에 들어서면서 겉에 입는 답호의 길이가 안에 받쳐 입는 철릭보다 길어진다. 즉 〈한복 입은 남자〉 속 주인공의 옷은 조선 초기, 최소한 임진왜란 이전의 복식이며, 그림 속 주인공은 조선 전기의 인물이거나 그 후손임을 의미한다.

〈한복 입은 남자〉 왼쪽 하단을 보면 희미하게 그려진 한 척의 배가 보인다. 이 배는 유선형인 당시 서양 배가 아닌 바닥이 평평한 동양의 선박이다. 당시 초상화에는 그림 속 모델이 어떤 인물인지 알려주기 위해 배경이나 소품에 그 인물을 상징하는 요소를 그려 넣었다. 그림 속 모델이 이탈리아 배를 타고 갔던 조선인 소년 안토니아 꼬레아가 아니라면, 그는 과연 누구일까?

〈A Man in Korean Costume〉, Peter Paul Rubens, Black Chalk with touches of red chalk in the face, 38.4×23.5cm.

### ■ 루벤스의 〈성 프란시스코 하비에르의 기적〉 속 조선인

그림 중앙을 보면 조선인의 모습이 보인다. 루벤스가 〈한복 입은 남자〉를 스케치한 배경이 〈성 프란시스코 하비에르의 기적〉에서 여러 배경인물 중 한 사람을 그리기 위한 기초 작업의 일환이었으며, 두 사람은 동일 인물일 가능성이 다분하다. 그림 속 여러 민족을 표현하기 위해 자료를 찾던 중 다빈치의 그림이나 스케치 속에서 장영실을 스케치해놓은 '조선인' 그림을 발견했으리란 상상 또한 가능하다.

### ■ 레오나르도 다빈치의 비행기 스케치와 조선의 비차

실학자 이규경의 『오주연문장전산고』를 바탕으로 KBS 〈역사스페셜〉에서 복원한 비차와 레오나르도 다빈치의 비행기 스케치를 보면 날개가 꺾인 각도며 지지대의 위치까지 놀랍도록 유사하다. 임진왜란 당시 비차가 이용되었다는 기록이 있는 만큼 이미 그 전에 비차가 만들어졌다는 뜻이다. 비차를 만들 만큼 뛰어난 조선 전기의 천재는 누구였을까.

### ■ 레오나르도 다빈치의 다연발 로켓 스케치와 장영실의 신기전

레오나르도 다빈치가 동시에 다연발로 로켓을 발사한다는 아이디어를 그림으로 그리기 전 이미 장영실은 조선에서 화약을 장착하여 동시에 100개의 화살을 멀리 날릴 수 있던 신기전을 완성해놓았다. 발사 원리부터 화구의 형태까지 놀랍도록 유사하다.

### ■ 다빈치의 산수화

1473년 레오나르도 다빈치가 그린 유럽 최초의 풍경화로 거론되며 ㅁ를 즐겨 그리던 동양의 미술과 달ㅇ대한 개념 자체가 없었다. 다빈치ㄱ또한 동양의 영향을 짐작해볼 수 있

### ■ 정화의 대함대와 콜럼버스의

정화의 함대는 길이가 150미터, ㅍ선박을 포함한 함선 62척에 2만7ㅊ떠났다. 반면에 콜럼버스의 함대는했다. 시기와 선단의 규모로 볼 때을 알 수 있다.

### ■ 토스카넬리가 그린 세계지도

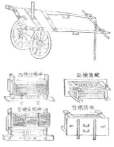

조선 전기 무관 출신으로 종2품에까지 오른 변수(1447-1524)의 묘에서 출토된 복식으로 상단이 답호고 하단이 철릭이다. 출토된 복식에서 확인할 수 있듯이 남성용 겉옷인 답호는 소매 밑단이 없어 철릭 위에 답호를 덧입었을 경우 철릭의 소매가 바깥으로 노출될 수밖에 없다. 이 또한 〈한복 입은 남자〉에 드러나는 복식이 조선 초기의 것임을 반증한다.